AGNÈS DE CLAIRVILLE

CORPS DE FERME

ROMAN

HarperCollins
TRAVERSÉE

HARPERCOLLINS FRANCE
83-85, boulevard Vincent-Auriol, 75646 PARIS CEDEX 13
Tél. : 01 42 16 63 63

www.harpercollins.fr
ISBN 979-1-0339-1624-6 — ISSN 2724-9972

Avertissement

Les faits rapportés dans ce roman ne sont pas réels, même si, comme la réalité l'a démontré, ils auraient tout aussi bien pu l'être. Femmes, hommes et lieux sont imaginés. Toute ressemblance avec des bêtes ayant existé a été particulièrement difficile à produire.

« Je découvrais, étonnée, à quel bord j'appartenais. À celui des proies. Étrangeté amplifiée par le genre qui m'incarnait, comme si depuis toujours le féminin et l'animal allaient ensemble, passionnément, dans le même qui-vive »

CLAUDIE HUNZINGER, *Les Grands Cerfs*

Le chœur des porcelets

Le lait de la mère
Les mamelles de la mère
La bousculade.
Les uns sur les autres
Nos groins se flairent
Nos bouches tètent, édentées,
recrachent nos soies nos queues nos groins
C'est la mamelle que nous cherchons
À tout prix
Quitte à piétiner
Celui d'entre nous qui n'a pas vécu
encore tiède
qu'importe
Il ne palpite pas
Il ne remue pas
à moitié enterré.

Il faut que la mère montagne se lève
Nous renverse par terre
Pour le lécher
engloutir nos placentas gorgés de vie
Nos membranes nos cordons
Notre jumeau inerte

déformé malformé méconnaissable,
Que ses matières ses cartilages nos placentas
se transforment en lait
Que son sang se transforme en vie
Notre vie qui le pompe à chaque seconde
Allongés là
Au-dessus du crâne de notre frère mort
qui déjà pourrit dans la litière
Tétons mes frères
Buvons mangeons
Grandissons
Forcissons nos dents de lait
pour croquer les pommes de terre.

I

La naissance

La vache pie noir

On n'entend rien. Ma piscine chaude flageole. Deux pas lourds, puis ça s'arrête. Une chaleur se colle à la piscine, d'un côté. On la rejoint. On se frotte contre l'autre boule. Tiède comme moi. On se frotte à travers nos piscines. Je tète l'eau. Son goût sucré. Je m'endors. Les poches autour de moi grondent, se gonflent, se dégonflent. On est bien.

Il y a des moments noirs. La piscine écrasée ne bouge plus. Je nage, tète son eau fade. Des moments orangés aussi. Je suis bercée par les pas lents. Entre les deux, il y a le grand affolement, ses bruits forts qui me font sursauter. On se presse contre les autres chaleurs nerveuses. Et pourtant pas d'alarme dans le goût de l'eau… rien qui m'enjoigne à autre chose que de rester en boule, attentive, mais non craintive. L'eau change de goût après, plus sucrée, moins parfumée. La piscine est plus large, comme si on lui avait fait de la place en se détendant. Quand les pas redeviennent lents et lourds, je me laisse bercer dans le moment orange. Et quand une chaleur se presse contre la piscine, je cherche l'autre boule de mes extrémités.

Dans les bruits aigus du grand affolement, des entrechoquements, de grandes respirations comme celle de ma chaleur, mais beaucoup plus fortes. Aussi des cris, des avance, des doucement, des voilà. Pas toujours le même ton. Les doucement et les voilà ne sont presque pas des cris, quelquefois c'est une caresse, une promesse, je sens la piscine se détendre quand ces mots-là retentissent.

Un long moment sans affolement, je pourrais presque oublier les cris et les entrechoquements, il n'y a plus que des moments orangés et des moments noirs et le parfum de la piscine et les autres chaleurs qui viennent parfois se coller contre la piscine. Plus que le bercement de ses pas lourds.

Dans un moment noir, la voix rauque des avance pousse d'autres cris, une autre voix rauque avec elle, des petites pattes me touchent et me prennent. Ma mère beugle, elle appelle, peut-être la voix des doucement et des voilà. Mais cette voix-là ne vient pas, seulement deux voix rauques et ces pattes qui me retournent, me tirent, me démanchent hors de la piscine qui se fracasse avec moi sur un endroit dur et sans eau, couvert de tiges qui sentent fort, qui piquent. Et j'entends ma mère hurler, c'est ma mère mais ce n'est pas elle, son mugissement déshabillé, comme je suis déshabillée d'elle aussi, tous les sons viennent cingler mon crâne avec plus de tranchant qu'avant, et pourtant c'est ma mère, qui se retourne vers moi en soufflant, c'est son air qui me sèche et me réchauffe et qui a la même odeur que sa piscine. C'est vers son haleine que je me dresse de toutes mes forces en chancelant. Elle seule peut me sauver de ces voix rauques qui ont cessé de jurer, deux êtres qui sentent une vieille odeur morte mais qui n'inquiètent pas ma mère. Elle reste tranquille, elle m'essuie de sa grande langue râpeuse, elle fouille mon nez, mon ventre, mes oreilles et chaque recoin de mon corps tremblant et mouillé, elle lèche la piscine jusqu'à la dernière goutte et me pousse vers le creux de sa cuisse, vers la chaleur de l'intérieur de son corps, vers un endroit qui sent l'eau de la piscine sucrée et parfumée, après les moments orangés d'avant. Je la tète, ma langue reconnaît ce liquide épais, différent et pourtant le même, j'avale précipitamment la substance de ma mère qui coule, chaude, dans mon gosier pendant que je me presse contre sa cuisse tiède, et je me laisse tomber sur les tiges dures et je m'endors.

L'odeur des doucement et des voilà est dans mes naseaux, la femme enfouit ses petites pattes dans ma bouche, pleines de ce liquide sans goût, juste de la tiédeur un peu sucrée, plus d'odeur de piscine, plus d'odeur de mère, plus de lait de sa mamelle. Elle fait gigoter sur ma langue ces appendices qu'il faut pourtant téter comme si c'était ma mère, en baissant la tête, comme si elle était morte, dans les tiges dures, dans le seau à l'odeur blanche qui me fait recracher par les naseaux ce que la femme essaie de me faire téter avec ses petites pattes, sa voix aussi douce que ses pattes sont fermement maintenues sur ma langue. Quand je secoue ma tête contre le seau, elle les enlève de ma bouche et reste là, sans bouger, son autre patte vient chatouiller ma nuque, sa chaleur à elle dans le froid de cet endroit loin de ma mère, juste la petite chaleur de sa patte sur ma nuque, elle appuie à peine et ça suffit pour que je baisse la tête dans le seau à l'odeur si blanche, et que je tète les tentacules si dures à la place de la mamelle moelleuse, que j'aspire le liquide blanc comme le seau, qui sent la piscine morte, que je prenne goût au sucré, que je finisse par me passer de ses petites pattes pour boire, que je me presse contre la barrière quand elle arrive avec le seau et que la lumière jaune qui fait cligner des yeux jaillit au milieu du noir tranquille.

Il y a d'autres moi dans les tiges, on se colle nos chaleurs les unes contre les autres, on se tète le mufle, la langue, les oreilles, il nous reste un peu de l'odeur des piscines de nos mères et on se lèche jusqu'à ce que nos langues aient complètement oublié le goût de nos mères, et qu'il ne soit plus qu'un rêve fugitif loin au fond de nos corps.

La femme dépose une autre moi, tremblante et maigre et si blanche que son pelage éclaire les parois de notre box. C'est une moi différente des autres, je m'approche pour sentir son odeur de piscine qu'on a déjà perdue. Je presse mon mufle contre le sien et je lèche ses naseaux, je presse mon flanc contre sa chaleur secouée de frissons et je retrouve la boule qui se nichait contre moi à travers nos piscines, je me soude à ce petit corps et je le lèche comme si j'étais sa mère pendant qu'elle geint doucement et qu'elle me tète l'oreille. Celle qui n'a pas été pincée par la boucle dure qui cogne sur le seau quand je lape le liquide blanc.

Quand la femme enfonce les petites pattes dans sa bouche pour qu'elle boive, elle secoue la tête, la tape contre le bord du seau, alors la femme place son autre patte pour gratter sa nuque, et je colle ma chaleur contre son corps indigné, pour qu'il se calme, même pas pour lui prendre son liquide blanc, même si j'ai faim, je me colle contre elle jusqu'à ce qu'elle tète, que la femme se relâche sur son tabouret, son corps reparti en arrière, nous lorgne, secoue la tête, les jambes écartées, et puis aille chercher mon seau, que j'engloutis enfin. La femme se tient le ventre sur le tabouret avant de repartir et de couper la lumière jaune, nous laissant nous serrer les unes contre les autres dans notre chaleur fumante, couchées sur les tiges dans le coin, où le froid, l'odeur du dehors et de la fumée crachée par la voix rauque ne font que nous effleurer.

Cette fumée piquante, c'est la première sensation qui vient avec la lumière rose du dehors, avant que l'éclair jaune fasse cligner les yeux, avant que les pas lourds écrasent les tiges, me poussent et me forcent à me lever, encore tiède de la nuit, de la chaleur des autres collées toutes ensemble, moi et la blanche tête-bêche, la petite qui tremble de tous ses membres, la voix faible, elle appelle sa mère pour téter, mais il n'y a plus de mères ici, il n'y a plus que nous deux et nos souvenirs de boules dans nos piscines collées, et les autres noir et blanc, toutes presque pareilles sauf elle, la plus claire et la plus chétive.

Maintenant que les moi sont dispersées en tas de mufles d'oreilles et d'yeux clignotants dans la lumière crue, l'homme, une tige fumante dans sa bouche dure, se baisse et ramasse un moi raide et noir, les pattes arrière poissées de liquide jaune. Le corps, éloigné des autres, ne dégage plus de vapeur, l'homme le hisse sur son dos comme s'il ne pesait rien. Puis il le jette par terre d'un coup d'épaule au milieu de la cour, non loin de l'étable où grognent des animaux lisses, et sa voix rauque gueule sur la bête à la queue battante, qui gémit et va s'allonger plus loin, le museau entre les pattes.

L'homme retire toute la paille et la crotte jaune à grands coups de manche à piques, expire crache maugrée des mots enrobés de glaire et de fumée en nous poussant dans un coin. Après on reste titubantes sur le froid poli jusqu'à ce qu'il revienne avec un gros paquet de paille qu'il défait, avant d'envoyer les tiges légères et odorantes en l'air. Alors, c'est la joie et la folie malgré sa présence sombre, jambes écartées, ses pattes refermées en boule contre les flancs, il nous regarde sauter et nous cabrer les unes contre les autres, ses yeux se plissent, il secoue la tête et ferme la barrière, suivi de sa fumée.

Il sort de ses vêtements une lumière bleue, la porte à l'oreille, et sa voix rauque parle à une autre voix qu'on entendrait de loin la nuit, il dit quelques mots, il éteint la lumière bleue et il nous jette un regard creux.

Cela fait plusieurs lumières que la femme n'est pas venue nous apporter les seaux, on arrive à boire le liquide à l'odeur de mort toutes seules, sauf la blanche. La femme soufflait et s'asseyait sur le tabouret pour lui donner ses petites pattes, après avoir calé les autres seaux dans les coins, pour ne pas qu'on les renverse avec nos coups de tête. Quand on en faisait tomber un, elle soupirait plus fort, retournait en chercher un autre, le ventre en avant et la tête penchée vers le sol.

Maintenant c'est l'homme qui les apporte, on sent la fumée de sa tige arriver avant même qu'il envoie l'éclair de lumière, bien avant les halètements de la bête à la queue battante. C'est une jeune femelle, elle a du mal à rester à l'extérieur pendant que l'homme dépose les seaux devant nous, il ne met pas ses petites pattes dedans pour la blanche. La première fois, elle pleure en appelant comme si elle allait mourir, et je lui pousse la tête vers le seau même si c'est aussi mon seau, parce que l'homme n'en a apporté que trois pour nous toutes et qu'on doit boire à plusieurs malgré nos crânes qui s'entrechoquent.

Quand l'homme gronde la bête pour qu'elle reste assise à côté de la barrière, elle gémit avant de se cacher le nez dans les pattes en lorgnant nos seaux. Dès qu'ils sont ramassés, l'homme les décharge à côté de la barrière, il dit bonne chienne en lui donnant une petite tape sur la tête, et elle lèche les seaux en nous avisant, de peur qu'on ne les lui reprenne. Pendant qu'elle racle le fond des seaux, l'homme va chercher la paille et on fait la fête, on éternue et on pousse les petits ballots de nos fronts, on joue à se poursuivre dans les tiges fraîches, c'est l'odeur d'une saison qu'on ne connaît pas, une saison qui nous étourdit et qui nous soûle de bonheur. Après, on s'écroule dans la paille avec nos pattes écartées et on fait un somme, la blanche met la tête sur mon cou et je sens ses battements s'apaiser après la folie de la danse.

L'animal aux pattes rondes qui était venu chercher le moi mort s'arrête devant nous en grondant. Un homme maigre en sort, une tige blanche dans la bouche. Je reconnais cette deuxième voix rauque, c'était le jour où je suis sortie de ma mère.

Pendant qu'on se repose, l'homme de chez nous ramasse un moi, un deuxième, et les met sur son épaule. Dans la cour, l'animal aux pattes rondes ne gronde plus, le ventre ouvert à l'arrière. L'homme maigre y jette les moi engourdis, ils se laissent faire et se couchent dans l'ombre, il y a de la paille dans le ventre béant, est-ce que c'est pour ça qu'ils continuent leur somme ? Les hommes reviennent chercher d'autres moi, ils se lancent des ho ! des celui-là ! T'es sûr ? Attends, je vérifie. Il y en a qui pleurent parce qu'ils étaient couchés avec leur autre moi, et j'ai peur que les hommes me ramassent aussi ou qu'ils ramassent la blanche, que l'une de nous deux parte dans l'animal aux pattes rondes. Et je commence aussi à pleurer, on galope de terreur en rond, on se terre dans les coins pour échapper aux larges pattes de notre homme qui ramasse des moi, et on ne sait pas pourquoi les uns et pas les autres. Avec l'homme maigre, ils rallument leurs tiges qui fument dans le ciel de la cour, et c'est pas trop dur sans ta femme ? Non, c'est gentil pour le coup de main, je te rendrai ça. Ils ferment le ventre de l'animal aux pattes rondes, le maigre entre dedans et le fait gronder, et il part avec nos autres moi, et ils ne reviennent pas.

La blanche tremble, collée à moi, elle n'a plus de son dans la gorge mais je sais qu'elle pleure parce qu'elle est presque moi. Et on ne se quitte plus, on reste l'une contre l'autre tout le temps et on grelotte, surtout elle, quand l'homme nous apporte les seaux du soir, et on ne les boit que quand il ressort pour aller chercher de la paille.

Avec la lumière du matin et les seaux, il y a l'homme qui fume sa tige âcre, la chienne qui jappe. Et aussi un petit homme aux cheveux de paille, qui arrive à la taille de l'homme, et qui ne sent pas le même parfum de fumée et de sueur. Il se cache derrière les jambes de l'homme quand on veut téter ses petites pattes osseuses qu'il cache dans les trous de ses vêtements. Le petit homme a une voix encore plus aiguë que la femme. Il porte des objets qu'on n'a jamais vus, alors on ne sait pas si on doit presser notre mufle sur lui pour sentir sa bonne odeur de piscine propre et lécher ses petites pattes, ou s'écarter devant les objets qu'il a posés dans la paille.

Une fois qu'on a bu nos seaux, l'homme prend une moi dans ses jambes et l'amène la tête dans la barrière, et il aboie sur le petit homme qui tire une partie de la barrière, ça s'enclenche et la moi ne bouge plus. L'un des objets, tenu par l'homme, crisse contre sa tête emprisonnée dans la barrière. D'autres gestes, et ça fume encore plus épais que sa tige. La chienne aboie et recule, les poils de son dos hérissés. À la fin, ils ouvrent la barrière et la moi libérée secoue sa tête fumante, et elle vient se presser contre nous.

La blanche et moi, on court dans tous les sens, mais l'homme m'attrape en premier. Je m'agite pendant qu'il bloque la barrière sur mon cou et, soudain, je ne peux plus bouger l'avant de mon corps. Je tremble en mirant de près le petit homme qui donne un outil vrombissant à son père. L'outil frotte mon front, des poils tombent devant mes yeux et les font cligner, mais ça ne fait pas mal, alors je m'apaise. Après, un éclair passe devant mes yeux, reflétant la lumière du dehors, et je sens une piqûre de mouche plate. Le deuxième outil fait jaillir du bruit et de la chaleur, et tout d'un coup j'ai le crâne en feu, des étincelles plein les yeux, une douleur qui me rentre dans la tête, je voudrais me la taper, et tuer la douleur et l'outil en les frappant de mon front, mais je ne peux pas bouger, juste frissonner. Je bêle d'une voix misérable pour que quelqu'un m'aide, mais qui ? La brûlure reprend à un autre endroit et s'enfonce à nouveau dans mon crâne. L'homme beugle sur le petit de tenir droit un cylindre d'où sort une pluie très froide qui vient éteindre ce feu. Mes oreilles entendent de loin le clang de la barrière qui s'ouvre et je suis libérée, je bondis sans plus penser à la blanche, je secoue ma tête trop lourde. Je m'écroule dans la paille en gémissant, attendant que la blanche revienne de la barrière où elle est à son tour prisonnière, pleurant pour elle aussi, si petite, elle aura encore plus mal que moi, et je me mets à haïr les deux hommes et à les craindre. Le grand a beau hurler sur le petit, je les englobe dans la même méfiance, et je pleure sur la femme qui a disparu et que j'ai presque oubliée.

La chienne épagneule

Je marche dans le pré, à côté du maître. La terre suce ses bottes massives à chaque pas, les herbes écrasées dans chaque trace. Mes pattes s'enfoncent, la fraîcheur de la glaise et du trèfle sous mes coussinets.

Cette odeur de trous de lapin et de taupinières… Je jappe, maître, s'il te plaît, on les chasse ? C'est pas le moment, au pied, la chienne !

Sa cigarette maïs fume, coincée entre ses dents. Pas possible de sentir le gibier avec cette puanteur.

Ma truffe palpite. Le long du bois, je renifle un effluve de renard. Comme hier près du poulailler.

Mon maître a trop à penser. La maîtresse, devenue pleine, a disparu. Il ne peut pas veiller à tout. C'est moi qui monterai la garde au poulailler. Comme je monte la garde et j'aboie sur la voiture du facteur chaque jour.

Sur le chemin, précéder le maître. Humer toutes les odeurs avant lui et sa fumée jaune. Galoper partout. Me couvrir de rosée dans les herbes hautes.

Conduire le troupeau, comme tous les matins. Les vaches énormes, leurs sabots. Rester bien derrière le maître. Voir soudain s'envoler une perdrix, qui se réfugie dans la haie.

Dans le pré, redevenir un chiot. Comme la première fois. Portée dans ses bras, gémir. Ses larmes de rire, dans ses yeux bleus, délavés comme son pantalon.

Les grosses vaches ruminent. Leurs ventres parcourus de ballons. De la vapeur monte de leurs naseaux. Elles mâchent, mâchent et remâchent encore. Comme si elles ne voyaient pas l'autre. Celle qui mugit au fond du pré. Qui galope vers le maître.

Les vaches maigres tournicotent autour de nous. Mais celle-là ! Le maître est planté sur ses deux jambes. Il la laisse venir. Elle est presque blanche, hors d'elle. Elle va lui foncer dessus ! Elle va l'écraser !

Je détale en hurlant. Le maître n'a pas un œil pour moi. Il campe à sa place. Accueille le front de la vache. Met la main sous son mufle. Sa voix basse murmure, allez va, allez. Il donne des tapes sur son encolure. Elle fume presque autant que lui. Mugit contre lui, sans s'arrêter.

Elle sent la viande fraîche. Je la contourne prudemment. L'odeur de sa vulve rose me prend. Il en pend une cascade de viscères fumants. Mes narines frémissent. La salive inonde ma gueule. Elle projette son sabot à ça de mon crâne. Un bond en arrière, vite derrière les bottes du maître !

Il flatte le chanfrein du monstre. La vache meugle plus bas. Comme une plainte qui déchire le ventre. Qui fait presque oublier le parfum de ses organes.

Le maître observe le troupeau. Les grosses vaches près de la haie. Serrées, compactes, fortes. Il a un élan vers elles.

Mais que faire de celle qu'il tient contre lui ? Va-t-elle à nouveau entrer en folie ? Meugler sa douleur ? Comme elle le fait depuis deux jours et deux nuits. Depuis que le maître a amené son veau à la petite étable. Un veau sorti tout jaune. Un veau devenu blanc éclatant une fois léché. Un veau maigre. Tremblant. Jeté contre les autres. Eux, tous pie ou presque noirs, dans le box chaud. Dans la paille fraîche. Une tache de lumière dans l'ombre.

Quand on prend leur veau, les vaches chargent. Même si elles n'ont plus de cornes. Elles courent comme des génisses, sans la joie. Leur plainte envahit l'air froid. Traverse les prés. Frappe les carreaux de la ferme. S'insinue dans les oreilles. Elle devient un bourdonnement qui empêche de penser à autre chose. Qu'à cette mère qui appelle son veau. Et puis finalement on l'oublie. Comme le grognement des cochons au fond de la cour. Comme le ronronnement du chat au sommet de l'armoire. Comme celui du réfrigérateur ou du lave-linge. Un bourdonnement permanent.

Je n'aimerais pas ça, qu'on me prenne mes petits.

Les clang et les paf de la trayeuse dans mon sommeil. Au fond de ma niche. Le maître s'est levé plus tôt pour la traite. Les avance et allez de sa voix embrumée. La respiration saccadée de la bête qui pompe le lait. J'ai parfois le droit de le boire, le lait. Seulement mélangé à du sang. Le maître dépose un seau à la porte de la salle de traite. Pas le droit d'y entrer. Même quand c'est la maîtresse. Ce voleur de chat ! Il est là avant moi. Il crache en me voyant, le dos rond. La queue raide, hérissée, menaçante. La chaleur du lait et du sang mêlés m'envahit. C'est plus fort que ma crainte. J'avance mon museau. Grappiller quelques gouttes... Il y a largement pour deux. Il se détend, comme pour chasser un oiseau. Atterrit sur moi toutes griffes dehors. Elles s'enfoncent dans ma truffe, je hurle de douleur ! Il disparaît dans le fourbi du hangar. Je lape ce qui reste dans le seau. Ma truffe me lance. Je quête une caresse. Le maître me gueule de rester dehors. Je repars la queue entre les pattes.

Si la maîtresse pouvait rentrer… Elle aurait passé la tête, peut-être chassé le chat ?

Le maître donne du bâton sur les croupes. Les vaches maigres reprennent le chemin de la salle. Il leur braille dessus. Elles ne vont pas assez vite. Seul, il gueule plus fort. S'occuper de nos disputes, il a autre chose à faire.

Après la traite, il retire sa salopette. À la place, un pantalon sombre et une veste imperméable. Le micro-ondes fait ting. Il avale son café, un reste de repas. Enfile de grosses chaussures. Il ne les met presque jamais. La ferme est boueuse en hiver.

Il jette un bâton de métal sur son épaule. Me siffle. Je dois monter dans la camionnette. Je ne veux pas aller chez le vétérinaire. La dernière fois il a enfoncé une griffe toute droite dans mon échine. Après j'étais bizarre. Mais on ne va pas au village. La camionnette roule longtemps. On s'arrête au milieu des bois. Il y a d'autres camionnettes. Des hommes, d'autres chiens aussi.

Méfiante, je les renifle. Certains m'aboient dessus. Ils sentent le mâle. Ils me hument, puis ils lèvent la patte. L'odeur de leur urine m'emplit de fourmillements. J'ai envie de la lécher. Je m'accroupis dessus. J'y ajoute la mienne.

Une vieille chienne me grogne. Les hommes rient. J'ai le poil hérissé. Je tressaille devant elle. Alors mon vieux, elle a l'air encore un peu jeunette, ta chienne, t'es sûr que ça va aller ?

Le maître me garde en laisse. Les autres chiens sont libres. Je gémis mais ça me rassure. Les hommes boivent leurs thermos fumants. Ils se répartissent le terrain. Les chiens farfouillent le sous-bois, la truffe au sol. La forêt est remplie d'odeurs. Fougères, bruyères, pourriture. Parfois un fumet de lapin. Je jappe. Le maître peste. Il tire sur sa cigarette jaune. Elle gâche le bouquet.

Son voisin a un grand braque. Robe moirée sous la lumière qui transperce la brume. La truffe au sol, il ne me voit pas. Il avance en zigzag. Son maître nous toise avec pitié. Mets ta chienne avec lui, elle va apprendre.

Le maître me détache ! Je cours partout, ivre de toutes ces odeurs. De la caresse des fougères sur mes flancs. Du moelleux de la mousse sous mes coussinets. Je jappe de plaisir ! Les deux hommes gueulent. Je reviens la queue basse. Le maître me montre le braque, allez va ! Alors je le suis. Lui continue son exploration sans faire cas de moi.

Soudain, une formidable odeur ! Elle est rauque et puissante. Elle nous stoppe. Museaux pointés, pattes levées, oreilles dressées. Je m'arrête avant le braque. Lui ne bouge pas d'un poil. Les miens se hérissent. Je gémis. J'avance une patte après l'autre. Quel est ce fumet si impressionnant ? Qui écrase toute sensation… Le maître chuchote, fronce les sourcils. Il tapote sa cuisse. Je dois le rejoindre immédiatement. Mais je bondis dans le buisson, m'époumone. Un monstre en émerge ! Il est couvert de débris de fougères. Il me fait face. Il me tue de son œil noir. Il grogne, avise dans le même temps les deux maîtres. Il disparaît au galop ! Et pan ! pan ! Le bruit me fait glapir.

Je me tapis contre mon maître. Trop tard. Il est rouge, silencieux. Le braque me rugit dessus.

On rentre à la camionnette, la tête basse. Des hommes se marrent, tapent sur le dos du maître. Il ravale sa colère. Rigole avec eux. Le son de sa voix éraillée par le mensonge. Non, elle n'a pas encore chassé. Pas trop le temps de courir les fourrés, en ce moment, sans ma femme.

À la ferme, le maître m'attache à la niche. Il me laisse seule. Le museau entre les pattes. Qu'est-ce qu'il va faire de moi ?

La ferme sans la maîtresse, c'est la gamelle jetée à n'importe quelle heure. Le garçon qui traîne dans la cour. Les bouts de bois qu'il jette, éparpillés autour de ma niche. Rongés jusqu'au cœur. Les morceaux d'écorce entre mes dents.

C'est l'odeur du café sans le pain chaud. La fin du repas sans les restes. Le maître qui gueule sur les papiers. Sur l'ordinateur. Qui envoie le garçon à l'étage. Le maître qui pleure devant les papiers.

Le garçon sans sa mère, c'est mon compagnon. Il fond sur moi dès que le car de l'école le laisse. Là-bas au bout du chemin. Pas le droit d'y aller sans le maître. Sinon il prend une branche de noisetier au bord de la route. Et pan sur ma croupe. Jamais sur la tête ou le ventre. Le maître est bon.

Le garçon, il fond sur moi directement. Il envoie un bâton près de moi. Au début je reste là, à béer. Alors il l'envoie devant mon nez. Ou sur mon nez, pas exprès. Je détale en hurlant, il soupire ou rigole. Ou il crie les mots du maître avec sa voix de mésange. Il prend un rameau de noisetier pour faire comme son père. Il fouette sans viser. Je jappe plus de peur que de douleur. Quand il relève la brindille, je gronde. Je montre les dents au petit de mon maître. Il file en hurlant comme un sifflet.

Le maître déboule derrière le garçon. Il tonne sur ma tête basse, à la niche, méchante chienne ! Il m'attache. Je ne rentre plus dans la maison.

Il passe devant moi sans m'appeler. Le seau, il le réserve au chat qui me nargue en se léchant les babines. Qui ne le termine pas. Je gémis au bout de la chaîne. Le maître n'entend rien. Perdu dans les clang de la salle de traite.

Ce matin le maître me détache. Il me tire vers la camionnette. On roule longtemps. Il n'a pas son bâton de métal. Ni ses grosses chaussures.

À l'arrivée dans l'autre ferme, un grand épagneul nous aboie dessus. Un mâle qui sent et me renifle longuement. Il me lèche comme ma mère. C'est drôle, je ne pense jamais à ma mère. J'ai envie de me rouler avec lui. Le mâle me grimpe et c'est doux et tranchant à la fois. Je consulte le maître et l'autre homme. Ils hochent la tête et rient, t'as vu comme ils s'entendent ! Le maître allume leurs cigarettes jaunes éteintes au coin des lèvres. Après, le mâle et moi restons attachés longtemps par l'arrière-train. Les maîtres nous laissent. Tu entres quand même boire un café ? Allez, cinq minutes et j'y vais, sourit le maître.

Dans la camionnette, je dors.

Le maître me laisse entrer dans la maison ! Ma couche sent la poussière et le chat. Je dors encore. Quand je me réveille, il a posé le reste du seau de lait à côté de moi.

Le chat est perché sur l'armoire. Je le surveille d'un œil. Et je me rendors.

La camionnette s'arrête dans un grincement. La maîtresse en descend avec sa mère. Je gémis de bonheur ! Je voudrais que ma chaîne se casse, je jappe ! La maîtresse rentre la tête dans la camionnette. Elle en sort un lourd panier, le dépose par terre.

Je me tais. Une petite tête et des petites mains sortent du panier. Elles attrapent l'air. Une voix criaille, plus flûtée que celle du garçon. Une voix minuscule comme celle d'un chaton. Mes poils se hérissent sur mon dos. La maîtresse effleure le panier de ses yeux vides. Elle vient me caresser les flancs. Je lâche quelques gouttes de joie. Je lèche ses mains froides. Elle me détache même si la vieille recule, t'as pas peur qu'elle saute sur le gosse ?

Prudemment, je m'approche de la petite tête. Elle ressemble à celle du garçon en chauve. L'enfant miniature me fixe et serre les poings. Je lève un museau interrogateur. La maîtresse soupire et arrache le panier au sol. La vieille la précède dans la maison, et je les suis.

Le maître a posé la valise au pied de l'escalier. Il repart en lâchant, le petit va pas tarder, t'oublie pas. Normalement je l'accompagne pour nourrir les cochons. Là, je me couche à côté du panier. Les petits poings s'agitent. Deviennent aussi bleus que la peau sous les yeux de la maîtresse. Les miaulements sont rageurs. Je me dresse, inquiète. La face minuscule est rouge. Sa bouche est immense. Je lèche les poings et la figure. La vieille passe le balai, dis donc, ça fait longtemps que le ménage a pas été fait. La maîtresse nous contemple. Ramasse le bébé d'une main et le colle à sa mamelle. De l'autre main, elle aide sa mère à ranger la cuisine.

La vieille marmonne. Les assiettes dans l'évier, les fruits pourris, le torchon sale. La maîtresse s'assied au bord d'une chaise. Le bébé tète tout ce qu'il peut. Il fixe sa mère. Elle lance à la vieille, ben on n'est pas sorti d'l'auberge ! La vieille hoche la tête. Je me lève et viens lécher les mains de la maîtresse. Elle me caresse. Installe le bébé rose dans le panier. Attache son tablier. Retrousse ses manches. Attrape la serpillière et me met dehors.

Plus tard, le garçon arrive hors d'haleine dans la cour. On voit encore le car à l'horizon. Il ne fonce pas sur moi. Pas de bâton sur mon nez. Il file directement dans la maison. Jette son cartable sur le carrelage. Je trottine jusqu'à la porte ouverte. Il pleurniche dans le tablier bleu. La maîtresse lui caresse les cheveux. Elle enfouit son visage dans l'odeur de paille. Le garçon fronce le nez en posant ses lèvres sur la joue sèche de la vieille. Sa mère sort un pot de pâte à tartiner. Il saute de joie. Engloutit les tartines. Il a les larmes aux yeux tant sa bouche est pleine. Il lui donne un barbouillis qu'il a dessiné à l'école. Elle ouvre grand sa bouche et ses yeux. Et encore des baisers ! La vieille lève les yeux au plafond, de son temps on ne bécotait pas les enfants, ça les gâte.

Un miaulement. Pas celui du chat. Le garçon avise le panier. Les petites mains s'agitent. Il s'accroupit à côté du bébé. Il touche son crâne à un endroit mou. Jette un œil aux femmes. Elles ne s'en soucient guère. Il pince un doigt pour voir. Le bébé hurle. Je m'approche. Je tourne autour du panier. Je vais tirer le tablier bleu. La vieille lance une lessive dans le réduit du fond, la maîtresse finit sa vaisselle.

Enfin, elle empoigne le petit. S'assied devant la grosse télé, le bébé sur sa mamelle. Vas-y, mets les dessins animés. La vieille grogne, tu vas en faire un idiot ! Bon, je file, j'ai mon dîner à préparer. Les femmes ne s'embrassent pas. Le garçon allume l'écran, colle sa moustache de chocolat contre sa mère. Il ne s'inquiète pas non plus du bébé. Je me couche aux pieds de la maîtresse. Ceux du garçon me poussent. Je m'étends plus loin, l'œil sur le petit. Il tète, tète en buvant sa mère des yeux. Elle, captivée par les braillements des robots. Moi, j'ai les mamelles qui suintent. Je les lèche. C'est doux, fade, et sucré. Comme le bébé.

Un jour, mon ventre se déchire. Je gémis, doucement. Si je jappe, le maître va sortir la branche de noisetier. Je halète. Je chie sur ma couche, dans la maison. Ils vont m'étriper. Je chie des petits tout chauds, gluants. Je les lèche. Le liquide est comme mon lait. Je lèche du moi liquide. Ils couinent. Se pressent les uns sur les autres. Me submergent. J'engloutis les viscères qui les suivent. C'est délicieusement fade. Comme si je me mangeais.

Les petits se pressent contre mon ventre. Ils se tètent les uns les autres. Ils tombent sur une mamelle. Là, ils pompent. La plus petite ne trouve pas. Je la pousse de la truffe. Je la lèche, qu'elle ne s'endorme pas. Elle repère la mamelle la moins gonflée. La plus proche de ma langue. Ils sombrent. Les uns après les autres. Repus. Je dors quelques minutes. Et ça recommence. Je n'ai pas le temps de boire. Je voudrais me soulager. Pas dans la maison, sinon... Je les lèche sans fin. La petite plus que les autres. Ses frères et sœurs l'écrasent et lui passent devant. Elle tète longtemps la mamelle flasque. Je somnole.

Quand je rouvre les yeux, le sournois est apparu. Il tient la petite par le cou. Je bondis de ma couche ! Je suis sur lui ! Je le mords à la gorge, mais il est trop rapide. Il donne un coup de griffe. Il saute sur l'armoire en sifflant. Je récupère la petite, je la cache au fond de ma couche.

Le maître descend l'escalier. Il gronde, qu'est-ce que c'est que ces saletés ? Il s'arrête en voyant les petits. Il les prend et les retourne. Marmonne, trois mâles, trois femelles. Bonne chienne. Il me tapote la tête. M'apporte de l'eau à côté de la couche. Le chat s'aplatit sur l'armoire. Je ne le quitte pas des yeux, même en buvant. Je profite de ce que le maître prend son café. Je sors en courant d'air pour pisser. Quand je rentre, le chat n'a pas osé bouger.

Et c'est le garçon qui descend. Hirsute. En pyjama. Et soudain, très réveillé. Il se précipite sur ma couche. Je montre les dents, mais le maître fait mine de se lever. Je suis attentivement chaque mouvement du garçon. Il prend un petit endormi, le hume. Fronce le nez. Caresse du doigt le petit museau. Maintenant il sent son odeur. Je dois le relécher. Il laisse tomber le chiot à côté de la couche. File boire son chocolat. Je m'extrais sans faire bouger les autres. Je saisis le cou du petit qui chouine sur le carrelage. Heureusement, le garçon va s'habiller après.

Quand le maître sort traire, que le garçon part prendre le car, la maison est silencieuse. Juste les miaulements du bébé en haut. Le glissement des chaussons de la maîtresse au plafond. Elle descend l'escalier, le bébé sur son flanc. Elle le dispose dans le panier. Il s'endort aussi vite que les miens. Elle s'approche, son odeur de lotion me caresse. Elle estime les chiots. Attrape la plus petite. Renifle, ben, elle va pas faire long feu, celle-là ! Prend son café debout.

Elle laisse ses chaussons à côté du paillasson. Enfile ses bottes et traverse la cour. De ma couche, j'entends les deux voix sonores sortir de la salle de traite. Le chat bondit de l'armoire. File par la porte entrouverte. Le voleur ! Il va se taper tout le seau de lait ! Mais, au moins, il ne touche plus à mes petits.

Le chat tigré

Le rayon de poussière effleure la table massive. Sa couleur foncée se dore, m'appelle à venir m'étendre là, sur la surface polie par les coudes du fermier, et avant eux par ceux de ses parents, leurs repas avalés matin, midi et soir. La fermière n'est pas en vue, peut-être sarcle-t-elle les haricots verts. Les menottes du bébé papillonnent dans le cosy, au pied de l'escalier. Chacune de mes pattes se détend, puis mon dos et enfin ma queue, comme un *s* parfait au-dessus de moi. Je suis à ma longueur maximale, toutes griffes sorties afin de débarrasser mes muscles du moindre engourdissement. Je les bande, atterris sans bruit sur la table, me glisse voluptueusement sur son parfum de cire, plonge mes griffes dans la rainure tendre, à la jointure des deux planches coupées par le père du fermier bien avant que je sois né. Mon flanc épouse le bois, révélant les poils fins de mon ventre. Ils prennent le soleil dans le ronronnement que je viens de déclencher, mes paupières alourdies de volupté.

Le bébé a-t-il perçu l'air déplacé par mon saut ? Les marionnettes sont figées, une bulle éclate dans le silence, puis un pépiement, peut-être de surprise ou de curiosité. Ses yeux d'ardoise ne me voient peut-être même pas, ils ne sont peut-être pas conscients de la potentielle menace de mes griffes sur leur quiétude parfaite.

Je me coule au bas de la table et avance, un coussinet après l'autre, sur le carrelage kaléidoscopique. Je m'arrête face aux menottes qui ont repris leur danse. Du coin de l'œil, je surveille le rai de lumière qui tombe du verre cathédrale ornant la porte d'entrée. Il oscille au gré de la course des nuages.

Le manège des mains potelées reste à la fois paisible et agité, suit les méandres de sensations diffuses, qui n'incluent pas ma présence. Un pas, la patte en suspens ; puis l'autre. La sarabande persiste. À nouveau, je tends mes muscles avec paresse, ce saut-là ne requiert pas la concentration du précédent. Il n'est qu'une pirouette, une malice, presque un jeu. Palper le moelleux de son ventre, plonger une griffe dans la chair tendre, en faire perler quelques gouttes de rubis, les répartir sur ma langue en supportant quelques vagissements… En plein vol, le frémissement du rayon orange me déséquilibre, la rotation de mon cou simultanée à mon atterrissage fausse mon évaluation des distances. Je m'écrase sur le rebord du cosy tandis que la porte s'ouvre d'un coup. Le fils aîné, échevelé, son T-shirt à moitié sorti du short, m'avise et s'arrête. Je ne connaîtrai pas le goût du bébé.

Je voudrais filer entre ses jambes, échapper à la punition. Il m'empoigne, me serre contre sa poitrine et passe devant les menottes arrêtées, une œillade en biais sur les yeux flous. Me serrant sous son bras, il m'emmène dans l'escalier à grandes enjambées, et jette son cartable au fond de la mansarde tapissée de G.I. Joe, d'engins agricoles miniatures et de posters de football. Je m'oblige à la plus extrême mollesse, à ne pas réagir à sa course hachée. Je rebondis lorsqu'il se propulse sur son lit défait et m'allonge sur son ventre.

Il me gratte de son ongle, juste derrière la nuque, fait glisser ses doigts entre mes omoplates, obtient de mon corps une lente élasticité, un relâchement, enfin, un abandon. Il me caresse et me chérit, je suis peut-être le seul habitant de la ferme à recevoir sa tendresse.

Le bruit spongieux des bottes blanches, rythme légèrement claudicant, s'interrompt devant la porte, le temps d'un soupir long comme le jour. La fermière pose un chargement pour libérer sa main déjà gercée par l'humidité de la salle de traite. Elle pousse la porte sans allant, juste pour passer en biais, un seau dans chaque main. Celui de petit-lait, je le goûterai tout à l'heure, quand elle aura fini de cuisiner. Celui de caillé, gare à moi si j'y mets la patte, et ron et ron.

À chaque pas, elle se balance comme le culbuto qui faisait la joie du fils aîné jadis, et qui me rendait fou. Elle ne l'a pas ressorti pour le bébé, qui ne quitte son cosy que pour monter au lit et vice versa.

Un balancement las, le temps de retirer les bottes qui lui sucent les mollets et ne veulent céder qu'à condition de leur imprimer une limite rose vif, juste au-dessus des chaussettes tirebouchonnées. Elle enfile les savates qui traîneront sur le carrelage multicolore toute la soirée avant de cirer chaque marche de l'escalier et de venir mourir au pied de leur lit. Elle s'appuie sur l'évier, souffle à nouveau pour arracher le seau de caillé au carrelage, le hisser en équilibre à côté de l'égouttoir. D'un geste précis, aveugle et lymphatique, elle saisit la tour de moules et les emplit d'une main, sans y penser, les dispose sur un plateau qu'elle recouvre d'un torchon en m'épiant, soupçonneuse. Petit patapon.

Les marionnettes ont repris leur danse, le cosy dodeline d'avant en arrière, comme si le doux balancier pouvait suffire à attirer l'attention de la fermière. Dos au spectacle, elle pétrit une pâte où elle incorpore une part du petit-lait, et verse l'autre dans des bacs à glaçons qu'elle range dans l'étroit congélateur du cellier. Le plus grand congélateur est réservé à la viande, les veaux y sont parfois juste débités grossièrement avant de revenir sur la grande table cirée un jour de mauvais temps. Ces jours-là, je ne sors pas.

Les gémissements du bébé enflent, emplissent la salle, hérissent mon poil sans tirer un mouvement à la matrone. Il faut bien finir la pâte, qui pourra ensuite lever, et elle sera libre de se consacrer à ses autres occupations. Rendu nerveux par les criaillements du nourrisson autant que par le reste de petit-lait qui se fait attendre, j'entrelace ma queue avec les mollets cisaillés, laisse échapper un miaulement qui provoque un nouveau soupir, ça va, laisse-moi respirer là, j'ai pas fini. Le petit-lait au fond du seau n'est pas versé dans ma gamelle comme d'habitude. Interdit, les pattes jetées contre le placard, je vois disparaître le précieux liquide au fond d'une casserole qui frémit, et dont elle verse ensuite le contenu dans une bouteille poudrée de blanc, vite coiffée d'un chapeau caoutchouteux. Elle agite le biberon, attrape l'enfant d'un bras, et enfonce la tétine dans la bouche qui hurle maintenant franchement.

De dépit, je file par la porte entrouverte.

À peine arrivé, ce mioche m'enlève la fermière et mon petit-lait. Enfin, je ne sais pas. Elle le nourrit comme elle nourrit les veaux. Cela dit, les veaux, elle les couve des yeux. Comme elle me couvait, avant. Comme elle couvait le fils aîné.

Je trottine vers la salle de traite, le fermier n'a peut-être pas fini de nettoyer. Avec un peu de chance, si la chienne n'essaie pas de me voler le lait, j'aurai mieux.

Le fermier passe la soirée à son bureau éclairé par un abat-jour qui date de ses parents. Il lui arrive d'évoquer le temps où le comptable et le conseiller agricole passaient chaque mois assister sa mère dans le tri des factures, la constitution du bilan, les choix d'investissement. Le patron, debout derrière elle, tirait nerveusement sur sa Gitane Maïs.

La fermière achève la vaisselle, nous tourne le dos, au cosy, au fermier et à moi, perché sur mon armoire. La chienne ronfle dans son panier, avec ses cinq petits boudins. On m'a empêché de croquer le chiot mort. Quel intérêt de me refuser cette gâterie ? Le fermier l'a posé sur un cadavre de veau en attendant l'équarisseur, qui est venu le jour même. Il a fait une grimace quand le fermier a repoussé sa casquette d'une main, fouillé sa poche. Il a claqué la portière de sa camionnette puante en éructant, c'est la dernière fois, faudra payer avant la fin du mois.

Le nez sur le calendrier épinglé au-dessus du bureau, la fermière annonce que c'est dans quatre jours. Le fermier n'aime pas le logiciel vendu par le conseiller agricole, il préfère tout préparer dans son carnet. Ce soir, il a beau avoir tout recopié, les chiffres ne rentrent plus dans les cases. La paye de lait tombera que dans cinq jours, et ça en fait neuf que je règle pas le véto et la coop. D'un clic malhabile, il ouvre le fichier des dépenses du ménage et grogne, t'as pas envoyé les papiers de l'hôpital ou quoi ? La Sécu a rien remboursé ! Et cette facture de la pharmacie ? T'as besoin de quoi encore ? La fermière avoue le lait en poudre, les protections périodiques. Elle baisse un peu plus les épaules, reste de dos pour ne pas croiser son regard. Il explose, ma mère à moi a jamais acheté de lait, je suis passé du sein au lait des vaches et j'en suis pas mort ! Depuis que le mioche boit cette poudre additionnée de petit-lait, ma ration a bien diminué. La fermière n'a plus un geste pour moi, elle oublie même parfois de remplir ma gamelle d'une poignée de croquettes, m'obligeant à sortir pour chasser dans la rosée.

Elle fait face au fermier, appuie sa main crevassée sur le rebord de l'évier. Elle murmure sa fatigue, les nuits entrecoupées par le cadet, le sang qui continue à couler.

Le fermier fait la grimace. Elle l'écœure. Faut arrêter les gosses, on va pas s'en sortir. Avec les terres, le partage c'est toujours un problème. Ma mère, elle s'est débrouillée. Un seul gamin, c'est ça qu'il faut dans l'agriculture. T'as qu'à faire comme elle. Te fourrer des chiffons dans la culotte et aller nourrir les veaux le lendemain de ton accouchement. Elle faisait pas tant de chichis.

La fermière se retourne pour passer mollement le torchon sur les assiettes, vérifie que le cosy ne s'agite pas encore. Si tu crois que je le voulais, hein. C'était trop tard quand on s'en est aperçus. Ça, elle l'a murmuré trop bas pour qu'il l'entende.

Quand je suis tapi au fond de leur chambre, jamais fermée, je peux entendre le bébé, les cauchemars de l'aîné. L'étage est mon domaine, la chienne n'y a pas accès. Mon territoire composé de couvertures, d'oreillers pleins de leurs squames, du linge sale portant leur parfum, dans lequel je me roule en toute quiétude. Entendre ses râles à lui, quand il la prend, qu'il la maintient sous son poids, qu'il promène sa bouche enfumée sur ses seins, et qu'elle tourne la tête vers moi, les yeux ouverts, qu'elle murmure, ne viens pas, non, pas dedans. Pas un autre, non.

La lune est un œil rond ce soir, ses rayons transpercent les fentes des volets, les rideaux fins cousus par la mère du fermier et jamais remplacés. L'astre m'appelle. J'étends mes pattes sur le palier, le derrière en l'air, mes griffes enfoncées dans le tapis. Je trottine dans le couloir, un arrêt devant la chambre du bébé, grenouille aux paupières secouées de songes plus inachevés que ceux des chiots. Eux, au moins, commencent à gambader, même dans leurs rêves ponctués de jappements étouffés.

Je dévale l'escalier en cascade silencieuse, la chienne ne frémit pas quand je la frôle, tenté un instant. Ses chiots sont trop gros maintenant, leur poids me ralentirait. La chatière grince, elle se redresse trop tard…

Je longe le poulailler. Les poules dorment sur une patte, gloussent dans leur sommeil reptilien. Le grillage a été renfoncé dans le sol, je ne pourrai pas chiper un œuf. Quand le jaune s'accroche sur mes moustaches, je pourrais m'étendre là de contentement. L'odeur du renard est fraîche, il passe plus souvent depuis que la chienne dort dans la salle. Je ricane, à quoi sert-elle, il va bien falloir qu'ils s'en débarrassent… après le sevrage des chiots, bien sûr. Un futur chien de chasse, ça se négocie dans les cinq cents francs, le fermier compte là-dessus, il l'a assuré à sa femme hier quand elle a commencé à sangloter, il s'est levé de son bureau pour l'enlacer, presque la bercer. Ces femelles, toujours à nous attendrir avec leurs simagrées.

L'idée des chattes remplace progressivement mon projet de chasse nocturne. Mon trajet a obliqué vers la grange. Le rouquin m'a précédé, large d'épaules et pas nourri aux croquettes de supermarché. Il est déjà à l'œuvre, faisant pleurer la petite chatte noire et miauler deux tigresses que je n'ai jamais vues. La chaleur qui me tend le bas-ventre ne me rend pas complètement idiot, ce n'est pas ma première saison des amours. Le roux a deux ans de plus que moi, une balafre sur son œil signe son habitude des combats, sa gueule ouverte ne laisse aucun doute sur l'issue d'un affrontement. Je feule en me tenant à bonne distance, ne tente aucune approche de la noire éplorée qu'il vient de lâcher. Elle se carapate dans le foin sans que je bouge une moustache. Seules ses oreilles émergent entre deux bottes, ses prunelles vertes cachées par les tiges ne perdant pas une miette de la scène. Malgré la douleur, envisage-t-elle de se donner au vainqueur ? Le seigneur des lieux avance, une patte après l'autre, me toise, projette son odeur hostile. Les reflets d'argent miroitent dans les yeux des deux chattes tigrées, nous poussent à l'irréparable. Je maudis le confort domestique, bondis sur le géant, visant la gorge recouverte d'un épais collier de poils. Nous roulons dans la terre, les muscles tétanisés par nos griffes, cherchant avec nos canines les artères pulsatiles,

les os fins du cou. Sa morsure me fait glapir et bondir en arrière. Les chattes jumelles enroulent leurs queues, réclamant que l'on se batte vraiment pour mériter leurs attraits. La plus fine penche la tête, magnifiant les éclats de lune dans ses prunelles. Je connais ces manœuvres, et pourtant je plonge à nouveau sur le colosse, plus bas qu'il ne m'attend, saisis dans mes mâchoires un ventre durci par les sauts, la vie dans les fossés, le harem à conserver. Je le mords profondément avant qu'il m'arrache le flanc de ses griffes épaisses. Il feule, fléchit ses larges pattes et, sans préavis, tourne sa queue hérissée, file vers le chemin.

Je voudrais reprendre ma respiration. Malgré la blessure qui suinte, mes pattes en coton, la plus jeune des tigresses s'allonge et roucoule pour que je la prenne. Est-ce une chatonne pour croire à une partie de plaisir ? Je serre les dents, la plaque au sol. La première fois, j'avais été propulsé au firmament par une chatte robuste, qui m'avait refait le portrait au passage. Il s'agit d'être prompt avant que la douleur n'arrive au cervelet de la petite, que les reflets d'argent ne s'éteignent dans ses yeux. Elle les clôt et se laisse faire. Surprise, elle geint, puis supplie, et enfin se dégage en hurlant. Bienvenue chez les grands.

Sa sœur s'avance à son tour, souple, se couche en sphinx, pas folle. Elle se soumet sans illusions, prête à bondir. Deux secondes suffisent à mon bonheur.

Enfin, la petite noire émerge du foin, vient se rendre, et, comme la seconde tigresse, se tapit dans la poussière. Je la considère, encore pantelante. Elle l'aura voulu, je la fais crier brièvement, elle s'éclipse à nouveau dans la grange sans même tenter un coup de griffes. Je m'allonge dans la poussière, m'y frotte pour me débarrasser de l'odeur persistante du rouquin, malgré les chattes, malgré les morceaux de lumière dans les pupilles de la jeune tigrée.

La faim me tenaille, il faudrait encore débusquer un mulot, attraper une mésange au premier vol, piller un nid sur une branche cassante. La pièce d'argent disparaît derrière les nuages, me donne une excuse pour rentrer au bercail, sans me retourner vers les femelles, sans lécher mon flanc purulent. Sans tenter de voir une dernière fois la ligne affolante du dos de la jeune tigresse.

La chienne se tapit sur ses chiots, prête à bondir sur le plat éclairé de six bougies. La fermière est la seule à chanter, pendant que son mari, réjoui par le cidre, couve des yeux son fils et sa femme. Il tient fermement sur ses genoux un paquet emballé avec ce qu'il reste du papier cadeau de Noël, entrelacs rouge et or pailleté, tapissé de scotch à chaque extrémité. De là où il est, l'aîné ne voit pas le paquet, il gonfle ses joues rougies par la chaleur des flammes, par la cire gouttant en taches de couleurs violentes sur le glaçage en pâte à tartiner. Dessous, c'est l'éternel gâteau au yaourt, la fermière n'a pas eu le temps de chercher une autre recette et, même si elle avait voulu, il a l'avantage d'être fait avec les produits de la ferme.

Le fils n'attend pas la fin de la chanson, il souffle les bougies qui grésillent jusqu'à ce que le fermier les étouffe de deux doigts mouillés de salive. Je le vois dans les yeux effarés de l'enfant, ce simple geste de son père, peut-être plus que d'autres démonstrations spectaculaires, l'assoit comme le héros, celui qu'il faudra un jour essayer d'imiter.

Du haut de mon armoire, j'ai une vue plongeante sur les genoux du fermier où les mains recollent un scotch mal ajusté, avant de tendre le cadeau, hésitant, comme si soudain c'était le père qui devait amadouer son fils avec une offrande. Il suspend sa large main qui suffit à tenir la boîte et l'avance délicatement sur le bord de la table. L'enfant rougit d'excitation en arrachant l'emballage, il ne montre pas qu'il a reconnu le papier de Noël, il est fort ce mioche, il a déjà compris que le fermier joue beaucoup dans ce geste, il ne faudra pas raconter ce détail aux copains, demain matin, devant les portemanteaux de la classe des grands.

Et là, il n'a plus envie de jouer. Sa petite lèvre, aussi rouge que les bougies d'anniversaire, tremble soudain alors que le papier révèle la boîte trop petite pour contenir l'objet de ses rêves, mais il s'était dit, c'est pas grave il doit être à plat, on ira le gonfler avec la pompe. Il se rend à l'évidence, cette année encore, pas de ballon de foot, un engin agricole de plus, un magnifique tracteur, rouge comme celui du fermier, en métal s'il vous plaît, un solide, prêt à aller jouer dans la cour, un qui ne craint pas de perdre des petites pièces si on le fait rouler trop vite, avec même une herse, et si on la retire, on pourra attacher d'autres remorques, un round baller, une tonne, un semoir, ce qu'on veut, toute la gamme est disponible. Les frêles épaules se rencoignent sur la poitrine creuse, il ne faut pas qu'il pleure, à tout juste six ans il le sait, il ne faut pas qu'il déçoive le père qui est sûr de lui avoir fait plaisir, à quoi peut rêver un garçon d'ici si ce n'est d'avoir un jour une ferme à lui ? Il ne faut pas que les larmes qui noient ses yeux franchissent ses cils de fille, il tente un sourire aux coins baissés et frémissants, prend le tracteur contre lui et monte lentement les escaliers.

Les yeux embués, la fermière débarrasse, personne n'a touché le gâteau, quand même avec le bébé, la traite et le jardin, elle s'en serait bien passée si c'est pour ça. Le patron reste là, ses deux paluches inutiles pendent le long de son pantalon taché, alors voilà, ça valait le coup de se casser le cul à aller chercher un jouet hors de prix dans le magasin en centre-ville, quand même quarante kilomètres aller-retour, pour avoir la soupe à la grimace, sans même parler de ce que je vais bien pouvoir dire au conseiller agricole qui passe demain et qui va encore me soûler avec la révision de ses quotas, je préfère sortir en griller une, tiens. Le cosy profite du silence pour geindre et s'agiter, et moi je me carapate dans la chambre du fils, saute en un bond à côté de lui, me laisse attraper par le ventre et serrer fort, contre son menton trempé, devant le poster de Zidane offert par sa mère l'an dernier.

II

Les petits

La vache pie noir

À côté de la blanche, je broute sans m'occuper du troupeau. Le pré ondule, sauf le trèfle. Sa tendreté sur ma langue, son goût sucré. Seule l'herbe monte en épi, se balance sous les bourrasques, plus croquante, plus juteuse, gorgée de pluie.

L'homme nous a fait passer du pré empli de chardons à celui de nos mères et de nos tantes. J'ai reconnu l'odeur de ma mère, mais ça fait longtemps que je reste collée à la blanche, alors je ne fais plus attention. Quand on se retrouve côte à côte, ma mère a un mouvement de l'encolure, laisse nos flancs échanger leur chaleur, et elle repart. Je ne réagis pas. C'est avec la blanche maintenant que je me frotte pour faire partir les mouches.

Le nouveau pré est empli de pâquerettes et de boutons d'or, friandises de soleil. Mon corps est devenu large, comme celui de la blanche, plus rond d'un côté, avec des vagues qui tendent ses flancs. Je sens parfois un inconfort au milieu de ma digestion, alors je me couche sur l'autre flanc.

Les grandes ont la belle vie. Si j'avais su que leur prairie était telle ! Dans notre pacage dégarni, on ne mangeait pas autant. On jouait à se poursuivre. Là, on n'en a pas envie. Quand on choque nos fronts pour rire, les vieilles nous considèrent en ruminant, sous leurs cils lourds de sommeil. Leur œil morne ne reflète pas les boutons d'or. Rien qu'une pupille sombre, sans fond.

Ce matin, l'homme tient un bâton, la chienne se poste à côté de lui. Son chant fait se lever lourdement les vieilles tantes. Nous les jeunes, d'abord on ne bouge pas. Il n'est pas venu nous voir souvent, au pré du bout. Parfois, il s'approchait, lentement pour ne pas nous effrayer, soulevait un sabot boiteux, remettait une boucle d'oreille perdue.

On déteste être seules maintenant, alors on se met en branle, rejoint le gros de la harde au trot, vite calmées par le train nonchalant des vieilles. Elles savent qu'il n'y a pas d'urgence. Elles connaissent le chemin. Arrivées devant la rampe de béton, elles passent une à une de leur pas égal. La barrière métallique et le rideau de plastique jauni n'éveillent en elles aucune crainte.

Devant moi, la blanche dérape sur le béton humide. Un allez, une tape légère du bâton sur sa croupe la font meugler. Affolée, elle consent à entrer dans le bâtiment sombre, violemment éclairé par des traits de lumière. Derrière moi, ma mère me pousse de son mufle confiant.

Je reconnais la voix qui résonne sur le carrelage de la salle humide. C'est la femme qui nous a donné nos premiers seaux, en contrebas, dont je sens le parfum de savon et de Javel. J'aperçois à peine, en me tordant le cou, un fichu serrer ses cheveux sombres, une blouse bleue se tendre sur son corps gonflé. Ses pattes couvertes de caoutchouc tiennent un chiffon. Humide et froid, il passe sur un endroit renflé, au bas de mon ventre, qui me fait mal, que personne n'a touché encore. Je rue, j'envoie direct mon sabot sans réfléchir. Elle glapit, retire la main, son bâton cingle ma cuisse.

L'homme pousse derrière nous, les dernières tantes nous compriment. Je suis maintenant coincée en épi entre la blanche et ma mère. Je ne peux plus rien bouger, sauf ma queue et ma tête. Et là, une manne dégringole sous mes naseaux, une poudre brune à l'odeur de piscine, légèrement sucrée, sans le parfum des fleurs. La manne croustille et je l'avale, surprise de sa fadeur délicieuse, de la sensation de plein qui arrive très vite.

Une machine se met à respirer autour de nous, me faisant sursauter, affole la blanche qui rue à son tour. Quelques vieilles branchées à la machine meuglent doucement, sans colère, arrondissent leur dos.

Jour après jour, je goûte la manne avec plus d'impatience et de délectation. Jour après jour, plus de vaches sont branchées à la machine. Jour après jour, la tranquillité des vieilles nous enrobe. Il n'y a plus besoin de bâton, quand le chant de l'homme nous arrive, c'est volontiers que nous suivons les vieilles sur le chemin parsemé de bouses, jusqu'à la salle où la voix de la femme nous caresse les mamelles, jusqu'aux mangeoires automatiques où nous fourrons la langue pour lécher la dernière miette.

La lune jette des éclats violents à chaque lucarne nuageuse, puis nous prive de sa lumière, nous laissant seules dans le vent humide. La blanche mugit vers elle, vers moi, appelle sa mère, quelqu'un. Je colle mon mufle sur elle, je la lèche pendant qu'elle s'épuise. Le noroît redouble, ondule la colline. Il emporte ses râles vers le pré des jeunes, vers le bois des chevreuils, vers le maïs des sangliers. Nous sommes seules dans les bourrasques, contre la haie qui ne nous abrite pas, éloignées du troupeau blotti au creux du pré. La blanche ne peut plus marcher, elle s'est affaissée sur le flanc et tremble maintenant. Je mugis avec elle, pour que les vieilles nous entendent, pour que sa mère s'extraie du rang et vienne la lécher avec moi, la remette debout. Qu'elle bouge qu'elle beugle qu'elle lutte encore.

Quand la nuit se grisaille, que les nuages envahissent l'horizon, et que les premières gouttes frappent la prairie en désordre, la blanche tressaille de tout son corps, glisse sur moi ses yeux d'hirondelle et laisse choir sa tête dans le trèfle. Quand le jour de lait se lève, je n'ai pas bougé, la tête basse près de mon amie, j'attends que la mort m'emporte comme le veau noir dans la petite étable, que notre empilement de chaleur n'avait pas ranimé. Comme elle emporte ma seule raison de trotter de mâcher de fouler le trèfle tendre.

Quand l'homme et la chienne s'approchent, quand le lait s'est dissipé pour donner naissance à un jour de crachin, herbe luisante et silhouettes brumeuses, je ne m'écarte pas. Quand il s'agenouille, la main sur son mufle, le bâton inutile entre la chienne et le ventre boursouflé de la blanche, je n'ai plus la force de lécher. Le museau de la chienne flaire le mufle, les oreilles et la vulve de la mourante. Le poids de l'homme sur sa panse nie la nuit des cris inutiles, sa surdité à nos appels dans le vent contraire. Il extrait d'une glissade le corps d'un veau jaune recouvert d'une membrane aussi bleutée que les yeux de sa mère qui me fixent pour toujours. Comme si les claques données au veau avaient un pouvoir, de me ramener à la vie moi aussi, glacée, la tête basse auprès d'elle.

Et je suis submergée par une onde qui se propage dans mon bassin, dans les profondeurs de mon être, une vague aussi violente que le vent de la nuit, que la lumière effrayante de la lune sans conscience. Une tempête s'abat sur moi comme si je n'avais pas déjà vécu la douleur et l'arrachement, fait glisser de moi un paquet humide, noir bleuté comme ses yeux, qui crève la membrane et que je lèche malgré moi comme si je n'avais pas le choix, comme si je le lui devais, et ma langue lèche aussi le veau jaune qui s'est réveillé dans le même frisson que celui qui a endormi sa mère, je lape avidement les deux petits comme s'ils étaient un seul et même veau, comme si la blanche n'était pas couchée là, déjà froide, mais que nous nous retrouvions, petits bouts de rien, à nouveau lancés dans une vie abrupte, à téter la même mère, moi dédoublée, maillon qui lui permettrait de revivre. Et je les laisse, encore humides, me défoncer la mamelle à vif, pendant que l'homme, agenouillé la main sur la blanche, me fixe d'un air fou, les yeux mouillés de pluie, et que la chienne fourre son nez dans son autre main pour le ranimer lui aussi. Et je laisse mon lait creuser des tranchées de plaisir mêlé de sang dans mes reins, je laisse mon lait remplir leur panse qui n'a connu que la piscine, j'emplis mes petits de mon lait, de ma vie, je leur donne tout ce que j'ai.

Les pas sautillent sur le chemin, les voix aiguës chantent avec les rayons timides qui caressent les boutons d'or, les fleurs grenées de trèfle, touches violettes au milieu des herbes tendres. Des pas et des voix d'autres êtres que l'homme, accompagnés par les jappements de la chienne, le moucheté de sa robe caracolant en cercle autour de l'enfant et de la femme. Un autre petit sur la hanche, secoué par son pas et sa propre excitation. On va voir les veaux, les veaux jumeaux ! chante l'enfant qui jette un bâton loin devant à la chienne et court derrière elle.

Les vieilles, figées en pleine mastication, tournent leurs oreilles vers le creux du pré, là où le fil électrique est doublé et se rejoint sur les deux poignées en plastique. La femme abandonne son petit, debout sur des jambes aussi flageolantes que mes veaux le jour de la lune, elle ordonne à l'enfant de le tenir pendant qu'elle écarte les deux poignées et les houspille pour qu'ils avancent. Dès qu'il le peut, l'enfant lâche le petit et court vers le troupeau, derrière lequel je me tapis, protégeant mes veaux jour et nuit, enroulés l'un sur l'autre. Les mères et les tantes se dressent lourdement, pas effrayées par ce petit gesticulant, à peine plus grand qu'un faon.

La femme contourne le troupeau, chante des piripiripiri de sa voix douce, comme quand elle nous libère après la manne et qu'on repart, lestées du grain fermenté. Le tout-petit la suit, ses jambes arquées caressées par les herbes et les boutons d'or, sa bouche grande ouverte. Il traverse les montagnes vivantes pour venir fourrer sa figure dans les mollets de sa mère.

L'enfant s'approche des veaux, alors je me dresse devant lui, et sa mère l'arrête d'un mot, elle colle ses doigts sous mon mufle comme quand elle me nourrissait, et je sens son odeur de savon et de lait caillé emplir mes naseaux et je la laisse me gratter le dessous des joues, je frotte mon chanfrein contre son ventre rempli, je ferme les yeux contre elle pendant que l'odeur de la paille revient dans mes narines. Mes petits redressent leur tête ensommeillée, éblouis de soleil et de ces enfants à deux jambes et aux voix de mésanges. Le tout-petit appelle mama, mama !, effrayé de mon veau blanc qui se lève et qui tète sa main ronde, il la retire en hurlant. L'autre enfant rit et cherche l'approbation de la femme qui lui sourit aussi. Elle soulève la cuisse du veau noir, et soudain sombre à la vue du fourreau, le laisse se cacher entre mes cuisses, contre la mamelle chaude qu'il vient téter en les surveillant, l'œil écarquillé.

Les deux petits de la femme jouent à caresser les miens, et je relâche ma panse, la femme est mère elle aussi, mes petits sont à moi et elle les aime comme moi. Avant qu'ils repartent, elle ne caresse que le blanc, évitant le noir, et quand l'enfant s'attarde, elle l'appelle d'une voix changée, d'une voix de salle de traite. Le tout-petit s'accroche à sa main, trébuche jusqu'au bas du pré.

Le soir, la femme revient avec l'homme et la chienne, qui reste à la clôture. Pendant qu'elle me caresse le mufle, l'homme emporte mes petits jour et nuit qu'il a attachés à une même corde. En un instant je me retrouve à la clôture, devant la femme qui ne fait plus cas de moi, emmenant mes veaux. Quand je charge, le double fil me brûle la poitrine, un étau monte et me fait chercher de l'air. Il n'y a pas d'air. Il n'y a plus d'air pour moi. Ma plainte monte dans le ciel atone, elle enfle, ne rencontre aucun appui des tantes, seulement les dos de l'homme et de la femme qui s'éloignent avec mes deux petits.

Les tantes et les mères me poussent, matière éteinte à quatre lourds sabots, sur le chemin parsemé de nos bouses encore humides d'hier. Le mufle de ma mère, toujours derrière moi, toujours confiant, toujours pressant, ne m'insupporte même plus.

L'arrivée à la rampe de béton s'accompagne d'un effluve de paille fraîche et de selles de nouveau-nés, mêlant l'odeur du poil mouillé de mes petits jour et nuit et mon enfance avec la blanche. Je ne sais pas ce qui me déchire le plus, qui me fait ruer soudain, vouloir débouler en beuglant dans cette cour que je n'ai vue que du box des veaux, vouloir me précipiter contre le béton pour apercevoir ne serait-ce qu'un instant les yeux d'hirondelle de mon veau blanc, l'étoile claire au front de mon veau noir. Un orage de bois se déchaîne sur mon dos, mes flancs, le tonnerre de l'homme écumant, la femme à la rescousse, grimpée sur les barrières en métal luisant de Javel, ajoutant ses coups débiles à ceux de l'homme, et sa supplication, allez ma belle, allez, ça va aller.

La mangeoire automatique se remplit d'une dose de manne, j'en veux à ma langue de la lécher machinalement, j'en veux à mes molaires d'écraser machinalement le grain le moût le jus de la manne, de le faire passer machinalement d'un côté à l'autre de mes joues, à ma glotte de laisser passer la purée machinalement dans mon estomac, j'en veux à ma panse de se relâcher machinalement, à ma jambe de se décaler et de laisser la femme caresser de son chiffon humide et javellisé mes tétines dépucelées par mes veaux, mes petits disparus.

Quatre bouches mécaniques les avalent les aspirent les triturent, me faisant ruer à nouveau, taper mes sabots postérieurs sur les barrières, sur ma mère, sur la main gantée de rose, la femme qui hurle et qui me cingle de son bout de métal qui m'entaille, elle pleure maintenant, elle récrimine contre l'homme, on pouvait attendre, qu'est-ce que tu avais besoin de..., surtout la petite blanche, et l'homme la coupe, ta gueule, ç'aurait été pire, allez on se dépêche, elle va s'habituer, comme les autres.

Et le pire, c'est que je finis par me calmer, par laisser les bouches caoutchouteuses me pomper, m'extraire ce lait que j'avais volontiers donné à un autre veau que le mien, à mon petit jour aux yeux noirs, ma blanche ressuscitée, la sœur de mon petit nuit, tous deux nés au coucher de la lune. Le cou tordu, les naseaux soufflants, j'arrive à bigler jusqu'à la porte où le chat et la chienne se tiennent à bonne distance, espèrent le seau que leur laisse toujours la femme. Le chat miaule, ça fait long, il attend mes caillots de colostrum mélangés au lait rose, il se pourlèche tandis que la chienne jappe. La femme les chasse d'un pschhht, remise le seau sur l'étagère du fond, assène à l'homme qui s'avance, c'est pour la petite blanche, elle en aura besoin. Cette génisse, tu verras. C'est le destin, la chance qui nous sourit enfin.

La chienne épagneule

À côté du maître et du voisin. Devant le pré à l'herbe rase avec des barrières blanches autour. Je n'ai pas le droit de passer sous les barrières. Elles sont plus hautes que moi. Pas le droit de japper. Ni de courir avec tous les garçons. Ni d'attraper le ballon, de le secouer et le sentir se ramollir sous ma dent, sinon… Je dois être sage. Couchée, pas bouger.

Le garçon a le droit de courir après le ballon. Le droit de hurler quand il va dans le filet. Le droit de tenir les autres par les épaules au long coup de sifflet.

Les coups de sifflet ne sont pas pour moi. Pas bouger. Je lève le nez, le maître non plus ne bouge pas. Il laisse la cendre pendre au bout de sa cigarette jaune. Soudain il se tient droit, s'appuie sur la barrière, vas-y, vas-y, passe-lui. Se retourne vivement en levant les bras au ciel. Évite les visages du voisin, des autres pères accoudés à la barrière. Ne tient pas compte de mon sursaut. Ni de mes oreilles dressées.

Je croyais que c'était fini, mais non. Les garçons en jaune courent vers l'autre filet en poussant le ballon. Et les bleus font l'inverse. Le petit est mouillé. Ses yeux fiévreux trouvent parfois ceux du maître, enfoncés sous sa casquette. Le maître fait un signe de la main, comme quand il m'arrête à la chasse. Le même geste.

Le garçon quête encore plus souvent un autre homme, comme tous ceux en jaune. Ils sont tous à lui, mais ce ne sont pas ses petits. Quand il les arrête, ses mains pèsent sur leurs épaules. Il leur montre les bleus. Fait de grands gestes vers une partie du pré. Après il les renvoie, passe la main dans leurs cheveux humides. Comme le maître quand il est content de la chasse. Qu'il ébouriffe les poils de ma tête. Ça gratouille et c'est agréable.

Le maître des jaunes doit être content. Il passe souvent sa main dans les cheveux du garçon. Il lui donne une petite tape sur la croupe quand il rentre sur le pré. Le garçon s'ébroue, il est fier. Ça se voit.

À la fin, les pères se décollent de la barrière. Ils gueulent en agitant les bras, mais c'est gai. Le voisin sourit au maître, et ils se tapent dans la main. Mais il faut encore que je reste à côté du maître. Moi aussi, je voudrais m'ébrouer sur le pré, mais il lève son doigt, pas bouger. Le garçon s'approche, il sourit à son père. Lui aussi passe la main dans ses cheveux, c'est pas mal, mon fiston. Le garçon file avec les autres dans le bâtiment en béton blanc.

Le maître tapote sa cuisse. Je le suis, sans courir. Le long de sa jambe, tout le temps. Sans farfouiller le sol quand je sens une taupe. Sans courir après les mouches. Le maître tape ses pièces sur le comptoir, et une large femme sert deux bières. Il choque la sienne contre celle du voisin.

La femme exulte, nos petits gars, ils vont peut-être avoir la finale cette fois ! Le voisin lève une main prudente, le maître rougit un peu, eh, si ça se trouve. Et là, il me dit, va ! Et je cours autour du pré et sur le pré ! Il me siffle, le pré est interdit, alors je cours à côté et je me roule. C'est bon de se rouler dans l'herbe après le soleil sur le dos !

Quand le garçon sort du bâtiment, je me précipite pour lui faire la fête. Ma langue sur sa main ne sert à rien. Il cherche son père des yeux. Quand il le voit au comptoir, il s'approche. Ses pieds traînent. Soulèvent la terre dans le soleil. On peut rentrer, papa ? Le voisin attend encore son fils. Le maître soupire, ces gosses… bon de toute façon faut rentrer manger. L'autre ricane. Ils repartent, chacun son garçon, chacun sa camionnette, chacun sa cigarette presque éteinte.

Je suis à côté du maître, le garçon est derrière. Ils ne parlent pas. Le garçon mire la fenêtre mais ses yeux ne suivent pas les poteaux. Tu viens m'aider après pour nourrir les cochons ? Le garçon fait semblant de dormir. Je me roule en boule et j'attends qu'on arrive.

Le bébé marche bien maintenant. Il a fallu le temps. Pas comme mes petits, vite dehors, vite grandis, vite partis. Même le plus maigre des petits mâles. Lui, j'ai cru que le maître allait me le laisser. J'avais commencé à lui apprendre le dehors. Éviter le chat sournois. Attendre à la porte de la salle de traite. Aboyer quand une voiture arrive. Même celle du facteur, tous les matins. Surtout celle du facteur. Se cacher dans la niche pour la sieste. Dans la niche, le petit mâle me tétait encore quand le maître est venu le prendre. Il l'a posé dans la main d'une femme qui sentait le muguet. Une femme aux lèvres rouges et aux bijoux brillants. Quand il lui a parlé de chasse, elle a ri comme un ruisseau, des perles dans la bouche. Le maître observait ses lèvres et secouait la tête sans comprendre. Après, je suis restée deux jours dans ma niche.

Le bébé, ce n'est plus un bébé, il parle maintenant. Il court dans la ferme, il vient encore dans ma niche se blottir contre moi, comme mon petit mâle. Quelquefois il s'y cache quand son frère le cherche. C'est le seul endroit où le grand ne le trouve pas. Je dors d'un œil devant la niche pour que le garçon ne se doute de rien.

Quand il le trouve, il fait bisquer le petit. Cet été, la maîtresse avait rempli un grand bac d'eau pour qu'ils jouent près du potager. Le petit avait retiré tous ses vêtements, il barbotait gentiment. Le garçon a fait celui qui voulait garder son slip. La maîtresse lui a dit, on est tous faits pareils hein, si tu crois que je t'ai pas torché. Le grand a retiré son slip et a poussé son frère. Les aigus ont commencé à me vriller le crâne.

Le petit s'est pris une tape, tu vas laisser ton frère se baigner aussi. Mais il m'embête ! Allez zou, elle a sorti le petit hurlant de l'eau, lui a jeté une serviette. Il est venu directement dans ma niche après. J'ai léché les marques sur son corps pendant qu'il tripotait son pénis.

L'urine des petits hommes ne sent pas comme la nôtre, elle a presque un goût d'eau. Quand mon petit mâle est parti, son jet était plus odorant déjà que celui du petit.

Maintenant le petit ne rentre plus dans ma niche, mais il continue à se caler entre mes pattes quand son frère l'embête. Ou quand il veut être tranquille. Il est le seul à aimer mes lèches. Même sur sa figure, il ne dit pas non. Je ne vois pas trop la maîtresse lui baiser la figure. Pourtant elle baise bien celle du maître et du garçon. C'est peut-être qu'elle est pleine à nouveau.

Moi, je ne suis pas pleine, la saison de chasse a commencé. Je serais trop lourde avec des nouveaux chiots. Et puis je ne sais pas si je supporterais qu'on me les enlève encore.

Le maître passe tôt devant ma niche. Il tape sur sa cuisse, je me dresse. J'aime la chasse. Le diesel ronronne dans le froid. Les maîtres sont à la traite. Je hume le brouillard. Ma truffe est déjà en alerte. Je repère chaque mouvement sous les arbres. Le chat se tient le plus loin possible.

La maîtresse traîne ses bottes blanches. Elle me bouscule avec le seau. Se relève en se tenant le dos. Me gronde pour que je laisse le chat laper avant moi. Le maître gueule, faut que j'y aille. Elle soupire, je vais encore nettoyer toute seule… On a déjà sauté dans la camionnette.

L'habitacle est empli de l'odeur de poussière chaude. La fenêtre grince. L'air frais porte les parfums de la forêt. L'humidité monte. Elle oblige à mettre le chauffage sur le pare-brise. Je colle mon museau sur l'aération latérale. Je flaire les fougères imprégnées de poils de chevreuil. Les feuilles en décomposition remuées par les sangliers. Mes oreilles se dressent. Les voix des autres chiens sonnent sous la futaie. Grave, celle du braque domine. Les beagles claironnent en cadence. Un setter gémit. À l'arrivée, je saute dès l'ouverture de la portière. On se flaire le cul, on pisse et on repisse sur les flaques. Le braque et le setter grondent et tentent une bagarre. Elle est pas en chasse quand même ? demande un moustachu au maître. Il secoue la tête, les hommes gueulent sur les deux excités. Le maître se joint à celui des beagles, moins intéressés par mon odeur. À droite, le braque se raidit sur sa laisse. Il donne de la voix, et on avance en ligne. De loin en loin, un appel d'homme rebondit sur les troncs moussus.

Le tapis de feuilles humides amortit nos pas. Je gémis en repérant l'odeur discrète d'un lapin. On ne les tire qu'autour de la ferme. Un coup au collier, et on reprend la progression dans le fourré.

Un renard nous file sous le nez, on se récrie. Les maîtres nous hurlent dessus. Leurs cols fument. Leurs lèvres mâchonnent des brindilles ou des cigarettes éteintes.

Le fumet délicat d'une autre bête m'arrête. La patte gauche suspendue, j'avance une truffe frémissante vers un amas de buissons qui couronne un creux. Il y a du poil là-dessous, et soudain, plus d'odeur. À mes côtés, les beagles grondent. Et, tout de suite, un chevreuil bondit du taillis ! Il va d'effroi droit devant lui ! Le maître est le premier à tirer ! Couchée à ses côtés, je suis paralysée par la détonation. Les autres sont partis sur la trace de l'animal, ils gênent leur maître qui le manque. L'animal trébuche, se relève. Mon maître recharge d'un coup sec et fait feu, je ne bouge pas. Cette fois le chevreuil s'effondre devant les chiens. Ils sont rappelés à l'ordre par leur maître congestionné.

Les hommes donnent des bourrades au maître. Il écarte ses lèvres heureuses, joues tendues. Me tapote la tête.

Bonne chienne, ça c'est bien. Les hommes se pressent autour de leur prise. Commentent sa ramure, évaluent son poids. L'un d'eux incise sa jambe. Y enfonce un morceau de plastique. L'envie danse dans leurs yeux. Tu as de la place, au moins, au congélo ? Le maître sourit, hoche la tête, rallume sa cigarette jaune.

Ils suspendent le corps à une grosse branche. Le couteau ouvre une large fente. Des viscères fumants s'écoulent sur les feuilles. L'odeur des intestins m'envahit les poumons. Les hommes nous gueulent dessus. Pas toucher, pas bouger ! Les couteaux s'activent, les quartiers sont partagés, portés dans les camionnettes. Le maître recueille des abats dans une boîte en plastique, devant les envieux. Garde la tête et la peau du dos. Ramasse un intestin par terre, me le tend. Je l'engloutis, je laisse le sang barbouiller mes babines. Je savoure le liquide tiède et gluant. Les coulées de salive et les aboiements des autres chiens qui attendent. Et c'est la récompense ! On se précipite ! On se bat pour les morceaux embrouillés en tas. Après, chacun se trouve un coin pour déguster sa pitance. Le maître me flatte, je me couche à ses pieds. Le ventre plein de saveurs crues. Le museau et le poitrail imbibés de sang. J'ai le respect de mon maître. J'ai tout.

L'odeur métallique du sang, je la reconnais. Elle est mêlée à une autre odeur. Celle de la transpiration de la maîtresse. Celle de sa chemise de nuit imbibée de sa sueur aigre. Celle de ses pieds nus dans les bottes en caoutchouc. L'odeur qui passe devant ma niche, je la suis. Je vais au vent en direction de la cabane des toilettes. La maîtresse les utilise quand elle est au jardin. Quand la fatigue et la lourdeur de son ventre la rend lasse. Mais pas la nuit. Je perçois son halètement derrière les planches de bois. Je sens le fumet du sang chaud qui inonde la cabane. Elle râle. Les planches grincent sous son appui. Elle gémit, et je gémis avec elle. Comme si on chiait des petits toutes les deux. L'eau coule quatre fois.

Quand elle ouvre la porte, elle a un sursaut. Ses mains rouges essuyées sur sa chemise de nuit. Les traces font comme des trous sur le tissu blanc dans la nuit, un visage qui hurle. Je lui lèche les mains. Elle s'agenouille, le visage mouillé. Elle se laisse lécher la figure, elle me prend le cou.

Comme si j'étais sa maîtresse. Comme si c'était moi qui la nourrissais. Comme quand je léchais ma petite fragile.

Et puis elle renifle. Se redresse, chancelle. Un filet de sang goutte encore sur sa jambe, dans la botte blanche. Je lèche les gouttes. Elle ne m'écarte pas. Aucun mouvement d'humeur. Elle me laisse entrer avec elle dans la maison. Appuie sa main sur ma tête. Elle prend un torchon dans le tiroir, le passe sous l'eau chaude. Elle se frotte les jambes, remonte sous la chemise de nuit. Le torchon rosit. Il prend l'odeur du sang mêlée à celle du savon. La maîtresse suffoque, elle tremble. Je m'assieds à côté d'elle. Ma queue bat la mesure. Je lui lèche encore les mains. Elle en pose une sur moi.

La chemise de nuit tachée lui passe au-dessus des épaules. Elle la roule en boule dans l'évier. Nue, presque sans poils, elle s'acharne avec le savon. Elle fait couler l'eau, frotte, essore. Et toujours nue, elle va l'étendre derrière la maison avec le torchon, en prend un autre dans le tiroir.

Elle me flatte de la main. Me contemple, les bras ballants. Se décide à me laisser sous l'escalier, comme quand j'ai eu mes petits. Je soupire bruyamment. Mon coussin sent la saleté. Mais pas le chat. Il doit dormir là-haut. Ou bien il est en vadrouille.

Le corps blanc de la maîtresse monte l'escalier sans bruit, le torchon entre les jambes. Pas même un glissement. Ses chaussons ont dû rester là-haut. Un tiroir grince, un tissu déplié. La porte d'une chambre se referme doucement. Les ressorts du lit gémissent un instant. Est-ce qu'elle dort ? Moi, non.

Le chat tigré

Le long du poulailler, les rayons de lune dessinent des échelles. Je trottine sur les barreaux à la recherche d'un trou où me glisser. La puanteur du renard imprègne les herbes, je m'immobilise, craignant de tomber nez à nez avec le voleur. Il a sans doute été dérangé, m'a préparé le terrain sans le savoir. Une faible déclivité a été creusée, mais pas encore assez large pour le goupil. Moi, je m'y glisse comme un chaton sortant de sa mère. Les poules n'ouvrent pas leurs paupières translucides, je ne suis qu'une ombre, une branche agitée devant la lune, mes coussinets absorbent le moindre caillou dédaigné par leurs gésiers, ne font crisser aucun brin de paille. Je me garde de les frôler, me contente de faire rouler doucement un œuf encore tiède jusqu'au centre de l'appentis. Sa taille m'empêche de le croquer, je le pousse sur une pierre, un craquement rompt la quiétude des gallinacées, qui laissent échapper un gloussement ensommeillé. J'attends le retour du calme pour plonger mes babines dans la glu enrobant un minuscule squelette mou et délicat, que j'engloutis en me léchant les babines. Je m'allongerais bien là pour digérer mon forfait. Mais d'autres méfaits m'appellent.

Le chemin de la grange est désert. Un faible miaulement m'appelle à l'intérieur, m'oblige à écarquiller les pupilles. Un piège ? Non, le fumet du roux est absent. Mon dos et ma queue se détendent, c'est en seigneur que j'entre dans la cathédrale de paille et de foin, scrutant la botte d'où vient la plainte. Sans effort, trois bonds nonchalants m'amènent à la hauteur d'un trou où j'aperçois les pupilles vertes de la noire. Ça grouille sous son ventre, je distingue des chatons de toutes les teintes, un noir, deux tachés, un roux. À côté d'elle, un tigré ouvre sa gueule rose d'où sort un minuscule couinement. Il n'arrive pas à la rejoindre, empêtré dans un creux plus profond... Le parfum qui émane de cette litière me retourne le sang. C'est celui de la petite chatte tigrée au dos si souple, aux éclairs de lune dans les yeux, à la queue si dessinée. Mes yeux vont du petit à la noire, interdits. Qu'est-ce qui a pu faire abandonner son unique chaton à ma belle ? Est-ce que le roux aurait osé... ? Mes muscles palpitent de colère pendant que je lèche le chaton tigré, le pousse vers la noire, écarte le petit roux et l'un des tachetés pour que l'orphelin atteigne un bouton gris sur le ventre de la chatte, reste allongé près d'elle, et si je croquais le petit rouquin, un prêté pour un rendu ? Je décide de ne pas le tuer, c'est peut-être pour ça que la noire ne repousse pas le chaton tigré, le laisse prendre une part de la pitance des siens, elle qui n'a déjà que la peau sur l'échine.

Je patrouille les haies et les fossés à la recherche d'une trace de la mère du petit, d'un poil de mon adversaire. Je voudrais lui régler son compte, mais il semble avoir déserté le hameau. De la petite beauté, il ne reste rien. Pas une traînée de son parfum subtil ailleurs que dans la couche voisine de la noire, rien. Il ne me reste plus que les reflets de la lune dans les flaques pour me souvenir d'elle.

Et le chaton.

Quand je rentre à la maison, que la chatière claque brièvement, un autre effluve m'arrête. Cette ombre au pied de l'escalier, la chienne dort là, elle a soulevé une oreille à mon approche et gronde pour la forme tandis que je saute sur l'escalier. Elle n'a pas l'odeur de la gestation. Même s'il y a une autre senteur qui imprègne les marches, une humidité qui sature l'air de l'étage, ce n'est pas la chienne. Alors, qu'est-ce qu'elle fait là ?

Dans la chambre parentale, le fermier produit des borborygmes, le corps de sa femme allongé à côté. Ses yeux à elle, ouverts, brillent dans l'obscurité sans me voir.

Dans celle de l'aîné, je trouve ma place à côté de son corps chaud. Il sursaute au contact de mon poil, me fixe, effaré et inquiet, puis retombe dans un sommeil lourd, son dos contre le mien.

La chambre est tapissée de figurines, que j'évite pour ne pas ruiner mes coussinets. Les deux frères tentent d'aligner des petits soldats vert-de-gris face à face sur le linoléum de la chambre. L'enfant dispose prestement ses troupes en ordre dispersé. La maladresse du cadet l'énerve, il saisit la troupe adverse et l'aide à les installer n'importe comment. De toute façon, ce n'est pas vraiment un jeu, c'est trop facile de battre un mioche de trois ans, c'est juste un entraînement pour la cour de récré, où ça ne rigole pas, il le lui dit sans ménagement, la vie c'est comme ça.

Le cadet s'agenouille derrière sa minuscule armée, il n'a pas tout compris, mais le ton de son frère a fait perler une goutte à ses cils blonds presque invisibles. Ses joues encore emplies de lait, ses grands yeux globuleux et son crâne aplati par les siestes trop longues contrastent avec le visage triangulaire de l'enfant, semé de taches de rousseur, ses yeux en amande bordés de longs cils, son corps nerveux délié par le foot et le vélo. C'est facile de comprendre pourquoi tout le monde préfère l'aîné, à commencer par la fermière. Le cadet est si falot, si vide de promesses, qu'il ne fera jamais le poids. Je m'installe en gardien du champ de bataille, évidemment du côté de l'aîné.

Le sac de billes déverse avec fracas ses munitions, elles sont réparties entre les deux généraux. Le bébé voit bien que son tas est le plus maigre, mais il ne sait pas compter, il pointe les billes de son doigt dodu et renonce, forcé de faire confiance à la science de son aîné. Le bombardement commence, la technique apprise pendant des mois dans le sable de l'école porte ses fruits, chaque tir de l'enfant dégomme cinq ou six soldats ennemis opportunément regroupés en grappes. À chaque tour, le cadet jette en l'air une bille qui atterrit fatalement loin des soldats de son frère, en massacre un ou deux par chance. La bataille est vite pliée. La lèvre du mioche s'incurve, humide et flageolante, c'est pas juste, c'est toujours toi qui as plus de billes, t'as fait exprès, il sanglote carrément.

L'aîné m'envoie un coup d'œil de connivence, et voilà, ça recommence, il soupire, tu sais ce qui se passe pour les garçons qui chialent ? Hein, tu sais ce qu'on leur fait, aux mauvais perdants ? Tiens, viens là, et il saute sur ses pieds, désigne l'espace vide entre les rangées de soldats, tu vas payer, chacal !

J'en ai assez vu, je me tire pendant que le cadet proteste d'une voix étranglée, non, je veux pas, arrête… C'est bientôt l'heure de la traite, il ne s'agit pas de laisser la chienne hériter seule de la distribution de lait.

Désormais le seau de lait adultéré est sorti par la stagiaire. Sa présence permet de décharger un peu la fermière qui trottine vers la maison pour veiller au bon déroulé du petit déjeuner. C'est que les enfants n'arrêtent pas de se houspiller, maintenant que le bébé va à l'école maternelle, ils doivent prendre le car ensemble, et le cadet trouve toujours un moyen d'énerver son frère et de se mettre en retard.

La jeune fille aux cheveux raides et au jean troué prend le temps de me faire une caresse après avoir posé le lait. La chienne aussi a droit à sa flatterie. Le seau est de plus en plus rempli, le lait strié de sang et de globules excède notre appétit et, après avoir consulté le fermier, la stagiaire le verse dans la grille d'évacuation. C'est l'heure de la digestion, je me dirige d'un pas lourd vers la maison d'où éclatent à nouveau des insultes.

Le fils aîné est hors de lui, invective sa mère autant que le bébé, comme il ne cesse de l'appeler, le môme qui lui fait honte dans le car avec sa morve au nez, ses pleurs silencieux tous les matins, qu'il faut aller chercher le soir à la classe de son ancienne maîtresse qui sent le pot-au-feu et qui lui ébouriffe les cheveux de sa main pleine de la morve et de la merde des gosses, celui dont il faut tenir la main devant les copains pour attendre le car, se faire traiter de baby-sitter, quasiment de pédé quoi, la gifle part avant qu'il ait eu le temps d'y croire. Alors si même sa mère est du côté du mioche, si même elle commence à croire les bêtises qu'il pleure dans son bol de céréales, si personne ne le soutient, il le promet, qu'on ne compte plus sur lui pour le traîner au car ni pour le ramener, hein.

La porte claque derrière lui, le cartable jeté sur une épaule, les talons frappant la terre. La fermière ramasse les bols, essuie la bouche tordue du cadet avec le torchon noué à sa taille, le pousse au-dehors, allez file, le car va arriver, et arrête de raconter des sornettes, on n'aime pas les menteurs chez nous.

Les petits pieds ronds traînent jusqu'à la porte, les yeux globuleux tentent d'accrocher une dernière fois l'attention de la fermière qui est déjà retournée à son évier pour rincer les bols, les mettre à sécher, passer à autre chose que ces enfantillages.

Inutile de sauter de la marche d'escalier pour me glisser entre ses mollets fatigués, elle ne me voit pas, elle fixe la meurtrière qui surmonte l'évier, avec vue sur le potager où l'attendent ses haricots à sarcler.

Silencieux, je gravis les marches pour me lover dans un lit. Cette fois, je choisis celui du bébé, l'oreiller encore taché de sa morve. Je m'endors le museau dans son odeur de pleurs et de lait caillé.

L'écoulement continu qui tapissait les vitres de rideaux liquides a cessé. La grange m'appelle, même si je sais que je n'y retrouverai plus jamais la jeune tigrée. Je bondis au-dessus des flaques, tendu et silencieux.

L'ombre gigantesque se détache sur le ciel en mouvement. Je lui tourne le dos et m'insinue dans le bâtiment.

J'appelle brièvement, sans crainte de voir surgir le roux. Cela fait maintenant quelques semaines que je n'ai plus senti son odeur musquée aux alentours. Le miaulement sec de la noire me répond. Elle se tient au bord d'une botte de foin à mi-hauteur, surveille ses chatons quasi sevrés se rouler dans la poussière, se pourchasser, se mordre. D'un œil impavide, immobile comme une déesse en son temple, elle n'intervient pas quand les griffes de son chaton roux déchirent les flancs des autres rejetons. Il s'en prend au petit tigré plus souvent qu'à ses frères et sœurs tachetés, l'accule dans un recoin jusqu'à ce que le chaton appelle à l'aide, feule et tente un frêle coup de griffes, facilement esquivé. La mère me fixe, déjà fatiguée de cette portée, des batailles entre ses petits. Devant sa demande muette, j'écarte d'un coup de patte le petit saligaud, prends l'autre par le cou comme s'il portait encore l'odeur de sa mère et, au trot, je le sors de son univers, mou et tétanisé, n'osant pas bouger entre mes crocs.

Je rapporte mon butin vivant à travers la chatière, gravis les marches sans rebond et le planque dans le lit du cadet, à l'extrémité qu'il n'atteint jamais, pelotonné qu'il est sur son oreiller trempé de bave.

Quand il s'éveille, c'est à son tour de prendre, émerveillé, la peluche vivante, de la serrer contre lui. Il l'embrasse de sa bouche humide, court le montrer à la fermière déjà debout devant la cuisinière. Elle s'attendrit un instant sur le chaton, le soulève, encore un mâle. Va savoir ce qui t'a pris, le chat ? Posté sur l'escalier, je descends marche après marche, lèche mon élève, puis lui montre comment s'asseoir pour attendre le petit-lait, mais lui ne m'obéit pas encore, il explore le carrelage de ses pas hésitants, lâche une petite mare vite essuyée par la fermière. Elle râle, et allez, encore un peu de boulot, va falloir lui apprendre vite fait, hein !

Et comme si elle avait déjà oublié l'incident, elle offre une soucoupe de bon lait crémeux. Le parfum gras me monte aux moustaches. Qu'est-ce qui me fait prendre le petit par le cou et l'installer devant sans y toucher, résister à cette torture, je ne sais pas. La fermière nous contemple, les poings sur les hanches, alors ça ! Alors ça !

Elle n'a pas le temps de s'extasier que le fermier revient de la traite avec la stagiaire, ils ont faim. La jeune fille se penche sur le petit, elle le caresse juste derrière la nuque, en voilà des histoires pour un chaton, grogne le fermier, allez, mets-moi ça dehors. Il effleure l'épaule de la stagiaire, fait glisser sa main dans son dos. Elle sursaute faiblement, désigne la fermière, et c'est lui qui rougit. Pendant que sa femme fait griller leur pain, il passe une main sur sa figure et s'assied lourdement. Il lape son café au lait, aspire les volutes de crème à la surface, n'ose plus tourner son visage vers la stagiaire. Les yeux fixés devant elle, un rictus à chaque aspiration, elle ne fait pas de bruit en mangeant, elle, qu'est-ce qui lui a pris de si peu réagir ? Est-ce que c'est la fermière ? Pourtant on dirait que ce n'est pas à cause d'elle que le fermier lui répugne. Alors qu'est-ce qui l'empêche de le repousser sans cette excuse à la noix ? Nous, les chats, n'avons pas besoin d'excuses, nous qui sommes tout instinctifs, si peu sentimentaux.

III

Les avortons

La vache pie noir

La salle de traite résonne d'une troisième voix. Celle de l'homme est toujours là. Ferme, rassurante, forte comme son bâton. Comme la régularité de la manne qui tombe dans nos mangeoires.

La voix de la femme est rare, elle s'entend à la fin de la traite, alors qu'on est parquées sur le béton humide. Qu'on attend de rentrer au pré. Les éclats nous arrivent, répercutés par les surfaces en carrelage. La femme ressort avec un seau de petit-lait, se dandine d'une botte sur l'autre.

Une nouvelle voix se mélange à celle de l'homme. Elle ressemble à celle de la femme en plus rieur. Elle me dit, bonjour toi en me nettoyant la mamelle. La première fois, j'ai failli lui envoyer un coup de pied. Mais, fini, ces réflexes de jeunette. Comme les autres mères, j'ai pris le pli. Le bâton, il me caresse presque. Alors le chiffon doux et mouillé, c'est comme un coup. Un coup de tendresse, au moment où on ne s'y attend pas, ça fait mal.

Les voix de l'homme et de la jeune se répondent dans la vapeur de nos croupes. Il commente les gestes à faire.

Il rectifie. Parfois, il se place épaule contre épaule pour lui montrer. Elle fixe un point droit devant elle.

C'est la jeune qui nous conduit au pré. Elle chante, on trotte en rythme, enivrées par le soleil et le parfum gras du trèfle. Je laisse courir mon mufle sur la croupe de la noire qui me précède. Ça lui chasse les mouches, elle se laisse faire tranquillement, sa queue s'écarte mollement. Quand la fille ouvre le fil électrique du pré empli d'odeurs, la tête me tourne de tant d'herbes tendres, de pâquerettes et de pissenlits. On est une bonne dizaine à se cabrer comme des veaux. La jeune se plante à la barrière, les poings sur les hanches. Elle rit toute seule, une herbe à la bouche.

Je ne sais pas si c'est le pollen, le soleil ou la chanson de la fille. Ou la queue de la noire, ou sa croupe luisante, ou sa tête gentiment tournée vers moi. Dans la joie, je lui monte dessus, elle sent tellement bon elle aussi ! On se frotte, et je retombe lourdement, pas calmée. Après, une autre pie me grimpe aussi, et c'est doux de sentir sa mamelle me frotter sous la queue, comme une démangeaison qui s'apaise et qui renaît. Des papillons tourbillonnent près de la haie, à l'unisson de notre joie. La jeune fille reste un moment à nous observer, son herbe tombée dans le chemin. Quand on va ruminer dans l'ombre de la haie, elle s'en retourne vers la ferme de son pas balancé. Peut-être que la chanson lui trotte encore dans la tête.

Lorsque le soleil descend, la fille et sa chanson reviennent nous chercher. Ce n'est pas vers le parvis de béton qu'elle nous mène, mais vers le hangar où nous passons l'hiver, protégées du vent par deux hauts murs de paille. Une camionnette blanche soulève la terre du chemin, s'arrête devant le hangar. Le conducteur descend, salopette blanche en plastique. Il porte une mallette en métal, serre la main de l'homme, y en a une de plus depuis ce matin, t'as assez de paillettes du même taureau ? L'homme en blanc hoche la tête.

Le hangar laisse filer l'air tiède. La manne nous attend, on se serre pour ne pas en perdre une miette. Le clang du métal nous bloque toutes face à la mangeoire. L'homme blanc se glisse dans mon derrière de toute la longueur de son bras, il me fait faire ma bouse avec souplesse et rapidité. Je me sens vide, juste un picotement dans la vulve, puis il passe à la noire qui frotte son flanc contre moi.

De l'autre côté du hangar, les veaux de l'an dernier mugissent. J'entends mon veau, ou celui de la blanche, je ne sais plus. Un picotement dans ma gorge me donne envie de lui répondre, et ça passe. On retourne à la dalle de béton, on n'est pas restées longtemps. La poudre de la camionnette blanche est déjà au bout du chemin quand je m'engouffre dans la salle qui tintinnabule de la voix fraîche de la jeune. Je ne rue pas quand elle passe le chiffon sur mes tétines. Je tourne juste mon œil gauche vers elle. Elle a commencé la traite seule. Tranquille.

La noire me cherche de son mufle, de ses flancs, depuis hier. Elle ne me décolle pas. Elle mugit doucement, l'encolure basse. On se tourne autour. Elle expulse de la piscine et des amas bleus. On renifle toutes les deux le tas semi-liquide dans l'herbe. Ça sent comme un veau, mais… elle me suit comme sa mère.

Puis c'est la tachetée autour des yeux qui beugle au matin dans le brouillard, une grappe bleue entre ses pattes arrière. Elle ne veut pas qu'on l'approche. On fait quand même corps autour d'elle quand l'homme arrive avec la chienne. Il se penche sur l'amas, le visage fermé. Il tire sur la tige fumante, la jette dans le fossé. D'un ordre sec, envoie la chienne l'attendre à la barrière. Il réussit à attraper le cou de la tachetée, il s'accroche à elle comme s'il était un des nôtres. Il reste là sans bouger. Il repart d'un coup d'épaule, sans plus nous calculer.

Il revient seul, dans le jour naissant. Sa silhouette grisée écarte la brume, un seau dans chaque main, un bâton métallique dans le dos. Sans la chienne. Sans personne.

Chacun de ses pas balance l'autre, plus lent que d'habitude. Il ramasse les deux masses gluantes et les jette dans un seau. Tire sur ce qui pend encore sous la queue de la noire et de la tachetée. S'arrête pour étreindre à nouveau l'encolure de la tachetée. Puis de la noire. La brume monte de l'herbe encore perlée. Le rose du premier soleil aussi. La tachetée le mire bien en face quand le tonnerre claque, et aussitôt elle s'écroule. L'homme plie son bâton de métal, les épaules secouées, avec un gémissement de chien. Le deuxième coup de tonnerre prend la noire contre moi, je la sens qui glisse sur mon flanc, qui s'appuie sur mes jambes en s'affaissant. Le filet de sang brille sur son chanfrein noir.

L'homme nettoie leurs vulves avec le liquide âcre du deuxième seau, et aussi le sang sur leur front. Il frotte longtemps la tachetée, mais son chanfrein reste brun clair.

Son dos se courbe tandis qu'il repart vers la ferme avec ses deux seaux, la tête plus basse encore que son dos.

Ce sont les femmes qui nous traient ce matin. La salle ne répercute que des allez brefs et sans musique des deux femelles, la mince et la grosse. La fille ne me parle plus quand elle me passe le chiffon sur la mamelle. Il n'y a que les clang et les pschht des cornadis et de la pompe. Nous restons coites dans l'attente du prochain coup de tonnerre. Avançant chaque sabot avec précaution sur le béton. Serrées comme un bloc, flanc contre flanc. Remontant au pré sans chanson.

Ma mère a eu un veau il y a quelques jours. Elle a mugi, a couru au bas du pré quand l'homme et la jeune sont venus le prendre. Elle a tourné autour de l'homme en agitant la tête. Ça n'a rien changé.

Je me dis qu'elle a fait la même chose quand l'homme m'a mise avec les autres veaux, puis la blanche. Ça me serre quelque part entre la caillette et la gorge. Ça picote parce que je sens moi aussi des mouvements dans ma piscine, depuis un bon moment maintenant. Des mouvements doux et parfois des coups. Et je ne peux plus me frotter contre la blanche ni la noire pour que nos veaux se touchent et qu'ils restent ensemble pour la vie. Je ne peux pas vivre si on me l'enlève encore.

Dans la nuit, je lève mon mufle vers la lune placide. Cet œil qui nous observe toutes les nuits, il faut bien qu'il serve à quelque chose ?

La nuit où je vêle, la lune se cache, on y voit à peine. Juste l'ombre de la haie contre moi, et ma mère de l'autre côté, qui veille. C'est plus dur que la première fois, si c'est possible. Je pousse et je pousse et je pousse. Je voulais me taire, mais les meuglements sortent étranglés malgré moi. Je hoquette sous la douleur. Il faut que je le sorte, ce veau qui doit faire ma taille. Au bout d'un effort harassant, il tombe, petit et flasque, entre mes jambes. Et la douleur continue à me creuser entre les os. Et un deuxième veau, aussi mou que le premier, tombe sur lui. J'ai un meuglement étouffé, ma mère se penche sur les deux veaux, les lèche pendant que j'expulse le placenta. Je me couche, incapable de venir en aide à mes petits. Elle, elle les pousse vers moi, elle me bouscule de son mufle. Elle veut que je me lève, que je les allaite. Comme je ne bouge pas, elle continue à les lécher. Le premier, une étoile blanche sur le front, commence à la téter. En les couvant tous les trois, l'étoile blanche et ma mère, la petite noire encore dans l'herbe, une idée germe dans le brouillard. Elle me donne l'énergie de pousser sur mes sabots, de me lever malgré mon ventre et ma vulve déchirés. Je guide la petite noire vers ma mamelle. Ma mère se colle contre moi pour que l'étoile blanche me tète aussi, mais elle revient vers elle.

Quand les veaux sont abrutis de lait, avant qu'ils s'écroulent, je les refoule dans le fossé de la haie. Avec mon flanc, je conduis ma mère pour qu'elle s'allonge devant le fossé, et je m'éloigne dans le début de jour gris.

La petite noire réussit à fuir le fossé, me colle au moment où l'homme émerge au bas du pré. Quand il nous rejoint, elle me tète violemment. Et moi, je fais face. S'il réussit à me la prendre, il n'en aura qu'une.

La chienne épagneule

La petite auto rouge soulève la terre du chemin. Devant ma niche, je frétille. Je sais qui la conduit. C'est l'enfant dans un corps de femme. Son parfum de voiture chaude et de cigarettes blondes. La portière s'ouvre, et je me précipite. Je gémis de bonheur. Elle m'a manqué ! Je lui lèche les mains, appuie mes pattes sur son jean. Je la flaire entre les cuisses. Elle ne me gronde pas. Elle me gratte derrière les oreilles, me caresse les flancs. M'appelle son bébé. Me flatte avec ses mots doux, des mots qui ne sont pas des ordres. Sur le pas de la porte, la maîtresse secoue la tête. Ici, on ne câline pas les chiens. Sauf les gosses bien sûr ! Mais c'est des gosses.

Le petit sort dans les jambes de sa mère. Il la contemple, et comme elle ne répond pas, il se joint à la fête. Se roule dans la poussière avec nous. La maîtresse gueule, qui c'est qui va encore avoir une lessive à faire ! Elle gronde, mais elle a souri. Le petit garçon rit de mes coups de langue. Il donne la main à la jeune fille pour aller faire le tour des prés. Elle me détache. Je bondis devant eux ! Je suis la trajectoire chaotique d'un papillon. Le maître n'a pas voulu me détacher ces derniers jours. On est retournés à la ferme de l'autre épagneul. Il m'a encore montée dessus. Est-ce que c'est pour ça ? Je ne suis pas retournée au pré des vaches depuis un moment.

Sur le chemin, on croise le maître. Il est aussi gris que le mauvais temps. Son fusil dans le dos, un seau à la main. Un seau qui sent la mise bas, et autre chose. La jeune femme se raidit. Elle retient le petit de la main. Le maître m'arrête d'un halte ! Pas de colère. Juste l'ordre qui claque, comme pour une bêtise. Mais je ne sais pas laquelle. Ses yeux n'ont pas de force. Ils ne fixent pas la jeune femme comme au printemps. Il faut retourner à la ferme. Revenir sans visiter les vaches. Il marche les jambes légèrement écartées. Il avance comme une moissonneuse. Ses bottes écrasent les bouses. Les fleurs du chemin. Tout. Je renifle la masse gluante dans le seau. Juste le temps d'éviter la claque sur ma truffe. Je garde mes distances. Je colle les baskets de la jeune femme. Elle recule, ne parle plus. Elle tient la main du petit. Ses jambes ont du mal à suivre. Il trébuche, chouine. Le maître le toise, il continue d'avancer. Ses pas lourds et réguliers. Le seau se balance, envoie ses effluves de chair et de sang. La jeune femme met de la salive dans sa paume, frotte le genou du petit. Je lèche ses joues, il renifle et rit. Je trotte avec lui jusqu'à la cour.

La camionnette blanche du vétérinaire. Je me cache derrière la jeune femme. Des fois que le vétérinaire me mette encore une griffe dans l'épaule ou un truc dans le derrière. Mais il n'a pas un œil pour moi. Il guigne le seau, le fusil. Des mots durs sont murmurés dans l'oreille du maître, embryons, avortements, déclarer. Le maître fixe le sol. Pas le seau, le sol. Il ne dit rien. Et puis le vétérinaire s'énerve, il secoue la main. Il parle plus fort, ça fait sortir la maîtresse de la maison. Alors il baisse le ton, ses mots roulent, brucellose, abattre, éradiquer. Les *r* se bousculent dans la bouche sèche.

Les yeux vitreux, le maître fait demi-tour vers le pré, le vétérinaire sur ses talons. Une chance que l'homme ne m'ait pas touchée. Je file dans ma niche au cas où il changerait d'avis.

Le maître ne me laisse plus vaquer dans les prés. Le véto m'a montrée du doigt l'autre jour. Il a parlé de mes crottes. Il a dit j'espère que c'est la néosporose, sinon. J'ai le droit d'aller dans la cour et dans le bois. Et à la chasse, bien sûr.

Dans la cour, j'accompagne la jeune femme. Je reste assise devant le box des veaux. Sage. J'attends qu'elle ait fini de faire boire les petits. Après, elle me donne le reste. Ce n'est pas aussi bon que le seau de la salle de traite. Les veaux ont peur de moi. Le maître a dit que je ne devais pas entrer dans les box. Ni dans la porcherie. Ni dans l'étable. Même pas dans celle des taurillons.

C'est la première année que le maître garde des veaux mâles. Il dit, tant qu'à avoir des veaux, autant faire de la viande. Quand il dit viande ça me fait de la salive derrière la langue. Comme quand j'ai les restes du dimanche.

Aujourd'hui, normalement la jeune femme ne travaille pas. Mais elle reste quand même. Elle donne un coup de main. Je la suis pas à pas. Elle va chercher les seaux de grain pour les taurillons. La maîtresse est allée se reposer. La maîtresse dort plus souvent depuis que la jeune femme est là.

Devant l'étable, les garçons ont grimpé sur les barreaux. Le petit sur le barreau du milieu. Comme ça ils sont à la même hauteur. Ils béent devant les jeunes mâles qui se bousculent pour le grain. Jouent ensemble à se foncer dedans. À se grimper dessus. Il y en a un qui lèche le pénis rouge vif de l'autre. Eh, t'as vu ! Le petit le montre au grand, sa bouche tordue. Le grand hausse les épaules, il dit c'est normal. La jeune femme répartit le grain dans toute la mangeoire. Comme ça tous les taurillons en ont. Quand ils sont repus, les jeux cessent. Les bêtes somnolent, les encolures posées en travers les unes des autres. Le plus malingre un peu écrasé sous un gros. Le petit garçon reste accroché à la barrière, son frère est déjà parti. La jeune femme met sa main sur son épaule anguleuse. Ça va ? Il opine, le visage fermé. Il descend de la barrière. Ils vont donner le reste du grain aux poules.

Je trottine sur leurs talons, le poulailler j'ai le droit. Blotti dans la paille douillette, il y a le chaton. Celui qui ressemble à la chatte que le garçon a tuée près de la grange. Il tire sur tout ce qui bouge avec sa fronde. D'habitude il rate sa cible. Là il a eu de la chance. Après, il a jeté d'autres pierres sur le corps parcouru de soubresauts. Si ça n'avait pas été un chat, je crois que… C'est bien qu'il reste un chaton. Celui-là, je ne lui ferai pas de mal.

Quand on sort du poulailler, j'ai la vision du garçon, un corps à la main, au milieu de la cour. Je me précipite sur lui, comme si c'était le facteur. Ou un inconnu. Il m'a semblé le revoir avec la chatte morte. Mais ce n'est qu'un lapin. Le garçon a peur de mes dents. Le maître sort de la maison. Il gueule, et alors la chienne ! Il ne manquerait plus que ça !

Maintenant je suis attachée à la niche. Tout le temps. Il n'y a plus que le petit et la jeune femme qui me parlent. Et la maîtresse, quand la jeune femme n'est pas là. Qui me nourrit. Donne une caresse lasse quand même. Le maître, il ne vient plus que pour la chasse.

C'est une nuit sans lune, sans étoiles. Même les chats sont restés à l'abri. Tous les recoins de la maison grincent. L'orage se glisse dans la niche. Me fait trembler.

Cette nuit, le mal fond sur moi comme si je n'avais jamais mis bas. Les chiots sortent un par un, inertes et sanglants. Je les lèche quand même. Tordue par la douleur, je pousse les petits boulets. Ils roulent dans les coins au lieu de venir à mes mamelles gonflées. Un des petits remue à peine. Un couinement, un seul. Je le lèche frénétiquement. La petite femelle que j'ai laissée perdre la dernière fois… est-ce que c'est elle qui est revenue ? La protéger du chat, cette fois. Du vent. De l'éclair. Je la ranime à coups de langue brûlants. Je claque des dents alors même qu'on est en été. Les autres petits tas humides se dessèchent autour de ma couche. Je n'y touche plus. Je pourrais les manger pour prendre des forces. Quelque chose m'en empêche. Même le placenta, je le laisse imprégner ma litière. Le maître me fouettera, tant pis. La pluie se met enfin à battre le toit.

Au matin, la petite a pris la mamelle sous la cuisse. La meilleure, la plus renflée. Elle tète faiblement. Elle somnole. Je l'encourage de ma truffe et de ma langue. Il faut qu'elle tienne. Il faut qu'elle voie le soleil. Juste un rayon. Allez petite. On n'entend plus la pluie.

Je m'endors brièvement, une minute ou une heure. Terrassée. Des bras solides me saisissent, me portent sur une autre couche, qui sent le vieux. L'absence de la petite me réveille un instant, ça tourne. Je gémis, est-ce qu'ils m'entendent ? Ma tête retombe sur le coussin propre. Une main qui sent le maître rend la petite à mon bas-ventre. Cette fois elle retrouve seule le chemin du téton. Brave petite. C'est ce que j'entends tomber de la bouche du maître. Brave chienne. Allez ma belle. La voix de la maîtresse mêlée à celle du maître. L'odeur de mes chiots morts dans le seau de métal. La maîtresse qui hoquette. Envahie de sanglots. J'en dresse les oreilles de surprise. Elle tempête contre les chats pour qu'ils sortent. Derrière la porte, tout brille de soleil.

Elle supplie le maître, ne dis rien aux garçons. Ressort avec le seau de mes entrailles. Revient avec la litière ensanglantée. Traverse la salle à manger sans un soupir. Je l'entends taper et récurer dans la pièce de service. Le lave-linge mis en route. La maîtresse revient, le visage encore rouge. Les poings sur les hanches, devant la couche. Tu pourras dire que tu nous as fait peur, la chienne. Le coup d'œil au maître, ne t'avise pas de… c'est pas sa faute. Fiche-nous la paix. On sait quoi faire. On sait quoi faire de nos petits, vivants ou non. N'appelle pas le véto. Pas encore. Il va nous faire tuer le troupeau sinon.

Le chat tigré

L'agitation du matin dans la grande salle m'a tiré de mon sommeil douillet. Je bâille, étire mes pattes en descendant l'escalier ciré, marche après marche, jusqu'à mi-hauteur. De là, je contemple la table recouverte d'un écorché de veau. Autour de lui s'activent les fermiers, tandis que la jeune femme doit terminer la traite seule. Mes moustaches s'émoustillent devant la montagne de viande fumante. La promesse de repas améliorés pour la semaine entière me fait saliver.

La chienne amaigrie n'a pas bougé de son coussin puant. Pourtant la mise bas date de quelques jours. Elle lève son museau vers le festin potentiel mais ne tente rien, un avorton accroché à ses mamelles. L'odeur de sa couche indique un laisser-aller dans ses habitudes hygiéniques. Garder une telle infection à proximité de la boucherie… Mes griffes émergent lentement de mes coussinets, parcourent délicatement les veines du bois de l'escalier. Habituellement, on me jette dehors lors de ces opérations qui exigent une propreté impeccable. Cependant, la chienne n'a pas été sortie, par pitié pour son estomac gonflé et ses côtes saillantes, son haleine fétide et son frêle petit pas encore rassasié de ce lait sans doute empoisonné. Mais peut-être les maladies que mes griffes pourraient transmettre à la viande ne sont-elles pas exactement identiques à celles issues de ses expirations fébriles ? Je reste discret, statufié, les yeux fixés sur les morceaux qui tombent un à un dans des poches en plastique disposées sur les chaises.

Le fermier découpe, les épaules secouées. La fermière rassemble les morceaux, débite les plus gros, scelle les sachets sur le plan de travail, tout en écoulant sa conversation ininterrompue, mais tu es sûr qu'il y a aucun risque, si le vétérinaire débarque, si ça se trouve il t'a déjà signalé, et les enfants, est-ce qu'ils pourront la manger ?

Et ce veau, est-ce que le fermier est certain de sa mère, ce veau au chanfrein étoilé comme débarqué de nulle part, découvert caché dans le fossé alors qu'aucune vache n'avait vêlé depuis quatre jours, comment remonter à sa mère si jamais. Ce veau superbe, il aurait pu faire un sacré taurillon malgré son ascendance purement laitière. Peut-être même un reproducteur, si seulement. La Pétunia, elle avait bien mis bas quelques jours avant, non ? Et la Réglisse, qu'on a trouvée tout près du fossé, elle c'était il y a quinze jours, oui il n'était pas si gros quand même. C'est pour ça qu'elle donnait moins, elle devait nourrir le veau. Quelle histoire, ce veau caché plusieurs jours. Elles sont fortes quand même, mais tu ne crois pas que la Pétunia… ?

TAIS-TOI ! Le fermier, livide, explose, lève la main vers le visage de sa femme, je me suspends, la chienne arrête de respirer, la fermière appuie les mains sur la scelleuse.

Même les mouches taisent un instant leur bourdonnement hystérique. La fermière fixe son mari, bouche ouverte. Il ne va pas, il ne va pas oser, il n'a jamais. Il laisse lentement retomber son bras le long de son corps, sa large main soudain honteuse. Ses yeux reviennent à son ouvrage. Il esquisse un mouvement du haut du corps qui va vers elle, peut-être pour l'enlacer, puis l'impulsion s'enraye, les épaules renoncent, pendant vers la cage thoracique du veau dont il extrait les poumons pour les jeter dans un seau qui, je le sais, nous reviendra.

C'est le moment que je choisis pour me couler au bas de l'escalier, me glisser devant la chienne cataleptique, m'engouffrer hors de la salle saturée de silence et de mouches, entrer dans le soleil et chercher mon élève pour l'initier à l'attente du festin.

Pas un bruit au poulailler cette nuit, si ce n'est un gloussement, rêve d'un repas de vers de terre sans doute. Les poules, perchées sur un barreau ou blotties dans la paille, ne voient pas ma silhouette se glisser entre elles pour accéder au corps recroquevillé du chaton. Sous ma langue râpeuse, il s'éveille, ouvre le triangle de sa bouche émaillée de pointes minuscules, étire son dos. Je trottine sur le chemin de la haie, qu'il suive mon rythme. Il s'agit de l'endurcir, le roux pourrait revenir.

La haie est une réserve inépuisable de nourriture grouillante, de terriers mal dissimulés sous les taillis, de nids construits trop bas. Un parfait terrain d'entraînement pour un chaton mal dégrossi, qui ne fait le poids ni comme prédateur ni comme adversaire. Il s'immobilise à chaque frôlement, bondit à chaque craquement. Devant lui, je me tapis au sol le long d'un buisson, mes pattes arrière en transe. De légers frémissements m'indiquent une portée de campagnols surveillés par une mère qui a déjà dressé le museau et les oreilles. Le chaton s'aplatit avec retard, provoque la fuite effrénée de la famille vers le terrier tout proche. Je m'élance sur le dernier mulot et m'écrase lamentablement à côté de sa trace. Je rabroue mon idiot d'apprenti d'un coup de patte.

Plus loin, j'ai repéré un nid de mésanges. Ils deviennent rares ; sans doute un couple a-t-il dû le rebâtir après les méfaits de la hulotte. À cette heure, les deux parents doivent dormir sur le nid ou à proximité. Cette fois je pousse le chaton vers un poste facile afin qu'il ait une vue sur l'opération. Le petit se cramponne à sa branche basse. Peu importe, on ne mourra pas de faim cette semaine.

Je progresse sur la branche maîtresse grâce à mes griffes affûtées, le tout sans même un craquement d'écorce. J'espère qu'il prend bonne note de tous ces détails. Soulevant légèrement la tête, je distingue une mésange, plumes boursouflées, endormie sur le nid. Pas de trace de l'autre, je prends le risque de déclencher une alarme. Je me fonds contre la branche, le temps d'examiner chacun des rameaux environnants. Cachée par une feuille oscillante, l'autre mésange dort agrippée un peu au-dessus du nid. Mon choix se porte sur la première, il restera toujours les œufs en cas d'échec.

Je bande mes muscles afin de doser précisément le saut qui me permettra d'atterrir juste avant le nid sans le casser et de saisir l'oiseau au réveil. Je jaillis comme la foudre, la mésange veilleuse s'étrangle de surprise et s'envole tandis que j'attrape sa compagne à la gorge. Le nid n'a pas bougé d'un pouce. L'oiselle chaude laisse goutter un filet de sang sur les œufs mouchetés. Je la dépose sur sa couvée et appelle mon élève. Je reste calme pendant sa progression hésitante, l'encourage par des miaulements discrets. Heureusement que personne ne me voit jouer la mère chatte. Une fois installé sur la branche, il prend sa part du volatile avec avidité, s'étouffe avec un duvet. En guise de dessert, je lui montre comment croquer délicatement un œuf. On ne sent pas de petits os mous cette fois, nous sommes arrivés un peu tôt. Le chaton se pourlèche et je me rends compte que je viens de lui transmettre tous les penchants contraires à une poursuite de son séjour au poulailler. Il faudra que je pense à lui donner le goût de la maison, à ce sauvageon.

Repus, nous reprenons le chemin de la ferme, et je saisis le chaton par la peau du cou pour entrer dans la chatière. Il panique au passage de la litière de la chienne, et je ne réussis pas à le rattraper quand il se dégage d'un coup de reins. Un bref miaulement, et il est dehors, dans l'aurore qui grisaille. Il faudra que je m'y prenne autrement. Peut-être à la sieste, quand seul le fermier sommeille et que sa femme lave les plats du déjeuner, étend sa deuxième lessive. Pour l'heure, mon somme va commencer, lorsqu'un juron étouffé me parvient du fond du couloir, derrière la porte des toilettes. Mais qu'est-ce que j'ai ? Le fermier sort, la main à l'entrejambe, défiguré par la douleur. Il passe devant moi sans râler pour une fois, de son temps les chats vivaient dehors. Il file droit dans l'escalier, ravale une plainte à la deuxième marche. Il progresse en crabe, se tenant toujours l'entrejambe, l'autre main appuyée au mur. Il grimace en s'attablant.

Quand la fermière descend, sa blouse à fleurs bleues jetée sur sa chemise de nuit, il est à sa place, ombre devant la table nue. Elle s'étonne, t'as pas mis en route le café ? Il lève la tête vers elle comme un mioche. Faudrait que tu me prennes rendez-vous chez le toubib, j'arrive plus à marcher, je crois que c'est les… enfin, là, tu vois. Il baisse les yeux, terrorisé par ce qu'il vient d'avouer à sa femme. À cet instant, j'ai mal pour lui. Et elle susurre, ah ces hommes, ils ne supportent rien, s'il avait fallu que je voie le docteur à chaque fois que… Elle met en route la cafetière, c'est pas compliqué quand même.

La chienne gémit doucement dans la nuit, la petite pendue à sa mamelle comme une chauve-souris à sa grotte. Si elle entend la douceur de mes pas sur l'escalier, puis sur la table à la recherche de reliefs, ils se mêlent à ses rêves fiévreux, aux sensations de tétée, ou à ses souvenirs de chasse. Elle réagit de moins en moins à mes passages devant sa paillasse, n'a plus un soubresaut pour protéger la petite chienne de mes éventuelles attaques. Le chiot lève une oreille encore molle et me discerne dans un rayon de lune, sa tête ronde penchée, curieuse et sans méfiance. Je ne te ferai rien, petite, j'ai d'autres chatons à fouetter.

À l'instant où je vais faire basculer la chatière pour rejoindre mon élève, un grincement sur la plus haute marche m'arrête. Le pied nu qui s'y avance est blanc, légèrement dodu, couronné d'une fine cheville et d'un mollet rond. La chemise de nuit en coton blanc descend l'escalier précipitamment mais en silence, disparaît dans la pièce de service. Je me pétrifie, la tête tournée. Une lessive à cette heure ? Je m'apprête à reprendre mon saut quand la poignée du fond grince, une brise m'ébouriffe les poils. Quand j'arrive, la fermière surgit du cellier l'air lointain. Au lieu de rentrer dans la cuisine et de remonter dans la chambre, elle sort par la porte de derrière et s'enfonce dans le chemin creux qui longe le poulailler, sa chemise reflétant faiblement la lune.

Arrivée devant la barrière de la porcherie, la fermière me tourne le dos, devant le tas de corps ronflants. Elle renifle en fouillant, plonge son bras tout au fond de l'auge, elle fait courir ses doigts sur le ciment rêche, patiemment léché chaque matin et chaque soir. Et là, devant le fond de la mangeoire, elle appuie ses deux mains glacées sur le bord, et elle murmure. Elle chuchote des mots inintelligibles, tête basse. Elle porte la main à son front, puis plus bas et à ses épaules, silencieuse. Quand elle se retourne doucement, son visage lisse et tranquille ne me voit pas, sa chemise de nuit me frôle tandis qu'elle retourne à la maison, ses pieds nus ne dérangeant pas un caillou, pas un brin d'herbe. Comme si j'avais rêvé.

IV

La vérité

La vache pie noir

Encore chaude de sa nuit contre moi dans la stabulation, ma mère me pousse vers la salle de traite. L'échappée entre les deux bâtiments m'apporte le parfum des feuilles pourrissantes, les bêlements des veaux. La voix de ma petite noire noyée au milieu des autres au fond de la cour.

Quand ils sont venus prendre mon veau étoilé, j'ai foncé. Pour la première fois j'ai vu l'œil de l'homme changer de couleur. Ma mère et moi de front devant le fossé où il se terrait comme un faon. Ma mère écumait. Elle, on lui avait pris tous ses veaux. Elle avait beuglé tourné meuglé encore la nuit jusqu'à ce que l'homme vienne voir. C'étaient les tétines qui éclatent parce que la langue du veau n'est pas là, et que la machine à traire n'y peut rien les premières fois, le lait ne vient pas, il n'est donné qu'à la langue du veau, qu'à sa succion puissante énergique désespérée. C'était le manque, l'odeur du veau encore mouillé de notre piscine, l'odeur de matrice et de viscères mêlés, l'odeur de lait et de merde bouton-d'or. C'était l'odeur de notre sang.

Mon sang retiré une première fois, puis une deuxième avec ma petite noire, me transformait en taureau écumant devant le fossé où se cachait mon trésor, mon étoile, mon dernier veau. Celui qui m'avait fait retrouver ma mère. Celui qui nous avait rendues soudées devant le trio qui s'avançait, bâton métallique en main. J'ai chargé l'homme, large et frontal. Et je ne me suis pas arrêtée, il a fallu qu'il s'écarte, qu'il me batte le flanc avec le bâton, et la décharge m'a fait piler. Les femmes s'étaient éloignées, la jeune terrifiée, le bâton inutile au bout de son bras mou.

Ça a donné du courage à ma mère qui a chargé avec moi, mais elle s'est arrêtée devant les femmes. Moi j'ai avancé et j'ai senti la femme. J'ai respiré son odeur de piscine et j'ai vu à son visage calme qu'elle ne craignait pas la mort, elle avait juste peur pour ses petits. J'ai senti qu'elle s'écartait seulement pour ça, j'ai frôlé son ventre et sa piscine flasque, et si j'avais eu mes cornes…

Le bâton électrique a découragé ma mère, elle a couru vers les tantes en protestant la queue levée. Elle m'a laissée devant le fossé, et les deux femmes ont réussi à faire sortir mon petit pendant que je recevais décharge sur décharge, jusqu'à tomber à genoux devant l'homme qui transpirait acide.

Dans la salle de traite, je mâche la manne, je donne mon lait à la machine après la caresse de la jeune fille qui ne m'appelle plus Pétunia. Son odeur se confond avec celle de la ferme, ses vêtements au début si neufs, imprégnés de sa fraîcheur, sentent le vieux lait et la bouse mal lavée. Elle place les trayons professionnellement, recharge le seau de Javel et me donne une petite tape quand c'est fini. L'homme ne vient plus dans la salle quand elle est là, ce sont les femmes qui tirent notre lait avec leur fausse douceur et leur sourire en coin. Les coups de bâton métallique sont moins forts mais bien placés, ni mieux ni pire. À la sortie, serrées sur le caillebotis, on chie tout ce qui nous encombre. Et la jeune nous emmène au pré, sans chienne ni chanson, sans repasser par la cour, alors à quoi bon meugler puisque ma petite noire ne m'entendra pas.

Le pré n'a plus le goût de pâquerette ni de bouton d'or. Les feuilles de trèfle fondent, mêlées au plantain et à l'herbe épaisse et coupante de fin de saison. Ce sera bientôt l'ensilage dans l'étable, et les ballonnements qui vont avec. On profite des dernières semaines au pré, loin du fossé qui me donne le bourdon, loin de la haie maintenant trop fraîche.

La haie près de laquelle on avait trouvé cet été, juste après l'enlèvement de mon étoile, la femme allongée, dans un vêtement ample et blanc comme les draps qu'elle accroche le long du pré des jeunes. Emmaillotée dans sa robe livide, endormie dans notre herbe, presque dans le fossé où j'avais caché ma merveille. Comme si elle avait pris sa place après me l'avoir volée. Comme si elle était des nôtres, finalement, aussi impuissante que nous devant la marche de la ferme et du monde. Comme si le lever du soleil pouvait nous réconcilier. Elle s'était assise dans les hautes herbes de la bordure, frissonnante de rosée, nous contemplant arriver vers elle, doucement hésitantes.

Quand j'ai appuyé mon mufle contre sa piscine, elle m'a enlacée de ses bras moelleux, a serré ses mamelles contre mon chanfrein, elle a caressé mon fanon et les côtés de ma tête sans dire un mot. Et puis, les yeux brillants, elle est retournée à la ferme, ça allait être l'heure de la traite.

Maintenant, mon lait coule sans que j'y pense. Même la respiration de la machine à traire fait son effet, il m'arrive d'avoir une tétine qui pisse le lait avant même que la femme me branche, ça devient automatique. Bigler devant moi, mâcher bruyamment la manne sucrée, passer ma tête au-dessus des barreaux pour jeter un coup d'œil à la femme, à la jeune fille quand elle est là. Je préfère autant la femme, maintenant que la jeune fille fait tout trop vite. La femme se règle sur nous, sur notre pas balancé, respecte notre ordre, ma mère derrière moi, attend qu'on se place avant de sortir le bâton. La jeune, on dirait qu'elle veut en finir au plus vite. Ça ne l'amuse plus, elle a autre chose à faire. Elle dit à la femme, je file j'ai mon rapport à avancer, la femme ne dit rien, elle raccroche les trayons laissés en plan par l'autre, la main sur les reins.

Maintenant l'homme en blouse blanche vient plus souvent, il met du lait dans des flacons et nous enfonce parfois une seringue dans la cuisse pendant qu'on est bloquées à la traite. Aujourd'hui il a marqué un temps d'arrêt devant le poste de ma mère, l'a désignée à la femme, c'est dommage c'est une de vos meilleures celle-là, la femme s'est baissée pour ramasser le trayon qu'il avait fait tomber, et vous aurez quand le deuxième résultat ?

Il a dit demain et il est sorti. Et la femme nous a donné plusieurs petites tapes au moment de nous libérer, et elle a reniflé. Notre lait gardé à part, elle l'a versé en volutes blanches dans l'égout au milieu de la salle.

La chienne épagneule

La camionnette s'ébranle dans le brouillard. Les grosses chaussures, le fusil. J'ai envie et je n'ai pas envie. L'odeur du cuir graissé. Le sandwich sur le siège arrière. Le visage fébrile du maître, sa main qui me flatte, depuis tout ce temps. Le ventre qui me tire, la fatigue qui imprègne mes muscles. Et ma petite laissée dans la maison. Sevrée, mais le chat et le garçon pas loin.

L'air de la forêt afflue par les vitres entrouvertes. Il désembue le pare-brise. Le chauffage me fait éternuer. L'air frais apporte un effluve de chevreuil, je pousse un bref aboiement. J'ai envie. Envie que le maître soit fier.

Je saute de la camionnette et me ramasse. Plus un muscle valide. Rouillée. Battue. Comme broyée par la moissonneuse. Le maître est déjà en grande conversation. Il soulève à peine sa casquette, rallume sa tige maïs. Les autres font tourner un thermos de café. Ils lui en proposent, il souffle sur son gobelet. À une question, il marmonne, c'est pas bon, le véto a signalé. Mais ça va, hein. Deux d'entre eux l'encadrent, leurs paluches sur ses épaules, on sera là, les tracteurs devant la préfecture s'il faut.

Une pibole sonne le départ, les gilets criards sont enfilés. Je joins ma voix faible aux basses des beagles. Le hurlement du braque nous aiguillonne, on est partis. Les aboiements se calment, les truffes au sol. Le brouillard n'est pas monté, toutes les voies sont fraîches, il n'y a qu'à se servir, lapin, lièvre ou faisan. Mais on n'est pas là pour ça. On se déploie en râteau. On est là pour du gros. On fouine dans les fougères, excités par les odeurs. Une piste met le braque hors de lui, les hommes l'entourent. Volcelet de chevreuil, on le laisse. Il nous faut du sanglier. La récolte du maïs est imminente.

Dans les fourrés, je débusque des volatiles. Le maître me caresse, mais m'en détourne. Me remet sur la même piste que les beagles. Un fumet puissant, qui me tourne la tête. Celui de la grosse bête de ma jeunesse. Le nez au sol, on se regroupe sur la voie. En meute, les jeunes devant. Les beagles au milieu. Et derrière, le braque qui aboie sur les distraits. Encore derrière lui, je fatigue. Mon ventre tire, je m'arrête pour croquer quelques herbes. Je rends ma gamelle fumante de la veille. Le maître est rouge. Je hoquette encore, il me pousse dans les traces du braque, allez, allez. Je n'arrive plus à suivre, je me couche dans le sillon laissé par les autres. Au loin, leurs abois font écho sous la futaie. Le maître gueule, et merde, et merde ! Il jette son fusil, le ramasse. Hésite entre suivre et m'aider encore. Mais je ne me lève pas.

Le visage fermé, il me soulève, me ramène à la camionnette et m'enferme. Je n'entends plus la fin de la chasse. Les jappements de la curée me sortent de mon engourdissement.

Je n'ai pas la force de lorgner à travers le carreau boueux. Les viscères fumants ne seront pas pour moi cette fois. Je gémis entre mes pattes. Je ne bouge pas quand le maître remonte au volant. La portière maintenue ouverte par le maître des beagles, ta chienne, au véto. Surtout si elle a avorté. Ne l'amène plus, on tient à nos chiens.

Le garçon sort un pied, le balance hors de la camionnette. Sûr ? Tu peux pas rester ? Il reste collé à son siège. Pas pressé de rejoindre les autres gamins en short. Me jette un œil mauvais. Je croyais qu'on avait plus de sous ? Alors le véto… Pas le choix, murmure le maître. Le garçon claque la portière. Ses crampons raclent le bitume. Deux autres gamins se rapprochent. Sa main remue à peine. Le maître les juge une minute. Ils courent à petites foulées, les jambes presque raides. Ils vont ranger leurs sacs dans le préfabriqué. Puis ils reviennent sur le stade pour continuer leur course lente. La vapeur sort de leurs bouches de filles. Lèvres roses et dents blanches, la scie intacte au bord. Le diesel redémarre dans une fumée bleue.

Le véto me palpe le ventre, j'ai un mouvement pour le mordre. Il tord la bouche. Me pique avec une griffe, remplit un tube de sang. Dit, la rate, opérer, si jamais. Ne lève pas les yeux vers le maître, il sait déjà. On verra. Les analyses, dépistage obligatoire. Rien à payer. Ou alors.

Le maître fixe la fenêtre. Il laisse ses mains pendre devant lui. Me prend à bras-le-corps pour me faire descendre. Et puis ne me touche plus.

Et ta femme, pas de fausse couche ? Toi, pas de douleurs aux testicules ? Le maître baisse les yeux, grogne, si, un peu. Il va falloir en plus voir le toubib ?

Au stade, il s'assoit au fond des gradins. Ils sont presque vides, c'est l'entraînement. Deux, trois mères, et encore. Les pères, ils viennent que pour les matchs. Je reste assise à ses pieds. Il se tait. Ses yeux plissés, presque fermés. Il suit le garçon. Il compte les passes. Il recroqueville son poing droit. L'entraîneur a gueulé au bout du stade. Il gesticule, il montre différents points du terrain. Il les fait venir, il applique ses mains sur eux. Leurs épaules. Et allez. Une tape sur le short, on y va. Les gosses s'exécutent. Ils entrent à la queue leu leu dans le préfabriqué. Le garçon en ressort aussitôt, pas changé. Rouge. Il passe en bas des gradins, il dit, on y va ? Le maître descend aussi lourdement que moi.

Au retour, pas un bruit dans l'habitacle. Que les bouffées de chauffage qui nous écœurent. Le maître entrouvre sa fenêtre. Alors qu'est-ce qu'elle a ? Faut attendre l'analyse. Comme pour les vaches ? Comme pour les vaches.

Le chat tigré

À l'heure de la sieste, la stagiaire s'installe sur la table de la salle à manger. Elle gratte, compulse, soupire. Son rapport de stage n'avance pas, et il n'y a plus que quatre jours. Elle ne fait plus que le nourrissage du matin et la traite du soir. Elle joue avec le petit au retour de l'école, caresse la chienne et sa rejetonne malgré les mises en garde. Pourtant, avec ses études, elle devrait savoir les risques, mais c'est encore une gamine malgré ses œillades de femme.

Le fermier descend de sa chambre, faisant grincer chaque marche, révélant son humeur de dogue. Pas de sommeil, ni la nuit ni le jour. Hier soir, aucun résultat d'analyse au courrier. Le vétérinaire avait prévenu que ça prendrait du temps. Il s'affale sur la chaise cannelée, examine le bureau, au cas où la stagiaire ou sa femme aurait déposé une enveloppe. Même pas une facture.

Tapi au sommet de mon armoire, je surveille la salle. Sur son coussin, la chienne a ouvert une paupière. Sur le carrelage à côté, sa petite s'étale dans le rayon de soleil. Et contre la petite chienne, nouveauté de ces derniers jours, mon sauvageon que je n'aurais jamais cru approchable. Est-ce l'état de la chienne ? L'inexpérience de son chiot ? L'indifférence du fermier ? Si ce n'était la menace permanente de l'aîné, je serais presque heureux.

La porte s'ouvre, il arrive hors d'haleine, ravi d'avoir semé son frère sur le chemin. Il jette son cartable au pied de la table, faisant détaler mon protégé et son amie qui vont se planquer sous l'armoire. Peu après, le cadet débarque, un filet de morve sous le nez. La fermière est encore à son jardin, la stagiaire ouvre la huche à pain, sort la pâte à tartiner, la confiture et le jus de pomme trouble du verger.

Elle profite de ce que le fermier est au bureau pour lui demander quelques renseignements sur les bêtes, la synchronisation des chaleurs pour les inséminations, et d'ailleurs comment fait-il pour les repérer, ces fameuses chaleurs ? À moitié dans ses factures, il répond, ben c'est simple, dès qu'elles commencent à se monter dessus, je prends mon carnet et je note lesquelles. La jeune fille, tout haut, finalement l'homosexualité est bien présente dans la nature alors, malgré ce que peuvent dire les curés. Le fermier hausse un sourcil vers le crucifix au-dessus de la porte, et, méprisant, ça n'a rien à voir, elles n'ont pas le choix, ça fait dix ans qu'elles n'ont pas vu de taureau. Et les taurillons, c'est aussi pour ça ? Parce que eux vont jusqu'au bout, j'en ai même vu… elle hésite, considère les garçons. Trop tard, ils n'en ont pas perdu une miette, et le petit lance, ben oui, papa, y en a même qui se lèchent le zizi, comme nous dans le bain !

MAIS N'IMPORTE QUOI, le garçon bondit, hirsute et rouge, mais quel menteur celui-là, pour qui il se prend ?

T'es complètement taré, hein ? Il lui fiche une taloche et décampe, son sandwich chocolaté à la main. La porte claque.

Le fermier se déplie, lève la main sur le mioche à la bouche béante, et toi tu files dans ta chambre, on dit pas des choses comme ça, bientôt tu vas traiter ton frère de pédé ? Je veux pas de ça sous mon toit !

J'ai sauté dans l'escalier aux derniers éclats, ça m'électrise le poil, c'est insupportable. Je me suis réfugié sous le lit du petit, qui grince bientôt sous le poids de l'enfant secoué par les sanglots. Il se pelotonne dans la couverture avec ses moustaches de chocolat, en fout partout avec ses larmes sur la taie d'oreiller, toute façon personne me croit jamais, je veux pas de cette famille, je préfère mourir !

Et pendant que les sanglots s'espacent, que la morve s'écoule et que le silence revient dans la maison, je sors de ma cachette et saute dans le creux à côté de lui, me laisse caresser, en boule, sans rien d'autre que mon ronronnement pour calmer ses hoquets.

La nuit a été prolifique. Sous la lune rousse, mon élève a brillamment capturé un merle perché sur une branche difficile. Pour le récompenser, je n'ai prélevé qu'une aile et je l'ai laissé se bâfrer du corps chaud. Il n'a même pas avalé un duvet de travers et s'est entièrement nettoyé. Je le laisse rentrer seul, dans la tiédeur du petit enfant qui ne fait plus la différence entre nos deux corps. Je continue mon périple vers la grange, où des feulements se répondent, attirants comme un gouffre.

Le mastodonte roux et borgne roule des mécaniques en possédant la noire. C'est elle qui feule le plus fort, maintenue au sol. Une jeune chatte tricolore miaule entre terreur et envie. La sagesse voudrait que j'attende mon tour, ou que je la kidnappe sans faire ombrage au vieux seigneur. Mais les succès récents, les prouesses de mon protégé me donnent des ailes. Alors qu'il n'a pas encore lâché la noire, je lui fonds dessus, toutes griffes dehors. On roule tous les deux dans la boue, bientôt nous sommes de la même couleur. Le combat est terrible, ses crocs me prennent la gorge tandis que je lacère son unique œil et ses flancs. Tous deux ensanglantés, nous nous jetons dans un tourbillon sans fin de morsures et de glapissements. Exsangues, nous reprenons des forces chacun de notre côté tandis que les chattes n'ont pas bougé, la noire étendue sur le côté telle une déesse paresseuse. Je m'en approche, ultime tentative de conciliation puisqu'il ne peut plus me la disputer, et le miracle se produit. Sans tenter de m'en dissuader, il ramasse la petite tricolore pour l'écraser un peu plus loin, étouffant ses vagissements de surprise et de douleur, tandis que je prends rapidement la noire, la mordant à la nuque pour qu'elle se tienne tranquille. Gonflé d'orgueil et de jouissance, je m'étire en faisant fi de mes balafres et contemple le monstre s'éloigner en boitant, la démarche hésitante. Dans le fourré, la petite tricolore tremble tant qu'elle me fait pitié, je renonce à y planter ma semence. Je retourne à la maison, dégoulinant de sang et de boue.

La maison s'éveille peu de temps après mon retour. Branle-bas de combat, le facteur est passé au début de sa tournée, il est au courant, comme tous, de l'épée de Damoclès pesant sur la ferme. Devant lui qui ne veut pas partir avant d'avoir la nouvelle, la fermière qui s'essuie nerveusement les mains sur son tablier, les garçons en pyjama et moustaches de lait, et la stagiaire qui a déjà enfilé les bottes blanches, le fermier, lèvres serrées, ouvre lentement la première enveloppe. Du haut de l'armoire, je le vois chercher la ligne cruciale dans l'amas d'informations, passer la première page recouverte d'un tableau sur la charge totale en bactéries du lait. Les résultats sanguins sont au verso de la feuille, en gras. Il murmure, sur les quarante-quatre échantillons, vingt-deux sont positifs à la néosporose. Sa femme se recouvre la bouche de la main, les yeux agrandis. Au moins, c'est pas la brucellose, elle répond finalement, hein, y a pas de brucellose ? Le silence emplit la salle, même le petit n'ose plus mâcher sa tartine qui déverse sa confiture sur son pyjama, sans même provoquer un haussement de sourcil de la fermière. Le mioche murmure, mais qu'est-ce qu'on va faire, papa ? On va plus avoir de vaches ? Si, si, on va en garder la moitié. On n'est pas obligés de les tuer toutes, seulement celles qui sont malades de la néosporose.

Et la chienne ? demande la petite voix du cadet. La chienne aussi elle est malade ? Devant le facteur et la stagiaire qui ne savent pas quoi dire, comment réagir, faut-il vaquer à ses occupations ou au contraire s'asseoir là avec eux pour partager la stupeur, l'homme livide décachette la deuxième enveloppe, retourne cette fois directement la feuille pour lire le résultat. Positive aussi. Ça veut dire quoi papa, ça veut dire qu'on va la soigner, hein, papa ? On va lui donner des médicaments, à la chienne ? Le naïf, comme si on nous avait déjà donné des médicaments, à nous.

Le fermier ne répond pas, il ne laisse pas ses yeux tomber sur elle qui le quête sans comprendre, elle a entendu « chienne » mais pas d'ordre, rien. Il referme la porte de la maison, la portière de la camionnette claque, et il part dans un nuage bleuté, laissant sa famille, le facteur et la stagiaire sur le pas de la porte, nous tournant le dos, à nous les animaux domestiques.

V

La fin de tout

La vache pie noir

C'est un matin gris au cœur de l'hiver. La vapeur monte de nos corps ruminants somnolents sur nos pattes plantées dans le fumier. Son odeur ammoniaquée. Nos corps indifférents aux mouvements agitant les trois hommes et les deux femmes, qui se dépêchent avant d'aller mettre en route la trayeuse.

La stabulation est divisée par des barrières métalliques, les pantins s'agitent, bras écartés, sur les ordres de l'homme. La Lunettes, à gauche, non, l'autre, la noire, la Réglisse et la Pétunia, à droite, pas la Mâtine, juste la Pétunia, oui, la soixante-cinq, mais bon sang, faut les séparer ! La Mâtine, elle reste, je te dis.

Ma mère et moi retenues dans le cornadis, empêchées d'aller à la traite, on gigote, nos mamelles tendues. Dans la cour, devant la buée de nos mufles, une petite bétaillère s'est arrêtée. Le voisin en descend, bonhomme sec dans sa salopette verte. Il allume une cigarette brune, à la fumée coupante, soulève sa casquette sans serrer la main. L'homme libère ma mère et l'amène devant la bétaillère.

Elle tourne son encolure pour me voir, meugle et monte. Je ne vois plus que sa croupe bouseuse et sa queue agitée. J'ai envie d'être avec elle. Mais mes yeux roulent, et je tire sur la corde quand c'est mon tour. Il faut les bras tendus des femmes et du voisin pour me faire monter. La bétaillère sent des odeurs étrangères, l'angoisse et la chiasse.

Ses vibrations me donnent des fourmis, les coups de frein et les virages me jettent contre les parois. Je m'arc-boute contre ma mère, les pattes écartées. La bétaillère s'arrête dans une odeur de sang et de merde. Le voisin nous fait descendre avec deux hommes larges en salopette blanche, armés de bâtons électriques. Ils nous poussent dans un recoin, loin d'un troupeau de vaches brunes. Elles beuglent, m'affolent de leurs yeux écarquillés. Comprimées, elles entrent, mufle après queue, dans une ouverture au pied d'un grand hangar aveugle. D'immenses lettres rouges s'affichent tout en haut, un paysage qui ressemble à notre pré, blanc sur fond vert. Ça doit être une salle de traite, il est temps parce que nos mamelles sont tendues à faire mal, et le lait pisse de nos tétines. Au fond de ma piscine, je sens remuer mon prochain veau. Je voudrais le rassurer.

La journée s'écoule au rythme du troupeau brun, innombrable et lent à vider son enclos. On a soif. Dans le hangar retentissent des clang et d'autres bruits. La salle de traite doit être immense. Mes tétines se déchirent sous la pression, je meugle, trayez-moi, quelqu'un, même là sur le caillebotis maculé, je ne bougerai pas une patte. Ma mère ronfle doucement, la tête basse, collée à moi elle pisse aussi le lait. La merde sous nos pas se recouvre d'une couche crémeuse, qu'aucune chienne ni aucun chat ne lapera, la gueule barbouillée de plaisir.

Et dans le soir bleu, sous l'œil de la lune, les deux hommes carrés nous poussent à coups de bâton dans la petite ouverture dont les bords nous raclent les flancs, nous font entrer sur un sol qui bouge et qui nous déséquilibre, nous attachent une patte arrière, et PAN

L'éclair est venu taper ma nuque qui me lance, combien de temps je suis restée assommée, une seconde une minute une heure ? Le choc a tétanisé chaque muscle, je ne sens plus mes trayons explosés, plus qu'une douleur totale et précise dans chacun de mes organes et je mugis, ma mère flasque devant moi, normalement son mufle me rassure, derrière moi, mais elle s'est écroulée devant moi, et soudain soulevée par la jambe, un sac qui pisse le lait et le sang devant moi, les pattes écartées. Et une force brutale me soulève aussi par l'arrière et je me balance à côté d'elle, gigotant de toutes mes dernières forces et pensant soudain à mon veau, celui qui n'est pas né, encore protégé par ma piscine mais combien de temps, je tente de soulever ma tête qui s'engourdit de sang, et deux hommes ricanent devant moi, un très épais qui me montre à l'autre, tout fin et tout blanc, l'écume aux lèvres, et le plus fort s'approche avec une lame brillante sous la lumière encore plus bleue que celle de la salle de traite, et dans la vapeur il pique mon cou et je

La chienne épagneule

Le maître et le vétérinaire sont de part et d'autre de moi. Je suis ramassée sur le plan en inox impeccable. Le véto me retourne sur le côté. Me palpe en dessous de l'estomac. Juste à l'endroit où je suis gonflée. Je sursaute, lève mon museau vers lui.

La rate. Opérable. Bonne chasseuse. Les mots du vétérinaire sont calmes. Posés. Ils atteignent difficilement le mur qu'est devenu le maître. Qui ne me touche plus que quand il n'a pas le choix. Pas un rond. Et puis le troupeau. On peut pas. Si tu veux, je te la donne.

Le véto vise le maître bien en face. Pas besoin. Il laisse sa main ferme et douce sur mon flanc, il m'examine encore. Soulève ma babine. Reste un chiot ?

Le maître se renferme, silencieux. Une seule.

Le vétérinaire se retourne, attrape une boîte sur son étagère. La dépose devant le maître. Pour la petite. Le maître l'attrape aussitôt. La fourre dans la poche de son gilet. Son odeur de peur, je la hume de toutes mes narines. Mon ventre me lance, retourné. Je gémis. J'essaie d'attraper ses yeux. Ses yeux fixés sur le rebord de la table en inox. Ses yeux qui partent à la recherche des nuages, là-bas par la fenêtre. Ses yeux qui ne veulent plus avoir affaire à moi.

J'm'en occupe. Allez. Le véto tape dans le dos du maître. Il le fait sortir, j'ai pas le temps. Il est tout de suite sur moi. Me caresse, me murmure des mots endormants. J'étends le museau sur mes pattes. C'est forcé, le maître va revenir. Me ramener à ma petite.

Le véto fourrage sur son étagère, tape ses doigts sur un tube de verre, enfonce une longue griffe dans le liquide. Je me raidis. Mais il me masse de son autre main. Si grande, tiède, amicale. Elle se resserre d'un poil. Maintient mon épaule pour que je ne bouge pas. Je suis tranquille, là. J'attends le maître. Je ferme les yeux. Je me contracte à l'enfoncement de la griffe. Le liquide chaud me brûle mais il se répand comme un nouveau sang. Comme si je. Ma tête tombe de mes pattes, je grelotte. Elles voudraient courir. Rattraper le maître. Le bureau du vétérinaire tourne, j'ai envie de vomir ma gamelle. Ma petite, je voudrais… L'ombre blanche du véto passe devant mes paupières closes.

Le chat tigré

Je me tapis derrière la lucarne du cadet pour observer la cour envahie de fermiers en salopette, de chasseurs en gilet, de femmes en blouse. Les gosses sont à l'école, c'est pas plus mal a dit le fermier ce matin. Hier soir, le vétérinaire est passé prendre un canon. Il a murmuré, c'est bon, tu as des vaches négatives, y a pas de brucellose, ils te les laisseront. Planque le chiot par contre. Il est reparti dans la nuit, je reste pas dîner, ma femme va s'inquiéter.

Ce matin, il est là, pâle et en retrait. Les tapes amicales sur ses épaules le rassurent, t'as fait ce qu'il faut, va. Le fermier l'a étreint à son arrivée.

Si je n'avais pas mal partout, depuis la bataille avec le roux, je descendrais quelques marches pour écouter les papotages des femmes qui préparent du café, des quiches, déballent des salades, on ne sait pas à quelle heure ils vont débarquer alors il faut tenir.

Quand je remonte à mon poste de vigie, le chemin est barré de trois tracteurs, sous le peuplier des pies. Des voitures sont garées en amont. Au loin, une sirène. Un break bleu marine ouvre le cortège, suivi d'un camion de transport d'animaux. Ça en fait du monde, tout ça pour une maladie qui ne touche pas les autres élevages, la colère enfle et monte jusqu'à moi, ça pourrait nous arriver à tous. Le fermier est connu, il travaille bien. Une de ses vaches a même gagné le concours départemental.

Une camionnette blanche clôt la procession. Le véto grommelle, en plus ils nous envoient la cheftaine. Une voiture frappée du logo de la télé s'est arrêtée dans le chemin, et deux hommes en sont descendus. Hors de question que je bouge de là.

Les banderoles se tendent. Les voix rauques scandent, touchez pas à nos vaches, libérez nos fermiers !

Le brigadier s'avance, les mains levées. Il est déjà venu boire un coup, ils étaient ensemble à l'école avec le fermier.

Sur le lit du gamin, le chaton dresse une oreille, prend son élan et presse son museau contre la vitre. Je me décale.

Le fermier gueule les phrases apprises par cœur, à un mètre de son ancien copain. Le véto appuie une main sur son épaule, demande à parler à l'inspection vétérinaire. J'entends le brigadier s'énerver, les forces de l'ordre, c'est moi, la p'tite dame elle est juste là pour vérifier. Le vétérinaire insiste, et je vois une femme, cheveux courts et stylos dans la blouse, lui serrer la main, remonter ses lunettes embuées, il n'y a rien de personnel, la région doit rester indemne, à la moindre vente d'un animal, ça retomberait sur tout le monde, et vous le savez. Le vétérinaire hoche la tête, il retient le bras du fermier. Il parle trop bas, je ne l'entends pas, les hommes s'avancent, tête baissée pour mieux se concentrer sur les mots qui s'échappent en bouffées blanches dans le ciel gris. Quand il martèle chaque mot, j'entends, pas de brucellose, aucun échantillon suspect, il insiste, pour la néosporose, on a même éloigné la chienne, quelques chasseurs hochent la tête, plus aucun risque, réfléchir au lieu d'appliquer bêtement, et il s'arrête immédiatement. Et à partir de là tout se déglingue, la femme le coupe d'une voix claire et forte, pouvez pas dire ça, faut faire preuve de civisme, mettre en danger toute une région, indemnisation. Nous suivons des yeux les deux gendarmes, ils verbalisent les propriétaires des deux tracteurs qui défilent chaque jour sur la départementale. L'un d'eux baisse le front, dégage son tracteur, et ça suffit pour que la bétaillère passe et charge chaque bestiau positif avec méthode. On entend encore quelques slogans mous, les rangs s'éclaircissent, désolés, on a fait ce qu'on a pu, la caméra ne loupe rien, on aura peut-être deux minutes aux infos.

Dans l'après-midi, une bruine floute la vitre, recouvre le dos des dernières bêtes montées dans le camion, les veaux trempés en dernier. Le car scolaire dépose deux petits cirés rouge et jaune au bout du chemin boueux. La femme aux lunettes note tout sur son carnet dégoulinant. Le brigadier, visage déformé par la pluie, recule vers le break, épaules basses. La cour se vide petit à petit, les voisins sont restés pour le dernier canon, mais les femmes sont nerveuses, leurs voix enflent en bas, il faudrait rentrer, le goûter, les devoirs, la traite, on file. Dehors, nous tournant le dos, les deux enfants, cirés recouverts de gouttelettes, s'inquiètent du camion rempli à ras bord de la moitié du troupeau.

Même si le foot et l'école c'est leur vie, leurs bêtes à eux s'en vont « à la réforme », ils doivent bien savoir ce que ça veut dire, ce sont leurs sanglots qui font partir les derniers, allez bon courage, on s'appelle demain.

Le chœur des porcs

On renifle, on se presse
L'auge est vide
Haut est le soleil, déjà il en frappe le fond.
Où est la femelle humaine ?
Les bovines sont déjà sorties
Enfin celles qui restent.
Elles ont quitté le bâtiment sonore
de leur pas lourd.
Nos narines inquiètes
Comme des antennes
hument tournent flairent
L'air de la cour
trop calme.

Où sont les petits humains ?
Au parfum si appétissant
comme des porcelets
ou des pommes de terre.
Le mâle humain est là
Les pommes de terre dévalent
cataractent dans la mangeoire
débordent
crues
Sans rien avec

Même pas d'épluchure
de bouts de gras
de fond de soupe
Même pas un peu d'os
Croustillants
Juteux
Bons comme son odeur à elle.

La fumée du mâle humain
reste au-dessus des pommes de terre
sur lesquelles on se jette
On ne va pas les laisser
Chacun pour soi
On se remplit
On avance le groin dans l'auge
On pousse les autres flancs
pour en garder le maximum
Et la mangeoire est vide
Si vite, si vide.

VI

Le début de tout

Le chat tigré

Contre mon corps, mon jeune compagnon se réchauffe de sa nuit effrénée. J'ai dépiauté le mulot qu'il m'a rapporté, montrant que j'appréciais l'attention. Grand seigneur, je lui ai laissé la cuisse. Il l'a gobée pour me faire plaisir, ayant sans doute déjà fait bombance. Il sait que je ne me considère pas tout à fait à sa charge. De toute manière, j'entends les croquettes rebondir en cascade dans nos gamelles, au pied de l'évier. Mon acolyte s'élance hors du panier à linge tandis que je déplie mes pattes ankylosées. Il est déjà au bas de l'escalier grinçant avant que j'en sorte. Il faut dire que je ne suis plus aussi souple qu'avant.

Attablés devant leur café au lait, les deux jeunes courbés trempent leurs immenses tartines, les mâchent bruyamment. La bouche pleine, l'adolescent, voix grave, demande, c'est à quelle heure ton match ? Je t'emmène ou tu viens plus tard avec papa ? La voix flûtée du cadet répond, je préfère avec toi. Le fils aîné hoche la tête, avec les foins, c'est déjà bien que le père les laisse finir la saison, il les préférerait au travail sur la remorque avec la mère.

Elle revient de la salle de traite, expire en posant un seau sur le plan de travail et s'essuie les mains sur le tablier déjà trempé de lait. T'emmènes ton frère, hein ? Pis vous revenez vite. C'est bon maman, on fera au mieux. On est bien placés dans le championnat, on va pas planter l'équipe au dernier moment. L'aîné désigne son frère, par contre, lui c'est peut-être pas la peine, c'est vous qui voyez, hein. Ah ben d'accord, tout ça parce qu'on est pas premiers, faudrait que je reste botteler pendant que tu vas jouer au foot, chouine le cadet. C'est vrai que ce serait mieux, avoue la fermière en se tournant vers ses yaourts. L'enfant manque de shooter dans nos gamelles et remonte dans sa chambre. Il ne leur fera pas ce plaisir. Ça fait longtemps maintenant qu'il ne pleure plus devant son frère ou son père. Les larmes c'est pour les fillettes, alors ce gamin au teint pâle, aux bonnes joues de bébé malgré ses jambes d'échassier et ses doigts fins, il ne les montre pas. Tout comme mon élève et moi sommes les seuls à contempler ses dessins au crayon noir, rangés dans son tiroir tous les soirs avec maints regards soupçonneux vers la porte de sa chambre, qui ne dispose pas de serrure, ses dessins de monstres et de robots immenses, corps métalliques, cornes de taureau, inspirés de ses dessins animés préférés. Ceux que nous visionnons tous les trois blottis sur le canapé les mercredis après-midi, sauf quand le fermier débarque et grogne, éteins ces conneries, va me chercher un outil dans la remise, qui est-ce qui nous a foutu une pareille limace ?

Quand il redescend avec son vieux T-shirt et un pantalon bleu comme ses cernes, la pétarade de la mobylette s'est déjà éteinte, son grand frère envolé avec le sac en bandoulière, pour une matinée de bonheur entre mecs, voire plus s'ils gagnent. S'ils remportent la coupe, pourquoi pas une sélection régionale ? L'aîné pourra peut-être remettre sur le tapis l'inscription en sport-études, échapper au cursus agricole, mais il y a peu d'espoir.

Comme chaque fois que le cadet a du vague à l'âme, il s'accroupit à côté de nous, me caresse tendrement et grattouille le ventre et la nuque du jeune, déclenchant un ronronnement automatique.

La porte s'ouvre sur le fermier, joues creusées, déjà en sueur en ce matin d'été. Ah t'es là, bon ben on va y aller, tu me démarres le tracteur, je prends mon café et j'arrive.

L'enfant s'étire et traîne des pieds sous le mépris de son père, tire la porte derrière lui, chais vraiment pas ce qu'on va faire de lui, qu'est-ce t'en penses ? La mère, toujours dans ses yaourts, ne s'est pas retournée, n'a pas d'avis tranché, on verra bien, il a le temps.

La chienne épagneule

Le maître nous détache au dernier moment. Il nous a servi une grosse gamelle ce matin. Nous allons à la chasse. Avec son grand fils, bien sûr. Le petit ne chasse pas.

Normalement c'est le grand qui s'occupe de ma fille, mais là, il ne vient presque plus. Alors quand il rentre à la maison, on va chasser. C'est une fête pour elle.

Avec le véto, je ne chassais plus. Je restais toute la journée couchée au-dessus du cabinet. Je sentais sous la porte les odeurs des chats et des chiens qui entraient dans son bureau. Et puis je l'accompagnais dans la voiture quand il partait en tournée.

Quand il est revenu à la ferme, j'aboyais tant dans la voiture qu'il m'a lâchée. J'ai fait la fête à ma petite, je pleurais, je la léchais. Elle s'était couchée, levait la patte comme si j'étais une vieille chienne inconnue qui allait la gronder. Et j'ai léché la goule du petit garçon, et les mains du maître, et même celles de la maîtresse. Le vétérinaire et le maître tiraient sur leurs cigarettes en même temps, clignant des yeux. Le véto lui a tapé sur l'épaule et il m'a fait une caresse en remontant seul dans sa voiture.

Notre place est dans le coffre. On avise la route qui défile à l'envers. Les vitres sales atténuent les phares des autres voitures. Dans les virages, la jeune se prend la tôle. Quand on arrive, elle raye la portière de ses griffes. Le fils nous fait descendre. Il tire brusquement sur sa laisse, pour qu'elle se calme. Couchée la chienne ! Elle se relève aussitôt. Les autres sont là. L'autre épagneul, les deux labradors, le beagle. Et le vieux braque, qui me renifle à chaque fois. Ma fille fait la fête à la jeune labrador, elles mettent le bazar. Les voix des maîtres tonnent, alors elle s'aplatit à côté de moi. Elle me lèche en attendant le départ.

Le fils tient la jeune. Son père dit lâche-la, mais il n'a pas confiance. Parfois elle se trompe. Petite, elle s'est piquée avec un hérisson, qu'est-ce qu'ils ont ri. À la maison, le fils l'a battue. Le maître, il s'en foutait. Le fils avait la bouche serrée. Malgré mes grondements, il l'a fouettée avec le martinet. J'ai dû la lécher pendant plusieurs jours. La fois d'après, quand il est revenu du lycée, elle est rentrée dans la niche. Ne voulait plus le voir. Et puis ça s'est arrangé. C'est du passé.

On ouvre la saison. C'est comme le vélo, dit le maître. Le vélo, il n'y a plus que le petit qui en fait. Même quand il pleut. Les maîtres, ils prennent la camionnette. Et le grand, sa mobylette. Elle sent mauvais et elle fait du bruit, elle nous fait nous précipiter dans la niche, encore maintenant.

On ouvre la saison, on sent tout comme si c'était la première fois. La jeune labrador et ma fille gémissent de joie. Le beagle jappe, il lève un lièvre, devenu rare. Son maître le tire et il lui donne une friandise. Nos maîtres n'en donnent jamais. Quelquefois celui du beagle en donne à ma petite. Après, le fils gueule plus fort.

Elle lève un faisan mais le fils le rate. Le maître dit, pousse-toi, j'aurais pu l'avoir facilement, ça doit être un faisan d'élevage. Le fils a les oreilles rouges. Il baisse la casquette sur ses yeux et suit son père en avançant la bouche.

Je lève un autre faisan, et le maître le tire ! Après son tout premier coup de fusil, la jeune est partie, hurlant en arrière. Maintenant ça va. Elle a juste le poil qui se dresse sur l'échine et elle palpite, mais elle ne bouge plus à côté de moi. Le maître me caresse, je suis fière. Il me donne la patte de l'oiseau à ronger. Je la partage avec la jeune et on se la dispute pour s'amuser.

Quand on rentre, il fait déjà nuit. Le maître file directement à la traite, il dit, occupe-toi des chiennes. Le fils nous rattache mais on n'a pas d'eau. On a faim, et les gamelles n'arrivent pas. Quand le maître sort de la salle de traite, il se penche au-dessus de nous et il grommelle. La jeune a peur alors elle rentre dans la niche. Mais il ne me tape pas. J'entends gronder dans la maison, et le fils revient avec les gamelles et le seau. Il m'arrose avec en même temps qu'il nous met de l'eau. Il commence à faire froid, alors je frissonne un peu en avalant ma pâtée, puis je tousse dans ma niche.

Le matin, le maître part tôt pour amener le fils à la gare avec son sac de la semaine. Il fait nuit encore. Je ne sors pas de la niche.

La pie

L'aurore perce derrière le rideau de broussailles qui borde le pré des vaches. La porcherie et le poulailler s'éclairent. Les porcs grognent dans leurs rêves remplis de pommes de terre. Le cocorico a retenti, mais les poules restent encore dans la chaleur de la paille au lieu d'aller picorer. Il est trop tôt pour attraper un poussin retardataire. Et le bec du coq est trop dur. On s'occupera de ça plus tard.

Tout en haut du peuplier qui se dresse au bord du chemin, la vue est imprenable sur les allées et venues. Le père a démarré la camionnette. Elle racle et crache son diesel bleu dans le matin frais. Les pas traînants du père sont suivis par la démarche trouble du grand fils. Il ne nous jette pas de pierre aujourd'hui. Ça lui a enfin passé, cette fureur de tirer sur tous les oiseaux à sa portée. Et surtout sur nos jacassements. Le garnement a grandi, il n'est plus du matin.

Au premier étage, la fenêtre du gosse laisse filtrer une lumière dorée. Je me perche sur son appui, et Pico reste sur le peuplier. Je le traite encore de petit, mais il a les cannes aussi grandes que son frère. Dans la pénombre de la chambre, sous l'éclairage de la lampe de bureau, le gringalet dessine des croquis que j'aperçois à travers les reflets. Il est courbé sur son travail, concentré, il ne remarque pas mes sursauts sur le rebord. Je n'ai pas vu le chat accroupi sur le lit, qui se précipite sur le carreau du bas. Un instant je crois que la vitre a éclaté, et je sens presque mon sang couler sous ses griffes. Outrée, je m'envole en piaillant. Crispé sur le peuplier, Pico répond à mes craquements, jusqu'à ce que je me perche à ses côtés, en colère de m'être fait surprendre par le mistigri. Pico me lisse tendrement les plumes pour me calmer.

Le break marron gronde en partant, la fumée bleue crachée comme une brume reste sur la route, où les phares éclairent le pré fraîchement labouré avant de tourner à gauche, remontant les rails vers la gare. Depuis quelques jours, on est tranquilles sans le grand frère. Et il revient, et il repart encore. Le gosse aux grandes jambes aussi, ses épaules se relâchent quand son frère n'est pas là, il reste même parfois devant notre arbre juste avec son carnet, sans chercher à nous jeter le moindre gravier, la moindre brindille. Rien que son crayon qui gratte la feuille. Son œil qui fait l'aller-retour entre nous et le carnet de croquis. Ses yeux brillants sous la rangée de cils clairs. Ses prunelles qui scrutent mon plumage, le blanc pur de mon poitrail, le noir autant que le bleu pétrole aux reflets de métal sur ma queue.

VII

La vérité

Le chat tigré

De l'avant-dernière marche à mon armoire, je n'ai qu'un bond de lapin, que mes muscles atrophiés veulent bien encore me laisser exécuter. De là, je suis à l'abri des sottises de la jeune chienne et des humeurs de l'aîné, quand il est là. À vrai dire, je n'ai plus besoin de l'éviter, tant je suis devenu transparent à ses yeux. Comme tous les vendredis soir, le cadet traîne les pieds pour suivre sa mère, sous les quolibets du fermier. Avec la nouvelle salle de traite que l'indemnité nous a permis de payer, on n'a plus rien à faire, de quoi il se plaint ce paresseux. Ses épaules se voûtent un peu plus, sans que l'on sache si c'est l'invective de son père ou l'arrivée prochaine de son frère qui le raidit. Le fumet d'une soupe aux lardons me fait déglutir, laisser tomber une goutte de salive sur la jeune chienne. Elle jappe aussitôt en me fixant, pas un poil de jugeote… Sa mère la rabroue d'un grondement fatigué. Pas de trace de mon élève pour l'instant. Est-il encore mon élève désormais, ne rentrant plus jamais bredouille, toujours avec un bon morceau pour moi ?

Comme tous les vendredis soir, la porte se referme sur l'odeur de pluie et de gasoil, sur les pas du fils aîné et de son père, de retour de la gare. Leurs voix continuent une conversation commencée dans la camionnette. Maintenant qu'il est au lycée agricole, il souhaite jeter un coup d'œil aux tableaux d'amortissement du matériel, surtout avec les investissements réalisés depuis l'indemnité. Le fermier râle, si j'avais eu le choix, j'aurais préféré garder mon troupeau plutôt que me retrouver avec tous ces automatismes qui ne font que tomber en panne ! Avant on pouvait tout réparer soi-même et, maintenant, à chaque visite du technicien, la coopérative en profite. Allez, on s'y met vite fait avant que la mère arrive.

Le cadet revient avec un seau, ni son père ni son frère ne lèvent les yeux du tableau imprimé, les gros doigts du fermier recroquevillés peinent à pointer une seule ligne, tandis que son fils entoure certaines cases, griffonne des mentions dans la marge, pour les retravailler avec son professeur. Le cadet, roseau dégingandé, oscille avec son chargement, comme s'il hésitait à le déposer, à s'avancer vers l'évier comme si de rien n'était, ou à venir se pencher avec les deux hommes sur le tableau. Pour lui, son frère est presque un homme, avec sa moustache qu'il rase déjà, même si elle n'est pas encore très fournie. Ses intonations graves n'ont plus besoin de monter en volume pour le ridiculiser à chaque dispute, quand lui se défend à coups de piaillements. Ça le fait bâiller d'avance, la comptabilité, et la pique qui ne manquera pas de lui tomber dessus. Il rebrousse chemin et décharge le seau dans l'évier, avec cette gaucherie du garçon à qui on demande un service de fille et qui ne voudrait pas l'effectuer parfaitement.

Quand la fermière arrive, le tablier humide d'avoir passé le jet, fourbue d'avoir rentré les bêtes, la noire nous fait une mammite, il va falloir… Elle n'a pas la force de poursuivre sa phrase, de toute façon le père est trop absorbé par les comptes et la fierté de partager la marche de la ferme avec l'aîné, son grand, autant dire son fils parce que, évidemment, il ne pourra transmettre la ferme qu'à l'un d'eux. Comme c'est un bon fils, il a compris ses responsabilités, il a remisé ses espoirs de football professionnel, qui avait bien pu lui mettre ça dans le crâne ? Alors est-ce que c'est la peine qu'elle parle ? Elle le lui rappellera plutôt ce soir quand ils se coucheront, que je déambulerai à pattes de velours devant leur porte ouverte, qu'il retirera ses habits debout devant le panier à linge, rien de spécial ? Et là elle s'engouffrera dans ces trente secondes d'attention pour résumer le plus urgent, la mammite de la noire, le trayon du bout qui se décroche tout le temps. Et le silence retombera sur le lit où chacun, après un long soupir, se tournera vers son côté, sans tenter une main souterraine ni même un baiser de tendresse, et se laissera glisser dans un sommeil lourd, immédiat, enfin lui tout du moins, pendant que je me coulerai lentement vers l'escalier fatigué, que je le descendrai marche à marche, aussi souplement que possible, et que j'irai goûter l'air humide de la cour, pas trop loin, juste pour signifier à mon élève que je ne suis pas encore achevé.

Ce matin, on se bouscule à la porte de la salle de traite. Énervée, la jeune chienne jappe et cherche à jouer avec mon compagnon bondissant, tandis que la vieille, patiemment allongée, ne nous décoche pas même un coup d'œil fatigué. Comment ces deux olibrius ont-ils pu s'entendre, se supporter jusqu'à établir cette relation mêlée de jeu et de cajolerie, c'est un spectacle qui dépasse notre entendement, à la chienne et moi. Le fossé des générations probablement.

S'il y a une offrande qui nous met tous d'accord, c'est celle du lait avarié. Il est devenu bien plus rare, les fermiers se méfient. À croire que c'est à cause de ça qu'on a perdu la moitié du troupeau, avance parfois le fermier quand son épouse prépare le seau. Il a pris la route à l'aube pour se procurer la pièce commandée pour le tracteur, et pour une fois que l'aîné est là, ce dernier assiste sa mère. Pendant que la voix de la fermière résonne au fond de la salle carrelée, tu sortiras un rôti de veau pour le déjeuner, qu'elle houspille les dernières vaches pour qu'elles accélèrent leur pas engourdi, le son amplifié par l'eau qui éclabousse et décroche la moindre trace de bouse des carreaux, le fils verse le contenu rosé du récipient dans les gamelles, et brinquebale un autre seau vers la maison. Rassasié par l'équipée nocturne de mon pourvoyeur, j'ai à peine trempé mes moustaches dans ce lait adultéré de sang. Le petit-lait qui déborde du seau blanc, en revanche, a une saveur acidulée et désaltérante qui n'est pas pour me déplaire.

Je me faufile entre les bottes du jeune homme et me tapis sous l'armoire, attendant qu'il pose son chargement dans l'évier. Il ne me restera plus qu'à calculer mon élan et laper le liquide à temps avant le retour de la matrone. Mais le tire-au-flanc ne se presse pas, il s'assied un instant sur le banc, consulte le téléphone portable ultramoderne, son dernier cadeau d'anniversaire, rédige un message à on ne sait qui. Abandonne le téléphone sur la table et se redresse enfin, non pas pour regagner sa chambre, mais pour pénétrer dans la resserre du fond. Mes pattes arrière frappent alternativement le sol, je tente, je ne tente pas… l'indécision me paralyse au mitan de la pièce, l'oreille tendue vers le couvercle du congélateur qui grince, les mains qui fourragent dans le givre, les cartons de glaces, les sachets de viande congelée et ceux de plats cuisinés à l'avance. Des mains qui déplacent des morceaux de veau, de bœuf, de porc, des poulets entiers ou découpés, puis soudain, nul bruit, ni mains, ni glace pilée, ni soupir de fermeture du congélateur, ni grésillement de son moteur, juste un long silence. Enfin, simplement le ronronnement habituel. Et la silhouette du fils qui s'encadre peu à peu dans le chambranle, visage livide, les yeux qui ne me discernent pas, le pied qui ne remue pas d'un iota pour m'envoyer promener, juste les yeux pâles qui dévisagent sa mère. Elle appuie la main sur la poignée, pousse la porte et s'apprête à lui demander, ben alors le rôti ? mais s'arrête et baisse les yeux, mutique, traîne ses bottes jusqu'à l'évier, et déverse le petit-lait dans les récipients de congélation.

La chienne épagneule

Le grand est parti à la gare hier soir. Le maître et lui, tous les deux silencieux au dîner. Les bruits de leurs cuillers raclant les assiettes. Le soupir de la maîtresse quand elle a posé la cocotte sur la table. Son dernier effort, avant les suivants. Le petit qui se taisait. Comme nous, les chiennes, tapies à distance de la table. Sentant la tension. Pas le moment d'aller réclamer. Le jeune chat, statue à l'arrêt comme s'il veillait ma fille. Lui non plus, pas une vibration de moustaches. Et le vieux, là-haut sur son armoire, froid comme jamais.

Le maître avait juste jeté sa phrase en entrant, ils ont pas la pièce pour l'attelage. On va devoir attendre pour semer le maïs. C'est bête parce que le temps est parfait, on vient juste de labourer. La maîtresse n'avait rien dit. Les garçons gardaient leurs yeux au fond de leur assiette.

Ils sont partis dans la nuit pour la gare. Le père et le grand, toujours silencieux. Le petit était déjà en haut. La maîtresse devant son évier. Ils sont montés sans un mot dans la camionnette fumante. C'est à ce moment que je me suis levée lourdement. Juste pour appuyer ma joue contre la cuisse de la maîtresse. Elle a essuyé sa main avec le torchon. Elle m'a grattée derrière la tête. Caressé le flanc. Ses yeux vides noyés dans ma demande. Puis elle a essuyé les assiettes. Et m'a renvoyée à mon panier.

C'est un jour terriblement calme. Quand le garçon rentre du car scolaire, ma fille lui fait la fête dans le coucher de soleil. Il joue deux minutes, et puis il rentre vite à la maison. Il n'aime pas le dehors comme son frère. La jeune est déçue, elle jappe pour le retenir dans la cour. Je glisse ma truffe dans sa main quand il rentre, je lèche sa paume. Mon petit aux longues jambes.

Lui, il se déploie quand personne n'est dans les parages. Il s'installe sur le banc, il étire ses bras osseux. Il sort ses cahiers et ses livres de son sac. Il les met sur le bord de la vieille table. Il se lève, attrape une tranche de pain. Il mord dedans sans prendre le temps de la tartiner. Quand il la dépose, il me caresse distraitement. Soupire en ouvrant son cahier de textes. Quelques minutes lui suffisent pour expédier les leçons, les calculs ou je ne sais pas quoi encore. Il claque le cahier et le livre, et les range aussitôt dans le cartable. Il sort un bloc et une deuxième trousse.

Il épie le vieux chat à l'autre bout de la table. À sa place favorite, le léger creux dans le bois, plus sombre chaque année, le matou se lèche. Une patte, puis l'autre. Le jeune, on ne sait pas où il est. Dans une haie ou à la porte de la salle de traite. Le vieux sage prend son temps, il sait que ce n'est pas encore l'heure. La tête sur la cuisse du garçon, je sens chaque mouvement de sa main. Le crayon glisse sur le papier épais. Ça prend forme. Un autre chat apparaît sur la feuille. Un chat sans mouvement, sans odeur. Pourtant c'est bien le vieux, avec un œil plus fermé que l'autre et sa queue enroulée autour de lui. Le même.

La porte claque, le vieux bondit malgré son arthrose. Je retourne au panier. Sans penser au corps lourd du maître. Il s'approche du petit. Ses épaules se sont raidies. Lui n'a pas eu le temps de ranger ses affaires. Le crayon en l'air, il lève la tête vers son père. Qui saisit la feuille, l'approche de ses yeux. Même sans lunettes, il voit bien le faux chat. Plus vrai que le vrai. Il grogne, t'as rien de mieux à faire ? Range ça et va aider ta mère. Pas besoin d'artiste à la ferme. Ton frère, au moins… Il s'approche du bureau. Il examine le courrier du jour, rien de neuf. Il s'affale dans le fauteuil. Allume l'ordinateur qui expire de fatigue. Il ne voit plus rien que cette lumière bleue. Il ne voit pas le garçon enfiler lentement ses bottes. Sortir, les épaules basses sous la polaire trop grande. Refermer doucement la porte. Sans un seul grincement.

Seul dans la grande pièce, le maître grogne devant l'écran. Il consulte sa montre. Éteint le souffle poussiéreux. Se hisse jusqu'à la porte. En face, la salle de traite ronronne, toujours illuminée. La silhouette de la maîtresse se découpe. Il lance, je m'en vais aux cochons, tu pourras rentrer après. Il soupire et renfile ses bottes. Ma fille attend déjà le seau dehors. Je me lève avec précaution. J'accompagne le maître, évidemment. Comme toujours.

Dans la fraîcheur du soir, je lève la truffe. Des odeurs anciennes montent. Le vent vient du pré des génisses. Leur parfum de foin se mêle à celui de la haie sombre. Des mulots qui y vivent encore. Toujours plus rares. Plus loin, celui des fientes du poulailler couvre tout. Il faut coller le nez par terre pour vérifier l'absence du renard. Si je peux encore m'y fier, il n'est pas passé depuis plusieurs jours. La porcherie se flaire bien à l'avance, malgré le vent contraire. Les porcs suent comme les hommes, en plus fort. La même acidité, mais tellement puissante qu'elle envahit les narines. Elle empêche toutes les autres odeurs d'arriver au cerveau. Les porcs nous entendent, ils reniflent à notre approche. Le maître allume le néon aveuglant. Ils se grimpent dessus. La lumière crue baigne le carré empli de fumier. L'auge est raclée par leurs langues tous les soirs et tous les matins. À l'aube, c'est la maîtresse qui leur verse les pommes de terre et les restes du dîner. Quand les os sont trop fins pour nos estomacs de chiennes, elle leur donne aussi. Je m'y suis fait, à force. Pas ma petite, qui pleure à ses pieds à chaque fois que ça arrive. Le soir, il n'y a que du grain mélangé aux pommes de terre. La maîtresse, le petit ou le maître s'y collent. Je les accompagne toujours. Évidemment.

Comme des balles de fusil, les pommes de terre crépitent au fond de la mangeoire. S'entassent. Le maître balance le seau. C'est pour unifier le niveau d'un bout à l'autre de l'auge. Les cochons les plus frêles n'arrivent pas à se glisser entre les gros. Ils écartent leurs pattes arrière pour faire barrage. Les malins…

Je ne bouge pas d'un poil. Le maître enjambe la barrière. Se fraye un chemin. Il pousse les corps doux. Il fait de la place à une jeune truie. Ses bottes ne rencontrent que le fumier souple. Il colle à ses semelles. Il faudra le changer demain. Ça tombe bien, c'est mercredi. Le gosse pourra l'aider. Dans la pâte molle, le pied du maître est arrêté par un craquement. Les culs des cochons s'agitent. Ils ne s'arrêtent pas. Il n'y a que moi qui sens l'odeur du maître changer. Sa sueur qui perle. Une aigreur différente de son odeur habituelle. Il se penche derrière les croupes. Je ne vois pas son visage quand il ramasse quelque chose. Juste son corps figé. Juste sa transpiration paniquée. Il se relève, et ses yeux scrutent dans le noir de la porcherie. Et puis ils reviennent sur une sorte de grosse pomme de terre à moitié croquée. Il l'observe quelques instants sans bouger malgré les porcs qui serpentent autour de ses jambes. Il ne répond pas à ma plainte. Je ne perçois pas l'odeur de l'objet. Je n'ai accès qu'à celle des bêtes et du maître. Il me consulte. Et puis il coince la pomme de terre trouée derrière la poutre du fond. Hors de portée des cochons. Et il me caresse la tête. Sa main porte une odeur qui me fait gémir.

La pie

La mère sort de la baraque et le brouillard l'enrobe. Sa démarche de vieux canard s'arrête au milieu de la cour, elle considère le peuplier. Ses yeux traînent sur nous sans nous voir. Ses bottes crème s'enterrent dans l'ornière qui décrit un demi-cercle dans la cour, se recouvrent de mouchetures. Elle est seule dehors, les chiennes paressent encore à l'intérieur. Les chats se pourlèchent après une nuit fructueuse. C'est bon de se savoir hors de leur portée tout en haut du peuplier.

L'engrenage de la machine à traire remplit l'air d'un coup, couvre nos jacassements. Les clang et la respiration saccadée des tuyaux donnent le rythme, la porte reste ouverte sur la lumière crue, la mère manœuvre les commandes, fait dégringoler le grain dans les mangeoires ! La gourmandise me fait perdre le sens des priorités. Je tournoie, je décris des courbes de plus en plus près, puis j'atterris en deux rebondissements devant la porte. Pico surveille celle de la maison, toujours fermée. Un sursaut, un autre, et j'entre dans la pièce carrelée jusqu'au plafond. La lumière blafarde est effrayante, elle clignote au même rythme que mon crâne qui engrange toutes les informations. Tout brille à faire mal, les chocs de la machine donnent le tournis, mais il y a du grain, là dans les mangeoires, et c'est plus fort que tout le reste. En un éclair, je suis au bord de l'une d'elles, goûte une mixture humide, c'est bon et ambré. Je plonge mon bec dans la mollesse du mélange. Je ne vois plus le rectangle de la porte, j'en ai jusqu'aux yeux. J'en perds le réflexe de relever la tête. Un clang plus fort que les autres me fige, le rectangle s'est fermé tout d'un coup, le père se cabre devant la porte, dirige le doigt vers moi, t'as pas vu la pie entrer ? Merde alors ! Il me jette une brique, je prends mon envol mais me cogne sur le plafond, je me perche sur un tuyau qui court là-haut, mon dos contre le mur trempé. J'appelle Pico mais les clang et les haro du père et les pleurs de la mère m'empêchent d'entendre la réponse. Ça gueule, ça se hurle dessus, ça enfle tellement qu'on ne s'occupe plus de moi. Et les porcs ? Et les poules ? Qu'est-ce que tu crois ? Les mots crissent, la porte s'écarte à nouveau derrière les épaules du père en rogne, et je me précipite loin du bruit d'enfer, j'effleure de mon aile le béret du père qui se retourne et jette sa grosse main pour m'attraper. Un coup d'aile nous sépare, je me réfugie vite dans le peuplier, le bec grand ouvert, incapable de dire à Pico et la douceur et le moelleux du grain humide et la rudesse de la lumière et des sons et la peur des humains et leurs éclats.

L'hiver crépite. Le peuplier nu dresse ses doigts vers le ciel noir, laisse filtrer le noroît qui nous engourdit les ailes. Les gouttes de pluie se glacent de cristaux acérés. Pico et moi, nous nous abritons souvent dans le hangar, à la merci des rats et des chats, trop loin du grain des poules. Quand les porcs dorment et qu'ils ne remuent pas trop dans leur odeur répugnante, on se niche sur les poutres de la porcherie. On se serre l'un contre l'autre, pour peu que la mère ou le père les ait déjà nourris, on peut rester la journée dans leur chaleur et leurs ronflements.

Ce soir c'est le gringalet qui s'y colle, le lourd sac de pommes de terre au bout du bras. Il grogne pour se donner du courage dans le noir. Il parle aux pourceaux comme s'ils étaient des frères, leur baragouine des phrases tronquées pendant des heures. On n'a pas bronché avec Pico, au fond de la charpente, on l'examine parcourir les bords de l'auge, répartir la nourriture, la recouvrir de grain. C'est trop tentant. On ne risque rien avec ce trouillard. Alors Pico traverse la porcherie d'un trait, se perche au-dessus de la mangeoire. Il ne faudrait pas que le gosse l'attrape. Mais il reste coi contre le mur. Le garçon n'a pas frémi, dévorant des yeux les porcs en train de bâfrer, les bras pendants.

Je n'y tiens plus, je me projette à mon tour vers les dos arqués malgré le danger. Le plus gros d'entre eux a un brusque remous vers Pico. Je sursaute, courbe trop tard mon vol. Je me rattrape de travers sur une poutrelle, bloquée par quelque chose qui l'encombre. Je percute l'objet, qui bascule et ricoche en produisant un choc. Ça réveille le gosse, qui escalade la mangeoire, crapahute dans les crottes, patauge jusqu'à l'espèce de caillou rond derrière les croupes des truies. Il se baisse, le trouve, le récure, et le lâche soudain comme s'il avait touché une flamme. Il reste là, la bouche et les yeux et les doigts écarquillés. Et il saute par-dessus la mangeoire en hurlant, papa, maman, il en oublie d'éteindre la lumière, il en oublie le sac de grains grand ouvert, nous oublie tous, Pico, moi et les porcs, et il disparaît dans le noir en chevrotant vers la baraque. Papa ! Maman !

On se trempe avec délectation dans les coins de l'auge que les porcs ne peuvent pas atteindre, et on grappille tout ce qu'ils n'ont pas englouti, jusqu'aux morceaux de pommes de terre et de petits os de poulet.

VIII

Les avortons

Le chat tigré

Je rase le mur de la grange aussi souplement que me le permettent mes articulations rouillées. Seul, je reviens à petits pas vers la maison, l'expédition m'a pris plus de temps que je ne l'aurais souhaité. Mon compagnon a disparu, il bat la campagne et chasse pour deux, il croit que j'ai perdu toute aptitude à me nourrir. Mais je peux encore attraper un mulot, ma ruse et mon silence pallient l'insuffisance de ma détente.

Dans les bottes de paille, il y avait deux chattes et leurs portées. La plus jeune me ressemblait, mais elle a feulé en me voyant approcher, peut-être a-t-elle cru que je convoitais son unique petit survivant. Cela arrive souvent depuis quelque temps, ces femelles qui mettent bas des paquets atoniques dans un coin, les lèchent quelques instants, puis finissent par les manger. Les chatons sont peu nombreux, surtout chez les jeunes mères. Elles en deviennent à fleur de peau, ne supportant plus qu'on s'en approche. Mais jeune idiote, c'est mon sang qui coule en toi. Dépité, j'ai fini mon mulot sans lui en laisser.

Je me glisse dans la chatière, la maison est silencieuse. Tout le bruit provient de l'autre côté de la cour, où la machine à traire expulse ses hoquets et collecte le lait des vaches. Je préfère rentrer au chaud que faire le pied de grue avec les autres pour laper quelques gouttes. La plus jeune chienne est si excitée que même mon ancien élève peine à se faire une place au-dessus du seau déposé par la fermière. Son mari est déjà là, silencieux à son bureau, les deux mains appuyées sur le clavier, il fronce les sourcils, se concentre sur l'écran. Il semble relire plusieurs fois la même ligne, pousse un grognement.

La porte s'ouvre en grand, le cadet déboule hors d'haleine, papa, maman, où est maman ? Ben, à la traite, où veux-tu qu'elle soit ? Le moustique peine à reprendre sa respiration, les bras ballants, les joues rougies par le froid humide du dehors, qui fait perler ses yeux. Papa, j'ai trouvé un truc dans la porcherie, je sais pas ce que c'est, on dirait un petit crâne. Le fermier va se lever, il va prendre son fils par l'épaule, le rassurer, ils vont voir ensemble, forcément il va réconforter son enfant, trop vite poussé malgré ses grands yeux, ses cils blonds et ses joues de bébé.

Mais il ne bouge pas ses deux mains posées sur le clavier de l'ordinateur, solidifié, il fixe son fils, sa vision le traverse pendant que je compte les secondes, il cligne des yeux, tourne son visage fermé vers l'écran bleu. Il grogne, ouais, je vais aller voir tout à l'heure, monte te doucher, va. Ta mère a bientôt fini, on va dîner.

Le cadet et la chienne, qui s'est redressée elle aussi, qui a mis son museau dans la main du petit, qui gémit en se pressant contre lui comme s'il allait tomber, avancent vers l'escalier sans contestation. Il lui donne une dernière caresse avant de monter, inquiet, il jette un coup d'œil à son père toujours calé sur sa chaise, les mains au même endroit, les épaules un peu plus lourdes, il voit ses yeux vides, et ça le fouette, il accélère pour grimper les dernières marches et court dans la salle de bains sans faire attention à moi. Derrière la porte, je me tapis. J'écoute le glissement des vêtements sur le carrelage, les robinets ouverts, les chocs du tuyau sur les bords de la baignoire, les froissements du rideau en plastique et, sous le bruit de la douche, une note un peu plus haute, discontinue. Je m'étire et vais m'installer douillettement sur son lit d'enfant. Il me trouvera là tout à l'heure, quand il sera calmé, parfumé de savon de Marseille. Je ne redescendrai pas ce soir. Trop d'électricité dans l'atmosphère.

Le corps vibrant de mon compagnon réveille les poils de mon flanc, je sens la fraîcheur du dehors émaner de lui tandis qu'il s'allonge à mes côtés, m'offre une mésange inerte. Elle est encore tiède, il a dû la surprendre au nid, ses plumes boursouflées par le froid, somnolente. Je ne veux pas lui faire de peine et déguste l'aile et le cou à petites bouchées délicates. Lorsque je commence à me lisser les moustaches, il se précipite sur l'oiseau et dévore l'autre aile, les flancs, tout le corps, finit par lécher le petit crâne dont il ne reste que les grandes orbites rougies traversées par le bec. Alors, il s'étire au maximum, le dos contre mon flanc pelé, cherche ma chaleur, ronronne et sombre vite dans un sommeil aux pattes agitées. Je le laisse dans le creux que nous occupons habituellement au bout du lit du cadet.

Celui-ci a fini par s'endormir en me caressant, les yeux grands ouverts, retenant sa respiration, le silence complet ayant remplacé les sanglots de la salle de bains. Le dîner ne m'avait fait parvenir que peu de paroles de la salle en contrebas. T'as vu le crâne sur le bureau, le gosse a trouvé ça au fond de la porcherie, dans le fumier. La voix de la fermière avait fait ah bon ? L'enfant n'avait pipé mot sur sa découverte, probablement médusé par l'absence de réaction de sa mère. Il était remonté dès le repas terminé, j'avais léché une trace de yaourt coulant sur son menton tremblant lorsqu'il m'avait serré contre lui. Il s'était vite blotti dans son lit froid, délaissant les crayons taillés et retaillés sur son bureau, incapable de s'extraire de cette expression fixe qu'il gardait depuis son retour dans la maison. Son visage contre ma fourrure inégale, son corps en chien de fusil ont fini par se détendre, et il gît maintenant, un bras replié sous sa tête, l'autre posé à l'endroit où je l'ai consolé, où ma tiédeur est encore perceptible.

Il a longtemps attendu, comme moi, des éclats de voix, mais il n'y a rien eu d'autre que le glissement habituel des chaussons de la fermière sur les marches, le tapotement des doigts épais sur le clavier en bas, rien de notable n'a perturbé la soirée. L'électricité pourtant court toujours sur mes poils, m'empêchant de me reposer tout à fait à côté du cadet et de mon comparse.

Mes coussinets s'arrêtent devant la porte entrouverte de la chambre parentale. De l'épaule, je pousse légèrement le battant qui grince désormais, pénètre dans le silence. Sur le lit massif, la forme allongée de la fermière tourne le dos au couloir, au vide laissé dans l'autre moitié du lit. L'extrémité de mes poils dressés m'apprend qu'elle ne dort pas. Mon avancée me montre qu'elle contemple la fenêtre givrée. Le volet n'a pas été tiré, la lune gibbeuse blafarde son visage ovale, fait briller ses yeux sombres. Elle est parfaitement immobile, la bouche parfaitement close, les joues parfaitement lisses. Elle attend sans un bruit. Est-ce le fermier qu'elle espère ainsi sans presque respirer ? Je m'assieds et la contemple avec attention, guette un mouvement. Je ne frémis pas, elle non plus. Nous veillons ensemble jusqu'au petit matin, sphinx de pierre devant une odalisque de marbre. Jusqu'à ce que ses yeux se ferment enfin, cils noirs posés sur le bleu de ses cernes. Jusqu'à l'aurore, elle ne s'est pas relâchée. Je m'étire et descends l'escalier marche à marche.

La buée rosée de l'aube me glace les moustaches. Je rôde dans le froid saisissant, préférable à la tension de l'intérieur de la maison sclérosée dans le givre. Je n'ai pas senti mes os protester quand j'ai filé dans la cour sans me retourner vers le corps épais du fermier, posé de travers dans le fauteuil du bureau. Il n'a pas cillé, même si j'ai perçu un léger grincement derrière le claquement de la chatière. Je ne tiens pas à revenir avant que toute cette électricité soit retombée, avant que le fermier tonne, à moins que ce soit la fermière qui jette des éclairs, bien que je n'y croie pas une minute. Ou alors que le cadet déborde, sa voix fluette montant dans les derniers aigus avant sa mue discordante ? C'est peu probable. À l'enfant les plaintes, les criailleries, les geignements, mais il n'osera jamais élever la voix devant son père. Quant à pleurer, c'est hors de question. À la fermière les silences, les yeux levés au ciel, les soupirs, les inerties soudaines, un demi-reproche parfois, mais c'est une femme dure à la tâche, élevée par des parents taiseux, une mère effacée qui passait parfois, claudicante, coiffée d'un éternel fichu en synthétique bleu à fleurs. Elle ne m'aimait guère, animal du diable, mais ne s'approchait pas non plus de la chienne, ayant été mordue dans l'enfance par un chien de garde. Une telle femme avait donc eu une enfance… Sans sourire, elle posait sa joue contre celle de sa fille, restait prendre un café, puis se levait et repartait dès que le fermier apparaissait. Ils n'avaient pas l'air de beaucoup s'apprécier non plus. Elle avait claudiqué de plus en plus, puis un jour n'avait plus reparu. C'était juste après la naissance du bébé. La fermière n'avait pas montré beaucoup d'émotion, elle était restée faire la sieste un après-midi dans la chambre et s'était absentée un autre après-midi, de retour à l'heure de la traite.

Non, il n'y aurait que le fermier pour tonner, non pas que ce soit un méchant homme, il s'acquitte du travail de la ferme, sans état d'âme, ça suppose parfois de jeter un cadavre de veau au milieu de la cour et d'attendre qu'il y en ait un deuxième pour appeler l'équarrisseur. Ça suppose d'y ajouter une portée de chatons massacrés de temps en temps, on serait trop nombreux sinon, la nuit et la grange seraient remplies de batailles, de flancs lacérés et de miaulements déchirants. Je ne sais pas ce qui a brouillé les fermiers cette fois, car ils ne se parlent pas, ne se comprennent pas, ne se regardent pas, mais se tiennent ensemble malgré tout, comme sur la photo de leur mariage. Les prunelles blanches à cause du flash, les mains jointes comme pour une ronde, gauches dans leurs habits neufs, elle un peu trop ronde dans sa robe crème, pas blanche, non, le curé n'aurait pas accepté a-t-elle répondu un jour aux questions de l'aîné.

Pendant que je trottine le long du mur, la voix du fermier me parvient, elle filtre par la porte de derrière, comme s'il parlait à quelqu'un d'autre qu'à sa femme. Sans tempêter, une voix hésitante presque, qu'on n'entend jamais. Une voix de jeune homme qui tousse pour l'éclaircir parce que la nuit a été interminable et que le café n'est pas encore prêt. Normalement c'est elle qui le met en route, et elle n'est pas encore descendue. Peut-être s'est-elle enfin endormie, statufiée dans la même position. L'incongruité me paralyse un instant, avant que je parte vers la grange chercher pitance, l'estomac creux. C'est un allô qu'il marmonne de si bon matin. Il reflète tout sauf le tonnerre. Juste un grondement lointain qui disparaît derrière moi.

La chienne épagneule

Ma fille gémit et me lèche le museau. Son haleine lourde de la nuit. Si je la laissais faire, peut-être essaierait-elle encore de me téter. Repliées l'une contre l'autre sur le coussin, on n'a pas entendu le maître monter se coucher. À moins qu'on ne l'ait pas entendu arriver. À moins qu'il ne soit pas monté du tout. Son haleine aussi transperce la salle. Un fromage trop avancé, qu'on laisse aux chiens. Le vieux chat se coule jusqu'à la porte. Le maître lève un bras pour se gratter la nuque. Sa transpiration épaisse nous envahit. Ma fille se lève pour lui faire la fête, la croupe en huit suivant sa queue battante.

Je prends mon temps. Je sais que notre gamelle ne sera pas remplie avant que la maîtresse descende. Il n'y a aucun bruit à l'étage. Même pas le glissement de ses chaussons vers la chambre du petit, debout c'est l'heure, tu vas rater ton car. Même pas de rai de lumière dans l'escalier. Rien que le silence froid d'une maison qui grince un matin d'hiver. Rien que les crissements des griffes de ma fille sur le carrelage. Des gémissements joyeux, vite éteints par la voix enrhumée du maître. Va coucher. J'ai bien fait de ne pas bouger. Le maître va appeler sa femme. L'odeur du café va réchauffer la pièce. Les pieds nus du petit feront craquer le bois des marches. Et puis la maîtresse ira mettre en route la machine à traire. Le gamin enfilera à moitié sa parka en tenant son sac d'une main. Son père le houspillera, déjà sorti, le bâton à vaches dans la main. Allez, zou.

Mais rien de tout cela n'arrive. Le maître reste là, sur sa chaise. Hébété comme après une facture ruineuse. Ma fille gémit à nouveau, sans quitter mon flanc cette fois. Le clic du combiné décroché. Je dresse l'oreille, et elle, toute la tête. Nous sommes à l'affût des paroles qui vont tomber. Est-ce jour de chasse aujourd'hui ? ou de vétérinaire ? Pourquoi ces mots n'ont pas été prononcés au dîner ? Va-t-on nous vendre, nous donner ?

La voix qui sort des lèvres mal rasées racle l'air vicié. Allô, le brigadier ? Ouais, j'attends.

Au loin, l'écho des petits pas dans le couloir. Il suinte sur les premières marches et s'immobilise. La voix cigarette maïs expire. Ouais, brigadier, j'ai trouvé de drôles de petits os dans ma porcherie, je me demande… enfin, ce serait bien si vous pouviez passer. Ce matin, oui, d'accord. À tantôt !

La maîtresse descend le reste de l'escalier. Son homme met la main sur sa hanche, t'as pas dormi ? Je me demande ce que ce crâne fout dans la bauge, pis depuis quand. Tu lances le café, je vais chercher les vaches pendant ce temps. Ma fille a déjà bondi. La maîtresse hausse les épaules. Elle frotte ses chaussons vers la cuisinière. Sa main traîne pour que je fourre mon museau dedans. La cafetière crachote peu de temps après. La maîtresse enfile ses bottes pour sortir dans le froid. Au loin, le bourdonnement de la machine à traire démarre. Quand elle revient, le petit descend. Il demande, c'est quoi ce crâne, alors ? Je sais pas. Ton père a appelé les flics. Ils vont venir voir. Oh ! j'peux rester ? Pis quoi encore, file. Et commence pas à raconter n'importe quoi à l'école, hein. On verra ça ce soir.

La maîtresse est déjà retournée à la salle de traite. Ma fille n'est pas rentrée. Je quémande un peu de pain beurré au gamin. On lèche tous les deux ses doigts. Il sent encore un peu le lit et les cheveux de bébé. Je me régale. Il n'y en a plus pour longtemps.

Le ronflement d'un nouveau moteur remplit la cour. Ma fille aboie tout autour de la voiture bleu foncé. Les deux hommes se concertent. Le vieux moustachu ouvre sa portière et caresse ma jeune. Moi, je gronde pour la forme, même s'il est déjà venu. Sans quitter le pas de la porte. Le maître sort de la maison, s'essuie la bouche. On vous attendait plus tôt, on est à table. Le fluet sort à son tour de la voiture. Désolé, on a eu une urgence.

Le maître jette sa veste sur ses épaules, je vais vous montrer. Je viens ? demande la voix de la maîtresse à l'intérieur. Non, vous dérangez pas, madame.

On suit les trois hommes, le long de la maison. Les herbes à l'ombre sont encore craquantes de givre. Je flaire la lisière du poulailler, le renard est-il passé ? Ma fille gémit, mais je ne sais pas si c'est à cause de son fumet. Ils arrivent devant la porcherie. Les cochons remuent un peu, puis se précipitent contre l'auge. Ils croient à un repas supplémentaire. Ils lèvent leurs groins frémissants. La vapeur est chargée de remugles. Je m'assieds à côté de l'auge, et ma fille m'imite, nerveuse. Le gendarme maigre lui jette des coups d'œil méfiants. Il n'est pas d'ici, celui-là. Il ne sent pas la vache comme les autres.

Le maître montre le milieu de la souille, c'est là que je l'ai trouvé. Comme c'était bizarre et que je voulais pas qu'ils y touchent, je l'ai posé sur cette poutre. Mon gosse l'a retrouvé hier, j'avais oublié. Les gendarmes hésitent à salir leurs rangers. Ils restent au bord. Et puis le vieux se décide à enjamber la barrière. Il patauge à côté du maître, vous en avez trouvé d'autres ? Le maître étudie ses mains. Ici, non. Mais faut que vous veniez dans la maison, aussi.

Une pause au robinet de l'angle pour se décrotter. Les gendarmes se dandinent devant l'entrée. Même s'ils ont rincé leurs chaussures. Allez-y, de toute façon elle serpillera ce soir. On en profite pour rentrer. Même si le ciel est bien blanc maintenant, le froid reste immobile autour de la maison. Il saisit tous ceux qui s'en échappent. On se fait oublier. Pelotonnées sur la couche. Repliées l'une sur l'autre. Ma fille, la tête dressée pour ne rien manquer. Moi, les oreilles seulement. Je n'ai pas besoin de vérifier. J'entends leurs pas vers le cellier. Le grincement du couvercle du congélateur. La glace et les paquets écartés. Le silence coupant. Une exclamation étouffée.

Ils sont là depuis combien de temps ? On sait pas. Aucune idée. Mais qui a pu les mettre là ?

Le maître place les deux paquets sur la table épaisse. Une main minuscule sort d'un torchon. Une petite main bleue. Encore plus minuscule que celle du bébé le jour de son arrivée. Le maître et la maîtresse secouent leurs têtes. Se consultent. Aussi perdus l'un que l'autre. À moins que la stagiaire…

Bon, dit le moustachu. On va devoir les embarquer, pis le crâne aussi. Vous auriez une glacière ? Pis on va devoir vous interroger. Et la stagiaire, vous avez son nom, son adresse ? Le maître s'approche du bureau. Il pousse quelques factures, attrape une enveloppe marron. C'est là, sur la convention de stage. Le brigadier recopie dans son carnet. Il le replace ensuite dans sa poche.

Ma fille bondit quand les gendarmes sortent avec le maître. Elle reste dans ses jambes. Ils remontent dans la voiture bleue. Le maître lui gratte le crâne, la nuque. Et puis se passe la main sur le menton. Retourne à table avec sa femme. Avec ça le repas est froid.

Le grand est rentré plus tôt cette fois-ci. Ma fille trépigne d'excitation et de peur. Le diesel tourne dans le matin clair. Debout, les maîtres boivent le café brûlant. Les hommes enfilent leurs grosses chaussures. Prennent leurs fusils. La maîtresse les admire tous les deux. Son garçon si grand, si beau maintenant. Son œil bleu qui n'a pas croisé le sien. Depuis hier soir. Depuis le souper rythmé par les quatre cuillers. Chaque frère à un bout de la table, les parents côte à côte, les yeux vers la porte. Comme si quelqu'un pouvait frapper à tout moment. Le petit épiait le grand. Fourmillait de questions, d'envie de raconter. Sa pointe de pied nerveuse sous le banc. Mais juste le raclement des cuillers sur le fond des assiettes.

Allez, on y va, dit le menton du maître. Le grand siffle ma fille. Je suis le mouvement. Elle saute à l'arrière de la camionnette. J'y grimpe, une patte, puis l'autre. Le trajet est silencieux. Le maître fume sa tige maïs. La fenêtre légèrement ouverte par principe. C'est plus pour dégivrer.

Le garçon tourne la tête vers sa vitre. Il l'ouvre aussi malgré la bise. Ça lui fait cligner les yeux.

Les chiens se récrient à notre arrivée. Les hommes se taisent. Des mains se lèvent lentement. Un gobelet de café est tendu. Un jeune du même âge ose, alors, les gendarmes ? Le grand se raidit. Il se tourne vers le maître. Ben, les gendarmes, ils enquêtent hein, ils font leur boulot. Et la mère, ça va ? Ouais, ça va, pourquoi ça irait pas ? Les corps s'éloignent. Chacun fourrage dans sa voiture.

Le maître tourne le dos pour prendre les fusils dans le coffre. La buée sort des bouches et des gobelets. On attend, on gémit. Les beagles aboient en chœur. On fouette l'air de nos queues, allez, on y va !

On se retrouve à une extrémité du râteau. Le maître, coincé entre son fils et un autre gilet orange. Son fils qui ouvre enfin la bouche, les yeux droit devant lui :

Pourquoi tu m'as rien dit, hier soir ? J'ai l'air de quoi ?

Y avait rien à dire.

Les gendarmes, ils sont venus pour quoi ?

J'ai trouvé des os dans la porcherie, je les ai appelés.

Ils ont trouvé quoi d'autre ?

Le maître me laisse à l'arrêt. Un lièvre me file sous le nez. Je gémis. Ma fille tire sur sa laisse. Le grand ne la reprend pas.

Le congélo. Y avait deux bébés dans le congélo.

Les autres chiens se déchaînent. Ma fille enfin lâchée, moi derrière elle, on les rejoint. Le fumet est délicieux, pas trop fort. Des coups de sifflet retentissent. Une mélodie est sonnée. Une biche, c'est une biche, rappelez les chiens ! Les voix se répondent en écho. Répercutées par les troncs de hêtres.

Elle émerge des fougères. La femelle du cerf nous passe devant. Presque sans nous voir. Elle a de longs yeux bordés de blanc. Elle traîne derrière elle une odeur de fièvre, une odeur de mort.

La pie

Dans le crépuscule précoce, les phares du car éclairent la route, les freins grincent avant que n'en sorte un corps mince recouvert d'une veste imperméable. Le gosse dégingandé projette son sac informe sur l'épaule, prend la direction de la ferme sans se retourner vers le véhicule déjà reparti. Sans prêter attention au tohu-bohu qui a fusé des portières battantes aussitôt refermées.

Il ne se presse pas vraiment, le gringalet, trente pas suffisent pour arriver au coin du verger et il n'y est pas encore. De loin je ne déchiffre pas sa figure, juste son dos plus courbé, son sac plus lourd, qu'il précipite sur les cailloux avant de s'écrouler à côté. Je devrais garder notre futur nid pendant que Pico ramasse des brindilles, mais la curiosité est plus forte que tout. Je volette de mon peuplier jusqu'aux arbres fruitiers, me perche sur une branche tordue d'où je ne vois que la capuche couvrant la tête du gosse. La terre humide, meuble et parfumée est riche en vers, il ne me voit pas. Je sautille à petits bonds dans le verger, à une distance raisonnable. Je jette des petits coups d'œil prudents. Je décris des cercles concentriques en me rapprochant, l'air de rien.

Il parle tout haut, marmonne, renâcle, qu'est-ce qu'ils y comprennent, ces tarés ? Qu'est-ce qu'ils peuvent ressentir de sa vie, dans cette ferme perdue, coincée entre cette mère à la parole verrouillée et ce père qui le méprise ? Ils racontent qu'on a trouvé des enfants morts, coupés en morceaux dans le frigo. Et que les os ont été donnés à manger aux porcs. Mais n'importe quoi ! Comme si on était une famille de tueurs. Comme si quelqu'un pouvait trouver malin de foutre des cadavres à un endroit qu'on ouvre tous les jours. Comme si des gosses avaient disparu. Et ces crachats, mais ces conneries, ces coups même. Il voudrait les cafarder à la figure de son père, juste pour sentir la dérouillée, comprendre à travers les claques s'il y a un seul gramme de vérité dans ces absurdités. Il marche en long et en travers du chemin, shoote dans son cartable qui s'ouvre, déverse ses livres, laisse s'envoler des gribouillis sombres, des caricatures grotesques. Poursuivie par une feuille, je m'envole sur un prunier. Le gosse ne se précipite pas. La furie se calme, il ramasse ses affaires sans entrain, referme le sac. Saisit une pierre du chemin, la fait rebondir dans sa paume, pour la projeter sur qui, sur quoi ? Je repars juste à temps vers le peuplier.

Pico débarque tout heureux, chargé de brindilles, il voudrait qu'on arrange tout ça illico presto, mais on n'y voit plus guère. Les lumières lait cru de la salle de traite font concurrence aux ampoules dorées de la baraque. Le gosse, hors de sa vue, laisse sa mère démarrer seule, avant de pousser la porte, de s'introduire dans la maison sans être pris. Une ombre taciturne, c'est pas la peine de se parler. Est-ce qu'on a déjà eu besoin de se parler ? Sa fenêtre est la seule qui s'éclaire à l'étage, œil morne qui interroge l'obscurité. Derrière, le gosse s'extirpe des bretelles de son sac, range ses innombrables croquis dans le tiroir du bureau et redescend enfiler ses bottes crottées. C'est son devoir du soir, il sait qu'il n'y coupera pas. Il racle ses pieds vers la remise, ramasse un sac de pommes de terre et marche vers la porcherie.

Ce n'est pas l'heure du courrier. Ni celle du car. C'est une journée où tout est transi. Pico et moi, on tente de se réchauffer sur notre nid en construction, entre les branches craquelées de gel. Le givre recouvre les prés, les ornières de la cour. La boue durcie arrête les roues d'une voiture blanche de la coopérative. Les freins grincent, la portière claque juste après les souliers sur le sol dur. Alerté par le bruit, l'homme ouvre brusquement la porte et laisse sortir les chiennes. La jeune grogne. La vieille se coule, queue battante, agitée de gémissements. Elle glisse son museau dans la main de la jeune femme. Celle-ci se penche pour la flatter, elle lui caresse le flanc. Quand elle se redresse, l'homme la fixe, incrédule. Qu'est-ce qui lui prend de débarquer, à celle-là...

C'est la stagiaire qui venait avant, quand le grand n'allait pas encore au collège. Elle dormait des semaines à la baraque. Elle trayait les bêtes avec la fermière, elle jouait avec la chienne. C'est elle mais ce n'est plus elle. Ses cheveux ont raccourci, son visage est plus maigre. Elle se tient droite dans ses vêtements propres et repassés. Les nuages de son expiration sont réguliers dans l'air glacé. Son corps reste mat, raide, immobile. Ses yeux clairs percent l'homme.

Elle crache, j'ai été convoquée par la gendarmerie. Qu'est-ce qui se passe, qu'est-ce que vous me reprochez ? Vous et votre femme. Qu'est-ce que c'est que cette histoire de congélateur ?!

L'homme braille à la porte. Je perçois un remue-ménage, et la mère sort en clignant des yeux sous le soleil trop froid. Elle s'est emmitouflée à la va-vite dans son gros pardessus. Front à front, les deux femmes se fixent. Pas une exclamation, pas un mot. La petite troupe s'ébranle le long du mur, contourne la maison pour arriver à la porcherie. Curieuse, je m'envole jusqu'aux ardoises pour ne pas en perdre un morceau. Face à la mangeoire, les corps se tiennent bien rangés. L'homme campé entre les deux femmes qui s'évitent. On a trouvé un crâne de bébé dans la porcherie. La fermière ne dit rien. La jeune femme redresse le menton, moi, vous le savez bien, je n'ai jamais fait que les veaux et la traite. Et je gardais un peu les enfants. La mère lorgne la terre. L'homme embraye, c'est un peu tout le monde qui nourrissait les porcs, t'es sûre que tu l'as jamais fait ? T'as jamais été enceinte pendant tes stages ? Un arrêt pesant, les cristaux de glace soudain concrets dans l'air.

La jeune femme ouvre une bouche interdite, laisse d'abord échapper un flocon de brouillard. Je ne crois pas… Non… Et de toute façon…

Ah ! accuse l'homme. Parce que ma femme, je le saurais si elle avait été grosse. Après le drôle, elle a plus porté. Et on a trouvé deux bébés dans le congélo.

La mère ne dit rien, elle hoche la tête. La jeune se tait, incrédule.

Quand ils reviennent devant, la boue a commencé à fondre dans la cour. Elle crotte les jolies chaussures en cuir de la jeune femme. Personne ne lui a proposé d'entrer. De prendre un café, un verre d'eau. Elle ne salue pas, grimpe sur son siège à peine la portière entrouverte. La mère est rentrée au chaud. Pico me somme de rappliquer au peuplier, il a vu le chat sortir. L'essence imprègne la cour, la voiture blanche de la coopérative est partie. Maintenant qu'il fait un peu meilleur, on va se remettre à ce sacré nid. Trouver des brindilles, des petits os.

Le brame des vaches et de l'homme envahit la salle de traite ce soir. Les croupes sont tendues sous les craquements du bâton. Ça rebondit sur les murs de la cour, ça fait écho jusqu'au peuplier.

Pendant que le gosse s'abrite derrière son œil-de-bœuf doré, ça crépite au pis des vaches. La machine et la mère expirent en rythme. Personne ne m'a vue, perchée sur le soupirail. Le néon projette sa lumière verte sur la marche mais ne m'atteint pas. Je reste planquée dans l'ombre, raidie par le tumulte. J'attends l'occasion de grappiller quelques grains. Près de moi, un mufle expulse de la vapeur lourde.

Il y a quatre jours que les fermiers sont retournés à la gendarmerie. Ils en sont revenus côte à côte dans la camionnette. Quatre jours à se croiser sans autre parole que le strict nécessaire, dans la cour, j'arrive, tu y vas ? Les porcs, y sont nourris ? Le gosse est à l'heure ? La mère plus terne que jamais, ses cernes rognant ses joues. Penchée sur sa serpillière aux marches de la baraque, récurant le carrelage de la salle de traite, la tête toujours vers le sol. Pas d'interrogation de sa part. Comme si elle n'attendait pas, comme son mari, la suite. La suite de quoi, je ne sais pas, mais le père, lui, l'attend. La sonnerie du téléphone retentit juste au début de la traite. La femme a dû démarrer seule, et il l'a rejointe. C'était qui ? Le frère du brigadier. Il avait pas le droit de m'appeler, mais on chasse ensemble, alors… J'y crois pas ! Je comprends pas ! C'est positif ! Et il a rugi, frappé les croupes des vaches, sans faire attention à elle. C'est positif, je te dis, t'entends, ils viennent te chercher demain. Je comprends pas. Je comprends pas ! Tu m'expliques comment c'est possible ?

Et le bâton s'écrase sur la vache qui a terminé, allez avance grognasse, on va pas y passer la nuit ! Je me blottis plus serrée, espérant que son mufle ne me trahira pas.

La femme branche et débranche les trayons sans un mot, qu'est-ce qu'elle pourrait dire. L'œil fixe, elle se concentre sur sa tâche, ne répond pas, cherche une réponse derrière son front plissé. Ahurie, c'est pas possible, c'est pas moi, je me souviens pas.

Puisque je te dis que les bébés sont de toi, de moi, même le crâne. Même le crâne que le petit a trouvé dans la porcherie, tu comprends ?

Alors elle s'arrête, scrute dans ma direction, mais je suis dans l'ombre. Elle ne me voit pas, ou ce n'est pas moi qu'elle voit. Je ne sais pas ce qu'elle voit. Je suis une statue que personne ne peut voir. Alors, les mains s'agrippant aux trayons, elle ouvre la bouche. Des mots essaient de sortir. Des mots qui ne semblent pas venir d'elle. Des mots qui disent, oui, ça doit être moi. C'est peut-être moi. Je me rappelle pas. Je me souviens de rien.

IX

Les petits

Le chat tigré

Les lambeaux de nuit s'insinuent dans chaque interstice de la masure, étouffent les bruits habituels, les craquements de vieilles ardoises, les gémissements des poutres fatiguées. Je suis le seul éveillé, dans cette maison désertée par mon compagnon, tout à sa chasse, à ses batailles et ses exploits. Je suis le seul à déambuler à pas amortis dans l'odeur poussiéreuse, pas une latte de parquet ne grince, et pourtant. La respiration légère de l'enfant rythme les mouvements lents du mobile découpé dans un magazine et suspendu au-dessus de son bureau, toutes les planètes du système solaire qui épousent le moindre courant d'air. Les ronflements du fermier font vibrer l'air de la chambre parentale, font trémuler les rameaux desséchés plaqués au mur par le crucifix accroché là depuis toujours. La figure sévère de l'homme sur la croix, tête penchée, contemple de ses yeux clos la fermière couchée en chien de fusil, dos à son mari. Elle s'agite dans un sommeil qui ne consent pas à la calmer. Elle a des soubresauts, des moignons de phrases, des rêves que je ne peux pas imaginer. C'est un cauchemar qui doit la terrifier, tant ses poings sont crispés sur le drap, tant sa bouche s'ouvre pour appeler l'air vicié qu'elle n'avale pourtant pas. Elle ne produit qu'une plainte silencieuse. Ses jambes tétanisées frémissent, ses lèvres de carpe battent l'air. Elle traverse une scène qui m'est étrangère, une scène où elle se bat contre plus fort qu'elle, mais pas pour se protéger elle-même. Elle se raidit pour ériger un rempart. Elle tend son bras, jusqu'à frôler le corps massif de son mari, dont le ronflement se suspend. Je me retiens, une patte en l'air, prêt à bondir hors de la chambre saturée de remugles. Habituellement, le fermier ne m'accepte pas dans ses quartiers.

La femme endure tout, les yeux clos. Ses mains retiennent le drap chiffonné. Le fermier reprend sa respiration en sifflant, cette fois, ses lèvres épaisses battent la mesure à chaque expiration. Ses apnées suspendent la nuit toutes les quatre ou cinq inspirations. À chaque fois, il reprend son rythme tranquille.

La femme se durcit une dernière fois, toujours en silence, puis se relâche enfin. Elle expulse brusquement l'air retenu tout ce temps dans ses poumons gonflés. Un flux glacé, acide et terrifié. L'expiration des proies quand elles savent qu'il ne sert plus à rien de se battre. Le soupir de capitulation d'une souris sous ma griffe.

Le voile de l'aube s'accroche aux persiennes du volet mal fermé, diffuse sa grisaille dans la chambre en désordre. Les vêtements de la veille, jetés en vrac, ajoutent leur odeur de transpiration à ceux de l'avant-veille. Cela fait plusieurs jours que le linge n'a pas embué le cellier, que la fermière n'a pas ramassé les œufs. C'est la première fois qu'elle s'éveille bien avant que le fermier ouvre une paupière, qu'elle le couve des yeux, ronflant, avant de se lever, sans faire grincer le matelas, enfile ses vêtements de tous les jours, sa blouse bleue, rassemble le linge souillé et en fait un baluchon qu'elle descend pesamment dans l'escalier qui gémit.

Je n'ai pas frémi, je ne sais même pas si elle m'a vu, silhouette pétrifiée dans le coin sombre de la pièce. Les crachotements de la cafetière répondent aux premiers vrombissements du lave-linge.

Tout est prêt.

Je retourne me pelotonner dans l'odeur encore tiède du lit étroit, pendant que le garçon enfile en grelottant les vêtements raidis de la veille, après les avoir humés. Il est fébrile, sa mère ne l'a pas réveillé, s'il n'avait pas entendu le ressac du lave-linge et les voix étouffées de ses parents, il aurait pu ne pas se lever, rater le car. Je me coule dans l'escalier sur ses talons, reste prudemment sur l'avant-dernière marche tandis que la jeune chienne se précipite pour lui lécher les mains et le visage. Le fermier la gronde pour qu'elle retourne au panier près de sa mère, qui a juste levé la tête pour le surveiller.

Les fermiers ont interrompu leur dialogue à l'arrivée du garçon. Mais tu es là, toi, pas encore parti ? Quelle heure il est ? L'enfant était absent de leurs pensées, il ne leur est pas venu à l'esprit de le réveiller, de lui dire, lui expliquer. Pas le temps. La mère se concentre sur la feuille du carnet qu'elle noircit méticuleusement avec les programmes du lave-linge, ceux du lave-vaisselle, la liste de courses, les produits à utiliser pour la cuisinière, pour le sol, les plats qu'elle a congelés pour les jours suivants. Comment tu vas faire, marmonne-t-elle tout en écrivant, brefs coups d'œil angoissés vers la pendule, faudra que tu demandes à ma sœur de venir t'aider pour le ménage. Et pour les repas… Le fermier se recroqueville en bout de table devant son café refroidi, ses mains rassemblées l'une sur l'autre telles les deux chiennes sur la couche, imbriquées dans leur chaleur. Sous ses sourcils épais, un regard que je ne lui ai jamais vu, un regard éperdu vers sa femme. Elle est la première à pressentir le moteur dans la cour, avant même que les chiennes ne remuent une oreille. Elle se dresse immédiatement, s'essuie les mains sur la blouse bleue avant de l'accrocher au perroquet. Elle fourre une tartine dans la main du mioche et le pousse dehors avec son blouson, allez file, le car est là dans une minute. Il ramasse son cartable et le jette sur son épaule sans lever la tête vers cette mère qu'il ne comprend pas ce matin, elle ne lui laisse pas le temps pour les questions. Les chiennes et moi, nous nous glissons dehors en même temps que le garçon. Je reste sagement sur le seuil avec la vieille. La jeune aboie déjà en cercles autour de la voiture bleu nuit. Le cadet s'arrête un instant, fait un vague signe au conducteur, comme il sait qu'il doit toujours saluer quand il croise une connaissance du coin, parfois avant même de reconnaître son visage. Il court, l'éclair des phares du car scolaire a déjà brillé sur la route. Le véhicule s'ouvre là-bas, tous les visages blancs collés sur les vitres dégoulinantes, sa portière claque, l'avale, le digère, et il repart après un hoquet.

Sur la margelle, les fermiers nous rejoignent. L'homme rappelle la jeune chienne qui vient se rencogner dans ses mollets en bâillant. Je saute sur le rebord de la fenêtre et je m'assieds, me fais oublier. Les gendarmes, le moustachu et le mince, sortent lentement de la voiture embuée par leur discussion qui n'en finit pas. Le plus élancé sort les menottes de sa poche, avance vers la fermière, mais la mimique du moustachu l'arrête. Madame, nous avons eu les résultats d'analyses. Nous avons besoin de vous entendre à nouveau, veuillez nous suivre. Les corps ne bougent pas immédiatement. La vieille chienne gémit, elle lèche la main de la fermière qui la laisse faire. Son autre main trouve la pogne du fermier. Tous deux face aux gendarmes, ils restent immobiles encore quelques secondes. Ils entrecroisent juste leurs doigts, avant de les lâcher pour qu'elle avance, son manteau jeté sur les habits du matin. Avant de grimper à l'arrière du véhicule, elle se retourne, contemple la façade et le corps de son homme sur le seuil, avec les chiens et leur buée. Elle ne me voit pas. J'ai pas eu le temps d'étendre la machine. Ça ira pour la traite ? lance-t-elle, autant pour faire honte aux gendarmes de venir si tôt que pour donner du courage au fermier. Le moustachu pique du nez, il aurait dû y penser. Lui aussi a été élevé grâce à la paye de lait, il le porte sur lui, dans l'odeur de son savon, de ses vêtements.

Quand le break s'éloigne dans le nuage puant de diesel, aucun de nous quatre ne bouge. Ni l'homme, ni ses bêtes.

Le soir a déjà envahi la maison éteinte quand la porte claque derrière les pas du cadet. D'en haut, niché dans l'odeur de la fermière, je ne dresse qu'une oreille, reconnais les pieds secoués pour se débarrasser des chaussures, le gémissement heureux de la vieille chienne, le glissement des chaussons à moitié enfilés et le choc du cartable jeté, les livres déversés en vrac sur la table. Je vais bientôt entendre le tintement du micro-ondes, humer les effluves du chocolat chaud, percevoir les grattements du stylo sur le cahier. À la place, le galop survolté du générique des informations me propulse sur le seuil de l'escalier. L'enfant, debout derrière le canapé, a osé actionner la vieille télécommande rescotchée, son blouson encore sur les épaules. Il ne s'assied pas, il reste devant le téléviseur massif, seule source de lumière fluorescente, boit les paroles rapides du présentateur poivre et sel à la coupe impeccable. Il est dix-huit heures trente, c'est l'heure de vos nouvelles régionales, et on commence par l'affaire des bébés de la ferme Leroy. Le portrait de la fermière, visage blanc et bouche close, s'affiche sur la totalité de l'écran. Le mioche laisse fuser un cri étranglé qui n'en est pas un, un râle qui ressemble à ceux qu'il poussait pour réclamer ses biberons, il y a longtemps. La chienne s'est relevée pour fourrer la truffe dans sa main qui reste flaccide. Mme Leroy a été placée en détention provisoire, elle devient la principale suspecte tandis que son mari est sous contrôle judiciaire. Le cadet absorbe chaque mot comme il a absorbé le visage sous les flashs, il se tient immobile face au téléviseur, comme si un mouvement de sa part pouvait empirer la situation, comme si le journaliste risquait d'en dire plus, encouragé par le moindre de ses gestes. Il n'a aucun sursaut quand la porte lourde claque et que son père débarque, bottes souillées de boue, coupe-moi ces conneries et viens donc m'aider, je vais pas tout faire tout seul. Il se passe un instant où aucun d'entre nous ne frémit, même pas la jeune chienne sur les talons du fermier, sa queue reste droite à la vue du gamin. Celui-ci finit par éteindre la télévision sans considérer son père, passe devant son corps massif pour enfiler les bottes blanches de la fermière. Quand la porte bat à nouveau, la vieille chienne ne les suit pas, regagne lentement sa couche. J'écoute un instant le halètement de la machine à traire, les meuglements lointains des vaches, le grondement du fermier sur son fils. Je me déplie précautionneusement pour me poster sur l'armoire. Je ne miaulerai pas quand ils rentreront. Je n'irai pas réclamer de croquettes. Pas aujourd'hui.

Quand mon acolyte revient ce matin-là, recouvert d'odeurs rousses et musquées, je comprends à ses miaulements étranglés qu'il m'a cherché. Moi ou la fermière ? Son offrande exhale la courte vie juste envolée de la musaraigne qu'il a peiné à surprendre, gestante de plusieurs petits. J'apprécie la délicatesse de son présent et me pourlèche après la dégustation. Rien ne sert de s'inquiéter, jeune chat. Nous avons nos aventures, les humains ont leurs histoires. Je m'extrais pesamment du creux du grand lit, comme si j'étais chez moi, malgré la nervosité de mon compagnon. S'il savait que le fermier ne me chasse plus de la chambre, il en serait peut-être jaloux, qui sait ? Il guette le pas lourd, sur le qui-vive. Mais ce n'est pas l'heure de son retour. Mon ancien élève crapahute derrière moi sur le plancher disjoint, hume l'air de l'étage. Le parfum de lait caillé de la fermière s'est estompé pour laisser une place exclusive à la transpiration aigre de l'homme. Elle supplante aisément l'odeur immature du cadet.

Pour retrouver celle-ci, il faut descendre l'escalier, en ayant pris soin de vérifier l'absence de la jeune chienne, encore dehors à cette heure avec le fermier. Se faufiler dans la resserre du fond, emplie du bourdonnement du congélateur et des reflux du lave-linge. Là où les chiennes ne pénètrent jamais, là où l'enfant suspend ses affaires de travail, son odeur s'est imprégnée sur nos trois gamelles, l'une, un simple pot de plastique, empli d'une eau encore claire. Les deux autres d'une poignée de croquettes qu'il pense à déposer sans faute chaque matin, avant de courir au car, un bout de pain vite fourré dans la poche en guise de petit déjeuner. Le fermier déjà à la traite, plus personne ne se préoccupe de savoir s'il a bu un lait chaud ou tartiné son pain. Y a-t-il seulement de la confiture ? Les croquettes chaque matin, raclées au fond du sac et déposées avec en cadeau une caresse sur mon museau, c'est la responsabilité supplémentaire et imprévue, celle que la fermière absente ne peut plus assurer et que son mari ne compte pas comme une tâche indispensable. Nourrir les chats, de son temps, on n'y songeait même pas. Pour ce qu'ils servent… moins on les nourrit, mieux ils chassent les rats.

La virée du jeune a dû être gratinée, en témoignent les éraflures à ses flancs, la marée émanant de son poil et la profondeur de son sommeil contre mon dos. Par prudence, je nous ai installés en haut de l'armoire. Les allées et venues grinçantes du fermier dans la maison font s'éveiller mon compagnon plusieurs fois en sursaut, me consulter brièvement avant de refermer ses paupières. Entre deux rêves, il dresse les oreilles, interloqué par le panier de linge sur la hanche virile, par les chocs de la vaisselle dans l'évier sous les pognes de l'homme, par ses pas pressés à une heure où le corps solide s'accorde normalement une sieste à l'étage, seul maintenant dans ce grand lit.

Quand c'est au tour du gamin essoufflé d'arriver, de jeter son cartable près de la porte sans même en retirer ses cahiers, ce sont nos deux paires d'yeux qui suivent ses cheveux ébouriffés. Le cadet se dirige sans hésitation vers la huche, coupe deux tranches épaisses et les tartine de beurre, réchauffe une tasse de café et une de chocolat au micro-ondes, et dispose le tout sur la table, allez papa on y va, je fais les cochons ou les veaux ce soir ? Après la traite j'ai mes devoirs. Et pendant que le fermier mâche son pain, assis comme un enfant, le large buste légèrement courbé, l'enfant ose plonger son regard crâne dans le sien, déglutit et laisse enfin sortir la question qui lui tourne dans les joues depuis quelques jours. Et moi, pourquoi elle m'a pas tué, maman ?

La chienne épagneule

Ma fille danse devant nous. Excitée par l'air pur. L'humidité annonce le printemps prochain. Elle jappe, se retourne vers le grand fils. À chaque fois qu'il revient, elle se précipite sur lui. Moi, je me tiens à distance. Je reste sur les talons du maître. Ou ceux du garçon.

Tous les trois progressent. Leurs bottes sucées par la glaise du chemin. Le petit reste derrière. Je ralentis exprès pour rester à sa hauteur. Devant nous, le balancement des deux hommes est le même. Je pense *les deux hommes*. Mais le grand n'en est pas encore un. Même s'il copie la sûreté du maître. Ses mouvements d'épaules. Ses éclats de voix. Ça tombe bien que ce soient les vacances, pile pendant les naissances, comment on aurait fait sans toi. À côté de moi, le poing du petit se ferme. Il lève les yeux vers leurs deux nuques. Rases sous les casquettes. La mince et l'épaisse. Lui est nu-tête, comme un gosse. Je lèche son poing blanc. Je marche tranquillement pour suivre ses bottes traînantes.

Ma fille nous précède dans le pré. Elle bondit d'une touffe givrée à l'autre. Pas après les perdrix. Ça fait longtemps qu'il n'y en a plus. Ses jappements nous signalent au troupeau. Les corps montagnes s'agenouillent, se lèvent pesamment. De la vapeur s'en élève. Une vache presque noire meugle. Trottine vers ma fille. Les autres ne bougent pas. Leurs têtes nous fixent, pareilles. D'autres répondent à la première.

Le grand fils gueule sur l'impudente, au pied ! Le maître n'a pas eu à gronder. Elle obéit aussi bien aux deux. Il montre la droite du troupeau. Massé contre la haie. Son haleine murmure, elle doit être là, protégée par les autres. Celle qui a mis bas cette nuit. Celle qui a meuglé. Qui l'a fait se lever pour humer avec moi le bas du champ. Histoire de vérifier qu'elle ne souffrait pas. Ou pas vraiment. D'habitude, la maîtresse dit quelques mots banals. Ça le tranquillise. Il se rendort facilement. Là, il n'a pas fermé l'œil. Le retour du grand. Le dîner sans un mot entre les frères. Le repas de pâté froid et de fromage. Lui, la soupe, il sait pas trop comment la faire. Pis les vêlages qui ont commencé, avec juste le gosse pour l'aider. Autant dire tout seul. Je glisse ma truffe dans sa paume. Il la prend, et puis il part.

Il envoie ses fils chacun d'un côté. Il ignore la presque-noire. Elle leur fait face. Elle baisse la tête. Joue la menace. Leur pas régulier l'arrête. Je m'assieds entre le maître et le garçon. Bien droite. À mi-chemin. Je voudrais que ma fille en prenne un peu de la graine. Ma fille restée stérile. Et déjà trois saillies. Il faut encore qu'elle jappe contre la presque-noire. Le maître et le grand la rappellent. Elle ne sait plus où elle doit aller. Elle vaque de l'un à l'autre. Les gêne. Le fils la gronde, pas bouger !

Il est encore maigre, dans sa veste cirée. Pareille à celle du père. Il se fraie un passage entre les masses qui se lèvent. Qui s'ébrouent. S'écartent sans protester. Il fond sur une génisse. À peine mère, encore pantelante. Il pile sous la voix du maître. Il a des gestes trop vifs. Ils ont failli la faire détaler. Le maître s'approche derrière lui. Gronde entre ses dents, contourne-la, comme si tu partais. Vas-y, maintenant ! Et c'est le maître qui tend la main. Prêt à accueillir le mufle hésitant. La corde dans l'autre. Cachée contre sa jambe. On ne bouge pas d'un poil. Les corps fumants sont cloués dans l'herbe. Et ça arrive. La corde à l'encolure de la jeune vache. La main large qui la flatte jusqu'à l'épaule. Le veau soulevé par le grand. Le petit les bras écartés. Pour empêcher quoi, avec son corps frêle ? Et le maître caresse la génisse frémissante. Et le grand et ma fille décampent en suivant la haie. Je les suis de loin avec le garçon. Lui était indispensable, jusqu'à hier soir. Son père n'allait pas y arriver sans lui. Les épaules du garçon s'étaient redressées. Il se plie désormais sous les barbelés. Maintenant, il se voûte. Laisse traîner sa main sur mon crâne. Moi, je serai toujours là.

Une fois la corde retirée, le maître s'éloigne doucement. On entend la génisse murmurer. Et puis, plus fort, le mugissement incrédule. Repris par les autres vaches. Pas affligées. Juste solidaires. Elle apprendra. Elle court derrière le maître. À distance. Hésite. Avant qu'il regagne le chemin, elle s'arrête. En contrebas du troupeau. Enveloppée de vapeur. Seule, elle appelle son veau. Lui se laisse balloter. Hébété. Elle espace ses appels. Campée sur ses pattes au milieu du pré.

La femme récure l'évier, le four, le frigo. Ses gestes pourraient laisser croire que la maîtresse est de retour. Ses effluves me parviennent par vagues. Entre Javel et caoutchouc. Ce ne sont pas ceux de la maîtresse. Elle n'a pas la blouse imprégnée de petit-lait comme la maîtresse. Elle n'a pas la peau des mollets aussi sèche. Elle a presque le même regard. Il ne s'attarde pas. Tout de suite happé par la tâche. Surtout quand il fixe le visage des garçons.

Mes pauvres petits. Elle place le pain, le beurre et le lait chaud sur la table. Reste debout, avale sa chicorée à petites gorgées. Comme quand ils étaient enfants, le grand se précipite pour se couper la meilleure tranche. Comment vous allez survivre à ça, c'est pas croyable. Sa main s'appuie sur le bord de la table. Desséchée par le détergent. Elle n'a pas un œil vers nous. De chien, elle n'en a pas. Ça se sent à ses mains, ses mollets. Ses gestes brusques quand elle passe le balai. Pas trop près de notre couche. Je comprends pas qu'elle m'ait rien dit, mes pauvres petits, d'un autre côté… Son regard embrasse un horizon.

Ça pourrait aussi bien être la salle. Ou la ferme entière. Ou les champs qui verdissent aux alentours. Elle pourrait appuyer ses mains gercées sur l'épaule du grand. S'asseoir sur le banc à côté du garçon. Le prendre dans ses bras. Mais ils sont immenses, déjà osseux. Le grand porte une ombre de rasage dessus sa lèvre humide. Elle soupire. Jette un coup d'œil méfiant vers nous. On se garde bien de bouger une oreille. Même ma fille se tient coite. Elle entend le diesel de la camionnette. Le grincement des freins. Ça la fait bondir. Elle gratte et pousse la porte pour sortir. Le maître arrive, elle lui fait la fête.

C'est la seule qui s'agite. Elle jappe. Nos corps tournés vers le maître. Les mains de la femme crispées sur la table. Le garçon les lèvres entrouvertes. Sa bouchée encore dans sa joue.

Alors ?

C'est le grand qui a osé. Il a reculé sa chaise. Ses deux jambes écartées. Comme le futur maître qu'il veut être. Alors, il demande. Comment ça s'est passé, ta garde à vue ? Qu'est-ce qu'ils ont posé comme questions ?

Le maître épuisé lève sa pogne comme sous une pluie battante. Comme si leurs regards étaient des corniauds. Qu'il fallait apaiser d'une main. Je me suis levée aussi. J'ai posé la tête sur sa cuisse tendue.

Alors, ils sont sûrs. Leur truc, l'ADN, là, ils l'ont refait. C'est le mien. Et le sien. Ils disent qu'on est les parents. Je comprends pas. Je leur ai dit, je comprends pas. Elle n'a pas été enceinte après lui. Il montre le garçon sans même le regarder. Je m'en serais aperçu, quand même.

La femme se retourne vers l'évier pour rincer sa tasse. Elle verse un autre café au maître. Ou bien elle m'en aurait parlé, à moi, mais bon, elle cause pas. Chez nous, on cause pas, c'est comme ça. Elle dépose la tasse fumante devant le maître. Leurs regards se croisent. C'est celui du maître qui retombe le premier. Je pensais qu'entre vous, ça allait, quand même. Le grand fils se dresse, en même temps que sa colère. Bien sûr que ça allait ! Nous aussi, on aurait vu, si papa et maman s'embrouillaient, non ? Il provoque son frère du regard. Il le force à opiner. C'est ta faute aussi, qu'est-ce que t'as été faire chier à déterrer ce crâne ? Il ravale aussitôt sa hargne. Les adultes sont sidérés. Voilà, c'est admis. Elle l'a fait, et ils n'ont pas su la protéger.

Demain, ils veulent vous voir tous les deux. Le maître se lève pour aller chercher les bêtes. Alors avec ma fille, on le suit.

Les vitres de la camionnette sont embuées. Des gouttes se faufilent verticalement. Elles s'illuminent au passage de phares jaunes. Le lampadaire devant la gendarmerie les souligne d'un trait livide. Je gémis en grattant la fenêtre. Et puis je me recouche au milieu de la banquette. Soupire. Ça fait un moment, maintenant.

Au claquement de la porte, je me dresse. Ma truffe palpite contre l'espace du carreau entrouvert. Les deux hautes silhouettes encadrent le garçon. Les pas bourrus marchent au même rythme. Les trois portières s'ouvrent en même temps. Le petit me pousse doucement sur la banquette arrière. Le grand s'installe à côté du maître. Aucun mot. Les bouffées saccadées embrument l'habitacle. Les attaches de ceinture cliquent. Le ronronnement familier occupe l'espace. Je me couche contre la hanche du garçon. Sa main glacée fourrage dans mon dos.

Un feu rouge. Le maître allume sa tige de maïs. La flamme éclaire l'habitacle. Il ouvre deux centimètres de vitre en plus. Le petit tousse. Il fourre son nez dans le col de sa veste cirée. Alors, ça a été ? lâche le maître entre deux bouffées. Je sais pas, grommelle le grand. Ils nous ont pas pris ensemble. Moi, ils m'ont demandé comment maman était avec nous. Si elle nous aimait, quoi. J'ai dit la vérité. Qu'elle était normale. Qu'elle s'est toujours bien occupée de nous. Et toi, ils t'ont demandé pareil ?

La main se crispe dans mes poils. Oui, pareil… Le garçon se tourne vers la vitre embuée. Il dessine des silhouettes sans plus écouter. Il est parti dans son monde. Le grand fils regarde son père. Secoue la tête vers l'arrière. Le maître expire une bouffée plus longue. Comme s'il voulait tous nous asphyxier. Tu leur as dit pour le congélo ? Un autre feu rouge arrête la camionnette. Le moteur au ralenti occupe tout. Et puis il passe au vert.

Le grand se tord les mains. Hypnotisé par le va-et-vient des essuie-glaces. Il racle sa gorge. Je leur ai dit que j'avais trouvé un truc, mais que j'avais pas compris. Et puis que ça m'était sorti de la tête.

Le maître et son fils se concentrent sur la route, droit devant. Le diesel et les essuie-glaces meublent. Le petit fait semblant de dormir. Je sens sa main accrochée sur les poils de mon dos. Parfois, il y a un coup d'œil du maître dans le rétroviseur. Devant, ça ne se regarde plus. Ça ne parle plus. La camionnette prend le dernier virage avant le verger. Les pneus crissent sur les cailloux du chemin. La voix de ma fille nous appelle de la ferme. Les portes claquent. La cour renvoie l'écho dans le vide. La maison est éteinte.

Pas de crachotements de cafetière ce matin. Comme tous ces matins sans la maîtresse. Quand le soleil n'éclaire pas encore la salle. Quand le plafonnier garni de spirales anti-mouches jette sa lumière jaune sur la table. Quand les mastications du grand couvrent le réveil des oiseaux. Quand ma fille se tient droite à ses côtés. Qu'elle espère une miette. Une caresse. Un regard. Une douleur me garde encore un peu au panier. Quand le petit s'accroupit pour me caresser derrière les oreilles. Qu'il fait chauffer le lait. Quand il le lape. Les yeux fixés sur son frère qui ne le regarde pas. Quand, la bouche encore pleine, l'aîné se lève. Enfile ses bottes. Que le petit fait durer sa tartine. Lèche les bords. Papa est parti tôt ce matin, faut se débrouiller sans lui. Et le collège ? On verra. File aux cochons déjà et ramène les vaches. Je mets en route la salle de traite.

Quand les garçons se couvrent. S'activent. Se bousculent au portemanteau. Que je m'étire pour suivre le petit. Quand la grisaille du matin ne se lève pas. Quand les cochons remuent à peine à notre arrivée. Que le maître ne les a pas nourris. Qu'ils sursautent au ramdam des pommes de terre dans leur auge. Que les plus vifs se précipitent. Ils mâchent. Ils lorgnent le garçon de leurs petits yeux. Pas méfiants, mais étonnés. Quand ma placidité les tranquillise. Qu'ils enfouissent leurs groins. Que la main du gosse répartit la couche de tubercules. Chacun aura sa part. Quand il tourne le dos aux bêtes en plein repas. Qu'il les laisse se disputer le fond de l'auge. Qu'il court jusqu'à la stabulation. Que les vaches sommeillent. Que le garçon est là, tout seul. Avec juste un bâton et moi. Que les croupes se lèvent paresseusement. Les meuglements étouffés. La paille en putréfaction. Libérant une vapeur lourde. Les pattes raides se dressant. Quand la voix flûtée du garçon peine à les mouvoir. Qu'elles s'engagent du bout des sabots sur le béton. Elles se laissent porter vers la ventilation de la machine. Quand la tension commence à tirer leurs mamelles. La trayeuse va les en libérer, les pomper, les vider. Quand je me dis que ça fait longtemps qu'on n'a pas tiré sur mes mamelles. Que je crois que ça n'arrivera plus. Plus de petits accrochés à moi. Dans ma chaleur. Ma fille bientôt, peut-être. Si le maître veut bien encore payer une saillie.

Elle se tient sage, aujourd'hui. Pour une fois. Devant la porte de la salle de traite. N'essaie pas d'y entrer. Une fois le parc fermé, le petit passe la tête. Faut que je t'aide ? Mon car est dans dix minutes.

Le grand actionne le distributeur de concentré. J'entends que ça dévale dans les mangeoires. Les vaches mâchent en chœur. Aide-moi au moins à brancher les premières, espèce de branleur. T'es si pressé que ça de te faire pourrir au collège ? Le petit baisse la nuque. Il branche les trayons sur les six vaches de son côté. C'est bon, là, je peux y aller ? Il est déjà au seuil. Les genoux à moitié fléchis.

Ouais c'est ça vas-y. De toute façon, t'en as rien à foutre de la ferme. Je trotte à côté du gosse. Il rentre en courant d'air retirer ses bottes. Enfiler ses baskets. Endosse son cartable. Il embaume le cochon et la bouse. Ça n'arrangera rien. Une main sur ma truffe, et il court vers le car qui arrive déjà au croisement.

La pie

Deux traits jaunes trouent la brume qui recouvre la route, le verger, et qui se dépose en bourbier dans la cour. Le crachotement du diesel à l'arrêt réveille les bruits de la ferme. On a la graille, grincent les pourceaux dans leur porcherie. À boire, pleurent les veaux pressés à l'entrée de leur box. Trayez-nous, rugissent les vaches regroupées au bas du pré. Les mammifères se révoltent, les poules rousses dorment déjà, ayant grappillé ce qu'elles pouvaient. Seuls Pico et moi scrutons le grouillement des trois êtres qui claquent les portières, courent se botter, partent qui vers les veaux, qui vers les vaches, qui vers la salle de traite. Les porcs attendront. Ça criaille dans tous les coins. Et le halètement de la trayeuse recouvre tout. Abruties par son rythme, les bêtes se calment, arrêtent les coups contre les tubulures de fer. Elles écrasent sous leurs molaires le concentré de soja au parfum si attirant.

Perchée au bord d'une mangeoire, j'en pique des bribes craquantes. Je remue le moins possible. Malgré le stress, pas question de se faire repérer.

Le grand frère branche et débranche les trayons sans égard, il a la fringale lui aussi. Il répond par des grognements aux questions du père. Ils se tournent le dos et gueulent pour s'entendre.

Qu'est-ce que vous avez ciré tout ce temps ? Il ressemble à quoi, le parloir des enfants ? Elle vous a parlé ? Dans un répit, toutes les vaches branchées, rassurées, il grommelle, on a joué aux cartes, elle avait l'air heureuse de nous voir. Qu'est-ce que tu dis ? On lui a pas posé de questions, je te dis. Le père se courbe vers la première vache. Il tâte l'arrière du pis pour voir ce qu'il reste, débranche les trayons. Il se concentre. Je me bâfre pendant qu'il libère sa dernière rangée de vaches. Il est pressé d'en terminer avec cette journée.

Je vais voir où en est le drôle, tu termines et tu récures. La porte claque derrière lui et m'emprisonne. J'ai intérêt à me faire oublier dans un recoin. Je ne pressens pas de tendresse chez le grand.

Il ouvre le portillon de son côté, laisse sortir les vaches sans se retourner. Il vérifie le niveau du réservoir, ferme les vannes, lance le nettoyage automatique et s'empare du jet d'eau. C'est le moment critique. Je ramasse mon ventre blanc dans le coin le plus obscur du soupirail. Je reçois des gouttes, je tente de ne pas frémir. Le garnement est distrait, pressé lui aussi. Le décrassage ne dure pas une minute. Il laisse la machine terminer seule, ne vérifie pas les mangeoires, et court à la baraque réchauffer ce qu'il trouvera. La porte est entrouverte ! Je retourne à Pico en m'ébrouant. Ce n'est pas cette fois qu'ils m'auront. Perchés sur le peuplier, on reconnaît les deux ombres de retour de la porcherie. La carrée et la frêle, aussi taciturnes l'une que l'autre, tirent la porte derrière elles.

Les étourneaux innombrables se sont rassemblés en pagaille sur le champ de maïs. Ces crasses pillent les graines enrobées de mort et tourbillonnent dans le ciel chargé. Avec Pico, on s'abrite dans la haie qui sépare le champ fraîchement retourné et semé du pré des vaches. C'est bientôt le temps de pondre, mais on recharge nos batteries. On laisse ces idiots se prendre la mitraille du père, se disperser au-dessus des abois creux de la plus jeune chienne. Bien à l'abri dans la bordure, on cherche les refuges de passereaux. De temps en temps, un nid à peine terminé nous offre ses œufs tout frais. Il est trop tôt encore pour les oisillons. Chacun pour soi, c'est normal. Le nôtre, de nid, est hors de portée. Dans le peuplier, personne ne peut nous déloger. Le vieux chat ne s'y risque plus. Le jeune a ruiné notre toute première couvée.

Ce matin le nuage d'étourneaux est terriblement mouvant. Au bord du pré, le père et le grand fils se concentrent sur leur troupeau malgré la distraction. Qu'ils décampent, bon sang, c'est pas le moment, gronde le père. C'est qu'il y a eu plusieurs vêlages, et le gosse est déjà parti prendre son car. À deux, est-ce qu'ils vont y arriver ?

D'un coup, dans un bruissement, l'armée d'étourneaux se carapate vers le nord. Ils croisent une dernière fois au-dessus des ardoises. Avec Pico, on reste planqués dans la haie. Qui sait, le père tient toujours son arme.

Dans le pré, les deux hommes avancent de front, une chienne entre eux. Elle se tient droite, près du fils. C'est la jeune, elle craint de mal faire. Sage, pas bouger, l'accable le grand. Pico et moi nous blottissons dans la broussaille, prenant garde. Rien ne doit nous trahir. Le jaune d'or délicieux perle au bord de mon bec.

Deux vaches font bloc, au bout du pré, à l'écart des autres. Déjà amaigries par les grossesses, elles sont plus qu'averties. Elles ne s'énervent pas pour autant. Épaule contre épaule, elles font barrage au fermier. Derrière elles, deux veaux ébouriffés se prélassent dans l'herbe. Un pie, un noir, qui ne s'attendent à rien. Le grand fils rejoint la bordure. Derrière les vaches, il attrape prestement le veau noir, déguerpit en silence. Lorsque la mère le repère, il est trop tard. Elle mugit en chargeant la chienne. Qui détale en pleurnichant. Le troupeau se morcelle dans la pâture. La deuxième vache recule et provoque le père. Il approche la main, encore calme, mais cette fois la bête ne se laisse pas attendrir. Il lève un regard harassé vers le ciel désormais désert. Sa main en porte-voix, il vocifère, ça va, on prendra l'autre ce soir !

Il reprend le fusil superflu et redescend le pré, la chienne à ses ordres. La vieille a dû rester à la maison, comme souvent maintenant. Quand il rejoint son gosse, on se permet une incursion dans le pré. Il est garni de milliards de vers et les rayons du soleil nous chauffent enfin.

Sur le chemin, on entend le fils lancer, t'as vu, même les vaches se battent pour leurs petits. Je veux pas aller au procès. Qu'est-ce que je pourrais dire ? Je sais pas quoi dire.

Le père se racornit. On n'a pas le choix.

Sur le pas du corps de ferme, le père et ses gosses vérifient une dernière fois leur accoutrement. Après un ralentissement au bout du chemin de pierres, un coup de trompe, le car ne s'est pas arrêté. Les vaches ont été traites avant l'aurore, dans la lueur crue des néons, comme en plein hiver. Je ne me suis pas dérangée de mon rêve douillet, sur ma branche. Les veaux et les porcs engourdis ont été nourris à la va-vite. Pico n'avait pas encore amorcé son tour. Et là, à l'heure normale de la traite, ils sont tous les trois au garde-à-vous dans leurs frocs tout propres. Alignés devant la baraque. Le père s'est étranglé d'une cravate, il marche comme s'il craignait de tacher ses chaussures. Il retire un débris de paille du pantalon du garçon, contrôle le grand, ne trouve rien à redire. Ils embarquent tous les trois dans le break qui crachote son diesel depuis un quart d'heure. La cour reste empuantie quelque temps.

La journée est traversée de bruits neutres, les animaux livrés à eux-mêmes. Le calme herbu et fleuri du pré pour les vaches, de l'étable paillée à ras bord pour les veaux endormis, et le son étouffé de la porcherie pour les pourceaux remuants. Décontractés, on survole les toitures, la cour et le verger. Le chat est en vadrouille comme toujours, le vieux ne sort presque plus. La chienne est attachée, sa chaîne cliquette lorsqu'elle fait des allers-retours à l'écuelle d'eau. Sa mère est couchée dans un rebord d'herbe fraîche, somnolente. Elles gardent la ferme, mais ne nous surveillent pas particulièrement. Il faut se nourrir, être prêts à remplir dare-dare le premier bec de poussin grand ouvert, qui ne tardera pas. Ils choisissent le jour parfait, sans prédateur à l'horizon, sans arme pointée sur notre repaire. Ils émergent l'un après l'autre des coquilles vert moucheté, mes petits amours trempés de glu, hurlant leur envie de grandir, de vivre et de voler. À partir de l'éclosion, je ne me préoccupe plus que d'eux. Je harcèle Pico pour qu'il accélère le ravitaillement des troupes. Notre survie l'accapare. La journée passe à tire-d'aile, Pico prend le relais, et je pars à la recherche de fricot. Il faut aussi reprendre des forces entre-temps.

C'est plus tard que je remarque les voitures arrêtées au carrefour. Il y en a deux, claires avec des logos bleus sur leurs portières. La deuxième s'aventure sur le chemin, elle ralentit au niveau du verger. Par prudence, je me perche tout en haut du prunier en fleur, hors d'atteinte. L'homme qui sort de la voiture balaye lentement le paysage de sa boîte, l'arrête sur la baraque gardée par les deux chiennes. La jeune hurle sans oser s'approcher franchement. La vieille rehausse juste la tête.

L'homme, remonté dans la voiture, avance vers la ferme. La chienne écrouée est maintenant hors d'elle, montre les crocs. Sa mère s'est dressée, s'approche de la portière, hérissée, un grondement dans la gorge. Cette fois, l'homme n'ouvre pas, mais sort l'appareil de quelques centimètres, devant la maison et les cerbères. La voiture amorce un demi-tour dans la lumière dorée. Elle se retrouve pare-chocs contre pare-chocs avec la camionnette du père, qui vient d'arriver. La vitre grince en se baissant, comme pour une conversation banale. Le père grogne, déguerpissez, laissez-nous tranquilles. On n'a rien à vous dire. L'homme à la boîte a capturé l'esclandre. Son compère accélère, et la guimbarde au logo bleu repart dans un nuage crasseux.

Quand les gosses et leur père claquent les portières du break, le bruit se répercute longtemps sur les murs de la cour. Avant d'entrer dans la baraque, le père marmonne, connards de journalistes, on traira à l'heure ce soir. Je vais me reposer, allez nourrir les porcs et les veaux, tous les deux. Et je veux pas vous entendre.

En haut du hêtre, on a un panorama imprenable sur le pré où paressent les vaches, en pleine rumination. Et sur celui des génisses qui se courent après, appellent leurs mères de l'autre côté de la clôture, ou font des bonds désordonnés. Et sur la prairie de foin parcourue pour la troisième fois par le tracteur et la presse à balles rondes. Les tiges se dérobent, leur odeur saupoudre la bordure des prés. Les narines des bêtes s'élargissent. L'allégresse des génisses projette leurs paturons en l'air. Pico et moi apprenons à nos trois poussins à se tenir tranquilles et à trouver leur repas dans les broussailles. Des couvées tardives traînent encore de part et d'autre. On découvre parfois des oisillons fraîchement éclos. On les dévore sous les yeux des passereaux désarmés. Ils n'osent rien devant la rangée de cinq becs redoutables.

Là-bas, le père est tout à sa récolte. Pas d'arme apparente sur le tracteur rouge décrépit. Il surveille l'état du fourrage, se retourne en permanence pour mugir des ordres à ses rejetons. Il lui faut des andains parfaits, ni trop larges ni trop étroits. Avec cette chaleur écrasante, les vaches cherchent l'ombre fraîche de la haie. Les génisses se regroupent, repoussent ensemble les taons. C'est l'heure parfaite, le foin est bien sec, il faut cravacher, gronde le père. Le gringalet courbe la nuque. Il transpire à manœuvrer le râteau deux fois plus grand que lui. Il lorgne son frère dont l'adresse est incroyable. Il n'a pas l'air de souffrir de la frappe du soleil sur ses cheveux, ni des ordres du père. Il fait corps avec la ferme. Sa carrure large, sa posture pour rapporter les herbes séchées, tout paraît naturel. Même sa transpiration resplendit. On se presse, le soleil va se retirer, la fraîcheur remonter des prés, du ruisseau tout proche, il ne faut pas prendre de retard. Le ramassage du fourrage est crucial pour traverser l'hiver.

Même si nos petits ne comprennent pas tout, on veut leur montrer les fermiers à l'œuvre. Notre nourriture dépendra du champ dégarni, offert à nos regards, insectes, vers et petits rongeurs vulnérables. Il faudra intervenir au bon moment, après le départ des fermiers, avant la sortie du raminagrobis. La broussaille, c'est un bon abri, mais le chat peut aussi s'y cacher, et alors, c'est la mort. Elle t'attrape et tout est ruiné.

La sueur leur colle la peau aux vêtements, les membres se dérobent. Le père accorde un arrêt à l'ombre de la bordure. Les trois corps déchargés s'écroulent au pied de notre perchoir. Son ombre s'allonge jusqu'au centre de l'herbage. On pourrait presque grappiller les miettes de pain, mais mon bec décourage mes petits ahuris. L'eau de la gourde éclaircit la gorge du dernier fils.

J'ai parlé à maman au parloir, elle est d'accord pour que je m'inscrive au lycée pro en arts appliqués.

Parce que tu crois qu'elle a encore autorité sur nous avec les dix ans qu'elle a pris ? Toute manière, il rêve que de se casser, ce tire-au-flanc. Le grand a tranché. Il n'attend aucune réponse.

Le père taciturne rumine son pain et son fromage. Ça nous appâte, on en reste le bec entrouvert. La mère, j'en discuterai avec elle au parloir la prochaine fois. Déjà, faudra avoir la réponse pour la grâce. Après, on verra. La ferme, on va pas y arriver sans elle et sans toi. Et c'est moi qui décide ici.

Le gosse se renferme, regarde ses chaussures poussiéreuses, les traînées de sueur sur ses jambes. Il ne relève pas la tête pour que son frère ne remarque pas les traces sur ses joues. Quand les deux hommes se redressent, il renverse la tête vers le hêtre sans nous voir. Comme s'il nous implorait. Bien sûr, on ne bronche pas. Une pierre est vite partie.

X

La renaissance

Le chat tigré

Par l'œil-de-bœuf de la chambre de l'adolescent, je peux observer les allées et venues dans la cour obscure, traversée d'éclairs à chaque ouverture de la porte de la salle de traite. Les deux fils se démènent pour abattre seuls la tâche, l'aîné agonit le cadet de reproches à chaque instant. Celui-ci rentre la tête dans les épaules comme sous une pluie d'orage. Le fermier tarde à rentrer. Enfin, comme tous les lundis, il rapporte un peu de l'odeur fatiguée du parloir. Son absence est devenue une routine pour l'aîné. Terminé le lycée agricole, il s'installe droit dans les bottes du fermier, prend les décisions lorsque son père hésite à trancher. Son autorité s'assied vis-à-vis du cadet, qui aurait tort d'y voir une injustice. C'est bien, faut que quelqu'un reprenne un jour, a approuvé le fermier lorsque son fils lui a annoncé qu'il arrêtait là ses études. C'est mieux comme ça, a-t-il ajouté sans regarder le cadet.

La porte de la salle de traite s'ouvre un instant, et le plus jeune place le seau de lait inconsommable sur le seuil. Comme moi, la vieille chienne ne court plus ces plaisirs et reste bien au chaud, surtout quand le froid ronge les os comme ce soir. Le jeune épagneul, encore un peu pataud, se précipite et manque de renverser le seau. La chienne et mon compagnon se tiennent en retrait, l'une par sacrifice, l'autre par méfiance. C'est que mon élève a pris de l'âge, lui aussi, et ne cherche plus la confrontation. Quand le follet a achevé de se tapisser les babines de lait, c'est au tour des deux amis de partager le fond du seau. Je ne me lasserai jamais de les voir aussi soucieux l'un de l'autre que deux frères d'une même portée.

Les néons sont éteints depuis longtemps quand la portière de la camionnette retentit dans la cour. Au sommet de mon armoire, tapissé contre mon compère, je dresse une oreille. Le roquet se jette contre le fermier, émet quelques gouttes d'urine en jappant. Pour une fois, il ne se fait pas tancer par son maître, qui lui prodigue même une caresse. Les enfants, vous n'allez pas y croire !

Ses fils, attablés autour d'un pâté entamé, arrêtent de mâcher. C'est le jeune homme qui, parvenant à avaler sa demi-tartine, réussit à articuler le premier, alors c'est bon ? Elle va sortir ? Le Président a dit oui ?

Le fermier s'assoit et lève une main tandis que l'autre continue à flatter le chiot. On n'a pas eu la grâce, non. Mais le juge a décidé la liberté conditionnelle. Les larmes coulent sans honte sur ses joues rosies. Il s'étrangle, elle sort demain, elle va être tellement contente, faut tout nettoyer ! Venez là, mes fils, et il se lève pour accueillir son aîné qui se précipite, avec un temps de retard le cadet vient se lover dans l'espace restant, pas grand-chose, juste le flanc, et la main de son père qui s'abandonne sur son dos. Il ne pleure pas, il nous regarde juste, ses yeux grands ouverts. Puis il se dégage, la soupe va cramer. La soupe industrielle en brique qu'il saisit à temps sur la cuisinière, qu'il verse dans les trois bols. Ça fait moins de vaisselle.

Il n'y a pas de sommeil possible, par une telle nuit. Le cadet transpire, marmonne et chavire, me faisant renoncer à mon gîte sur son lit. Il sursaute, allume la loupiote de son bureau étroit. Sur un cahier vierge, il esquisse des formes trop vagues pour que je puisse les cerner. Je ne dors que d'un œil durant cette longue nuit, où les grincements du lit centenaire et les soupirs du fermier remplacent ses habituels ronflements. La porte des toilettes grince plusieurs fois en raison des levers fréquents des uns et des autres.

D'abord une clarté grise diffuse, puis la chaleur de mon compagnon contre mes côtes. C'est l'aube. L'adolescent a noirci des dizaines de feuilles dont certaines ont glissé à terre. Parmi les animaux et les visages difformes, une image me percute, celle d'un chat étique, pelotonné sur un lit. Son décharnement m'ébranle, ce chat-là est-il déjà mort ou en sursis ? Des corps de vaches aux flancs creux et aux mamelles pendantes me frigorifient. La vieille chienne est représentée tête basse, se traînant loin derrière sa descendance. Le cadet est assoupi sur son bras, sa main n'a pas encore lâché le crayon, crispée sur l'image inachevée d'un visage féminin grave. Je déguste l'offrande de mon pourvoyeur, lisse mes moustaches comme si j'étais indemne de ces visions.

Les fils ont voulu laisser le fermier seul à ses retrouvailles. Une fois la traite expédiée, ils récurent le graillon de la cuisinière, le sol collant, le bois noirci de la table. Ils frottent en se jetant des regards accusateurs, l'un soupçonnant l'autre, et vice versa, de n'en faire pas assez, de s'y prendre mal, de tirer au flanc. Acculés tous les deux à ces tâches, surtout l'aîné qui se considère comme un homme du haut de ses vingt et un ans. Depuis cinq ans, la cuisine n'a jamais autant brillé. Cinq ans de poussière à moitié balayée, de crasse jamais grattée dans les coins, de graisse incrustée dans chaque rainure. Il me faut m'abriter toutes les deux minutes à un nouvel endroit. Je finis par me nicher sur mon perchoir habituel. La tâche achevée, ils ne savent plus que faire de leurs mains éraillées. La nuit blanche pèse sur leurs épaules. L'aîné se fourre sur le canapé, allume machinalement le poste de télévision, pensant piquer un somme. Du haut de mon armoire, je n'envisage pas un instant de risquer mes os fragiles pour me faire expulser de ses genoux. Alors que le cadet se prépare à gravir l'escalier, l'ouverture du journal télévisé le pétrifie. C'est le jour de la libération de Mme Leroy, notre envoyé spécial est devant la prison de la Victoire. L'aîné coupe immédiatement le téléviseur, attendant les protestations de son frère, serrant les poings par anticipation.

L'heure du déjeuner est passée depuis longtemps quand les deux portières font aboyer le jeune chien. Il fait la fête à l'entrée, lèche les mains du fermier et s'immobilise face à la fermière, le corps plus mince que jamais. À sa vue, les deux épagneules se dressent, la vieille péniblement, l'entourent de gémissements, se couchent à ses pieds. Cavalcade dans l'escalier qui me fait sursauter, le jeune homme se précipite dans les bras de sa mère. Elle cache longtemps son visage dans la poitrine de celui qui la dépasse maintenant de deux têtes. L'étreint comme si elle allait défaillir à l'instant. Sur la dernière marche, à côté de moi, l'adolescent attend son tour, puis s'avance. Elle l'embrasse, le regarde, lui aussi a pris de la graine, ils ont les mêmes yeux bleus, à la même hauteur. Elle le serre aussi, il n'y a pas de raison. Moi, je ne bouge pas. Nos corps dans cette salle ne sont pas un tableau champêtre épinglé au mur.

On s'est arrêtés pour faire quelques courses, quand même. Enfin, je suis pas descendue de la voiture, avec tous les curieux, mais papa a acheté ma liste de bonnes choses. Même si tout le monde a oublié la faim, c'est bon de s'asseoir autour de la table, de la voir retrouver ses casseroles et manier prestement l'économe. Le bruit des ustensiles remplace les paroles qui pourraient célébrer ce moment sans caméras et sans micros. Quand je descends prudemment chaque marche pour m'approcher de ses mollets méconnaissables, elle se penche un instant, tu es toujours là, toi ? Et le grattement derrière mon cou est comme un long soupir qui s'échappe. Un soupir retenu depuis bien plus longtemps que son départ. Elle est calme, chez elle, avec ses hommes, ses fils. Les explications, les discussions, elles ont déjà eu lieu, au tribunal, au parloir, on ne va pas ressortir les cadavres du congélateur. Quand le faitout est posé au centre de la table, on se dépêche d'avaler l'amour de la mère.

Le retour de la fermière me relègue à ma couche antérieure. Mais le cadet occupe désormais toute la longueur de son lit d'enfant et remue trop pour que mon sommeil soit paisible. Je glisse de la courtepointe et me ramasse sur le plancher disjoint du couloir, que personne n'a eu le temps de réparer toutes ces années. La porte de la grande chambre bâille, les volets laissés ouverts laissent filtrer la lueur rousse et changeante de la pleine lune. Allongés l'un au-dessus de l'autre, les deux corps se reconnaissent avec lenteur, les yeux mi-clos. Les mains glissent, maladroites, hésitantes, évitent encore certains creux lustrés. Les chuchotements m'échappent, prononçant des mots d'une tendresse inédite, presque incongrue. Le visage de la femme rayonne, peut-être est-ce la lune. Je recule d'un pas dans le chambranle, je suis bien trop repérable dans son rayon.

Elle a l'air de t'avoir fait du bien, la psy de la prison. Son sourire répond que lui aussi, ses visites, son silence, son écoute, lui ont permis de relever la tête, de redevenir une femme, d'être capable de regarder en face l'horreur. Et de s'ouvrir à lui, enfin, au parloir.

Regarder en face la saleté du corps, du sexe, inculquée depuis toute petite, depuis les sous-entendus de la mère, depuis la conviction qu'elle était laide, non désirée, comme les six frères et sœurs. Surtout les filles, bouches inutiles à nourrir et potentielles traînées à surveiller, à corseter dans des tissus rêches, gris, marron, à enfermer dans des institutions religieuses qui coûtent la moitié de la paye de lait. La conviction que le mariage était un salut, qu'il fallait accepter sa demande parce qu'un jeune homme avec un troupeau et des terres, ça ne se refuse pas. L'amour était venu après, oui, quand ils avaient eu l'aîné elle était joyeuse, elle s'était crue sauvée.

Ces petits que j'ai tués, tu sais, je ne les voyais pas comme nos enfants, comme tes enfants, mes bébés. Ils étaient comme quelque chose qui m'arrivait et que je ne comprenais pas. Parfois je pensais à eux, et alors j'étais contente qu'ils soient au congélateur, pour pouvoir les voir, leur parler. Mais la plupart du temps je les ai oubliés.

La porte s'écarte imperceptiblement, j'avance et viens me coucher au pied du lit, dans la tiédeur de la voix de la fermière, qui ruisselle doucement dans la nuit. Je pourrais mourir là, allongé dans la paix qui embaume la chambre comme l'odeur fluide qui émane des corps repus.

Si tu veux on pourrait leur donner des noms, maintenant que ce sont nos enfants.

Oui. Oui, je voudrais bien. Oui, il faudrait qu'ils aient des noms. Ils sont de notre famille. Elle se retourne et il l'enlace d'un bras, pour que le sommeil vienne sans trop la gêner, demain il faudra traire et nourrir les bêtes, et bêcher le jardin en friche. Elle ferme les yeux et s'endort dans mon ronronnement.

La chambre est vide quand je m'éveille, tapi sous le lit que je n'ai pas entendu grincer. À croire que le miel de cette nuit de pleine lune m'a rendu sourd aux criaillements de la pie et aux chocs métalliques de la salle de traite emplie de souffles et de meuglements. Reclus dans la chambre où flottent encore des effluves de fluides humains, je perçois l'agitation à travers les murs de la maison. Mes muscles affaiblis me recommandent de demeurer dans la douillette quiétude intérieure. Il ne m'a pas échappé que la vitre est recouverte de givre et que chaque mouvement m'expose à perdre un peu de tiédeur.

Les jappements du jeune chien achèvent de me réveiller, mêlés à des feulements qui ne me laissent pas de doute. Une bataille a lieu dans la cour, il est urgent que l'ancien sache de quoi il retourne. À mi-escalier, je m'aperçois que la vieille épagneule s'est également dressée. Dieu sait où gambade sa fille, peut-être est-elle au pré avec le jeune fermier. Il nous faut intervenir. Mon passage dans la chatière est encore possible, mais elle ne saurait s'y glisser ni ouvrir la porte. Elle reste là, gémissante, tandis que je m'extrais de la salle douillette, chauffée au poêle.

Sur la boue gelée de la cour, deux corps s'écharpent pour un tas de plumes noires et bleues éparpillées autour d'un volatile encore palpitant. Le chiot tente d'attraper le butin tandis que mon compagnon le mord, le griffe et défend sa proie avec toute l'énergie que lui permet encore son âge mûr, mais il est en difficulté. Absolument inutile, je ne peux que gronder de ma place. L'autre pie, indignée mais bien à distance, volette et insulte copieusement les deux adversaires.

La forme vigoureuse de la chienne, la mère du petit accourue des prés, déboule soudain dans le maelstrom, elle attrape son chiot par la peau du cou et le traîne comme s'il avait un mois, jusqu'au seuil de la salle de traite. Lorsqu'il fait mine de retourner au combat, elle le rabroue d'un coup de dents, tant et si bien qu'il se couche la truffe entre les pattes, réduit à attendre son lait quotidien sur la margelle.

Mon compagnon, surpris, s'immobilise quelques instants, s'attendant à un revirement. La chienne a beau être proche de lui, il n'en attendait pas tant. Peut-être étais-je le seul à croire la chose possible. Puis, prenant garde à l'autre pie qui fulmine, encouragée par la défaite du jeune chien, il saisit délicatement la dépouille et tourne la tête vers moi, que je le suive derrière la maison afin de le dépecer. La pie n'a de cesse de nous harceler et, perchée sur la toiture, assiste impuissante à la dégustation. La viande est gorgée du sang frais de l'oiseau, dure et musclée, fade comme celle d'un viandard de notre espèce. En temps normal, il aurait chassé un passereau. Mais ils deviennent de plus en plus rares. Nous ne la finissons pas, laissons les restes pour le renard qui passera sans doute cette nuit.

L'exploit a éreinté mon compère, et je me suis refroidi malgré le festin. Nous rentrons bien vite par la chatière, allons nous dissimuler au-dessus de l'armoire pour éviter toutes représailles canines ou humaines. Transis, mes muscles et mes os me rendent l'opération délicate.

Dehors, les appels du jeune fermier font écho dans la cour, où est passée cette chienne, elle se tire en plein changement de pré des génisses, la cruche ! On entend des coups et des glapissements. La vieille chienne gémit dans son panier.

Quand la porte s'ouvre, il est seul, les deux autres chiens sont restés à attendre leur lait. Il balance ses bottes, place un café froid dans le micro-ondes, s'installe sur le canapé. Des publicités de surgelés, puis de yaourts végétaux, occupent l'espace sonore jusqu'au tintement. Quand il se lève pour récupérer la tasse brûlante, le générique du flash d'information crépite, nous fait dresser la tête. Il tourne la sienne juste au moment où le présentateur prononce un nom qu'il connaît, un nom célèbre dans tout le canton. Pour une fois, ce n'est pas de sa famille qu'on parle, ni de bébés congelés. L'entraîneur du club de foot, dont le visage couvre l'écran, a été dénoncé par plusieurs familles.

L'aîné s'assied sur le canapé et dépose doucement sa tasse sur la table basse. On ne voit pas son visage, juste ses épaules qui remontent comme lorsque son père le grondait, petit. Il éteint et reste là, immobile.

Combien d'heures, d'allées et venues, de frottements de mon compagnon depuis le festin de la pie ? Je n'ai pas bougé de mon armoire, je n'ai pas le goût de me réfugier dans le lit froissé du cadet qui ne me cherche pas, ne s'inquiète de rien, concentré sur ses dessins et son ressentiment. Un râle de sanglier me parvient de la chambre des fermiers. Le poêle est réglé au minimum dans la salle. Lovés en meule sous l'escalier pour conserver un peu de chaleur, les trois chiens gémissent dans leur sommeil. C'est l'heure de la promenade nocturne et je décide d'accompagner mon compère une dernière fois, de ne pas laisser l'adolescent découvrir mon corps raide sur son édredon, le dessiner ensuite *ad nauseam* en parsemant des gouttes de lavis sur les traits de carbone. Je m'extirpe vertèbre par vertèbre de notre cachette et descends l'escalier. Patiemment, mon ami m'attend devant la chatière. Nous nous glissons furtivement dans l'obscurité que nous seuls savons déchiffrer, entraînés par notre sauvagerie immémoriale.

Il a compris de lui-même à mon effort, mon inertie et ma tête basse, que je ne chasserai pas ce soir, il marche au ralenti pour que je le suive sans trop d'élancements. Nous longeons l'étable, puis nous nous enfonçons dans le chemin creux menant à la grange. Le froid a congelé la hulotte et les autres prédateurs nocturnes dans une attente sans espoir. Devant nous se dresse le bâtiment sombre, immense, grinçant sur ses poutres rouillées. Il regorge de paille et de foin, autant de montagnes et de vallées odorantes à disposition de notre cousinage et notre descendance, de ceux trop farouches pour s'accommoder d'une cohabitation humaine. Les chattes en particulier redoutent l'intervention du fermier et de son fils aîné sur leurs portées, elles les dissimulent au plus profond des bottes, derrière des poutres inatteignables. Ainsi nous reconnaissons, mon compagnon et moi, celles que nous avons fécondées, quelle part de notre sang se regroupe ici, parfois pour migrer en d'autres contrées, d'autres fermes voisines, mais le plus souvent pour gîter là et proliférer en espérant échapper aux renards, aux chiens ou à la noyade. L'affection que j'ai trouvée auprès de la fermière et du cadet, je m'en rends compte, n'aura pas remplacé mon sentiment d'appartenance, et c'est ici qu'il me faut abandonner cette existence que je leur ai malgré tout consacrée. Les mères et les jeunes de l'an dernier qui ne les ont pas quittées émergent parfois de leurs caches pour me prodiguer, qui un miaulement étouffé, qui un frottement. Aucun ne s'attarde, car je ne saurai plus défendre ou protéger qui que ce soit. Sur mes talons, mon compagnon bénéficie du même accueil, mais ses chattes se coulent en ronronnant plus longuement le long de ses flancs, surtout les plus jeunes. Il a eu l'instinct de choisir des femelles aux poils roux, assurant ainsi des portées vigoureuses, quand j'avais pris le pli inverse pour les mêmes raisons. Il est temps de chercher ma retraite ultime, celle qui permettra à mon cadavre d'être visité par ma descendance sans servir trop tôt de pitance aux rats. Au fond de l'obscur labyrinthe, sur une vieille presse oubliée, sont amoncelées quelques bottes poussiéreuses, qui ne serviront qu'en cas de disette. C'est là que je m'allonge jusqu'à la queue, avant de recevoir un dernier coup de langue de mon fils. C'est là que je ferme les yeux, attendant ma prochaine existence, entendant ses doux coussinets s'éloigner sur les tiges, ses griffes escalader la montagne odorante pour ressortir du côté des portées, du côté de la vie.

La chienne épagneule

Quand la maîtresse n'était pas là, je me faisais toute petite. L'autre femme venait balayer la maison. Taper le canapé. Préparer un ou deux repas. Elle me fichait dehors. Elle m'évitait. Contournait ma couche, le regard fixé sur ma gueule. Seul le garçon me touchait encore. Parfois le maître, juste pour nos dernières chasses ensemble. Mais ma fille a fini par apprendre. Moi, j'avais trop de mal à les suivre. Parfois, j'ai continué à les accompagner en camionnette. Pour qu'il ait quelqu'un sur qui grogner. Ou à caresser. Quand son œil était trop mouillé. Quand il reniflait l'odeur de la maîtresse en rentrant dans l'habitacle. Quand la radio passait une certaine chanson. Qu'il la murmurait en tournant brusquement le volant. Je m'étais faite à l'idée. On allait continuer notre vie là, toutes les deux. Entre les vaches et les maîtres. Sans autre chien à sentir et à lécher. Ma petite pour le reste de notre vie.

Un jour le maître a emmené ma fille en camionnette. Sans prendre le fusil. En la faisant monter, il a ruminé, ça a intérêt à prendre cette fois. Deux cents balles c'est pas rien. Depuis le temps, il aurait mieux fait d'acheter un autre chien. Quand ils sont rentrés au soir, elle était fatiguée. Mais folâtre, bizarre, les yeux flous. Elle a frotté son musc contre moi. Le musc d'un autre chien. Elle m'a léché les mamelles. Elle a léché les siennes aussi. Et sa vulve. Le souvenir des saillies d'antan m'a fait gémir. Et puis le frisson a disparu.

Les chiots sont sortis une nuit de printemps. Comme chaque fois, leurs corps étaient bleutés. Elle les léchait fébrilement. Pendant des heures, elle les lapait. Au matin, le maître les a découverts. Ramassés sous elle. Dans la couche trempée de sang. J'étais allongée contre elle. Je tentais moi aussi de réchauffer son délire. Il nous a écartées sur le carrelage. Il a pris un par un les petits corps déjà raides. L'un d'entre eux était encore flaccide. Il lui a fichu une claque. Et puis encore une. Le chiot a éternué. Pleurniché. Le maître s'est exclamé ! Nous a flattées toutes les deux ! Il a collé le petit mollusque sur ma fille pour qu'il tète. Il a ramassé les autres dans une bassine. L'a mise dehors en attendant. A appelé ses fils, venez voir les gars, ça a marché cette fois !

Le grand a tapé l'épaule de son père. Il ne m'a pas regardée. Espérons qu'il sera costaud, hein. Qu'on ne perde pas encore tout ce fric. Le petit s'est accroupi près de nous. Oubliés son petit déjeuner, son sac, le car. En adoration. Nous recouvrant de ses caresses, toutes les deux. Le maître l'a poussé dehors pour qu'il ne rate pas le collège.

Ma fille devait ramener les vaches. Et surveiller les génisses. Je laissais le petit téter mes mamelles pendantes. Il en pissait un lait aussi crémeux qu'avant. Blotti dans nos odeurs mêlées, il a forci. Lorsque la fermière est revenue, il était déjà impressionnant. Il nous dominait toutes les deux d'une bonne tête. Sa queue battait l'air, puissante. Sa voix était déjà profonde. Il lui avait presque fait peur.

Depuis cinq printemps, c'était le garçon qui faisait tourner la lessive. Qui étendait le linge. Je l'accompagnais. Je restais couchée dans l'herbe. Entre le potager en friche et la bande de cailloux, sous les fils tendus. Il me parlait. J'écoutais sans comprendre ses phrases compliquées. Couchée à ses pieds, attentive. Quelquefois il chantait. Il a gardé l'habitude. La maîtresse s'étonne. Sans un mot, elle accepte son aide. Il porte le lourd panier à sa place. Comme d'habitude, je le suis. Elle sourit, une pince dans la bouche. Le vent d'ouest ramène un drap sur elle. Enveloppe son corps amaigri. Le petit la regarde. Il a un éclair de joie. Et puis il se tait. Il plonge dans le grand panier. Ramasse les chaussettes au fond. Il les lui tend. Il ne chante pas.

Les hommes sont partis à la chasse sans moi. Sans lui. Mais avec le chiot qui n'en est plus un. Le printemps me fait sortir. Le garçon aussi. Il a laissé son carnet dans sa chambre. La fermière tolère ma présence. Ça l'oblige à m'enjamber. Parfois elle me caresse.

Est-ce que le petit chassera un jour ? Est-ce qu'il deviendra un homme ? Ses bras grêles dressés vers le ciel à côté de sa mère n'en disent rien. Ils s'effleurent sans faire exprès.

Maman, je voulais te demander. Les mots se coincent. La fin de la phrase tout en bas. Elle ne lui répond pas. Il avale sa salive. Je voudrais bien l'aider, mais comment ?

Quand tu m'attendais. Enfin, quand j'étais dans ton ventre. Tu le savais ? Tu sentais que tu avais un bébé ?

Un bébé, je sais ce que c'est. C'est comme un chiot. Le garçon quand il avait un petit crâne. Quand il tétait la mamelle de la maîtresse. Elle laisse retomber ses bras flasques. Elle regarde au-delà de la corde à linge. Au-delà de la haie, des prés. Je ne sais pas si elle voit les génisses. Elle inspire, elle se donne des forces. Tu étais là au tribunal, tu as entendu ce qui m'arrivait. J'étais enceinte, mais je ne l'étais pas. Par moments je m'en rendais compte, mais le plus souvent, non.

Je ne comprends pas les mots. Juste la tension dans les mots. Je m'assieds en fixant le gosse. Ce qu'il me reste de forces, je peux lui offrir en regard. Oui mais pour moi, maman. Pas pour eux, pour moi ? Quand est-ce que tu l'as su ? Elle se tourne vers lui. Est-ce que c'est la première fois qu'elle le regarde vraiment ? Je me lève pour appuyer mon épaule contre la jambe du petit. Je lèche ses doigts amollis par le linge humide. Pour toi, je l'ai su quand j'ai été voir ma sœur. Deux semaines avant ta naissance. Elle m'a dit, tu serais pas enceinte, toi ? Je suis restée bête. Et puis j'ai baissé les yeux sur mon ventre. Quand je suis rentrée à la ferme, j'étais grosse. Ton père a souri. J'étais soulagée. J'y croyais pas vraiment. Mais tu étais là. Ton frère a eu du mal. On n'a pas eu le temps de le préparer.

Le garçon fouille le panier, fait mine de chercher du linge au fond. Il se tait. Je reste contre sa jambe.

J'étais contente aussi, tu sais. Mais j'étais pas prête. J'avais besoin de temps. Tu me pardonneras, un jour ? Le gosse se relève. Il regarde la haie, lui aussi. Il me caresse. Il me masse la peau et les os. Ses mains douces. Souples, enfin. Je sais pas, maman. C'est bien que tu sois rentrée.

Je me lèche, seule sur la couche. Je ne vais plus chercher les vaches. Je ne me poste plus à l'entrée de la salle de traite. Le printemps est là. Mais je n'ai plus envie de rester rouiller. À attendre le lait mêlé de sang. De loin, je perçois le bourdonnement de la salle de traite. Cela fait quelques jours que je n'entends plus le vieux chat ronronner. Le printemps l'a fait sortir. Depuis, plus rien. Son compagnon réapparaît de temps à autre. Pas tous les jours. C'est un bon chasseur. Quand il a attrapé la pie, j'étais admirative. Mon petit-fils, cet idiot. Il a cru qu'il aurait le dessus. Mais un jeune chien ne peut rien contre un chat à demi sauvage. Il l'a senti passer. Heureusement que ma fille lui a évité le pire. Il aurait pu y laisser un œil.

Le vieux sage a dû partir. Si je pouvais, c'est ce que je ferais. Ça fait un moment que je croise le regard rogue du maître. Il voit bien que je me traîne. Les pattes arrière courbées de douleur. Quand il tient une croûte de fromage entre ses doigts, il n'attend plus que j'accoure. Il la jette directement au sol. Ma fille ne la dispute pas au petiot.

La maîtresse et le garçon sont encore à la traite. Les hommes et les chiens rentrent. Joyeux, chancelants. Ils fleurent le rouge et le pâté. Le chiot s'écroule devant ma couche. Assommé. Sa mère lui donne trois coups de langue. Puis elle va boire toute l'écuelle. Elle s'allonge contre lui. Ils ont donné le maximum. Le maître jubile. Il étale sur la table deux faisans et un lièvre. Il était temps ! La chasse se termine dimanche. Le grand rigole. Avec les flèches qu'on a, on va tout rafler à l'automne prochain ! Ma fille redresse le cou. Ses oreilles pointent vers le jeune maître. Il vient la flatter, bonne chienne. Je n'en crois pas mes yeux troubles. Je reste tranquille.

La maîtresse arrive avec un seau. Le petit la suit, trempé par le nettoyage. Elle repère les corps sauvages sur le bois lisse. Elle soupire d'aise. Ben dis donc, c'est bombance ! Tu les mets au frigo, je les préparerai demain. Et c'est comme si elle avait pris le maître dans ses bras. Qu'elle l'avait embrassé devant tout le monde. Sa transpiration emplit la pièce. Il rougit. Prend les animaux morts. Les range tels quels dans le frigo. Le grand fils s'est attablé, un coude sur la table. Il jouit de l'admiration maternelle. Le garçon va se changer au fond. Les lèvres closes, remplit nos gamelles.

La soupe au gras fume dans les assiettes. Elle vient titiller nos truffes.

Le petit remarque, et le chat ? Personne a vu le chat ? Il n'est pas venu dormir dans ma chambre depuis trois jours. T'inquiète pas, les chats, ça va, ça vient. S'il est mort, t'en auras un autre vite fait. On est rien pour eux. Ils sont rien pour nous. La mère et le grand acquiescent, la bouche pleine. Seul, le garçon dépose sa cuiller. Laisse trembler sa lèvre inférieure, bouche ouverte. Il la ferme bien vite. Pas envie de se reprendre des remarques sur sa sensiblerie. À la ferme, les animaux doivent servir.

D'ailleurs, la chienne, faudrait pas l'emmener au véto ? Elle se traîne vraiment, là. La voix douce de la maîtresse couvre à peine les mastications sonores. Le véto, et puis quoi encore ? Tu crois qu'on a les moyens ? Je peux très bien m'en occuper. Tu me dis quand.

Le gosse déglutit. Je sens l'acidité de sa sueur à l'instant où il passe à côté de ma couche. Il galope jusqu'à sa chambre. La maîtresse le suit du regard. Le grand ricane, celui-là, hein ! Elle va dire quelque chose, et puis se tait. Elle se lève pour débarrasser.

Mon petit-fils aboie plus clair aujourd'hui. Sa chaîne cliquette plus longtemps. La pie jacasse dans le peuplier. Une voiture s'arrête dans la cour, dans un hoquet. Ce n'est pas le facteur qui laisse bourdonner son moteur. À la vitesse d'un scarabée, je progresse jusqu'à la porte entrouverte. Ma fille est aux prés, aux cochons ou ailleurs. Avec le grand fils. L'homme sort de la voiture cabossée. Il est aussi chenu que la grand-mère. Partie ou morte quand les garçons étaient tout petits. Il porte un pendentif sur sa chemise beige. De grosses chaussures aux pieds. Il s'approche du petit excité. Les mains ouvertes, il murmure. Mon petit-fils recule, puis il se laisse caresser. C'est peut-être un bon chasseur, mais comme gardien…

Y a quelqu'un ? On attend tous les trois que la maîtresse revienne de nourrir les veaux. L'homme sent le vieux savon. Il regarde les volets penchés, la gouttière percée. Il bougonne.

Un seau dans chaque main, elle l'aperçoit. Elle s'arrête près de la salle de traite. Pose les seaux. Ah, bonjour, mon père ! Vous êtes déjà là ! Merci d'être venu. Je ne sais pas si je… un café ? Avec plaisir, ma fille, avec plaisir. Elle détache le petit qui renifle l'homme. Je ne l'ai jamais vu à la ferme. Mais il a une bonne odeur. Il m'a caressée après mon petit-fils. J'ai senti la chaleur de ses mains.

Il s'attable. La maîtresse prépare à nouveau du café. La cafetière crachote. Le printemps avance vite cette année… Oui on a déjà semé l'orge… le maïs ça va pas tarder. Ça fait un bon moment qu'on a sorti les bêtes. Et vous en avez autant qu'avant le… l'abattage ?

La maîtresse verse le café. Elle prend le temps de s'asseoir.

Non, mon mari a préféré qu'on prenne plus de porcs, moins de vaches. Ça fait moins de travail, surtout quand… enfin, moi en prison, il s'est retrouvé tout seul, alors… Elle pique du nez dans sa tasse.

La main boursouflée de veines s'avance sur la sienne. Le vieillard embaume l'encaustique. Nous sommes tous des enfants de Dieu, ma fille. Leurs mains restent jointes sur la table. La maîtresse ferme les paupières. Elles laissent couler de l'eau devant l'inconnu. Il se tait. Il attend que les yeux soient taris. Il a la même patience qu'avec mon jeune idiot. Qui s'est couché à ses pieds. Calme et confiant pour une fois.

Les petits, enfin, vous savez… les bébés du congélateur… et dans la porcherie. Oui, je sais. J'ai suivi l'affaire… ne serait-ce que par les paroissiens. Il regarde le plafond. Les toiles d'araignée. Les enfants de Dieu ne suivent pas tous le même chemin… Oui, vos trois petits enfants morts.

On leur a donné des prénoms, vous savez. Parce que j'ai mis du temps. Je me rendais pas compte. Ils étaient comme une partie de moi. C'est pour ça, je les gardais près de moi. Mais je les voyais pas comme des enfants. En prison, j'ai parlé à une sœur. Et à la psy… avec mon mari, on voudrait les enterrer. Je pourrai jamais me pardonner, mais… ils sont de la famille quand même. Même la petite fille que j'avais si peur d'avoir.

L'odeur de la maîtresse sature la salle. La porte est restée ouverte pour faire entrer le soleil. Réchauffer les murs épais. Mais le malheur suinte de chaque pierre. Je me relève péniblement. J'appuie ma tête sur la cuisse de ma maîtresse. Je gémis avec elle.

Le vieillard ferme les yeux à son tour. Il marmonne des paroles inconnues. Il trace dans l'air deux traits croisés devant la maîtresse. Il murmure, moi, au nom du Père et du Fils et du Saint-Esprit, je te pardonne tous tes péchés… va et ne pèche plus, tes enfants sont les enfants de Dieu. La cuisse de la maîtresse se ramollit sous ma gorge.

Je vais faire une demande à l'évêque, tu feras une requête au juge. Je prierai pour que leurs réponses soient favorables, et aussi pour toi. Et toi, prie pour tes enfants.

La petite voiture cabossée s'éloigne. Elle soulève la poudre du chemin. La maîtresse reste sur le seuil. Dans le soleil timide, sa main caresse ma tête. Le chiot accompagne le départ sur une dizaine de mètres. Elle ne le gronde pas. Il revient la langue pendante quêter une caresse. Elle le gratte derrière les oreilles. Elle sourit aux nuages. C'est un bon jour pour préparer le jardin.

Les rayons du soleil orange disparaissent un à un derrière le peuplier. La pie s'est tue. Comme si elle se préparait à cacher la tête sous son aile pour dormir. Comme si elle n'allait pas profiter de la pénombre. Et fondre sur des campagnols. Vite. Avant que les ailes de la chouette ne caressent l'herbe. La pie s'est tue. Pas la respiration cadencée de la machine à traire. Ni les éclats de voix de la maîtresse pour faire avancer une vache. Ni ceux du grand fils pour se faire entendre dans le brouhaha. La pie s'est tue. La chaleur qui enveloppait ma peau dégarnie s'évapore. Le soleil rougit. Il passe derrière la haie du verger. Je frissonne. La pie s'est tue. Un gémissement m'échappe. Si ma fille l'entendait, elle serait déjà là. À me lécher, me réchauffer. Mais elle est partie dans la camionnette avec le maître. Ils doivent être à la gare pour le garçon. Cela fait cinq couchers de soleil. Comme son frère avant, il ne revient plus que les week-ends. Quand il l'a su, il a éclaté de joie. Il ne resterait pas à la ferme. Il pourrait dessiner toute la journée. Il vivrait en ville. Il s'était allongé sur la couche avec moi. Il respirait encore une fois mon odeur rance. Le maître a levé les yeux au ciel. Ils sont partis dans le break. La pie s'est tue.

L'humidité monte du verger malgré l'été. Elle me saisit. Surtout les pattes arrière. Je sais que je ne vais pas pouvoir me lever. Le chiot reste à sa place. Devant la salle de traite. Obnubilé par l'attente du lait. La pie s'est tue. Il ne prête pas garde à mes gémissements inaudibles. Il faudrait que je me lève. Au moins pour…

La chaleur de mon urine réchauffe mes cuisses. La pierre sous mon flanc est froide. Pas faire ça là. Faire ça dehors. Méchante chienne. Punie. La chaîne. C'était comme ça quand j'ai appris. Pareil quand le petit a grandi. C'est normal. On ne fait pas sous soi. Je lèche ma pisse. Peut-être qu'ils la sentiront pas.

La pie s'est tue. J'entends le moteur ralentir à l'entrée du chemin. Je voudrais me dresser. Faire fête au garçon. J'oublie mes pattes arrière paralysées. La pisse qui les baigne. Mon petit-fils jappe à l'arrivée de la camionnette. Il tourne autour. Griffe la portière. Se fait rabrouer. Le garçon s'éjecte de l'habitacle. Il caresse le museau du petit. Se précipite vers moi. Ben alors ma belle, qu'est-ce qu'il y a ? Dans l'ombre, son visage blanchit.

La voix du maître gronde. Peste et gueule. La saloperie. Qu'est-ce qu'elle a fait ?

Je vais m'en occuper, papa. Le petit jette son sac par terre. Essaye de me soulever malgré l'urine qui me poisse le corps. À genoux, il rougit et transpire. Son odeur acide de tout jeune mâle. Il arrive à me soulever. Il vacille. Le maître a enjambé la flaque. Il est déjà dans la maison. Il ressort avec le fusil. Ils se font face. La pie se tait. Le garçon chancelle. Mon corps s'affaisse dans ses bras maigres. Le maître cligne des yeux. Il lui parle calmement. Tu le sais, ça sert à rien. Elle souffre pour rien. On peut pas se permettre. Tu sais combien ça coûte, le véto ? Tout ça pour qu'elle dure une semaine de plus ? Allez laisse-la. Laisse-la, je te dis. Ça vaut mieux. Pour elle et pour toi. Laisse-la je te dis. Elle souffre trop.

La pie se tait. Le garçon trébuche. Je ne sais pas si ma pisse le glace. Ou bien si je suis trop lourde. Mon corps glisse petit à petit de ses mains. Il me dépose doucement. Là, à ses pieds, il me caresse la tête. Il s'écarte. Je couche la tête sur la terre. Sur les cailloux de la cour. Là où il reste une plume de la pie.

Ma fille saute de la voiture. Elle gémit. Vient me lécher le museau. Les yeux.

Le maître dit, au pied
Elle va à côté de lui
Le maître prend le fusil
On se regarde
Il y a un coup de tonnerre

La pie

Quelle fripouille ! Il s'est rué sur Pico par-derrière, comme le trouillard qu'il est. C'est pas vrai ! Pico n'a même pas pu se défendre, mon Pico ! Les corbeaux, les corneilles, les grands-ducs d'accord, mais un chat, je ne peux pas y croire ! Il l'a chargé quand nos petits dormaient, au crépuscule. On rôdait près de la salle de traite, on espérait la porte ouverte, histoire de grappiller un peu de granulé. Mais c'était fermé. On ne s'est arrêtés qu'un quart de seconde, et il a surgi. Je n'y ai pas cru… J'ai eu beau me décarcasser, lui décocher tous les coups de bec et de griffes que je pouvais, le traître ne s'est pas découragé, et il s'est précipité vers la baraque. Là, j'ai vu le corniaud l'agresser pour lui dérober Pico, qui n'était peut-être pas encore perdu. On n'y prend pas garde, mais quand on fait le mort, parfois l'autre vous relâche, alors au revoir, on se tire ! Ils se roulaient l'un sur l'autre, se mordaient, se fritaient, s'attrapaient. Et l'oreille et la gorge, et le corps de mon compère. C'est là que l'ancêtre est apparu, l'autre chat maigre, celui qui ne sort plus. Qu'est-ce qu'il allait faire, se jeter dans la tourmente ?

La tourmente, elle est arrivée de l'autre bout de la cour, directement sur le chien : sa mère, qui l'a traîné loin du ring et l'a grondé pas qu'un peu pour qu'il reste tranquille. C'était la première fois que je rencontrais ça, un roquet qui défend un matou. On aura tout vu sur terre. Les deux crapules ont contourné la maison pour s'empiffrer loin des chiens, près de la porcherie. Je les ai poursuivis, j'ai craqué, piaillé, provoqué des ailes et du bec. Je ne voulais pas croire que c'était déjà terminé. Malgré la petite forme du vieux, je n'avais pas la force de combattre les deux chats. Il a fallu que je supporte ça, la ripaille de chaque organe de mon Pico, pendant que je trépignais sur les ardoises. La lune rousse se levait et éclairait le meurtre de sa lumière sinistre. Le pire, c'est qu'ils ne l'ont même pas rogné jusqu'au bout. Ils ont laissé traîner son cadavre exprès, pour les poules, le renard ou les pourceaux, va savoir. Dès qu'ils ont disparu, j'ai monté la garde, recroquevillée contre ce qu'il restait de mon Pico, ne fermant qu'un œil, craignant les prédateurs qui m'auraient croquée avec lui. Comprenant que je l'avais perdu pour toujours…

À l'aurore, je me suis précipitée au nid, accourez, venez vite ! Votre père, ce vaurien de chat… oh, venez avec moi, mes chéris… Je me suis étranglée et n'ai pas terminé, les ai entraînés dans mon vol désespéré. À quatre, on s'est emparés chacun d'une partie de son corps, pour le porter dans la broussaille, à l'abri des bêtes, plume après plume, os après crâne, patte après patte.

Il gît devant nous, mes poussins déjà grands ne comprennent pas. Leur père a toujours été près d'eux, ils l'auront peut-être oublié l'an prochain, quand ils me quitteront pour construire leur nid ailleurs. Il a fallu treize ans d'aventures et d'entourloupes pour que mon Pico se fasse attraper, et par un chat en plus. Je leur montre comment arracher l'herbe du pré, en recouvrir sa charogne, qu'il soit bien protégé. Nous effrayons les ratons qui s'approchent pour se restaurer. Ils veulent se prendre un coup de bec ou quoi ?

Je remarque qu'il est la mi-journée, même si le soleil ne brille pas en ce jour ténébreux. Une lueur traverse les nuages gris, et on s'arrête, grelottant autour de la petite meule d'herbes. On craquette, pour se souvenir de lui quand il fera encore plus froid et que sa chaleur nous manquera.

Et on espère que le chagrin nous déserte.

Au crépuscule, un coup de fusil a claqué au-dessus de la ferme. Je grappillais quelques proies dans la bordure avant de rentrer au peuplier retrouver mes petits orphelins. La détonation ne provenait pas du champ de maïs, là où l'homme traque les corbeaux venus piquer les grains brillants de puanteur verdâtre. Je ne m'y risque pas, à becqueter ces graines-là, il faut que je l'apprenne vite à mes drôles. Je crains le pire pour eux, le moindre détail recèle un danger pour ces blancs-becs. Encore sous le choc de la perte de Pico, je me précipite vers notre nid. En un éclair, je survole la cour, la carabine fumante de l'homme, la vieille chienne inerte devant ses croquenots, les jappements du corniaud et le cliquetis de sa chaîne secouée, les aboiements de sa mère qui décrit des cercles entre son fils et le corps de la vieille. Tout cela dans un bruissement d'ailes, car je ne me suis pas encore perchée au faîte de mon arbre-refuge. Un simple coup d'œil m'a rassurée sur le sort de mes petits ignorants. Ils sont hérissés de trouille, c'est leur premier tir. Je leur fourre des larves grouillantes dans le bec. Ils le ferment et se rendorment dans un soubresaut.

La décharge perce le vacarme de la traite. La porte de la salle s'ouvre en grand, la mère apparaît, ses cheveux ébouriffés en couronne, une serpillière ruisselante à la main. Derrière elle, les yeux exorbités, la figure rouge du grand ricane des simagrées de son frère.

Lui ramasse le sac à côté du corps de la chienne, le jette sur son dos, se retourne et trace à rebours sur le gravier. Eh, où tu vas, fiston ? Y a plus de train à cette heure ! Le fusil fume, posé sur le mur envahi de lierre. Le fermier s'agenouille pour ramasser le cadavre à ses pieds.

La mère prononce son prénom. Celui que personne n'emprunte jamais, celui qu'on a presque oublié à force. Mais il est déjà ailleurs, le presque jeune homme. Il est déjà au carrefour, après le verger, il marche à reculons sur la route déserte. Il espère le trafic d'un tracteur ou d'une bétaillère pour l'arrêter.

Où il part, je brûlerais de l'apprendre, ce drôle pas terminé.

Les phares d'une voiture trouent le soir outremer, le gosse y jette son sac, la portière claque, le bruit se répercute jusque sur les corps de ferme. Ça a pris moins de temps que de le dire. Le père et la mère sont à l'arrêt. La chienne s'est ramassée contre les jambes du père, qui porte la dépouille raide de sa mère. Le petit reste à gémir, tirant sur l'extrémité de la chaîne. Seuls la respiration de la trayeuse et les sabots des vaches prétendent qu'on trime. Le grand frère ne se laisse pas détourner de son travail. L'aboi adressé à sa mère traverse la cour et bute aux oreilles du fermier. De toute façon, ça devait arriver un jour, hein !

Le père avance lentement dans la cour, le visage tourné vers la route désertée.

Si mes petits n'étaient pas si engourdis, je tenterais bien…

Il faut dormir maintenant.

Dans le deuxième sac porté par le jeune fermier, il y a de l'orge en quantité, que je renifle parfaitement de la poutre où je me suis perchée. Du grain de l'an dernier, pas de première qualité, mais enfin, de l'orge. De quoi améliorer le repas quotidien des pourceaux, qui grossissent. Bientôt le jour où nous pourrons grappiller des bas morceaux, picorer le sol rougi au pied du hachoir. Ils garderont un goret, comme chaque année. Ils feront venir la sœur, le voisin. Les autres partiront, entassés dans sa bétaillère crasseuse.

Le grand est costaud maintenant, il sait comment répartir les pommes de terre d'un seul geste dans la mangeoire. La cataracte brune enfièvre les truies autant que les porcelets devenus grands. Le grand fils verse l'orge par-dessus les tubercules et soulève une poussière à faire éternuer. Les grognements des porcs deviennent âpres, leurs bousculades, plus franches. Il enjambe la barrière pour faire de la place aux derniers-nés plus maigres, ils se feraient écraser sinon. Pas de tendresse, c'est juste que, au prix que ça leur coûte, il faut garder tout le monde en bon état, même les cochettes. Je profite du nuage doré pour me percher sur le rebord de l'auge, hors d'atteinte des groins affairés et du fils qui surveille distraitement. Les grains sont vieux et durs, mais sucrés. J'en picore un paquet avant de m'envoler sur le toit du poulailler. Les caquètements retentissent, leur tour est venu d'en profiter.

Le ronronnement de la 4 L du facteur parvient de la cour et, très vite, l'ovation de la mère. Elle appelle le mari et le fils, brandit une lettre au-dessus de sa tête. De l'appentis, je l'entends brailler, ils ont dit oui, c'est oui, on a le permis de les enterrer ! Le père bricolait la tuyauterie dans la salle de traite. Il se grouille, ses gestes au ralenti pendant qu'il parcourt le courrier. Les exclamations des parents font rappliquer le grand. Il ne moufte pas, planqué derrière les porcs tout à leur mastication.

Il enjambe leurs corps pour grimper la barrière, arrive près de la baraque. Je suis perchée sur le conduit de la cheminée. C'est super, vous allez pouvoir vous occuper d'eux. Il serre sa mère dans ses bras, puis recule. Et pour moi ?

Comment ça, pour toi… on fait tout ce qu'il faut pour toi, qu'est-ce que tu veux dire ? La ferme, la nouvelle salle de traite, les porcs, tout ça… tu le sais, que c'est pour toi !

Ouais, je sais, la ferme. Et le foot, vous savez ce qu'il s'est passé, au foot ? Et les filles, vous pensez qu'après le foot et l'enterrement, je les intéresserai, vous pensez qu'un jour une nana viendra s'installer ici avec moi, ça vous a pas traversé l'esprit, hein ?

Le foot ? Le fermier toise son fils, les bras écartés. La mère, la lettre dans la main, courbe la tête. Une fois le grand parti vers le pré des génisses, je l'entends comme si elle me parlait dans la tête. Tu crois que l'entraîneur l'a tripoté, tu crois qu'il nous l'aurait dit ?

Le père remonte les épaules, retourne à son ouvrage. Et alors, ça aurait changé quoi ? On est une famille, on se tient les coudes, c'est ça le plus important. Il ira mieux ce soir, après qu'il aura réfléchi à tout ce qu'on a fait pour lui.

Je fonce prévenir mes gosses, au cas où il resterait un peu de grain pour eux dans la mangeoire des porcs. Va savoir où ils ont traîné aujourd'hui, les imprudents.

La clôture du cimetière court derrière le champ de maïs. Rien à voir avec la broussaille qui borde les pâtures. Cette bordure-là est artificielle, taillée au carré, plantée d'ifs sombres aux fruits délicieusement rouges. J'ai appris à mes rejetons à surtout ne pas dévorer la graine à l'abri de la jolie robe.

Perchée dans les branches serrées, je surveille les opérations. Un break noir brillant a déversé plusieurs hommes-corbeaux. Ils ont déchargé trois coffres blancs, fuselés, recouverts de fleurs devant la mère, le père et le fils, les fermiers des alentours, le vétérinaire, et même les chasseurs, bras croisés. Les anciennes institutrices, quelques gamins de leur âge restent derrière les autres, impressionnés par le silence qui bourdonne. Tout comme l'ancienne stagiaire de la ferme, tout au fond. Les photographes et les reporters n'ont pas la permission d'entrer. Pas farouches, grimpés sur leurs voitures, ils ramassent quand même tout ce qu'ils peuvent par-dessus le mur.

Le curé se dresse devant les trois boîtes, le suroît secoue sa robe noire et les blanches des deux drôles qui l'encadrent, bouilles ahuries. Il harangue le groupe, mais ses phrases se brisent dessus sans m'atteindre. Je suis à contrevent du cimetière.

La mère, au premier rang, serre fort les mains du père et de son grand fils. Ils ne livrent aucune humeur. Ils sont présents pour elle. C'est sûrement important. Est-ce pour Pico ou pour moi que mes gosses m'ont prêté main-forte pour le recouvrir d'herbes ? C'est quand même lui qui les ravitaillait. Ils n'ont peut-être rien compris. Rien repéré de ce qui m'a étreinte le jour où… Ils n'ont rien vu, déjà engourdi dans leurs rêves.

Ce n'est pas le discours qui me parle, mais les yeux de la mère. Elle fixe les coffres et s'effondre sans un soupir, retenue par les bras de ses deux hommes. Un bruissement monte du côté de la clôture, là où les commères du village se sont serrées à cause de l'étroitesse du cimetière. Elle exagère, c'est elle qui les a tués quand même, quel cirque, hein, ah et pis tiens, c'est qui qui débarque maintenant, si c'est pas malheureux…

De l'entrée, une ombre pas aperçue dans les parages depuis des lustres se fraye un chemin. On dirait presque une figure d'homme, mais sa minceur et la dureté de ses yeux clairs laissent un doute. Le gringalet solitaire se rapproche à coups d'épaule, les autres s'écartent. Il se courbe, dépose sa main sur la nuque de sa mère, lui chevrote un murmure. Elle se tranquillise. Le curé trace une croix dans l'air, doux pour un jour d'octobre.

Les croque-morts descendent les coffres dans le trou rectangulaire. C'est l'occasion qu'ont choisie mes gosses pour me rejoindre en piaillant dans les buissons. Je claque du bec pour les faire taire. J'ai vu le père dresser un sourcil et montrer la haie du menton à son grand. On n'a pas intérêt à rester des heures dans la bordure, autrement... Mes petits se gavent pendant que je mire le défilé d'hypocrites, les embrassades convenues. Quand tous prennent le chemin de la sortie, le curé entoure la mère de ses longs bras, lui parle à l'oreille en retrait. Ils marchent, pas après pas, vers le portail, suivis par les deux hommes. Le gosse reste à l'écart, face à la tombe. Il garde les bras croisés. Sa chevelure a forci, elle frissonne dans le suroît. Puis, il s'accroupit sur le gravier. Il ne se prosterne pas pour prier, non. À croupetons, il s'approche de la pierre tombale. Il fait courir ses doigts sur les gravures, les arrête sur l'une d'entre elles, prononce la date tout haut. Il se relève d'un coup, l'air grave. Repart presque en courant.

Mes rejetons m'ont précédée, perchés sur la gouttière. C'est qu'il y a des miettes à profusion, et nous ne sommes pas seuls à surveiller les fermiers. La table sortie dans la cour, rallongée d'une porte sur un tréteau, sert de buffet pour les convives. Au loin, le carrefour est rempli de voitures garées sur le remblai, frappées de logos criards. Ils n'oseront quand même pas…

Les rillettes, le cidre et les fromages se répandent sur le drap vierge des mariages. Les chasseurs et les autres fermiers forment un mur taciturne autour du père. Il faut casser la croûte, boire surtout, pour faire disparaître l'embarras. Les trognes se dérident, on raconte le prochain tracteur, le rendement prévu en maïs. La luzerne c'est pas trop délicat ? Un gars du bourg d'à côté a perdu sa récolte en se faisant surprendre par la pluie. Le père a abandonné, le grand a appris la leçon au lycée agricole, ça coûte moins cher d'acheter du soja maintenant. La jeune conseillère agricole de la coopérative sourit en coin, ne la ramène pas. On n'évoque pas le troupeau abattu, ça porte malheur. Un chasseur étourdi, et ta vieille chienne, alors ? Terminé. Le geste des deux doigts serrés est esquissé, alors on admire le jeune épagneul fringant, on marchande ses futures saillies, ça fera toujours une rentrée d'argent.

Les commères congratulent la mère pour les terrines, le porc a été tué exprès la semaine dernière, elles insistent, tu aurais dû nous faire venir, faut s'entraider.

Le gosse a couru à travers champs, charriant son sac, pendant que je voletais derrière lui. Il a emprunté la bordure du champ de maïs, a pétri les grains par réflexe, on est à trois semaines de l'ensilage, peut-être. Il a marqué un arrêt au bord du pré, s'est arrêté pour considérer les vaches tranquilles, pas dérangées par une odeur qu'elles n'ont pas désapprise. Une transpiration qui fait encore un peu partie de la ferme.

Les chiens ont surgi les premiers. Malgré la mixture d'odeurs attrayantes, la chienne et son fils ont flairé l'arrivée du petit. Ils se sont précipités pour le lécher, se sont vautrés à ses pieds en pleurnichant. Ils ont jappé autour de lui, l'ont contraint à les suivre. Les seuls à l'accueillir peut-être, même si la mère sera peut-être heureuse de le voir au repas.

Il déborde du chemin, franchit le poulailler, dans la porcherie privée des derniers pourceaux, il n'y a plus que les truies abruties. La morosité de l'étable aux trois quarts vide les rend presque indifférentes à leur ancien nourricier. Seule la matriarche relève son groin frémissant, grogne doucement, le renifle, le reconnaît, mais elle est trop atterrée pour faire plus.

Je retrouve mes petits sur la gouttière, bien à l'abri du chat qui se pourlèche à la porte de la salle de traite, assez près pour bondir sur le moindre reste tombé de la table. L'arrivée du gosse disparu fait taire les bavardages, sauf ceux des commères, d'où il sort avec cette trogne de clochard, il resterait-y pas une trace de couleur fluo dans ses cheveux, aussi longs que ceux d'une fille ? Et ces breloques… Les invités s'éclaircissent la gorge, une voisine prend congé, vous devez avoir des choses à vous dire. Progressivement, les au revoir s'enchaînent. Le parking improvisé le long du verger se dégarnit. La goutte circule pour se donner du courage avant de repartir. Les claques s'abattent sur l'épaule du père, les bises sur les joues de la mère. Elle s'approche de son petit à l'odeur de grange, l'enferme dans ses bras mollets. Enfin, tu es là, tu restes dîner ? Le gosse se laisse embrasser, il fait un signe à son père. Le grand frère est introuvable, peut-être qu'il fume avec ses compères à l'écart. On débarrasse, il ne rentre toujours pas. Le gringalet range ses affaires devant la baraque, ramasse les restes. On se presse de grappiller ce qui nous revient. Le raminagrobis reste à la marge, à quatre on l'impressionne trop. Les chiens ont leur part directement dans leurs gamelles, c'est ripaille. Tous se régalent, il y aura peut-être même des reliefs réservés aux truies.

Avant de retourner la nappe souillée, la mère offre de la tarte au petit. Prends, tu n'as presque rien mangé. Tu pourrais rester quelques jours, qu'on parle un peu. Où tu vis, on sait plus rien, les voisines me demandent, je sais pas quoi dire.

Maman, ça sert à quoi, je voulais juste être là. Il mâche, le caramel imprègne les quartiers de fruits, ça doit être bon. Il déglutit. Son frère entre dans son champ de vision. Depuis les ardoises, ça fait un moment qu'on le voit approcher à pas comptés, la fumée de sa cigarette qui le précède. Il diffère les retrouvailles.

Le gosse remet son sac sur l'épaule. Je voulais vous dire, j'ai déchiffré les dates sur la tombe. Je reste pas cette fois. Il ne leur permet pas de répondre, il repart vers le carrefour, hoche la tête en croisant son frère, ne lui parle pas. On en profite pour picorer tout ce qui reste sous la table. Le chat ne bronche pas. On se grouille de rejoindre le peuplier.

Au petit trot, le garçon rejoint la guimbarde de la conseillère, montre la direction du bourg, la portière grince et le bruit de moulinette l'emporte. Perchée sur le prunier, je profite du soleil rouge.

Moi, je resterai avec les miens jusqu'à la fin. Chez nous, on ne se sépare pas.

Le chœur des truies

Le sang du fils
L'odeur ferrique de son sang
flotte encore dans l'air
mêlée à toutes ces odeurs étrangères
Toutes ces odeurs dans lesquelles
Un parfum unique
Celui du petit d'homme qui nous nourrissait
Avant quoi
Avant la tuerie
Avant le couteau

Cette portée-là on n'en a,
non, aucun,
On n'en a pas dévoré un seul
On est grandes maintenant
On défend nos porcelets
Nos petits pourceaux tendres
Oui bien sûr on mange les placentas
Et nos petits mort-nés
On doit reprendre des forces
du sang, du fer
pour tenir le coup
Portée après portée

Quand tu n'étais pas encore là, petit d'homme
On a mangé nos petits avortés
On a mangé des placentas
mélangés à des restes
À des restes de quoi
À des restes de n'importe quoi
Peut-être même à des restes de petits veaux
ou de petits poussins
ou d'un petit d'humain
Un déjà mort
Presque comme toi
qui sentait la même odeur
Le parfum de la femelle humaine
pliée
égarée
En chemise
La nuit

Presque ton odeur
Régale-toi de la chair de notre fils maintenant
On la sent d'ici
Ils ripaillent tous
et boivent le sang de notre fils
Mâchent sa chair
dont l'odeur s'immisce jusqu'ici
pour nous enfoncer encore
Jusqu'à la prochaine portée
Jusqu'à notre tour
Jusqu'à ce que le couteau.
Mange.

Merci à mon tout premier maître de stage, qui m'a démontré mon inaptitude à l'élevage et m'a permis de me concentrer sur l'observation. Merci à tous ceux qui m'ont accueillie dans leurs exploitations, autorisée à toucher aux pis, aux fourches, aux langues, aux bouses, aux plumes et à la chair à saucisse.

À mon groupe d'écriture, en particulier à Cécile Dumoulin et Jean-Paul Garagnon pour leur lecture attentive et leur absence de scrupules à questionner mes incohérences. À Delphine Chatelus, Olivier Redon et leurs conseils, Sophie Marinopoulos, Charles Stépanoff et leurs ouvrages, sans lesquels mon expérience seule n'aurait certainement pas abouti à ce roman.

À Marie Eugène et Alexane Lepoan, dont la confiance, l'enthousiasme et la rigueur m'obligent.

Dans la même collection

Marie Aline, *Les Bouffeurs anonymes*
Louise Browaeys, *La Dislocation*
Louise Browaeys, *Fais battre ton tambour*
Agnès de Clairville, *La poupée qui fait oui*
Gringe, *Ensemble, on aboie en silence*
Émilie Guillaumin, *L'Embuscade*
Émilie Guillaumin, *Petites dents, grands crocs*
Carine Hazan, *jean-jacques*
Aurélie Jeannin, *Préférer l'hiver*
Aurélie Jeannin, *Les Bordes*
Claire Jéhanno, *La Jurée*
Anne de Kinkelin, *12 bis, avenue du Maréchal-Joffre*
Anne de Kinkelin, *La Sourde Oreille*
Nicolas Laquerrière, *Nueve Cuatro*
Agathe Lemaitre, *Le Livre de Liane*
Nicolas Maleski, *La Science de l'esquive*
Nicolas Maleski, *La Force décuplée des perdants*
Sophie Pointurier, *La Femme périphérique*
Sophie Pointurier, *Femme portant un fusil*
Sophie Reungeot, *Le Bruit des avions*
Constance Rutherford, *Vierge*
Matthieu Seel, *Rien ne dure vraiment longtemps*
Constance Trautsolt, *Pour la peau de Shirley Page*
Frédérique Voruz, *Lalalangue (prenez et mangez-en tous)*

Composé et édité par HarperCollins France.

Achevé d'imprimer en décembre 2023.

FIRMIN-DIDOT

à Mesnil-sur-l'Estrée (Eure)

Dépôt légal : janvier 2024.

Pour limiter l'empreinte environnementale de ses livres, HarperCollins France s'engage à n'utiliser que du papier fabriqué à partir de bois provenant de forêts gérées durablement et de manière responsable.

Imprimé en France

Franz Miller

Die mp3-Story

Eine deutsche Erfolgsgeschichte

HANSER

MIX
Papier aus verantwortungsvollen Quellen
FSC® C014889
www.fsc.org

Bibliografische Information der Deutschen Nationalbibliothek
Die Deutsche Nationalbibliothek verzeichnet diese Publikation in der Deutschen Nationalbibliografie; detaillierte bibliografische Daten sind im Internet über http://dnb.d-nb.de abrufbar.

1 2 3 4 5 19 18 17 16 15

www.hanser-literaturverlage.de
Redaktion: Fraunhofer-Gesellschaft
Herstellung: Denise Jäkel
Umschlaggestaltung und Motiv:
Hauptmann & Kompanie Werbeagentur, Zürich
Satz: Kösel Media GmbH, Krugzell
Druck und Bindung: Friedrich Pustet, Regensburg
Printed in Germany
ISBN 978-3-446-44471-3
E-Book-ISBN 978-3-446-44472-0

INHALT

VORWORT

mp3 – ein knappes Kürzel für eine Innovation mit weltweiter Bekanntheit und revolutionärer Wirkung. mp3 steht auch für erfolgreiche angewandte Forschung »Made in Germany«. Keine Entwicklung in der Geschichte der Fraunhofer-Gesellschaft erreichte eine ähnlich globale Verbreitung, begegnet uns in unzähligen Produkten des alltäglichen Lebens. Dieser bahnbrechende Erfolg war der Erfindung nicht in die Wiege gelegt. Denn als die Idee geboren wurde, gab es kaum PCs, geschweige denn mobile Geräte wie Smartphones und Tablets. Chips verfügten nur über wenige Schaltkreise und benötigten zum Verarbeiten von Informationen mehrere Stunden. Das Internet und die sich daraus entwickelnden Geschäftsmodelle standen noch ganz am Anfang. Die visionären Fraunhofer-Forscher aus Erlangen wurden belächelt, und selbst als sie die Machbarkeit ihrer Audiocodecs demonstrieren konnten, ernteten sie zwar Lob, aber auch Unverständnis ob der Einsatzmöglichkeiten ihrer Technologie. Ein Schicksal, das sie mit anderen Innovatoren teilen, die mit ihren Ideen und Entwicklungen die Grundlage für disruptive Innovationen legen. Heute weiß man das. mp3 brachte den Forschern nicht nur eine Spitzenposition in der Audioforschung und Technologieentwicklung, sondern der Fraunhofer-Gesellschaft langfristig eine Reihe von Ausgründungen und neuen Fachgebieten sowie hohe Lizenzeinnahmen. Diese Mittel werden in der

Fraunhofer-Zukunftsstiftung genutzt, um in noch jungen Forschungsbereichen Innovationen zu fördern und um Patente und Patentfamilien zu generieren. Bei mp3 wurden mehrere grundlegende Patente in einem vom Bundesministerium für Forschung und Technologie BMFT geförderten EUREKA-Projekt entwickelt und in einen internationalen Standard für Audiocodierung eingebracht. Damit unterlag mp3 besonderen Bedingungen und konnte nicht exklusiv an ein Unternehmen lizensiert werden. Das eröffnete allen Unternehmen – den deutschen zuallererst – die Chance, mit mp3 innovative Produkte zu entwickeln. Doch mit ihren digitalen Codierverfahren waren die Erlanger Forscher der wirtschaftlichen Realität und analogen Technik um Jahre voraus. Die neue Technologie musste erst reifen und beweisen, in welchen Anwendungen sie Vorteile bringt. Es dauerte viele Jahre und verlangte von den Beteiligten große Anstrengungen und Durchhaltevermögen, bis sich der Erfolg einstellte – im Internet, einem Markt, den es vorher gar nicht gab.

Heute ist das Fraunhofer-Institut für Integrierte Schaltungen IIS eines der größten und erfolgreichsten Institute der Fraunhofer-Gesellschaft und kann mit seinen Technologien in vielen Bereichen mit der Weltspitze mithalten: bei der Audiotechnologie, der Entwicklung digitaler Filmkameras oder der Röntgentechnologie.

Der überragende Erfolg von mp3 war nicht abzusehen und ist schwer zu wiederholen. Innovationsprozesse dauern meistens länger als gedacht und gehen andere Wege als geplant. Wir können aber aus jeder Innovation lernen, wie wichtig die Faktoren Kreativität, Exzellenz, Flexibilität, Durchhaltevermögen und der Wille zum Erfolg sind. Deshalb lohnt es sich, die Geschichte von mp3 genau zu analysieren. Über 30 Jahre nach der ersten Vision, Musik über die Telefonleitung zu übertragen, ist mp3 weltweit verbreitet und damit schon fast selbstverständlich geworden. Die Geschichte dahinter kennen die wenigsten. Daher war es an der Zeit, alle Fakten zusammenzutragen und die Erinnerungen der Beteiligten festzuhalten. Diese umfassende Darstellung gibt Antworten zu Geschichte, Technologie, Hintergründen und den Menschen, die diese Entwicklung vorangetrieben haben.

Mein Dank und meine Bewunderung gilt den Wissenschaftlern, die wir in diesem Buch ein wenig kennenlernen. Mit ihrem unermüdlichen Engagement und ihrem unerschütterlichen Glauben an ihre Entwicklung haben sie Rückschläge und Unwägbarkeiten erfahren und nicht nur im Erfolg zusammengehalten. Dazu brauchte es weise und weitblickende Forschungsmanager ebenso wie brillante Geister – zu Recht zählen sie heute zur Speerspitze der angewandten Forschung in Deutschland und wurden auch international vielfach geehrt. Sie haben nicht nur ihrem eigenen Institut, sondern der gesamten Fraunhofer-Gesellschaft einen Bekanntheitsschub sondergleichen verschafft. Ich danke auch dem Autor, der in akribischer Recherche und aufschlussreichen Gesprächen für uns einen Blick in die Vergangenheit geworfen hat und uns die legendäre Erfolgsgeschichte näher bringt.

Wie vielfältig Deutschland von dieser Entwicklung profitierte, auch das zeigt dieses Buch. Somit ist mp3 nicht nur ein Paradebeispiel für eine disruptive Innovation, sondern auch dafür, wie Ergebnisse anwendungsorientierter Forschung und Entwicklung für mehr Wertschöpfung am Standort Deutschland sorgen.

Reimund Neugebauer
Präsident der Fraunhofer-Gesellschaft

EINFÜHRUNG: MUSIK – VORREITER DER DIGITALEN REVOLUTION

mp3 – ein Musikformat wird zum »kulturellen Phänomen«

»mp3? Ist das nicht der Musikplayer?«, wird meistens gefragt, wenn die Rede auf mp3 kommt. Einige sprechen ganz kundig vom »mp3-Format«, weil sie dieses Datenformat nutzen, um Musik auf ihre Mobilplayer zu überspielen. Doch kaum jemand weiß, dass mp3 ein Audiostandard ist, der in Erlangen erfunden wurde. Und noch weniger haben eine Vorstellung, wie die Datenkompression funktioniert. Dabei wird mp3 heute weltweit genutzt und steckt in Milliarden von Elektrogeräten, in CD-Playern, Computern, Laptops, Tablets, Handys. »Die mp3-Software ... ist heute in mehr als 7 Milliarden Smartphones, iPods, PCs und Fernsehern im Einsatz. Das sind so viele Geräte, wie es Menschen auf der Welt gibt«[1], berichtet das Wirtschaftsmagazin *Capital* im Sommer 2014. Populär wurde das Audioformat durch kleine, tragbare Musikplayer wie dem iPod. Die praktischen mp3-Player haben Musikhören überall und jederzeit möglich gemacht. Doch nicht nur das. Sie haben einen Trend kreiert, der immer mehr Menschen erfasst. Umfragen besagen, dass inzwischen neun von zehn Deutschen unterwegs Musik hören.[2] Wer morgens in die U-Bahn einsteigt, sieht dort viele Menschen mit Stöpseln in den

Ohren. Manche tragen auch mächtige Kopfhörer. Vor allem junge Menschen nutzen jede Gelegenheit, um sich mit den schicken kleinen Elektrogeräten die Zeit zu vertreiben.

Möglich geworden ist dieser komfortable Musikgenuss durch digitale Audiotechnologie und moderne Mikroelektronik. mp3 ist das Audioformat, das der Revolution der digitalen Musik den Namen gab. Es war das erste und technisch beste Format, das trotz enormer Reduktion der Datenrate sehr gute Klangqualität bot. Daher hat es sich im Wettbewerb mit konkurrierenden Audioformaten – angetrieben durch die Netzwerkeffekte des Internets – am schnellsten durchgesetzt und am weitesten verbreitet.

Die Digitalisierung von Musik begann mit der CD, die Anfang der 80er Jahre eingeführt wurde. Die CD speichert Musik mit einer Bitrate von 1411 kbit/s, das ergibt für die ganze Scheibe eine Datenmenge von etwa 650 Megabyte. Diese Datenrate ist viel zu hoch, die Datenmenge viel zu groß, um sie effektiv über das Internet oder den Rundfunk zu übertragen und in Speichern unterzubringen. mp3 reduziert die Datenrate auf mindestens ein Zehntel – ohne hörbaren Klangverlust. Erst durch diese deutliche Datenratenreduktion werden viele Anwendungen möglich. Denn fast immer ist Speicherplatz rar oder die Datenrate für eine Übertragung eng begrenzt. So passen heute auf kleine mp3-Player bis zu 200 000 Minuten Musik, das sind über 25 000 CDs, damit kann man über 130 Tage ununterbrochen Musik hören. Hinzu kommt, dass dank der Datenratenreduktion Musik über normale ISDN-Leitungen statt in Stunden in wenigen Minuten übertragen oder sogar in Echtzeit angehört werden kann. Erst das eröffnete die Chance, Musik über das Internet zu verbreiten, ermöglichte Webradio, Streaming und Download.

In der modernen Mediengesellschaft spielen Audiocodecs wie mp3 eine zentrale Rolle. Ohne sie gäbe es weder Mobilplayer noch Musik auf Smartphones, weder Internet-Radio noch digitalen Rundfunk und – nicht zu vergessen – auch keine DVD und kein digitales Fernsehen DVB, denn sie wären ohne Ton nicht möglich.

mp3 ist mehr als mobiler Musikgenuss. Das Codierverfahren hat eine Revolution ausgelöst. »mp3 hat die Art, wie wir Musik kaufen und hören, verändert«, sagt Heinz Gerhäuser, einer der »Väter« von mp3 am Fraunhofer-Institut für Integrierte Schaltungen IIS. »Heute tragen wir unsere gesamte Musiksammlung auf Musikspielern nicht größer als eine Streichholzschachtel mit uns spazieren. Wir kaufen Musik online übers Internet und nicht mehr im Kaufhaus. Die Technologie, die eine gesamte Industrie revolutioniert hat, nahm ihren Anfang in Erlangen. Aber nur dank unermüdlicher Entwicklungsarbeit und langjähriger Vermarktungsbemühungen wurde mp3 letztlich zu dem, was es heute ist: ein kulturelles Phänomen Made in Germany.«

Wie es dazu kam, dass eine Audiotechnologie aus Deutschland zum weltweiten Standard wurde und die Musikindustrie in einen tiefgreifenden Umbruch stürzte, versucht dieses Buch nachzuzeichnen. Herausforderung war, die erstaunliche Geschichte von mp3 nicht nur zu beschreiben, sondern gleichzeitig zu erklären, warum sie so und nicht anders verlief. Deshalb werden rund um die eigentliche mp3-Geschichte alle Ereignisse, Entwicklungen und Rahmenbedingungen dargestellt, die für den Erfolg wesentlich waren. Sie erleichtern das Verständnis und erweitern den Blick auf die technologischen und wirtschaftlichen Zusammenhänge, die wir heute mit dem Begriff der »digitalen Revolution« beschreiben. Der Umbruch, der schrittweise alle Lebens- und Arbeitsbereiche durchdringt, wird durch Digitalisierung, Computerisierung und den Ausbau weltweiter Kommunikationsnetze wie Internet und Mobilfunk angetrieben.

Die Musik wurde zum Vorreiter der digitalen Revolution, deren verändernde Kraft sich erst mit dem rasanten Aufstieg des Internets offenbarte. Solche bahnbrechenden technologischen Umwälzungen beschrieb der amerikanische Ökonom Clayton M. Christensen als »disruptive Innovationen«, weil sie anders als normale Innovationen mit dem bisherigen technologischen Entwicklungspfad brechen, völlig neu ansetzen und ganze Branchen umstürzen: Die etablierten Unternehmen ignorieren zunächst, später bekämpfen sie die neuen Technologien, die in kleinen Nischenmärkten heranreifen, bis sie zum Sprung in den Massenmarkt ansetzen. Dann ist es zu spät, die Newcomer nutzen ihren Vorsprung zur Beherrschung des Marktes. Welche Rolle mp3 in dem Jahrzehnte dauernden Prozess der Transformation der Musikindustrie spielt, sieht man heute – nach dem Ende der turbulenten Phasen – viel entspannter und klarer. So wird mp3 inzwischen nicht mehr als »Zerstörer«, sondern als Erneuerer der Musikindustrie wahrgenommen.

Außerdem soll dieses Buch mithelfen, ein Fehlurteil geradezurücken, das, einmal in die Welt gesetzt, nicht mehr aus den Medien verdrängt werden kann – allen Entgegnungen zum Trotz. Im Juni 2014 wurde es im Politikmagazin *Cicero* wieder einmal hervorgeholt: »Bei der deutschen Bahn verrotten die Schienen, das mp3-Format hat Apple groß gemacht, nicht sein Erfinder, das steuerlich gut durchfinanzierte Fraunhofer-Institut«[3], schrieb der Autor Alexander Pschera, um den generellen Vorwurf zu belegen, dass Deutschland Innovationen skeptisch bis ablehnend gegenüber steht. Oft wird das Beispiel mp3 auch benutzt, um darzulegen, dass Deutschland gut im Erfinden, aber schlecht im Vermarkten sei und amerikanischen Firmen wie Apple das Geldverdienen überlasse. So treffend die Kritik an Deutschlands Innovationsschwächen auch sein mag, so falsch ist es, die mp3-Erfinder dafür verantwortlich zu machen. Groß gemacht haben mp3 das Internet und die Tauschbörsen, Apple ist erst richtig eingestiegen, als mp3 bereits weltweit verbreitet war. Geld mit mp3 verdienen nicht nur Apple, sondern viele Unternehmen – auch Firmen aus Deutschland und das Fraunhofer-Institut für Integrierte Schaltungen IIS in Erlangen, das jährlich Lizenzeinnahmen in Millionenhöhe erzielt. Im Übrigen bekommt das Fraunhofer-Institut nur einen kleinen Teil aus öffentlichen Mitteln und muss den größten Anteil durch Vertragsforschung selbst erwirtschaften. Die Aufgabe eines Fraunhofer-Instituts ist es, neue Technologien bis zur Marktreife zu entwickeln, dann ist es aber die Sache von Unternehmen, daraus innovative Produkte zu machen und am Markt durchzusetzen.

Eine Erfindung wird erst mit der schrittweisen Konkretisierung durch Industrie und Markt zur Innovation. Dieter Seitzer, der Initiator von mp3 und Gründungsdirektor des Fraunhofer IIS, hat das Prinzip der angewandten Forschung einmal so ausgedrückt: »Unser Erfolg ist der Erfolg anderer.« So hat das Fraunhofer IIS seine Entwicklungen zuerst deutschen Unternehmen angeboten. Es fanden sich auch eine Reihe kleiner Technologieunternehmen, die damit Produkte entwickelten. Nicht vergessen werden sollte dabei der Freiburger Chiphersteller ITT Intermetall, heute Micronas, der über viele Jahre 95 Prozent Weltmarktanteil an den mp3-Chips hatte. Dass es in Deutschland keine Firma wie Apple gab, die ein Kultobjekt wie den iPod erschaffen und ein erfolgreiches Geschäftsmodell für den Online-Musikvertrieb etablieren konnte, kann man nicht den mp3-Erfindern anlasten. Immerhin haben sie es durch ihr Engagement und Durchhaltevermögen geschafft, dass mp3 – gegen alle Widerstände der Industrie – erfolgreich wurde.

Daher erkennen Journalisten, die sich intensiver mit dem Thema mp3 befassen: »Wer den 70 Millionen Euro teuren Designer-Neubau in Erlangen sieht, begreift sofort: Der Mythos stimmt nicht. Der Mythos, der besagt, dass die Deutschen mit dem Komprimierungsverfahren mp3 zwar die Musikbranche umgewälzt haben – aber keinen Cent daran verdienen. Völlig falsch. Ihre Entwicklung hat der Fraunhofer-Gesellschaft Lizenzeinnahmen beschert, die an der Milliardenmarke kratzen.«[4]

So ist die mp3-Story zum Ersten die Geschichte eines technologischen Durchbruchs und deren Erfinder aus Erlangen, zum Zweiten die typische Geschichte einer disruptiven Innovation, die das bisherige Geschäftsmodell der Musikindustrie angreift und eine ganze Branche umstürzt, und zum Dritten ein Lehrbeispiel für den Medienwandel durch Digitalisierung, der unsere traditionelle bürgerliche Kultur radikal verändert.

Das Unbehagen am technischen Fortschritt

Der Zauber des einmaligen Opernabends endete mit dem Phonographen. »Es war eine faszinierende und zugleich schockierende Erfahrung für die Zeitgenossen, als sich vor über 100 Jahren die Stimmen von den Körpern der Sänger zu lösen begannen. Aus einem fernen Konzertraum erklang plötzlich das Timbre von Enrico Caruso, vom Rauschen umtönt, und als der berühmte Tenor starb, hörte seine Stimme nicht auf zu singen. Und schnell wurde der Chor der Totenstimmen größer«[5], erinnerte die *Süddeutsche Zeitung* an den verstörenden Anfang der elektronischen Medien, als die Töne reproduzierbar wurden und die Bilder laufen lernten.

Wie die Schellackplatte von der Vinylplatte abgelöst wurde, machte die CD der Langspielplatte den Garaus. Seit der Jahrhundertwende ist absehbar, dass auch der CD das Schicksal seiner Vorgänger droht, sie wird ersetzt durch einen neuen »Tonträger«. Nur dass dieser – und das unterscheidet ihn von allen bisherigen Plattenvarianten – überhaupt nicht mehr physische Gestalt anzunehmen braucht, sondern nur als flüchtige Datei existiert. Was anfassbar war, in realen Plattenläden gekauft, nach Hause getragen und sorgsam behandelt wurde, fließt nun als Datenstrom durch die Netze. Die digitale Revolution befreit Sprache, Text, Bild und Film von den physikalischen Fesseln und führt sie in einer einheitlichen digitalen Codierung im Internet zusammen. mp3 ist das Format, das die Musik zur digitalen Ware gemacht hat. Abgelöst vom physischen Trägermaterial nehmen die Dateien eine flüchtige Gestalt an, die auf Knopfdruck verschwindet, aber auch woanders wiederkehren kann. Digitalisierte Informationen sind leicht zu verteilen, aber schwer zu schützen.

Bis in die 1970er Jahre gab es in den meisten Haushalten nur Fernseher, Radio und Plattenspieler. Dann kamen Kassetten-, Videorekorder und Walkman, später folgten CD-Player, DVD-Player, schließlich PCs, Laptops, Spielekonsolen, mp3-Player und Smartphones. Heute gibt es Jacken mit eigener IP-Adresse, Turnschuhe mit Sensoren, Brillen mit Videokamera und Uhren mit Minicomputern. Zeitungen werden in den Haushalten zum Auslaufmodell, denn die Alten informieren sich im Frühstücksfernsehen und die Jungen im Internet. Das Konzerterlebnis, das schon lange zur Konserve verwässert war, wurde weiter verdünnt, um überall mit Handy und Ohrstöpsel konsumiert zu werden. Die alte Welt der Schallplatten, Bücher und Zeitschriften schwindet. An die Stelle des kontemplativen Musikgenusses und des Versinkens in die Vorstellungswelt der Bücher tritt eine kurzatmige, lärmende Multimediawelt. Die analoge Kultur – fixiert auf Schrift und Papier – geht dahin, Bilderwelten fluten die Sinne.

Der Abschied vom analogen Zeitalter löst bei vielen Menschen Ängste aus. Die einen sehen mit Schrecken, wie ihre teuren Ikonen der bürgerlichen Kultur – Plattensammlung und Bücherwand – so gnadenlos entwertet werden, dass sie nicht einmal mehr auf Flohmärkten Liebhaber finden. Die anderen fürchten, vom schnellen technischen Wandel abgehängt zu werden.

Und in der Tat brechen neue Medien mit einer verstörenden Kraft über die Zeitgenossen herein. Sie lösen gerade bei jungen Menschen einen unwiderstehlichen Reiz aus. Das ruft die Anhänger der alten Kultur auf den Plan, die vor Sucht und Reizüberflutung warnen. Der Vorwurf an die Jugend ist alt, uralt: Sie verlören sich in Scheinwelten, statt sich auf Schule und Arbeitswelt vorzubereiten. Im 18. Jahrhundert warnten die guten Bürger beispielsweise vor den schrecklichen Folgen der Lesesucht, als sich damals das Romanlesen unter den Dienstboten verbreitete. In der Nachkriegszeit waren es die Comics, die von vielen Eltern als »Schundhefte« geschmäht wurden. Die Kritiker sahen im Kino eine Degeneration des Theaters, im Radio das Ende der Schellackplatte und im Fernsehen den Niedergang des Kinos. Die HiFi-Anlagen hätten die gesellige Hausmusik verdrängt und das autistische Computerspiel das sozial wertvolle Gesellschaftsspiel. In den 1980er Jahren, als das Privatfernsehen eingeführt wurde, warnte Neil Postman vor dem Fernsehkonsum mit dem Bestseller »Wir amüsieren uns zu Tode«, und in den vergangenen Jahren war es der *FAZ*-Herausgeber Frank Schirrmacher, der mit seinem Buch »Payback« das Internet an den Pranger stellte, weil es unsere Zeit und Aufmerksamkeit fresse. Er warnte vor der Überforderung des Menschen durch das Internet und der »Computerisierung des Menschen«. Die Argumente sind älter als die in die Jahre gekommene Generation, die sich am Vinyl festklammert und dem Plattenverkäufer, der jede Platte kannte, ebenso nachtrauert wie dem Buchladen und dem Zeitungskiosk. Die neuen Medien stehen für die kulturkonservativen Kritiker in der Hierarchie der Medien ganz unten. Das wiederum ist für die Jugend der Grund, sich umso begeisterter auf die Lücke zu stürzen, die ihnen die Erwachsenen lassen. Jede Jugendgeneration definiert sich ja gerade durch die Abgrenzung von der Erwachsenenkultur. Was einst LP, Kassettenrekorder und Walkman waren, sind heute mp3, Smartphone und Spielekonsolen. Viele Jahrzehnte prägten wechselnde Musikstile die Jugendgenerationen, heute sind es Online-Welten. Hier sind die Jugendlichen unter sich, entrückt vom Zugriff der Eltern erobern sie virtuelle Welten und entwickeln mit WhatsApp, Facebook, Twitter und Co ihre eigene Kommunikationskultur.

Die Weihnachtswünsche der Kinder zeigen den Trend: Nintendo, Playstation, Xbox, Wii, Tablets, Smartphones. Schon die Kleinsten bekommen erst richtig leuchtende Augen, wenn die Elektrogeräte blinken. Die elektronischen Spiele haben nach den Computern und Laptops die Handys und Tablets erobert, die immer mehr als mobile Spielekonsolen benutzt werden. Nun wird überall, in der U-Bahn, im Park, im Café an den Mobilgeräten gedaddelt. Viele Kinder und Jugendliche entwickeln eine unglaubliche Virtuosität und Fingerfertigkeit. Mit irrem Tempo und höchster Konzentration kämpfen sie um Highscores und virtuelle Dollars. Und wer nicht aufpasst, wird vom Dämon aufgefressen, vom Zombie zersägt oder vom Monster gekillt. »Erschreckend« sagen viele Eltern, »gar nicht so schlimm« Medienwissenschaftler, Psychologen oder Spieleforscher wie Rainer Buland.[6] Geht die Fantasie wirklich verloren, wenn in der virtuellen Welt die verrücktesten Szenarien realitätsgetreu dargestellt werden? Oder muss – wie früher – ein Stock ausreichen, um Ritter zu spielen? Doch wie viele Kinder können heutzutage noch im nahen Wald oder der Flussaue eine eigene Abenteuerwelt erfinden?

Heute sitzen Kinder einzeln zu Hause und bekämpfen jeden Anflug von Langeweile durch Computerspiele mit Internet-Freunden, von denen sie oft nur den Aliasnamen kennen. Jede Rückkehr in die analoge Welt wird als grausam empfunden. Ein lästiger, tiefgrauer Zustand, den man möglichst schnell wieder verlassen will. Das Suchtpotential macht Kinder wie Eltern aggressiv. Bedenklich ist vor allem der anhaltende Erfolg von Ballerspielen mit ihren Orgien von Gewalt. Die Kulturpessimisten warnen, diesmal sei alles ganz anders, jetzt gehe es wirklich um den Untergang der abendländischen Zivilisation. Schon in wenigen Jahren gäbe es nur noch narzistisch gestörte Erwachsene mit deutlich autistischen Zügen.

Dabei ist es nur die konsequente Fortsetzung einer Entwicklung zur Konsumgesellschaft, die vor über 100 Jahren begann. Damals wurden Kino, Rummelplatz, Spielhalle und Vergnügungspark erfunden. Seit den 1950er Jahren verlagerte sich die Freizeitgestaltung in das Wohnzimmer und den Hobbykeller. Nun ist sie im Kinderzimmer angekommen, ja noch mehr, die meisten Kinder können sich gar nicht mehr von ihren Unterhaltungsgeräten trennen und tragen sie ständig mit sich herum. »Der gestiegene Wohlstand erlaubte, früher in der Öffentlichkeit präsentierte Unterhaltungsformen nun in der Familie zu genießen und schließlich zu individualisieren«, beschreibt Wolfgang König den schon lange anhaltenden Trend von der kollektiven zur individuellen Unterhaltung. Gleichzeitig wird die häusliche Unterhaltungstechnik mobilisiert. So werden bislang medienlose Zeiten in Bus, U-Bahn oder auf dem Trimm-dich-Pfad durch mp3-Player oder Smartphone angereichert mit Musik, Videos und Geschicklichkeitsspielen. Die meisten neuen Unterhaltungsmöglichkeiten knüpfen an klassische Spiele und Vergnügungen an, steigern aber deren Effekte durch neue Technik ganz außerordentlich.

Letztlich ist das Unbehagen an der modernen Unterhaltungskultur eine Kritik der Konsumgesellschaft, die unser Leben seit dem 20. Jahrhundert bestimmt. Wolfgang König hat den »Konsum als Lebensform der Moderne« in seinen Studien zur Konsumgesellschaft eindrücklich beschrieben. Er verfolgt den Siegeszug einer Verbrauchskultur, die heute alle Lebensbereiche durchzieht: von Ernährung und Bekleidung über Mobilität und Massentourismus bis hin zu Unterhaltung und Vergnügen. Er erklärt aber auch, wie die Welt heute an die Grenzen der Konsumgesellschaft geraten ist: »Die Konsumzeit lässt sich verdichten, indem mehrere Tätigkeiten nebeneinander durchgeführt werden. Beim Frühstück kann man den Nachrichten lauschen, beim Spazierengehen oder Wandern telefonieren, beim Jogging über den Knopf im Ohr Musik hören. Jedoch ist weder die Anschaffung selten genutzter Güter noch die Verdichtung in der Konsumzeit in Form des Multitasking unbegrenzt möglich. Für beides gibt es physische und psychische Grenzen.«[7]

Wenn immer mehr Medien in unser kaum erweiterbares Freizeitbudget drängen, wenn der Kampf um unsere Aufmerksamkeit immer heftiger wird, dann wird es für den Einzelnen in der Tat schwierig, die richtige Balance zu finden. Aber wir erreichen sie nicht durch Verteufeln der neuen Technik, sondern nur durch den produktiven Umgang mit ihr: »Die Kinder können nicht früh genug hineinwachsen in die Welt der Informationstechnik, sie müssen wie selbstverständlich damit umgehen können, von Anfang an. Darin sind wir uns natürlich einig. Sonst stehen sie plötzlich hilflos vor den immer neuen Geräten wie heute die Greise vor den Fahrkartenautomaten. Sonst fahren sie, auf einmal technische Analphabeten, mit den falschen Zügen an die richtigen oder mit den richtigen Zügen an die falschen Orte, irren auf den Straßen und Untergrundbahnschächten umher. Wenn die Kinder rechtzeitig das Surfen im Datenmeer beherrschen, wenn sie virtuos über Monsterwellen springen, dann wird vielleicht sogar eine neue Zeit anbrechen, die Demokratie erneuert«[8], schreibt der Schweizer Schriftsteller und Psychoanalytiker Jürg Acklin. Nicht ganz so emphatisch halten die Brüder Kai-Hinrich und Tim Renner am Ende ihres Buches »Digital ist besser« fest: »Die digitale Revolution stellt fraglos einen Bruch in der Kulturgeschichte der Menschheit dar. Angst muss vor ihr aber niemand haben.«[9]

Der Erfolg ist »einzigartig«

Die Vorgeschichte von mp3 hat der US-amerikanische Kulturwissenschaftler Jonathan Sterne in seinem Buch »mp3 – The Meaning of a Format« detailliert beschrieben. Er ist dabei bis zu Hermann von Helmholtz zurückgegangen, der sich in seinem 1863 erschienenen Buch »Die Lehre von den Tonempfindungen als physiologische Grundlage für die Theorie der Musik« intensiv mit dem Hören beschäftigte. Einen kräftigen Schub bekam die Hörforschung mit der Erfindung des Telefons und dem Entstehen der Telefongesellschaften, denn diese stehen vor zwei gegensätzlichen Herausforderungen: Sie wollen zum einen die Sprachverständlichkeit verbessern, zum anderen die Leitungen möglichst effizient nutzen. Also stellt sich die Frage, wie man die Daten so begrenzen oder ineinander verschachteln kann, dass möglichst viele Gespräche über eine Leitung übertragen werden können.

Die 1895 gegründete American Telefon and Telegraph Company AT & T wurde zum Vorreiter der technischen Entwicklung. Ihr Forschungszentrum, die »Bell Laboratories«, avancierte zu einer der bedeutendsten Patent- und Nobelpreisschmieden auf der Welt. Dort hatten nicht nur Wilhelm Shockley, John

Bardeen, Walter Brattain den ersten Bipolartransistor konstruiert und Claude Shannon die Informationstheorie entwickelt, sondern waren auch Harvey Fletscher und Manfred Schroeder tätig, die eine herausragende Rolle bei der Erforschung der Psychoakustik spielten. Dank dieser Forschungen war es AT&T gelungen, sich auf die Teile des Signals zu begrenzen, die für die Sprachverständlichkeit wichtig waren. Damit konnten sie die Kapazität ihrer Netze vervielfachen und die Bandbreite effizienter nutzen – ein entscheidender Wirtschaftsfaktor für ein Telekommunikationsunternehmen.

In Deutschland waren es vor allem Richard Feldtkeller und Eberhard Zwicker, die in den 1960er Jahren die moderne Psychoakustik begründeten und ihre wegweisenden Ergebnisse in dem Standardwerk »Das Ohr als Nachrichtenempfänger« zusammenfassten. Die Psychoakustik lieferte mit der Entschlüsselung des Hörvorgangs und der Beschreibung der Maskierungseffekte eine wichtige Voraussetzung für die Entwicklung von Codierverfahren. Maskierung bedeutet, dass laute Töne benachbarte leise Töne verdecken. Diese maskierten Frequenzen kann man nicht hören. Daher kann man hier Datenrate einsparen.

Eine andere Grundlage lieferte die von Claude Shannon entwickelte Informationstheorie mit den darauf aufbauenden neuen Techniken der Signalverarbeitung. Hinzu kommen moderne mathematische Verfahren zur Übertragung der Audiosignale in den Frequenzbereich und zur Reduktion der Datenrate. Wichtige technologische Basis wurde die Mikroelektronik, die zu einer erheblichen Leistungssteigerung der Computer führte. Das ermöglichte es, komplexe Modelle des menschlichen Gehörs im Computer nachzubilden. Bezeichnenderweise nahmen alle drei Grundlagen, Psychoakustik, Informationstheorie und Mikroelektronik, ihren Ursprung in den Bell Labs.

Ihre Entwicklung wurde durch eine Reihe von wissenschaftlichen und technischen Durchbrüchen beschleunigt.

In diesem Buch soll aber weniger die Vorgeschichte, sondern die inzwischen fast 30-jährige Geschichte von mp3 beschrieben werden. Die »Erfinder« von mp3 wissen, dass sie nur »Zwerge sind, die auf den Schultern von Riesen stehen«, wie der berühmte Vergleich besagt, und verweisen auf die Pionierleistungen ihrer Vorgänger, wo immer es möglich ist. Sie wissen auch, dass sie nicht die Einzigen waren, sondern eine von mehreren Gruppen, die sich gleichzeitig an eine Lösung herantasteten. Als sich die Forschungen in den 80er Jahren intensivierten, verdichteten sich die Erkenntnisse blitzartig, bis die Zeit reif für einen Durchbruch war. »Als eine Technologie wurde Perceptual Coding Stück für Stück entwickelt, an Orten überall in der Welt und durch Menschen, die nicht miteinander in Kontakt standen. Es gibt keinen Alexander Graham Bell oder Thomas Edison des Perceptual Coding«[10], betont Jonathan Sterne. Das »Perceptual Coding« (das wahrnehmungsangepasste Codieren) ist also nicht in einem genialen Wurf, sondern in vielen, sich ergänzenden Fortschritten entstanden. Als der Durchbruch in der Luft lag, ging es nur um die Frage, wer als Erster ein funktionierendes System vorstellt. Ein weltweiter Standardisierungswettbewerb beschleunigte die Entwicklung. Im Jahr 1987 beschloss das internationale Standardisierungsgremium Moving Picture Experts Group MPEG einen Standard für Video- und Audiocodierung zu entwickeln. Bis Ende des Jahres 1991 sollte entschieden werden, welches das technisch beste Codierverfahren für Musik sei.

Dass dies der Erlanger Forschungsallianz aus Friedrich-Alexander-Universität FAU und Fraunhofer-Arbeitsgruppe gelang, ist Dieter Seitzer zu verdanken, der die Initiative ergriff und die Weichen stellte, Heinz Gerhäuser, der den schwierigen Prozess managte, Karlheinz Brandenburg, der den wissenschaftlichen Durchbruch erzielte, und dem Kernteam Harald Popp, Ernst Eberlein, Bernhard Grill, Jürgen Herre, Thomas Sporer und Martin Dietz, die wesentliche Beiträge leisteten. Mit allen konnte ich zahlreiche Interviews führen, um die Erinnerungen aufzufrischen, abzugleichen und richtig zuzuordnen.

Dieses Buch basiert ganz wesentlich auf den persönlichen Erinnerungen und Aufzeichnungen der mp3-Erfinder. Die Beteiligten haben im Rückblick einen viel klareren Blick und eine breitere Sicht auf die Ereignisse als damals, da sie oft wie auf einer Welle davongetragen wurden. Daher war es wichtig, die unterschiedlichen Erinnerungsstücke, Erfahrungen und Sichtweisen aller Beteiligten zusammenzubringen, mit den verfügbaren mündlichen und schriftlichen Dokumenten abzugleichen und vor dem Hintergrund der gleichzeitigen technischen und wirtschaftlichen Entwicklungen zu einer spannenden Geschichte zusammenzufügen. Viele Fakten mussten recherchiert, geprüft und zeitlich richtig eingeordnet, manche Mythen entzaubert und etliche Lücken geschlossen werden. Die Leserin, der Leser mögen verzeihen, dass sie gelegentlich etwas tiefer in technische Details einsteigen müssen. Das ist leider ab und zu notwendig, um wenigstens ein Gespür dafür zu bekommen, wie kompliziert die Verfahren und wie grandios die Leistungen der Forscher sind.

Voraussetzung für die große Offenheit, mit der die Beteiligten Einblick in ihre persönlichen Erinnerungen gaben, ist das langjährige Vertrauensverhältnis zwischen ihnen und dem Autor. Ich kenne die Erlanger Forscher schon seit ihren bescheidenen Anfängen und habe alle Entwicklungsschritte begleitet. Dass nicht alles für die Öffentlichkeit bestimmt ist, was im vertraulichen Gespräch geäußert wurde, erklärt sich von selbst. Außerdem gibt es ein paar Geheimnisse, die wohl für immer im Kreis der Eingeweihten bleiben werden. Bei allen bedanke ich mich für die wertvollen Anregungen, geduldigen Erklärungen, fachlichen Richtigstellungen und zeitfressenden Korrekturen. Ohne die Unterstützung der »Macher« wäre die mp3-Geschichte nicht zu rekonstruieren gewesen. Alle Mängel und Fehler jedoch, die jemand in diesem Buch entdecken mag, liegen allein in meiner Verantwortung.

»Man unterschätzt häufig, wie viele Menschen an so einem Erfolg beteiligt sind«, betonte Heinz Gerhäuser im Rückblick auf die mp3-Geschichte. So ist das Buch eine Hommage an das Team, das auch im großen Erfolg am Boden geblieben ist – beim dem, was sie alle antreibt, die Leidenschaft für die Audioforschung. Mit dem Erfolg, der seit über 30 Jahren anhält, ist die Gruppe in Dimensionen gewachsen, die nicht einmal sie selbst erwartet hatten – alle aber verbindet mp3 noch immer wie ein unsichtbares Band.

Anfang der 90er Jahre war keineswegs erkennbar, dass mp3 einmal die Musikindustrie auf den Kopf stellen würde. Es gab weder das Internet noch leistungsfähige Chips, weder PCs noch Soundcards noch Speicher. Die Vision von Dieter Seitzer, mit digitaler Technik Musik übers Telefon zu übertragen, baute auf das Moore'sche Gesetz, das eine dramatische Leistungssteigerung der elektronischen Bausteine vorhersagte. Er begann mit den Forschungen, als noch nichts davon vorhanden war. So mussten die Forscher – immer an der Grenze des technisch Möglichen – viele wissenschaftliche Grundlagen, technische Bausteine und Werkzeuge erst selbst entwickeln. Während Wirtschaft und Fachwelt die Technologie für viel zu kompliziert hielten, um jemals in Elektrogeräte implementiert zu werden, machte sich die Erlanger Universität gemeinsam mit der neu gegründeten Fraunhofer-Arbeitsgruppe unbeirrt an die technische Realisierung. Das war mutig und extrem mühsam, schaffte jedoch den Vorsprung, den sie konsequent ausbauten, hartnäckig verteidigten und bis heute halten konnten. »Das Erfolgsrezept war eine Mixtur aus Visionen, Überstunden und Sturheit«[11], fasste Max Rauner in der *Zeit* einmal treffend zusammen.

Mit der Präsentation des weltweit ersten Echtzeitsystems begann im Jahr 1987 ein langwieriger Innovationsprozess, der manche überraschende Wendungen nahm und dessen Ende damals nicht abzusehen war. Dieter Seitzer, der an seinem Lehrstuhl in Erlangen mit der Erforschung der Technologie begann, hat den kurios erscheinenden Verlauf in folgendem Bonmot verkürzt: »mp3 wurde

- Erfunden für Musik im Telefonnetz
- Entwickelt für den Rundfunk
- Standardisiert für den Ton im Fernsehen
- Verwendet zur Speicherung von Musik
- Missbraucht zum Download von Musik im Internet.«

Viele unterschiedliche Impulse prägten die wechselvolle Geschichte von mp3. Das Format erwies sich als äußerst robust und überlebensfähig. Es ließ sich nicht verdrängen, obwohl es gleich zu Beginn ins Abseits gestellt wurde. Es ging nicht verloren, als es gestohlen wurde. Es blieb nicht das »Piratenformat«, obwohl die Piraten es populär machten. Es gewann den Wettkampf der Player, obwohl der mächtige Softwarekonzern Microsoft mit WMA einen starken Konkurrenten dagegensetzte. Es wurde allen Anfeindungen der Musikindustrie zum Trotz zum »hottest Thing im Internet« und schließlich zum gefragtesten Audiocodec. Der Erfolg von mp3 ist so »unglaublich«, dass sich die Erfinder manchmal selbst zwicken müssen.

Die niederländischen Innovationsforscher Simon den Uijl, Henk Jan de Vries und Deniz Bayramoglu haben in ihrer

Untersuchung »The Rise of MP3 as the Market Standard« die sechs Phasen eines Plattformwettbewerbs am Beispiel von mp3 folgendermaßen beschrieben:

1. Forschung und Entwicklung.
2. Vorbereitung des Marktes, beginnt mit der öffentlichen Vorstellung eines Prototyps.
3. Markterschließung, beginnt mit der Produkteinführung.
4. Erreichen der kritischen Masse, beginnt, wenn einer zum Spitzenreiter wird.
5. Massenmarkt, beginnt mit der Dominanz im Massenmarkt.
6. Postdominanz, beginnt, wenn die Dominanz in Produkten erreicht ist.[12]

Bei mp3 lässt sich Phase 1 mit Forschung und Entwicklung nicht sauber von Phase 2 mit der Marktvorbereitung trennen, weil hier parallel geforscht und an Prototypen gearbeitet wurde. Das ist der Grund, warum wir in diesem Buch die Geschichte von mp3 nicht in sechs, sondern fünf Phasen beschreiben.

Steigen wir also ein in die einzigartige Geschichte eines kleinen Teams von Forschern, die sich Anfang der 80er Jahre aufmachten, eine Audiotechnik zu entwickeln, die niemand für möglich hielt. Mit der Pionierstimmung »Wir gegen den Rest der Welt« stürzten sie sich in ein Forschungsabenteuer, ohne zu wissen, wohin sie die Reise führen wird. Der Historiker Joachim Radkau fasst in seinem Standardwerk »Technik in Deutschland« seine Erkenntnis über technische Entwicklungen folgendermaßen zusammen: »Denn nicht zuletzt darin besteht der Witz der Geschichte, dass diese fortwährend von Fehlprognosen begleitet war und immerfort etwas herauskam, was kaum einer der Beteiligten vorhergesehen hatte.«[13]

1 VORSPRUNG IN FORSCHUNG UND ENTWICKLUNG: 1977–1992

Erlangen – die innovativste Region Europas

Erlangen zählt zu Deutschlands Regionen mit den besten Zukunftschancen. Das hat der »Prognos-Zukunftsatlas-2013«[14] errechnet. Erlangen kam auf den dritten Platz, knapp hinter München Landkreis und München Stadt, auf Platz 17 folgt der Landkreis Erlangen-Höchstadt. Prognos untersucht alle drei Jahre Gegenwart und Perspektiven der 402 deutschen Landkreise und kreisfreien Städte mit dem Ziel, die Positionierung der Region im Standortwettbewerb und die Entwicklung ihrer Zukunftschancen aufzuzeigen. Die Ergebnisse von 2013 zeigten erneut ein deutliches Süd-Nord-Gefälle, das weiter zunimmt. Die besten Zukunftschancen konzentrieren sich immer mehr auf Süddeutschland. Lagen im Zukunftsatlas 2004 bereits 78 Prozent aller Regionen mit hohen bis besten Zukunftschancen in Bayern, Baden-Württemberg oder Hessen, so sind es inzwischen mehr als 83 Prozent.

Hohe Innovationsfähigkeit, Wirtschaftskraft und -dynamik und ein attraktiver Arbeitsmarkt sind entscheidend für den Wohlstand der Regionen. Bemerkenswert ist, dass die im Standortwettbewerb gut positionierten Regionen ihre Stärken ausbauen und sich von den übrigen Regionen in Deutschland weiter absetzen.

»Nirgendwo sonst ist die Wissenschaft auch optisch so tief in der Stadt verwurzelt wie in Erlangen. Im Zentrum thront im barocken Stil das Markgräfliche Schloss. Dort, im Herzen der Stadt, hat die Uni-Verwaltung ihren Sitz. Dahinter im Schlossgarten sitzen jährlich an lauen Sommerabenden Uni-Professoren im Smoking und Studentinnen im Abendkleid an langen weißen Tafeln. Die Wissenschaft sitzt hier in der Mitte der Stadt«[15], schreibt das *Handelsblatt*. An keinem anderen Ort Deutschlands ist der Anteil Hochqualifizierter so hoch. Wer nicht an der Universität, den beiden Fraunhofer-Instituten, dem Max-Planck-Institut oder dem Helmholtz-Institut forscht, arbeitet bei Siemens, dem Energiekonzern Areva oder den Sportartikelherstellern Adidas und Puma im Nachbarort. Mit der Wissenschaft hat sich die Stadt zu einem Hightech-Standort entwickelt.

In keiner anderen Region Europas werden mehr Patente angemeldet. Mit 1436 Patenten pro Million Einwohner kam Erlangen im »Regionen-Jahrbuch« der Europäischen Statistikbehörde Eurostat im Jahr 2012 auf den ersten Platz. Bekannteste Beispiele für erfolgreiche Patente sind mp3 und viele weitere Audio-Erfindungen, die von der Universität und dem Fraunhofer IIS angemeldet wurden. Eine andere erfolgreiche Erlanger Entwicklung ist die Spiral-Computertomographie (CT), die eine ganz neue Gerätegeneration von Computertomographen bei Siemens begründete.

Die Friedrich-Alexander-Universität Erlangen-Nürnberg FAU hatte um die Jahrtausendwende etwa acht Erfindungsmeldungen pro Jahr, 2012 aber 160. »Gute Leute ziehen gute Leute an«, sagte damals FAU-Vizepräsident Prof. Dr. Joachim Hornegger, seit 1. April 2015 Präsident der FAU. »Wenn wir einen hochkarätigen Forscher in die Stadt holen können, zieht er ebenfalls gute hochgebildete Menschen an.« Der Hightech-Standort wird auch bei Studierenden immer gefragter. 2013, im Jahr des 270-jährigen Bestehens, immatrikulierten sich an der FAU über 37 600 Studenten – so viele wie noch nie. Und das in einer Stadt mit 107 000 Einwohnern.

Erlangen baut seine Zukunftsperspektiven weiter aus. Nicht nur die Forschungsinstitute legen weiter zu, auch der Technologiekonzern Siemens will an seinem weltweit größten Standort eine halbe Milliarde Euro investieren, um einen neuen, modernen Siemens-Campus auf einer Fläche von 54 Hektar zu schaffen. Stadt, Freistaat und Konzern sehen diese Entscheidung als historische Chance für die Entwicklung der gesamten Region. »Der geplante Campus unterstreicht unser langfristiges Bekenntnis zum Standort Erlangen und soll für unsere Mitarbeiter wie auch für die Region ein Symbol für Innovationskraft sein«[16], betonte Joe Kaeser, seit August 2013 Vorstandsvorsitzender der Siemens AG, im Februar 2014. Er unterzeichnete mit Ministerpräsident Horst Seehofer und dem damaligen Erlanger Oberbürgermeister Siegfried Balleis eine gemeinsame Rahmenvereinbarung. Als nächster Schritt folgt nun ein städtebaulicher Wettbewerb. Siemens möchte in den nächsten zehn bis 15 Jahren alle 8000 Mitarbeiter von der Innenstadt in den Süden umsiedeln. Auf dem neuen Campus sollen dann rund 16 000 der 25 000 Erlanger Beschäftigten arbeiten. Erlangen ist jetzt schon der weltweit größte Standort des Unternehmens. In der gesamten Region arbeiten rund 46 000 Siemensbeschäftigte.

Doch schon wenige Monate nach diesen positiven Ankündigungen verkündete Joe Kaeser einen drastischen Konzernumbau, der auch den Standort Erlangen betrifft. Welche Auswirkungen das auf die Beschäftigtenzahl in der Region Erlangen/Nürnberg haben wird, ist offen. Die Befürchtungen sind aber groß, dass mit Rückschlägen für den Standort zu rechnen ist.

Die Förderung von Forschung und Innovation sowie die

Schaffung eines investitionsfreundlichen Umfelds haben in Erlangen eine lange Tradition. Bereits 1985/86 gründete Erlangen zusammen mit Fürth und Nürnberg das Innovations- und Gründerzentrum Nürnberg-Fürth-Erlangen IGZ in Tennenlohe. Daraus entstanden neue Unternehmen wie die Wavelight AG oder die November AG, die später erfolgreich an die Börse gingen. Darüber hinaus soll die Erlangen AG, ein Zusammenschluss von Wissenschaft und Wirtschaft, neue Wissensressourcen systematisch und konsequent erschließen, Wege in neue Märkte aufzeigen und den Standort international vermarkten.

2003 kam das Innovationszentrum Medizintechnik und Pharma IZMP hinzu. Es unterstützt Existenzgründer und innovative Unternehmen aus den Gebieten Medizintechnik, Pharmaforschung sowie Bio- und Gentechnologie. Erlangen hat sich das Ziel gesetzt, die Hauptstadt der medizinischen Forschung, Produktion und Dienstleistung zu werden. Schon heute ist die Stadt mit dem Universitätsklinikum, dem Waldkrankenhaus St. Marien, dem Klinikum am Europakanal, der FAU, dem Siemens-Geschäftsbereich Healthcare sowie über 100 mittelständischen Unternehmen ein breit aufgestelltes Kompetenzzentrum für Medizin, Medizintechnik und Pharma. Beinahe jeder vierte Arbeitnehmer ist im Bereich Gesundheit beschäftigt. Diesen Standortvorteil will Erlangen gemeinsam mit den Nachbarstädten Nürnberg und Fürth weiter ausbauen im Medical Valley Europäische Metropolregion Nürnberg. Auch der neue Oberbürgermeister Florian Janik von der SPD, der den langjährigen Amtsinhaber Balleis nach einer Stichwahl am 1. Mai 2014 ablöste, will die Initiativen zum Ausbau der Forschungsstadt Erlangen fortsetzen.

Das südlich vom Zentrum gelegene Gewerbegebiet Tennenlohe, in dem das Fraunhofer-Institut für Integrierte Schaltungen IIS im Jahr 2002 einen eindrucksvollen Neubau beziehen konnte, bildet mit dem unweit nördlich gelegenen Siemens-Forschungszentrum und der Technischen Fakultät eine einzigartige Forschungs- und Entwicklungslandschaft.

Der Initiator Dieter Seitzer – Visionär, Pionier, Gründer

Die Entwicklung Erlangens zur innovativsten Region Deutschlands war 1970 nicht absehbar, als Dieter Seitzer vom IBM-Forschungslabor Rüschlikon in der Schweiz nach Erlangen kam, um den Lehrstuhl für Technische Elektronik an der FAU zu übernehmen. Damals gab es weder Fraunhofer-Institute noch eine Kontaktstelle für Technologietransfer an der FAU. Die Friedrich-Alexander-Universität hatte erst im Jahr 1966 eine Technische Fakultät bekommen. Nach langen Debatten hatte sich Erlangen gegen Nürnberg durchsetzen können, das seit mehreren Jahrzehnten eine Technische Universität forderte. Erstmals in der Bundesrepublik wurden dabei die Ingenieurwissenschaften als Fakultät in den klassischen Fächerkanon einer bestehenden Universität nach dem Vorbild von Cambridge eingegliedert. Da es im Erlanger Stadtzentrum nicht genügend Platz für die neue Fakultät gab, wurde ein neuer Universitätscampus im Südosten der Stadt angelegt.

Seitzer lacht, wenn er sich heute an manche provisorischen Bedingungen von damals erinnert. Einmal fiel ihm buchstäblich die Decke auf den Kopf, als er in einer angemieteten Altbauwohnung untergebracht war.

Über 40 Jahre später treffe ich ihn im Neubau des Fraunhofer-Instituts für Integrierte Schaltungen IIS, gleichsam ein eigener Campus, in dessen fünf Flügeln über 400 Mitarbeiter forschen. »Sein Institut« ist inzwischen zum größten und erfolgreichsten Institut der Fraunhofer-Gesellschaft herangewachsen – mit einem Budget von 109 Millionen Euro im Jahr 2013. Dieter Seitzer war Leiter des Fraunhofer IIS bis zum Jahre 1998, seit 1993 gemeinsam mit Heinz Gerhäuser. Im Oktober 2011 übergab Gerhäuser den Führungsstab an Albert Heuberger, der nun das riesige Institut mit dem Hauptsitz in Erlangen und weiteren Standorten in Nürnberg, Fürth, Würzburg, Ilmenau, Dresden, Bamberg, Deggendorf, Coburg und Waischenfeld leitet.

Trotz seiner über 80 Jahre ist Dieter Seitzer agil wie eh und je und sprüht vor Ideen. Bis heute hat er seinen schwäbischen Dialekt bewahrt, der ihn bei aller Weltgewandtheit so bodenständig macht. Er ist wieder einmal am Institut, schließlich hat er noch allerlei Projekte am Laufen. Heute geht es um eine Doktorarbeit, die letzte, die er noch betreut. Er holt mich am Empfang ab und erzählt mir auf dem Weg durch die langen Korridore des Instituts zu seinem Büro im Bereich Audiotechnik, dass hier früher überall grüne Wiese war. Ein paar 100 Meter weiter, im Industriegebiet am Wetterkreuz, habe in angemieteten Fabrikhallen ganz unscheinbar das begonnen, was heute zu dieser Dimension herangewachsen ist.

Dieter Seitzer hat im Jahr 1970 nicht nur den neugegründeten Lehrstuhl für Technische Elektronik an der Technischen Fakultät übernommen, sondern »eigentlich zwei Lehrstühle«, wie er sagt. Für die damals noch neue Informatik gab es Forschungsgruppen, die vom Bundesministerium für Forschung und Technologie BMFT gefördert wurden. »Als ich hierher kam«, erzählt er, »suchte man händeringend jemanden, der sich um die Hardware in der Informatik kümmert. So kam ich zur Forschungsgruppe 7: Digitale Verarbeitung analoger Signale. Sie sehen, hier liegt der Samen von all dem, was später mal entstanden ist.«

Doch die Wurzeln seiner Forschungsagenda reichen bis in seine Assistentenzeit an der Technischen Hochschule Stuttgart zurück. Er war Doktorand und später Assistent am Lehrstuhl von Prof. Richard Feldtkeller. Dieser verfasste zusammen mit dem Dozenten Eberhard Zwicker das grundlegende Standardwerk der Psychoakustik, »Das Ohr als Nachrichtenempfänger«. Das Buch, das den Zusammenhang von Hörempfindung und Schall untersuchte, prägte Begriffe wie Mithörschwelle und Frequenzgruppe. Zwicker entwickelte ein Verfahren zur Berechnung des Lautstärkepegels, das als DIN 45631 genormt wurde. Nach ihm ist der Zwicker-Ton benannt – eine merkwürdige und rätselhafte Illusion des Hörsinns. Fast jeder Mensch meint einige Sekunden lang einen leisen Ton zu hören, wenn er zuvor bestimmten Arten von Rauschen ausgesetzt war. Es ist also eine Art Kurzzeit-Tinnitus.

Seitzer war nicht selbst in der Akustikforschung tätig, aber als Messobjekt bei den Kollegen gefragt wie die meisten Mitarbeiter am Lehrstuhl. Er wurde in einen Lautsprecherkasten gesetzt und musste einen Knopf drücken, wenn er ein Geräusch hörte, und ein zweites Mal, wenn es verschwand. Auf diese ganz praktische Weise bekam der junge Assistent prägende Eindrücke von der Psychoakustik. Ansonsten war er aber ganz und gar der Elektrotechnik verschrieben, die sich im Umbruch von der Elektronenröhre zum Transistor und zum integrierten Schaltkreis befand. Die Pionierzeiten der Mikroelektronik faszinierten ihn und seine Forschergeneration.

»Der zweite Impuls kam in meiner Zeit bei IBM in der Schweiz«, fährt Dieter Seitzer fort. Das Züricher Labor hatte eine neue Mission bekommen. Durch die Kartellgesetzgebung in den USA war es IBM verboten worden, sich mit Nachrichtentechnik zu beschäftigen. Künftig musste sich IBM auf Forschung an Computern beschränken. Da IBM klar war, dass die Zukunft der Großrechner von der Verbindung übers Fernmeldenetz abhängen würde, richtete IBM in Zürich die Abteilung Computer related Communications ein – und machte Dieter Seitzer zum Leiter.

»Man glaubte damals«, berichtet er, »für ein Land wie die Schweiz werde es einen einzigen Großcomputer geben, den aber viele Nutzer im Timesharing-Verfahren übers Telefon nutzen können.« Einfache Rechnungen hatten ergeben, dass in einem digitalen Netz der Datenverkehr zwischen Computern allenfalls ein paar Promille, höchstens ein Prozent dessen benötigt, was für die Sprachübertragung veranschlagt war. »Also war klar, dass wir immer als Rucksack mit der digitalen Sprachübertragung mitreisen können«, beschreibt Dieter Seitzer das Dilemma. Da die Computerindustrie also kein neues Geschäft in Aussicht stellen konnte, war es schwierig, die Telefongesellschaften von der Digitalisierung des Netzes zu überzeugen. Sie sagten: »Uns reicht die analoge Technik völlig aus, ihr müsst mit einem Modem zufrieden sein.« Diese Zusatzgeräte, die digitale Daten auf eine analoge Sprachverbindung aufmodulieren, mussten noch viele Jahre lang zur Datenübertragung zwischen Computern benutzt werden.

Dennoch begann Seitzer zu experimentieren, wie weit es möglich ist, die riesigen Datenmengen zu reduzieren, die bei der Digitalisierung entstehen. »Durch unsere Berechnungen wussten wir, dass da jede Menge Redundanz drin sein musste. So haben wir mit Sprach- und Bildcodierung angefangen.« Für die Bildübertragung verwendeten sie zunächst Lochkarten. »Ein Fernsehbild war ein etwa 2 Meter 50 hoher Stapel Lochkarten«, erinnert sich Seitzer. Das brachte ihn auf die Idee zu seinem ersten Patent: Für die Langstreckenübertragung über transatlantische Kabel hatten die Bell Labs das TASI-Verfahren (time-assignment speech interpolation) entwickelt. Dabei wird einem Teilnehmer nur dann ein Kanal zugeordnet, wenn er auch tatsächlich spricht. Dazwischen kann der Kanal für andere Teilnehmer genutzt werden. Beim zweiten Transatlantikkabel, das 1959 in Betrieb genommen wurde, konnte die Anzahl der Sprechkanäle durch das TASI-Verfahren von anfänglich 47 auf 87 erhöht werden. »Diese Idee hatte ich auf die Bildcodierung übertragen, so dass auch hier mehrere Bilder – gleichsam ineinander verschachtelt – übertragen werden konnten.«

Bei IBM bekam Seitzer außerdem tiefe Einblicke in die Halbleitertechnik, die in dieser Zeit zu ihrer stürmischen Entwicklung ansetzte. 1965 hatte Gordon Moore seine Vorhersage über die Fortschritte der Halbleitertechnik formuliert, die später als das »Moore'sche Gesetz« berühmt wurde. Danach verdoppelt sich alle 12 bis 18 Monate die Anzahl der Schaltkreiskomponenten auf einem Chip. Das heißt, die Chips werden bei etwa gleichen Kosten immer leistungsfähiger. Diese fortschreitende Miniaturisierung bildet die wesentliche Grundlage für die »digitale Revolution«. Das Vertrauen in diese Vorhersage spielte für Seitzer bei seinen Aktivitäten in Erlangen eine wichtige Rolle. Er wusste, dass die Realisierung der komplexen Datenkompressionsverfahren von den Fortschritten der Mikroelektronik abhängt. Und er hatte Recht, denn das »Moore'sche Gesetz« gilt bis heute.

»Die Psychoakustik, die digitale Datenübertragung und die Halbleitertechnik, das waren die drei Wurzeln für die Audioforschung«, fasst Seitzer seine interdisziplinären Erfahrungen zusammen, die er an der Universität und bei IBM sammelte. An seinem Lehrstuhl für Technische Elektronik in Erlangen hat er von Beginn an auch an den Themen der Bild- und Sprachcodierung gearbeitet. Um Datensignale effizient übertragen zu können, werden sie in einen digitalen Code überführt und weiterverarbeitet. Das nennen die Techniker Codieren. Ein Codec besteht aus Encoder und Decoder, der Encoder wandelt das Datensignal in ein bestimmtes Format um, das nach der Übertragung von einem Decoder wieder in das ursprüngliche Signal zurückkonvertiert wird.

Zunächst war die Entwicklung von Analog-Digital-Umsetzern Forschungsschwerpunkt am Lehrstuhl, denn die Digitalisierung des analogen Signals ist die Voraussetzung für die weitere Bearbeitung der Daten. Analog-Digital-Umsetzer wurden beispielsweise für die Speicherung von Fernsehsignalen gebraucht, an der damals die Firma Grundig arbeitete. »Ich habe mir als Herausforderung immer eine Art Benchmark für die Leistungsfähigkeit der Elektronik gesucht. Und die Analog-Digital-Umsetzung für das Fernsehen war so eine Art Benchmark«, sagt Seitzer. »Ich habe auch vorgeschlagen, die analogen Magnetbandspeicher, die in den damaligen Rekordern eingesetzt wurden, durch Digitaltechnik zu ersetzen.« Doch auch damit erntete er nur Kopfschütteln, denn die Halbleiterspeicher galten als viel zu teuer. Er war mit seinen Ideen der aktuellen wirtschaftlichen Realität weit voraus – zu weit für Grundig und Co. Der Halbleiterspeicher, den sie für ein einziges Bild brauchten, hätte damals 150 000 Mark gekostet. Zum Vergleich: Am Lehrstuhl hatten sie damals einen einzigen Computer, der 20 000 Mark teuer war. So verwendeten sie als Bildspeicher einen umgebauten Videorekorder von Grundig, aus dem die Bilder Zeile für Zeile ausgelesen wurden. Doch schon 1973 erreichten die Halbleiterspeicher die Kosten der Magnetspeicher. »Ab da war klar, wem die Zukunft gehört«, sagt Seitzer.

Die Wirtschaft hielt die digitale Übertragung im Telefonnetz und im Rundfunk für viel zu aufwendig und teuer. Mikroelektronik-Experten wie Seitzer setzten dagegen auf schnelle technische Fortschritte. »1970 kostete die digitale Speicherung eines Fernsehbildes so viel wie ein Einfamilienhaus, zwanzig Jahre später so viel wie eine Briefmarke«, rechnet er vor: »In den siebziger Jahren brauchte ein Rundfunkgerät weniger als zehn Röhren als aktive Elemente. Ein einfacher Codec der neunziger Jahre wie mp3 benötigte mehr als 100 Millionen Transistoren.« Die schnelle und vor allem permanente Leistungssteigerung überstieg die Vorstellungskraft der traditionellen Unterhaltungsindustrie. Die technische Entwicklung war schneller als der Markt. »Der Treiber der Entwicklung ist die Mikroelektronik«, merkt Seitzer an. Das Moore'sche Gesetz schlägt seit Jahrzehnten einen unerbittlich schnellen Takt, dem viele Branchen nicht folgen konnten.

Der Mikroprozessor – Herzstück der Computertechnik

Patentiert wurde der Mikroprozessor von Mitarbeitern der Firma Texas Instruments, die ihn 1971 vorstellten. Im selben Jahr präsentierte Intel mit dem 4004 den ersten industriell gefertigten Mikroprozessor. Damit war es gelungen, alle Funktionen eines Prozessors auf einem integrierten Schaltkreis unterzubringen. Auf dem fingernagelgroßen Chip waren 2300 Transistoren integriert. Der 4004 war nicht besonders leistungsfähig, aber seine im Vergleich mit den klassischen Prozessoren äußerst kompakte Bauform verhalf dem Mikroprozessor trotzdem zum Durchbruch. Mikroprozessoren sind als zentrale Recheneinheit das Herzstück der Computertechnik.

Immer schnellere Mikroprozessoren und größere Speicher ermöglichten Anwendungen, an die vorher niemand gedacht hatte, und eröffneten Märkte, die es vorher nicht gab. Mit dem Personal Computer entstand ein rasant wachsender Markt, der sich schnell zum Leitmarkt für die Halbleiterhersteller aufschwang. Der Apple II, der Commodore C64 und der Atari 400 gehörten Ende der 70er Jahre zu den ersten Personal Computern, bis 1981 das Zeitalter der IBM-kompatiblen PCs begann. Der IBM-PC war mit dem Intel-8088-Prozessor ausgestattet, der 29000 Transistoren hatte. Der konkurrierende Prozessor von Motorola brachte es auf 68000 Transistoren. Der Intelprozessor 80286 von 1982 kam bereits auf 134000 Transistoren. Der 1993 erschienene Pentium verfügte über 3,1 Millionen Transistoren. Intels neuester Mikroprozessor Core i7 4770K hat 1,4 Milliarden Transistoren.

Die Zurückhaltung der Wirtschaft hielt Seitzer aber nicht davon ab, die Forschung an digitaler Übertragungstechnik fortzusetzen, denn er wusste, dass die Zeit dafür schneller kommen würde, als die Anhänger der Analogtechnik glaubten. Das Desinteresse der Telefongesellschaften an neuen Technologien hing sehr stark mit den bis dahin verbreiteten nationalen Monopolen zusammen. Besonders die Deutsche Bundespost spielt hier eine unrühmliche Rolle, wie der deutsche Diplomat Konrad Seitz 1990 in seinem Buch »Die japanisch-amerikanische Herausforderung« kritisierte: »Ein herausragendes Beispiel, wie es nicht sein darf, gab die Bundespost. Sie erteilte noch Ende der siebziger Jahre Siemens den Auftrag, ein analoges, elektromechanisches Telefonvermittlungssystem zu entwickeln, während jenseits des Rheins Frankreich bereits auf die neue digitale Technik setzte.«[17]

Seit Erfindung des Telefons war nur eine einzige Neuerung hinzugekommen: Telex zur Übertragung von Schriftzeichen. »Seit Ende der siebziger Jahre jedoch dringen in das gute alte Telefon- und Telegraphensystem zwei neue Technologien ein und verwandeln es von Grund auf: die Computertechnik und die optische Technik des Lasers und der Lichtwellenleiter«, schreibt Konrad Seitz. »Da alle Übertragung nun mehr in einer einzigen Form erfolgt: der des digitalen Zeichenstroms, können alle Dienste – Fernsprechdienst, Textdienst, Datendienst, Bilddienst – über eine einzige Leitung gehen.«[18] Damit endete für die Telekommunikationsgesellschaften eine lange Phase der Passivität: »Technische Neuerungen lösten einander im Rhythmus von Jahrzehnten ab. Es war eine geruhsame Welt. Nun jedoch verwandelt sich diese Welt mit einem Schlag: Die in langen Produktionszyklen denkende Telekommunikationsindustrie wird in das innovationsgetriebene Chaos der Computerindustrie hineingestoßen.«[19] Im Zuge dieser Entwicklung wurden die nationalen Monopolgesellschaften aufgelöst. Den Anfang machte die USA, 1984 wurde die Monopolgesellschaft AT&T aufgeteilt, ein Jahr später folgte Japan und privatisierte mit der Nippon Telegraph and Telephone NTT die weltweit größte Telefongesellschaft. Ebenfalls im Jahr 1984 privatisierte Margaret Thatcher die British Telecommunications BT, die weltweit älteste staatliche Telekommunikationsgesellschaft. Deutschland konnte sich erst 1989 zur Reform der deutschen Post aufraffen. »Die Auflösung der Monopole und die Öffnung der Telekommunikationsmärkte haben zur Folge, dass die ehemals geschlossenen nationalen Kommunikationsmärkte zu einem einzigen Weltmarkt verschmelzen. Die ›Hoflieferanten‹ sehen sich dem Sturm des internationalen Wettbewerbs ausgesetzt.«[20] Deutschland verzögerte und verhinderte die vollständige Privatisierung und den Netzwettbewerb. Das Monopol beim Telefonverkehr wurde beibehalten, nur die neuen Dienstleistungen und der Markt für Endgeräte wurden liberalisiert. Japan nutzte seinen Vorsprung, um mit neuen Geräten den Kommunikationsmarkt zu dominieren. Bei Telefaxgeräten hatte Japan den Weltmarkt bereits fast völlig übernommen, nun folgte die Exportoffensive mit neuen Telefonapparaten und Anrufbeantwortern. Auch in der Mobilkommunikation hätten amerikanische Konzerne wie Motorola und japanische Unternehmen wie NEC und Matsushita ihre Führungspositionen ausbauen können, wenn nicht die skandinavischen Unternehmen Nokia und Ericsson in den Markt eingestiegen wären. Die anderen Telekommunikationsunternehmen Europas hatten den Anschluss verloren, weil sie zu lange an der analogen Welt mit den vertrauten Geschäftsmodellen festhalten wollten.

ISDN – das Telefonnetz wird digital

Die weltweiten Bestrebungen, die 100 Jahre alten analogen Telefonnetze zu digitalisieren, begannen in den 70er Jahren. Schon 1980 wurden die Spezifikationen für ein digitales Telefonnetz von der zuständigen internationalen Organisation CCITT, heute ITU-T entwickelt und unter dem Namen ISDN (Integrated Services Digital Network) als internationaler Standard verabschiedet.

ISDN ist ein digitales Telekommunikationsnetz, das mehrere Telekommunikationsdienste, Sprache, Daten, Text und Bilder umfasst. So können über einen Anschluss mehrere Kanäle gleichzeitig übertragen werden. Beim ISDN-Basisanschluss stehen zwei Kanäle mit einer Datenrate von je 64 kbit/s zur Verfügung, die man unabhängig voneinander für Telefongespräche, Fax oder Datenübertragung nutzen kann. Die Digitaltechnik bringt gegenüber der analogen Technik zahlreiche Qualitätsverbesserungen: Die Signale lassen sich bei durchgehend digitaler Übertragung verlustfrei übertragen. Außerdem ist die Datenübertragung schneller, da kein Modem zwischengeschaltet werden muss.

In der Bundesrepublik hatte die Bundespost 1979 entschieden, alle Ortsvermittlungsstellen zu digitalisieren. 1982 fiel die Entscheidung für die ISDN-Technik und 1989 begann der offizielle Betrieb. Die Deutsche Bundespost war damit der Vorreiter für ISDN in Europa. Weil Politik und Wirtschaft in Europa einen Vorsprung von den USA und Japan fürchteten, setzten sie die Digitalisierung des Telefonnetzes auf die wirtschaftspolitische Agenda. Das Ziel, sich im zukunftsträchtigen Telekommunika-

tionsmarkt an die Spitze zu setzen, konnte aber nicht mit nationalen Sonderlösungen erreicht werden. Deshalb gründete die Europäische Kommission 1988 das Europäische Institut für Telekommunikationsnormen ETSI, das 1989 den Standard für ein gemeinsames digitales Telefonnetz vorlegte. Im Dezember 1993 erfolgte die Einführung von Euro-ISDN in der Bundesrepublik. Seit September 1995 ist das digitale Telefonnetz flächendeckend verfügbar, 2009 waren 32 Prozent aller Haushalte auf ISDN umgestellt.
Inzwischen wurde ISDN durch neuere Digitaltechnik wie DSL-Verfahren (Digital Subscriber Line) abgelöst, die erheblich höhere Übertragungsraten bis zu 1000 Mbit/s erreichen. Gleichzeitig verbreitet sich die Internettelefonie, auch VoiP (Voice over IP) genannt. Im Mobilfunk werden mit UMTS bis 384 kbit/s und mit LTE sogar bis zu 300 Mbit/s angeboten. Aber das gute alte Telefon zuhause benutzt nach wie vor 64 kbit/s.

Dieter Seitzer setzte indessen konsequent auf die Digitaltechnik und brachte an seinem Lehrstuhl die ersten Forschungsschwerpunkte auf den Gebieten der Datenratenreduktion für Bild- und Tonsignale und die Entwicklung der dazu benötigten Bauelemente und Schaltungen zum Laufen. So regte er eine Reihe von Studenten an, sich in Diplomarbeiten und Dissertationen mit der Datenratenreduktion bei Sprachsignalen zu befassen.

Ein anderer Pionier der Datenkompression forschte an der Leibniz Universität Hannover. Prof. Dr. Hans-Georg Musmann war dort ab 1973 Leiter des Instituts für Theoretische Nachrichtentechnik und Informationsverarbeitung. Kern seiner wissenschaftlichen Arbeit war die Video- und Audiocodierung. In den 70er Jahren hatte er maßgebliche Beiträge zur Standardisierung der digitalen Übertragung von Fax-Signalen geleistet. Außerdem brachte er Verfahren zur Videotelefonie über ISDN entscheidend voran. Seine Arbeiten über die Quellencodierung haben sich in wichtigen internationalen Standardisierungsempfehlungen niedergeschlagen. Von 1988 bis 1992 war er Leiter der ISO MPEG/Audio Forschungsgruppe, die den Audiocodierstandard MPEG-1 entwickelte. Darüber werden wir später ausführlich berichten.

Zurück zum Jahr 1976. Damals besuchte Dieter Seitzer im Rheingau eine Tagung zum Thema Digitale Nachrichtenübertragungssysteme, die Prof. Dietrich Wolf von der Frankfurter Universität organisiert hatte. Wieder fühlten sich die Anhänger der Datenreduktion auf verlorenem Posten, denn die Industrie wollte sich nicht einmal mit ihren Vorschlägen befassen. »Datenreduktion könnt ihr vergessen«, war ihr Argument, denn bald werde es ISDN und Glasfaser geben, dann sei genügend Kapazität verfügbar – und Datenkompression überflüssig.

Beim abendlichen Gespräch mit dem ebenso frustrierten Kollegen Dietrich Wolf entwickelte sich dann doch noch eine Idee. »Es muss ein Qualitätssprung wie beim Fernsehen sein, überlegten wir«, erinnert sich Seitzer an die plötzliche Eingebung. »Beim Fernsehen war es der Übergang zur Farbe, der Datenreduktion nötig machte. Beim Telefon könnte es der Übergang von Sprache zu Musik sein.« Aber wofür braucht man das, war gleich der nächste Gedanke. »Ich stellte mir das damals vor wie bei den Rechenzentren. Da wird ein zentrales Musikarchiv eingerichtet, und jeder kann dann per Telefon Musik abrufen.«.

Im Jahr darauf, 1977, reichte Dieter Seitzer gemeinsam mit Dietrich Wolf ein Patent zur Musikübertragung via Telefonleitungen ein. Doch der Patentprüfer lehnte es ab mit der Begründung: »Die Tonsignalübertragung mit 64 kbit/s ist wenig aussichtsreich. Laut Experten bedarf die Musikübertragung 640 kbit/s.« 1982 wurde das Patent dann doch erteilt, aber Seitzer zog es im Jahr 1988 zurück, weil die Industrie keinen Markt für Musik übers Telefon sah. Außerdem konnte das Verfahren nicht die Qualitätskriterien erfüllen, die von den Telekommunikationsexperten gefordert wurden. Daher begann Seitzer, die Forschung am Lehrstuhl auf Musikcodierung auszuweiten.

(1) Prof. Dieter Seitzer am Lehrstuhl, (Fraunhofer IIS/Kurt Fuchs)

Parallel wurde am Lehrstuhl die Forschung an integrierten Schaltungen und Bauelementen vorangetrieben. So war die Entwicklung der Codierverfahren immer eng verknüpft mit der jeweils zur Verfügung stehenden Signalverarbeitungstechnologie. Damals gab es weder CD noch erschwingliche Analog-Digital-Umsetzer. Daher war es eigentlich noch gar nicht möglich, digitale Musik wiederzugeben. Es war schon schwierig genug, Sprachsignale zu übertragen. Für den entscheidenden Schritt sorgte die zweite Person, die eine ganz wesentliche Rolle in der Geschichte von mp3 spielt: Heinz Gerhäuser. Er war einer der ersten und wichtigsten Mitarbeiter von Dieter Seitzer und wurde später sein Nachfolger als Leiter des Fraunhofer IIS und Professor an der FAU, nachdem er einen Ruf nach München abgelehnt hatte.

Gerhäuser baute bereits während seiner Diplomarbeit an der FAU im Jahr 1973 ein Interface, mit dem man überhaupt erst Sprachsignale auf Laborrechner übertragen konnte. Damals war die Arbeit am Computer noch ein äußerst mühsames Unterfangen und Spezialisten vorbehalten. Gerhäuser erinnert sich, dass die Programme noch mit Lochstreifen auf den Rechner HP 2100, den der Lehrstuhl damals benutzte, aufgespielt werden mussten. »Die Festplatte, die der Rechner im Jahr 1974 erhielt, war ein großer Schritt nach vorne«, sagt er, »denn damit konnte man mit einigen Hardware-Tricks bereits Sprache codieren.« Einen besonderen Schwerpunkt bildeten digitale Sprachinterpolationsverfahren, englisch TASI genannt, die Seitzer schon zu seinem ersten Patent angeregt hatten. Diese Multiplexverfahren sind aufwendig, können aber die Kapazität der Leitungen mehr als verdoppeln. Neue Konzepte für digitale Sprachinterpolationsverfahren entwickelten an Seitzers Lehrstuhl Ende der 70er Jahre Roland Woitowitz, Gerhard Langenbucher und Heinz Gerhäuser mit ihren Dissertationen. »Langenbucher war dabei am nächsten an die Transformationscodierung gekommen, mit der später die ersten Versuche zur Musikcodierung gestartet wurden«, erinnert sich Gerhäuser. Im Jahr 1978 begannen am Lehrstuhl die Forschungen an digitaler Signalverarbeitung in Echtzeit. Im Jahr darauf gelang es dem Doktoranden Gerhäuser, den ersten digitalen Signalprozessor zu entwickeln, der in Echtzeit Sprache und Musik verarbeiten konnte. Während seiner Doktorarbeit mit dem Thema »Ein digitales Sprachinterpolationsverfahren mit prädikationsgesteuerter Sprachaufteilung« hatte er den Signalprozessor in Bit-Slice-Technik aufgebaut. Die Bit-Slice-Technik wurde in den 70er und 80er Jahren eingesetzt, um aus vorgefertigten Bausteinen individuelle Prozessoren zu bauen. Anfangs waren diese Prozessoren den Mikroprozessoren überlegen, die alle Bausteine auf einem Chip vereinten. Seitzer erinnert sich: »Gerhäuser baute noch während seiner Dissertation erste schnelle Hardware mit Signalprozessoren, auf deren Grundlage wir das erste Echtzeitsystem entwickeln und uns an die Weltspitze setzen konnten.«

1982 war dann das Jahr, an dem nach diversen Vorspielen die intensive und kontinuierliche Arbeit an der Musikcodierung begann. Seitzer konnte einen seiner begabten Studenten dazu bewegen, das Forschungsgebiet in einer Doktorarbeit grundlegend zu bearbeiten: Karlheinz Brandenburg. Er sollte für den entscheidenden wissenschaftlichen Durchbruch sorgen. Brandenburg wurde neben Seitzer und Gerhäuser die dritte Person, die maßgeblich den Erfolg von mp3 bestimmte. Brandenburg wird in den Medien oft als »der« Erfinder von mp3 bezeichnet, obwohl er immer wieder richtigstellt, dass er nicht allein dafür verantwortlich sei, sondern ein ganzes Team, zu dem neben den Vordenkern Seitzer und Gerhäuser vor allem Thomas Sporer, Ernst Eberlein, Harald Popp, Bernhard Grill und Jürgen Herre gehörten, aber auch externe Forscher, die wichtige Elemente und entscheidende Details beigetragen haben. Vieles ist gemeinschaftlich entstanden, so dass sich oft gar nicht rekonstruieren lässt, wer die erste Idee hatte.

Seitzer erinnert sich an den Start im Jahr 1982: »Dann kam Brandenburg, und wir sagten, jetzt schauen wir mal, wie Musik bei 100 Kilobit pro Sekunde klingt. Und wir waren überrascht, wie gut das anzuhören war.« Doch als sie die Computersimulation den Grundig-Mitarbeitern vorführten, bekamen sie die ganze Skepsis der analogen Techniker zu spüren: »Sie sagten nur«, erinnert sich Brandenburg, »wenn das so gut funktioniert, dass die goldenen Ohren nichts mehr dagegen haben, dann könnt ihr wiederkommen.« Menschen mit »goldenen Ohren« haben das absolute Gehör und können kleinste Qualitätsmängel feststellen. Die Grundig-Techniker hielten es weder für möglich, dass Codierverfahren jemals eine so gute Hörqualität erreichen, noch konnten sie sich vorstellen, wie die aufwendigen Rechenverfahren in handliche Elektronik eingebaut werden könnten. »Deshalb arbeiteten wir neben der Entwicklung der Algorithmen gleichzeitig an der Realisierung der Hardware. Unser Ehrgeiz war immer, ein funktionierendes System zu entwickeln«, beschreibt Seitzer die interdisziplinäre Herangehensweise, die später so viele Vorteile bescherte. Während andere Forscher nur theoretische Vorarbeiten auf Basis von Computersimulation vorweisen konnten, trieb Seitzer parallel zur Erforschung der Computersimulation die Echtzeitentwicklung voran. Für die Hardware-Entwicklung wurde, beginnend mit dem Aufbau von Schaltungen aus einzelnen elektronischen Bauelementen bis hin zu höchstintegrierten Signalprozessorbausteinen, die jeweils modernste Technik eingesetzt. »Der technische Elektroniker, so wie ich ihn verstehe«, sagt Seitzer, »muss auf der einen Seite sein Handwerkszeug beherrschen, er muss wissen, was es gibt, und auf der anderen Seite muss er etwas von den Anwendungen verstehen. So war die ganze Spannweite von der Mikroelektronik über die Sensorik, Nachrichtentechnik, Telekommunikation bis hin zur Rechnerarchitektur bei uns am Lehrstuhl in Ausschnitten angesiedelt.«

Weil die technologische Weiterentwicklung und die Vorbereitung der wirtschaftlichen Umsetzung aber die Möglichkeiten der Universität überstiegen, musste zur Ergänzung eine schlagkräftige Gruppe beiseitegestellt werden. Auch dafür hatte Seitzer vorgesorgt. Neben dem Engagement für den Ausbau der Mikroelektronik hatte er sich an der Universität von Beginn für eine Zusammenarbeit mit der Wirtschaft eingesetzt. Als er an der Universität – als Erster – ein Patent anmelden wollte, stieß er auf Unverständnis. Die Zusammenarbeit mit der Wirtschaft wurde mit dem Hinweis abgetan, Professoren sollten sich nicht um Nebentätigkeiten, sondern um Forschung und Lehre kümmern. Das änderte sich in den 80er Jahren, denn da wurde Seitzer Beauftragter für den Technologietransfer der Technischen Fakultät. Seitzer war seit 1977 für das Bundesministerium für Forschung und Technologie BMFT als Gutachter für Mikroelektronikprojekte von kleinen und mittelständischen Unternehmen tätig. Bei zahlreichen Gesprächen mit den Unternehmern hatte sich ihm das ganze Dilemma der Mittelständler offenbart: Sie hatten weder eine langfristige Strategie, noch kannten sie die aktuelle Technologieentwicklung. Umgekehrt hatten die Forscher an Universitäten und Forschungseinrichtungen nur wenig Ahnung von den Problemen und Denkweisen der mittelständischen Unternehmen. Auf einer seiner vielen Auslandsreisen sah er einen erfolgversprechenden Weg: In Cambridge war direkt neben dem Campus ein Technologietransferzentrum aufgebaut worden, in dem über 300 Firmen mit der Universität zusammenarbeiteten. Nach diesem Vorbild initiierte er die Gründung der Kontaktstelle für Forschungs- und Technologietransfer an der FAU in Erlangen.

Es dauerte aber fast drei Jahre, bis er die zwei zuständigen Bayerischen Ministerien für Wirtschaft und Verkehr sowie für Unterricht und Kultur überzeugen konnte. Von ihnen kam dann die Forderung, für die Pilotphase gleichzeitig an der TU München eine »Technologietransfer- und Kontaktstelle« zu errichten. Die TUM war überrascht und bremste zunächst, denn eine Bedingung lautete: Die Kontaktstellen müssen die

Betriebskosten nach einer Anlaufphase von drei Jahren vollständig aus eigenen Einnahmen finanzieren. Für ein solches Modell gab es keine Vorbilder.

Schließlich gelang es allen Schwierigkeiten zum Trotz im September 1981, mit den beiden Kontaktstellen zu starten. Dieter Seitzer hatte schon im Sommer seinen bewährten Mitarbeiter Heinz Gerhäuser im IBM-Labor in San Jose in Kalifornien angerufen, um ihn für die Leitung zu gewinnen. Heinz Gerhäuser kehrte nach seinem 14-monatigen Forschungsaufenthalt in den USA nach Erlangen zurück, um die Kontaktstelle aufzubauen, die an den Lehrstuhl für Technische Elektronik angegliedert wurde. Er konnte durch gelungene Projekte die Skepsis auf beiden Seiten, sowohl der Wissenschaft wie auch der Wirtschaft, sehr schnell zerstreuen und ein Netzwerk zwischen engagierten Hochschullehrern und der regionalen Wirtschaft aufbauen. Gerhäusers Strategie, die Vermittler- und Dienstleisterrolle der Kontaktstelle bekannt zu machen, löste bei den regionalen Unternehmen rege Nachfrage aus und führte rasch zum Erfolg. Schon nach zwei Jahren war das Ziel einer vollständigen Finanzierung aus Einnahmen erreicht. Ein wesentlicher Grund lag darin, dass sich Gerhäuser nicht nur auf die Vermittlung, Beratung und Unterstützung von Projekten anderer Hochschulexperten beschränkte, sondern auch selbst auf seinem Fachgebiet der Elektronik Dienstleistungen und Projekte mit den Unternehmen durchführte.

Der Erfolg schuf gleich die nächste Herausforderung für Seitzer und Gerhäuser. Durch das Sonderprogramm »Mikroelektronik 2000« des Bundesministerium für Forschung und Technologie BMFT hatte die Anzahl der Mikroelektronikprojekte ein Ausmaß angenommen, das nicht mehr in der Kontaktstelle bearbeitet werden konnte. So entstand die Idee einer Ausgründung der Mikroelektronikaktivitäten. 1983 wurde der

Verein »Förderkreis für die Mikroelektronik« gegründet, der den Ausbau von Forschung, Lehre und Technologievermittlung auf dem Gebiet der Mikroelektronik an der FAU zum Ziel hatte. Der Förderkreis sammelte in kurzer Zeit Sach- und Geldspenden im Wert von über 7 Millionen Mark ein. Besser hätte das Interesse der regionalen Wirtschaft nicht demonstriert werden können. Schon im Jahr darauf gründete der Förderkreis gemeinsam mit der IHK das »Zentrum für Mikroelektronik und Informationstechnik ZMI«. Doch das war nur der erste Schritt zu einem hochgesteckten Ziel.

Hintergrund der Erlanger Anstrengungen war der deutschlandweite Wettbewerb um Mikroelektronik-Institute und renommierte Mikroelektronik-Forscher Anfang der 80er Jahre. Die Mikroelektronik galt als Hoffnungsträger, den jedes Bundesland für Standortpolitik nutzen wollte. So wollte das Wirtschaftsministerium Nordrhein-Westfalens in Duisburg ein Mikroelektronik-Institut der Fraunhofer-Gesellschaft aufbauen. Doch nicht nur diese Standortwahl, auch die Suche nach einem Leiter erwies sich als äußerst schwierig. Nachdem in Nordrhein-Westfalen kein Kandidat mehr zur Verfügung stand, kamen Prof. Ernst Lüder aus Stuttgart und schließlich Prof. Seitzer ins Gespräch. Das rief aber sofort die Ministerpräsidenten von Baden-Württemberg, Lothar Späth, und von Bayern, Franz-Josef Strauß, auf den Plan, die bei dieser wichtigen Technologie nicht in Rückstand geraten wollten. Sie wollten nicht nur ihre Experten halten, sondern gleichzeitig mit ihnen eigene Mikroelektronik-Institute aufbauen. Da im BMFT aber mehrere Fraunhofer-Institute nicht durchsetzbar waren, schlugen Baden-Württemberg und Bayern schnell eigene Wege zum Aufbau von Mikroelektronik-Instituten ein.[21] »Bayerns zurückhaltende Linie wich im Verlauf der 80er Jahre einer engagierten Forschungsförderung. Der Freistaat wollte seine führende Stellung in der Mikroelektronik-Industrie, die durch das Engagement der konkurrierenden Bundesländer gefährdet war, unter allen Umständen halten. Da man in Erlangen auf bereits vorhandenes Potential aufbauen konnte und die regionale Wirtschaft von Beginn an ihre Bereitschaft zur Unterstützung des Projekts signalisierte, waren die Voraussetzungen für eine wirtschaftlich und letztlich auch wissenschaftlich erfolgreiche regionale Forschungspolitik überaus günstig«[22], kommentierte der Wissenschaftshistoriker Helmuth Trischler die damaligen Ereignisse.

Damit Erlangen nicht abgehängt und – vor allem – Prof. Seitzer am Standort gehalten werden konnte, kümmerten sich Uni-Präsident Nikolaus Fiebinger, Oberbürgermeister Dietmar Hahlweg und IHK-Präsident Walter Braun um den Ausbau der Mikroelektronik an der FAU. Die entschlossenen Anstrengungen der Region wurden unterstützt vom Bayerischen Kultusministerium, das Seitzer für »unverzichtbar« erklärte und Bleibeverhandlungen einleitete. Ebenso vehement setzte sich das Wirtschaftsministerium, das für die Fraunhofer-Gesellschaft zuständig war, im Bund für den Ausbau der Mikroelektronik in Bayern ein. Da inzwischen auch noch in Itzehoe ein großes Mikroelektronik-Institut gebaut werden sollte, konnte Bayern seine Zustimmung mit den eigenen Ausbauwünschen verknüpfen. So kam mit vereinten Kräften diese Lösung zustande, die – wenn auch nicht direkt – mit Zwischenschritten auf ein Fraunhofer-Institut zusteuerte. Vom notwendigen Ausbau der Mikroelektronik überzeugt, hatte Seitzer die Bleibeverhandlungen nicht für sich, sondern für die Universität und die regionale Wirtschaft genutzt und zwei weitere Lehrstühle durchgesetzt sowie den Aufbau eines Fraunhofer-Instituts in die Wege geleitet. So entstand im Jahr 1985 die Fraunhofer-Arbeitsgruppe für Integrierte Schaltungen AIS mit zwei Teilen. Das AIS-A für Angewandte Elektronik unter der Leitung von Prof. Seitzer und das AIS-B für Bauelementetechnologie, dessen Leitung Prof. Heiner Ryssel gleichzeitig mit dem Stiftungslehrstuhl für Elektronische Bauelemente übernahm. Die Zusammenarbeit mit der FAU wurde durch einen dritten Lehrstuhl für Rechnergestützten Schaltungsentwurf komplettiert, den Prof. Klaus Müller-Glaser besetzte. Mit dem Übergang in die Fraunhofer-Gesellschaft wurde nicht nur die Zukunft gesichert, sondern gleichzeitig eine Wachstumsdynamik ausgelöst, die den Weg zu eigenständigen Instituten ebnete. Das gab Erlangen Perspektiven, sich zu einem Mikroelektronik-Zentrum zu entwickeln, und Dieter Seitzer weitere Gestaltungsmöglichkeiten, die er konsequent nutzte.

Jetzt konnte Seitzer parallel zur Grundlagenforschung am Lehrstuhl in der Fraunhofer-Arbeitsgruppe die Anwendung und Zusammenarbeit mit der Wirtschaft vorantreiben. Wobei der Aufwand für die Entwicklung meist unterschätzt wird, wie Seitzer zu bedenken gibt: »An der Uni waren es für 10 bis 12 Dissertationen etwa 120 Mannjahre, am Institut dagegen über 700 Mannjahre. Wir müssen also mit dem Faktor 10 von der Grundlagenforschung zur Entwicklung rechnen.«

Das einzigartige Echtzeit-Know-how, das Gerhäuser am Lehrstuhl mit aufgebaut hatte, wurde nun in der Fraunhofer-Gruppe systematisch ausgeweitet mit der Entwicklung von Hardware und Testgeräten, die für die Forschungen benötigt wurden.

Aus dem Kreis der Studenten und Mitarbeiter am Lehrstuhl konnte Gerhäuser das Audioteam bei Fraunhofer aufbauen. Die meisten kannten und schätzten sich vom Studium. Einige arbeiteten mit Gerhäuser bereits in der Kontaktstelle für Technologietransfer und später im Zentrum für Mikroelektronik ZMI zusammen. Dort hatte Seitzer drei Abteilungen eingerichtet: Die Abteilung CAD Schaltungsentwurf leitete Richard Hagelauer, die Abteilung Elektronische Systeme/Bildverarbeitung Norbert Bauer und die Abteilung Mikrorechner, in der die Arbeiten zur Audiocodierung durchgeführt wurden, Heinz Gerhäuser. Diese Struktur wurde zur Grundlage der Fraunhofer-Arbeitsgruppe für Integrierte Schaltungen Teil für Angewandte Elektronik.

Von Beginn an war Harald Popp dabei, der nach seinem Diplom von 1982 bis 1984 für die Kontaktstelle an einem Technologietransfer-Projekt zur Kabelfehlerortung für SEBA Dynatronic in Baunach arbeitete und 1985 mit dem ZMI zur Fraunhofer-Arbeitsgruppe kam, um als Projektingenieur im Bereich der Hardware-Entwicklung tätig zu werden. Thomas Sporer arbeitete seit 1985 an der Universität mit, ebenso ab 1987 Bernhard Grill, der Programmierspezialist, der nach seinem Diplom im Jahr 1988 zu Fraunhofer wechselte. Mit Jürgen Herre, Stefan Krägeloh, Hartmut Schott und Ernst Eberlein war die junge Truppe komplett, die sich anschickte, als weltweit erste ein Echtzeit-Audiocodiersystem vorzustellen.

Von der Schellackplatte zur CD

1857 gelang dem Engländer Edouard Leon Scott de Martinville in Paris die erste »mechanische Tonaufzeichnung«. In der Erfinderfabrik Thomas Alva Edisons im Menlo Park bei New York entstand im Jahr 1887 der Phonograph, der sofort großes Aufsehen erregte. Er übertrug die Schallschwingungen über eine Membran auf einen Stichel, der Vertiefungen in eine Walze ritzte. Beim Abspielen tastete der Stichel die Vertiefungen ab und ließ die gespeicherten Worte wiederauferstehen – wenn auch in sehr dürftiger Qualität. Edison sah den Markt für den Phongraphen vor allem in der Geschäftswelt mit Anwendungen als Diktiergerät und Anrufbeantworter. Die Unterhaltungsindustrie war noch unbedeutend. Erst das schleppende Geschäft verschob den Fokus in Richtung Musikabspielgeräte. So standen dann die meisten Phonographen auf Jahrmärkten, in Verkaufsstraßen, Spielhallen und Gaststätten.

Parallel dazu hatte Emile Berliner, ein aus Deutschland in die USA ausgewanderter Erfinder, im Jahr 1887 das Grammophon patentieren lassen, das die Töne auf Platten aufzeichnete. Der Nachteil, dass sich diese Platten nicht besprechen und löschen ließen wie die Walzen, wurde zum Vorteil, weil sich dadurch das Grammophon von vornherein auf den Musikmarkt ausrichtete. Dennoch lieferten sich die beiden Tonträgersysteme Jahrzehnte lang einen heftigen Konkurrenzkampf.
Schon 1897 wurde die Herstellung der Platten auf ein Harz der Lackschildlaus namens Schellack umgestellt. Mit den zerbrechlichen, aber leicht zu vervielfältigenden Schellackplatten entwickelte sich die Tonträgerindustrie erst richtig. Der entscheidende Schritt war, dass mit diesen Tonträgern Musik reproduzierbar wurde. Jetzt ließ sich eine von Caruso gesungene Arie konservieren. Die Musik verlor ihre Flüchtigkeit, die Aufführung ihre Einzigartigkeit. Wie Gutenbergs Erfindung der Druckerpresse mit der massenhaften Verbreitung von Texten und Büchern zu einer Demokratisierung des Wissens führte, machte das Plattenpressen und später die Ausstrahlung über das Radio Musik für jeden verfügbar: Das Orchester kam aus dem Fürstenschloss ins bürgerliche Wohnzimmer und der Volkssänger in die Arbeiterherberge.
Zur Musikbranche gehören seither im Wesentlichen zwei Märkte, der Konzert-Veranstaltungsmarkt und der Tonträgermarkt. Im allgemeinen Sprachgebrauch verwendet man den Begriff Musikindustrie sehr unpräzise, meist meint man allein die dominierende Tonträgerindustrie, oft sogar nur die großen Plattenfirmen, Major-Labels genannt, die den Markt zu über 70 Prozent beherrschen. Die Musikwirtschaft besteht aber aus einem komplexen Gefüge unterschiedlicher Marktakteure wie Künstlern, Veranstaltern, Verlagen und Händlern, die an der Entdeckung, Herstellung und Vermarktung von Musik beteiligt sind. Das reicht hin bis zu Presswerken, Handelsketten, Notenherstellern, Instrumentenbauern und Verwertungsgesellschaften wie die deutsche GEMA, Gesellschaft für musikalische Aufführungs-

und mechanische Vervielfältigungsrechte. Den Plattenfirmen ist es gelungen, das Kerngeschäft, die Entdeckung, Produktion und Vermarktung von Musik, zu steuern und zu kontrollieren. So hat sich die unscharfe Verwendung des Begriffs Musikindustrie verbreitet. Alte Begriffe wie »Phonoindustrie« werden kaum noch verwendet, der Interessensverband der deutschen Plattenfirmen nennt sich Bundesverband Musikindustrie.

Die Tonträgerindustrie hat sich zum Oligopol entwickelt: Wenige große Anbieter, die Major-Labels, die eigene Presswerke und Vertriebsnetze unterhalten, dominieren den Markt. Daneben entstehen immer wieder zahlreiche kleine Plattenfirmen, die Independent-Labels. Sie sorgen für den Durchbruch neuer Musikstile und den Aufbau neuer Künstler. Die Independents bereichern den Markt mit kreativen Impulsen und werden, wenn sich der Massenerfolg abzeichnet, häufig von den Major-Labels aufgekauft. Durch die Fusionen und Aufkäufe führen die Major-Labels meist eine große Vielzahl von Unterlabels, um bekannte Markennamen zu erhalten.

Die Musikindustrie musste im 20. Jahrhundert bereits zwei große Strukturbrüche mit einem grundlegenden Wandel der Produktions-, Distributions- und Rezeptionsbedingungen verkraften. Die erste Revolution in den 20er Jahren beendete die Ära der Musikverlage und beschleunigte den Siegeszug der Radiostationen.

Erst in den 50er Jahren gewann die Tonträgerindustrie mit der Einführung der Vinylplatte wieder die Dominanz über den Musikmarkt zurück.[23] Die Vinylplatte hatte eine bessere Tonqualität, eine längere Spieldauer und war robuster als die alte Schellackplatte. Langspielplatten boten 20 Minuten Musik und hatten für die Plattenfirmen den großen Vorteil, dass die Kunden ein ganzes »Album« kaufen mussten, auch wenn sie nur ein Musikstück haben wollten. Weil die Vinylplatte einfach mit der Post verschickt werden konnte, bekamen auch kleine Labels neue Marktchancen. In den 1950er und 1960er Jahren entstanden die großen Unterhaltungskonzerne, die Musikverlage,

Plattenfirmen, Radiosender und Presswerke unter einem Dach vereinten. So begann eine große Zeit der Tonträgerindustrie. Gemeinsam erschufen Rundfunksender und Plattenfirmen den wirksamsten Katalysator zum permanenten Anheizen des Musikkonsums: die Hitparade. Radiohits wurden Verkaufsrenner, und was sich gut verkaufte, wurde im Radio gespielt. Die Plattenfirmen orientierten sich an den Hitparaden und produzierten, was den Zeitgeschmack traf. Gleichzeitig wuchsen die Nischensparten in die Breite, so dass sich auch neue Genres wie Soul oder Country Music etablieren konnten. In den Wirtschaftswunderjahren entwickelte sich das Musikhören zum zentralen Element einer Jugendkultur, die sich an Jazz und Rock'n'Roll aus den USA orientierte. Die Jugendlichen grenzten sich mit ihren Musikstilen von der Erwachsenenkultur ab und stiegen zur führenden Kundengruppe der Musikindustrie auf. Die Stereoanlage wurde zum wichtigsten Einrichtungsgegenstand vieler Jugendzimmer.

Weil das Geschäft mit den Tonträgern so gut lief, reagierten die Plattenfirmen besonders aggressiv auf die Einführung der Kassettenrekorder Mitte der 1960er Jahre. Tonbandgeräte, die Ton auf magnetisch beschichteten Kunststoffbändern aufzeichnen, hatte die AEG schon 1935 vorgestellt. Sie wurden aber zunächst nur in Rundfunkstudios eingesetzt, um Sendungen zeitversetzt ausstrahlen zu können. Im Zweiten Weltkrieg nutzten Kriegsberichterstatter die Geräte für Reportagen. Die breite Kommerzialisierung fand erst nach dem Krieg für Diktiergeräte und Anrufbeantworter statt. Im privaten Bereich konnten die Tonbandgeräte die Dominanz der Schallplatte nicht antasten. Erst mit der Miniaturisierung zum Kassettenrekorder begann eine ernsthafte Konkurrenz. Ende August 1963 stellte Philips auf der Internationalen Funkausstellung IFA in Westberlin die Kompaktkassette vor. Im Jahr 1964 brachte Philips mit dem EL 3300 den ersten Kassettenrekorder heraus. Das Gerät war handlich, leicht, robust, kompakt und hatte Batterien für den mobilen Einsatz.

Einen völlig neuen Markt eröffneten Ende der 1960er Jahre Kinderkassetten. Hörspielreihen wie »Die drei Fragezeichen«, »Benjamin Blümchen«, »TKKG« oder »Bibi Blocksberg« eroberten die Kinderzimmer. »Kassettenkinder« nannte man diese Generation, die mit den »elektronischen Babysittern« aufwuchsen anstatt mit menschlichen Vorlesern.
1965 wurden erstmals bespielte Kassetten angeboten, 1967 kamen die ersten Stereorekorder heraus. 1968 verbesserte die Dolby-Rauschunterdrückung die Hörqualität der Kassetten entscheidend. Im selben Jahr 1968 stellte Philips das erste Autoradio mit Kassettenteil vor.
Die Kassetten hatten gegenüber den Schallplatten einen weiteren Vorteil, sie konnten Musik nicht nur abspielen, sondern auch aufnehmen. Im Jahr 1976 wurden in Deutschland 110 Millionen LPs und 40 Millionen Musikkassetten verkauft, aber zusätzlich bereits 100 Millionen Leerkassetten, die außerordentlich preisgünstig geworden waren. Die Zuwachsraten waren riesig – und die Folgen enorm: Denn mit den Leerkassetten schufen sich die Jugendlichen ihr eigenes Musikprogramm. Sie stellten ihre Lieblingsmusik zusammen und verschenkten die Kassetten an Freunde. Der Radiorekorder erleichterte das Aufnehmen erheblich. Nun konnte man das »Wunschkonzert« und die »Hits der Woche« einfach auf Kassette speichern. Mit den Doppelkassettendecks wurde das Überspielen und Kopieren kinderleicht.
Manche Künstler und Medienaktivisten sahen eine neue Medienzeit heraufziehen. Denn nun konnten sie ohne Sender und Plattenfirmen eigene Musikträger herstellen und verkaufen. Schon damals entstand eine Gegenkultur, die es mit dem Urheberrecht nicht so genau nahm. Obwohl die Qualität der Kassetten nicht sonderlich gut war und mit jeder Kopie schlechter wurde, nahm das Überspielen zu. Kassetten waren praktisch, konnten einfach mitgenommen und überall – im Auto, im Bus, bei Freunden, in der Schule – abgespielt werden. »In westdeutschen Schulklassen«, so berichtete der *Spiegel* 1977, »ist

es zur Regel geworden, nur noch eine einzige Platte zu kaufen, die sämtliche Schüler kopieren.« Das rief die Plattenindustrie auf den Plan. 1976 soll die westdeutsche Musikindustrie mehr als eine Milliarde Mark durch Kopien verloren haben. Die Musikindustrie überlegte, ob »Störgeräusche« das Mitschneiden und Kopieren verhindern könnten, und verlangte höhere Geräteabgaben. 1980 startete die britische Phonoindustrie die Werbekampagne: »Home Taping is Killing Music – And it's illegal«. Damals begann die Plattenindustrie mit dem Kampf gegen das Kopieren. Dazu gehörte auch die Forderung an die Regierung, für sie protektionistische Maßnahmen durchzuführen.
Die Plattenindustrie war traditionell sehr ablehnend gegen alle technischen Neuerungen eingestellt. Der Grund für diesen technologischen Konservatismus liegt vor allem darin, dass Technologieführerschaft für die Tonträgerindustrie irrelevant ist: Sie konkurrieren um Künstler und die Vermarktung von deren Musikrepertoires. Deshalb stehen die Tonträgerfirmen oft in direktem Gegensatz zu den Geräteherstellern, die ständig neue Geräte auf den Markt werfen, um ihr Geschäft anzukurbeln.
So hatte die Tonträgerindustrie schon in den 1920er Jahren versucht, das Abspielen von Musik im Radio zu verhindern. Alle wichtigen technologischen Innovationen wie das Tonband, die Kompaktkassette und die CD wurden von den Geräteherstellern gegen den ausdrücklichen Willen der Musikindustrie eingeführt. Bezeichnenderweise kamen die technischen Innovationen immer von branchenfremden Unternehmen. So war der Elektrokonzern Philips 1964, als er Musikkassette und Rekorder vorstellte, damals ebenso neu im Musikgeschäft wie 1979 Sony mit dem »Walkman«. Gemeinsam setzten sie Anfang der 80er Jahre die CD in die Welt.
1979 fand die stetige Wachstumsphase der Musikindustrie in der Nachkriegszeit ihr jähes Ende. Der Umsatz fiel um 11 Prozent, für die damalige Zeit ein dramatischer Absturz. Die Tonträgerindustrie geriet in ihre zweite große Krise.[24] Statt über die vielfältigen Ursachen für den Absatzeinbruch nachzuden-

ken, schoben die großen Labels die Schuld vor allem den Kassetten-Kopierern zu. Da sich alles nur darum drehte, das Geschäft mit der Vinylplatte wiederzubeleben, wehrten sich die Plattenfirmen zunächst auch gegen das neue digitale Medium CD.

Die CD – der neue Qualitätsstandard

Mit der Compact Disc stellte die Geräteindustrie Anfang der 80er Jahre ein neues Speichermedium vor, das in wenigen Jahren die analogen Tonträger fast vollständig verdrängte. Kompaktkassetten und Langspielplatten waren schon bald darauf auf Flohmärkten zu finden. Die CD läutete die digitale Ära der Audiotechnik ein. Die mit Aluminium bedampfte, silbern glänzende Scheibe aus Polycarbonat speichert die digitalen Daten auf winzigen Vertiefungen, die mit einem Laser ausgelesen werden. Das optische Abtastverfahren hat den großen Vorteil, dass es berührungslos arbeitet und daher nicht verschleißt. Die digitale Codierung hilft, die Musik sehr genau zu übertragen, und ermöglicht eine anspruchsvolle Fehlerkorrektur, so dass fehlende Bits durch Kratzer, Fingerabdrücke oder Staub korrigiert werden. Das verschafft der CD eine einzigartige Qualität.

Anders als bei der Kompaktkassette hatte sich Philips mit Sony zusammengetan, um einen Standard für den neuen optischen Speicher zu setzen. Die CD sollte nicht viel größer als die so erfolgreiche analoge Kompaktkassette sein und 74 Minuten Musik speichern. So kam der Durchmesser von 12 Zentimetern zustande.

1979 stellte Philips einen Prototyp vor, 1981 folgte auf der Berliner Funkausstellung die öffentliche Präsentation der CD. Im Jahr darauf kamen die ersten CDs und CD-Spieler auf den Markt. Obwohl CDs und Player anfangs sehr teuer waren, stiegen die Musikliebhaber schnell um, weil die CD einen deutlichen Qualitätssprung bot: eine völlig neue Klangqualität ohne Rauschen, Knacken und Knistern, ohne Verzerrungen oder Gleichlaufschwankungen. Außerdem war das CD-Gerät viel einfacher zu bedienen als der alte Plattenspieler.

Die CD-Standards sehen keinen Kopierschutz vor. Warum auch? Anfang der 1980er Jahre, als die Spezifikationen festgelegt wurden, war nicht absehbar, dass es eines Tages CD-Brenner für jedermann zu kaufen geben würde. Damals gab es nichts, auf das jemand die großen Datenmengen hätte überspielen können. Es blieb allenfalls die qualitativ schlechtere Analogkopie auf Audiokassetten.

Mit der CD gelang der Unterhaltungselektronik die bislang erfolgreichste Produkteinführung. Schon im Jahr 1983 waren rund 700 Titel verfügbar. 1987, nur fünf Jahre nach dem Start, wurden weltweit über 16 Millionen CD-Spieler und einige 100 Millionen Silberscheiben verkauft. Allein in der Bundesrepublik wurden 1988 insgesamt 39,2 Millionen CDs abgesetzt. 1989 löste die CD die Langspielplatte endgültig als führendes Medium ab. Den Höhepunkt erreichte die Welle in Deutschland im Jahr 2001 mit 133,7 Millionen verkauften CDs. Seitdem schrumpfen die Absatzzahlen.

Auch die CD wurde von den Plattenfirmen zunächst abgelehnt und sehr zögerlich aufgenommen, weil sie fürchteten, die CD könnte das Kerngeschäft mit den Langspielplatten kannibalisieren. Jan Timmer, damals als Philips-Präsident auch für die Tochter PolyGram verantwortlich, sagte: »Nicht genug, dass die Musikmanager an einer derartig bedeutsamen Innovation desinteressiert waren – mehr noch, sie waren feindlich. Wenn es faule Tomaten gegeben hätte, sie hätten sie bestimmt nach mir geworfen ... Die schlichte Argumentation war: Wir brauchen diese ganze Technologie nicht. In der Musikindustrie geht es nicht um Technologie. Es geht um Inhalte. Es ist der Grove, der zählt. Das haben sie mir zugerufen.«[25] Das riesige Marktpotential, das sich mit der Umstellung von Vinyl auf CDs eröffnete, hatten die großen Labels völlig unterschätzt. Die 80er und 90er Jahre wurden dank der CD zum goldenen Zeitalter der Musikindustrie.

Die CD war ursprünglich nur als Audiomedium gedacht. Doch schnell wurde ihr Potential als allgemeines Speichermedium erkannt. 1985 wurde die CD-ROM (Read Only Memory) als Datenspeicher eingeführt, fünf Jahre später die CD-Recordable, die wiederbeschreibbare CD. Obwohl die CD-ROM mit 650 MByte Kapazität im Disketten-Zeitalter ein wahrer Speicher-Riese war, konnte sie sich nur sehr langsam durchsetzen. Es waren vor allem Computerspiele mit aufwendiger Graphik, die die PC-Hersteller veranlassten, CD-Laufwerke als Standard einzubauen. Lange Zeit konnten Audio-CDs und CD-ROMs von Verbrauchern nur abgespielt oder ausgelesen werden. Erst 1992 kamen CD-Brenner auf den Markt, und erst 1995 wurden sie für jedermann erschwinglich.

Das Hören und die Psychoakustik

Für das Verständnis des wahrnehmungsangepassten Codierens ist es notwendig, die Besonderheiten des menschlichen Gehörs im Detail zu betrachten. Nur wenn man die Grenzen der menschlichen Wahrnehmung kennt, kann man die Möglichkeiten zur Datenreduktion nutzen, ohne die Klangqualität zu beeinträchtigen. Deshalb folgt nun eine kleine Einführung in die komplexen Grundlagen des Hörens und der Psychoakustik:

Unser Gehör ist der aktivste von allen fünf Sinnen und fängt schon im Mutterleib zu arbeiten an. Die Ohren stehen rund um die Uhr auf Empfang – selbst wenn wir schlafen. Die Augen können wir schließen, die Nase zuhalten, Schmecken und Tasten vermeiden, »offene Ohren« brauchen wir aber ständig, denn sie warnen uns vor Gefahren, geben Orientierung und nehmen eine Schlüsselrolle für die menschliche Kommunikation ein. Sie ermöglichen es uns, Sprache zu erlernen, zu sprechen und andere Menschen zu verstehen. Wie elementar das Hören zum menschlichen Zusammenleben und zur Lebensqualität beiträgt, wird uns erst bewusst, wenn es nicht mehr funktioniert.

Der Hörsinn ist der differenzierteste aller Sinne – sensibler, genauer und leistungsfähiger als unser Auge. Er kann zum Beispiel, im Gegensatz zu den Augen, kurz aufeinander folgende akustische Signale relativ deutlich unterscheiden. So sind wir in der Lage, eine riesige Bandbreite von akustischen Reizen wahrzunehmen: laute und leise Geräusche, hohe und tiefe Töne, Musik und Stimmengewirr, Lärm und Stille. Unser Gehör erfasst Töne aus rund 10 Oktaven und kann bis zu 640 Töne unterscheiden und sogar die Richtung angeben, aus der sie kommen. Und noch viel mehr. Es beschränkt sich nicht auf das mechanische Weitergeben der Schallwellen und die Umwandlung in Nervenreize, sondern verarbeitet die Signale, wählt aus, verstärkt, unterdrückt und rekonstruiert sogar, was gar nicht richtig angekommen ist. Man kann die Ohren »spitzen« und die Empfindlichkeit auf bestimmte Sprecher oder Geräuschquellen einstellen. Diese Anpassung an den gerade herrschenden Geräuschpegel ist eine der wichtigsten Eigenschaften des Gehörs. Sie ermöglicht es, Schall mit niedrigem Pegel genauso gut wahrzunehmen wie Schall mit hohem Pegel. Noch einen weiteren Vorteil bringt die Adaption: Hintergrundgeräusche werden zurückgedrängt, gleichsam ausgeblendet.

Nicht im Ohr, sondern im Gehirn findet die Wahrnehmung statt. Hören ist ein sehr komplexer Vorgang, bis aus Tönen und Geräuschen Nervensignale in der Hirnrinde werden. Das Außenohr nimmt Schall auf und leitet ihn durch den Gehörgang ins Innere des Schädels auf das Trommelfell. Die Schwingungen des Trommelfells werden über die Gehörknöchelchen Hammer, Amboss und Steigbügel zum flüssigkeitsgefüllten Innenohr weitergeleitet. Ihre Bedeutung ist zweierlei: Zum einen sorgen sie durch Impedanzanpassung dafür, dass leiser Schall optimal weitergeleitet wird, zum anderen reduzieren sie die Schallweiterleitung bei lauten Schallen, um das empfindliche Innenohr zu schützen. Im Innenohr wandeln die Haarzellen die Schwingungen in neuronale Impulse um, die der Hörnerv über mehrere Vorverarbeitungsstufen ans Stammhirn sendet. Dort werden die Signale zunächst mit den Meldungen anderer Sinnesorgane abgeglichen, insbesondere mit dem Sehsinn. Durch die Vorverarbeitung wird bevorzugt Neues, Lautes und Überraschendes zum Großhirn weitergeleitet, anderes aber gar nicht oder verzögert weitergegeben. Im Großhirn werden die Signale mit Erfahrungen der Vergangenheit, mit Emotionen und Erwartungen an Harmonie von Klängen zu einem Gesamteindruck des Gehörten verarbeitet.

Geräusche, Töne, Klänge und ihre Bedeutung werden von Kind an gelernt und im Gehirn gespeichert. Sie entwickeln eine starke emotionale Wirkung: Musikstücke können zu Tränen rühren oder in Ekstase versetzen. Sanfte Stimmen beruhigen, Geschrei regt auf. Verkehrslärm zerrt an den Nerven, Schnarchen treibt zur Weißglut, Kreischen und Knirschen gehen durch Mark und Bein. Viele Gefahren sind hörbar, noch bevor sie sichtbar werden. Die Urangst vor wilden Tieren ist heute auf die Furcht vor heranbrausenden Autos übergegangen.

Entscheidend für eine Warnung ist das räumliche Hören. Wir können links und rechts, vorne und hinten, oben und unten unterscheiden. Das Richtungshören erfolgt über eine Auswertung der Laufzeit- und der Pegelunterschiede zwischen beiden Ohren, aber auch durch die Auswertung von richtungsabhängigen Klangunterschieden: Durch Reflexion, Abschattung und Beugung an Ohrmuschel, Kopf und Torso klingt ein Schall je nach Einfallsrichtung unterschiedlich. Bewegt man den Kopf, so ändert sich der Klang. Dadurch lässt sich eine Schallquelle besser lokalisieren. Da jeder Mensch anders aussieht, sind diese

»kopfbezogenen Übertragungsfunktionen« höchst individuell. Die zeitliche Verschiebung ist minimal – sie beträgt maximal 0,6 Millisekunden. Doch das Gehirn kann blitzschnell die Geräuschquelle orten. Die Stereophonie nutzt unter anderem dieses Phänomen mit zwei oder mehr Lautsprechern zur Simulation von Raumklang aus. Und das Gehör lässt sich täuschen und ortet Musikinstrumente, wo sich gar keine befinden.

Hörvermögen und Hörfläche

Nicht jede Luftbewegung, die auf das Trommelfell trifft, löst eine Hörempfindung aus. Das menschliche Hörvermögen kann nur Schallereignisse wahrnehmen, die sich innerhalb bestimmter Grenzen von Frequenzen und Schalldruck befinden. Zum Verständnis: Frequenzen bestimmen die Tonhöhe, der Schalldruck die Lautheit.

Tiefste und höchste Frequenz sowie die beiden Schalldruckschwellen – Ruhehörschwelle und Schmerzschwelle – begrenzen die Hörfläche. Die Frequenz bezeichnet die Häufigkeit der Schwingungen pro Sekunde und wird in Hertz (Hz) – oder in Kilohertz (kHz) für 1000 Hertz – angegeben. Das menschliche Gehör kann – je nach Alter und unterschiedlicher Grundempfindlichkeit – Frequenzen von 16 Hz bis über 20 kHz wahrnehmen.

Die beiden anderen Grenzen des Hörens bestimmt der Schalldruck, gemessen in Pascal, der aber meist als Pegelgröße in Dezibel (dB) relativ zum Referenzpegel 20 µPa angegeben wird. Töne und Geräusche werden erst hörbar, wenn sie einen Mindestschalldruckpegel übersteigen. Die untere Grenze der Hörfläche, ab der Töne gerade so eben wahrgenommen werden, wird als Hörschwelle bezeichnet. Sie ist unterschiedlich tief je nach Frequenz. Bei 2 kHz liegt sie bei 20 µPa, das heißt bei null Dezibel. Sie steigt an den Rändern des hörbaren Frequenzbereichs – bei jedem Individuum unterschiedlich – steil an: Ganz tiefe Töne ebenso wie sehr hohe Töne müssen über 100 Dezibel laut sein, damit sie überhaupt gehört werden. Das heißt, die Empfindlichkeit des Gehörs nimmt dort rapide ab. Am empfindlichsten ist es dagegen in dem Bereich, der für das Sprachverstehen wichtig ist. Der liegt zwischen 2 kHz und 5 kHz.

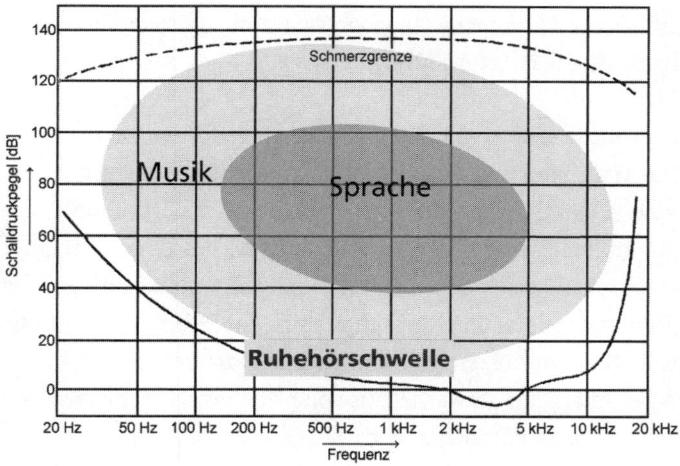

(2) die Hörfläche liegt zwischen Ruhehörschwelle und Schmerzgrenze (Fraunhofer IIS)

Der für Musik wichtige Frequenzbereich ist größer, er reicht von 40 Hz bis 10 kHz. Das zeigt, unser Hörsinn ist spezialisiert auf Sprache, die er in all ihren Feinheiten und in jeder Situation besonders gut wahrnimmt – ob beim Zuruf, am Telefon oder im Café. Die Empfindlichkeit des Gehörs für hohe Töne nimmt mit steigendem Alter ab.

Das Gehör hat einen gigantischen Dynamikumfang: Es kann sehr leisen Schall wie das Rascheln eines Papiers ebenso verarbeiten, wie das Heulen einer Sirene. Töne an der Schmerzgrenze haben einen etwa 100 000 Mal stärkeren Schalldruck als Töne an der Hörschwelle. Die Schmerzschwelle liegt bei

120 bis 140 Dezibel. Bei Dauerschalleinwirkungen ist das menschliche Gehör bereits ab 85 Dezibel gefährdet. Für eine grobe Einordnung: Flüstern hat etwa 20 Dezibel, ein normales Gespräch 50 Dezibel; mit der lauten Unterhaltung ab 60 Dezibel beginnt langsam die Stressgrenze, Verkehrslärm hat 75, ein Presslufthammer oder ein Gewitterdonner 120 Dezibel. Für eine exakte Beschreibung muss man immer auch den Abstand zur Lärmquelle angeben wie zum Beispiel: Presslufthammer bei 1 Meter Entfernung.

Psychoakustik – vom Schalldruck zum Höreindruck

Die Wahrnehmung von Schall findet im Gehirn statt. Es ist eine subjektive Empfindung. Dagegen ist die Schallwelle, die am Trommelfell den Hörprozess auslöst, ein objektiver physikalischer Tatbestand. Die Psychophysik untersucht, wie die Sinneswahrnehmung auf physikalische Reize reagiert. Mit dem Hörsinn befasst sich die Psychoakustik. Sie sucht nach Kennlinien, die das Verhältnis von physikalischen Eigenschaften eines Schallsignals und die daraus resultierenden Hörempfindungen beschreiben. Es geht um die Entschlüsselung der Übertragungseigenschaften des Gehörs, um daraus allgemeine Modelle des Hörvorgangs abzuleiten. Kurz: Wie wird aus Schalldruck ein Höreindruck?

Schallsignale werden über das Außenohr, Mittelohr und Innenohr gefiltert und massiv vorverarbeitet, bevor sie im Gehirn zu einer Hörempfindung werden. Während die physikalischen Größen eines Schallereignisses wie Frequenz oder Schalldruckpegel mit Messgeräten erfasst werden können, müssen die empfundenen Eigenschaften wie Tonhöhe, Klangfarbe oder Lautstärke durch psychoakustische Experimente, das heißt in der Regel durch Hörversuche, ermittelt werden. Dabei gibt es keine einfache Zuordnung der physikalischen mit den psychoakustischen Größen. So hängen die empfundene Lautheit nicht allein vom Schalldruckpegel und die wahrgenommene Tonhöhe nicht nur von der Frequenz ab. Will man also verstehen, wie Musiksignale wahrgenommen werden, reicht eine physikalische Analyse des Schalls nicht aus, wichtiger ist zu verstehen, wie die Schallsignale im menschlichen Gehör verarbeitet werden.

Die Verarbeitung erfolgt in mehreren Schritten. Außenohr und Mittelohr sind so konstruiert, dass Frequenzen zwischen 2 kHz und 5 kHz besonders gut weitergeleitet werden. Das ist der Bereich der größten Empfindlichkeit des Gehörs. Resonanzen im Gehörgang tragen dazu bei. Das Mittelohr kann den Schalldruck abschwächen und störende Frequenzen dämpfen. Aufgrund des Flächenunterschieds von Trommelfell zu Steigbügel-Fußplatte und der Hebelwirkung der Gehörknöchelchen werden die niedrigen Schalldrücke und hohen Auslenkungen der Luft umgewandelt in hohe Drücke und niedrige Auslenkungen am ovalen Fenster des Innenohrs.

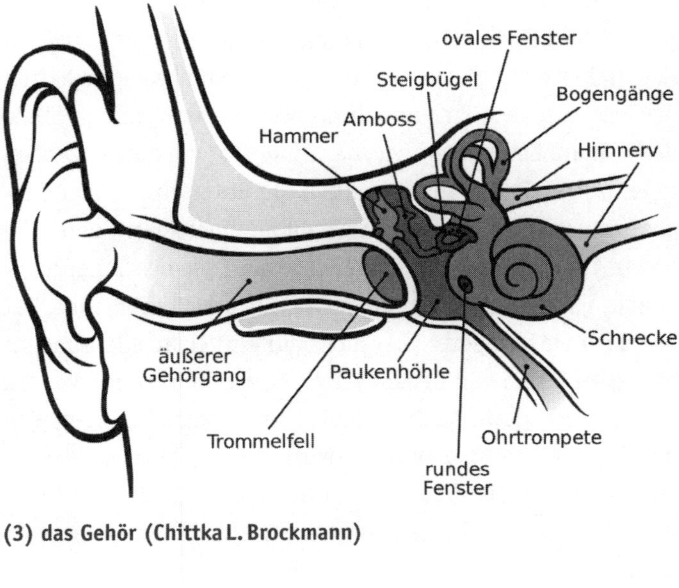

(3) das Gehör (Chittka L. Brockmann)

Die Schwingungen der Steigbügel-Fußplatte lösen in dem mit Flüssigkeit gefüllten Innenohr eine Wanderwelle aus, die durch das Gangsystem der Hörschnecke (Cochlea) läuft. Je niedriger die Frequenzen, desto tiefer können die Wellen in den Schneckenkanal vordringen. Der gewundene Schneckenkanal besteht aus drei Kammern, die durch zwei Membranen getrennt sind. Auf der Basilarmembran befindet sich das Cortische Organ, in dem die Haarzellen – die Rezeptoren – aufgereiht sind. Aus den Haarzellen ragen Haarbündel heraus. Kommt eine Wanderwelle, werden die Haarbündel mechanisch bewegt. Diese Auslenkung löst Impulse in der Haarzelle aus. Es gibt zwei unterschiedliche Haarzellen: Die äußeren Haarzellen erhöhen in Zusammenarbeit mit den Bewegungen der Basilarmembran die Frequenzselektivität, die inneren Haarzellen wandeln die mechanischen Schwingungen in Nervenimpulse um, die über den Hörnerv an das Gehirn weitergeleitet werden. Schneckenkanal und Basilarmembran wirken als mechanisches Resonatorsystem. Da die Breite der Basilarmembran zunimmt, während der Durchmesser des knöchernen Schneckenkanals abnimmt, ändern sich die mechanischen Eigenschaften und damit auch die Schwingungseigenschaften des Systems. Jede Frequenz führt an einer bestimmten Stelle der Basilarmembran zur Resonanz und regt die dort sitzenden inneren Haarzellen an. So werden die unterschiedlichen Frequenzen entlang der Basilarmembran abgebildet: Zuerst die hohen Töne, dann die mittleren und am Ende des Schneckenkanals, ganz innen in der Schnecke, die ganz tiefen Töne. Für jede Frequenz »feuert« aber nicht nur eine Haarzelle, sondern eine ganz Reihe von benachbarten Haarzellen. Je stärker die Erregung ist, desto häufiger feuert eine Haarzelle. Die neuronale Nachbearbeitung des Feuermusters benachbarter Haarzellen verbessert die Frequenzauflösung und kombiniert komplexe Schalle wie Klänge und Geräusche zu »Hörereignissen«.

Zur Entlastung des Gehirns erfolgt bei dieser neuronalen Verarbeitung eine deutliche Reduktion der Datenmenge. Leise, unwichtige Signale werden nicht weitergeleitet. Frequenzen, die zu einer Frequenzgruppe gehören, unterstützen sich und werden gemeinsam überschwellig.

Klangwahrnehmung

In der Musik werden nicht reine Töne erzeugt, sondern Klänge. Sie bestehen aus Grundton und Obertönen und sind harmonisch aufgebaut. Der Grundton hat die tiefste Frequenz. Die Obertöne sind das Vielfache der Frequenz des Grundtons: Wenn also der Grundton 400 Hz hat, haben die Obertöne 800, 1200, 1600, 2000. Das Gehör orientiert sich aber nur an der Tonhöhe des Grundtons, die Tonhöhen der Obertöne nimmt es nicht wahr. Die Obertöne gehen im Grundton auf, machen ihn aber »fülliger« und »farbiger«. Entfernt man jedoch den Grundton, steigt die Tonhöhe nicht auf den nächsten Oberton an, sondern das Gehör ergänzt den Grundton. Dieses Phänomen ermöglicht es, Klänge zu erschließen, die verdeckt sind oder wegen schlechter Übertragungsbedingungen unvollständig ankommen. Es hilft, Musik im Autoradio trotz der Fahrgeräusche oder im Strandcafé trotz schlechter Musikanlage zu erkennen. Telefonieren wäre ohne diesen Trick schwer möglich. Der Grundton einer männlichen Sprecherstimme liegt beispielsweise bei etwa 125 Hz. Das »alte« analoge Telefon überträgt aber nur Frequenzen von 300 bis 3400 Hz. Dennoch »hören« wir den Grundton, weil ihn unser Gehör ergänzt.

Der Hörsinn ist in der Lage, eine Vielzahl von Mustern zu erkennen und zu verarbeiten. So erkennen wir Musikinstrumente an ihrer Klangfarbe, unterscheiden Sprecher an ihrer Stimme oder ordnen Motorengeräusche einem Fahrzeug zu. Wir ergänzen Töne zu einer Melodie und erschließen aus Geräuschen die Quelle. Für den Musikgenuss hält unser Gehör noch einige Besonderheiten bereit: So kann es eine Melodiestimme gut heraushören, auch wenn ihr Schallpegel kleiner ist als der der Begleitinstrumente. Bei lang anhaltenden Tönen gehen die Erregung und damit die Feuerrate der Nervenzellen zurück. Nach einer kurzen Ruhezeit geben sie bei erneuter Anregung besonders starke Impulse ab. Rhythmusinstrumente zeichnet aus, dass sie nur kurze Schläge abgeben und Frequenzbereiche ansprechen, die nicht von den anderen Instrumenten belegt werden – beispielsweise der tiefe Bass in der großen Trommel oder die hohen Töne des Beckens. Die Folge von kurzem Schlag und Pause sorgt dafür, dass Rhythmusinstrumente sehr gut wahrgenommen werden, auch wenn ihr Schallpegel den der anderen Instrumente nur wenig übertrifft.

Dieser kleine Einblick ist nur ein winziger Teil der komplizierten Prozesse, die im Gehirn Klangempfindungen erzeugen, die Menschen tief berühren.

Ansätze für Datenkompression

Musik liegt ursprünglich in analoger Form vor, zum Beispiel als Mikrofonausgangssignal. Dieses ist zeit- und wertekontinuierlich mit im Prinzip beliebig feinen Übergängen – kann also theoretisch unendlich viele mögliche Werte annehmen. Tatsächlich sind diese analogen Audiosignale allerdings durch physikalisch unabänderliche Tatsachen limitiert, wie zum Beispiel durch das Grundrauschen aller analogen Tonträger und Übertragungswege, Inhomogenitäten des Tonbands oder der Rillenbreite der Schallplatte sowie der Trägheit der Plattenspielernadel. Das bewirkt zum Beispiel, dass sehr laute und hohe Töne von der Schallplatte nicht korrekt wiedergegeben werden können. Die Rillenbreite begrenzt insgesamt den maximal aufzeichenbaren Pegel. Bei leisen Signalen treten Störgeräusche aller Art auf, die zum Beispiel durch Materialeigenschaften oder die Elektronik verursacht werden. Hinzu kommen Gleichlaufschwankungen des Plattentellers, die sich in kontinuierlichen kleinen Tonhöhenänderungen niederschlagen und Rumpelgeräusche bewirken, zum Beispiel durch den Antriebsmotor.

Es ist also keineswegs so, dass bei der Digitalisierung von Analogsignalen notwendigerweise Information verloren geht. Die Genauigkeit heutiger Analog-Digital-Umsetzer übertrifft die Limitierungen einer Schallplatte oder eines Analogtonbandgerätes deutlich. Die erforderliche Anzahl an Bits pro Abtastwert, um beispielweise Schallplattenaufnahmen zu digitalisieren, liegt gerade mal bei etwa 10 bis 12 Bits. Die Audio CD verwendet dagegen 16 Bits, ist also in der Lage viel größere Unterschiede von lauten zu leisen Passagen wiederzugeben. Bei der Einführung der CD wurde dies eindrucksvoll demonstriert, beispielsweise mit Tschaikowskis »1812« mit realistischem Pegel des »Kanonenschusses«. Bei einer Schallplatte hätte diese CD-Version entweder bewirkt, dass die Nadel – wegen der großen erforderlichen Auslenkung – in die nächsten Rillen gesprungen wäre, oder dass bei abgesengtem Pegel die leisen Passagen einfach nicht zu hören gewesen wären.

Die Umwandlung für die CD wird mit einer Puls Code Modulation PCM durchgeführt. Dabei wird das analoge Signal 44 100-mal in der Sekunde abgetastet und jeder Abtastwert mit 16 Bit aufgezeichnet. Den Abtastvorgang nennt man auch Sampling, das Zuteilen vom Amplitudenstufen Quantisierung, beide zusammen unterteilen die analoge Schwingung in digitale Werte. Die Digitalisierung von einer Minute Stereomusik erzeugt mit dieser Umwandlung eine Datei, die etwa 10 Megabyte groß ist. Das entspricht einem Datendurchsatz von ungefähr 1411 kbit/s. Zum Vergleich: Typische mp3-Dateien arbeiten mit 192 kbit/s, reduzieren die Datei also auf fast ein

Zehntel ihrer ursprünglichen Größe, die Minute Musik auf etwa 1 Megabyte.

Große Datenmengen konnten wegen technischer Grenzen entweder gar nicht oder nur mit großem Aufwand übertragen und gespeichert werden: Modems für analoge Telefone ermöglichten Anfang der 90er Jahre gerade mal 38 kbit/s, ISDN 2 mal 64 kbit/s, der Digitale Rundfunk DAB forderte weniger als 256 kbit/s. Daher war starke Datenkompression die Voraussetzung für die weitere Digitalisierung.

Die theoretischen Voraussetzungen lieferte Claude E. Shannon, der Begründer der Informationstheorie. Nach Shannons Abtasttheorem reicht es aus, ein bandbreiten-begrenztes analoges Signal mit der doppelten Frequenz des höchsten vorkommenden Tons abzutasten. Da kaum jemand mehr als 20 000 Hz hören kann, kommt man auf 40 000 Hz. So haben Philips und Sony im »Red Book« für Audio-CDs die Abtastfrequenz auf 44 100 Hz festgelegt. Am einfachsten könnte man eine Reduktion der Datenrate durch eine Verringerung der Abtastrate erreichen, wenn man damit nicht in Konflikt mit dem Shannon-Theorem käme. Bei einem viel geringeren Frequenzumfang wie bei der Sprachcodierung kann man auf Abtastraten von 8 kHz heruntergehen, wobei dies deutliche Qualitätseinbußen mit sich bringt.

Verlustlose Datenkompression – Redundanzreduktion

Bei der verlustlosen Kompression können die Originaldaten wieder vollständig rekonstruiert werden. Im Wesentlichen nutzen die Verfahren die Redundanz von Daten aus, das heißt nur mehrfach vorhandene (redundante) Signalanteile werden entfernt. Somit wird der Informationsgehalt nicht geändert. Durch die Redundanzreduktion können zum Beispiel reine Töne sehr effizient codiert werden, ohne dabei Informationen zu verlieren. Diese Redundanzreduktion wird auch bei verlustbehafteten Verfahren eingesetzt, um die im Signal vorhandene Redundanz verlustlos zu reduzieren.

Die Redundanzreduktion kann prinzipiell nicht die notwendigen Kompressionsraten erreichen. Außerdem haben verlustlose Verfahren den Nachteil, dass je nach Signal eine unterschiedliche Kompressionsrate erreicht wird. Viele Anwendungen verlangen aber feste Datenraten. Daher kam der Durchbruch erst mit der Anwendung der psychoakustischen Erkenntnisse, die eine verlustbehaftete Kompression ohne Qualitätseinbußen möglich erscheinen ließen.

Verlustbehaftete Datenkompression – Irrelevanzreduktion

Basis für die verlustbehaftete Datenreduktion ist das wahrnehmungsangepasste Codieren (Perceptual Coding), das insbesondere bei Signalen mit geringer Redundanz eingesetzt wird. Typische Beispiele sind Signale mit hohen Rauschanteilen. Dabei werden die Informationen, die für den Hörer ohne Bedeutung – also irrelevant – sind, reduziert. Je wichtiger die Daten sind, desto genauer werden sie codiert. Durch diese intelligente, gehörangepasste Zuteilung der verfügbaren Bits erreichen verlustbehaftete Verfahren wesentliche höhere Kompressionsraten als verlustlose Verfahren bei trotzdem hoher Audioqualität.

Das Gehör nimmt nicht alle Schallwellen wahr, die ans Ohr dringen, sondern filtert aus, verstärkt und schwächt ab. Wir hören also nur einen winzigen Teil der Signale, die ankommen. Diese Erkenntnisse der Psychoakustik liefern den Ansatz zur Reduktion der Datenrate: Was das Gehör nicht wahrnehmen kann, muss nicht exakt, und was nur eine Nebenrolle spielt, muss nicht in höchster Qualität übertragen werden. Es geht also darum, das Eingangssignal so auszuwerten, wie es im menschlichen Kopf geschieht. Dazu entwickelten die Forscher Modelle, die entscheiden, welche Anteile der

Informationen für den Empfänger wichtig und welche weniger relevant sind.

Maskierungseffekt

Musik besteht nicht aus einzelnen reinen Tönen, sondern aus einer Fülle sich überlagernder Schwingungen. Das Ohr nimmt aber nur einen kleinen Teil davon wahr. So kann der Mensch Töne erst ab einer bestimmten Schwelle, der Ruhehörschwelle, hören. Diese ist unterschiedlich hoch, je nach Frequenz. Alles, was unter dieser Schwelle liegt, kann man nicht hören und kann daher weggelassen werden. In der Audiocodierung ist die Ruhehörschwelle allerdings kaum nutzbar: Der Hörer könnte ja mit dem Lautstärkeregler einfach lauter drehen. Anders ist die Situation, wenn laute Töne ans Ohr dringen: Laute Töne verdecken dann naheliegende leise Töne. Man nennt diesen wichtigsten psychoakustischen Effekt Maskierung.

Die leisen Töne sind nicht mehr hörbar, obwohl physikalisch sehr wohl nachweisbar. So verdeckt Straßenlärm das Vogelgezwitscher, ein durchfahrender Zug die Lautsprecherdurchsage, laute Musik die Gespräche.

Durch diesen Maskierungseffekt nimmt der Mensch bestimmte Töne überhaupt nicht wahr. Die schnelle Anpassung des menschlichen Gehörs an dominante Geräusche führt dazu, dass die Empfindlichkeit für nicht so prägnante Geräusche sinkt. So kann das Gehör bei sehr lauten Bässen nicht gleichzeitig leisere Töne im mittleren Frequenzbereich wahrnehmen. Beispielsweise kann in einer sehr lauten Orchesterpassage die Klarinette vollständig unhörbar sein. Das liegt an der Funktionsweise des Innenohrs: Sehr hohe Töne werden direkt am Anfang des Schneckenkanals detektiert. Tiefe Töne müssen erst durch den gesamten Kanal laufen, bis sie zu Nervenimpulsen führen. Auf dem Weg entlang der Basilarmembran regen die Bass-Schwingungen auch die Nervenzellen für hohe und mittlere Tonhöhen an. Mittlere Töne können diese Mit-Erregung durch die Bässe nur »übertönen«, wenn sie mindestens ebenso stark sind.

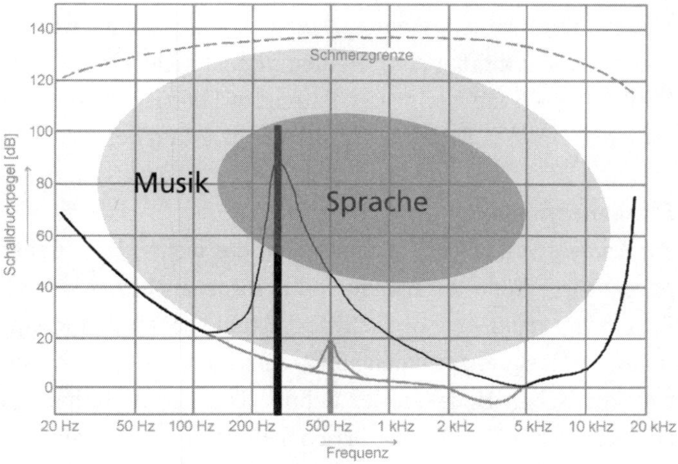

(4) laute Töne verdecken durch Maskierung benachbarte leise Töne

Die Maskierung tritt nicht nur auf, solange der laute Ton dauert, sondern klingt noch eine Zeitlang nach – bis zu 200 Millisekunden. Durch diese Nachverdeckung werden leise Töne nur wahrgenommen, wenn sie einige Zeit nach dem lauten Geräusch auftreten. Kurioserweise erzeugt das Gehirn sogar eine Vorverdeckung, die allerdings sehr kurz ist. Das liegt daran, dass laute Töne nach leisen Tönen diese auf dem Weg vom Ohr zum Gehirn überholen und so verdecken.

Der genaue Verlauf der Maskierungs- oder Mithörschwelle hängt von der Lautstärke der Töne, ihrer Frequenz und ihrem Verhältnis zueinander ab. Wichtig für die Nutzung von Maskierungseffekten ist außerdem die Tonalität: Darunter versteht man die klanglichen Eigenschaften eines Audiosignals:

Ist es ein einzelner Ton, ein zusammengesetzter Klang oder ein Rauschen? Alle Geräusche, die unter der Maskierungsschwelle liegen, nimmt das Gehör nicht wahr. Würde man sie aber einfach nur weglassen, dann wäre dies doch wahrnehmbar: Der gesamte Klangeindruck würde aufgrund der weggelassenen Energie dünn wirken. Frequenzbereiche, die maskiert werden und deshalb unhörbar sind, werden in mp3 nicht einfach entfernt, sondern mit geringerer Datenrate übertragen. Dies eröffnet ein großes Potential für die Reduzierung der Daten.

Frequenzgruppen

Zur Analyse von Schallsignalen nimmt das menschliche Gehör benachbarte Töne zusammen wahr. Diese Nachbarn werden Frequenzgruppen, englisch Critical Bands, genannt. Die Einteilung in Frequenzgruppen spielt eine wichtige Rolle in psychoakustischen Modellen des Gehörs. Eine ganze Reihe psychoakustischer Phänomene lassen sich dadurch erklären. Die Psychoakustik verwendet aber nicht die physikalische Hertz-Skala, sondern die Bark-Skala, die an Frequenzgruppenbreiten angepasst ist. Die Breite der Gruppen nimmt von tiefen zu hohen Frequenzen zu, da die Frequenzauflösung des Gehörs mit steigender Frequenz abnimmt. Die nach Heinrich Barkhausen benannte Skala teilt den Hörbereich von der tiefsten wahrnehmbaren bis zur höchsten Frequenz in 24 Bark ein. Bei der Codierung werden Frequenzgruppen zur Berechnung der Mithörschwellen herangezogen. Würde ein psychoakustisches Modell im Audiocoder aber 24 nicht überlappende Bänder verwenden, gäbe es große Probleme bei Tönen, die genau auf der Grenze zwischen den Bändern liegen. Sie würden in beiden Bändern mit jeweils der Hälfte ihrer Energie wirken. Im menschlichen Gehör bildet sich aber die Frequenzgruppe symmetrisch um diesen Ton, daher liegt die ganze Energie in einem Band. In Audiocodern wird deshalb in der

Regel die psychoakustische Modellierung mit einer höheren Auflösung durchgeführt.

Grundrauschen

Jedes Musikformat – egal ob analog oder digital – enthält, technisch bedingt, einen gewissen Anteil an Grundrauschen. Je geringer der Pegel eines Musiksignals ist, desto weniger unterscheidet er sich von diesem Grundrauschen, bis es schließlich völlig darin untergeht und unhörbar wird. Solche Signale müssen demzufolge nicht übertragen werden. Dies darf nicht verwechselt werden mit der Fähigkeit, leise Töne wiederzugeben. Diese wird bestimmt durch den Dynamikumfang eines Aufzeichnungsverfahrens – also dem maximal möglichen Unterschied von sehr lauten zu sehr leisen Signalen. Für die CD beträgt dieser Unterschied etwa 100 000 : 1, mp3 kann noch mehr, die Schallplatte schafft dagegen nur 1000 : 1.

Hohe Frequenzen

Die Hörfähigkeit der meisten Menschen übersteigt selten 20 kHz. Während Kinder noch so gut hören, sinkt dieser Wert im Erwachsenenalter immer weiter: 30-Jährige hören meist nur noch Töne bis 16 kHz, 40-Jährige in der Regel höchstens 15 kHz und bei 50-Jährigen endet das Hörvermögen meistens bereits bei 12 kHz.

Allgemeiner Aufbau der psychoakustischen Codierverfahren

Grob kann man die Digitalisierung in drei Schritten beschreiben: Abtastung (Sampling), Wertezuweisung (Quantisierung) und Erzeugung der digitalen Zahlenfolge (Codierung).

Nach der Abtastung muss für jeden Abtastwert eine Amplitudenstufe bestimmt werden. Dieser Vorgang wird als Quantisierung bezeichnet. Dabei entsteht ein Rundungsfehler, der umso kleiner ist, je mehr Amplitudenstufen verwendet werden. Die Menge der zur Verfügung stehenden Stufen wird von der Bit-Tiefe bestimmt. Bei der CD beträgt diese zum Beispiel 16 Bit. Damit erreicht man 65 536 Quantisierungsstufen, mit 8 Bit nur noch 256. Je mehr Quantisierungsstufen verwendet werden, desto genauer wird das Signal beschrieben, aber desto größer wird gleichzeitig die Datenmenge. In der graphischen Darstellung entsteht durch das Raster Abtastung/Quantisierungsstufe eine Treppe, die sich der Sinuskurve mehr oder weniger dicht annähert, je nach Abtastrate und Anzahl der Quantisierungsstufen. Je gröber quantisiert werden kann, desto weniger Daten werden erzeugt. Es kommt also darauf an, immer nur so genau zu quantisieren, wie es für die Hörqualität nötig ist.

Weil die Maskierung im Frequenzbereich mehr Gewinn ermöglicht als die Maskierung im Zeitbereich, wird das Signal zunächst in Frequenzkomponenten zerlegt. Für diese Zerlegung können Transformationen wie die diskrete Fouriertransformation DFT oder die modifizierte Cosinustransformation MDCT, aber auch Filterbänke wie die Polyphasenfilterbank oder eine Kombination aus beiden verwendet werden. In der Anfangszeit der Audiocodierung glaubte man zwischen Transformations- und Teilbandcodierung unterscheiden zu müssen, aber gerade mp3 ist ein gutes Beispiel dafür, dass diese Klasseneinteilung aus Sicht der Mathematik unsinnig ist: mp3 verwendet eine Hybridfilterbank, bestehend aus einer Polyphasenfilterbank, welche in der Regel mittels DFT programmiert ist, und einer MDCT, welche bei mp3 als normaler Filter implementiert ist.

Nach dieser Filterung folgt eine Bewertung der einzelnen Codiergruppen. Grundlegende Voraussetzung ist dafür ein psychoakustisches Modell. Oft verwendet das psychoakustische Modell eine eigene DFT, weil so eine genauere Modellierung möglich ist. Es analysiert das Eingangssignal, um die in diesem kurzen Zeitabschnitt gültige Mithörschwelle zu schätzen und dadurch das erlaubte Störgeräusch abzuleiten. In einem weiteren Schritt wird das aus der Filterbank kommende Signal quantisiert, also erst einmal gröber dargestellt, und der dadurch erzeugte Fehler in jedem Frequenzbereich berechnet. Ist der Fehler größer als die erlaubte Störung, dann muss der entsprechende Frequenzbereich feiner quantisiert werden. Der maximale Codiergewinn bei unveränderter Klangqualität wird dann erzielt, wenn die Quantisierungsfehler gerade noch unterhalb ihrer Wahrnehmungsschwelle liegen.

Die Neuquantisierung ist einer der wichtigsten Bearbeitungsschritte, denn mit ihr werden die Ergebnisse des psychoakustischen Modells umgesetzt: Wichtige Spektralanteile werden hoch, unwichtige nur grob aufgelöst. mp3 und der Folgestandard AAC (Advanced Audio Coding) verwenden das nichtlineare Quantisieren. Das heißt, der Stufenabstand ist nicht immer gleich, sondern wechselt – je nach Augenblickswert. Und weil die Quantisierung im Frequenzbereich stattfindet, ist die Stufenhöhe auch bei jeder Frequenz anders. Mit dieser Methode kann die Empfindlichkeit des menschlichen Gehörs optimal nachgebildet werden. Durch die Neuquantisierung entstehen zusammen mit der Entropiecodierung der quantisierten Werte die entscheidenden Codiergewinne.

Vorbehalte zur Datenreduktion

Eine Reduktion der Datenrate kollidierte mit dem klassischen Weltbild vieler audiophiler Menschen. Die Musikästheten fühlten sich um jedes Bit betrogen, das nicht mitgeliefert wurde. Dabei können – bei ausreichender Datenrate – selbst Menschen mit den »goldenen Ohren« keinen Unterschied zwischen CD und der psychoakustisch komprimierten Version heraushören.

Formate wie mp3 und AAC können sogar eine höhere Audioqualität als CD und LP erzielen, da sie einen wesentlich größeren Dynamikumfang abbilden. Während die Langspielplatte nur eine maximale Dynamik von 48 dB und die CD nur 96 dB erreichen, bietet mp3 einen Dynamikumfang von über 384 dB. So bedeutet die richtige Verwendung von mp3 oder AAC keinesfalls eine Verschlechterung des Klangs.

Dennoch wird es immer Audiophile geben, die auf ihren Plattenspieler oder sogar auf den besonderen Sound der uralten Röhren schwören. Sie vermissen bereits an der CD das leichte Rauschen und Knistern der Vinylplatte. Aber auch das ist nicht Musik pur wie im Konzertsaal, sondern durch Aufnahme-, Speicher- und Wiedergabetechnik geprägt. Genaugenommen ist jede Schallaufnahme im Vergleich zum Live-Erlebnis verlustbehaftet und jedes Aufnehmen und Abspielen durch die jeweilige Gerätetechnik geformt. Jede Technik hinterlässt Spuren im wiedergegebenen Klang. Der Wechsel von analog zu digital ist nicht der Sprung von natürlich zu künstlich, der hat bereits stattgefunden bei der ersten Musikaufzeichnung.

Eine wesentliche Beschränkung war zum Beispiel die Einkanaligkeit: Der Klang wurde an einem Punkt im Raum aufgefangen und auch wieder an einem Punkt im Raum wiedergegeben. »Mit der Langspielplatte kam Stereo in die Welt, und der Mensch begann sich daran zu gewöhnen, dass Tonkonserven so klingen, als ob der Schall durch zwei kleine Fenster zu hören wäre«[26], erklärt Thomas Sporer. Die Menschen lernten aber das so verstümmelte Klangfeld zu verstehen und in einzelne Klangquellen aufzulösen. Doch das funktioniert nur, wenn wir von beiden Fenstern ähnlich weit weg sind, uns also im »Sweet-Spot«, der optimalen Hörzone, befinden. In der Natur kommt Schall aus allen Richtungen und nicht nur aus den zwei oder fünf Richtungen, in denen sich Lautsprecher befinden.

Mit der Digitalisierung von Klängen begann der Kampf um Bandbreite, Dynamik und Rauschabstand von neuem. Durch zeitliche Abtastung und digitale Aufzeichnung der Amplitudenwerte kann man wesentlich genauer aufzeichnen als mit analogen Geräten. Leider macht diese Genauigkeit Nebengeräusche hörbar, die früher im analogen Rauschen verschwanden. Die Versuche, solche Nebengeräusche durch viele und nah platzierte Mikrophone zu vermeiden, erzeugten unnatürlich sterile Aufnahmen mit zu viel Dynamik. Weil kleinste Unterschiede bei der Musikproduktion für jeden hörbar wurden, wünschte sich mancher Musiker die wunderbare Gelassenheit der analogen Welt zurück.

Musikhören ist immer eine subjektive Empfindung, die vom Raum, den Wiedergabegeräten und den Erwartungen geprägt ist. In der Regel bestimmen Lautsprecher oder Kopfhörer stärker die Hörqualität als das Datensignal. Die Digitaltechnik hat inzwischen eine so hohe Leistungsfähigkeit erreicht, dass nur noch eine Minderheit weiterhin auf Analogtechnik setzt.

Karlheinz Brandenburg und der technische Durchbruch

Im Jahr 2000 wechselte Karlheinz Brandenburg von Erlangen nach Ilmenau, um an der Technischen Universität Ilmenau den Lehrstuhl Elektronische Medientechnik zu übernehmen. Ilmenau liegt knapp zwei Stunden Autofahrt von Erlangen entfernt, seit neue Autobahnen Bayern mit Thüringen verbinden. Wer den Rennsteigtunnel von Oberhof durchquert hat, sieht bald unten im Tal der Ilm die Goethe- und Universitätsstadt liegen. Die große Bedeutung der Universität erkennt man daran, dass bei insgesamt 26 000 Einwohnern über 7000 Studenten an der Technischen Universität eingeschrieben sind. Brandenburg hat neben seinem Lehrstuhl das Fraunhofer-Institut für Digitale Medientechnologie IDMT aufgebaut, das seit ein paar Jahren direkt auf dem Campus der Universität in einem neuen, modernen Gebäude untergebracht ist. Thomas Sporer, der an der Erlanger Universität als Student beim Doktoranden Brandenburg begann, ist inzwischen stellvertretender Institutsleiter am Fraunhofer IDMT und Professor an der Universität der Künste in Berlin.

Anfang Januar 2014 hat es endlich mit einem Besuchstermin in Ilmenau geklappt. Brandenburg begrüßt mich in dunklem Hemd und heller Krawatte, der Laptop ist aufgeklappt, und der schwarze Rucksack liegt startbereit – immer auf dem Sprung zum nächsten Termin, zur nächsten Dienstreise. Trotzdem beantwortet er freundlich und geduldig die immer wieder gleichen Fragen zu den unvergesslichen Zeiten, in denen er sich als junger Student in eine Aufgabe stürzte, die kaum lösbar erschien. Dabei war er damals zusätzlich noch »sehr aktiv« bei den evangelischen Pfadfindern. Alles, was ein Manager können muss, sagt er, habe er damals gelernt. Die tiefen Wurzeln der christlichen Ethik haben ihm geholfen, manche Stürme des beruflichen Lebens zu überstehen. Man spürt seine Bescheidenheit und Disziplin, das Festhalten an Aufgaben, gerade wenn sie schwierig sind, und die Begeisterung für seine Profession. Die größte Überwindung in seinem beruflichen Werdegang sei es gewesen, sagte er einmal, sich an die förmliche Kleidung zu gewöhnen. Aber auch das hat er geschickt gelöst, so dass aus dem seriösen Professor immer noch ein bisschen der unkonventionelle Student hervorlugt.

(5) Karlheinz Brandenburg (Fraunhofer IDMT/ Stefanie Theiß)

Brandenburg studierte an der Erlanger Universität Elektrotechnik und Mathematik und schloss sein Doppelstudium 1980 mit dem Diplom in Elektrotechnik und 1982 in Mathematik ab. Brandenburg erinnert sich: »Schon in meinem Studium habe ich beispielsweise an dem digitalen Signalprozessor programmiert, den Heinz Gerhäuser im Rahmen seiner Promotion entwickelt hat. Und in meiner Diplomarbeit hatte ich mich mit der Adaptiven Transformationscodierung beschäftigt, die von Rainer Zelinski und Peter Noll am Heinrich-Hertz-Institut HHI für die Sprachcodierung entwickelt worden war. Dann gab es ein Experiment, bei dem wir dieses Verfahren auf Musik anwendeten – und das hat ganz gut geklungen.« Also schien es doch nicht völlig ausgeschlossen zu sein, Seitzers Patentidee in die Realität umzusetzen. Und Brandenburg nahm die Herausforderung an, nach einer Lösung zu forschen. Seitzer erklärte Brandenburg auf einem Zettel in wenigen Sätzen, was die Aufgaben seiner Doktorarbeit seien: »Hier haben wir 1,4 Megabit pro Sekunde für die CD und 64 Kilobit pro Sekunde fürs Telefon. Wie weit können die Daten ohne Qualitätsverlust reduziert werden? Welche Qualität ist bei welcher Bitrate möglich?« Mit diesen Vorgaben begann Brandenburg 1982 mit den grundlegenden Arbeiten zur Musikcodierung. Er war selbst skeptisch, ob man auch noch bei 64 Kilobit hohe Qualität erreichen könne. Denn das hieße ja, die Datenrate einer CD auf über ein Zwölftel zu schrumpfen – ohne Qualitätsverlust. Aber der 28-jährige Doktorand war überzeugt vom Potential der digitalen Datenkompression und stürzte sich begeistert in die Erforschung der wissenschaftlichen Grundlagen. In den ersten vier Jahren kam er sehr langsam voran, denn er musste zuerst eine Infrastruktur an der Universität aufbauen. Dazu gehörten nicht nur Testlabore mit spezieller Ausrüstung, sondern vor allem auch ein leistungsfähiger Computer, denn die Codierverfahren konnten ja nur im Computer simuliert werden. Damals brauchte man allerdings für zwanzig Sekunden Musik oft eine ganze Nacht Rechenzeit – und der Lehrstuhl hatte nur einen einzigen Computer. Den brauchten aber alle. »Ich hatte als Doktorand keinen Zugriff auf die Rechenkapazitäten. So ging es erst richtig los, als wir den neuen Minicomputer HP 2100 an der Uni hatten«, berichtet Brandenburg. »Da konnte man zwar Analog-Digital-Umsetzer anschließen, aber keine Musik überspielen. Ich habe dann einige Wochen damit verbracht, in die Assembler-Programmierung dieses Computers einzusteigen und einen Treiber zu schreiben, mit dem Musik rein- und rausgebracht werden konnte.«

Bis in die 80er Jahre waren nur gut ausgestattete Forschungseinrichtungen wie die Bell Labs, die MIT Lincoln Labs in den USA oder auch das Thomson Corporate Research Labor in Hannover mit leistungsfähigen Großcomputern ausgestattet, mit denen Musik codiert werden konnte. Auch sie benötigten für 10 Sekunden Musik zwei Stunden Rechenzeit. Brandenburg hatte in Erlangen nur einen Minicomputer zur Verfügung und brauchte doppelt so lange. Dabei musste er jede Verfahrensoptimierung an zahlreichen Musikstücken ausprobieren, genauer: an Musiksequenzen von wenigen Sekunden Länge. Man kann sich vorstellen, wie langwierig und nervtötend das war: Immer wieder 15 Sekunden Musik auswählen, dann fünf Stunden im Computer rechnen, bis das Ergebnis zu hören war. Er arbeitete an den Grenzen des technisch Möglichen; und das war auch der Grund, warum so wenig andere daran forschten. Rechenzeit war der eine Flaschenhals, der andere, dass es keine Test- und Messgeräte gab. Eigentlich fehlte es an allem. So ging Brandenburg eines Tages in einen Erlanger Plattenladen und kaufte für 1000 Mark CDs. Die große Bandbreite unterschiedlicher Musik war nötig, weil die Codierung bei jedem Musikstück gut funktionieren muss. Hörtests waren unabdingbar, denn nur reale Hörer konnten bestimmen, wie nahe die komprimierte Version dem Original kam.

Seitzer gelang es mit Unterstützung von Brandenburg schließlich, bei der Deutschen Forschungsgemeinschaft DFG Fördermittel zu erhalten. Damit konnte Brandenburg eine Schallkabine einrichten, Lautsprecher und Kopfhörer anschaffen. Er nutzte die Zeit, die der mühsame Aufbau der Infrastruktur verschlang, für umfangreiche Literaturrecherchen und das Studium der Theorien zur digitalen Audiocodierung. Wie viele Doktoranden sammelte er erst einmal alle Informationen, die er finden konnte, und zapfte alle Quellen an, um so tief wie möglich in das Forschungsgebiet einzudringen. Dabei konnte er auf die breite Wissensbasis und Erfahrung der Kollegen in Erlangen, aber auch in anderen Einrichtungen zurückgreifen. »Die Idee, Psychoakustik einzubringen, war nicht allein meine Idee, das lag damals in der Luft, daran haben auch andere gearbeitet«, sagt Brandenburg. In Deutschland hatten vor allem Pioniere wie Feldtkeller und Zwicker die Kenntnisse über die Funktionsweise des menschlichen Hörens erweitert. Zwicker konnte mit seinem Funktionsmodell so unterschiedliche psychoakustische Phänomene wie Maskierungseffekte, Mithörschwellen oder die Empfindung von Lautheit, Rauheit und Tonhöhe erklären. Für die Datenkomprimierung waren vor allen die Maskierungseffekte wichtig. Sie beschreiben das Phänomen, dass laute Töne benachbarte leise verdecken, die deshalb vom Gehör nicht wahrgenommen werden.

Bis Ende der 70er Jahre wurde hauptsächlich an Sprachcodierung geforscht, denn hier war der Bedarf groß. Für die Telefongesellschaften war die Verbesserung der Sprachübertragung elementar. Deshalb hatte der nordamerikanische Telekommunikationskonzern AT&T dazu Forschungskapazitäten in den Bell Laboratories aufgebaut. Dort spielte Harvey Fletscher eine herausragende Rolle bei der Erforschung der Psychoakustik. Er hatte das Audiometer, ein diagnostisches Gerät zur Bestimmung der Hörfähigkeit, erfunden, die Theorie der »critical bands« formuliert und gilt als einer der Pioniere der Stereophonie. Schon Ende 1967 hat Manfred Schroeder, der für die gesamte Akustikforschung an den Bell Labs verantwortlich war, zusammen mit Bishnu Atal für die Sprachkompression das »Linear predictive coding LPC« erfunden und bis 1984 zum »Codebook excited linear prediction CELP« weiterentwickelt. Dieses Kompressionsverfahren zeichnete sich bereits durch eine gute Sprachqualität aus. 1979 veröffentlichten Atal und Schroeder gemeinsam mit Joseph Hall einen vielbeachteten Artikel: »Optimizing Digital Speech Coders by Exploiting Masking Properties of the Human Ear« (Verbesserung von Sprachcodern durch Verwendung von Maskierungseffekten des menschlichen Gehörs). Darin legten sie dar, dass der beste Weg, das Rauschen in Sprachcodern loszuwerden, nicht darin liege, es zu reduzieren, sondern unter dem Signal zu verstecken. Die Erkenntnis, dass man Störgeräusche gar nicht mit allen Mitteln verhindern, sondern nur unter die Mithörschwelle bringen muss, brachte die Forschung an Codierverfahren erheblich voran.

Etwa zur gleichen Zeit arbeitete Michael Krasner an den MIT Lincoln Labs an einer Dissertation zum Thema »Digital Encoding of Speech and Audio Signals Based on a Perceptual Requirements oft the Auditory System«. Er kam bei seinen Untersuchungen zum Schluss, dass man das Signal wie im Gehör in 24 critical bands (Frequenzgruppen) einteilen sollte. Wenn in jeder dieser Frequenzgruppen das Rauschen unter die Maskierungsschwelle gedrückt werde, sei kein Rauschen hörbar.

In Deutschland hatten Rainer Zelinski und Peter Noll vom Heinrich-Hertz-Institut HHI im Jahr 1977 mit der Adaptiven Transformationscodierung von Sprachsignalen (Adaptive transform coding of speech signals) ATC ein Verfahren zur Datenreduktion von Sprachsignalen vorgestellt, das für Brandenburg den Einstieg in die Audiocodierung lieferte. Anfang der 80er Jahre begannen auch in Deutschland Forschungsaktivitäten zur Musikcodierung. Detlef Krahé von der Universität Duisburg, der mit Telefunken zusammenarbeitete, hatte gemeinsam mit einer kleinen Gruppe im Thomson Corporate Research Labor in Hannover, die von Ernst F. Schröder geleitet wurde, ein Codierverfahren entwickelt. Außerdem fanden an der Universität Hannover am Lehrstuhl von Prof. Hans-Georg Musmann Forschungen zu Kompressionsverfahren statt. Von dort unterstützte vor allem Bernd Edler die Erlanger Forschungsarbeiten und lieferte wichtige Hinweise und Lösungsvorschläge bei schwierigen Problemen.

Trotz der langsamen Fortschritte publizierte Brandenburg gemeinsam mit Seitzer schon 1982 ein erstes Papier über seine Forschungen. Sie hatten das Sprachcodierverfahren ATC auf den von Gerhäuser entwickelten Signalprozessor implementiert und so ein erstes Echtzeitsystem zum Laufen gebracht. »Wir hatten gleich zu Beginn ein Echtzeitsystem, zwar noch nicht in CD-Qualität und mit wenig Neuem, aber damit waren wir allen anderen auf der Welt einige Zeit voraus«, erinnert sich Brandenburg. 1983 folgte ein weiterer Beitrag in einer internationalen Fachzeitschrift. Dadurch wurde Philips aufmerksam und startete eigene Forschungsaktivitäten zur Audiocodierung. Auch das Institut für Rundfunktechnik IRT, das Forschungsinstitut aller öffentlich-rechtlichen Rundfunkanstalten Deutschlands mit Sitz in München-Freimann, war in die Entwicklung von Codierverfahren eingestiegen. Die wachsende Zahl von Veröffentlichungen zeigte Brandenburg, dass sich viele neue Ansatzmöglichkeiten ergaben. Doch so richtig kam er in den ersten vier Jahren nicht voran: »Die neuen Ideen haben überhaupt nichts gebracht.«

Erst im Februar 1986 hatte Brandenburg sein Heureka-Erlebnis. Der Geistesblitz überfiel ihn nach einer Woche intensiven Schreibens an einem Statusbericht über das Forschungsgebiet. »Das hat mich dazu gezwungen, alles noch einmal gründlich zu überdenken«, erinnert er sich an den genialen Augenblick. Auf einmal war ihm klar, dass er das Problem ganz anders angehen musste: »Wir müssen die bekannten Ideen völlig neu zusammenfügen und damit etwas machen, was die Anwendung der adaptiven Transformationscodierung, die wir bisher betrieben hatten und die ganz klare Schwachstellen hatte, umgehen kann.« Seine Grundidee bestand darin, ein Verfahren zu entwerfen, das sich in Wiederholungsschleifen selbst optimiert. Der Trick besteht also darin, die psychoakustischen Erkenntnisse wie Maskierungseffekte erst einmal rigoros anzuwenden und in einem ersten Schritt die Signale in allen Frequenzbereichen radikal zu beschneiden, um in weiteren Schritten die Stellen mit hörbaren Störungen wieder zu optimieren. »In der Sprachcodierung war gerade die Methode Analysis by Synthesis aufgetaucht, bei der in mehreren Iterationsschleifen das rekonstruierte Signal an das Original angenähert wird«, erklärt Brandenburg die Methode, die »die Flexibilität brachte, eine Menge weiterer Ideen einzubauen«. So entwickelte er das Konzept von zwei iterativ arbeitenden Schleifen. Die äußere Schleife hat die Aufgabe, die Störgeräusche auf einem Minimum zu halten, die innere Schleife quantisiert nach diesen Vorgaben neu und verbessert so die Bitratenzuweisung. Diese Schleifen werden mehrmals durchlaufen, die Qualität also mehrfach überprüft und schrittweise an die optimale Lösung angenähert.

Um die Idee von der Optimierung mit Iterationsschleifen umsetzen zu können, musste Brandenburg in das System ein Messverfahren einbauen, das ähnlich wie das menschliche Gehör Störungen feststellt und sich so lange optimieren lässt, bis keine Störung mehr hörbar ist. »Das Ohr nachzubilden war die große Leistung von Herrn Brandenburg. Das hat uns sehr schnell vorangebracht«, würdigt der Doktorvater Dieter Seitzer diese Methode als wichtigen Meilenstein für die Entwicklung der Musikcodierung.

Auch die Idee zur »Bitsparkasse« hatte Brandenburg bereits damals entwickelt. Dabei werden Bits, die in einem Datenpaket (Frame) nicht benötigt wurden, weil nur sehr grob quantisiert werden musste, an die nächsten Frames weitergeleitet, so dass man an kritischen Stellen mehr Bits zur Verfügung hat und feiner quantisieren kann.

Brandenburg stürzte sich sofort in die Arbeit, um seine Ideen auszuprobieren. Nach ein paar Experimenten beschloss er, einen neuen Algorithmus zu entwickeln. Er nannte ihn OCF für Optimalcodierung im Frequenzbereich (Optimum Coding in the Frequency Domain). Nach einer Woche fieberhaftem Rechnen und Testen wusste er, dass sein neuer Ansatz grundsätzlich funktionierte. »Dann habe ich handschriftlich, wie es damals üblich war, auf zwei, drei Seiten Herrn Seitzer das Machbarkeitskonzept gegeben mit dem Hinweis: Ich denke, wir haben ein neues Verfahren im Rennen um die beste Musikcodierung.« Dieses Konzept wurde zur Grundlage für sein erstes Patent, das er bald darauf auf die dringende Empfehlung von Dieter Seitzer anmeldete. Das war der Beginn einer grandiosen Erfinderkarriere. Bis heute hat Brandenburg rund 100 Patente angemeldet.

Karlheinz Brandenburg hatte in Zusammenarbeit mit dem Fraunhofer-Team einen Weg gefunden, um die Daten viel stärker zu komprimieren als mit allen bisherigen Verfahren – ohne hörbaren Qualitätsverlust. Ob das allerdings schon der Durchbruch war, wusste niemand, noch war alles reine Computersimulation.

Im Jahr 1986 trugen Brandenburg und Seitzer ihre Ergebnisse auf Konferenzen vor und publizierten erste Tagungsberichte. Die Reaktionen waren ernüchternd. Sie sollen erst einmal beweisen, dass das Verfahren überhaupt funktioniere, kritisierten die einen. Die anderen hielten die Arbeiten für überflüssig, weil es überhaupt keinen Bedarf für Datenkompression gäbe. Wieder einmal wurde klar: Sie kamen einfach zu früh mit ihren Ideen. »Selbst wohlgesonnene Forscherkollegen hielten mich für einen Spinner, wie einer mir später in einem Brief gestand«, lacht Seitzer heute. Das Unverständnis der Wirtschaft erlebte er ganz direkt bei den benachbarten Grundig-Entwicklern, die sich nicht vorstellen konnten, wie die komplizierte Elektronik jemals in einen Kassettenrekorder passen sollte. »Wenn die Mikroelektronik die Fortschritte macht wie geplant, dann kriegen wir das da rein. In zehn Jahren geht das alles auf einen Chip«, hielt ihnen Seitzer damals entgegen. Doch die Gerätehersteller setzten weiterhin auf die alte analoge Technik.

Die Forscher wollten nun jedoch erst recht beweisen, dass sie auf dem richtigen Weg seien, und begannen mit intensiven Tests und der Weiterentwicklung ihres Konzepts. Während dieser Testphase wendeten sie erste Codiermethoden an und verbesserten sie Schritt für Schritt. Dabei setzten sie auch Konzepte und Werkzeuge ein, die von anderen Experten in der Sprachcodierung entwickelt worden waren. Dass Brandenburg jedem Hinweis nachging, erwies sich als außerordentlich hilfreich. Einmal hat er einen Fachartikel falsch verstanden und daraufhin etwas ausprobiert – und es hat überraschenderweise funktioniert. Entscheidend war in dieser Phase das Experimentieren. Beim Testen erwies sich dann schon, welcher Weg wirkliche Fortschritte brachte.

Die Forschung an der Musikcodierung beruhte im Prinzip auf einer langen Serie von Tests, die aus Experiment, Analyse und Optimierung bestanden. Problem war, dass die Tests unendlich viel Zeit verschlangen. Jeder Reduktionsschritt führte zu Mängeln, die in Hörtests mühsam identifiziert werden mussten. »Die Codierung hat zwei Stunden gedauert; und dann brauchten wir noch einmal vier Stunden für die Analyse«, erzählt Brandenburg. Um die Gründe für die Störungen herauszufinden, wurde das in den Frequenzbereich umgewandelte Signal sehr systematisch analysiert. »Ich war immer erst zufrieden, wenn wir in den Messwerten etwas gefunden hatten, das zur Theorie aus der Psychoakustik passte«, erklärt Brandenburg die Vorgehensweise. So war auch letztlich seine Dissertation aufgebaut, bei der es nicht nur um ein Verfahren für hochwertige Musikcodierung ging, sondern auch um dessen Qualitätsbeurteilung.

Die unendlichen Hörtests waren ein Problem. Brandenburg und seine Fraunhofer-Kollegen lernten zwar sehr schnell, auch kleinste Störungen herauszuhören, die durch die Codierung verursacht wurden. Da sie wussten, worauf sie achten mussten, konnten sie Artefakte bemerken, die ungeübte Hörer gar nicht wahrnahmen. Allerdings hat hier jeder Hörer eine andere Empfindlichkeit: Was den einen quält, kann den anderen völlig ungerührt lassen. Für einen groben Vergleich reichen halbwegs musikalische Hörer aus, exakt beurteilen können die Unterschiede nur Menschen mit »goldenen Ohren«. Nur sie haben das absolute Gehör und können die Höhe eines Tones genau bestimmen, ohne dafür zum Vergleich einen Eichton von der Stimmgabel hören zu müssen. Das können viele Komponisten und Musiker, aber bei weitem nicht alle. Daher ist es nicht leicht, Menschen mit »goldenen Ohren« zu finden. Vor allem aber sind sie nicht beliebig verfügbar. »Kann man kein Testverfahren entwickeln, das genauso präzise jede Stelle erkennt, die schlechter als das Original klingt?«, fragte sich Brandenburg und programmierte auf dem Computer ein FORTRAN-Messprogramm, das die »goldenen Ohren« nachbilden sollte. Er nannte es NMR für Noise-to-Mask Ratio, weil es den Abstand zwischen dem Störsignal und der errechneten Mithörschwelle bewertet. Brandenburg hatte nämlich erkannt, wenn das Rauschen in jedem Teilband unter die jeweilige Mithörschwelle gebracht wird, ist es nicht hörbar. Das heißt, dass man je nach Höhe der Mithörschwelle mehr oder weniger Rauschen unterbringen kann. Obwohl dieses gehörangepasste Messverfahren mit einem reduzierten psychoakustischen Modell arbeitete, sollte es alle relevanten Störungen erkennen. »NMR ist das Tool, das es uns ermöglicht hat zu analysieren, was unsere Audiocodecs wirklich machen«, erinnert sich Thomas Sporer, der an dem Programm mitgearbeitet hat.

Hartmut Schott vom Fraunhofer-Audioteam baute mit diesem Programm auf einem Atari Computer ein praktikables Messgerät. Der Atari war zwar ein Spielecomputer, aber damals der erste Heimcomputer, der überhaupt Graphik verarbeiten konnte. »Das System konnte die Größe der Störung und den Abstand zur Maskierungsschwelle graphisch darstellen. Hat die Störung die Maskierungsschwelle überschritten, schaltete die Ampel von Grün auf Gelb und Rot um«, erinnert sich Gerhäuser. »So hatten wir ein – weltweit einmaliges – sehr praktisches Messgerät. Bevor Brandenburg zu AT&T ging, haben wir das Nikil Jayant, dem damaligen Leiter der Audioforschung an den Bell Labs, in seinem Labor vorgeführt, und der war total begeistert. Das hat sicherlich auch zu unserem Renommee beigetragen.« Dieses erste Messgerät wurde von Schott, Eberlein, Krägeloh und Sporer zu einem wichtigen Werkzeug für die Optimierung der Echtzeitcodierung ausgebaut. Später hat dann der Mitarbeiter Michael Keyhl die Firma OPTICOM ausgegründet, um solche Messgeräte auf den Markt zu bringen. Thomas Sporer hat das Verfahren in seiner Dissertation an der Universität Erlangen weiterentwickelt. Ende der 90er Jahre arbeiteten Brandenburg, Sporer und Keyhl in einer Expertengruppe der Internationalen Fernmeldeunion (International Telecommunication Union) ITU mit, die den Standard PEAQ (Perceptual Evaluation of Audio Quality) zur objektiven Messung der wahrgenommenen Audioqualität entwickelte.

Das damals weltweit erste Messgerät zur Beurteilung der subjektiven Qualität codierter Audiosignale half den Erlanger Forschern außerordentlich. »Nun konnten wir bei immer weniger Bitraten prüfen, ob der Fehler unter der Hörschwelle blieb«, erklärt Seitzer. Auch andere konnten damit ihre Entwicklungsprozesse erheblich beschleunigen.

Außerdem zweifelte Brandenburg am Sinn der Übertragung von hohen Frequenzen. Er wusste aus vielen Hörtests, dass auch gute Testhörer keinen Unterschied bemerken, wenn ein komplexes Musiksignal ohne die hohen Frequenzen über 16 kHz übertragen wird. Letztlich entsteht beim Hörer ein Gesamteindruck, und nur der muss mit dem Originaleindruck verglichen werden. Also könne man theoretisch bei 16 kHz aufhören, mp3 allerdings unterstützt bis zu 20 kHz. Das Nachfolgeverfahren AAC unterstützt auch höhere Abtastfrequenzen wie 96 oder 192 kHz und kann damit auch für den Menschen irrelevante Audiosignale bis zu 40 kHz und darüber hinaus übertragen. Dies verbessert zwar nicht die wahrgenommene Musikqualität, führt aber zu deutlich beeindruckenderen Zahlen in den Verkaufsprospekten. Brandenburg spricht von einen »Bandbreiten-Mythos«, wenn kritisiert wird, dass man die hohen Frequenzen nicht einfach abschneiden dürfe, denn für den Höreindruck spielen sie keine Rolle.[27]

In Zusammenarbeit mit den Fraunhofer-Kollegen konnte Brandenburg das psychoakustische Modell verfeinern, den OCF-Algorithmus ständig verbessern und die Architektur des Verfahrens perfektionieren. »Als Erster habe ich in meiner Doktorarbeit ein Blockschaltbild mit vier Grundblöcken entworfen, wie so ein filterbasiertes Audioverfahren aufgebaut ist«, erinnert sich Brandenburg. »Diese Struktur mit den vier Grundblöcken war der wesentliche Fortschritt. Bis heute gilt es als Prinzipschaltbild eines gehörangepassten Codierverfahrens.«

Das erste Ziel war erreicht. Die Erlanger Forscher hatten mit OCF einen erfolgversprechenden Weg zur Datenkompression gefunden, und die Vision von Dieter Seitzer schien in greifbare Nähe zu rücken, Musik in guter Qualität mit einer Datenrate von nur 64 kbit/s zu übertragen.

Der Nachweis: OCF funktioniert in Echtzeit

Den Beweis, dass OCF nicht nur in der Computersimulation, sondern auch im realen Einsatz funktioniert, konnte nur ein Echtzeitgerät liefern. Daran arbeiteten die Hardware-Entwickler bei Fraunhofer, während Brandenburg seine erste Publikation über den OCF-Algorithmus vorbereitete.

Im März 1987 gab Brandenburg die erste internationale Präsentation seiner neuesten Forschungsergebnisse auf der Audio Engineering Society AES Convention in London, im April auf der International Conference on Acoustics, Speech and Signal Processing ICASSP in Dallas. Brandenburg konnte mit dem OCF-Algorithmus die Leistungsfähigkeit der Erlanger Kompressionstechnologie eindrucksvoll demonstrieren. Dennoch war es nur ein Meilenstein auf dem Weg zur perfekten Lösung. »OCF war ein schönes System, wobei in Dallas noch nicht einmal die neue Filterbank MDCT dabei war. Das heißt, es war von der Qualität noch weit von mp3 entfernt«, beschreibt Brandenburg die Entwicklung. »Von März 87 bis Ende 88, als die Standardisierung losging, gab es noch einmal einen richtigen Sprung.«

Dabei halfen Brandenburg die Ansätze einiger internationaler Experten, die er auf den Kongressen kennenlernte. »Damals waren das noch nicht so viele«, erinnert sich Brandenburg: »Es gab fast keine Veröffentlichungen zur Musikcodierung.« Doch die Vorträge einiger Forschergruppen lieferten ihm Ideen, die er in eine weitere Effizienzsteigerung seines OCF-Algorithmus umsetzen konnte. Bernd Edler von der Universität Hannover hatte Brandenburg schon bei einem DAB-Meeting auf eine neue Art von Filterbänken hingewiesen und ihm empfohlen, auf der ICASSP in Dallas den Vortrag einer australischen Universität anzuhören. So kamen sie zur MDCT Modified Discrete Cosine Transform, die in den Jahren 1986/1987 von John P. Princen, A. W. Johnson und Alan B. Bradley entwickelt worden war, damals also ganz neu war. Sie überwand einige Schwachstellen der DCT (Discrete Cosinus Transform) und ermöglichte dadurch einen Qualitätssprung. Das Eingangssignal wird in aufeinanderfolgende Blöcke unterteilt, wobei jeder Block getrennt der Transformation unterworfen wird. Die Transformation überträgt das Signal in den

Frequenzbereich und zerlegt es in seine Frequenzbestandteile. Dadurch kann man sehr genau analysieren, welche Anteile von einem Maskierer verdeckt werden, also irrelevant sind. Je präziser diese Verdeckungsschwelle erkannt wird, desto besser können die Maskierungseffekte zur Reduktion der Datenrate ausgenutzt werden. Allerdings hat die hohe Frequenzauflösung der MDCT den Nachteil einer Verschlechterung der Zeitauflösung. Sie verlängert sich auf bis zu 15 Millisekunden. Das kann bei kritischen Signalen zum Problem werden. So kann es bei Schlaginstrumenten, bei denen vor dem lauten Ton Stille herrscht, zu Vorechos kommen. Um dies zu verhindern, schlug Bernd Edler die Fensterumschaltung vor. Sie schaltet an zeitkritischen Stellen auf eine geringere Frequenzauflösung um und verbessert damit die Zeitauflösung. So gelingt es, Vorechos zu kompensieren. Eine Zeitlang waren die Erlanger Forscher die Ersten, die eine so verbesserte MDCT einsetzten, heute hat sie sich in fast allen Codierverfahren durchgesetzt. Bernd Edler und Karlheinz Brandenburg wurden im November 2014 in Redmond, USA, für diese Umsetzung mit dem Leadership Award des International Multimedia Telecommunication Consortium IMTC ausgezeichnet.

Parallel zur Verbesserung des Algorithmus arbeiteten die Fraunhofer-Forscher an der Entwicklung eines Echtzeitsystems – nun unter verstärktem Zeitdruck, denn die EU hatte im Jahr 1987 ein EUREKA-Projekt zur Entwicklung des digitalen Rundfunks DAB (Digital Audio Broadcasting) bewilligt. Für Seitzer erschien das die ideale Plattform, um die Weiterentwicklung der Erlanger Kompressionstechnologie voranzutreiben. Umgehend gründete er eine Forschungsallianz aus FAU und Fraunhofer AIS, um sich an DAB zu beteiligen. Heinz Gerhäuser sollte die Leitung des gemeinsamen Projekts übernehmen. Für den Einstand hatte sich die Allianz etwas Besonderes ausgedacht. Sie wollten die anderen Teilnehmer mit einem Echtzeitsystem überraschen.

Weil es in der kurzen Zeit leichter zu realisieren war, wollten sie nicht OCF, sondern erst einmal den einfacheren LC-ATC-Algorithmus (Low Complexity Adaptive Transform Coding) auf Signalprozessoren implementieren und den weltweit ersten Echtzeitcodec bauen. Doch auch die leichtere Variante herzustellen war ein ambitioniertes Unterfangen für Harald Popp und Ernst Eberlein, die vor allem an dem Prototyp arbeiteten. Zugute kamen ihnen das handwerkliche Know-how und die breite Erfahrung der Kollegen, die bereits am Lehrstuhl an Echtzeithardware gearbeitet hatten. Der Codec bestand aus zahlreichen Modulen, die mit Standard-Signalprozessoren bestückt waren. Er hatte einen digitalen Audio-Eingang, um einen externen CD-Spieler als Musikquelle anschließen zu können. Nach knapp drei Monaten war der Prototyp funktionsfähig. »Bis dahin existierte der LC-ATC-Algorithmus nur als Computersimulation, und viele Arbeitsstunden von Hochleistungsrechnern waren nötig, um das Verfahren an nur wenigen Musikstücken zu testen. Mit dem Echtzeitcodec konnten wir LC-ATC unter realen Bedingungen testen und deutliche Verbesserungen am Algorithmus vornehmen«, erinnert sich Ernst Eberlein.

Gleichzeitig begann das Entwicklerteam an der Hardware für ein OCF-Echtzeitsystem zu arbeiten. Weil der OCF-Computeralgorithmus deutlich komplexer war, benötigten die Entwickler mehr Bauelemente. Außerdem konnte der Algorithmus nicht einfach auf die Hardware überspielt werden, sondern musste auf die Bedingungen der verwendeten Bauelemente, insbesondere die Signalprozessoren, angepasst und neu geschrieben werden. Die ersten internen Tests brachten bei niedrigen Bitraten manche schauerlichen Hörerlebnisse. »Das klingt, als ob der Klavierspieler betrunken wäre«, war eine der typischen Beschreibungen der Testhörer, an die sich Brandenburg erinnert. Doch die Programmierer fanden bei der aufwendigen Übertragung der Rechenoperationen oft neue Lösungen und Tricks, die nicht nur halfen, das Echtzeitsystem, sondern auch den Computeralgorithmus zu verbessern. Bernhard Grill, einer der Studenten, dessen Diplomarbeit Brandenburg am Lehrstuhl betreute, hat federführend die OCF-Software für das Echtzeitsystem programmiert. »Bernhard Grill hat in dieser Zeit seine Diplomarbeit geschrieben, in der er die erste Realisierung für ein Gerät erprobt hat. Dabei stieß er auf Details, die erhebliche Hindernisse für die Echtzeitcodierung darstellten. Er zeigte, wie man das umgehen kann. Damit hat er das Projekt einen wesentlichen Schritt vorangebracht«, hebt Brandenburg hervor.

(6) das Entwicklerteam im Jahr 1987 mit dem LC-ATC-Codec: Harald Popp, Stefan Krägeloh, Hartmut Schott, Bernhard Grill, Heinz Gerhäuser, Ernst Eberlein, Karlheinz Brandenburg, Thomas Sporer (Fraunhofer IIS/Kurt Fuchs)

Der Vergleich von LC-ATC mit OCF lieferte dann die Entscheidung für die Konzentration auf OCF: OCF hatte eine bessere Qualität bei gleicher Bitrate als LC-ATC. Vor allem aber lieferte OCF auch bei kleinen Bitraten noch gute Qualität. Während LC-ATC einen Kompressionsfaktor von 4 erreichte, kam OCF bereits auf Kompressionsfaktor 8 und lag damit im Zielkorridor des DAB-Projekts. Für Rundfunkanwendungen spielte ein weiterer Vorteil von OCF eine besonders große Rolle: Bei OCF hat der Decoder erheblich geringere Komplexität als der Encoder – und nur der Decoder muss in die digitalen Empfangsgeräte eingebaut werden. »Das war eine eher zufällige Erfindung der Anfangszeit«, erklärt Brandenburg. »Wir fanden heraus, dass man bei diesem Verfahren das Format beim Decoder festlegen, aber die Encoder weiterentwickeln kann. Somit kann man bessere Kompressionsverfahren entwickeln, die alle mit demselben Format arbeiten.« Vorteil dieser Architektur ist, dass die komplexen Rechenverfahren allein zum Codieren im Encoder benötigt werden. Der Decoder wird dagegen viel weniger komplex und billiger – ein großer Vorteil für den Massenmarkt, denn Empfangsgeräte oder Musikplayer brauchen nur diesen Teil.

Also machte sich die Gruppe an die Weiterentwicklung und Implementierung von OCF in ein Echtzeitsystem. Im Jahr 1988 war der erste Prototyp fertig, der eine Audiosignalcodierung mit nur 64 kbit/s in hoher Qualität ermöglichte. Das konnte niemand sonst auf der Welt und demonstrierte den technologischen Vorsprung der Erlanger Forscher. Durch ihre Hardware-Kompetenz konnten sie abschätzen, dass das Problem mit der Komplexität von OCF in wenigen Jahren an Bedeutung verlieren würde, weil dann leistungsfähigere Prozessoren zur Verfügung stünden.

Der frühe Schritt zu einem Echtzeitsystem war extrem wichtig. »Brandenburg hat seine Entwicklungsarbeiten vorzugsweise mit dem Computer simuliert«, betont Gerhäuser. »Erst mit der Echtzeithardware waren wir in der Lage, riesige Mengen von CDs zu untersuchen und zu hören, welche Musikstücke kritisch sind. Das wäre allein mit Computersimulation nicht machbar gewesen.« Insofern war die Parallelität von Echtzeithardware- und Software-Entwicklung etwas, das sich gegenseitig beflügelte. »Man konnte in der Simulation manches schneller machen, wenn man gewusst hat, wo die kritische Stelle im Audiosignal lag. Ich glaube allerdings, wenn es nur diese Software gegeben hätte, gäbe es heute nicht mp3.« Die Wirkung des Echtzeitcodecs war enorm. Das erfuhren Gerhäuser und Brandenburg bei jeder Präsentation. Denn nun konnten sich die Konkurrenten selbst überzeugen, dass nichts manipuliert ist. »Bei allen anderen, die nur Computersimulation zu bieten hatten, musste man das glauben. Beim Echtzeitsystem konnte man sogar den Bitstrom und die Datenrate physikalisch messen. Da war keine Manipulation möglich«, sagt Gerhäuser.

Beim Hardware-Konzept hatte sich Gerhäuser für die komplexere Lösung entschieden, weil sie die nötige Flexibilität bot: Standard-Signalprozessoren, die man programmieren kann. Das hatte den ungeheuren Vorteil, dass die Entwickler den Echtzeit-Algorithmus permanent verbessern und neue Versionen sofort ausprobieren konnten.

Anfang des Jahres 1988 dachte Brandenburg, dass nun das Codierverfahren nahezu perfekt sei. »Ich arbeitete gerade am Feintuning meines Kompressionsalgorithmus«, erinnert er sich, da las er in einer HiFi-Zeitschrift, dass für das Testen von Lautsprechern der Song ›Tom's Diner‹ von Suzanne Vega benutzt wird. Umgehend besorgte Michael Keyhl die CD, und jemand aus der Fraunhofer-Gruppe überspielte die digitalen Daten auf den Computer. Als Brandenburg mit diesen Daten an der Universität experimentierte, war ihm sofort klar, dass es extrem schwierig sein wird, diesen A-capella-Song zu komprimieren. Unser Gehör reagiert auf Sprachsignale sehr empfindlich. »Da die Stimme von Suzanne Vega sehr klare Töne enthielt und über einen weiten Frequenzbereich reichte«, erklärt Brandenburg, »gingen unserem Codieralgorithmus die Bits aus. Das war der worst case.« Die geringe Datenrate reichte einfach nicht aus, um diesen Song ohne Störungen zu codieren. Alle anderen Musikstücke hörten sich gut an, nur die Stimme von Suzanne Vega wurde zerstört. Auf den Schrecken hin aktivierte Brandenburg alle Kontakte, um Lösungsvorschläge für dieses Problem zu finden. Schritt für Schritt kam Brandenburg auch voran, doch es dauerte mehrere Jahre, bis das Problem endgültig gelöst war. Das Lied begleitete die Gruppe bis zum Ende der Standardisierung im Jahr 1991.

1989 schloss Brandenburg seine Doktorarbeit mit dem Titel »Ein Beitrag zu den Verfahren und der Qualitätsbeurteilung für hochwertige Musikcodierung« ab. Darin beschrieb er die grundlegenden Techniken für moderne Audiocodierverfahren. »Der abschließende Test hat sechs Wochen Rechenzeit erfordert«, verdeutlicht Brandenburg, wie komplex der Algorithmus geworden war. OCF enthält bereits viele charakteristische Eigenschaften des späteren mp3-Codecs: Die hochauflösende Filterbank, ungleichförmige Quantisierung, Huffmann-Codierung, Seiteninformationsstruktur und iterative Schleifen zur Annäherung an die optimale Quantisierung. Außerdem ist das Messverfahren Noise-to-Mask Ratio NMR eingebaut, mit dem das Überschreiten der simulierten Mithörschwelle durch das Codierungsgeräusch gemessen werden kann.

Wie gut OCF in der Praxis funktionierte, konnte die Fraunhofer-Gruppe bereits im Jahr 1989 beweisen, als sich die Chance zur ersten Anwendung bot. Ein kleiner christlicher Rundfunksender aus Boston in den USA, die Christian Science Publishing Society CSPS, wollte OCF zur Satellitenübertragung nutzen. Der Sender strahlte Kurzwellenprogramme in fünf Sprachen über zwei Satelliten aus. Die Betreiber hatten von dem Fraunhofer-Audiocodec gehört, der die Übertragung einer guten Audioqualität bei niedrigen Bitraten ermöglicht. Nachdem die Techniker der CSPS das Labormuster der Fraunhofer AIS geprüft hatten, bestellten sie ein Studioequipment. »Die haben verlangt, dass das System vierundzwanzig Stunden sieben Tage die Woche funktioniert. Das haben wir auch unterschrieben, obwohl es für Fraunhofer sehr ungewöhnlich ist. Denn in der Forschung gilt: Wir tun, was wir können, garantieren aber für nichts«, erzählt Gerhäuser: »Das hat ihnen natürlich nicht gereicht. Die Lösung war, wir haben zwei komplette Systeme geliefert, für den Fall, dass ein System ausfällt.« Der Encoder wurde in Boston und der Decoder auf der Insel Saipan im Pazifik installiert. Tests zeigten, dass die Übertragungsfehler mit OCF viel geringer waren als mit dem uncodierten Signal. So startete der Rundfunksender im November 1989 die Übertragung von zwei Radioprogrammen, die rund um die Uhr ausgestrahlt wurden. Dabei wurde das Signal mit 56 kbit/s via Satellit zunächst nach Point Reves in Kalifornien und von dort über einen weiteren Satelliten nach Saipan übertragen. Gerhäuser weiß es noch genau: »Ich erinnere mich, wie mitten in der Nacht von unserem Mann, der das System in Saipan installiert hatte, eine E-Mail kam: ›System up and running.‹« Das System arbeitete so gut, dass der Sender im Jahre 1990 die Bitrate auf 32 kbit/s senkte.

Doch zurück zum Jahr 1987, als sich für die Erlanger Audioforscher plötzlich eine Chance eröffnete, die den Entwicklungsprozess erheblich beschleunigte: Im europäischen Förderprogramm EUREKA wurde ein großes Projekt zur Entwicklung des digitalen Rundfunks, Digital Audio Broadcasting DAB, vorbereitet.

Die schnelle Weiterentwicklung für den digitalen Rundfunk DAB

Mit dem EUREKA-Projekt EU-147 »Digital Audio Broadcasting« DAB, das in den Jahren 1987 bis 1991 einen digitalen Übertragungsstandard für den terrestrischen Empfang von Digitalradio entwickeln sollte, war die Audiocodiertechnologie auf einen Schlag gefragt. Was bisher als unnötig abgetan worden war, wurde nun zwingend erforderlich. Denn ohne Reduktion der Datenrate war eine Umstellung des analogen Rundfunks auf Digitaltechnik nicht möglich.

»Grundig hatte uns in das DAB-Projekt gebracht. Weil sie uns aber nicht im Unterauftrag mitnehmen wollten, wurden wir selbständiger Partner«, erinnert sich Dieter Seitzer. Vor dem ersten Treffen nahm er Kontakt zu Frank Müller-Römer auf, der damals Technischer Direktor des Bayerischen Rundfunks war. Als Vorsitzender der Technischen Kommission ARD/ZDF setzte er sich für die Weiterentwicklung der Rundfunktechnik ein und wurde später Vorsitzender der DAB-Plattform. Müller-Römer antwortete Seitzer, sie bräuchten gar nicht erst zu kommen, denn die einzig Kompetenten seien das Institut für Rundfunktechnik IRT in München. Diese Einschätzung verwundert nicht, denn schließlich ist das IRT das Forschungsinstitut aller öffentlich-rechtlichen Rundfunkanstalten Deutschlands. Müller-Römer hatte schon im Jahr 1981 zu einer Diskussionsveranstaltung zum Thema »Digitaler UKW-Rundfunk« eingeladen, bei der auch Hans-Georg Musmann von der Universität Hannover und Georg Plenge vom IRT ihre Überlegungen vorstellten. In den Folgejahren arbeitete das IRT an einem Konzept für ein digitales Übertragungsverfahren. Das sollte nun im EUREKA-Projekt zur Anwendungsreife entwickelt werden. So dachten Müller-Römer, das IRT, die Rundfunkanstalten und die Gerätehersteller. Umso überraschter reagierten sie, als sich plötzlich ein Neuling aus Erlangen in den Kreis der etablierten Rundfunktechnik-Spezialisten drängte.

Die Wettbewerber hatten nicht mit der Durchsetzungsfähigkeit der Erlanger Forscher gerechnet. Dieter Seitzer baute mit der Forschungsallianz aus Universität und Fraunhofer-Arbeitsgruppe die Forschungs- und Entwicklungskapazität in Erlangen systematisch aus. Damit wurde aus der bisherigen Grundlagenforschung ein Technologieentwicklungsprojekt. Heinz Gerhäuser übernahm die Leitung.

DAB wurde als Nachfolger des UKW-Funks konzipiert, der seit über 40 Jahren den Qualitätsstandard setzte. Der Erfolg der CD hatte die Unterhaltungsbranche in Europa aufgeschreckt. Innerhalb weniger Jahre hatte die kleine silberne Scheibe die schwarze Vinylplatte ins Abseits gedrängt. Der kristallklare Klang der CD galt als neuer Qualitätsmaßstab für die Tonwiedergabe. Damit schien klar, dass auch der bewährte UKW-Funk ausgedient habe. Seine deutlich schlechtere Tonqualität und systembedingte Schwächen wie die Mehrwegeausbreitung schienen nicht mehr konkurrenzfähig. Da sich das Radiohören immer stärker in das Auto verlagert hatte, wurde der störanfällige mobile Empfang zum ernsten Problem. Die analoge Technik war an ihre Grenzen gelangt, die geforderte Qualitätssteigerung konnte nur mit Digitaltechnik erreicht werden.

Die europäische Unterhaltungsindustrie und die Politik wollten mit dem EUREKA-Projekt DAB schnell einen neuen Rundfunk-Standard kreieren, bevor die Konkurrenz aus Asien auch noch diesen Markt erobert. Insbesondere die Hersteller von Radiogeräten und Sendetechnik forderten Unterstützung von der Politik gegen die »asiatische Gefahr«. Sie wollten mit DAB den europaweit stagnierenden Markt der Unterhaltungselektronik neu beleben und die internationalen Märkte erschließen.

DAB sollte CD-ähnliche Qualität bieten. Das PCM-Signal der CD erzeugt eine riesige Datenrate von etwa 1,4 Mbit/s. Die Übertragungsrate für DAB durfte aber höchstens 256 kbit/s betragen. Zur Lösung des Problems gab es nur einen Weg: Reduktion der Datenrate um mindestens 80 Prozent.

Außerdem sollte die Übertragung auf mobile Geräte optimiert werden, so dass das Radioprogramm nicht nur stationär, sondern auch in Autos, die mit hoher Geschwindigkeit fahren, störungsfrei in höchster Qualität empfangen werden kann. Und schließlich war der UKW-Frequenzbereich zu klein geworden, um auch dem 1984 gestarteten privaten Rundfunk ausreichend Möglichkeiten zu bieten. DAB bot die Chance, das Frequenzspektrum effektiver zu nutzen und der wachsenden Nachfrage der privaten Sender Rechnung zu tragen.

Ein anderes Argument war, die Unterhaltskosten für den Rundfunk zu reduzieren. Das aufwendige bundesdeutsche UKW-Sendernetz mit mehr als 1300 Einzelsendern verursachte jährlich Kosten von über 1 Milliarde Mark. Die Umstellung auf digitalen Rundfunk versprach erhebliche Einsparungen bei den Sendeanlagen und deren Energieverbrauch.

In Deutschland fand das Projekt zunächst maßgebliche Unterstützung beim Bundesministerium für Forschung und Technologie BMFT, das mit einer Anschubfinanzierung von 30 Millionen Mark die erste Phase der Entwicklung von 1987 bis 1991 vorantrieb. Als Initiator des EUREKA-Projekts DAB stellte die Bundesrepublik Deutschland auch das größte Forschungskontingent: AEG, Bosch-Blaupunkt, Deutsche Forschungsanstalt für Luft- und Raumfahrt, Fraunhofer-Gesellschaft, Grundig AG, Intermetall, IRT und Deutsche Thomson-Brandt. Frankreich beteiligt sich mit dem Forschungszentrum für Rundfunk- und Fernmeldetechnik CCETT, Holland mit Philips und Großbritannien mit der BBC.

Im September 1987 war der offizielle Start des DAB-Projekts. Unter der Projektleitung von Heinz Gerhäuser arbeitete eine Gruppe von bis zu 13 Leuten zusammen, an der Universität Erlangen Karlheinz Brandenburg und Thomas Sporer sowie an der Fraunhofer AIS vor allem Ernst Eberlein, Bernhard Grill, Jürgen Herre, Harald Popp, Hartmut Schott, Stefan Krägeloh und weitere Kollegen.

Für das erste DAB-Vorbereitungstreffen hatten sich Gerhäuser und Brandenburg etwas Besonderes ausgedacht, um die Meinung, sie bräuchten erst gar nicht zu kommen, gründlich zu widerlegen. Völlig überraschend für die anderen Teilnehmer präsentierten sie das weltweit erste Echtzeitsystem für Musikcodierung. »Mit dem LC-ATC erreichten wir zwar nur eine Kompression mit Faktor 4, und die Qualität war noch nicht so gut, aber wir hatten Echtzeit«, nennt Harald Popp den entscheidenden Fortschritt auf dem Weg zum Kompressionsfaktor 8, wie er für DAB benötigt wurde. Alle Teilnehmer konnten sich von der Funktionsfähigkeit überzeugen und erstmals Audiocodiertechnologie in Echtzeit erleben. »Das EUREKA-Projekt hatte gerade begonnen, und wir konnten bereits ein funktionierendes System präsentieren«, hebt Brandenburg den eindrucksvollen Einstand hervor. Damit hatte die Erlanger Forschungsallianz ihren technischen Vorsprung und die Machbarkeit ihres Konzepts demonstriert. Die Projekt-Partner zollten nicht nur Anerkennung, sondern wollten ebenfalls mit solchen Echtzeitcodecs ausgestattet werden, um ihre Algorithmen zu testen.

Das Hauptproblem des analogen Radios war die Mehrwegeausbreitung, die vor allem beim mobilen Empfang zu Störungen führte. Weil die Signale auf dem Weg zum Empfänger durch unkalkulierbare Reflektionen unterschiedliche Wege zurücklegen, überlagern sie sich beim Empfänger oder löschen sich gegenseitig aus. Ein Übertragungsverfahren, das die elektronischen Echos unschädlich macht, brachte das französische rundfunktechnische Labor CCETT ins DAB-Projekt ein. Dabei werden die Signale in maximal 1536 Pakete zerlegt und parallel übertragen. Dadurch gehen bei Störungen innerhalb eines Frequenzbereichs nur einzelne Teilinformationen, nicht aber der gesamte Datenstrom verloren. Durch einen zusätzlichen Fehlerschutz können beschädigte Informationsanteile im Empfänger rekonstruiert werden. Das macht DAB beim mobilen Empfang wesentlich störungssicherer als das analoge UKW. Zudem können mehrere räumlich benachbarte Sender auf der gleichen Sendefrequenz betrieben werden.

Grundig, mit denen Fraunhofer eng kooperierte, konzentrierte sich im DAB-Projekt vor allem auf die systematische Erforschung der Mehrwegeausbreitung und baute einen Simulator, der jede denkbare Empfangsstörung nachbildet. Egal ob durch Fahrgeschwindigkeit, Landschaftsformen oder Gebäude verursacht.

Während der Arbeiten im EUREKA-DAB-Projekt war im Jahre 1988 eine Initiative der Unterhaltungselektronik-Industrie entstanden, die einen weltweiten Standard für Video- und Audiocodecs etablieren wollte. Wie die Arbeitsgruppe Moving Picture Experts Group MPEG diesen Standard entwickelte, wird später ausführlich beschrieben, an dieser Stelle ist nur die Information wichtig, dass die DAB-Projektleiter beschlossen, sich der MPEG-Standardisierung anzuschließen und das Ergebnis für DAB zu verwenden. Die Mitglieder stimmten diesem Vorschlag zu und brachten ihre bisherigen Forschungsergebnisse in die MPEG-Arbeitsgruppe ein.

Die Fraunhofer AIS arbeitete im DAB-Projekt nicht nur bei der Audiocodierung mit, sondern am Gesamtsystem Digitaler

Rundfunk. Auf dem Nürnberger Fernsehturm wurde ein Kleinsender mit einem Kilowatt Leistung installiert, der fast 50 Quadratkilometer mit digitalem Rundfunk versorgen konnte. Bei einer Probefahrt mit Heinz Gerhäuser und den Technikern von Grundig konnte ich mich damals selbst von der neuen Hörqualität überzeugen. Beeindruckend war nicht nur der klare Klang ohne Knacken und Rauschen, sondern auch die aufwendige Elektronik, die fast den ganzen Kleintransporter ausfüllte. Mit diesem Besuch in Erlangen begann auch meine journalistische Beschäftigung mit der Kompressionstechnologie. So erschienen im Mai 1991 unter der Überschrift »Rauschfreier Radiogenuss«[28] ein großer Beitrag in der *Zeit* und kurz darauf die Titelgeschichte »Digitaler Rundfunk« in *Der Fraunhofer* 1/91, der Kundenzeitschrift der Fraunhofer-Gesellschaft. Das war der richtige Zeitpunkt, um die Ergebnisse am Ende des DAB-Projekts darzustellen. Die Forschungsziele waren erreicht und die Forscher zuversichtlich: »Das Projekt soll Ende dieses Jahres abgeschlossen sein. Dann müssen aus den teuren und noch unförmigen Prototypen verkäufliche Massenprodukte entwickelt werden. Wenn alles wie geplant verläuft, werden bereits Ende 1995 UKW-Radios, die zusätzlich DAB-Chips enthalten, auf den Markt kommen«[29], fasste ich damals die Aussichten zusammen.

Es kam ganz anders und dauerte erheblich länger, aber das war kein technisches, sondern ein politisches und wirtschaftliches Problem. Bis heute dominiert in Deutschland der UKW-Funk. Erst mit DAB+ deutet sich jetzt der Durchbruch an. Zunächst aber zurück zum Jahr 1987, als sich mit dem Start des DAB-Projekts die Erlanger Forschungsallianz formierte.

Das Kernteam: Harald Popp, Ernst Eberlein, Bernhard Grill, Jürgen Herre

Bis zum Start des DAB-Projekts im September 1987 war die Erlanger Audiogruppe unter der Leitung von Heinz Gerhäuser schon auf 13 Personen angewachsen, zwei – Karlheinz Brandenburg und Thomas Sporer – arbeiteten an der Universität und etwa 11 Kollegen an der Fraunhofer AIS. Harald Popp hatte mit Gerhäuser schon seit 1982 an der Universität und später am ZMI zusammengearbeitet. 1985 war Ernst Eberlein zur neuen Fraunhofer-Arbeitsgruppe gekommen, Bernhard Grill kam im Jahr 1988 und schließlich Jürgen Herre im Jahr 1989.

(7) Ernst Eberlein (Astrid Kirmes)

»Die Programme wurden im Wesentlichen von drei Leuten geschrieben: Ernst Eberlein, Bernhard Grill und Jürgen Herre. Die Hardware-Konzeption, Aufbau und Tests wurden vor allem von Harald Popp und Ernst Eberlein durchgeführt«, erinnert sich Brandenburg. »Das waren die Keimzellen der Teams, um die sich dann Hardware-Designer und Software-Entwickler für die Entwicklung der Signalprozessoren gebildet haben«, ergänzt Harald Popp. Zum erweiterten Team gehörten Rainer Buchta, Martin Dietz, Wolfgang Fiesel, Johannes Hilpert, Michael Keyhl, Stefan Krägeloh, Christian Scherl, Hartmut Schott, Martin Sieler, Thomas Sporer, Anton Thimet, Jürgen Zeller und Gerhard Zimmer. »Zusammengeschweißt wurden wir nach dem Motto: Wir gegen den Rest der Welt«, betont Harald Popp.

Als Neulinge auf dem Gebiet der Rundfunktechnik erfuhren die jungen Forscher gleich zu Beginn des DAB-Projekts die geballte Arroganz der Arrivierten. Das ließ die Gruppe noch enger zusammenrücken und schärfte das Bewusstsein, dass sie sich etwas ganz Besonderes einfallen lassen mussten. So war es dann auch dieser Teamgeist und Durchsetzungswille, der die Erlanger Forscher zu immer neuen Höchstleistungen anspornte. »Meiner Ansicht nach springen Amerikaner sehr schnell auf Ideen auf und setzen sie auch um«, fasst Brandenburg seine Erfahrungen mit den unterschiedlichen Forschungskulturen zusammen: »Aber wegen ihres Konkurrenzdenkens können sie oft keine wirklich starken wissenschaftlichen Teams bilden. Das ist unsere Stärke hier bei Fraunhofer.« Die Fraunhofer-Gruppe bestand aus begnadeten Elektroingenieuren, Programmierern und Computerspezialisten. Während für die meisten Menschen damals diese neue Computerwelt noch als merkwürdiges Paralleluniversum erschien, fühlten sich die jungen Studenten und Absolventen in der wachsenden Community der Computer-Pioniere heimisch. Sie verband aber nicht nur die Freude an der Elektrotechnik, sondern auch die Leidenschaft zur Musik. »Das war mein Traum, Elektronik und Musik, das wollte ich immer machen«, sagt Harald Popp.

(8) Harald Popp (Michael Eckstein)

Einige aus dem Team spielen auch selbst Instrumente. Bernhard Grill spielt Trompete, Jürgen Herre Akkordeon, Geige, Keyboard, E-Gitarre und Bass. Schon als Schüler war er in diversen Bands aktiv. Er war sehr begeistert von den ersten digitalen Synthesizern, die damals eine Revolution der elektronischen Musik ausgelöst hatten. »Ich habe mir einen Computerbausatz gekauft und einen Rechner zusammengelötet, um damit einen Synthesizer nachzubilden«, erzählt er. Bernhard Grill hat sogar lange überlegt, Profimusiker zu werden und während des Studiums permanent in Bands gespielt. Er erinnert sich noch, wie er am Ende des Studiums zur Fraunhofer-Arbeitsgruppe kam. Nach einem Auftritt mit der Band ging er spät abends noch an den Lehrstuhl, um die ganze Nacht zu programmieren. Am Morgen stand er um 9 Uhr, übernächtigt und in Freizeitkleidung, im Zimmer von Gerhäuser zum Vorstellungsgespräch – und konnte gleich anfangen. Allerdings hat die Anstellung bei der Fraunhofer AIS seine ursprünglichen Pläne durcheinandergebracht: »Ich dachte, ich suche mir eine Stelle, bei der ich genügend Zeit zum Musikmachen habe. Doch ich musste schnell lernen, dass ich ohne tägliches Training keine Chance als Trompeter habe.« Außerdem fühlte er sich – fast genauso stark wie von der Musik – von der Elektrotechnik angezogen, und die meisten Kollegen kannte er schon, da er ja in seiner Diplomarbeit mit ihnen zusammengearbeitet hatte. »Es hat sich für mich immer gut angefühlt, in der Gruppe zu arbeiten«, sagt er: »Es war immer ein positiver Austausch wie bei Gleichgesinnten.«

(9) Bernhard Grill (Fraunhofer IIS/ Caroline Glasow)

Bei allen festlichen Gelegenheiten fand sich eine Institutsband zusammen, die leidenschaftlich musizierte. Die Kultur hat sich bis heute erhalten. Auch zum 80. Geburtstag ihres Gründervaters Seitzer spielte die Band auf – und Dieter Seitzer tanzte mit seiner Frau Rock 'n' Roll bis tief in die Nacht.

Jürgen Herre war 1989 nach Abschluss seines Studiums der Elektrotechnik an der FAU zu Fraunhofer gekommen, um anspruchsvolle Programmieraufgaben zu übernehmen. So optimierte er zunächst die neue MDCT-Filterbank, um Rechenzeit zu sparen. Anschließend entwickelte er für die schaltbare

Filterbank einen guten Umschalte-Algorithmus. Später kümmerte er sich um die Stereocodierung. Nach seiner Promotion über Fehlerverschleierung bei spektral codierten Audiosignalen an der Universität Erlangen im Jahr 1995 ging er bis zum Jahr 1996 als Postdoc zu den Bell Labs – wie zuvor schon Brandenburg.

Im Jahr 1989 kam Herre direkt von der Uni mitten in den weltweiten Wettbewerb um das beste Audiocodierverfahren: »Das waren echte Pionierzeiten. Wir haben als Team sehr, sehr eng zusammengearbeitet, um beispielsweise die großen MPEG-Hörtests vorzubereiten. Ein Teil des Teams war permanent am Hören im Schalllabor, während der andere Teil die gefundenen Probleme zu lösen versuchte. Und das ging so hin und her, jede Viertelstunde neue kritische Musiksequenzen, die ganze Nacht, bis irgendwann am frühen Morgen alles eingefroren wurde und einer mit dem Codec zum Flughafen losgeschickt wurde, um das Gerät zum Test bei BBC in London zu bringen. Oft musste der Flugkapitän überzeugt werden, dass sich in der grauen Kiste keine Höllenmaschine verbarg, sondern harmlose Musikelektronik.«

(10) Jürgen Herre
(Michael Eckstein)

Für Gerhäuser braucht ein gutes Team in der angewandten Forschung beides, die Fähigkeit zur Improvisation wie zu Präzision: »Improvisieren dort, wo es notwendig ist, aber dann in der Lage sein, ein professionelles Produkt – auch nach Industriestandard – herzustellen. Wir hatten eine lange Kette, wenn Sie da den falschen Mann an die falsche Stelle setzen, dann scheitert der, abgesehen davon, dass es ihm keinen Spaß macht. Uns hat sehr geholfen, dass wir neben den abstrakt denkenden auch viele sehr praktisch veranlagte Mitarbeiter hatten.« Das illustriert Gerhäuser mit einer typischen Geschichte: Wieder einmal mussten sie für einen Test bei BBC in London an einem Sonntag Geräte liefern. Da stellte sich heraus, dass aufgrund einer missverständlichen Information der Pegel eines Ansteuersignals nicht von 0 auf 1, sondern von 1 auf 0 ging. Eigentlich wäre das Problem leicht zu lösen gewesen. Es war aber Sonntagnachmittag, niemand in der Werkstatt und die Schränke mit den Chips zugesperrt. Was tun? Kurzerhand nahm Hartmut Schott einen Besen und kehrte unter den Werkbänken und Schränken hervor. Unter kaputten Bauteilen kam auch ein Chip zum Vorschein. Er war zwar beschädigt, reichte aber aus, um die Schaltung zu korrigieren. Solche Improvisationsfähigkeit rettete das Team oft in größter Not, vor allem aber half sie, Terminpläne einzuhalten, die normalerweise nicht möglich erschienen.

Gerhäuser wusste dank seiner Erfahrung mit Industrieprojekten, dass die Einhaltung eines Termins wichtiger ist als die bestmögliche Lösung. Er kannte die Neigung der Entwickler, immer noch eine weitere Funktion einzubauen, die der Kunde weder verlangt hatte noch jemals nutzen würde. Das Gerät musste perfekt für den Kunden sein, nicht für den Entwickler, der immer etwas zum Verbessern findet. »Ich habe immer gesagt, liefert das Gerät pünktlich ab. Bis der Kunde das Gerät einschaltet, vergehen mindestens ein, zwei Wochen. In der Zeit könnt ihr die Verbesserung machen und gleich als weitere Dienstleistung anbieten.«

Gerhäuser und Popp legten großen Wert darauf, dass die Geräte dem Industriestandard entsprachen. Das war ein wichtiges Kriterium für die Akzeptanz bei den Anwendern und ging bis in die Details. »So waren unsere Leiterplatten professionell hergestellte Multilayerkarten von hoher Qualität. Das konnte jeder Fachmann sofort erkennen«, betont Gerhäuser. »Wenn Sie da Abstriche machen und wie ein Bastler arbeiten, werden Sie nicht ernst genommen.« Harald Popp, der die Hardware-Entwicklung vorantrieb, war seit Ende seines Studiums als Schaltungsentwickler in mehreren Projekten mit verschiedenen Kunden tätig. Dazu gehörte auch die Entwicklung von Testsoftware. »Mir hat diese Produkt- und Prototypen-Entwicklung einen riesigen Spaß gemacht. Die Platinen wurden in Wirewrap-Technik hergestellt. Das hat eine schnelle Realisierung erster Funktionsmuster erlaubt.« Wirewrap war eine Drahtwickeltechnik, die bis Anfang der 1990er Jahre zum Aufbau elektronischer Schaltungen eingesetzt wurde. Harald Popp war nicht nur für die Leiterplatten, sondern für das gesamte System verantwortlich, also auch für alle Audio- und Datenschnittstellen. »Die verschiedenen Komponenten dieses leistungsfähigen modularen Audioprozessors zu entwickeln und für dessen zuverlässigen Betrieb zu sorgen war eine echte Herausforderung, hat mich aber auch – oder gerade deswegen – sehr fasziniert«, strahlt Harald Popp noch heute, denn »wir wussten, dass wir an der vordersten technologischen Front arbeiten.«

Der harte Weg zum MPEG-Standard

Im Jahr 1988 trat ein Ereignis ein, das die Zukunft der Forschung an Kompressionstechnologien entscheidend prägte: Die Moving Picture Experts Group MPEG wurde gegründet, die digitale Kompressionsstandards für Video- und Audiosignale entwickeln sollte. Anders als der Name MPEG vermuten lässt, geht es nicht um Video allein, sondern auch um Audio sowie einen Systemteil, der die verschiedenen Datenströme zu einem gemeinsamen zusammenfasst.

Im Gegensatz zu Farbfernsehen und Videotechnik einigten sich die wichtigsten Unternehmen der Unterhaltungselektronikgeräte-Industrie darauf, einen weltweiten Standard zu schaffen, um den nächsten Technologiesprung ohne ruinöse Ausscheidungskämpfe bewältigen zu können.

Das japanische Telekommunikationsunternehmen NTT nahm dabei eine Führungsrolle ein. Der Leiter der NTT-Forschung Hiroshi Yasuda hatte erkannt, dass der Markt einen weltweiten Standard für Videocodierung verlangte. Er dachte zunächst an einen Standard für Computernetzwerke, bei dem die Daten auf einem Computer gespeichert werden. Mit der CD gab es nun aber ein Medium, das geeignet schien, auch Filme zu speichern und in Echtzeit wiederzugeben. So entstand die Idee zu einer Digital Video Disc DVD. Um dafür einen Standard zu entwickeln, wandte sich Yasuda gemeinsam mit Leonardo Chiariglione vom italienischen Forschungslabor für Telekommunikation CSELT an die International Organization for Standardization ISO. Diese beschloss im Jahr 1988, die Moving Picture Experts Group MPEG einzurichten. »Ziel war ein Video-Codierverfahren, um einen Spielfilm auf eine CD zu bringen«, erinnert sich Gerhäuser. »Später ist dann einem der Videoleute aufgefallen, dass es nicht so klug wäre, nur

Stummfilme zu kopieren. Dann kam eine relativ hektische Aktion, Audiocodierung hinzuzunehmen.«

Die offizielle Bezeichnung für MPEG lautet ISO/IEC JTC1/SC29/WG11 (International Organization for Standardization/International Electrotechnical Commission, Joint Technical Committee 1, Subcommittee 29, Working Group 11).

Der Unterhaltungsindustrie ging es darum, das neue, so erfolgreiche optische Speichermedium CD auch für Filme nutzbar zu machen. Das Problem bestand darin, dass auf einer CD für alle Signale nur eine Bitrate von 1,5 Mbit/s zur Verfügung stand. Da für das codierte Video-Signal schon 1,2 Mbit/s benötigt wurden, blieb für das Stereoaudiosignal nur eine Bitrate von 256 kbit/s übrig. Das hieß: Das Audiosignal musste drastisch komprimiert werden, von den 1,4 Mbit/s einer bisherigen CD auf 256 kbit/s, also um 80 Prozent – und sollte dabei weiterhin CD-Qualität behalten.

Während Yasuda die Abstimmung mit der ISO übernahm, kümmerte sich Chiariglione um die MPEG-Treffen. Die zwei Aufgaben Video und Audio sollten in unterschiedlichen Gruppen bearbeitet werden. Für die Videogruppe war Didier Le Gall von AT&T Bell Labs als Leiter vorgesehen, für die Audiogruppe Hans-Georg Musmann von der Universität Hannover. Im Dezember 1988 fanden sowohl das erste MPEG-Treffen in Hannover bei der deutschen Thomson-Brandt als auch das erste Treffen der Audiogruppe am Institut von Musmann an der Universität Hannover statt. »Für uns kam das exakt im richtigen Moment, weil unsere Vorarbeiten an einem Punkt angekommen waren, an dem wir tatsächlich eine Chance hatten, in diesem Reigen mitzumachen. Einige Jahre vorher wären wir noch nicht so weit gewesen, zwei, drei Jahre später wäre alles schon gelaufen gewesen«, hebt Gerhäuser das glückliche Zusammentreffen wichtiger Ereignisse hervor.

Musmann stellte am Anfang klar, dass er die Standardisierungsbemühungen nur leite, wenn alle Teilnehmer zustimmen, dass es um die wissenschaftlich beste Lösung gehe, nicht um die für die beteiligten Unternehmen lukrativste. Musmann wusste aus früheren Erfahrungen mit Standardisierungen, dass Neutralität und Objektivität entscheidend sind, um bei der Bewertung von Vorschlägen die technisch beste Lösung auszuwählen. Das Hauptinteresse der beteiligten Unternehmen bestand natürlich darin, auf der Basis des neuen Standards eigene Geräte und Dienste zu verkaufen. Deshalb betonte Musmann, dass bei einem gemeinsamen Standard kein einzelnes Unternehmen seine Lösung als Standard durchdrücken dürfe, sondern alle eine gemeinsame Lösung unterstützen müssten. Dieses erste Treffen in Hannover ermöglichte den anwesenden Forschern, ihre Wettbewerber und deren Forschungsansätze kennenzulernen. So konnten auch Gerhäuser und Brandenburg einen ersten Eindruck von den Unternehmen und Organisationen gewinnen, die auf diesem Gebiet forschten. Eine wichtige Rolle beim Standardisierungsprozess spielte die Entscheidung des DAB-Konsortiums, die Forschungsarbeiten zum digitalen Rundfunk DAB in MPEG einzubringen. Denn damit beanspruchten die Rundfunkleute eine bestimmende Position. Das IRT war der etablierte Partner auf dem Gebiet der Rundfunktechnik und eng mit den deutschen Rundfunkanstalten, dem französischen Rundfunkinstitut CCETT und Philips verbunden.

Für die Erlanger Forscher war nicht so einfach zu durchschauen, was ihre Wettbewerber wirklich konnten. Klar war nur, dass sie in diesem Kreis der renommierten Organisationen und internationalen Konzerne argwöhnisch betrachtet und von manchen wie ungebetene Gäste behandelt wurden. Die Erlanger Forschungsallianz konnte noch keine Referenzen vorweisen, hatte aber »verrückte Ideen«. Ein filmreifes Szenario: Da die erfahrenen Experten, dort die »grünen Jungs«.

Deshalb hatten sie sich besonders gut auf das erste Treffen vorbereitet. Gerhäuser und Brandenburg reisten mit großem Gepäck nach Hannover. Sie brachten – wie beim DAB-Treffen – einen Echtzeitcodec mit, um den Teilnehmern zu zeigen, wie gut ihr Codierverfahren bereits funktioniert. Brandenburg erinnert sich an die überraschten Reaktionen, als er das System vorführte. Meeting-Leiter Leonardo Chiariglione sagte: »Ja, dann sind wir ja schon fertig.« So konnte die Erlanger Forschungsallianz gleich zu Beginn demonstrieren, wie weit sie technisch bereits fortgeschritten waren, denn die anderen hatten allenfalls Aufnahmen ihrer Codierergebnisse auf Kompaktkassetten dabei. Das brachte Respekt und Anerkennung ein und war für Fraunhofer der Durchbruch in der MPEG-Audiogruppe. Einige der Arrivierten, die vorher Zweifel an dem Neuling geäußert hatten, waren nun überrascht von der Professionalität.

Für die Fraunhofer-Gruppe war aber mit der Entscheidung, bei der MPEG-Standardisierung mitzumachen, auch klar, dass sie sich auf einen riskanten Wettbewerb einlassen. Brandenburg erinnert sich an die damalige Einschätzung: »1988 hatten wir Besucher an der Uni, und wir diskutierten mit ihnen, was aus unserem Audioformat werden könne. Unsere Aussage war: Wenn es gutgeht, wird es ein Standard für Millionen, wenn nicht, wird es etwas für die Bibliotheken.« Die Erlanger Forscher wussten zwar, dass sie mit der Teilnahme an dem gemeinsamen Standard ihre eigenen Ergebnisse allen zugänglich machen müssen, aber nicht im Detail, was das bedeutet, denn sie hatten noch keine Erfahrung mit Standardisierungsprozessen. Gerhäuser und Brandenburg durften dann in allen Einzelheiten erleben, wie zahlreich die Besprechungen, wie aufwendig die Tests und wie schwierig die Auswahlprozesse sind.

Auf dem ersten Treffen wurden die Systemanforderungen definiert und die Anwendungen ausgewählt: Das waren CD-

ROM für Video und Audio, ein DAT-Rekorder – dieser digitale Nachfolger des analogen Kassettenrekorders konnte sich übrigens nie durchsetzen – und DAB. Außerdem wurden die ISO-Vorgaben Proposal Package Description PPT festgelegt, die sich sehr stark an den Spezifikationen für die CD orientierten.[30] Als ein Teil des Standardisierungsprozesses bildeten sich Arbeitsgruppen, um die wirtschaftlichen und technischen Anforderungen sowie die Testkriterien zu definieren.

Nach dem ersten Treffen wurden alle Teilnehmer aufgefordert, Vorschläge einzureichen für einen Audio Coding Standard. Bis Juni 1989 trafen 14 Konzepte ein. Fraunhofer ging mit OCF ins Rennen. Damit überraschten sie die Wettbewerber ein weiteres Mal, denn nun konnten sie bereits bei geringen Bitraten eine sehr hohe Qualität erreichen.

Nach der Ähnlichkeit der Verfahren bildete Musmann aus den 14 Vorschlägen vier Gruppen. Dann forderte er sie auf, gemeinsame Konzepte auszuarbeiten. Im Oktober reichten die vier Gruppen ihre Ergebnisse ein.

Das IRT, CCETT, Matsushita und Philips hatten den Codec MUSICAM entwickelt. Die Fraunhofer AIS hatte gemeinsam mit AT&T, der France Telecom, der Universität Hannover und der Deutschen Thomson-Brandt den Codec ASPEC (Adaptive Spectral Perceptional Entropy Coding) entwickelt.

ASPEC beruhte zwar im Kern auf OCF, doch die Partner brachten Teile zur Verbesserung ein, AT&T das psychoakustische Modell und Thomson die Fenster- und Blockumschaltung. Experten wie Detlef Krahé von der Universität Duisburg, Ernst F. Schröder vom Thomson Corporate Research Labor und Bernd Edler von der Universität Hannover hatten bereits im DAB-Projekt erfolgreich mit den Erlanger Forschern zusammengearbeitet. Für die ASPEC-Entwicklung kam vor allem James D. Johnston von AT&T hinzu.

Detlef Krahé hatte mit Ernst F. Schröder im Jahr 1986 das

4-Bit-Codierungsverfahren MSC (Multiple Adaptive Spectral Audio Coding) als Grundlage für eine CD mit vierfacher Spieldauer vorgestellt. Er hatte als einer der Ersten sowohl den Unterschied zwischen Maskierung durch Töne und Geräusche als auch die zeitliche Maskierung in einem Codierverfahren eingesetzt. In seiner Dissertation im Jahr 1988 beschrieb er seine weiterentwickelten Codierverfahren ausführlich.

AT&T hatte mit PXFM (Perceptual Transform Coding) unabhängig von Fraunhofer einen ähnlichen Algorithmus entwickelt. Ein glücklicher Umstand arrangierte das persönliche Zusammentreffen. James D. Johnston erzählte später, wie er im Jahre 1988 auf einer Postersession bei der International Conference on Acoustics, Speech and Signal Prozessing ICASSP in New York die Fraunhofer-Forscher traf.[31] Der einzige Grund, warum er überhaupt zu der Konferenz durfte, sei gewesen, dass die Fahrt nach New York nichts kostete, sagte er mit deutlichem Seitenhieb auf AT&T. Auf der Konferenz stellte er mit einem Poster seine Ergebnisse zum Perceptual Coding dar. Direkt daneben stand Heinz Gerhäuser vor einem Poster der Fraunhofer AIS. Als Johnston daraufschaute, dachte er, das ist ja wie die andere Hälfte von meinem Poster. Genauso ging es Gerhäuser, als er Johnstons Poster studierte. Da war es naheliegend, sich zusammenzutun.

Da sich Gerhäuser und Brandenburg mit Nikil Jayant und James D. Johnston, den Audio-Spezialisten bei AT&T, von Anfang an gut verstanden, entwickelte sich eine enge Kooperation, die – mit einer kleinen Unterbrechung – sehr lange anhielt. Brandenburg nahm nach Abschluss seiner Doktorarbeit von 1989 bis 1990 eine Postdoc-Stelle bei AT&T in Murray Hill an – und koordinierte von dort aus die Arbeiten an dem gemeinsamen Vorschlag. Die Kooperation hatte für beide Seiten Vorteile, denn AT&T bekam Einblick in das Know-how von Fraunhofer, und diese profitierten von dem komplexeren psychoakustischen Modell, das Johnston entwickelt hatte. James D. Johnston, den die Insider nur JJ nennen, prägte durch seine außergewöhnliche Persönlichkeit die Entwicklung des Perceptual Coding entscheidend mit. Er hat zum Beispiel Filterbänke entworfen, die als Referenzfilter in der ganzen Welt eingesetzt wurden, und das Codierverfahren PXFM entwickelt.

Johnston hatte es nicht leicht bei AT&T, erzählt Brandenburg: Er war der einzige Mitarbeiter in den Bell Labs ohne Promotion und arbeitete auf einem Randgebiet. Da sich AT&T als Telekommunikationsunternehmen auf Sprachcodierung konzentrierte, spielte die Musikcodierung nur eine untergeordnete Rolle. AT&T sah in absehbarer Zeit keine Chance, mit Musikcodierung Geld zu verdienen, und erklärte sich bereit, mit Fraunhofer eine Vereinbarung einzugehen, dass alle Patente, die während der Zusammenarbeit entstehen, beiden gehören. So konnten Brandenburg und Johnston in den Bell Labs vertrauensvoll zusammenarbeiten. Heinz Gerhäuser hatte mit Nikil S. Jayant, dem Leiter des Signal Processing Department von AT&T, geschickt verhandelt und so die Basis für eine fruchtbare Kooperation geschaffen.

Auch der Zeitunterschied zwischen Murray Hill und Erlangen ließ sich nutzen, um die Arbeiten zu beschleunigen. Wenn die Erlanger Forscher aufstanden, lagen die Ergebnisse vor, die in der Nacht auf den Rechnern bei AT&T erzeugt wurden. Überhaupt waren die Arbeitsbedingungen bei AT&T für die deutschen Forscher ein Traum. Dort hatte jeder Mitarbeiter Zugang zu 100-mal so viel Rechenleistung als ganz Erlangen. Brandenburg hat die abschließenden Arbeiten von Murray Hill aus koordiniert: »Wir haben mit Johnston die verschiedenen Codes angeschaut und dann entschieden, dass der Erlanger Code so weit entwickelt ist, dass er für den Rahmen die Basis darstellen kann, andere Elemente wie das psychoakustische Modell hat Johnston eingebracht. Ich musste alle meine Programme von deutschen auf englische Kommentare umstellen, das heißt, es war viel Programmierarbeit zu leisten.« Zu dem Programmtext, den Brandenburg in Murray Hill weiterbearbeitete, lieferten die Erlanger Kollegen gemeinsam mit Bernd Edler wichtige Programmteile. Heute stellt man sich das einfach vor, doch damals war das gemeinsame Programmieren ein ziemlich aufwendiges Verfahren. Thomas Sporer, der während der 14 Monate von Brandenburgs Beurlaubung an AT&T die Vertretung an der Universität übernahm, berichtet: »Da Fraunhofer damals noch kein E-Mail hatte, war ich die Verbindung zwischen Brandenburg und Johnston in den USA und der AIS: Jeder Austausch von Sourcecode lief zunächst über einen Großrechner an der Uni, über eine 19 200 bit/s Verbindung auf einen PC, über eine serielle Leitung zur Microvax II des Lehrstuhls. Dort musste ich die Daten auf Band rausspielen, das Band mit dem Auto zu Fraunhofer fahren, dort in die Microvax einspielen, via Decnet zu einer Vax der Abteilung CAD kopieren und von dort via FTP auf den PC von Grill oder Eberlein herunterladen.« Erstaunlich, wie schnell unter diesen Rahmenbedingungen die Programmierung von ASPEC voranging.

Durch das DAB-Projekt hatten MUSICAM und ASPEC einen Vorsprung vor den anderen beiden Gruppen. Die Gruppe drei mit dem Coding-Konzept ATAC (Fujitsu, JVC, NEC, Sony) und die Gruppe vier mit SB/ADPCM (BTRL, NTT) konnten in den Tests beim Schwedischen Rundfunk in Stockholm im Juli 1990 die Anforderungen der MPEG- Audiogruppe nicht erfüllen. MUSICAM und ASPEC führten in der Evaluierung mit großem Abstand. Musmann bot den Beteiligten an, sich der MUSICAM- oder ASPEC-Gruppe anzuschließen. Das tat aber niemand, weil sie an ihren eigenen Algorithmen weiterarbeiten wollten.

Mit dieser Vorentscheidung war schon früh klar, dass es zu einem Wettbewerb der beiden deutschen Kontrahenten kommt. »Wir haben uns damals mit dem IRT auf Weltebene einen innerbayrischen Konkurrenzkampf geliefert«, beschreibt Brandenburg die außergewöhnliche Konstellation.

Die umfangreichen Tests beim Schwedischen Rundfunk waren zum einen subjektive Hörtests zur Beurteilung der Audioqualität und zum anderen objektive Tests, bei denen verschiedene Parameter gemessen wurden – unter anderem die Komplexität und die Verzögerung. Die Echtzeitcodecs waren von Fraunhofer gebaut und den Partnern zur Verfügung gestellt worden. Die Entwicklung der notwendigen Hardware für Echtzeitcodierung war damals für viele Wettbewerber ein großes Problem, denn digitale Signalprozessoren gab es erst seit kurzem. Um damit funktionierende Systeme zu bauen, war viel Entwicklungsarbeit und Know-how nötig.

»Die subjektiven Tests der Stereo-Sound-Qualität bei zweimal 128 kbit/s haben gezeigt, dass die Sound-Qualität von beiden Coding-Techniken sehr dicht an der des PCM-Studio-Signals ist, wobei die von ASPEC geringfügig besser ist, besonders für niedrige Bitraten«, schreibt Musmann in seinem Rückblick und fügt an: »Auf der anderen Seite zeigte MUSICAM weniger Verzögerung und weniger Komplexität, und das ergab eine höhere Gesamtbewertung.«[32]

Diese Bewertung wurde auf dem nächsten MPEG-Treffen im September in Santa Clara allgemein akzeptiert. Im Folgetreffen bei AT&T in Murray Hill beschloss die Gruppe, beide Algorithmen zu kombinieren und in einem Standard zu einer Layerstruktur zusammenzuführen. Die Fraunhofer-Forscher waren enttäuscht von diesem Ausgang. Sie fühlten sich als die Gewinner, weil sie die technisch beste Lösung geboten hatten. Doch sie hatten die weiteren Anforderungen unterschätzt. Erst jetzt merkten sie, wie geschickt die erfahrenen

Wettbewerber für Kriterien gesorgt hatten, die ihrem Konzept zugutekamen und ASPEC Probleme bereiteten.

»DAB wollte von vornherein ASPEC nicht in den Standard hineinlassen. Im Nachhinein verstehen wir auch, warum. Die Spielregeln wurden nämlich von den Rundfunkleuten des MUSICAM-Lagers aufgestellt. Wir hatten davon wenig Ahnung und haben das nicht weiter hinterfragt«, sagt Gerhäuser. »Dass aber beispielsweise das Rückwärtsabspielen von codierter Musik mit einer hohen Punktzahl bewertet wurde, hat MUSICAM geholfen, denn ASPEC konnte das nicht so gut. Wir halten einige Kriterien aus heutiger Sicht für völlig irrelevant. Es hat aber dazu beigetragen, dass MUSICAM in der Gesamtbewertung vor uns lag, obwohl wir in der Qualität besser waren.«

Die Bewertungstabelle zeigt, dass beispielsweise die Decoder-Komplexität mit 117 Punkten fast so stark wie die Sound-Qualität mit 121 Punkten gewichtet wurde.

Tabelle 1.1 Gewichtsfaktoren für die Bewertung der Algorithmen

Performance	Weighting Factor
1. Sound quality of forward audio playback	121
2. Sound quality fast forward audio playback	067
3. Random access	118
4. Ability to encode in real time	055
5. Data capacity for ancillary information	093
6. High quality stereo	086
7. Intermediate quality audio	096
8. Robustness to bit errors	089
9. Encoder complexity	059
10. Decoder complexity	117
11. Short decoding delay	072

Quelle: Musmann: The ISO Audio Coding Standard, IEEE 1990

Auch Brandenburg erinnert sich gut an die Zeit der heftigen Konkurrenz mit MUSICAM: »Die DAB-Leute haben Anforderungen hineingebracht, die sicherstellen sollten, dass ein System für Rundfunk überhaupt verwendbar ist. Wäre es nur um Begleitton zum Film gegangen, hätte man manches anders machen können.« Offensichtlich sind nicht alle Tricks der Konkurrenten aufgegangen. »Sie haben gemeint, dass es Vorteile bringt, haben aber auch einige Eigentore geschossen«, lächelt Brandenburg. »Einmal hat das MUSICAM-Lager einen Test mit einer schwierigen Fehlerbedingung durchgesetzt. Sie glaubten, dass wir den mit der Huffmann-Codierung nie bestehen könnten. Aber wir haben in Erlangen einen Code entworfen, der das abdecken konnte. Und das interessante Ergebnis war, dass wir beim Test sogar besser abgeschnitten haben als MUSICAM.«

Für Gerhäuser und Brandenburg war es damals schwierig herauszufinden, worum es bei den Kontroversen wirklich ging, denn die technischen Argumente wurden immer mit politischen und wirtschaftlichen Interessen vermischt. Also mussten sie annehmen, dass es im Gegensatz zu allen öffentlichen Bekenntnissen nicht um die beste technische Lösung, sondern doch um wirtschaftliche Eigeninteressen ging.

Hinter MUSICAM stand die Rundfunkindustrie, die mit weniger Komprimierung zufrieden war und vor allem Wert auf geringe Komplexität legte, damit sie mit wenig Aufwand Geräte bauen konnte. Doch das hat auch Nachteile, gibt Harald Popp zu bedenken: »Weniger Komprimierung verringert die Zahl der möglichen Programme im gegebenen kostbaren Spektrum, senkt also die Attraktivität des neuen digitalen Angebots. Geringere Komplexität des Audiodecoders war daher ein schwaches Argument gegen ASPEC, denn ein neues Digitalradio brauchte neben dem Audiodecoder sowieso ein komplett neues, aufwändiges Empfangsteil.«

Philips vor allem drängte auf einfache – das heißt kostengünstige – Chiplösungen. Auf der anderen Seite gab es aber auch vehemente Fürsprecher für ASPEC. Sie konnten nicht akzeptieren, dass der Codec mit der besten Qualität bei niedrigen Bitraten nicht in den Standard aufgenommen wird. Das waren neben AT&T vor allem amerikanische Standardisierungsorganisationen, aber auch die Test-Partner BBC und der Schwedische Rundfunk.

Musmann habe sich sehr um eine neutrale Rolle bemüht, rechnet ihm Gerhäuser hoch an: »Er hat dazu beigetragen, dass sich unsere Wettbewerber nicht vollständig durchsetzen konnten.« Da es nun zwei Gewinner in unterschiedlichen Kategorien gab, nahm es die ASPEC-Gruppe aber letztlich als salomonisches Urteil hin, beide Konzepte zu vereinen. MUSICAM hatte bereits zwei unterschiedliche Varianten des Codierverfahrens vorgesehen, die Layer genannt wurden: Layer-1 mit wenig Kompression für die Digital Compact Cassette und Layer-2 mit mehr Kompression für DAB. Nun sollten weitere Layer für noch stärkere Kompression hinzugefügt werden. Musmann schlug zunächst eine Struktur von vier, endgültig aber von nur drei Layern vor. Es ging darum, die Wahl zu ermöglichen zwischen geringem/mittlerem/hohem Codieraufwand bei geringer/mittlerer/hoher Codiereffizienz. So wurde Layer-1 für die Bitrate von 2 mal 192 kbit/s, Layer-2 für 2 mal 128 kbit/s und Layer-3 mit der höchsten Kompression für 2 mal 64 kbit/s empfohlen. Da alle Layer aufeinander aufbauen sollten, musste ASPEC aber so umgestaltet werden, dass der neue Layer-3 rückwärtskompatibel zu Layer-2 würde.

Ein Adhoc-Gremium aus je vier Vertretern von ASPEC und MUSICAM, zu denen auch Heinz Gerhäuser gehörte, bereitete den Komitee-Entwurf vor. Zusätzlich wurde eine Gruppe zur Software-Überprüfung eingerichtet. Es war natürlich nicht einfach für die Kontrahenten, die sich zuvor einen heftigen

Wettkampf geliefert hatten, eine gemeinsame Layerstruktur zu entwickeln. Besonders schwierig war es für die ASPEC-Entwickler, denn sie mussten in ihr Codierverfahren Elemente von Layer-2 aufnehmen. Brandenburg bekam den Auftrag, die Spezifikation für Layer-3 zu schreiben – in Abstimmung mit zwei Vertretern von MUSICAM.

Im Dezember 1990 lag das Konzept für die Struktur vor, im Mai 1991 fanden die zweiten Hörtests mit den neudefinierten Layern in Stockholm statt. Damit konnten die Arbeiten an Layer-1 und Layer-2 abgeschlossen werden. Beim Layer-3 machte die Integration der Polyphasenfilterbank von MUSICAM Probleme. James Johnston hatte die Grundidee einer Hybriden Filterbank eingebracht, um die verlangte Kompatibilität zu Layer-2 herzustellen. Technisch war das nicht sinnvoll, denn die Fraunhofer-Forscher hatten in langjährigen Forschungsarbeiten die Erkenntnis gewonnen, dass Transformationscodierverfahren wie die in ASPEC verwendete MDCT den größten Reduktionsfaktor erzielen und den geringsten Aufwand verursachen.[33] Weil eine klassische Filterbank, wie in Layer-2 verwendet, einen höheren Rechenaufwand hat, befürchteten die Fraunhofer-Forscher, dass ihr Verfahren damit noch komplexer wird. Und in der Tat erwies sich der Einbau der zusätzlichen Filterbank als äußerst problematisch, denn sie machte das Verfahren nicht nur komplexer, sondern auch schlechter. Die Qualität brach bei niedrigen Bitraten völlig ein.

Und der ASPEC-Gruppe blieben nur drei Monate Zeit bis zum entscheidenden Hörtest, der Druck war enorm. »Unsere Kontrahenten glaubten, dass wir das nie schaffen, mit den Einschränkungen, die sie uns auferlegt hatten«, erinnert sich Gerhäuser. Denn die Probleme mit der Hybriden Filterbank ließen sich nicht so einfach lösen. Die Signale der Polyphasenfilterbank enthalten störende Artefakte, die beim Decodieren in Layer-1 und Layer-2 kompensiert werden. In Layer-3 beeinträchtigen aber diese Störungen die Effizienz der nachfolgenden MDCT. So ließ sich nicht die von ASPEC gewohnte hohe Qualität bei niedrigen Bitraten erreichen. Deshalb gab es auch kurzzeitig den Vorschlag, auf die Hybride Filterbank zu verzichten. Doch dann lieferte Bernd Edler den entscheidenden Hinweis für ein zusätzliches Modul, mit dem sich die Störeffekte reduzieren lassen, bevor sie in die MDTC übertragen werden.

Mit viel Aufwand und einigen technischen Tricks gelang es schließlich, die Filterbank-Probleme zu lösen und die Kompatibilität zu Layer-2 herzustellen. Aber die Qualität war noch immer nicht perfekt. Unter dem hohen Zeitdruck hatte sich irgendwo ein Fehler eingeschlichen. »Damals standen wir kurz vor dem Aus«, gesteht Brandenburg ein: »Erst zwei Tage vor dem letzten Test fanden wir endlich den Fehler, es war ein Bug in der Compiler-Bibliothek. Ernst Eberlein konnte das Problem, nachdem wir den Grund entdeckt hatten, schnell lösen. Und urplötzlich war die Tonqualität erheblich besser.« Beim dritten, entscheidenden Hörtest, der im Oktober in Hannover stattfand, staunte das MUSICAM-Lager über die erreichte Qualität. Der Codec funktionierte reibungslos und erfüllte die geforderten Qualitätskriterien.

Im November 1991 wurde beim MPEG-Meeting in der japanischen Küstenstadt Kurihama der Standard technisch abgeschlossen. Kleine Änderungen zogen sich bis in das Jahr 1992 hin, in dem die ISO den MPEG-1 Standard in Kraft setzte.

»Wir haben es dann doch geschafft«, freut sich Gerhäuser für die ASPEC-Gruppe, der bis zum Schluss Knüppel zwischen die Beine geworfen wurden. Heute überwiegt längst der Stolz über das Erreichte. Gerhäuser und Brandenburg hatten sich bei allem Wettbewerb immer bemüht, sich auf die technische Leistung zu konzentrieren und bei einer sachlichen Argumentation zu bleiben. Sie haben sogar Platinen für die Hardware ihrer Kontrahenten geliefert. Jedenfalls war es ihnen gelungen, die Erlanger Forschungsallianz auf dem Gebiet der Audiocodierung zur Weltspitze zu führen. Dabei hatte das Fraunhofer IIS zunehmend die Führungsrolle übernommen und seine Kompetenzen konsequent ausgebaut. Aus dem unbekannten Neuling war ein weltweit anerkannter Forschungspartner geworden.

»Die ISO-MPEG-Standardisierung unserer Technologie war für uns der entscheidende Erfolg. Gegen internationale Konkurrenz konnten wir in von unabhängigen Institutionen durchgeführten Tests beweisen, dass unser Verfahren allen anderen qualitativ überlegen war. Diesem Ziel haben wir alles untergeordnet und viele Nächte und Wochenenden geopfert«, kommentiert Bernhard Grill das Schlüsselereignis.

Aus ASPEC wird MPEG-1 Layer-3, später mp3 genannt

Struktur und Definition von Layer-1 und Layer-2 wurden hauptsächlich von der MUSICAM-Gruppe beschrieben, Layer-3 von der ASPEC-Gruppe. Basis der Codierverfahren im MPEG-Standard sind zwei unterschiedlich komplexe psychoakustische Modelle. Das psychoakustische Modell für Layer-1 und -2 hat Gerhard Stoll vom IRT, das für Layer-3 James D. Johnston von AT & T beschrieben.

Im Layer-2 wird das Audiosignal mit einer Polyphasenfilterbank in 32 Subbänder gleicher Breite aufgeteilt. Diese werden nach psychoakustischen Kriterien ausgewertet, um die anschließende Quantisierung zu steuern.

Layer-3 benutzt zur Transformation des Eingangssignals eine Hybride Filterbank, die aus Polyphasenfilterbank und MDCT besteht.[34] Zunächst wird das Signal mit derselben Polyphasenfilterbank wie in Layer-2 in 32 Subbänder aufgeteilt. Anschließend werden die Daten mit einer MDCT umgewandelt. Dabei wird jedes der 32 Bänder in 18 Frequenzbänder mit zunehmender Breite zerlegt, je nach Komplexität der Musik. Das ergibt dann insgesamt 576 Filterbänke und bringt eine deutlich höhere Frequenzauflösung als bei Layer-2. So wird der Datenstrom noch feiner in die Frequenzbereiche eingeteilt, in denen die Maskierungseffekte besonders ausgeprägt sind. Das komplexere psychoakustische Modell von Layer-3 kann das Gehör genauer modellieren. Es hilft, auch zwischen Tönen und Rauschen zu unterschieden. So lassen sich die Störsignale besser kontrollieren.

Ein anderes Problem, das bei der digitalen Codierung entsteht, sind Vorechos. Das sind störende Geräusche in der relativen Stille vor einem plötzlichen, lauten Klangereignis. Sie entstehen dadurch, dass kleine Zeitbereiche (Fenster) analysiert werden. Das Quantisierungsrauschen wird auf das gesamte Fenster verteilt. In Phasen relativer Stille kann es nicht verdeckt werden und wird hörbar. Layer-3 löst das durch eine Fensterumschaltung, bei der von normalen Fenstern mit 24 Millisekunden Länge auf ein kurzes Fenster mit 8 Millisekunden Länge umgeschaltet wird. Damit werden die Vorechos auf einen hoffentlich nicht mehr hörbaren Zeitraum beschränkt.

Die eigentliche Codierung läuft beim Layer-3 in zwei ineinander verschachtelten Schleifen ab, die Quantisierung mit Huffman-Codierung verbinden. Die Schleifen führen durch wiederholte Umläufe zu einer optimalen Lösung. Die innere Schleife findet die optimale Bitrate, die äußere Schleife hält die Störgeräusche auf einem Minimum. Beide Schleifen sind miteinander verknüpft. Wenn das Quantisierungsrauschen größer ist als die Mithörschwelle, also hörbar würde, wird die innere Schleife erneut aufgerufen und die Quantisierung angepasst.

Für die abschließende Komprimierung stehen mehrere Huffmann-Code-Bücher zur Verfügung, um die optimale Wahl treffen zu können. Da der Gewinn dieser Codierung nicht vorher absehbar ist, kann die tatsächliche Bitrate unter oder über der geforderten Bitrate liegen. Dann werden die Vorgaben der Bitzuteilung modifiziert und Quantisierung wie Huffmann-Codierung erneut durchgeführt.

Die iterative Methode, die optimale Quantisierung mit optimaler Huffmann-Codierung verknüpft, erzeugt die große Datenratenreduktion. Auf diese Weise werden die Töne nur gerade so genau – also mit so vielen Bits – abgespeichert, wie nötig sind, um das Quantisierungsrauschen unhörbar zu machen. Dann ist das Ergebnis nicht vom Original zu unterscheiden.

Die finale mp3-Datei besteht aus einer Aneinanderreihung von Blöcken, Frames genannt. Da in einem Frame nicht immer die vorgegebene Zahl an Bits ausgeschöpft wird, entwickelte Brandenburg das Konzept eines Bitreservoirs. Das bedeutet, ein Frame kann seine übrigen Bits einem anderen Frame zu Verfügung stellen, das einen hohen Bitbedarf hat.

Layer-3 kann Bitraten von 8 bis 320 kbit/s codieren, meistens wird eine Bitrate von 192 kbit/s genutzt.

Die Lösung des »Tom's Diner«-Problems

Am Ende hatten sie auch das Problem mit Suzanne Vegas Song »Tom's Diner« gelöst. »Dieses Lied wird Karlheinz Brandenburg wohl nicht mehr vergessen«, schrieb Stephan Finsterbuch viele Jahre später in der *FAZ*: »Er kennt jeden Ton, jede Zeile, jede Strophe. Er hat es Tausende Male gehört und Hunderte Male geträumt, hat es durch einen Supercomputer gejagt, digitalisiert, in Bits und Bytes zerlegt, studiert, analysiert und komprimiert ... Der kleine A-cappella-Song ›Tom's Diner‹ der Sängerin Suzanne Vega wurde zum Wiegenlied der Musik im Internet. Brandenburg stand Pate und die Musikindustrie vor einer Revolution.«[35] So wurde diese Geschichte in den Medien später zum ultimativen Ereignis stilisiert.

»Tom's Diner« hatte mehrere Überraschungen parat: In Mono klang alles gut, doch in Stereo führten die kleinsten Abweichungen in der Verarbeitung des linken und rechten Kanals zu empfindlichen Störungen, zusammen klangen beide Kanäle scheußlich. Und so mussten Brandenburg, Grill, Eberlein, Popp und Herre diesen Song Tausende Male anhören, Ton für Ton analysieren und den Algorithmus optimieren. James D. Johnston von AT&T gab Brandenburg und Jürgen Herre den Tipp, Joint-Stereo-Verfahren auszuprobieren. Dabei werden die Kanäle nicht einzeln codiert, sondern miteinander verbunden. Herre fand mit MS-Stereo (MS ist die Abkürzung für Mitte-Seite) ein geeignetes Verfahren. Beim MS-Verfahren werden die Stereokanäle nicht nach linkem und rechtem Kanal, sondern nach Mitten- und Seitenkanal getrennt. Das Mittensignal führt die links und rechts identischen Signalanteile, das Seitensignal die davon abweichenden Signalanteile. So müssen die gleichen Anteile nur einmal übertragen werden. Problematisch ist das richtige An- und Ausschalten der Summen- und Differenzberechnung. »Es hat mich ziemlich viel Gehirnschmalz gekostet, bis ich den richtigen Kontrollmechanismus gefunden habe«, erinnert sich Jürgen Herre. Mit MS-Stereo und einer weiteren Verfeinerung des psychoakustischen Modells gelang es schließlich, »Tom's Diner« zu bändigen.

Als Brandenburg im Jahr 1993 beim MPEG-Meeting an der Columbia University of New York war, ließ er es sich nicht nehmen, Tom's Restaurant (im Lied Tom's Diner genannt) aufzusuchen, das gleich um die Ecke lag, um dort – wie in Suzanne Vegas Song – einen Café zu trinken. Suzanne Vega selbst hat erst im Jahr 2000 erfahren, welche Rolle ihr Lied bei der Entwicklung von mp3 gespielt hat. Eines Tages brachte sie ihre Tochter zur Schule. Da sagte einer der Väter, den sie nicht sonderlich gut kannte: »Gratulation zur Mutter von mp3«. Das Magazin *Business 2.0* habe sie in einem Artikel so tituliert. Suzanne Vega ging nach Hause und suchte im Internet den Artikel. Der Titel lautete: »Ich Bin Ein Paradigm Shifter: The MP3 Format is a Product of Suzanne Vega's Voice and This Man's Ears.« Sie kommentierte diese unerwartete Ehre später bei einem Interview: »Ich bin schon sehr stolz, dass mein Song ausgewählt wurde.« Bald lernte sie auch den Mann mit den Ohren, Karlheinz Brandenburg, persönlich kennen – auf dem Mobile Music Forum in Cannes im Jahre 2001.

Die mp3-Erfinder haben Suzanne Vega später an ihr Institut eingeladen. Und tatsächlich besuchte sie am 3. August 2007, zum 20-jährigen Jubiläum der Fraunhofer-Audiogruppe, die Heimat von mp3. Vor ihrem Nürnberger Konzert traf die »Mutter von mp3« die »Väter von mp3« Harald Popp, Jürgen Herre, Bernhard Grill und Karlheinz Brandenburg am Fraunhofer-Institut in Erlangen.

(11) Karlheinz Brandenburg, Harald Popp, Suzanne Vega, Tourmanager Phil Sulivan, Bernhard Grill, Jürgen Herre (Fraunhofer IIS/ Kurt Fuchs)

Bei der Vorführung ihres Songs »Tom's Diner« mit verschiedenen Codierverfahren kam es zu einem interessanten Disput, erzählte sie 2008 in einem Blog in der *New York Times*. Sie hatte das Gefühl, dass die Originalfassung doch ein wenig wärmer klang als die mp3-Version. Da sei sie von den Forschern belehrt worden, dass dies nicht möglich sein könne, beide seien gleich.[36] Wahrscheinlich kannte sie den Song so gut, dass sie Unterschiede fühlte, die andere nicht heraushören konnten. Das ist die Tücke unseres Hörvermögens, es ist subjektiv und stark von unseren Erwartungen beeinflusst. Jedenfalls informierte sich Suzanne Vega anschließend über die aktuellen Entwicklungen am Institut. »Es war toll, einmal die Leute zu treffen, die mp3 erfunden haben, und die neue Technologie kennenzulernen, die uns in Zukunft erwartet«, sagte sie tief beeindruckt von den wissenschaftlichen Leistungen der Audioforscher. Und diese werden die Musikerin Suzanne Vega und ihr Lied nie vergessen, das sie jahrelang begleitet und zu Höchstleistungen angespornt hat.

Heinz Gerhäuser – Forscher, Manager, Stratege

Die Zeiten, als Heinz Gerhäuser mehr auf Dienstreisen als zuhause war, sind zwar vorbei, doch auch heute ist es schwer, ihn zu erreichen. Allerdings ist er nun mehr in Deutschland als in den USA unterwegs. Die Leitung des Fraunhofer-Instituts hat er im Oktober 2011 an seinen langjährigen Stellvertreter Prof. Albert Heuberger übergeben. Als emeritierter Hochschulprofessor betreut er aber an der FAU noch einige Doktorarbeiten. Außerdem hat Gerhäuser neue, zeitintensive Aufgaben in der Forschungsförderung übernommen: Er ist Präsident der Bayerischen Forschungsstiftung und Mitglied des Vorstands der Fraunhofer-Zukunftsstiftung und unterstützt dabei die Entwicklung von Schlüsseltechnologien.

(12) Heinz Gerhäuser
(Fraunhofer IIS/Rida EL Ali)

Fast alle Innovationen durchleben am Beginn eine steile Berg- und Talfahrt: Der technische Durchbruch trägt die Erfinder auf den »Gipfel der überzogenen Erwartungen«, um sie bald darauf im »Tal der Enttäuschungen« versinken zu lassen.[37] Eine ganz schwierige Situation für die betroffenen Forscher und Erfinder, die für ihre Idee brennen. Da braucht es umsichtige und gleichzeitig kreative Führungspersönlichkeiten, die verhindern, dass die Gruppe demotiviert wird und auseinanderfällt. Aufgabe ist es dann, das Team durch die Niederungen der Butter-und-Brot-Aufträge zu führen, bis es gelingt, einen Markt zu erschließen. Die Innovationsforscher nennen die Lücke zwischen Erfindung und ersten Anwendungen »Death Valley«, Tal des Todes, weil die meisten Ideen hier auf der Strecke bleiben. Deshalb kommt es gerade in dieser kritischen Phase darauf an, das Team zusammenzuhalten, alle notwendigen Kompetenzen zu erhalten und die Technologie konsequent weiterzuentwickeln. Gerhäuser war genau der richtige Leiter für das junge Team, umsichtig, kompetent, erfahren und mit demselben Engagement bei der Audioforschung wie die jungen Kollegen.

Gerhäuser hatte am Lehrstuhl für Technische Elektronik in Erlangen studiert und 1980 promoviert. Nach seinem Forschungsaufenthalt bei IBM in San Jose war er 1981 an die Erlanger Uni zurückgekommen, um dort im Auftrag von Professor Seitzer die Kontaktstelle für Forschungs- und Technologietransfer aufzubauen und zu leiten. Ab 1984 war er stellvertretender Geschäftsführer des Zentrums für Mikroelektronik und Informationstechnik ZMI, aus dem schließlich 1985 die Fraunhofer-Arbeitsgruppe hervorging. Er war als enger Mitarbeiter Seitzers von Beginn an mit dem Aufbau der Audioforschung an der Universität und bei Fraunhofer betraut. Konsequenterweise übernahm er auch die Leitung der Abteilung für Mikrorechner im ZMI und später an der Fraunhofer AIS. Zu dieser Abteilung gehörte die Audiogruppe.

Mit Gerhäuser stand eine Führungskraft an der Spitze der Audiogruppe, die von fachlicher Kompetenz, strategischer Weitsicht und klaren ethischen Grundsätzen geprägt war. Auch im Rückblick wertet er besonnen, wohlüberlegt und um Gerechtigkeit bemüht: »Der Erfolg, den wir mit der Audiocodierung erreicht haben, ist ein vieldimensionales Phänomen, es sind nicht nur technische Aspekte, sprich Hard- und Software, sondern eine Menge weiterer Punkte, die meistens in Vergessenheit geraten, aber für den Erfolg ausschlaggebend waren. Das Zweite ist: Immer dann, wenn man über die Erfolge spricht, neigt man dazu, seinen eigenen Anteil zu überhöhen. Deshalb werde ich mich sehr bemühen, immer wieder herauszustreichen, dass dieser Erfolg nur möglich war, weil hier sehr, sehr viele Menschen an unterschiedlichsten Stellen mit mehr oder weniger großen und kleinen Beiträgen notwendig waren. Manchmal sind es Kleinigkeiten, ohne die es nicht zustande gekommen wäre.« Den Teamcharakter von mp3 belegen auch die Patentschriften. Neben dem Kernteam haben weitere Mitarbeiter wichtige erfinderische Beiträge zu den unterschiedlichen Patenten geliefert. Gerhäuser hat darauf geachtet, dass alle notwendigen Erfindungen sehr sorgfältig angemeldet wurden. »Das ist auch ein Verdienst von Gerhäuser«, beschreibt Brandenburg die langfristig kluge Vorgehensweise.

Gerhäuser kennt die Vorteile eines gut funktionierenden Teams: »Das Zusammenwirken von Menschen mit unterschiedlichen Kompetenzen, unterschiedlichen Denkweisen und auch Verhaltensweisen. Das hat unser Institut von Anfang an ausgezeichnet, dass wir so unterschiedliche Charaktere hatten und dass es gelungen ist, die wirklich harmonisch zusammenarbeiten zu lassen.« Auf Interdisziplinarität hatte schon Seitzer großen Wert gelegt. Gerhäuser hatte den Mut, auch ungewöhnliche Persönlichkeiten in das Team zu integrieren. »Wir haben die Kreativität sehr gefördert, wir haben immer wieder dafür gesorgt, dass Mitarbeiter in die Gruppe kamen, die unkonventionell waren«, betont er. »Wir hatten die richtige Anzahl von Spinnern in der Gruppe«, beschreibt Bernhard Grill das Geheimnis der kreativen Höhenflüge. Letztlich ist es »auch die Konstellation von Leuten gewesen«, die für den Erfolg verantwortlich war.

»Zwischen dem Wissen, wie etwas geht, und dem Können, es umzusetzen, ist eine riesen Lücke«, beschreibt Gerhäuser das Grundproblem des Technologietransfers. Dabei muss sich wissenschaftliches Denken mit handwerklichem Geschick, »Studieren« mit »Probieren« verbinden. Zum Elan des Ingenieurs gehört das neugierige Herumprobieren mit der Fantasie für überraschende Lösungen.

Oft genug ließ Gerhäuser spätabends oder sogar am frühen Morgen Pizzen kommen, weil noch viele Mitarbeiter im Labor und an den Computern arbeiteten, und oft genug übernachtete er auf seinem Feldbett im Büro, damit er sich am nächsten Morgen sofort wieder um die Projekte kümmern konnte.

Thomas Sporer erinnert sich: »Gerhäuser, der wenig zum Algorithmus beitragen konnte, hat seine Mitarbeiter in jeder erdenklichen Weise unterstützt, beim Einkaufen, bei Bankgeschäften und beim Essen. Als er an einem Sonntag einmal nicht ans Institut kommen konnte, hat er sich hundert Mal entschuldigt. Am späten Abend kam er dann doch und hat für alle Bratwürste mitgebracht.«

Insbesondere wenn MPEG-Tests anstanden, arbeitete die Fraunhofer-Gruppe rund um die Uhr. »Wir haben auch für unsere Partner die Codecs für die internationalen Tests geliefert«, betont Gerhäuser. »Das war für die Gruppe der härteste Part, denn wenn diese Geräte nicht funktioniert hätten, wäre alles verloren gewesen.« Er erinnert sich an einen Fall, da musste das Team am Montag den Codec per Flugzeug nach Japan verschicken. In der Sonntagnacht stellte sich aber heraus, dass bei den letzten Verbesserungen offensichtlich ein Fehler eingebaut worden war. Das wurde eine dramatische Nacht: Um drei Uhr war Gerhäuser klar, dass er nicht mehr tun konnte als sich auf die Spezialisten zu verlassen, die ganz »cool« nach dem Programmierfehler suchten. Um vier Uhr hatten sie ihn gefunden und bis fünf Uhr repariert. Um sechs Uhr war das Gerät verpackt, um sieben am Flughafen und um acht mit dem Flugzeug auf dem Weg nach Japan.

Gerade in den Testphasen bewährte sich der ungeheure Zusammenhalt des Teams. »Die Leute haben zum Teil hier geschlafen oder sind zwei, drei Stunden nach Hause gegangen und dann wiedergekommen. Nicht, weil das angeordnet wurde, sondern weil die das von sich aus wollten«, betont Gerhäuser. Mit den internationalen Projekten nahm die Reisetätigkeit für alle zu. »Das war in der Zwischenzeit schon eine echte Plage. Es waren einfach zu viele Dienstreisen. Es gab Leute, die sind schon fast nicht mehr nach Hause gekommen«, gibt er zu.

»Obwohl wir alle viel gearbeitet haben, fanden alle irgendwie doch Zeit zum Heiraten, und manche unserer Ehefrauen sind dann auch in die Arbeit eingebunden worden – nicht nur als Testhörerinnen«, erinnert sich Thomas Sporer an die aufregende Zeit. Am Fraunhofer-Institut herrschte eine sehr großzügige Kultur. Jeder hatte seine Spielräume und konnte sich entfalten. Es gab damals wie heute keine feste Arbeitszeit. Außer zu Besprechungsterminen konnte jeder selbst bestimmen, wann er seinen Arbeitstag anfängt und wann er ihn beendet. »Diese Flexibilität hat dazu geführt, dass über sehr lange Zeiträume immer jemand am Institut war, egal zu welcher Tages- oder Nachtzeit. Damit sind wir auch vielen Nachtmenschen entgegengekommen, die erst ab 11 Uhr richtig wach wurden. Umgekehrt hatten wir auch ausgesprochene Frühmenschen, die schon um sechs in der Früh angefangen haben«, sagt Gerhäuser. »Sie dürfen solche Teams nicht mit bürokratischen Randbedingungen belasten, weil das die Kreativität extrem schnell erdet. Für die Führungskräfte ist das natürlich ein hohes Risiko«, gesteht er ein.

Diese Flexibilität war ein Vorteil gegenüber Firmen. Nicht nur das, Unternehmen hatten oft komplizierte Entscheidungsstrukturen, die schnelles Handeln unmöglich machten. Gerhäuser war es gewohnt, auch ungewöhnliche Wege einzuschlagen, um zu seinem Ziel zu kommen. Dieter Seitzer berichtet: »Wir waren zu einer Konferenz in den USA eingeladen; und das kostete 800 Mark Anmeldegebühr. Ein Industriepartner war aber nicht bereit, diese Summe zu zahlen, da hat Herr Gerhäuser angeboten, einen Scheck auszustellen, um das Problem aus der Welt zu schaffen.«

Gerhäuser hatte ein Gespür für strategische Allianzen mit den richtigen Partnern. Für mp3 sind insbesondere die Partnerschaften mit AT&T und Thomson bedeutsam geworden. Durch seinen eigenen Forschungsaufenthalt in den USA wusste er, dass US-Firmen wie IBM und AT&T Postdoc-Programme haben. Also nahm er zu Nikil Jayant, dem Leiter der AT&T Forschung, Kontakt auf, um ihm Brandenburg als Postdoc zu empfehlen. Damit konnte die Zusammenarbeit mit Jayant und Johnston bei AT&T besonders eng gestaltet werden. Sie brachte beiden Seiten Vorteile. Fraunhofer profitierte von der langjährigen Erfahrung von AT&T und diese von der Erlanger Echtzeithardware, denn AT&T hat nie eine eigene Hardware entwickelt.

Ähnlich früh wurde aus der Zusammenarbeit mit Thomson eine strategische Partnerschaft. »Mit Thomson waren wir schon vor der Standardisierung im DAB-Projekt sehr eng verbunden. Thomson wollte auch eines der ersten Patente von Brandenburg kaufen für – glaube ich – 30 000 Mark. Das war natürlich für einen jungen Doktoranden eine Menge Geld. Deshalb war Brandenburg gewillt, darauf einzugehen. Ich habe ihm aber klargemacht, dass er damit zwar kurzfristig viel verdienen könne, langfristig aber mehr davon habe, wenn er es in das Fraunhofer-Patentportfolio einbringe, natürlich zu besonderen Konditionen. Das hat er dann auch gemacht. So konnten wir ein Patentportfolio bauen, an dem niemand vorbeikam.«

Das Patentportfolio für Layer-3 umfasste neben zahlreichen Fraunhofer-Patenten auch einige Patente, die Telefunken/Thomson gehörten. Da Thomson große Erfahrung im internationalen Lizenzgeschäft hatte, bot es sich an, die Aufgaben der weltweiten Lizensierung gemeinsam mit Thomson anzugehen. In vielen Gesprächen mit den Fraunhofer-Patentanwälten in München machten sich Gerhäuser, Brandenburg und Popp mit den Fragen des Patentpoolmanagements vertraut. Die Vertragsverhandlungen mit Thomson und die Rollenverteilung mit dem Fraunhofer-Institut wurden im Jahr 1993 abgeschlossen, als Thomson mit der Vermarktung der mp3-Lizenzen für den Konsumermarkt beginnen konnte.

Die Bereitschaft, Allianzen zu bilden, kam bei Gerhäuser aus tiefer Überzeugung: »Wir waren im Teilen von Informationen immer großzügig. Und wir haben nie mehr versprochen, als wir halten konnten. Das hat es uns am Beginn schwergemacht, denn unsere Wettbewerber haben ein sehr aggressives Marketing betrieben«, gesteht er ein. »Langfristig galten wir aber als die Seriösen und hatten einen sehr hohen Bonus. Das hat viel Vertrauen erzeugt.« Es war die richtige Strategie, denn Gerhäuser suchte nicht den kurzfristigen Erfolg, sondern den kontinuierlichen Ausbau und die langfristige Vermarktung der Technologie. Er ahnte, welches riesige Potential in der digitalen Audiotechnik steckt, und erinnert sich an manche Diskussion: »Schon bei ASPEC haben wir diskutiert, wie weit man die Datenrate senken kann. 64 Kilobit in der Sekunde für Mono, das wäre ein Ding, 64 Kilobit in der Sekunde für Stereo seien wohl nicht mehr zu machen. Ich habe dann auf einer Konferenz die provokative Aussage gewagt, irgendwann werden wir auch 32 Kilobit in der Sekunde für Stereo schaffen. Da hat der ganze Saal gelacht. Heute ist auch das kein Problem mehr – im Gegenteil. Wir sind mit HE-AAC bereits bei 24 Kilobit in der Sekunde, das ist die 50-fache Kompression der CD.«

Thomson, Philips und die japanische Übermacht

Als der MPEG-Standard entwickelt wurde, lag die deutsche Unterhaltungsindustrie bereits in den letzten Zügen. »Die Angst des Westens vor der Exportmaschine Japan«, so überschrieb der *Spiegel* am 27.11.89 das Interview mit dem Sony-Chef Akio Morita. »Herr Morita, kein Tag vergeht, ohne dass die Japaner irgendeinen größeren Ankauf in der Welt tätigen. Ihre Firma Sony hat kürzlich Columbia Pictures in Hollywood erworben, danach hat Mitsubishi Estate einen Teil des Rockefeller Centers – Symbol des US-Kapitalismus in Manhattan – gekauft. Sie und Ihre Landsleute produzieren und exportieren mit erstaunlichem Tempo, und Sie erwerben eine Firma nach der anderen in Amerika und Europa. Ist Japan dabei, die Welt zu erobern?«[38] So dramatisch erschien damals die Expansion Japans. 1986 hatten die Japaner in Europa 28 Unternehmen gekauft, im Jahr 1987 schon 35, im Jahr 1989 erwarben sie sogar 52 Unternehmen. »Japans Leistungsbilanzüberschuss gegenüber dem Rest der Welt lag 1988 bei 80 Milliarden Dollar. Das bedeutet, dass Japan jedes Jahr über eine atemberaubende Summe verfügt, um alles, was ihm einfällt, kaufen zu können. Nie zuvor in der Geschichte der Menschheit ist es vorgekommen, dass ein Land den Rest der Welt mit so vielen Milliarden Dollar pro Jahr aufkaufen könnte«, schrieb der *Spiegel*. Morita beantwortete die Vorwürfe kühl: »Das ist doch Business!«

Zu dieser Zeit war die deutsche Unterhaltungselektronik-Industrie bereits weitgehend in ausländischer Hand: Grundig, der einst größte Radiogerätehersteller Europas, gehörte seit April 1984 dem niederländischen Philips-Konzern. »Es war die Zeit, als sich Deutschland aus der Unterhaltungselektronik verabschiedete«, stellt Gerhäuser unmissverständlich klar. »Es gab noch Grundig, es gab noch Metz. Grundig war unter der Kontrolle von Philips; und die haben alles getan, damit Grundig keine Chance hatte. Wir haben es mit Grundig versucht, aber der Partner, mit dem ich dort eng zusammengearbeitet hatte, sagte, mir sind die Hände gebunden, ich kann nicht so, wie ich will. Grundig hatte nur noch Sorge zu überleben. Zu einer vorausschauenden Investition wie ITT Intermetall waren sie nicht in der Lage.« Der Freiburger Halbleiterhersteller ITT Intermetall hat mit dem Fraunhofer-Institut die ersten mp3-Chips entwickelt. Mit Grundig ging es stetig abwärts, bis Philips im Jahr 1998 Grundig schließlich verkaufte. 2003 ging Grundig dann endgültig in die Insolvenz. Von ehemals 28000 Mitarbeitern Ende der 80er Jahre waren nur noch 3500 übriggeblieben.

»Wie ein Staubsauger«, so das britische Wirtschaftsblatt *Financial Times*, war der französische Konzern Thomson Anfang der 80er durch Deutschland gefegt. Aufgesaugt wurde alles, was in der Unterhaltungselektronik einen guten Namen hatte: Nordmende, Saba, Videocolor, Dual und Telefunken, die größte Firma im deutschen Thomson-Reich. Das löste nicht die Probleme der deutschen Firmen, sondern führte zu rigorosem Personalabbau. Von den 17000 Beschäftigten, die im Jahre 1980 bei den fünf von Thomson übernommenen Firmen arbeiteten, blieben 1987 nur noch 7700, und auch diese Zahl sollte weiter auf etwa 6500 reduziert werden. »Von ihrem Ziel, neben Philips die zweite europäische Großmacht in der Unterhaltungselektronik zu werden, sind die Franzosen zumindest in Deutschland heute weiter denn je entfernt. Möglicherweise haben sie inzwischen ganz die Lust an dem schnelllebigen Geschäft mit Fernsehern und HiFi-Gerät verloren. Die Anzeichen, dass die Thomson-Gruppe einen Käufer für ihre deutschen Fabriken sucht, mehren sich«[39], schrieb der *Spiegel* im Frühjahr 1987. Kurz darauf wurde als erste die Firma Dual aus dem Konzernverbund herausgelöst. Seit Januar 2010 nennt sich der französische Konzern nicht mehr Thomson, sondern Technicolor.

1986 wollte die Elektronikindustrie den digitalen Kassettenrekorder einführen, der auf einem Magnetband, dem Digital Audio Tape DAT, bis zu zwei Stunden Musik aufnehmen kann. Rund 60 Firmen hatten sich auf die wichtigsten technischen Daten geeinigt und wollten gerade die neuen Aufnahmegeräte auf den Markt bringen, als die Musikindustrie protestierte, weil sie ihr CD-Geschäft gefährdet sah. Die

Hersteller mussten den DAT-Start um ein Jahr, dann um ein weiteres Jahr verschieben. Der Widerstand der Plattenfirmen wurde immer heftiger, denn sie fürchteten, dass Raubkopierer CDs ohne Qualitätsverlust auf DAT überspielen und zu Discountpreisen auf den Markt werfen würden. Da versuchten die Gerätehersteller, die Plattenindustrie mit einem Trick zu beruhigen: einem Kopierschutz, der nur das einmalige Überspielen einer CD erlaubt. Erst 1989 kamen die ersten DAT-Rekorder auf den Markt, sie kosteten 3500 Mark und drangen nie über den Nischenmarkt der professionellen Studios hinaus.

Inzwischen hatte Philips bereits ein neues Wunderwerk der Unterhaltungselektronik propagiert: die Laserdisc, auch CD-Video genannt. Um nicht – wie bei den Videorekordern – in einen teuren Systemkampf zu geraten, hatte sich Philips vorab mit Sony, Yamaha und Matsushita verständigt. Die im Unterschied zur silbernen CD goldglänzenden Scheiben sollten in drei Größen angeboten werden: Die 12 Zentimeter großen Videosingles sollten sechs Minuten Bild und 20 Minuten Ton unterbringen, die 20 Zentimeter große CD-V-EP zweimal 20 Minuten Bild und Ton und die 30 Zentimeter große CD-V-LP zweimal 60 Minuten Bild und Ton. Abspielgeräte kamen 1989 für rund 1500 Mark in den Handel. »Den gefährlichsten Gegner für CD-Video sieht die Industrie allerdings in ihren eigenen Reihen. In vielen Labors nämlich steht der CD-Spieler, mit dem der Konsument daheim Bild und Ton selbst in digitaler Qualität aufnehmen kann, fast vor der Serienreife. Wenn die Elektronik-Giganten diese Wundermaschine nicht zurückhalten, bis die Bildplatte richtig in Fahrt kommt, dann ist der schöne Spuk vorbei, noch ehe er begonnen hat«[40], prophezeite der *Spiegel*. Und so war es dann auch. Das neue Format konnte sich nur wenige Jahre auf dem Markt behaupten und verschwand 1991 wieder.

Im selben Jahr 1991 kündigten Sony mit der MiniDisc und Philips mit der DCC (Digitale Compact Cassette) unabhängig voneinander neue Aufnahmegeräte an. Die DCC sollte die ebenfalls von Philips erfundene analoge Kompaktkassette ablösen. Zur Datenratenreduktion verwendete man ein System namens »PASC« (Precision Adaptive Subband Coding), das ein Musikstück auf etwa 1 zu 4 komprimierte. Das Codierverfahren basierte auf Layer-1 und arbeitete mit einer Datenrate von 384 kbit/s. »Der Elektronikmulti Philips hat bislang nicht aus der Krise gefunden. Zwei neue Produkte sollen nun die Wende bringen«[41], urteilte der *Spiegel* im Sommer 1992. »Der Erfolg des neuen Rekorders ist für Philips von vitaler Bedeutung. Denn die Sparte Konsumgüter, die fast die Hälfte des Philips-Umsatzes von rund 50 Milliarden Mark bringt, steckt tief in der Krise. Im ersten Halbjahr 1992 fielen rund 400 Millionen Mark Verlust bei der Unterhaltungselektronik an.«[42] Das zweite neue Produkt, das Philips im Jahr 1991 ankündigte, war die CD-I, Compact Disc Interactive, die neben Videos auch Texte, Fotos und Graphiken speichern konnte. Das Gerät war auch als Spielekonsole konzipiert und wurde für Nintendo-Spiele genutzt. Philips-Chef Timmer setzte alles auf diese Karte. »Wenn CD-I ein Flop werde, gab er in kleinem Kreis bekannt, werde er zurücktreten.«[43] Es wurde ein Flop, denn nach 1994 brach der Absatz ein, 1998 wurde die Produktion eingestellt. Jan Timmer blieb bis 1996 Vorstandsvorsitzender von Philips. Währenddessen ging die Talfahrt der Grundig AG immer rasanter voran. »Zweieinhalb Jahre nach dem Tod des Gründers wird dessen Schreckensvision Wirklichkeit. Die Niederländer degradieren das Unternehmen Grundig, dessen industrielle Führung sie 1984 übernahmen, immer mehr zur Philips-Filiale.«[44]

Die Angst vor den Elektronikkonzernen aus Fernost nahm in den Jahren 1991 und 1992 immer panischere Züge an: »Seit fast zwei Jahrzehnten überrollen die Konkurrenten aus Fernost die Konzerne aus Europa und Amerika. Mit immer neuen und immer billigeren Produkten – vom Transistorradio bis zum CD-Spieler – haben sie den Weltmarkt erobert. Inzwischen ist die japanische Elektronikindustrie neben der Autoindustrie die wichtigste Exportbranche des Landes.«[45] So konnten die japanischen Konzerne die Absatzkrise erheblich besser durchstehen als ihre europäischen Konkurrenten. »Die französische Thomson-Gruppe (Telefunken, Nordmende, Saba) hängt dagegen seit Jahren am Tropf des Staates«[46], schrieb der *Spiegel.* »Der Philips-Konzern konnte nach dem Rekord-Defizit im Jahre 1990 seine Bilanz zwar verbessern. Die Krise in der Unterhaltungselektronik aber macht den Niederländern zunehmend zu schaffen, die Verluste aus diesem Geschäft waren im zweiten Quartal dieses Jahres weit größer als erwartet. Verluste machen auch die Bosch-Tochter Blaupunkt und die bayerische Schneider AG.« Im Gegensatz dazu rüsten sich die Japaner für eine kommende Auseinandersetzung und bauen ihre Basis aus durch den Einstieg ins Musik- und Filmgeschäft. So kaufte Sony in Amerika die Schallplattenfirma CBS und den Filmkonzern Columbia. Matsushita übernahm für rund 6 Milliarden Dollar den Hollywood-Riesen MCA. Toshiba versuchte, mit Time Warner ins Geschäft zu kommen.

Die Europäer hatten dem wenig entgegenzusetzen. Sie waren in allen wichtigen Technologien zurückgefallen, bei den Chips, bei der LCD-Technologie. Und sie hatten in den wichtigen Hightech-Branchen Halbleiter-, Computerindustrie und Unterhaltungselektronik den Anschluss verpasst. »Die Lage der europäischen Industrie«, warnt die EG-Kommission in einem Memorandum über die Elektronikbranche, »ist in zentralen Bereichen besorgniserregend.«[47] Tatsächlich hatte sich die japanische Industrie in den 1970er und 1980er Jahren, unterstützt durch das japanische Ministerium für Internationalen Handel und Industrie MITI, mit einer weitsichtigen Strategie und einer starken Unterhaltungselektronik als Hauptabnehmer von Chips eine einzigartige Position erarbeitet: »Japan verfügt als einziges Land der Welt über eine vollständige und gut funktionierende Infrastruktur in der Schlüsseltechnologie des Informationszeitalters.«[48]

Der *Spiegel* widmete im März 1992 der japanischen Bedrohung die Titelgeschichte: »Der Chipkrieg. Japan überrollt den Westen.« Darin heißt es: »Europas Computerhersteller haben schon vor Jahren aufgegeben, sie arbeiten nun als Filialen der EDV-Giganten Fujitsu, Hitachi und IBM. In der Unterhaltungselektronik steht der letzte europäische Hersteller von Fernsehgeräten in Übernahmeverhandlungen mit Matsushita. Die Halbleiterhersteller finden ein bescheidenes Auskommen als Zulieferer für die europäischen Fabriken japanischer Multis.« Der Bundesverband der Deutschen Industrie hatte für die Bundesrepublik »Chip-Alarm« ausgelöst. Die Japaner, so das BDI-Papier, stünden vor einen Angriff auf die europäischen Elektronikmärkte. Bereits 1990 hatte die EG in der Elektronik ein Handelsbilanzdefizit von 37 Milliarden Dollar. Nach Meinung von Experten wird es jährlich weiter um etwa 10 Milliarden Dollar wachsen. Europa fühlte sich im Würgegriff der japanischen Chipindustrie. Sollte diese keine Chips liefern, würden in Deutschland ganze Industriezweige stillstehen. Die Befürchtung war: »Europa könnte wirtschaftlich schon bald auf den Status einer japanischen Kolonie herabsinken.«[49] Konrad Seitz, der Leiter des Planungsstabs im Auswärtigem Amt, fasst in seinem Buch »Die japanisch-amerikanische Herausforderung« zusammen: »Unter den japanischen Exportangriffen blieb eine westliche Industrie nach der anderen auf der Strecke: die deutsche Kameraindustrie, die europäische und amerikanische Motorradindustrie, die amerikanische Unterhaltungsindustrie – um nur die bekanntesten Beispiele zu nennen.«[50] Am Ende stand das Schreckensszenario: »Niemand auch denkt zu Ende, was reiner Freihandel für die deutschen und europäischen Hochtechnologieunternehmen bedeuten würde. Es gäbe dann keine europäische Halbleiterindustrie und möglicherweise auch keine europäische Unterhaltungselektronik-Industrie mehr – es sei denn von Japans Gnaden.«[51]

Gewonnen und doch verloren?

Als 1992 der weltweite Wettkampf um den Audiostandard beendet war und feststand, dass die Fraunhofer-Forscher ihr Ziel erreicht hatten, den technisch besten Audiocodec zu entwickeln, hielten sie sich nicht allzu lange mit Freudenfeiern auf. Sie wussten, dass nun die Arbeit erst richtig beginnt. Denn sie mussten befürchten, dass es zu einem ähnlichen Verdrängungswettbewerb wie beim Formatkrieg der Videokassettensysteme in den 1980er Jahren kommen könnte, als sich VHS durch eine geschicktere Vermarktung gegen die technisch besseren Systeme Betamax und Video 2000 durchsetzte und beide fast vollständig aus dem Markt drängte.

»Wir sind – von der Universität her kommend – der Meinung gewesen, dass sich etwas Gutes schon durchsetzen wird. Wir hatten uns bei der Entscheidung zwischen bester Qualität und Komplexität nie für einen Kompromiss, sondern immer für die bessere Qualität entschieden. Aber bei der Standardisierung mussten wir dann feststellen, dass nicht die besten Ideen zum Zuge kommen, sondern die, die von einer in Standardisierungsprozessen erfahrenen Lobby am geschicktesten durchgedrückt werden«, sagt Heinz Gerhäuser. Auf jeden Fall waren sie bei den künftigen Standardisierungsprozessen besser gerüstet.

»Eins war ganz klar«, sagt Gerhäuser: »Wenn man es nicht schafft, seinen Algorithmus in den Standard unterzubringen, dann wird er keine Bedeutung haben. Gerade bei Massenprodukten ist das eine Voraussetzung.« Deshalb hat die ASPEC-Gruppe alles darangesetzt, in den Standard zu kommen.

Dass sich DAB für den Layer-2 der MUSICAM-Gruppe entschieden hatte, war schon ein harter Schlag für die ASPEC-Gruppe gewesen. Gleichzeitig gaben die Industrievertreter wieder einmal unmissverständlich zu verstehen, dass sie »den Layer-2 für einen guten Kompromiss hielten, der Layer-3 aber viel zu komplex sei für die reale Anwendung«, erinnert sich Karlheinz Brandenburg. Daher interessierte sich die Unterhaltungsgeräte-Industrie zunächst nur für Layer-2. Dagegen war für Layer-3 kein Markt erkennbar. Anders als die MUSICAM-Unterstützer wie Philips waren die ASPEC-Vertreter AT&T und France Telecom nicht im Musikgerätegeschäft aktiv, allein Thomson kam in Frage, Layer-3 in seine Produkte einzubauen.

Eine andere Strategie des MUSICAM-Lagers bestand darin, Layer-3 auf die niedrigen Bitraten festzulegen, weil ihr Layer-2 da nicht mithalten konnte: »Doch Layer-3 war in der Qualität immer einen kleinen Tick besser als Layer-2. Er musste besser sein, weil er eine wesentlich feinere Frequenzauflösung hatte«, sagt Brandenburg.

Da Layer-2 sofort im digitalen Radio und im Filmton für DVD eingesetzt werden sollte, bauten die Rechteinhaber ein eigenes Lizenz-Management auf, dessen weltweite Umsetzung Philips übernahm. Im Gegenzug erlaubten sie Fraunhofer den Layer-3 selbst zu vermarkten, denn sie glaubten nicht, dass er jemals Geld einbringen würde. »Eigentlich war das für uns ein Segen, denn man hat uns gesagt, euer Verfahren wird nicht zum DAB-Standard, aber dafür könnt ihr damit machen, was ihr wollt«, kommentiert Dieter Seitzer im Rückblick.

Jedenfalls konnte sich die Unterhaltungselektronik-Industrie damals nicht mit komplexer Digitaltechnik anfreunden. »Dabei war mit dem Fortschritt der Technik absehbar, dass die Komplexität mit der nächsten oder übernächsten Generation kein Thema mehr sein würde«, ärgert sich Seitzer heute noch über die mangelnde Weitsicht der europäischen Unterhaltungsindustrie. Gerhäuser ergänzt: »Philips hat immer Einspruch erhoben, wenn die Hardwarekomplexität erhöht wurde. Es ging immer darum, den Chip billig zu machen. Aber die haben den Fehler gemacht, dass sie den momentanen Preis angesetzt haben und nicht den in drei oder fünf Jahren.«

Die europäische Elektronikindustrie stand damals schon mit dem Rücken an der Wand und konnte allenfalls bis zur nächsten Gerätegeneration denken. Konrad Seitz schrieb damals: »Zwar stellt Europa mit Philips und Thomson das zweitgrößte und das viertgrößte Unterhaltungselektronik-Unternehmen in der Welt. Aber die beiden europäischen Firmen verdanken ihre Position im Wesentlichen der Produktion von Fernsehgeräten. Auf den schnell wachsenden Märkten für die neuen Generationen von Geräten der Unterhaltungselektronik dominieren die Japaner.«[52]

Insgesamt blieben die wirtschaftlichen Aussichten für Layer-3 düster. Die aktuellen Anwendungen wie DAB und Filmton waren durch Layer-2 abgedeckt. Für Layer-3 schien sich niemand zu interessieren. Alle Anstrengungen der europäischen Industrie, verlorenes Terrain wiederzugewinnen, verliefen im Sande. Die ehemals große deutsche Unterhaltungselektronik-Industrie befand sich in völliger Auflösung. In einer solchen Situation war es für die Erlanger Forscher nicht möglich, die Unternehmen vom Einstieg in eine neue Technologie zu überzeugen – so sehr sie sich auch bemühten.

Dieter Seitzer fasst seine Erfahrungen mit der Innovationsfähigkeit von Unternehmen zusammen: »Innovation trifft in der etablierten Wirtschaft immer auf Widerstand. Großunternehmen sind selten zu echter Innovation fähig, denn es gibt innerhalb der Firmen so viele Widerstände, dass man nicht durchkommt. Das habe ich bei IBM mehrmals erlebt. Dort hieß es: One Billion Dollar per Year. Wer das nicht in Aussicht stellen konnte, brauchte gar nicht anzufangen. So sind viele von IBM gegangen und haben ihre Ideen außerhalb umgesetzt.« Auch mit seinen Ideen zur digitalen Datenübertragung stieß Seitzer immer wieder auf Ablehnung: »Die Post setzte auf analoge Multiplextechnik und Glasfaser, der Patentprüfer hielt digitale Musikübertragung übers Telefon für unmöglich, die Firma Grundig hielt Digitaltechnik für Unterhaltungsindustrie für zu teuer, die technische Kommission der ARD setzte auf das IRT«, sagt er. »Dagegen kamen wir nicht an. Der Markterfolg kam dann eben über die USA.«

»The Innovator's Dilemma« – Warum erfolgreiche Unternehmen scheitern

Dieter Seitzer und Heinz Gerhäuser haben intuitiv richtig erkannt, dass große, etablierte Unternehmen oft Schwierigkeiten mit Innovationen haben. Warum gerade die erfolgreichen Unternehmen daran scheitern, hat der US-amerikanische Wirtschaftswissenschaftler Clayton F. Christensen in seinem weltweit beachteten Buch »The Innovator's Dilemma« erklärt: Die Unternehmen scheitern nicht an normalen Innovationen, die dem Pfad der Optimierung einer Technologie folgen, denn das beherrschen sie meistens ausgezeichnet. Sie scheitern an disruptiven Innovationen, das sind bahnbrechende Innovationen, die eine völlig neue Technologie ins Spiel bringen.

Es ist ein bekanntes Phänomen in der Geschichte der Innovationen, dass die neue Technik zunächst nicht mit der alten Technik konkurrieren kann, die sich verzweifelt zur Höchstleistung aufschwingt, aber letztlich doch keine Chance hat.

So gab es die schnellsten und besten Segelschiffe, als ihnen Dampfschiffe den Rang abliefen, und die schnellsten Postkutschen, als Eisenbahn und Auto den Transport revolutionierten. Christensen illustriert das an weiteren Beispielen, wie PCs die Großcomputer ablösten, wie digitale Quarzuhren die mechanischen Armbanduhren verdrängten, wie sich die digitale Fotographie durchsetzte und wie mp3 die Musikindustrie revolutionierte. In allen Fällen gingen Hunderte von alten Firmen in Konkurs und neue stiegen auf. Dabei haben sich die Unternehmen eigentlich genau richtig verhalten: Sie hörten auf ihre Kunden, achteten auf Wachstumsmärkte und die Qualität ihrer Produkte. Diese Erfolgsfaktoren verkehren sich aber bei disruptiven Innovationen in Misserfolgskriterien. Denn hier gelten völlig andere Regeln. Hier gilt es, nicht auf seine Kunden zu hören, die immer nur dasselbe Produkt mit einer höheren Qualität wünschen, nicht auf die großen Märkte zu schauen, weil sich die Zukunft in Nischenmärkten entwickelt. Wer will schon auf eine niedrige Qualität herabsteigen, sich mit kleinen Margen zufriedengeben und sich auf winzige Marktnischen konzentrieren. Das tun nur Newcomer oder Quereinsteiger, große Unternehmen warten gewöhnlich ab, bis ein Massenmarkt erkennbar ist. Doch dann ist es meist zu spät.
Christensen hat fünf Prinzipien identifiziert, die disruptive Innovationen kennzeichnen:

»1. Prinzip: Unternehmen hängen von ihren Kunden und Investoren ab.
2. Prinzip: Kleine Märkte befriedigen nicht das Wachstumsbedürfnis großer Unternehmen.
3. Prinzip: Märkte, die (noch) nicht existieren, können nicht analysiert werden.
4. Prinzip: Die Fähigkeiten einer Organisation erweisen sich zugleich als ihre Unzulänglichkeiten.
5. Prinzip: Technologien entwickeln sich schneller als Kundenbedürfnisse.«[53]

Kunden wollen höhere Leistung, Investoren höhere Renditen. Aus diesen Gründen ist es für Führungskräfte so schwierig, Mittel zu bekommen, um in Produkte mit einer niedrigeren Qualität und geringen Margen für völlig unklare Nischenmärkte zu investieren.
Beispiel Digitalfotographie: Zu Beginn waren die Digitalkameras weit schlechter als ihre analogen Vorbilder. Die Kunden lehnten diese niedrige Qualität ab. Vor allem war der Nutzen noch nicht erkennbar. Markenunternehmen wie Leica weigerten sich, solche »schlechten« Produkte anzubieten. Doch die technische Entwicklung der Digitalfotographie überholte sehr bald die Leistungskurve der Analogfotographie. Mit der Verbreitung von Computern und dem Internet in den Haushalten wurde der Nutzen immer deutlicher. Der Markt explodierte. Im Jahr 2003 wurden erstmals mehr digitale als analoge Kameras verkauft. Bald darauf erfüllte die Digitaltechnik sogar die Leistungsanforderungen des High-End-Segments. Damit verschwanden Analogkameras im Technikmuseum und Traditionsfirmen wie Kodak in der Insolvenz. »Beim 131 Jahre alten Kodak-Konzern, der nunmehr nach langem Siechtum Insolvenz angemeldet hat, ist das umso erstaunlicher, als die eigenen Mitarbeiter im Jahr 1975 die erste Digitalkamera erfunden haben. Die Manager aber brachten das Kunststück fertig, die Entdeckung 20 Jahre lang weitgehend zu ignorieren.«[54]
Der frühere Technologieführer Leica verweigerte sich noch im Jahr 2004 der Digitaltechnik. »Die Digitaltechnik ist nur ein Intermezzo. In spätestens 20 Jahren werden wir sicher mit anderen Technologien als heute fotographieren. Aber den Film wird es immer noch geben«, behauptete der Leica-Vorstand in einem *Spiegel*-Interview. Im Jahr darauf stand die Ikone der deutschen Wirtschaft vor der Pleite und musste von Investoren gerettet und völlig neu ausgerichtet werden. Seit 2006 ist Leica vollständig digital. Die Geschichte der Digitalfotographie zeigt, wie disruptive Innovationen ganze Branchen zerstören. Bishe-

rige Marktführer zögern den Technologiewechsel so lange hinaus, bis es oft zu spät ist. So erfand den Personal Computer nicht IBM oder Hewlett Packard, sondern die junge Garagenfirma Apple. Die traditionellen Unternehmen sind in ihrem Wertesystem gefangen. Sie können und wollen sich nicht auf ein »niedriges« Wertesystem mit unsicheren Perspektiven einlassen.
Auch die Digital-Musik erreichte anfangs nicht die gewünschte Qualität, doch während die analoge Übertragung am Ende ihrer Entwicklung stand, hatte die digitale Datenverarbeitung das Potential zu völlig neuen Qualitätssprüngen.

Inzwischen waren einige Unternehmen auf den Geschmack gekommen und brachten schnell eigene Formate auf den Markt. Viele Unternehmen schwankten damals hin und her zwischen gemeinsamen Standards und dem Durchdrücken von eigenen Formaten. Bei der Einführung der von Sony und Philips gemeinsam entwickelten CD gab es ja auch Irritationen, weil Sony ein Jahr früher als Philips damit auf den Markt gekommen war. MPEG1 war der erste Versuch, einen gemeinsamen internationalen Standard zu entwickeln. Und für die Fraunhofer-Forscher war nicht immer durchschaubar, welche Strategie die Unternehmen verfolgten. Im Unterschied zu den Forschungseinrichtungen, die ja selbst keine Produkte herstellten, waren die Unternehmen der Unterhaltungselektronik-Industrie immer darauf fixiert, die Technologieentwicklung für die Einführung eigener Produkte zu nutzen.

Schon im Jahr der Standardisierung 1992 brachten Philips mit der DCC und Sony mit der MiniDisc eigene Formate auf den Markt. Das Ziel war bei beiden Produkten das Gleiche, die analoge Kompaktkassette abzulösen – insbesondere bei tragbaren Musikplayern. Philips hatte dazu Layer-1 verwendet, Sony den eigenen MPEG-Vorschlag ATAC weiterentwickelt zu

ATRAC, das allein für die MiniDisc eingesetzt wurde. Beide Systeme, sowohl die DCC als auch die MiniDisc, konnten sich langfristig nicht durchsetzen. Im Grunde waren diese neuen Produkte nur evolutionäre Weiterentwicklungen in bestehenden Märkten, sie nutzten die Möglichkeiten der Datenkompression nicht voll aus.

1991 stellte Dolby das neue Kompressionsformat AC-3 vor, das auch unter dem Namen Dolby Digital bekannt ist. Auch AT&T versuchte sich nach Abschluss der Standardisierung mit einem eigenen Format namens PAC auf dem Markt der Audiocodecs.

Diese erste Phase von mp3, die Technologieentwicklung, hat fast 10 Jahre gedauert. Sie war keineswegs mit der Entwicklung von OCF abgeschlossen, wie einige Innovationsforscher annehmen, denn bis zum Abschluss der Standardisierung 1992 und sogar danach kamen weitere wichtige Elemente hinzu, wie Brandenburg betont. Es ist gerade das Besondere an dieser Technologieentwicklung, dass der Stand der Forschung nicht frühzeitig eingefroren wurde. Im Gegenteil, es wurde ständig verbessert und weiterentwickelt, so dass die Industrie klagte: »Wenn ihr nicht aufhört, ständig Neues zu entwickeln, schmeißen wir euch aus dem Projekt«, erinnert sich Seitzer. Möglich wurde diese ständige Optimierung durch die flexible Architektur der Echtzeithardware, aber auch durch das kluge Forschungsmanagement von Seitzer und Gerhäuser. Sie sicherten der Audiogruppe mit einer Vielzahl unterschiedlicher Forschungsprojekte die kontinuierliche Weiterentwicklung der digitalen Kompressionstechnologien.

Langfristig erwies sich das als Vorteil im Wettkampf gegen MUSICAM. Philips und die Rundfunkanstalten hatten sich schon am Beginn auf MUSICAM festgelegt. »Durch das sehr frühe Festschreiben konnten sie nichts mehr verbessern«, urteilt Gerhäuser. »Sie haben sich selbst eingemauert. Dadurch, dass man uns nicht mitspielen lassen wollte, hatten wir einen langen Zeitraum, in dem wir etwas verändern durften, bis auch Layer-3 eingefroren wurde.« Philips hat schon früh mit Chipentwicklungen begonnen. Damit waren keinerlei Änderungen mehr möglich.

Bei der Entwicklung von mp3 fällt nicht nur auf, dass sehr lange geforscht und optimiert wurde, sondern auch, dass gleichzeitig bereits funktionsfähige Geräte entwickelt wurden. Man sieht an diesem Beispiel, dass Innovationsprozesse in der Realität nicht einfach schematisch hintereinander ablaufen, sondern ineinander verschlungen sind.

Vermutlich ist gerade die enge Verbindung von Grundlagen- und angewandter Forschung, von Soft- und Hardware, der Grund dafür, dass sich Fraunhofer einen technologischen Vorsprung herausarbeiten konnte. Denn so schnell ein funktionierendes System zu bauen war nur möglich, weil sich Programmierer und Hardware-Entwickler eng austauschten. Das zwang Brandenburg, sehr Hardware-nah zu programmieren, und die Gerätebauer zu Improvisation und Flexibilität. Da sich beide Seiten nicht frühzeitig festlegen mussten, blieb Raum für Kreativität, sich gegenseitig zu Verbesserungen anzuspornen.

Hinzu kam die enge Verbindung mit der internationalen Forscher-Gemeinschaft. Das DAB-Projekt und die MPEG-Standardisierung hatten die Erlanger Forscher – gleichsam im Schnelldurchlauf – mit allen Experten der Audioforschung in der Welt zusammengebracht. Und sie nutzten diese Möglichkeiten, traten auf allen wichtigen Kongressen auf und beteiligten sich an vielen Arbeitsgruppen. Seitzer, Gerhäuser, Brandenburg und Popp bauten sehr zielgerichtet ein breites Netzwerk auf. Denn sie waren überzeugt, dass ihr Thema Audiocodierung ein großes Potential hat.

Die technologische Spitzenleistung bei der Entwicklung des Kompressionsverfahrens wurde gleich nach der Standardisierung von der Fraunhofer-Gesellschaft gewürdigt. Im Herbst 1992 wurden Ernst Eberlein, Bernhard Grill und Jürgen Herre vom damaligen Präsidenten der Fraunhofer-Gesellschaft Prof. Max Syrbe mit dem Fraunhofer-Preis ausgezeichnet. Damit begann eine lange Reihe von Auszeichnungen, die bis heute anhält.

(13) Ernst Eberlein, Bernhard Grill, Jürgen Herre (Fraunhofer IIS/Kurt Fuchs)

Das Fazit der Technologieentwicklung: Sieben Faktoren sind ausschlaggebend, dass Fraunhofer in dieser Phase die technologische Überlegenheit erreichen konnte.[55] Es beginnt mit der Erarbeitung der Kernkompetenzen und der Fähigkeit, alle Ideen aufzunehmen. Als dritter Faktor kommt die kontinuierliche Finanzierung über Förderprojekte hinzu. Schließlich spielt neben dem genialen Einfall von Brandenburg zu OCF der richtige Zeitpunkt eine wichtige Rolle, der den Fraunhofer-Forschern einen Vorsprung gab, den sie sofort nutzen konnten, als der Wettkampf begann. Die enge Verknüpfung von Soft- und Hardware-Entwicklung ist als wesentliches Alleinstellungsmerkmal der sechste Faktor. Schließlich spielt die Allianz von Universität und Fraunhofer eine wichtige Rolle, weil damit aus dem Forschungs- ein Technologieentwicklungsprojekt wurde. Jedenfalls waren das die besonderen Voraussetzungen, die Fraunhofer in dem weltweiten Technologiewettbewerb, der von 1987 bis 1992 stattfand, einen Blitzstart verschafften. Am Ende gingen von 14 konkurrierenden Codierverfahren zwei als Sieger hervor, wobei Fraunhofer die bessere Technologie, aber die schlechtere wirtschaftliche Aussicht hatte.

Die Fraunhofer-Forscher waren ihrem Ziel, die Unterhaltungsindustrie mit ihrem Audiocodierverfahren zu neuen Musikgeräten zu animieren, kein Stück näher gekommen. Sie waren enttäuscht, dass niemand in der Industrie den Mut und die Kreativität aufbrachte, ihre Technologie zu nutzen. Andererseits waren sie überzeugt, auf einer technologischen Goldgrube zu sitzen. Für sie schien es nur eine Frage der Zeit zu sein, bis der Schatz gehoben werden kann. Sie kannten das Potential ihrer Technologie: Damit kann man die 10-fache Menge Musik in einer bestimmten Zeit übertragen oder abspeichern. »Spätestens beim Speichern gibt es eine ganz simple Rechnung, doppelte Bitrate, doppelter Speicher, doppelte Kosten«, rechnet Gerhäuser vor. Die Erlanger Forscher wussten, dass es nur noch eine Frage von wenigen Jahren sei, bis mit ihren Technologien neue Produkte möglich würden. Doch im Moment fehlte alles: Computer hatten weder Soundkarten noch CD-Laufwerke, das Internet stand noch ganz am Anfang, Chips und Speichermedien waren bei weitem nicht leistungsfähig genug für derart komplexe Anwendungen.

Die Erlanger Forscher hatten einen gut funktionierenden, aber komplexen Echtzeitcodec entwickelt. Weil der Codec mit dem aktuellen Stand der Technik nur sehr aufwendig zu realisieren war, hatte die Industrie kein Interesse. Doch die Einschätzung, dass Layer-3 nur eine akademische Erfindung sei, die nicht für den praktischen Einsatz geeignet wäre, konnten und wollten die Entwickler nicht auf sich sitzen lassen. Deshalb machten sie sich selbst auf den mühseligen Weg, das System Stück für Stück zu miniaturisieren. Gleichzeitig begannen sie den professionellen Einsatz in Nischenmärkten zu erproben.

Schon oft war es ihnen gelungen, ein Problem im allerletzten Moment zu lösen. Der harte Kern der mp3-Entwickler kennt eine Fülle solcher Wegmarken, an denen mp3 zu scheitern drohte. Und doch hatten sie es immer wieder geschafft. Sie fühlten sich wie »David gegen Goliath«, erinnern sich die Beteiligten. »Oft wurde die Frage gestellt: Lohnt es sich eigentlich, gegen den Rest der Welt zu arbeiten, oder wie lange können wir uns das leisten?«, erzählt Gerhäuser. »Da war es erfrischend, dass immer einer aufgestanden ist und gesagt hat: So, und jetzt erst recht.«

2 DER NEUE ANLAUF – EINSTIEG IN NISCHENMÄRKTE: 1993–1996

Die ersten Echtzeitcodecs – von der Schlosserei zur Fabrikhalle

Eine Garage in der kalifornischen Stadt Palo Alto ist der legendäre Ort, an dem die beiden Absolventen der Stanford University Bill Hewlett und David Packard im Jahr 1939 die Firma Hewlett-Packard HP gründeten, um ihr erstes Produkt, den Tonfrequenzgenerator HP 200A, zusammenzubauen. Heute gilt diese Garage, inzwischen ein kleines Museum, als Geburtsort des Silicon Valley. Sie wurde zum Vorbild für viele junge Elektronikbastler. In den 1970er Jahren entstand nicht weit davon entfernt die Vision von einem Personal Computer. »Jeden zweiten Mittwoch trafen wir uns mit dem Homebrew Computer Club in der Garage von Gordon French in Menlo Park«, erzählt Steve Wozniak, der 1976 mit Steve Jobs die Firma Apple gründete. »Wir hatten alle denselben Traum: Einen programmierbaren Computer zu bauen, der für alle bezahlbar war und vor allem: leicht zu bedienen.«[56] Wozniak hatte schnell einen eigenen Entwurf konzipiert und gleich einen ersten Prototyp mit Holzgehäuse zusammengebaut. Er bot ihn vergeblich seinem damaligen Arbeitgeber Hewlett-Packard an. Schließlich gründete er mit Steve Jobs die Firma Apple und lötete in seiner Freizeit die Computer selbst zusammen. Aber nicht in der Garage: »Bei uns war das anders. Wir bauten die ersten Apple-Computer zusammen, wo immer wir konnten: auf dem Küchentisch, im Schlafzimmer, wo auch immer. Nur zum Testen brachten wir die Rechner dann in die Garage von Steve Jobs' Eltern in Palo Alto«[57], erinnert sich der geniale Entwickler. Gut 200 Exemplare des Apple I baute Steve Wozniak gemeinsam mit Steve Jobs auf diese Weise. Es war der erste Heimcomputer mit Schreibmaschinentastatur und nutzerfreundlicher Bedienung – für die damalige Zeit eine ingenieurtechnische Meisterleistung. Natürlich erzählten auch diese Firmengründer später die beliebte Story von den Anfängen in der Garage. »Damit wollten wir so viel sagen wie: Wir haben mit nichts angefangen.« Denn das drückt am besten das Gefühl der Pioniere aus, die alles noch selber machen mussten, weil die etablierte Industrie nicht auf ihre Ideen einging.

Diese Gründermentalität zeichnete auch die Erlanger Audioforscher aus. Schließlich hatten auch sie mit nichts angefangen, zwar nicht in einer Garage, aber in einer alten Schlosserei. Sie mussten alle Werkzeuge und Geräte selbst erfinden und bauen, die für die Entwicklung ihrer Technologie benötigt wurden. Sie kamen frisch von der Universität und dem Zentrum für Mikroelektronik und Informationstechnik ZMI, hatten viele Ideen und kaum Ausrüstung. »Dass man sich zu diesem frühen Zeitpunkt, wo alles noch so mühsam war, schon damit beschäftigte, das war halt Seitzer«, hebt Harald Popp die Pionierleistung des Initiators hervor. Nur wenige wagten es, sich auf dieses schwierige Neuland vorzutasten.

Nach der Gründung des ZMI konnte die Stadt Erlangen eine leerstehende Schlosserei der Firma Kunstmann in der Artilleriestraße anmieten. Büromöbelspenden der Industrie ermöglichten die erste Einrichtung. Mit sechs Mitarbeitern, die im Rahmen des Technologietransfers am Lehrstuhl für Technische Elektronik mit Mikroelektronikprojekten beschäftigt waren, begann Heinz Gerhäuser in der alten Schlosserei »den fliegenden Start«. Durch die übernommenen und neuen Projekte wuchs das ZMI so schnell, dass es schon nach einem halben Jahr zu eng wurde. Wieder unterstützte die Stadt Erlangen Dieter Seitzer bei der Suche nach neuen Räumen. Im Dezember 1984 konnte er den Mietvertrag mit der Firma Ullrich für zwei große, leere Hallen in Tennenlohe unterzeichnen. Damit sich Programmierer, Schaltungsentwickler und Elektroingenieure nicht störten, wurden Zwischenwände eingezogen. Harald Popp erinnert sich: »Wir sind 1985 in den ersten Stock eingezogen. Später haben wir dann auch das Erdgeschoss angemietet und dort unser allererstes Schall-Labor eingebaut.« Der Umbau war bis zum Übergang des ZMI in die Fraunhofer-Arbeitsgruppe für Integrierte Schaltungen AIS-A im Juli 1985 vorläufig abgeschlossen. Auf knapp 40 Mitarbeiter war die Arbeitsgruppe inzwischen angewachsen. Und es ging in diesem Tempo weiter: In nur zwei Jahren verdoppelte sich die Zahl der Mitarbeiter auf 80. Dafür ließ die Firma Ullrich neben den bisher angemieteten Hallen einen Neubau mit weiteren 2200 Quadratmetern errichten.

Im Frühjahr 1987 begann mit der Vorbereitung auf das DAB-Projekt der Aufbau der Fraunhofer-Audiogruppe erst richtig. Ihre Hauptaufgabe bestand darin, die neu entwickelten Audiocodierverfahren auf Multiprozessorsystemen zu implementieren. Die Verfahren waren so komplex, dass die Rechenaufgaben nicht mit einem einzigen Signalprozessor bewältigt werden konnten, sondern auf mehrere verteilt werden mussten. Schon im Sommer 1987 hatten sie den weltweit ersten Echtzeitcodec für Musik hoher Qualität fertig. »Als wir auf einer Konferenz in den USA das erste Echtzeitgerät vorgestellt hatten«, erinnert sich Seitzer, »wollten alle so ein Gerät, um ihre Verfahren auszuprobieren. Einzelanfertigungen hätten etwa 100 000 Mark das Stück gekostet. Also wollten wir mit

Grundig eine Kleinserie von mindestens einem Dutzend solcher Vorführgeräte bauen, die kosteten aber immer noch zwischen 10 000 und 30 000 Mark. Als Grundig das Interesse verlor, bauten wir eben allein.« Diese Echtzeitgeräte und die Testausrüstung waren natürlich bei allen, die an Kompressionsverfahren forschten, sehr gefragt, denn sie konnten damit ihre eigenen Algorithmen erheblich schneller testen und optimieren. Der Beweis dafür, dass die Technik im Alltagseinsatz besteht, hatte schon im Jahr 1989 – noch mitten im Standardisierungswettbewerb – die erste Praxisanwendung gezeigt: die Rundfunkübertragung für die Christian Science Publishing Society, den christlichen Rundfunksender aus Boston in den USA. Dieser Einsatz hatte eindrucksvoll demonstriert, dass die Technologie auch im Dauerbetrieb störungsfrei funktioniert, und den Rundfunksendern eine Menge Geld gespart. Die Fraunhofer-Gruppe konnte mit den Einnahmen für den Bau von Codecs und Testgeräten weitere Forschungsaktivitäten finanzieren.

Inzwischen hatte die Audiogruppe viel Erfahrung bei der Entwicklung der verschiedenen Generationen von Codiersystemen gewonnen. Die Grundidee war, ein modular aufgebautes Multi-Signalprozessorsystem zu konstruieren, das eine hohe Rechenleistung hat. Am Beginn ihrer Hardware-Entwicklung hatten die Erlanger Forscher einen digitalen Signalprozessor DSP eingesetzt, den Gerhäuser entwickelt hatte. Bald gab es aber geeignete Standard-Signalprozessoren. So bot AT&T den DSP32, einen 32-Bit-Gleitkommaprozessor, an, Motorola hatte den DSP56000, einen 24-Bit-Festkommaprozessor, auf den Markt gebracht. Das Institut setzte beide Prozessoren in ihren Prototypen ein, um zu testen, welcher besser geeignet ist. »Der Gleitkomma-DSP war teurer und weniger gut zum Bitbasteln geeignet, aber ganz hervorragend für Filterberechnungen. Der Festkomma-DSP war dagegen billiger und gut fürs Bitbasteln, aber die Arithmetik war schwieriger zu beherrschen wegen der Skalierungsprobleme«, beschreibt Harald Popp die Vor- und Nachteile der unterschiedlichen digitalen Signalprozessoren. Die Standard-Signalprozessoren brachten eine ganze Reihe von Vorteilen, schrieben Seitzer und Gerhäuser in einem Fachartikel im Jahr 1989.[58] Sie hatten eine hohe Rechenleistung und waren einfach zu programmieren. Hauptvorteil gegenüber den speziellen Signalprozessoren war, dass man die Standard-Signalprozessoren neu programmieren konnte, wenn man eine Verbesserungsidee ausprobieren wollte. Das brachte die Flexibilität zur stetigen Optimierung.

Während sich Harald Popp in die Feinheiten des Signalprozessors 56000 von Motorola einarbeitete, spezialisierte sich Ernst Eberlein auf die Signalprozessoren 32 und 32C von AT&T. Jürgen Herre kümmerte sich gemeinsam mit Bernhard Grill und Ernst Eberlein um die Entwicklung der Software für die Signalprozessoren. Sie mussten die von Brandenburg und Sporer programmierte »Simulations-Software« auf die verschiedenen Prozessoren übertragen. Anfangs wurde direkt in Maschinensprache programmiert. Das sind die Befehle, die ein Prozessor versteht. Sie werden vom Hersteller des jeweiligen Prozessors festgelegt. Die Maschinensprache wird in Form von binären Zahlen verarbeitet. Einen Code in Maschinensprache zu erzeugen ist extrem schwierig. Deshalb wurde später mit komfortableren, höheren Programmiersprachen gearbeitet. Solche Programme werden dann von einem Compiler in den Maschinencode übersetzt. Die Programmierung der Signalprozessoren war sehr aufwendig, denn die Rechenverfahren mussten an die unterschiedlichen Arbeitsweisen der elektronischen Bauteile angepasst werden. Bei der Implementierung erlebten die Programmierer einige merkwürdige Effekte, erreichten aber, dass die Echtzeitversion bald besser war als der Simulationscode.

Jürgen Herbst und Hartmut Schott halfen bei konstruktiven Fragen, dem Zusammenbau der Komponenten und dem Testen der Systeme, zu dem auch die Fehlersuche in den Programmen gehörte. Die ASPEC-Encoder benötigten für jeden Stereokanal zwei Signalprozessoren, einen DSP32C und einen DSP56000, der Decoder kam mit einem DSP56000 pro Kanal aus.

(14) der erste Audiocodec 1987
(Fraunhofer IIS/Kurt Fuchs)

»Die ersten Geräte waren modulare Prozessorsysteme, das heißt ihre Funktion wurde durch die Software bestimmt. Ich schätze mal, dass wir etwa fünf bis zehn solcher Systeme bauten. Zunächst waren es Codecs – also Encoder und Decoder in einem Gehäuse –, später getrennte Einheiten für Encoder und Decoder, um klar definierte und überprüfbare Übertragungskanäle wie etwa ISDN-Modems dazwischenschalten zu können«, beschreibt Harald Popp die Hardware-Entwicklung, die wertvolle Erkenntnisse für den Einsatz ihrer Audiocodecs in praxistauglichen Geräten lieferte.

Die Prototypen-Entwicklung spielte für die Technologie der Erlanger Forscher eine wesentliche Rolle, denn nur damit konnten sie die Vorbehalte widerlegen, dass die Technik nicht realisierbar sei. Völlig unverzichtbar war der Prototypenbau für die Beurteilung der Wirtschaftlichkeit, sagt Gerhäuser: »So konnten wir abschätzen, wie groß die Komplexität der Hardware ist. Die Halbleiterindustrie hat uns immer wieder vorgeworfen, dass der Layer-3 extrem komplex sei. Er würde nie auf einen Chip passen und wenn, dann so teuer sein, dass er nie bezahlt werden könnte. Doch schon nach weniger Jahren war das kein Thema mehr.«

Da zunächst keine Chance auf den Konsumermarkt bestand, konzentrierten sich die Entwickler auf die professionellen Anwendungsbereiche in Rundfunkstudios. Wenn die Industrie keine Anwendungsidee hat, »dann müssen wir eben selbst aufzeigen, wo mögliche Märkte liegen«, sagte sich Harald Popp und ergriff die Initiative zu einer Vermarktungsoffensive. Er engagierte sich von Anfang an nicht nur in der Hardware-Entwicklung, sondern baute gemeinsam mit den Kollegen auch den Schwerpunkt Technologievermarktung aus. Idee war, der Industrie zu zeigen, dass es inzwischen handliche Geräte gibt, die im Praxiseinsatz funktionieren. Gerhäuser war in den pausenlosen, internationalen Arbeitsgruppentreffen schnell klargeworden, dass Layer-3 kein Selbstläufer sein würde, sondern erst den richtigen Markt finden muss: »Das Engagement der Gruppe hat dazu geführt, dass das Codierverfahren entwickelt wurde. Damit ist es aber es nicht automatisch verkauft worden. Die Entwicklung war eine absolut notwendige Komponente. Nun stellte sich aber die Frage: Wo kann das Verfahren zum jeweiligen Zeitpunkt genutzt werden?«, erklärt Gerhäuser. »In der Audiogruppe war eine hohe Aufmerksamkeit für Chancen vorhanden. Das Vermarktungsdenken, was man mit der Technik machen könnte, war immer präsent.« Von Beginn an waren alle Mitarbeiter in die Akquise einbezogen. »Die Entwickler waren immer vor Ort bei den Kunden und haben geschaut, was sie brauchen könnten. So ist das Marktwissen bis zum einzelnen Programmierer angekommen. Dabei lernten die Mitarbeiter auch, dem Kunden darzustellen, wie sich das Gerät, das immerhin mehrere 10 000 Mark gekostet hat, innerhalb kurzer Zeit amortisieren könne.«

Schnell etablierte sich die Geräte-Entwicklung zu einem wichtigen Standbein des Instituts. Neben den Codecs wurden Messgeräte und Testequipment für die unterschiedlichen Anwendungen gebaut. Letztlich hat diese Vorgehensweise den Entwicklern vom Fraunhofer IIS ein Alleinstellungsmerkmal verschafft, denn sie konnten als Einzige nicht nur die Technologie, sondern auch die dafür notwendigen Werkzeuge liefern. Wirtschaftlich ist es ohnehin oft der erfolgreichere Weg, anderen die Ausrüstung zu liefern, die sie dringend benötigen und deshalb fast jeden Preis zu zahlen bereit sind. Unternehmensberater nennen das »Hacke-und-Schaufel-Prinzip«. Es leitet sich vom Goldrausch in Amerika ab, als kaum ein Goldgräber reich wurde, dafür aber diejenigen, die ihnen Hacken und Schaufeln – und was sie sonst noch brauchten – verkauften. Jedenfalls war es für das junge Institut eine kluge Strategie, Geräte zu entwickeln und begleitende Dienstleistungen anzubieten, die für die Einführung der neuen Technologie benötigt wurden. Denn sie wussten, dass es noch einige Jahre dauern würde, bis alle notwendigen Komponenten leistungsfähig und kostengünstig genug sein würden, um den Massenmarkt adressieren zu können. Statt abzuwarten, setzten die Erlanger Forscher auf die konsequente Weiterentwicklung der digitalen Audiocodierung als einen langfristigen Vorteil. Zur Überbrückung entwickelten sie alles rund um die Technologie und versorgten den Forschungs- und Studiomarkt.

Bei den Arbeiten an der Entwicklung für das Digitalradio stellten die Forscher beispielsweise fest, dass die Halbleiterhersteller ihre Chips hinterher testen müssen. Auch das Institut brauchte Testgeräte, um die Schaltungsentwürfe zu überprüfen. »Also haben wir es gleich so entwickelt, dass man es auch verkaufen kann«, beschreibt Gerhäuser die clevere Vorgehensweise. »Das Mitdenken hat öfter dazu geführt, dass wir sagten, wir können schon machen, was ihr wollt, das löst aber nicht euer Problem«, sagt Gerhäuser. »Das hat dann zwar zum Erstaunen geführt, letztlich uns aber beim Kunden großes Renommee gebracht.«

Nach fünf Jahren Befristung wurde die Fraunhofer-Arbeitsgruppe für Integrierte Schaltungen AIS im Jahr 1990 evaluiert. Auf Grundlage der positiven Beurteilung beschloss der Senat der Fraunhofer-Gesellschaft, die Arbeitsgruppe zum Fraunhofer-Institut für Integrierte Schaltungen IIS-A auszubauen. Für Leitung und Mitarbeiter war ein wichtiger Meilenstein erreicht, da nun unbefristete Arbeitsstellen eingerichtet werden konnten.

Anfang der 90er Jahre stellten Brandenburg, Gerhäuser, Grill und Popp ihre Technologie auf allen einschlägigen Konferenzen, Kongressen und Branchenmeetings vor, in Europa, aber auch in den USA. »Wir haben DAB immer nur als ein mögliches Radio-System betrachtet und selbstverständlich nach alternativen Märkten geschaut«, sagt Harald Popp. Die erste Anwendung in den USA – Satellitenstrecken zur Musikübertragung vom Studio zum Sender – hatte sie bestärkt, den internationalen Rundfunkmarkt weiter zu bearbeiten. So traten sie auch bei jährlichen internationalen Konferenzen wie der National Association of Broadcasters NAB in Las Vegas

(15) aus dem Fraunhofer AIS wird das Fraunhofer IIS; Richard Hagelauer, Heinz Gerhäuser, Peter Dittrich, Dietrich H. Eckhard, Norbert Bauer, Karlheinz Ronge, Dieter Seitzer (Fraunhofer IIS/Kurt Fuchs)

und der International Broadcasting Convention IBC in Amsterdam auf.

Gleichzeitig forcierten sie jetzt die Geräte-Entwicklung: Schon im Februar 1990 hatten sie ASPEC-Encoder und ASPEC-Decoder in Form von Laborgeräten an Thomson-Brandt in Hannover und im Juli 1990 an die US-Firma Zenith Electronics Corporation in Glenview, Illinois, ausgeliefert.

Nachdem sich der Wettbewerb zwischen MUSICAM und ASPEC zunehmend verschärfte und die Sorge wuchs, dass ASPEC nicht zum Standard werden könnte, suchte Fraunhofer dringend nach Einsatzmöglichkeiten für die gut funktionierende Technologie. »Mein wichtigster Beitrag in dieser Zeit war meine Sturheit«, erzählt Bernhard Grill: »Ich habe das nie akzeptiert, dass die Unternehmen unsere Technologie nicht haben wollen. Über den Vorschlag, auch bei uns ganz auf Layer-2 zu setzen, war ich damals völlig entsetzt, weil ich überzeugt war, dass wir besser sind.« Da DAB von MUSICAM besetzt wurde, blieb zunächst nur der Markt für Rundfunkstudiotechnik. Und hier gab es einen großen Bedarf für Kompressionstechnik.

Um diesen Markt für professionelles Studioequipment adäquat bedienen zu können, schlug Harald Popp die Entwicklung von studiotauglichen Encodern und Decodern im 19-Zoll-Format mit allen notwendigen Ein- und Ausgängen vor.

Studiotechnik für den Rundfunk – erste Lizenz an Telos

Die nach professionellem Standard gebauten Codecs dienten dazu, die technische Machbarkeit zu demonstrieren und die Anwendung in Nischenmärkten der Rundfunkstudios zu erproben. Dabei half wieder die Ursprungsidee, Musik über Telefonleitungen zu senden, denn mit der Einführung von ISDN hatte die Digitalisierung des Telefons begonnen. Schon mit dem Start des ISDN-Betriebs im Sommer 1989 begann das Fraunhofer AIS mit Testübertragungen von Musik über ISDN, zuerst bei der Oberpostdirektion Nürnberg, dann bei der Oberpostdirektion Köln vor Repräsentanten des Westdeutschen Rundfunks, der Deutschen Welle und der Deutschen Bundespost.

Die Rundfunksender mussten für die Live-Übertragung von Sportereignissen oder Konzerten immer Standleitungen mieten, um die Reportagen an ihre Studios zu überspielen. Standleitungen waren sehr teuer und nicht leicht zu bekommen. Daher suchten die Rundfunksender nach günstigeren Übertragungsmöglichkeiten. Das neue ISDN-Netz bot sich an, hatte aber das Problem der auf 2 mal 64 kbit/s begrenzten Datenrate je Basisanschluss. Unkomprimiert hätte CD-Musik zur Übertragung etwa 11 ISDN-Basisanschlüsse benötigt. Layer-2 reichte mit drei dafür notwendigen ISDN-Basisanschlüssen immer noch nicht aus, denn mehrere Basisanschlüsse gab es selten. Da konnte ASPEC/Layer-3 mit nur einem einzigen Basisanschluss seine Vorteile klar ausspielen, denn das gab es überall – und so konnten die Reporter von fast jedem Ort aus ihre Berichte überspielen mit unvermindert hoher Tonqualität.

1991 baute das Fraunhofer-Team eine erste Kleinserie von 10 ASPEC-Geräten für Rundfunkstudios. Später kamen weitere 20 Geräte hinzu. »Insgesamt haben wir 30 Codecs realisiert«, entnimmt Harald Popp seinen Aufzeichnungen.

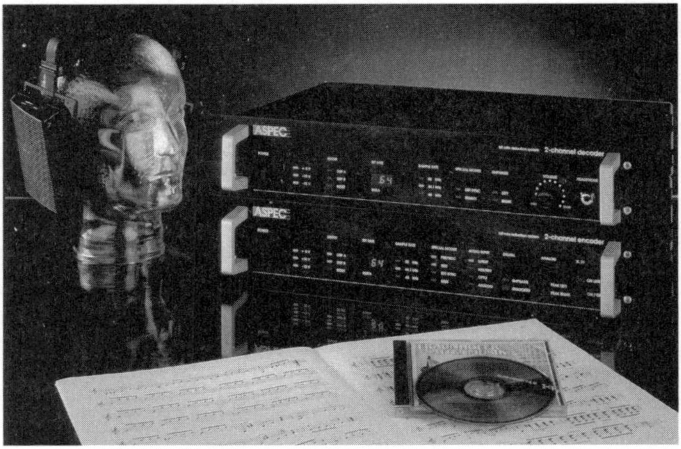

(16) ASPEC-Codec im Studio-Format aus dem Jahr 1991 (Fraunhofer IIS/Kurt Fuchs)

Der Einsatz in deutschen Rundfunkstudios begann im November 1991 mit Radio FFN Hannover, das acht Lokalstudios in Niedersachsen betrieb, die jeweils 20 Minuten pro Tag auf Sendung gingen. Dort setzte sich der technische Leiter Hanns Zinke intensiv für den Einsatz der ASPEC-Codecs ein, weil er damit in einem Jahr 500 000 Mark an Kosten für Standleitungen einsparen und normale ISDN-Basisanschlüsse nutzen konnte. Die Entscheidung von Radio FFN verhalf ASPEC zum Durchbruch bei der Tonübertragung über ISDN.

Es war allerdings nicht einfach, die Datenströme der beiden Kanäle so exakt miteinander zu koordinieren, dass keine Störungen durch kleinste Verzögerungen erzeugt wurden. »Es war schon schwierig genug, diese zwei Kanäle zusammenzubringen. Wenn man sich dann vorstellt, sechs Kanäle, die alle mit unterschiedlicher Verzögerung durch das Land reisen, zusammenschalten zu müssen, wird schnell klar, wie kompliziert das ist«, erklärt Heinz Gerhäuser die klaren Vorteile von ASPEC/Layer-3. Um die Zusammenschaltung der beiden Kanäle kümmerte sich aus dem Fraunhofer-Team Rainer Buchta. »Die ASPEC-Codecs sorgten auch für einen neuen Industriestandard für die Aufteilung des Datenstroms auf die beiden ISDN-Kanäle, später nach unserem Kollegen Buchta-Splitting genannt«, sagt Harald Popp. Mit der Bestellung von weiteren Codecs durch Radio FFN im Jahr 1992 konnte er eine neue Serie von 20 Codecs starten, die teilweise von der Firma Megatec gefertigt wurden. Megatec war ein Spin-off-Unternehmen des Fraunhofer IIS, das von dem früheren Kollegen Gerhard Pirner geleitet wurde. Ein Codec-Paar aus Encoder und Decoder kostete bei Megatec in der Stereo-Ausführung rund 30 000 Mark.

Parallel dazu begann Harald Popp mit einer ganzen Reihe von Demonstrationsanwendungen, um die Leistungsfähigkeit von ASPEC zur Tonübertragung über ISDN bekanntzumachen: Im Januar 1991 erprobte die Deutsche Welle ASPEC in einer Übertragung zwischen Deutschland und Kanada, auf der Internationalen Funkausstellung IFA in Berlin fand im August die erste öffentliche ASPEC-Musikübertragung statt, im Oktober berichteten der private Lokalsender Radio 7 vom CDU-Landtag in Ulm via ASPEC und Radio Fantasy vom Augsburger Herbstmarkt. Ebenfalls im Oktober übertrug die Deutsche

Telekom mit ASPEC Musik von Mannheim zu ihrem Messestand in Genf. Und schließlich folgen im Dezember 1991 Live-Reportagen des Rundfunksenders SDR 3 vom Pokal des Deutschen Tennis Bundes DTB in der Martin-Schleyer-Halle in Stuttgart.

Höhepunkt dieser professionellen Anwendungen für den Rundfunk war der Einsatz bei der Winterolympiade in Albertville in den französischen Alpen im Februar 1992. Alle Reporter der privaten Rundfunksender Deutschlands benutzten die ASPEC-Codecs, um ihre Beiträge über ISDN-Leitungen an das zentrale Studio in Meribel zu überspielen. Das sparte den Rundfunksendern eine Menge Geld.

Mit den Audiocodecs, die bis 1993 mit ASPEC, später mit Layer-3 betrieben wurden, konnte sich das Fraunhofer IIS schnell auf dem Nischenmarkt für professionelles Studioequipment etablieren und letztlich fast alle Hersteller als Lizenznehmer gewinnen.

Wichtigster Türöffner für diese Branche wurde die US-Firma Telos aus Cleveland in Ohio. Heute ist Telos ein weltweit führendes Unternehmen für Audiocodecs, Studio-Telefoniesysteme und Telefonhybride, mit denen Telefonsignale weiterverarbeitet werden können. Telos-Gründer Steve Church war eine charismatische Persönlichkeit und ein ausgezeichneter Kenner des amerikanischen Rundfunkmarkts. Harald Popp hatte ihn auf einer Messe kennengelernt und nach Erlangen gelockt. Im Gegensatz zu den deutschen Studiotechnikfirmen, die Layer-2 bevorzugten, ohne Layer-3 wirklich zu kennen, hörte sich Steve Church an, was Layer-3 leistet. Er war so begeistert von der Kompressionstechnik, dass er sich als erster Unternehmer traute, auf Layer-3 zu setzen. Er lizensierte Layer-3 und investierte kräftig in die Technologieentwicklung. Nicht nur das, er machte das Format in den USA bekannt und brachte die Fraunhofer-Forscher mit den wichtigen

Größen der Elektronikindustrie in den USA zusammen. Da er außerordentlich gut vernetzt war, wurde er zum besten Werber für Layer-3. »Steve Church war ein Vordenker, er hat sehr früh auf Layer-3 gesetzt, und er war immer der Erste, der sich eine Neuentwicklung bei uns angeschaut hat. Er hat uns mit allen wichtigen Playern zusammengebracht, mit Microsoft, mit Apple«, schwärmt Harald Popp von dem technikbegeisterten amerikanischen Unternehmer. »Er ist mein Freund geworden, aber leider viel zu früh verstorben.« Telos baute mit Fraunhofer-Technik einen Audiocodec und stellte ihn unter dem Namen Zephyr im April 1993 auf der Messe des US-amerikanischen Rundfunkverbandes NAB (National Accociation of Broadcasters) in Las Vegas vor. Telos bot den Rundfunksendern die Geräte an, um Sportreportagen aus den Stadien in die Studios zu übertragen oder andere Live-Reportagen via Telefonleitung zu überspielen. Bernhard Grill flog extra nach Las Vegas, um Telos auf der Messe zu unterstützen. »Ich hatte einen Prototyp dabei, um die Technik demonstrieren zu können«, berichtet Grill von seinem erfolgreichen Einsatz. »Noch auf der Messe hat ein Kunde 500 Stück bestellt. Das war ein sensationeller Auftrag für eine Firma, die im Jahr normalerweise 700 bis 800 Geräte herstellte. Es ging um die Übertragungen der amerikanischen Basketball-Profiliga NBA.«

Telos erreichte mit dem Zephyr in den USA schnell über 70 Prozent Marktanteil und war auch in Europa sehr erfolgreich. Im Laufe der Jahre konnte Telos über 10 000 Stück des Zephyrs verkaufen. Steve Church brachte Fraunhofer auch in Kontakt mit den neu entstehenden Internet-Unternehmen in den USA. So lernte Brandenburg einen Software-Entwickler kennen, der später zu Microsoft wechselte und zu einem wichtigen Ansprechpartner wurde.

Die Convention der Audio Engineering Society AES in New

York 1993 brachte den Umschwung. Endlich galt Layer-3 als industrietauglich – zumindest einmal für den Profibereich. So kamen auf dem Umweg über die USA auch die deutschen Hersteller von Studioausrüstung unter Druck, Layer-3 einzusetzen. Schnell zogen Unternehmen wie Dialog 4 in Ludwigsburg und Philips Kommunikations Industrie PKI in Nürnberg nach und stiegen endlich auf die Offerten des Fraunhofer IIS ein.

Dialog 4 aus Ludwigsburg gab im Juni 1993 dem Fraunhofer IIS den Auftrag für ein DSP-Modul mit dem Layer-3-Codec. Im Februar 1994 stellte Dialog 4 sein System mit dem Namen MusicTAXI 3 auf der AES in Amsterdam vor. Dort präsentierte auch die PKI ihren neuen Audiocodec Magic, der ebenfalls auf Layer-3 basierte.

Den Rundfunkmarkt kannten die Fraunhofer-Forscher durch das DAB-Projekt besonders gut. Es gab aber auch schon erste Ideen, Layer-3 für die Speicherung von Musik einzusetzen. So lernte Gerhäuser, als sie sich mal wieder bei ihren Partnern AT&T in Murray Hill befanden, die amerikanische Firma Music Mining kennen. Sie hatte die Idee für einen Musikkiosk, an dem man Musik kaufen kann. Die Musikstücke sollten dort codiert gespeichert sein und auf Wunsch decodiert auf Tonbandkassetten kopiert werden. Damit das schnell geht, sollten beide Spuren gleichzeitig – die zweite Spur rückwärts – aufgespielt werden. Das hatte bis dahin noch niemand versucht. Da AT&T kein Interesse an der Entwicklung hatte, fragte Gerhäuser seine Spezialisten, ob das möglich sei. Schon am nächsten Tag konnte er eine Lösung präsentieren. Am Tag darauf folgte der Auftrag. Sofort begann das Institut mit der Geräte-Entwicklung. »Leider ist die Firma kurz vor der Markteinführung dann Pleite gegangen. Zum Glück konnten wir die Auslieferung der Geräte stoppen«, erinnert sich Gerhäuser an die clevere Idee.

Ein anderes Konzept verfolgte der Braunschweiger Spiele-

und Musikautomaten-Hersteller NSM-Löwen. Er wollte eine digitale Musikbox herstellen, um in Kneipen die alte mechanische Jukebox zu ersetzen. Auf Festplatten sollte eine viel größere Zahl von Songs gespeichert werden, als die alten Plattenwechselsysteme aufnehmen konnten. Neue Songs sollten über das digitale Telefonnetz an jede Jukebox verteilt werden. So hätte jeder mit dem Einwurf einer Münze sein Lieblingslied abspielen können. »Dieses Konzept einer selbstlernenden vernetzten Musikdatenbank ist vor der Einführung des Internets entstanden«, erinnert sich Harald Popp. »Wir haben an diesem Projekt jahrelang gearbeitet, insbesondere an den PC-basierten Geräten zur Musikwiedergabe. Letztlich hat sich NSM gegen die Markteinführung entschieden, aber wir haben viel Erfahrung über derartige Anwendungen gewonnen.« Später hat die nordamerikanische Firma TouchTunes, die 1998 gegründet wurde, das Konzept einer digitalen Jukebox zum Erfolg geführt. Bis heute hat sie über 60 000 Geräte in Gaststätten aufgestellt, auf denen weit über 1 Milliarde Songs abgespielt wurden.

Eine ganz andere Anwendung war die Sprachspeicherung für Ansagesysteme des öffentlichen Nahverkehrs, die mit der Firma Meister Electronic in Köln entwickelt wurde. Die Firma Meister wollte eine neue Generation digitaler Sprachansagesysteme mit höherer Qualität entwickeln. Die Ansagetexte von 60 Minuten Länge sollten auf einem EPROM-Speicher abgelegt werden. Der Layer-3 mit einer Datenrate von 32 kbit/s für Mono eignete sich hervorragend für Sprachansagen und Erkennungsmelodien, denn die Tonqualität war erheblich besser als die des bisher verwendeten PCM-Systems bei 64 kbit/s. Eine besondere Herausforderung für die Forscher war bei diesem Projekt das Schneiden der codierten Ansagetexte, denn das war bis dahin noch nicht erprobt worden. Nach dem Abschluss des Lizenzvertrags im April 1992 starteten die Erlanger Forscher mit der Entwicklung der Decoder-Hardware. In Oktober 1993 lieferte die Firma Meister die ersten Serienprodukte des DAS-8-Systems aus. Die neuen Ansagesysteme hatten einen Speicher von 16 MB und konnten damit eine volle Stunde Ansagetexte bereithalten.

All die unterschiedlichen Projekte und Kontakte zeigten, dass nicht nur im Rundfunkbereich, sondern überall, wo es um Ton ging, Interesse an Kompressionsverfahren bestand. Die zahlreichen Geschäftsideen deuteten an, welch großes Potential in den neuen Technologien steckte.

Die Vermarktung von Layer-3 in Nischenmärkten wurde begleitet von strukturellen Veränderungen im Audioteam, das zu einer eigenen Abteilung ausgebaut wurde. Heinz Gerhäuser rückte neben Dieter Seitzer zum Institutsleiter am Fraunhofer IIS auf. Karlheinz Brandenburg wechselte von der Universität an das Fraunhofer-Institut, um die Leitung der neuen Audioabteilung zu übernehmen. Harald Popp, der sich von Anfang an auch um die Vermarktung gekümmert hatte, entschied nun, sich voll und ganz dem Marketing zu widmen, um die vorhandenen Industriekontakte intensiv zu pflegen und neue aufzubauen. »Das war extrem wertvoll, denn damit hatten wir jemanden, der nicht gleichzeitig technische Entwicklung machen musste, sondern sich ganz auf das Business Development konzentrieren konnte«, sagt Gerhäuser. Auch Bernhard Grill engagierte sich verstärkt, um die Leistungsfähigkeit von Layer-3 in die Welt zu tragen. »Ich habe damals unendlich viele Vorträge auf Konferenzen gehalten. Mein Ziel war es, die Vorzüge von Layer-3 in der Technik- und Forschungsszene bekannt zu machen«, sagt er. »Sogar unsere größten Gegner bei Philips mussten eines Tages zugestehen, dass wir es geschafft haben, dass alle Layer-3 kennen und alle wissen, dass es etwas Besseres als Layer-2 gibt.«

Das erste Rundfunk-Großprojekt – WorldSpace

Im Jahr 1990 hatte der äthiopisch-amerikanische Geschäftsmann Noah Samara die Vision, Rundfunk in die Gegenden der Welt zu bringen, die bisher keinen Empfang hatten. Zu diesem Zweck gründete er die Firma WorldSpace, die mit einem Risikokapital von über 1 Milliarde US-Dollar ausgestattet wurde. Drei Satelliten, einer über Afrika und dem Mittleren Osten, einer über Asien und einer über Mittelamerika, sollten ein Gebiet, in dem über 4,5 Milliarden Menschen wohnen, mit Radioprogrammen versorgen. Noah Samara ging es vor allem um Unterhaltung und Bildung für Entwicklungsländer. Wer in Afrika, Lateinamerika oder Indien außerhalb der Reichweite der UKW-Sender lebte, musste sich bis dahin mit dem verzerrten Rauschen der Mittel- und Kurzwellensender zufriedengeben. Die WorldSpace-Satelliten sollten nun auch abgelegene Gebiete mit Rundfunk in hoher Qualität versorgen. Kleine tragbare Radiogeräte sollten die Signale überall empfangen können – und die letzten weißen Flecken auf der Rundfunk-Landkarte verschwinden lassen. Die Firma WorldSpace hatte frühzeitig Kontakt mit dem Fraunhofer IIS aufgenommen. Harald Popp und Karlheinz Brandenburg hielten Vorträge auf der WorldSpace-Konferenz in Washington, auf der die Entscheidung fiel, Layer-3 für die Übertragung der Radiosignale zu nutzen.

Nur durch Komprimierung wird es möglich, bis zu 80 nationale und internationale Programme in verschiedenen Sprachen auszustrahlen. WorldSpace war das erste System, das einen direkten Satellitenempfang ohne fest installierte und exakt ausgerichtete Satellitenschüssel ermöglichte. Die in die Radios integrierten Flachantennen und die Decoderchips reichten dafür aus.

Das Fraunhofer-Institut konnte nicht nur die Komprimierungstechnik liefern, sondern auch alle anderen Kompetenzen der Rundfunktechnik abdecken. Daher eignete es sich als General-Technologiepartner im Team der renommierten Industrieunternehmen. WorldSpace richtete gleich neben dem Institut ein Büro ein, um von dort die weltweiten Entwicklungsaktivitäten zu koordinieren. Schon zu Beginn vergab WorldSpace Aufträge von 25 Millionen Mark an das Fraunhofer IIS, weitere 20 Millionen waren geplant.

Für das Institut war dies das erste industrielle Großprojekt, sogar das größte Industrieprojekt in der Fraunhofer-Gesellschaft. Zeitweise arbeiteten über 40 Personen aus mehreren Abteilungen an der WorldSpace-Technologieentwicklung. Besonders wichtige Aufgaben übernahmen Albert Heuberger, Ernst Eberlein und Michael Schlicht. »Wir haben die Protokolle des Übertragungsverfahrens definiert, die Simulation des Systems durch Laboraufbauten und Messungen im Freien verifiziert, Referenzempfänger, Test- und Messgeräte gebaut, den Digitalteil des Senders entwickelt und in kleinen Stückzahlen hergestellt. Außerdem Entwicklungsunterstützung beim IC-Entwurf geleistet«, erinnert sich Heinz Gerhäuser an Details.

Das Radiogerät, das die Signale aus dem All ohne große Antennenschüssel empfangen, entschlüsseln und in CD-Qualität wiedergeben konnte, entwickelten und testeten die Ingenieure des Fraunhofer IIS. Während eines vierwöchigen Feldversuchs wurde der Prototyp des Satellitenradios auf Herz und Nieren geprüft: Ein Hubschrauber, der über Erlangen kreiste, lieferte die »Satelliten-Signale«, während Dutzende von Forschern das Verhalten des neuentwickelten Digitalradios protokollierten. Noah Samara, Präsident der World-Space-Corporation, war nach der Testfahrt auf Straßen und Autobahnen in der Umgebung von Erlangen-Tennenlohe begeistert: »Diese Demonstration hat gezeigt, dass das WorldSpace-System funktioniert.« Nach diesem Härtetest wurde das Gerät zur Serienreife weiterentwickelt. »Wir sind sehr zuversichtlich, dass die Satellitenradios pünktlich zum Start des WorldSpace-Systems auf den Markt kommen«, erklärte Albert Heuberger, einer der Entwickler des digitalen Satellitenradios am Fraunhofer-Institut. Die integrierten Schaltkreise für die Empfangsgeräte wurden von SGS-Thomson in Italien und ITT Intermetall in Deutschland entwickelt. Für die tragbaren Empfänger, die ein Display zum Empfang von Multimedia-Informationen erhalten sollten, wurde ein Stückpreis von rund 200 US-Dollar kalkuliert.

Der Plan von WorldSpace war, ab 1997 drei Satelliten auf Ariane-Trägerraketen in den Orbit zu transportieren: AfriStar sollte geostationär über dem afrikanischen Kontinent positioniert werden, AmeriStar über Mittel- und Südamerika und AsiaStar über Asien stehen. Jeder der Satelliten wurde mit drei Sendestrahlen – den »Beams« – ausgerüstet, um die unterschiedlichen Regionen abzudecken. Die komprimierten Daten werden über Bodenstationen zu den WorldStar-Satelliten geschickt. Dort empfangen On-Board-Prozessoren die Informationen, demodulieren sie und ordnen sie einem der drei Beams zu. Dann werden die Signale verstärkt und über die Antennen abgestrahlt. Zum Empfang braucht man nur ein Satellitenradiogerät.

Noah Samara kam zwar mit WorldSpace in große Finanzierungsschwierigkeiten, konnte aber nach weiteren Finanzierungsrunden das Projekt fortsetzen und die Entwicklungsleistungen des Fraunhofer IIS bezahlen. Seit 1999 versorgt AfriStar Afrika sowie Teile Europas und des Mittleren Ostens und seit 2001 AsiaStar große Teile Asiens mit zahlreichen Rundfunkprogrammen. Die Pläne für den dritten Satelliten AmeriStar zur Versorgung Zentral- und Südamerikas scheiterten an Frequenzstreitigkeiten, da der von WorldSpace geplante Frequenzbereich auch von der US-Luftwaffe genutzt wurde.

Für das Fraunhofer IIS war das Projekt eine große Genugtuung. Während Europa zögerte, sollten die Entwicklungsländer als Erste in den Genuss der digitalen Radiotechnik kommen. Und dabei ließ sich das ganze Potential der Digitaltechnik demonstrieren, die zusätzlich zu den Audiodaten auch Texte und Bilder senden kann. »Die Übertragung von Multimedia-Informationen lässt Telekommunikation, Computertechnik und Unterhaltungselektronik zusammenwachsen«, prognostizierte Heinz Gerhäuser damals in weiser Voraussicht: »Mit der Technikentwicklung für WorldSpace haben wir bewiesen, dass die Unterhaltungselektronik zu innovativen Produkten stimuliert werden kann.«

Außerdem hat WorldSpace »die Tür geöffnet für ein großes Nachfolgeprojekt mit XM-Radio«, ergänzt Albert Heuberger, der heutige Institutsleiter des Fraunhofer IIS. Bei diesem Projekt mit dem nordamerikanischen XM Satellitenradio, das viele Jahre später folgte, ging es nicht um Audiocodierung, sondern um Übertragungstechnik. XM Satellite Radio strahlt in Nordamerika 69 Musikkanäle, 39 Sprachkanäle mit Nachrichten und Sportberichten, 21 Sender mit Regionalprogrammen und 23 Sender mit aktueller Kommentierung von Sportereignissen aus. »Inzwischen hat sich der Kreis geschlossen«, erinnert Heuberger an die aktuelle Entwicklung. »XM Radio hat unsere neueste Audiotechnologie lizensiert.«

DAB-Entscheidung für Layer-2

Das EUREKA-Projekt zur Entwicklung des digitalen Rundfunks DAB ging 1991 zu Ende, sollte aber in einer zweiten Stufe von 1992 bis 1994 mit einem Fördervolumen von insgesamt 45 Millionen Mark fortgesetzt werden. So blieb das Erlanger Fraunhofer-Institut am Thema Rundfunktechnik, auch wenn sich Layer-2 als DAB-Standard durchgesetzt hatte.

Am 25.3.1993 stimmten die Ministerpräsidenten der 16 Länder der Einführung von DAB zu. Dies wurde von den DAB-Befürwortern als Meilenstein gewertet. Die Freude dauerte allerdings nicht lange, denn am 3. Mai beschloss die ARD-Intendanten-Konferenz wegen der »gegenwärtig schwierigen Finanzlage des öffentlich-rechtlichen Rundfunks«, die Entscheidung über die Einführung von DAB auf 1997 zu vertagen.

Dennoch waren in dem Beschluss der Ministerpräsidenten erstmals die Anforderungen an ein digitales Nachfolgesystem für UKW in Deutschland formuliert worden. Demnach sollten Pilotprojekte zur Erprobung des DAB-Systems in verschiedenen Bundesländern vorbereitet werden.

Insgesamt fanden von 1995 an neun Pilotprojekte in verschiedenen Bundesländern statt. Daran beteiligten sich mehrere Landesrundfunkanstalten und Deutschlandradio. Bayern engagierte sich besonders stark und legte in einem Grundlagenvertrag zwischen dem Bayerischen Rundfunk und der Bayerischen Landeszentrale für neue Medien fest, wie das DAB-Pilotprojekt in einer Arbeitsgemeinschaft mit Programmanbietern und Unternehmen aus Forschung und Industrie durchgeführt werden sollte. Im Frühsommer 1994 wurden folgende Ziele definiert:

- Technische Erprobung des Systems DAB und Durchführung technisch-wissenschaftlicher Begleituntersuchungen: Aufbau eines aus 11 Sendern bestehenden Gleichwellennetzes im Kanal 12 sowie Aufbau von drei lokalen Sendernetzen in München, Ingolstadt und Nürnberg;
- Erprobung der Ausstrahlung von Hörfunkprogrammen auf überregionaler und lokaler Ebene;
- Erprobung von Datenrundfunk- und Zusatzdiensten: Entwicklung und Vereinbarung gemeinsamer Übertragungsstandards für Datenrundfunk;
- Förderung der Entwicklung von serienreifen DAB-Empfangsgeräten: Ausgabe von mehreren Tausend Testempfängern an DAB-Versuchsteilnehmer im bayerischen DAB-Empfangsgebiet;
- Erprobung neuer Organisationsformen bei der Zusammenarbeit von öffentlich-rechtlichen und privaten Trägern und Entwicklung rechtlicher Rahmenbedingungen; Vorbereitung der Markteinführung von DAB durch umfangreiche Markt- und Akzeptanzstudien.

Diese Ziele bescherten dem Fraunhofer IIS eine Fülle von Aufgaben, das dadurch seine Kompetenzen in der digitalen Rundfunktechnik ausbauen konnte. Doch die Einführung des digitalen Rundfunks kam nicht voran. Sendeanstalten, Gerätehersteller und Politik schoben sich gegenseitig den Schwarzen Peter zu. Geplant war ursprünglich, dass die ersten Radios mit DAB-Chips Ende 1995 auf den Markt kommen sollten. So meldete der *Spiegel* im Herbst 1995: »Die Radiobauer, von Blaupunkt bis Telefunken, sind hoffnungsfroh: Der Bedarf an Geräten, die für den DAB-Empfang gebraucht werden, könnte sich bis zum Jahr 2010 auf eine halbe Milliarde Stück summieren.«[59] Welch grandiose Fehlprognose das war, weiß man heute. DAB kam im Grunde nie zum Laufen. »Es war ein

Henne-Ei-Problem. Die Rundfunkanstalten sagten, wozu sollen wir ein Programm machen, wenn es keine Geräte gibt. Und die Radiohersteller sagten, wozu sollen wir Geräte bauen, wenn es kein Programm gibt. Hinzu kamen Machtspiele zwischen öffentlichen und privaten Rundfunkanstalten«, kommentiert Gerhäuser die gegenseitigen Blockaden.

Noch etwas trübte die Zuversicht der Erlanger Forscher: Im Mai 1995 fand ein Treffen des DAB-Steering-Boards in Erlangen statt. Hier fiel die endgültige Entscheidung für Layer-2. »Das Kuriose ist, dass damals gesagt wurde, Layer-3 würde DAB unmöglich machen, weil es viel zu kompliziert sei«, ärgert sich Bernhard Grill noch heute. »Doch später war Layer-3 in allen Autoradios, nicht aber DAB. Das ist eine der besonderen Pointen in der ganzen Geschichte.«

Die endlosen Verzögerungen bei der Einführung des digitalen Rundfunks haben eine bemerkenswerte Parallele beim Umstieg vom analogen zum digitalen Fernsehen. Auch hier haben die Europäer viel zu lange an ihrer größtenteils analogen Variante des hochauflösenden Satellitenfernsehens, dem HD-MAC, festgehalten. 1985 hatte der weltweite Wettbewerb um das künftige hochauflösende Fernsehen HDTV begonnen. Während sich Europa und Japan in einen Kampf mit analogen Lösungen verstrickten, überholte die USA beide mit einem digitalen System. Im Jahr 1993 mussten Philips und Thomson klein beigeben und, statt HD-MAC umzusetzen, sich dem digitalen Standard anschließen, den die USA gesetzt hatte. »Deutlicher könnte nicht dokumentiert werden, wie verfehlt die europäische Fernsehpolitik der vergangenen Jahre war. Die Zeche zahlen die Verbraucher und jene Firmen in Europa, die nun einen technologischen Rückstand aufholen müssen«[60], schrieb die *Zeit* im Juni 1993.

Der erste Chip, der erste Player

Die Miniaturisierung der Echtzeithardware ging von Jahr zu Jahr in großen Schritten voran. Für den Bau eines Layer-3-Stereo-Encoders brauchten die Fraunhofer-Forscher im Jahr 1991 insgesamt 41 Chips: 7 Signalprozessoren und 34 Speicherbausteine. Im Jahr 1992 reduzierte sich die Zahl auf 29 Chips. 1993 waren 24 Chips nötig und 1994 nur noch 7 Chips, 3 Signalprozessoren und 4 Speicherchips. »Zunächst hatten wir die PCs nur zur Bedienung unserer Audio-Echtzeithardware genutzt, die jetzt die Form von selbstentwickelten Einsteckkarten angenommen hatte. Ein paar Jahre später waren die PCs selbst leistungsfähig genug, und wir brauchten überhaupt keine spezielle Hardware mehr zu entwickeln«, beschreibt Harald Popp den Weg der Miniaturisierung und zeigt ein Bild mit den verschiedenen Entwicklungsstufen.

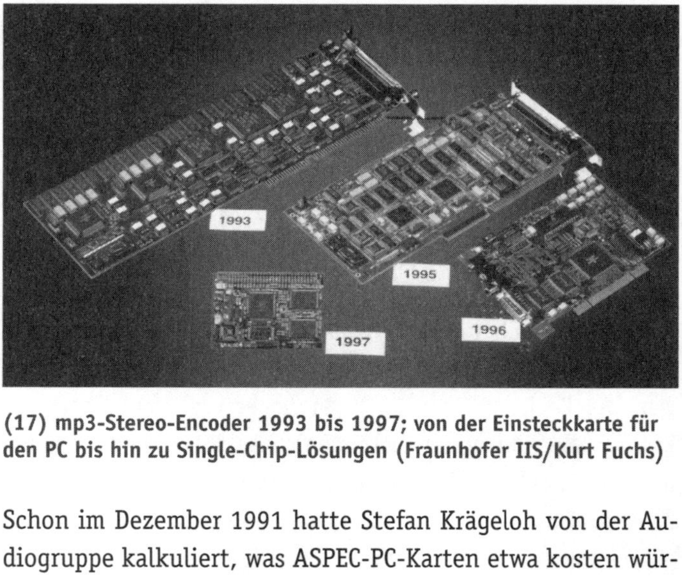

(17) mp3-Stereo-Encoder 1993 bis 1997; von der Einsteckkarte für den PC bis hin zu Single-Chip-Lösungen (Fraunhofer IIS/Kurt Fuchs)

Schon im Dezember 1991 hatte Stefan Krägeloh von der Audiogruppe kalkuliert, was ASPEC-PC-Karten etwa kosten würden. Er kam beim PC-Encoder mit vier Signalprozessoren auf rund 8000 Mark und beim PC-Decoder mit einem Signalprozessor auf 4000 Mark. Für die verschiedenen Software-Pakete veranschlagte er jeweils 2000 Mark. »Es war also völlig klar, dass dies keinen Sinn macht«, sagt Gerhäuser.

Mit dem Ein-Chip-Decoder von ITT Intermetall kamen die Fraunhofer-Forscher dem Ziel einer kostengünstigen PC-Einsteckkarte näher. Mit den Einsteckkarten, auf denen die digitalen Signalprozessoren mit dem Codieralgorithmus untergebracht waren, wurden die PCs zu Musikspielern. Da der Decoder bedeutend einfacher als der Encoder zu realisieren ist, war der Weg zu einer Ein-Chip-Lösung vorgegeben.

Schon im Jahr 1990 hatte das IIS mit Vorstudien begonnen, wie sie die Codierverfahren – statt wie bisher auf mehreren Signalprozessor-Modulen – auf einem einzigen Chip unterbringen könnten. Im EUREKA-Projekt hatten die Forscher bereits Kontakte zu ITT Intermetall in Freiburg geknüpft, das war damals das Halbleiterwerk der Unterhaltungselektronikfirma ITT. Viele Jahre später, im Jahr 1997, wurde das Halbleiterwerk an die Schweizer Firma Micronas verkauft. Heute firmiert es unter diesem Namen.

Im DAB-Projekt gab es Debatten zwischen den Halbleiterspezialisten von Philips und ITT Intermetall über die Entwicklung von DAB-Chips. Philips wollte einen fest programmierten Chip entwickeln, während ITT Intermetall einen Signalprozessor bevorzugte, den man unterschiedlich programmieren kann. »Der Signalprozessor war die komplexere und teurere Lösung, für uns aber ideal, weil wir ja unsere Verfahren weiter verbessern wollten«, erinnert sich Heinz Gerhäuser an die damaligen Diskussionen.

ITT Intermetall entwickelte den neuen Single-Chip-Signalprozessor MASC 3500 für Anwendungen in der Unterhaltungselektronik. Mit diesem Chip stand eine einfache und sehr kostengünstige Lösung für den Konsumermarkt zur Verfügung. Da er für verschiedene Anwendungen gedacht war, hatte er noch keine spezifische Funktion, sondern musste zuerst programmiert werden. ITT Intermetall wollte die Leistungsfähigkeit des MASC 3500 mit einer komplexen Anwendung demonstrieren. Layer-3 galt als der komplexeste Algorithmus, den es im Audiobereich gab. So entwickelte der Halbleiterhersteller gemeinsam mit dem Fraunhofer IIS den ersten Prototypen eines Single-Chip-Layer-3-Decoders. »ITT Intermetall hat die Hardware geliefert, und wir haben sie programmiert. Die Chips konnten alle Gerätehersteller für neue Produkte nutzen. Das brachte die großen Fortschritte«, betont Gerhäuser. Dass es einen Layer-3-Chip gab, war auch für WorldSpace ein überzeugendes Argument, denn damit stand der Weg zu digitalen Radiogeräten offen.

Beim Fraunhofer IIS übernahm Martin Dietz die Koordination des Projekts und die Programmierung des Decoderchips. Die Aufgabe war nicht einfach, weil in Maschinensprache programmiert werden musste und extrem wenig Speicherplatz zur Verfügung stand. »Aus unserer Sicht war der Speicher, der dafür eingeplant war, viel zu klein«, erinnert sich Gerhäuser an die unlösbar erscheinende Aufgabe: »Die Intermetall-Spezialisten wussten aber, dass man durch geschickte Programmierung mit sehr viel weniger Speicher auskommen kann.« Gerhäuser erinnert sich noch gut an die langwierigen Programmierarbeiten, die Martin Dietz oft bis in die Morgenstunden ausdehnte. Da er sich ungestört fühlte, sang er beim Programmieren in den höchsten Tönen – mit einem ausgezeichneten Tenor, wie Gerhäuser bewundernd anfügt. Am Anfang passten kaum mehr als 50 Prozent des Programms auf den Speicher. Martin Dietz hat sich dann mühsam auf 80 Prozent, 90 Prozent, dann 98, endlich 99 und schließlich auf 100 Prozent hochgearbeitet. Das reichte aber immer noch nicht aus, weil zusätzlich Platz für Testroutinen benötigt wurde. Doch Dietz presste auch diese Prozentpunkte heraus. »Er musste alles, was nur denkbar ist, herausholen, um diesen Baustein zu programmieren«, bewundert Heinz Gerhäuser die grandiose Ingenieursleistung.

So gelang es Dietz, den Layer-3-Algorithmus auf dem Signalprozessor MASC 3500 zu implementieren und den ersten Single-Chip-Decoder zu realisieren. Für die herausragende Leistung wurde er gemeinsam mit Otto Witte vom Halbleiterhersteller Micronas im Jahr 1999 mit dem Georg-Waeber-Innovationspreis ausgezeichnet. »Die Philips-Leute haben noch 94 gesagt, dass Layer-3 so kompliziert sei, dass er nie in ein Konsumergerät gehen wird«, sagt Grill. Dabei stellte ITT Intermetall im Oktober 1994 den MASC 3503 der Öffentlichkeit vor. Auf diesem Chip waren alle Funktionalitäten und der Arbeitsspeicher für einen Layer-3-Decoder untergebracht. »Der Chip war extrem wichtig für die Diskussion um die DAB-Entscheidung, denn er bewies, Layer-3 ist auch für den Massenmarkt geeignet«, beschreibt Harald Popp die Perspektiven.

Erster Anwender der Chips war die Firma Proton Data aus Flensburg, die einen Adapter für den Druckeranschluss der damaligen Computer baute, mit dem man Layer-3 in ein Stereosignal umwandeln konnte. Die damaligen Rechner hatten nämlich noch keine Audioausgänge und oft zu wenig Rechenleistung, um Layer-3 zu decodieren.

Der Freiburger Halbleiterhersteller ITT Intermetall, seit 1996 Micronas, konnte im Lauf der Jahre viele Millionen seiner Chips absetzen. »Einer der seltenen Fälle, dass in Deutschland gefertigte Computerchips nach Korea, Japan und Taiwan exportiert wurden«, weist Bernhard Grill auf die häufig übersehene Bedeutung für den Standort Deutschland hin.

Nachdem mit dem Decoderchip von ITT Intermetall die eine wichtige Aufgabe gelöst war, blieb als zweites Problem der

Fortschritt der Speichertechnologie. Die damals erhältlichen elektronischen Speicher waren extrem teuer. Deutlich günstiger waren Festplattenlaufwerke, Hard Disc Drive HDD, die sich bei Computern durchgesetzt hatten. Bei diesen Speichern werden die Informationen mit Schreib-/Leseköpfen magnetisch auf rotierenden Platten gespeichert. Sie haben aber den Nachteil, dass sie relativ groß und empfindlich gegen Erschütterungen sind.

Ideal für mobile Geräte waren dagegen die neuen Flash-Speicher, auch Memory Cards genannt, die Mitte der 1990er Jahre auf den Markt kamen. Der Erfolg dieser Speicherkarten ist eng mit dem Durchbruch der Digitalkamera verbunden. Die erste Compact-Flash-Speicherkarte mit vier Megabyte Kapazität wurde 1994 von SanDisk vorgestellt. Ein Speicher für 60 Minuten Musik hätte damals mehrere Tausend Mark gekostet. Den Fraunhofer-Forschern war klar, dass niemand einen so unerschwinglich teuren Player kaufen würde. Sie schätzten aber, dass im Jahr 2000 ein attraktiver Preis für den Massenmarkt erreicht sein müsste. Schon im Jahr 1997 stellte dann die Siemens-Tochter Ingentix zusammen mit SanDisk den Multimediacard-Standard MMC vor, der später von der SD-Card verdrängt wurde. Ab 2000 gab es kleine Festplattenlaufwerke, Microdrives genannt, die erschütterungsfest und klein genug für mobile Player waren. Diese hatten mehr Speicherplatz und waren erheblich billiger als die Speicherkarten.

Um zu zeigen, wohin der Weg gehen könnte, bauten die Fraunhofer-Forscher mit dem Chip den Demonstrator eines mobilen Players. Die Vision von einem Musikspieler ohne bewegte Teile hatte die Fraunhofer-Gruppe schon im Jahr 1990 entwickelt. Dieter Seitzer hatte in einem Artikel bereits ein solches Gerät mit einem Speicherchip, einem EPROM, vorhergesagt. »Spätestens Mitte der neunziger Jahre hatten wir die Vision, dass jeder die Möglichkeit haben sollte, seine gesamte

Musiksammlung auf einem kleinen Gerät überall dabei zu haben und jederzeit hören zu können«, betont Harald Popp. Weil sie wussten, dass es nur ein paar Jahre dauern wird, bis kostengünstige Lösungen auf den Markt kämen, wollten sie mit dem Demonstrator zeigen, was schon bald möglich ist: Mit dem Decoderchip lässt sich ein kleiner, kompakter Player ohne jedes mechanische Teil herstellen. Die Platine von der Größe einer Zigarettenschachtel enthielt alle elektronischen Bauteile für einen mobilen Player. Auf dem Bild kann man den Signalprozessor MASC 3503C und den EPROM-Speicherchip gut erkennen. Der 1-Megabyte-Speicher konnte zwar nur wenige Minuten Musik speichern, zu Demozwecken reichte das aber völlig aus.

(18) »der erste mp3-Spieler der Welt«, 1994; dieser Demonstrator mit 1 MB Speicher verwendet den MASC 3503C-Decoderchip von ITT Intermetall. (Fraunhofer IIS/Kurt Fuchs)

Popp und Brandenburg präsentierten den Demonstrator des Mobilplayers auf vielen Konferenzen und Messen. Häufig wurde der Demonstrator nur als »Gag« wahrgenommen. Einige erkannten zwar seine Bedeutung, wussten aber, dass bei wichtigen Komponenten noch Leistungssprünge nötig sind. »Für die Herstellung eines Mobilplayers war es noch zu früh, insbesondere die Speicherchips waren noch viel zu teuer«, erklärt Popp, meint aber: »Die Hersteller hätten sich trotzdem schon damals Gedanken über solche Geräte machen können.« Denn Mitte der 1990er deutete sich an, dass der mobile Player bald Realität werden könne. »In einem Projekt mit Siemens zur Verbesserung der Layer-3-Qualität, das von der Bayerischen Forschungsstiftung gefördert wurde, haben wir die Firma Pontis kennengelernt, die als Hersteller von ersten MMC-Spielern mit Siemens kooperierte«, erinnert sich Harald Popp. Die kleine Oberpfälzer Firma Pontis hatte zwar bereits 1995 einen Player-Prototyp fertig, doch eine Serienfertigung aufzubauen, erwies sich als außerordentlich schwierig. So dauerte es noch fast drei Jahre, bis die ersten Hersteller Serienprodukte auf den Markt brachten. Harald Popp und den anderen Erlanger Entwicklern ging das viel zu langsam, denn sie wussten inzwischen, wie schnell ein Vorsprung verspielt ist, wenn große Unternehmen Konkurrenzprodukte einführen und mit ihrer ganzen Marktmacht unterstützen. Aber die Idee einer Musikbox in der Hosentasche war in der Welt und hörte nicht auf, immer mehr Menschen zu faszinieren.

Thomson übernimmt die Lizensierung für den Konsumermarkt

Für die ersten kommerziellen Anwendungen der Erlanger Audiocodierverfahren hatte das Institut die Geräte selbst gebaut. Es waren spezielle Anwendungen, die immer mit einer eigenen Technologie- und Geräte-Entwicklung verbunden waren. Die Codecs für den Nischenmarkt der Rundfunkstudios wurden in Kleinserien mit Partnerfirmen gefertigt. Das änderte sich mit dem Einstieg der Firma Telos. Denn Telos wollte eigene Geräte herstellen und brauchte dafür vom Fraunhofer-Institut die Rechte für die Nutzung der Layer-3-Software. »Damit begann das Lizenzgeschäft. Das IIS lizensierte die DSP-Software für Geräte-Hersteller wie Telos. Diese Verträge gaben den Kunden zugleich auch eine Lizenz an den Layer-3-Patenten von Fraunhofer«, beschreibt Harald Popp die Vorgehensweise: »Mit Thomson, das ebenfalls Patentrechte an Layer-3 hatte, einigten wir uns damals, dass Fraunhofer den Profimarkt auf diese Weise bedienen dürfe.« Gerhäuser, Brandenburg und Popp hatten von Anfang an darauf geachtet, im Unterschied zur üblichen Geschäftspraxis der Fraunhofer-Gesellschaft, ihren Lizenzkunden kein exklusives Nutzungsrecht einzuräumen, um sich bei der Nutzung ihrer »Schlüsseltechnologie« Audiocodierung nicht einzuschränken. Für die mp3-Patente gab es durch die Spielregeln des ISO-MPEG-Standards sowieso besondere Verpflichtungen, die mit »Reasonable and Non Discriminatory Licensing« beschrieben werden. Das bedeutet, das Verfahren muss an alle, die es einsetzen wollen, zu fairen und gleichen Bedingungen lizensiert werden. Damit war klar, dass es für die Patente keine exklusiven Lizenzen geben würde. Das Fraunhofer IIS setzte dieses Prinzip konsequent auch für die Urheberrechte an ihrer Software um. Das Institut wollte sich die Chance für eine möglichst vielfältige Nutzung vorbehalten. Daher handelten Gerhäuser, Brandenburg und Popp jeden dieser Lizenzverträge für den professionellen Bereich sehr präzise aus. Sie entwickelten die Idee des Know-how-Sharing: Dabei muss das einzelne Unternehmen nur einen kleinen Teil der gesamten Entwicklungskosten bezahlen und bekommt dafür die volle Leistung, aber nur eine nicht-exklusive Lizenz. Harald Popp überzeugte die kleinen Firmen mit einem einleuchtenden Vergleich: »Alle Firmen kaufen die gleichen Chips und machen doch unterschiedliche Produkte. Unsere DSP-Software ist nichts anderes als ein virtueller Chip. Und der gehört freilich niemandem exklusiv, genauso wenig wie ein echter Chip auch.« Und in der Tat konnten die unterschiedlichen Technologienfirmen auf diese Weise ihre eigenen Markengeräte bauen. Am Ende arbeitete das Fraunhofer-Institut mit fast allen professionellen Codec-Herstellern weltweit zusammen.

Da das Fraunhofer IIS nie den Glauben aufgab, irgendwann doch noch ins DAB-Geschäft oder andere Anwendungen der Unterhaltungsindustrie hineinzukommen, führten sie mit Thomson Gespräche über eine künftige Patentstrategie. Thomson war für seine starke Patentrechtsabteilung bekannt, die schon den Farbfernsehstandard PAL durchgesetzt hatte. 1984 hatte Thomson die Telefunken Fernseh und Rundfunk GmbH übernommen und vermarktete seither auch die Handelsmarke Telefunken und die Telefunken-Patente. Thomson war weltweit aktiv und wusste, wie das internationale Lizenzgeschäft zu organisieren war. Fraunhofer hätte dies in der damaligen Zeit nicht in dieser Form leisten können. »Wir hatten die Firma Thomson in unserem Layer-3-Konsortium, das war ein Glücksfall, denn die kannten sich mit Patenten und Lizenzen aus. Und die haben dafür gesorgt, dass Lizenzeinnahmen gemacht wurden«, hebt Gerhäuser die Rolle des internationalen Konzerns hervor.

Für das Fraunhofer IIS war die Vereinbarung mit Thomson ein sehr wichtiger Schritt, denn nun konnten sie in dem Nischenmarkt der Profianwendungen weiterhin eigenständig agieren und hatten für den Konsumermarkt einen Vermarktungspartner, der international aufgestellt war und große Erfahrung mit Lizenzgeschäften hatte : »Wir haben uns gegenseitig immer unterstützt, denn der Markt für mp3-Spieler ist natürlich auch für Thomson Neuland gewesen. In all den Jahren ist das eine sehr partnerschaftliche und vertrauensvolle Zusammenarbeit gewesen, zum Vorteil für beide Seiten«, betont Harald Popp. Für das Fraunhofer IIS war es ein wichtiger Schlüssel zum späteren Erfolg, dass sie sich weiter um die innovativen Firmen kümmern konnten. Denn die enge Zusammenarbeit mit den anspruchsvollsten Kunden im Profibereich beschleunigte die Technologieentwicklung und inspirierte zu vielen neuen Projekten. »Es nützt nichts, wenn sie denen eine Lizenz geben. Man muss sehr viel Wissen über das Gesamtsystem haben, und das können unsere Leute«, erklärt Gerhäuser.

Durch die Vereinbarung mit dem Fraunhofer-Institut übernahm Thomson Multimedia nun die Lizensierung von Layer-3 für den Konsumermarkt. Dabei ging es um 20 Patentfamilien mit über 300 Patenten, wobei Fraunhofer den größten Teil und Thomson/Telefunken den kleineren Teil beigetragen haben. Schon diese große Anzahl zeigt, dass bei solchen Technologieentwicklungen die Patentfragen äußerst kompliziert sind und – bei erfolgreichen Produkten – immer die Gefahr von Patentverletzungsklagen droht. Deshalb legt kein Unternehmen alle Details offen. Die Medien führen uns täglich vor, wie die Unternehmen ihre Machtkämpfe über Patentverletzungsklagen fortsetzen. Die großen Smartphone-Hersteller verklagen sich bei jeder neuen Generation gegenseitig. Kein Wunder, wenn man bedenkt, dass in einem Smartphone bis zu 250 000 Patente betroffen sind. Wenn nur 1 Prozent problematisch ist, geht es schon um Tausende von Patenten, über die man streiten kann.

Nach der Abwicklung einiger laufender Vertragsverhandlungen, die Thomson und das Fraunhofer-Institut gemeinsam abschlossen, übernahm Thomson Mitte der 1990er Jahre, als das Internet-Geschäft begann und aus Layer-3 die Marke mp3 geschaffen wurde, die Lizenzverhandlungen für den Konsumermarkt allein. Für die Patentlizenzkunden war der Service aus einer Hand ein großer Vorteil. Einer der ersten Verträge wurde so mit dem Halbleiterhersteller ITT Intermetall abgeschlossen, der mit dem Fraunhofer-Institut den Decoderchip entwickelt hatte.

Auch bei Lizensierungsfragen spielte es in diesen Anfangsjahren eine ganz wichtige Rolle, dass bei mp3 Encoder und Decoder getrennt waren. Im Encoder steckt das ganze Knowhow, deshalb ist er viel aufwendiger und teurer als der Decoder. Während den Encoder nur derjenige benötigt, der mp3-Dateien erzeugen will, braucht den Decoder jeder zum Anhören der mp3-Dateien. Noch etwas zeichnet den Decoder aus, er ist ein offener Standard, der von jedem nach den Spezifikationen der Standardisierung programmiert werden kann. Weil nur der Decoder festgelegt war, konnten die Encoder weiter verbessert werden. So kann man auch mit dem »alten« Decoder immer bessere Qualität abspielen. »Dadurch hatten wir mit unserem Encoder lange Zeit die Chance, besser als die anderen zu sein«, beschreibt Gerhäuser die kontinuierliche Verbesserung, die höchste Qualität ermöglichte. Da die Ausführung des Encoders im Standard nicht festgelegt war, konnten auch sehr einfache Lösungen hergestellt werden. Solche Encoder waren zwar schnell, erreichten aber nicht die Qualität, die bei den MPEG-Hörtests gefordert worden waren. Sie konnten allenfalls bei einigen Musikstücken guten Klang erzeugen, scheiterten aber an der großen Bandbreite des Musikangebots. Für die Entwicklung von guten mp3-Encodern war eine Menge Erfahrung und Wissen über wahrnehmungsbasierte Codierung nötig. Deshalb setzte sich letztlich der Fraunhofer-Encoder durch, der eine hohe Qualität gewährleistete.

Da der Internetmarkt völlig neu war und sich nur Stück für Stück entwickelte, mussten sich Fraunhofer und Thomson langsam vorantasten. »Es gab damals keine Vorbilder, so etwas wie mp3 unter Internetbedingungen zu lizensieren. Insofern mussten wir auch diesen Vorgang gemeinsam mit Thomson entwickeln und ständig anpassen«, erinnert sich Brandenburg. »Unsere Strategie war immer: kein Dogma, zuhören, lernen, flexibel und fair bleiben, den langfristigen über den kurzfristigen Erfolg stellen«, ergänzt Harald Popp. Bald mussten Fraunhofer und Thomson ihr Lizenzmodell anpassen. Konkurrenten wie RealNetworks verschenkten ihre Decoder. »Damit war klar, dass man vom PC-Nutzer kein Geld verlangen kann. Für Firmen gab es eine Flatgebühr. Damit hatten sie das Recht, den Decoder auf ihren Geräten einzusetzen. Dabei war genau geregelt, bei welchen Geräten wir Lizenzgebühren bekommen«, erinnert er sich. Gerade zu Beginn, als mp3 noch nicht die unumschränkte Führungsrolle hatte, drohten einige Computerhersteller, ein konkurrierendes Format zu nehmen, wenn die Lizenz für mp3 nicht billig abgegeben würde. »Wir sahen uns an, auf welches Geschäft die Firma zielt, und suchten dementsprechend einen Satz aus, der für beide Seiten fair war. Denn es musste auch der Firma möglich sein, ein Geschäft zu realisieren«, sagt Popp, der immer die Ohren am Markt hatte. Nun zahlte sich der intensive Kontakt mit den kleinen Hightech-Firmen wie Telos aus, denn dabei konnten die Forscher hilfreiche Erfahrungen sammeln. »Man braucht klassische diplomatische Fähigkeiten und muss hinter das Pokerface schauen können, denn in dem Geschäft kann man alles Mögliche erleben«, gibt Brandenburg zu bedenken. Offensichtlich war die vorsichtige und differenzierte Vorgehensweise ein wichtiger Schlüssel für den Erfolg in dem neu entstehenden Markt, der noch keine festen Regeln kannte. Phil Wiser, einer der Gründer von Liquid Audio, eine der ersten Firmen, die Musikverkauf über das Internet realisierte, sagte eines Tages zu Karlheinz Brandenburg: »Übrigens, dass ihr erfolgreich seid, liegt daran, weil ihr als Einzige die Geschäftsmodelle des Internets versteht.« Der wunderte sich: »Ich dachte mir, warum sollte die Leute aus Erlangen besser wissen, wie das Internet tickt, als die Leute von der Westküste der USA. Viel später habe ich verstanden, dass er Recht hatte.«

Vom Forschernetz zum Internet

Das Internet hat seinen Ursprung in einem Nachrichtennetz des US-Verteidigungsministeriums, dem ARPAnet. Daraus entwickelte sich seit Ende der 1970er Jahre ein akademisches Rechnernetzwerk, das die Großrechner der Universitäten und Forschungseinrichtungen verband, um die knappen Rechenkapazitäten optimal zu nutzen. In den Forscherkreisen entstand dann die Idee eines freien, offenen und selbstorganisierten Netzes, in dem Informationen und Software ausgetauscht werden sollten. In den Pionierjahren gab es keine Trennung zwischen Erfindern, Entwicklern und Anwendern. Viele dieser Ideen einer freien Tauschökonomie wirken noch heute nach.

Mit Hilfe des 1985 definierten File Transfer Protocol FTP kann man auf Computer-Server zugreifen, die mit dem Internet verbunden sind. Der Zugriff ist von den dazugehörigen Rechten abhängig und meist an Passwörter gebunden. Die FTP-Server der Universitäten wurden für den Tausch privater und wissenschaftlicher Daten und das Anlegen öffentlicher Archive genutzt.

Erst Anfang der 90er Jahre begann sich das Internet über die Wissenschaftsszene hinaus zu verbreiten. Da im Jahr 1990 das ARPAnet abgeschaltet wurde, beschloss die US-amerikanische National Science Foundation, das Internet öffentlich zugänglich und für kommerzielle Zwecke nutzbar zu machen. Wichtigste Grundlage für die breite Nutzung wurde neben Diensten wie E-Mail das World Wide Web, das Tim Berners-Lee im Jahr 1989 am europäischen Kernforschungszentrum CERN bei Genf entwickelt und im August 1991 weltweit öffentlich verfügbar gemacht hatte. Berners-Lee betrieb außerdem den weltweit ersten Webserver und entwickelte den ersten Web-Browser und die erste Webserver-Software. Damit gab er dem Web eine Oberfläche, ein Gesicht. Der Web-Browser wird benötigt, um Webseiten zu öffnen. 1991 konnte man zunächst nur Text darstellen. Doch im Jahr 1993 wurde der erste graphikfähige Web-Browser namens Mosaic zum kostenlosen Download angeboten. Dieser vereinfachte die Arbeit im Internet erheblich und ermöglichte gleichzeitig die attraktive Darstellung von kommerziellen Angeboten. Mit dem WWW wurde das Internet unglaublich populär und verbreitete sich über die bisherigen Nutzerkreise hinaus. Die Kraft des virtuellen Netzes bewirkte in kürzester Zeit ein explosionsartiges Wachstum. Immer mehr Länder schlossen sich dem Internet an.

In Deutschland hatte das Internet seinen Ursprung in den Computerzentren der Universitäten Karlsruhe und Dortmund. In den Jahren 1992/1993 wurden auch diese Forschernetze privatisiert. Mit der EUnet Deutschland GmbH entstand in

Dortmund der erste kommerzielle Internet-Provider Deutschlands, mit Xlink, das ein Jahr später privatisiert wurde, der zweite in Karlsruhe.

Weltweit hatten im Jahr 1993 bereits über 1 Million Rechner Zugang zum Internet – bis 1996 vervielfachte sich die Zahl dann auf über 6 Millionen. Dabei mussten die Nutzer einiges auf sich nehmen, um in den grenzenlosen Raum des Cyberspace vorzudringen. Sie mussten zweimal bezahlen, einmal an das Telefonunternehmen, das damals für die Minute 6 Pfenning und mehr verlangte, und ein weiteres Mal an den Provider, der den Zugang zum Internet organisierte. War die Verbindung über das Analogmodem hergestellt, hieß es im WWW: Warten, Warten, Warten! Bilder bauten sich unendlich langsam auf, Zeile für Zeile, und der Telefonzähler lief unerbittlich. Viele Downloads dauerten Stunden. So brauchte man im Jahr 1993 eine Stunde, um über ein Analogmodem ganze 6,5 Minuten Musik im mp3-Format herunterzuladen. All das nahmen die Nutzer in Kauf, weil sie das elektrisierende Gefühl hatten, als Erste in einen unbekannten digitalen Raum einzutreten. Mit jedem Mausklick öffnete sich eine andere bunte Multimediawelt aus Bildern, Tönen und Filmszenen, die irgendjemand irgendwo auf der Welt zur Schau stellte. Globale Chaträume, Diskussionsforen und Communities zu den verrücktesten Themen entstanden. Das neue faszinierende Universum ermöglichte die direkte Interaktion mit dem Kunden, gab jedem eine Stimme – und war sie noch so emotional – und öffnete jedem den Weg zu einer Gruppe Gleichgesinnter.

In der Kinderstube des Internet dominierten die Visionen der Netzanarchisten, Cyberspaceromantiker und Technikenthusiasten. Die virtuelle Welt wurde zur Projektionsfläche für Propheten jeglicher Couleur: Während die einen von neuen Formen der Demokratie schwärmten oder Visionen der

Verbindung von Mensch und Computer ausmalten, betrachteten andere das Internet als großen Abenteuerspielplatz. Wieder andere verbreiteten ansteckende Goldgräberstimmung. Aus der Spielwiese für technikbegeisterte Wissenschaftler und jugendliche Computerfreaks war – holterdiepolter – ein bunter, verwirrender Basar voller Überraschungen geworden. Vieles, was wir heute diskutieren, war im Kern schon vorhanden: Es gab Viren und Hacker, Computerkriminalität und Datenklau, man arbeitete an Verschlüsselung und elektronischen Bezahlsystemen und fürchtete Informationsüberflutung und den Verlust der Privatsphäre.

Große Bedeutung bekam daher die Initiative des damaliges US-Präsident Bill Clinton und Vizepräsidenten Al Gore im September 1993 zum Aufbau eines nationalen Information Highway als Grundlageninfrastruktur für Wirtschaft, Bildung, Wissenschaft und Kultur. Diese Anstrengungen lösten in Deutschland umgehend Diskussionen aus, ebenfalls »Datenautobahnen« aufzubauen, um nicht den Anschluss an das weltumspannende Netz zu verlieren, das von den USA dominiert würde. Auch in der deutschen Politik erkannte man jetzt die strategische Bedeutung des Netzzugangs für Wirtschaft und Bevölkerung.

Eine neue Gründerzeit war angebrochen, wenn auch völlig unklar war, wie man in einem Netz Geschäfte machen soll, in dem es bis dahin üblich war, fast alles kostenlos zur Verfügung zu stellen. Treiber waren innovative Einzelpersonen, die populäre und kostenlose Informationsangebote aufbauten. Der Ursprung aus vielen Eigeninitiativen erklärt auch, warum heute noch so viel Rebellion und Anarchie in der Netzkultur steckt.

Die großen Unternehmen ignorierten das Internet wegen seiner hierarchielosen, ungeschützten Struktur oder unterschätzten die Bedeutung. Sie taten es als Spielplatz für Nerds ab, wie die jungen Computerfans genannt wurden. 1994 war noch kein einziger namhafter Konzern mit einem eigenen Angebot im WWW zu finden. Doch das änderte sich schnell. 1996 waren es schon über 400. Jetzt begann die Kommerzialisierung so richtig: »Und weil alles dafür spricht, dass jetzt das Internet ein Verkaufsschlager wird, streben auch hier die Geschäftsleute und ihre Marktstrategen nach der Kontrolle. Die Zeiten, als das Netz die kommerzfreie Spielwiese von pickeligen Computerkids, abenteuerlustigen Technikern und ambitionierten Weltveränderern war, sind unwiderruflich vorbei«[61], hieß es 1996 in einem *Spiegel*-Artikel.

Nun schlugen auch Unternehmen wie Microsoft zurück, die vom Tempo, mit dem sich das Internet ausbreitete, überrascht worden waren. Microsoft hatte lange zugeschaut, wie die Firma Netscape mit dem Web-Browser »Navigator« fast 80 Prozent des Marktes eroberte. Im August 1995 konnte Microsoft endlich mit der Einführung von Windows 95 einen eigenen Web-Browser mit dem Namen »Internet Explorer« anbieten. Ende des Jahres 1996 kündigten Microsoft und Intel an, einen »Netz-PC« zu entwickeln – ein einfaches, preisgünstiges Gerät, das seine Stärke aus der Verbindung zum Internet bezieht. Diese hektischen Aktivitäten zeigten, dass der Wettkampf ums Internet begonnen hatte. Dabei unterschätzten damals selbst die größten Optimisten das anhaltende explosionsartige Wachstum.

Der *Spiegel* begann im Frühjahr 1996 eine vierteilige Serie über das Internet. Darin heißt es: »Rund vier Millionen Deutsche haben bisher einen Anschluss an das Internet, knapp über eine Million nutzt einen der kommerziellen Online-Dienste wie CompuServe, T-Online oder AOL Bertelsmann Online. Nicht einmal die Hälfte aller Bundesbürger, so ergab eine aktuelle Emnid-Umfrage im Auftrag des *Spiegels*, wissen, was das Internet eigentlich ist. Immerhin 7 Prozent nutzen das

Netz.«[62] Diese Zahlen relativieren die Euphorie über die neuen Möglichkeiten. Noch klemmte es allerorten, noch passte wenig zusammen, noch waren überall Baustellen, noch herrschte Chaos im Wolkenkuckucksheim: Auf der einen Seite der permanente Druck zur Erneuerung von Software und Hardware, überforderte Netze und geringe Bandbreite, auf der anderen Seite rasch wechselnde Dienste und Angebote. Ein grundsätzliches Problem: Der technische Fortschritt war immer schneller als die Märkte, Nutzer, Behörden und Gesetzgeber.

Ende des Jahres 1996 befürchteten sogar viele, dass der Boom erst einmal vorbei sei, denn der Computerkauf war trotz des neuen Betriebssystems Windows 95 drastisch zurückgegangen. Zur Jahreswende 96/97 war im *Spiegel* zu lesen: »Ernüchterung bei den Internet-Fans. Die Phase der schnell wachsenden Teilnehmerzahlen ist vorerst gestoppt. Gaben vor einem Jahr noch 60 Prozent der Nutzer an, Neulinge im World Wide Web zu sein, waren es jetzt bei einer Umfrage nur noch 36 Prozent. Ein neuer Wachstumsschub, heißt es in der Studie des amerikanischen Georgia Institute of Technology, sei zunächst nicht zu erwarten. Dazu müssten erst neue, preisgünstige Technologien wie die Internet-Nutzung übers TV-Gerät, Web-Fernsehen oder das Internet-Telefon eingeführt werden.«[63]

Erste Ideen zu Musik im Internet

Die Idee, Musik über das Telefon zu verteilen, die Dieter Seitzer schon Ende der 70er Jahre formuliert hatte, erhielt mit dem Internet neue Aktualität. Harald Popp hatte bereits im Frühjahr 1990 auf dem 88. Kongress der Audio Engineering Society AES in Montreux in einem Workshop zum Thema

»Breaking the Bottleneck: Digital Companding für Broadcasting and Recording« die Idee von einer nichtphysikalischen Medienverteilung über künftige digitale Telefonnetze vorgestellt: »Pay-Audio« nannte er das Musikhören gegen Bezahlung und »Wire-Bound-Radio« die Radioalternative. »Wir waren anscheinend die Einzigen, die die Bedeutung des Internets rechtzeitig erkannt haben«, sagt Bernhard Grill, der sich als Musiker und Elektronikbastler immer für die neuen technischen Entwicklungen interessierte: »Ich habe schon im Vorläufernetz mitbekommen, dass amerikanische Studenten versuchten über Uni-Netzwerke Live-Konzerte zu übertragen, es aber nicht ging, weil die Datenrate zu hoch war. Ich dachte mir, wir hätten eine Lösung.«

Im Jahr 1993 begann das Internet Underground Music Archive IUMA in den USA, Musikdateien über das Internet anzubieten. Der Pionier für Online-Musik wurde von den kalifornischen Studenten Rob Herr, Jeff Patterson und Jon Luini im Jahre 1993 an der University of California, Santa Cruz, gegründet, um Musik von unabhängigen Bands auf eine neuartige Weise zu verbreiten – unter Umgehung der Plattenfirmen.

Die IUMA begann mit ihrem Dienst, bevor sich das World Wide Web weit verbreitet hatte. Sie nutzte eine Software, um die Songs als unkomprimierte WAV-Dateien abzuspeichern. Dabei merkten die Studenten schnell, dass die großen Datenmengen weder gespeichert noch übertragen werden konnten. Daher mussten sie die WAV-Dateien in ein Kompressionsformat umwandeln. So konnten diese Dateien leichter gespeichert und über das Internet verteilt werden. Allerdings dauerte damals das Herunterladen eines Songs von drei Minuten Länge eine gute halbe Stunde. Jedenfalls zeigte IUMA, dass das Internet ein ideales Vertriebssystem für digitale Musik ist. Das war der erste Schritt in Richtung Konsumermarkt. Denn damit begann die Verbreitung von Musikdateien über das Internet. IUMA gilt heute als die Mutter aller digitalen Musikarchive.

Es gab unterschiedliche Formate. IUMA hatte mit einer Layer-2-Spezifikation begonnen, sich dann aber für Layer-3 entschieden, weil es für Computeranwendungen am weitesten entwickelt war und eine geringe Datenrate bei hoher Qualität erlaubte. »Es ist ein großer Unterschied, ob man eine Stunde oder sechs Stunden laden muss«, erinnert sich Gerhäuser an die mühsamen Anfänge.

Layer-3 passte einfach am besten für die Anforderungen der Musikübertragung im Internet, denn die Mehrheit benutzte ein Modem zum Herunterladen, das nur eine geringe Datenrate hatte. Modemverbindungen per Telefonnetz werden auch oft als Dial-up-Verbindung bezeichnet, da man sich einwählen muss, bevor die Datenverbindung hergestellt wird. Erst mit ISDN wurde die Datenübertragung schneller und komfortabler als mit Modem und Analogverbindung.

Was damals noch unglaublich erschien – sich über Computer Musik auf die eigene Stereoanlage zu holen – machte IUMA populär. Der Fernsehsender CNN berichtete begeistert von der neuen Form der Musikverbreitung. Viele junge Musiker wie auch ihre Fans begannen sich nun mit Computern zu beschäftigen.

1994 gründete der charismatische amerikanische Multimedia-Spezialist Rob Glaser, nachdem er bei Microsoft ausgestiegen war, in Seattle seine eigene Firma Progressive Networks, die er später in RealNetworks umtaufte. Glaser glaubte, dass die Technik reif für Multimediadienste im Internet sei. Weil damals meist noch Modems mit 14,4 kbit/s verbreitet waren, konnte er zunächst nur Audiodaten anbieten. Dazu entwickelte Progressive Networks ein Protokoll zum Übertragen von Audiodaten in Echtzeit, das sie RealAudio nannten. Damit wurde 1995 die erste Echtzeitübertragung von Musik im Internet möglich, die Geburtsstunde des Streamings. Beim Streaming werden Daten nicht auf den Computer heruntergeladen, sondern nur ein Strom von Datenpaketen übertragen, der Echtzeithören erlaubt, aber nicht das Speichern. Streaming hat den Vorteil, dass man nicht lange auf das Herunterladen der ganzen Dateien warten muss, aber den Nachteil der schlechten Qualität und des häufigen Abbrechens der Datenströme.

Das Businessmodell von Progressive Networks orientierte sich an dem gerade eben erfolgreich umgesetzten Modell von Netscape: Der Player wurde kostenlos verteilt, während das Anhören der Musik auf dem Progressive-Networks-Server kostenpflichtig war. Bis Anfang 1996 hatten die Nutzer bereits über 1 Million Player heruntergeladen. Live-Übertragungen von Baseballspielen und Talkshows machten den Real-Audioplayer populär, wenn auch die Klangqualität trotz aller Verbesserungen noch lange Zeit nicht einmal UKW-Niveau erreichte. Jedenfalls zeigte Progressive Networks, dass Musikhören via Internet eine wachsende Zahl von Nutzern findet.

Etwa zur selben Zeit begann auch CompuServe Musik zum Download anzubieten. Der amerikanische Online-Dienst CompuServe hatte 1993 eine Million und 1996 über 4,5 Millionen Nutzer und war zum größten kommerziellen Online-Dienst der Welt geworden. Prompt bekam CompuServe von Vertretern der Musikindustrie eine Klage angehängt, weil CompuServe den Abonnenten ermögliche, Musikdateien ohne Einwilligung der Rechteinhaber herunterzuladen und zu kopieren. Es ging um etwa 900 Songs. Das Verfahren wurde eingestellt, nachdem CompuServe 586 000 Dollar bezahlt hatte.

Doch auch die ersten Plattenfirmen begannen, das neue Medium Internet auszutesten: »Am 27. Juni 1994 machte die Musikindustrie einen mutigen, historischen Schritt nach vorn und stürzte kopfüber in den digitalen Abgrund: Zum ersten Mal bot eine große Plattenfirma einen kompletten Song ganz offiziell als Download an – und das völlig kostenlos! Aerosmith, immerhin eine der erfolgreichsten Bands des Planeten, hatten ihrem Label Geffen Records als Testballon das unveröffentlichte Lied ›Head First‹ zur Verfügung gestellt«, beschrieb Jürgen von Rutenberg in der *Zeit* den ersten legalen Download. »Im Sommer 1994 war der erste Web-Browser der Firma Netscape noch nicht auf dem Markt und das Musikdateiformat mp3 nur Forschern bekannt ... Musik über die Telefonleitung auf den Rechner zu holen, das erschien damals als interessante, aber ziemlich verschrobene Idee ... Tatsächlich standen den Early Adopters des digitalen Musikvertriebs im Sommer 1994 einige ziemlich hohe Hürden im Weg. Um an den exklusiven Aerosmith-Song zu kommen, musste man einer der 2 Millionen Kunden des Internet-Providers CompuServe sein. Die Downloadzeit für das 4 Minuten und 42 Sekunden lange Stück betrug dann, je nach Modem und Leitung, zwischen einer und vier Stunden.«[64] Der Anfang war alles andere als berauschend, aber die Abrufe zeigten, dass sich viele Musikliebhaber nicht davon abhalten ließen, Musik aus dem Netz statt aus dem Plattenladen zu beziehen. Und je einfacher der Download wurde, desto stärker wurde der Sog ins Internet. Langsam wurde allen klar, dass Musik durch nichts mehr geschützt ist, um endlos vervielfältigt und im Internet verbreitet zu werden.

Im Mai 1996 gründete Phil Wiser gemeinsam mit Gerry Kearby und Robert Flyn die Firma Liquid Audio, die anfangs zwei Geschäftsfelder betrieb. Zum einen komprimierte es Audiodateien, um sie so auf CD abzuspeichern, dass sie der Kunde neu abmischen konnte. Zum anderen bot Liquid Audio wie RealNetworks Musik zum Streaming an. Ziel war aber der Download von Musikdateien. Mit den beiden Neugründungen

RealNetworks und Liquid Audio waren zwei der wichtigsten Unternehmen für den wachsenden Musikvertrieb im Internet entstanden.

Die Marke mp3 wird geboren

1993 übernahm Brandenburg die Leitung der zur Abteilung ausgebauten Audiogruppe am Fraunhofer IIS und begann, neue Akzente zu setzen. Er wusste, wie schwierig es war, für eine Technologie zu werben, die kaum eingesetzt wurde. »Bei der AES-Convention im Herbst 1993 in New York kam jemand auf mich zu und sagte: Hallo, die Leute reden über MPEG. Ein anderer meinte, da gibt es auch noch Layer-3, aber die Anzahl der Geräte, die diesen Standard verwenden, ist zweistellig«, erzählt Brandenburg: »Und das Dumme war, er hatte Recht.«

Bei einem Strategietreffen der neuen IIS-Audioabteilung im Frühjahr 1994 diskutierten die Kollegen, wie man die Kommerzialisierung der Technologie vorantreiben könne und wo die richtigen Anwendungsbereiche lägen. Da sagte jemand aus dem Team: »Wir haben jetzt ein kleines Zeitfenster, Layer-3 zum Internetstandard zu machen.« Niemand wusste zwar wirklich, was das bedeuten könnte, aber alle wollten die Chance nutzen.

Die Erlanger Audioexperten hatten den Vorteil, dass sie selbst zu den Pionieren und begeisterten Nutzern des Internet gehörten. Als Brandenburg bei AT&T in den USA war, hatte er mit den Kollegen in Erlangen über den WWW-Vorläufer Usenet Kontakt gehalten. Durch die enge Kontinent-überspannende Zusammenarbeit hatten sie die Vorteile der Rechnervernetzung kennen und schätzen gelernt. Sie waren Teil einer Netz-Community geworden, die – jenseits aller Kommerzialisierung – ganz eigene Formen des Austausches und der Zusammenarbeit entwickelte.

Zwei Voraussetzungen waren nötig, um das Internet zum idealen Verteiler für Musik zu machen: Die Leitungen mussten große Bandbreite bieten und die PCs leistungsfähig genug sein. Beides rückte nun in greifbare Nähe. Daher machten sich Brandenburg, Grill, Herre und Popp daran, Layer-3 für das Internet kompatibel zu machen. »Als Erstes hatten wir 1994 L3ENC und L3DEC, zwei file-basierte Software-Teile, die als Shareware verteilt wurden, via FTP oder per Disketten-Versand«, erinnert sich Harald Popp.

(19) Disketten mit mp3-Software (Fraunhofer IIS/Kurt Fuchs)

Schon im Frühjahr 1994 entstand auf Initiative des CompuServe-Nutzers Morten Hjerde in Zusammenarbeit mit Frank Gadegast von Phade Software eine umfangreiche Information FAQ (Frequently Asked Questions) über MPEG Audio. Dort beantwortete Harald Popp alle Fragen zum Layer-3 ausführlich. Außerdem verteilte er zur Promotion Demotapes (DAT-Kassetten) mit Musikbeispielen bei unterschiedlichen Reduktionsraten an interessierte Profis.

»Im folgenden Jahr haben wir dann beschlossen, die Software zum Herunterladen anzubieten. Damit brauchte man eine Datei-Endung. Es war die Zeit von Windows 3.1, als eine

Datei-Endung nicht mehr als drei Buchstaben haben durfte. Und so haben wir die Dateien nach einer internen Umfrage am 14. Juli 1995 offiziell mp3 genannt«, erzählt Brandenburg.

Hier die Original-E-Mail:

```
Datum:   Fri, 14 Jul 1995  12:29:48 +0200
Betreff: Endungen fuer Layer3:  .mp3

Hallo,
nach der überwältigenden Meinung aller
Befragten:
die Endung für ISO MPEG Audio Layer 3 ist
.mp3. D.h. wir sollten für kommende
WWW-Seiten, Shareware, Demos, etc. darauf
achten, dass keine .bit Endungen mehr
rausgehen.
Es hat einen Grund, glaubt mir :-)
Jürgen Zeller
```

(20) E-Mail von Jürgen Zeller vom 14. Juli 1995

Damit war die Marke geschaffen und .mp3 ein Format, das bald ganz allgemein für Musikfiles stand, ähnlich wie .doc oder .pdf für Textdokumente.

(21) Thomson entwarf ein Logo (Fraunhofer IIS)

Im September 1995 veröffentlichte das Fraunhofer IIS Win-Play3. »Der wesentliche Entwickler war damals Martin Sieler, der später zu Thomson wechselte und dort jahrelang am mp3-

Lizenzprogramm mitgewirkt hat«, erinnert sich Harald Popp. WinPlay3 war der erste mp3-Player, der auf PCs mit dem Betriebssystem Windows lief. Der PC sollte mindestens einen 486er Prozessor mit integriertem Co-Prozessor, besser noch einen Pentium und eine Soundkarte besitzen.

Ab 1996 übernahm OPTICOM die gesamte Endkunden-Verteilung und Kundenbetreuung. Die kleine Technikfirma OPTICOM war von dem ehemaligen Mitarbeiter Michael Keyhl aus dem Institut ausgegründet worden, um die dort entwickelten Audiomessgeräte zu vertreiben. Nun bot OPTICOM auch die Software-Pakete zum Verkauf an und verschickte die Disketten an die Käufer. »OPTICOM hat uns sehr geholfen, das Geschäft mit den Pionierkunden abzuwickeln. Beispielsweise beim Otto-CD-ROM-Katalog mit mp3-Sound oder bei den ersten Computerspielen mit mp3-Sound«, beschreibt Harald Popp die Zusammenarbeit, bei der es wenig zu verdienen, aber viel zu arbeiten gab. So entstanden zahlreiche Projekte wie eine Esperanto-Sprach-CD oder das CD-ROM-Spiel »Starship Titanic« mit mp3-Sound für Windows 95. Mit solchen Projekten lernten die Fraunhofer-Forscher kennen, wie viele unterschiedliche Märkte es für die Technologie geben könnte. »Michaels Arbeit hat uns sehr geholfen, die Erfordernisse der Online-Pioniere zu verstehen. Als die großen Firmen einstiegen und mp3 allgemein verfügbar wurde, gab es für OPTICOM keinen sinnvollen Markt mehr, und sie konnte sich auf Messtechnik konzentrieren, die sie bis heute erfolgreich anbietet.« Bis zum Erscheinen von WinAmp im Jahr 1997 war WinPlay3 die einzige Möglichkeit, um mp3-Musik mit Windows abzuspielen. Um zum Kauf anzureizen, stellten das Fraunhofer IIS und OPTICOM eine Demoversion ihrer Decoder-Software ins Netz. Damit konnten Nutzer 20 Sekunden Musik anhören, bevor sie zum Kauf von WinPlay3 aufgefordert wurden. Die volle Version konnte man mit einer Kreditkarte für 250 US-Dollar kaufen.

»Um für das Verfahren Werbung zu machen, haben wir das Shareware-Prinzip verwendet, also die Software mit bestimmten Restriktionen zum Herunterladen bereitgestellt. Unsere Philosophie war, die Decoder zu ziemlich günstigen Pauschallizenzen anzubieten, damit sie sozusagen virtuell kostenlos für die Nutzer waren, dass aber Encoder auf jeden Fall pro Stück etwas kosten sollten«, beschreibt Brandenburg die Vorgehensweise. »Da gab es auch sehr bald einige Firmen, die solche Lizenzen genommen haben. Wir haben zusammen mit Thomson an Lizenzbedingungen gearbeitet. 1996 nutzte Macromedia als erste Softwarefirma die neue Technologie. Dann kam Microsoft, ab da ging es ziemlich schnell.«

Harald Popp beschreibt die Marketingstrategie: »Microsoft war der Türöffner, deshalb haben wir einen Lizenzvertrag abgeschlossen, der dafür gesorgt hat, dass im April 1997 in der kostenlos verteilten NetShow 2.0-Version nicht nur ein vollständiger mp3-Spieler, sondern auch ein mp3-Encoder enthalten war, dessen Einsatzbereich allerdings auf Bitraten bis maximal 56 kbit/s beschränkt war. Das hat uns weitere Geschäftsmöglichkeiten offen gehalten.« Und das reichte aus, um im Internet neue Qualitätsmaßstäbe zu setzen.

Der Computer wird Musikzentrale: Pentium, Soundkarten, CD-ROM

Die Welt der Großcomputer, englisch Mainframes, die in den Rechenzentren der EDV-Abteilungen standen und von hochspezialisierten Fachleuten bedient und gewartet wurden, hatte sich in den 80er Jahren in verschiedenen Leistungsklassen differenziert: Supercomputer, Großcomputer, Minicomputer, Mikrocomputer. Im Jahr 1988 standen diesen etwa 40 000 Computern bereits über 60 Millionen Personal Computer gegenüber. Die Zukunft hieß: Netzwerke statt Zentralrechner. Vernetzen

kann man Computer aber nur, wenn sie gemeinsame Standards haben, am besten »offene Standards«, damit man Computer verschiedener Hersteller und Leistungsklassen miteinander verbinden kann. Also begann der Kampf um die Standards. So setzten sich bei den PCs IBM-kompatible Geräte mit einem Betriebssystem von Microsoft als Quasistandard durch, nur Apple konnte sich mit einem eigenen System eine Nische erhalten.
Die PCs hatten damals weder Soundkarte noch Festplatte. Für die Dateneingabe diente ein Diskettenlaufwerk. Auf eine Floppy Disk passten anfangs nur 360, dann 720 Kilobyte. 1984 stellte Apple mit dem Macintosh den ersten Computer mit Graphikoberfläche vor, Microsoft folgte im Jahr darauf mit Windows.
Soundkarten für PCs gab es zwar schon seit Ende der 80er Jahre, aber erst mit dem »Sound Blaster« der Firma Creative Labs Anfang der 90er Jahre kam der Durchbruch, und die Computer wurden fähig, Musik abzuspielen.
CD-Brenner galten 1992 noch als Luxusartikel, als der holländische Elektronikriese Philips eines der ersten Modelle auf den Markt brachte. Es war ein CD-Rekorder, ein selbständiges Gerät zum Abspielen und Kopieren von CDs. Da er einen Neupreis von 12 000 Dollar hatte, wurde er nur von Profis eingesetzt. Die neue Serie, die Philips Ende 1998 auf den Markt brachte, kostete zwar nur noch 1250 Mark, war aber erheblich teurer als die CD-Brenner für Computer, die der Computerhersteller Hewlett-Packard anbot. Die CD-R war zunächst nur als neues Speichermedium für PCs gedacht, denn sie hatte so viel Speicherplatz wie 450 Disketten. Doch die Nutzer erkannten schnell, dass sie mit dem neuen Computerlaufwerk auch CDs kopieren oder auf den Computer überspielen konnten. Man nennt das rippen nach dem Englischen »to rip«, herunterreißen. So fanden die CD-Brenner einen reißenden Absatz.
Doch im Unterschied zu früheren Kopierverfahren hatten die digitalen Kopien eine einzigartige Qualität: Die Kopie war kein schlechteres Abbild, sondern nicht vom Original zu unterscheiden, also eigentlich keine Kopie, sondern ein Klon. »Jede Kopie

wird also als identische Kopie reproduziert, weshalb man im Digitalen vom Paradoxon einer Verdopplung des Originals sprechen kann – und nicht vom Erstellen eines Derivats, als das die Kopie gemeinhin gilt«, beschreibt Technik-Journalistin Mercedes Bunz die Eigenart der digitalen Vervielfältigung.[65] Nun rächte sich die Tatsache, dass CDs nicht kopiergeschützt waren. Musikdateien konnten nun beliebig vervielfältigt und bearbeitet werden. Während die einen einfach nur Kopien ihrer CDs brannten, begannen andere, diese Dateien ins mp3-Format umzuwandeln und über das Internet zu versenden.

Im März 1993 stellte Intel mit dem Pentium einen neuen leistungsstarken Prozessor vor, der über 3,1 Millionen Transistoren hatte. Damit wurden Computer schnell genug, um mp3-Musik in Echtzeit abspielen zu können. In den Jahren 1995/1996 stellten die Halbleiterunternehmen immer leistungsfähigere Multimediachips vor, Intel den P54C-Pentium, die Firma Cyrix den Cyrix 5x86. Getrieben wurde dies vor allem von der Spieleindustrie. PC-Spiele brauchten Graphik, Video und Sound in immer höherer Qualität. Mit diesen Multimediachips wurde aber auch die komplexe mp3-Technologie völlig problemlos nutzbar.

Die Fortschritte der Mikroelektronik lösten in zahlreichen Branchen Innovationsschübe aus, die sich vereinten in dem Megatrend zu »intelligenten«, kommunikationsfähigen Systemen. Konrad Seitz hat diese Konvergenz der Technologien und Branchen damals so beschrieben: »Die Unterhaltungselektronik – lange als ›low tech‹ betrachtet – rückt mit den hochauflösenden Fernsehern ebenso wie mit der optischen Technik der CD-Plattenspieler, der Videorekorder und Camcorder in die vorderste Front der Spitzentechnologien. Sie verschmilzt mit der Computer- und Kommunikationsindustrie zu einer C+C+HDTV-Industrie. Und je mehr Computer und Kommunikationsgeräte zu standardisierten Massenprodukten werden, umso mehr werden sich die Massenproduktionsmethoden der Unterhaltungselektronik in die Computer- und Kommunikationsindustrie ausbreiten.«[66]

Seit September 1995 ist in Deutschland das Telefonnetz so weit digitalisiert, dass ISDN flächendeckend verfügbar wurde. Bis Mitte 1996 wurde die Umstellung auf ISDN-Technik durch die Deutsche Telekom mit einer großen Fördermaßnahme unterstützt – für einen neuen Anschluss wurden bis zu 300 Mark und bei Anschaffung einer Telefonanlage bis zu 700 Mark bezahlt.
Fast gleichzeitig begann sich der Mobilfunk zu entwickeln, um bald darauf zu einem ebenso unerwarteten Höhenflug anzusetzen wie das Internet. Mit diesen Fortschritten der Computer-, Speicher- und Übertragungstechnik waren nun alle technischen Voraussetzungen geschaffen, um die komplexe Datenkompression einsetzen und den Computer zur Zentrale des privaten Musikkonsums machen zu können. Die komplementären Technologien der Halbleiter-, Nachrichten- und Informationstechnik vereinten sich zu einer digitalen Revolution, die unaufhaltsam alle Bereiche des privaten und wirtschaftlichen Lebens durchdringt – mit krisenhaften Anpassungsprozessen.

Die Musikindustrie gerät in den Fokus

Im April 1995 telefonierte Harald Popp mit Ricky Adar in London. Der 25-jährige britische Entrepreneur indischer Abstammung hatte die Firma Cerberus Sound & Vision gegründet. Er hatte von dem Erlanger Audiocodec gehört und wollte wissen, ob sich die Technologie für einen elektronischen Musikvertrieb eigne. Adar wollte eine digitale Jukebox namens Cerberus aufbauen, in der Musik vor Raubkopierern geschützt ist. Daher der Name Cerberus nach dem Höllenhund aus der griechischen Mythologie, der den Eingang zur Unterwelt bewacht. Cerberus sollte der erste legale Online-Musikvertrieb werden. Adar wollte Musik ohne Zwischenhändler direkt an die Kunden bringen. Er glaubte, dass Musik dadurch billiger würde und dass Künstler und Plattenlabels trotzdem ausreichend entlohnt werden könnten. Für Künstler sah er sogar einen höheren Anteil der Einnahmen vor – nämlich 20 Prozent. Ein Song sollte ein englisches Pfund kosten und mit Kopierschutz versehen sein. Deshalb besuchte er das Fraunhofer IIS in Erlangen. Nachdem er die Technologie genauer kennengelernt hatte, sagte er in seinem indischen Akzent zu Brandenburg: »Do you know, that you will destroy the music industry?« Die Fraunhofer-Forscher wussten, welche Sprengkraft in der Kompressionstechnologie steckte, schätzten aber die Situation nicht so dramatisch ein, denn sie glaubten, dass sie die Musikindustrie von den Möglichkeiten der neuen Technologie überzeugen könnten. Mit den Ideen von Adar wurde ein weiteres Mal deutlich, wie sehr mp3 das erfolgreiche Geschäftsmodell der Tonträgerindustrie angriff. mp3 löste die Musik endgültig von Tonträgern wie Schallplatte, Kassette oder CD und verwandelte die teuren Produkte der Plattenlabels in leicht kopierbare Computerdateien, die völlig unkontrolliert mit einem Knopfdruck an Tausende verteilt werden konnten. Damit war klar, dass sich die Musikindustrie mit dem Musikvertrieb im Internet auseinandersetzen musste.

Nach dem Gespräch gab Ricky Adar dem Fraunhofer IIS den Auftrag, eine Lösung für das legale Herunterladen von Musikstücken zu entwickeln. Leider konnte Ricky Adar nicht die Früchte seiner Idee ernten. Er scheiterte letztlich an zwei Problemen: Zum einen weigerten sich die Musikunternehmen, ihre Musiktitel an einen Branchenneuling zu lizensieren, zum anderen konnten sich die Kunden noch nicht mit dem digitalen Angebot anfreunden. Während Ricky Adar noch an der Umsetzung seines Konzepts arbeitete, eroberten in den USA konkurrierende Unternehmen wie RealAudio und Liquid Audio den Markt. Sein Versuch, mit »Jeans and Music« in Jeansläden einen Virtual Record Store Kiosk einzurichten, in dem sich Kunden ihre individuelle CD brennen lassen können, kam letztlich zu spät. Im Jahr 2000 gab er auf.

Dem Institut zeigte die Zusammenarbeit mit Ricky Adar, wo sich ein neuer, riesiger Markt für mp3 anbahnt. »Seit dieser Zeit haben wir an Kopierschutzverfahren gearbeitet und an Modellen, wie legaler Musikvertrieb über das Internet funktionieren könnte«, erinnert sich Brandenburg. Gleichzeitig erkannten die Forscher, wo die größten Hindernisse lagen: bei den großen Plattenlabels. Und gerade die standen jedem Annäherungsversuch völlig ablehnend gegenüber.

Ganz anders war es dagegen in der Szene der unabhängigen Musiklabels, die sich gemeinsam mit den Computer- und Internetfirmen in einer Gemeinschaft der Gegenkultur zusammenfand. Die Bewegung richtete sich ganz ausdrücklich gegen die etablierte »Old Economy« und malte mit einer »New Economy« allerlei fantastische Perspektiven aus.

Schon 1995 bemerkten die Fraunhofer-Forscher, dass in Internet-Foren eine Diskussion darüber begann, wie man das mp3-Format für den Austausch von Musik nutzen könne. Was an den amerikanischen Universitäten seinen Anfang genommen hatte, breitete sich unter den kleinen Plattenfirmen und unabhängigen Musikern aus. »Da muss man unterscheiden zwischen den Major-Labels und den Independent-Labels«, erklärt Brandenburg. »Die Independents – gerade diejenigen mit unabhängigen Künstlern – haben von Anfang an die Verbreitung ihrer Musik über das Internet als Chance begriffen. Für die war das eine Möglichkeit, sich nicht an ein Major-Label verkaufen zu müssen und trotzdem einen Zugang zu ihrem Publikum zu haben.«

Bereits in diesen frühen Jahren des Internetbooms nahmen die mp3-Entwickler aber auch Kontakt zur Recording Industry Association of America RIAA, dem mächtigen Verband der Musikindustrie in den USA, und den Plattenfirmen in Deutschland auf. Sie boten an, einen Kopierschutz für den Onlinevertrieb zu entwickeln. Das IIS hatte nämlich inzwischen ein Schutzsystem, das MultiMedia Protection Protocol, entwickelt. Brandenburg war schon 1997 und 1998 bei der RIAA in Washington DC. Hilary Rosen, seit 1998 Präsidentin der RIAA, hatte sich positiv über die Zusammenarbeit mit dem Fraunhofer-Institut ausgesprochen, und Brandenburg sah im RIAA-Hauptquartier, wie sich die RIAA-Mitarbeiter sehr genau über das Multimedia Protection Protocol des IIS informierten. Die RIAA interessierte sich vor allem für Schutzmechanismen, denn nichts fürchtete sie mehr als Verluste beim lukrativen CD-Verkauf.

»Goldene Zeiten« der Musikindustrie – geblendet vom Erfolg

In der Forschungs- und Entwicklungsphase der Audiocodiertechnologie von 1987 bis 1991 ging es um digitalen Rundfunk und Fernsehton sowie um die Video-CD. Deshalb wurde der MPEG-Standard von der Unterhaltungsgeräte-Industrie vorangetrieben. Die Musikindustrie spielte keine Rolle. »Die Entwickler dachten an Hardware, an Geräte, die Musik übertrugen und Musik abspielten. Das war die Denkweise der Nachkriegszeit. Sie dachten in Kategorien von Herstellern und Konsumenten«, schreibt Jonathan Sterne in seinem mp3-Buch. »Sie dachten nicht an den freien Vertrieb von Information oder ein Netzwerk von Nutzern.«[67] Sie konnten gar nicht daran denken, niemand dachte damals daran, weil sich dieses Fenster der neuen Möglichkeiten erst viele Jahre später mit dem Internet und dessen massenhafter Verbreitung öffnete. Richtig ist aber der Hinweis, dass sich die Unternehmen bei der Standardisierung gar nicht fragten, was man aus den Codiertechnologien alles machen könne, sondern nur darauf hinarbeiteten, ihre bereits geplanten neuen Geräte und Video/Ton-Träger schnell auf den Markt zu bringen. Die Unterhaltungsgeräte-Hersteller waren fixiert auf die nächste Generation ihrer bisherigen Geräte und erkannten nicht das revolutionäre Potential der Digitalisierung. »Sie bezogen sich immer auf den Stand der Technologien im Jahr 1990«, beklagt Heinz Gerhäuser, »wenn sie unser Verfahren wegen der Komplexität ablehnten.« Dabei seien die Technologiesprünge doch absehbar gewesen. Das interessierte die Hersteller aber wenig, die mit dem MPEG-Standard nur eine gute Startbasis für ihre bereits geplanten neuen Produkte schaffen wollten. »Der Standard war für Unternehmen, die glaubten, sie konkurrieren in einem vorhersehbaren Markt. Globale Standards helfen, Massenprodukte zu produzieren und die Kosten der Produktion zu minimieren«[68], schreibt Sterne. Also ging es bei der Festlegung des universellen Standards vornehmlich darum, die Voraussetzung für globale Massenproduktion zu schaffen und einen desaströsen Format-Wettbewerb wie bei den Videorekordern zu vermeiden. Wofür der MPEG-Standard sonst noch genutzt werden könnte, blieb letztlich unklar, weil niemand erkannte, dass die Kompressionsverfahren nur die Vorboten einer viel weiter reichenden Digitalisierung sind. So offen die Anwendungsmöglichkeiten formuliert waren, so gefangen waren die Unternehmen in ihrer alten Vorstellungswelt und den bestehenden Märkten.

Deshalb kamen die Fraunhofer-Forscher mit ihren Ideen, die auf einen weitergehenden Technologiewechsel abzielten, bei der Unterhaltungsgeräte-Industrie nicht an. Als sie sich dann dem aufblühenden Internet zuwandten, wo die Kompressionstechnologie ihre Vorteile voll ausspielen konnte und konkurrenzlos war, fanden sie in den dynamischen Computer- und Internet-Unternehmen die besseren Partner für die Erprobung neuer Anwendungsmöglichkeiten. Doch nun gerieten sie in Konflikt mit einer anderen, viel mächtigeren Branche, die allen technologischen Veränderungen traditionell besonders ablehnend gegenüberstand: der Tonträgerindustrie.

Die Tonträgerindustrie war voll und ganz auf den Verkauf von Tonträgern ausgerichtet. Und das bis dahin so erfolgreiche Geschäftsmodell wollten sie sich nicht durch technische Neuerungen zerstören lassen. Daher lehnten sie anfangs auch den neuen Tonträger CD ab. Doch gerade die Einführung der CD im Jahr 1983 gab der stagnierenden Musikindustrie neue Impulse. Musik-TV und Musikvideos, die gleichzeitig entstanden, verstärkten den Trend. Die Labels setzten bei der CD zunächst auf klassische Musik, weil sie glaubten, dass die anspruchsvollen Hörer die hohe Qualität der CD am ehesten zu schätzen wissen. Bald erkannten sie aber, dass sie den Musikliebhabern die alten Langspielplatten noch einmal, nun eben als CD, verkaufen können. Diese Umstellung der Plattensammlung von Vinyl auf CD beschaffte den Plattenfirmen eine unverhoffte Sonderkonjunktur durch Zweitverwertung mit enormen Umsatzzuwächsen: Die weltweiten Umsätze des Tonträgermarktes verdreifachten sich in dem Jahrzehnt zwischen 1985 und 1995 von 12,5 Milliarden Dollar auf 39,7 Milliarden Dollar im Jahre 1995. Bereits 1988 wurden erstmals mehr CDs als Schallplatten gekauft.

»Der Erfolg hatte dafür gesorgt, dass die Musikindustrie schnell erwachsen wurde. Seit Einführung der CD waren Margen um die 20 Prozent eine Selbstverständlichkeit. Selbst für eine Software-Industrie sind das beeindruckende Zahlen«, fasst Tim Renner diese Phase zusammen. »Verständlicherweise bekam die Musikindustrie dadurch mehr Aufmerksamkeit: einerseits von Spekulanten, andererseits von ihren Eignern. Letztere wollten sicherstellen, dass diese Quelle nie versiegen möge.«[69]

Der grandiose Erfolg der Musikindustrie lockte Investoren und Finanzunternehmen an. So kam es zu einer Akquisitions- und Fusionswelle, in deren Folge fünf große Musikkonzerne, Major-Labels, entstanden, die je nach Region über 80 Prozent des Weltmarkts beherrschten: Universal/PolyGram, Sony Music Entertainment, EMI, Warner Music Group, Bertelsmann Music Group BMG.

Diese Major-Labels gehören zu großen Elektronik- oder Medienkonzernen. PolyGram war bis zum Jahr 1998 Tochter des niederländischen Philips-Konzerns. Dann wurde sie an Seagram verkauft und ging in der Universal Music Group auf. Universal gehört seit 2000 zum französischen Konzern Vivendi. Ebenso wie Philips griff der japanische Elektronikkonzern Sony in den boomenden Jahren nach einem Major-Label. Im Jahr 1988 kaufte Sony das traditionsreiche amerikanische Label Columbia Records CBS und verschmolz es mit der Tochter Sony Music Entertainment zu einem wichtigen Player im Tonträgermarkt. Die britische EMI Group war fast 50 Jahre lang das größte Plattenlabel der Welt, bis sie die führende Rolle an Universal abgeben musste. 1980 fusionierte EMI mit dem britischen Konzern Thorn Electrical Industries zu Thorn EMI. Die Warner Music Group war in den »Goldenen Zeiten« der Musikindustrie das Einzige von ehemals sieben Major-Labels, das in Händen von US-Unternehmen war. Die letzte große deutsche Plattenfirma BMG Ariola gehörte zum Medienkonzern Bertelsmann. Das erfolgreiche Label Ariola war 1958 von Bertelsmann gegründet und 1986 mit der UFA und Sonopress zu BMG Ariola fusioniert worden.

Die fetten Jahre mit dem erneuten Verkauf des bereits vorhandenen Musikgutes ermöglichten der Musikindustrie enorme Gewinne. Die Musikfans kaufen nicht nur die neuen

Alben, sondern millionenfach Musik, die sie bereits besaßen. Sie ersetzten ihre alte LP-Sammlung durch »digitally remastered« CDs. Man brauchte nichts mehr zu investieren, weder in Künstler noch in Studios, alles war bereits bezahlt. Da in vielen Musikunternehmen nun die Finanzmanager das Kommando übernahmen, regierte das Prinzip des schnellen Erfolgs. Man verkaufte das gesamte verfügbare Musikmaterial immer wieder – als Compilations in ständig neuen Zusammenstellungen. Doch irgendwann hatten selbst die größten Musikfans ihre Bestände modernisiert. Da mussten rasch neue Künstler her. Doch sie wurden nicht mehr langsam aufgebaut, sondern gleich dem verschärften Wettbewerb unterworfen und wieder fallengelassen, wenn sich nicht sofort der Erfolg einstellte. Das auf die Spitze getriebene »Hit-Prinzip« und die durchs Fernsehen angeheizten Talentwettbewerbe erzeugten vornehmlich »One-Hit-Wonder«, musikalische Eintagsfliegen, die schnell aus dem Rampenlicht verschwanden. Das Musikbusiness wurde zu einem sich immer schneller drehenden Karussell von Aufstieg und Fall. So waren der grandiose wirtschaftliche Erfolg und die Dominanz der fünf großen Plattenlabels Fluch und Segen zugleich. Die Expansion schuf bedrohliche Überkapazitäten, doch jedes Major-Label tat alles, um das Karussell am Laufen zu halten, solange die satten Gewinne anfielen.

Die Haltung der Major-Labels, Neues zuerst abzulehnen, dann abzuwarten, um es schließlich zu kontrollieren, hatte sich bewährt und strukturell verfestigt. »Bis Ende der 1990er Jahre wurde der Sektor von einer Handvoll hierarchisch geführter und vertikal integrierter Konzerne geprägt, die die gesamte Wertschöpfungskette nahezu lückenlos kontrollieren konnten und in der Lage waren, andernorts entstandene künstlerische und technologische Innovationen vergleichsweise problemlos und ihren Interessen gemäß in die bestehenden Produktions-, Markt- und Verwertungsstrukturen zu integrieren«[70], beschreibt der Soziologe Ulrich Dolata die damalige Situation der Musikindustrie.

Geblendet vom Erfolg und beschäftigt mit Vielfachvermarktung war die Musikindustrie nicht in der Lage, die Vorboten der digitalen Revolution wahrzunehmen. So schreibt der ehemalige Musikmanager Tim Renner im Vorwort zur zweiten Ausgabe seiner Abrechnung mit der Musikindustrie »Kinder, der Tod ist gar nicht so schlimm«: »Nicht immer gelang es mir dabei, die eigentliche Botschaft zu vermitteln: Die Musikindustrie scheiterte nicht an ihrer Unfähigkeit, sondern ob ihres Erfolgs. Dem Konsumenten zehn bis zwölf Songs auf einer CD zum doppelten Preis einer Vinylschallplatte zu verkaufen, obwohl dieser vielleicht nur drei bis vier Lieder haben will, ist ein gutes Geschäftsmodell. In den neunziger Jahren gab es kaum ein Musiklabel, das nicht Gewinnmargen von mindestens 20 Prozent vorweisen konnte. Die Vorstellung der Konsumentendemokratie durch einen Download war da wenig verlockend. Wieso sollte man das eigene Geschäftsmodell mit Angeboten im Internet angreifen, wo es doch gerade so gut lief?«[71] BMG Ariola und den deutschen Töchtern der Major-Labels kam mit der Wiedervereinigung ohne eigenes Zutun noch eine weitere Sonderkonjunktur zugute. Dies verstärkte die Ignoranz der Plattenfirmen gegenüber allen neuen Ideen. »Noch verspürte die PolyGram keinen Druck zu handeln. Man war gerade dabei, die positiven Folgen der Wiedervereinigung zu verdauen. Sechzehn Millionen neue Bundesbürger hatten ihre Musiksammlung auf CD umgestellt«[72], beschreibt Tim Renner die damalige Stimmung bei den großen Plattenfirmen. Er war als junger Hoffnungsträger an einer »Zukunftswerkstatt« bei PolyGram beteiligt, die ganz klar prognostizierte, dass sich »der Konzern weniger als klassische Tonträgerfirma, sondern als Entertainment-Anbieter verstehen müsse« und die Zukunft dem Geschäft via Internet gehöre. Doch das Management ignorierte die Ideen der Hoffnungsträger, die einer nach dem anderen die Firma verließen.

Das war in den USA nicht anders. Auch dort führte die Integration erfolgreicher Independent-Labels in die Majors nicht zur Adaption neuer Geschäftsmodelle, sondern nur zur effizienten Vermarktung der zugekauften Schätze, bis auch sie restlos ausgebeutet waren. Die Manager der großen Labels lebten in einer Businesswelt, in der nicht mehr die Musik, sondern die hohe Marge im Vordergrund stand. Völlig fremd war ihnen die alternative Szene aus Computernerds und Independent-Labels. Jim Griffin, damals bei Geffen Records für die technische Abteilung zuständig, nennt die Gründe für die Ignoranz der großen Plattenlabels: »Ich glaube, dass sie eigentlich nie verstanden haben, was da vor sich ging. Vielleicht gab es ein paar Ausnahmen bei der RIAA, aber diese Leute hörten sich auf dem Schreibtisch keine Musik an. Man darf nicht vergessen, dass damals, 1993, 1994, 1995 oder 1996, bei den meisten Unternehmen der Unterhaltungsbranche keine Computer auf den Schreibtischen standen. Die Zukunft zu verstehen, ohne daran irgendwie mitzuarbeiten, ist verdammt schwer. Wenn man Musik per Computer von einem Ende des Flurs zum anderen schicken kann, versteht man viel leichter, wie es ist, sie ans andere Ende der Welt zu verschicken.«[73]

Newcomer und Seiteneinsteiger nutzten die Spielräume, die ihnen die saturierte Musikindustrie überließ, und entwickelten den Online-Musikmarkt. Damit schnappte die Falle vom »Innovator's Dilemma« zu. In der Nische hatten die Neulinge den notwendigen Freiraum, um neue Geschäftsmodelle zu erproben, eigene Regeln zu entwickeln und den technischen Vorsprung in einen Marktvorteil auszubauen. Danach war es für die alten Marktführer fast nicht mehr möglich, die

Kontrolle zurückzugewinnen. Peter Tschmuck hat das allgemeine Verhaltensmuster beschrieben: »So entsteht ein Grundmuster des kollektiven Handelns, das idealtypisch in vier Phasen abläuft:

Phase 1: Die Ignoranz des Neuen
Phase 2: Das Herunterspielen der Relevanz des Neuen für die eigene Geschäftstätigkeit
Phase 3: Der Kampf gegen das Neue und seine Protagonisten
Phase 4: Die Akzeptanz des Neuen.«[74]

Mitte der 1990er Jahre befand sich die Musikindustrie noch in Phase 2. Da die technischen Fortschritte unübersehbar waren, schützten sich die Major-Labels mit dem Argument, dass sie für ihr Geschäft irrelevant seien. Dieses Beharrungsvermögen, kombiniert mit der Unfähigkeit, das Neue auszuprobieren, eröffnete eine Lücke, in die andere Akteure hineinstoßen konnten. So entstanden unterschiedliche Modelle des Online-Vertriebs von Musik – außerhalb der bisherigen Musikindustrie. Da sich die großen Labels weigerten, ihre Bestände für Online-Portale zur Verfügung zu stellen, konnten sie auch keinen Einfluss auf die Gestaltung der Online-Vertriebskonzepte nehmen. Aufgrund der fehlenden Erfahrung waren sie auch später nicht in der Lage, eigene Geschäftsmodelle zu entwickeln. Online-Musik wurde zu einer Domäne von Branchenfremden, Computerherstellern, Internet-Providern, Softwareunternehmen und vielen unterschiedlichen Startups. Der Austausch von Musik über das Internet stellte das Privileg der Labels in Frage, Musik zu produzieren und zu verteilen. Weil sie die technischen Entwicklungen nicht beachteten, erkannten die Major-Labels das eigentliche Potential der Digitalisierung – die Ablösung der Musik vom physischen Tonträger – erst, als es mit der massenhaften Übertragung von Musikdateien im Internet unübersehbar wurde.

Der österreichische Erforscher der Musikindustrie, Peter Tschmuck, hat die Gründe für die Unfähigkeit untersucht: »Die mp3-Technologie, die seit Anfang der 1990er Jahre verfügbar war, wurde nicht von den etablierten Tonträgerunternehmen aufgegriffen, weil diese Technologie nicht in ihr Denk- und Handlungsschema passt. Zudem ist das Kapital in Produktions- und Vermarktungsprozesse gebunden, die vollständig auf die Tonträger abgestimmt sind. Würde die Tonträgertechnologie obsolet werden, dann würden die Investitionen zu sunk costs werden. Die Folge wäre wohl der wirtschaftliche Niedergang der meisten großen Tonträgerkonzerne.«[75] Peter Tschmuck beschreibt diesen Strukturbruch der Musikindustrie, der mit der digitalen Revolution eingeleitet wird, nicht nur als technologischen Wandel, sondern als umfassenden kulturellen Wandel – als einen Paradigmenwechsel, der das Normen- und Wertsystem radikal umbricht. Ähnlich wie Christensen in »Innovator's Dilemma« beschreiben Tim Renner, Peter Tschmuck und Ulrich Dolata in ihren Analysen, wie gefangen die Musikindustrie in ihrem erfolgreichen Geschäftsmodell war. So berechtigt die Kritik an der Ignoranz und Arroganz der Manager der Musikkonzerne sein mag, so wenig reicht dies aus, um zu erklären, warum sie so unfähig zur Adaption waren. Wenn man nur den eklatanten Managementfehlern und den strategischen Fehlentscheidungen die Schuld für das Desaster gibt, unterstellt man, sie hätten auch anders handeln können. Eine gründliche Analyse zeigt, welche ausgeprägten Beharrungskräfte auch später jeden Versuch verhinderten, aus dem kollektiven Unvermögen auszubrechen. »Wie entstehen nun aber radikale Innovationen, wie sie im Laufe der Geschichte der Musikindustrie immer wieder aufgetreten sind?«, fragt Peter Tschmuck und liefert die Antwort seiner Untersuchung: »Sie sind Ergebnis eines Paradigmenwechsels und dringen von außerhalb des herrschenden Produktions-, Distributions- und Rezeptionssystems in dieses ein, um es nachhaltig zu zerstören ... Die systemfremde Kreativität ist also die Voraussetzung für den paradigmatischen Strukturbruch.«[76] Die Anpassung von Strukturen und rechtlichen Rahmenbedingungen hinken immer der technischen Entwicklung hinterher. Das macht die Veränderungsprozesse so turbulent und brisant. Die Musikindustrie war in den 90er Jahren von einem dynamischen zu einem statischen Oligopol mit erstarrten Denk- und Handlungsroutinen geworden. Da die großen Labels in ihrem alten Paradigma gefangen waren, mussten die kreativen Treiber der Veränderung von außen kommen, um die Denk- und Verhaltensmuster aufzubrechen.

Der erste Versuch – das EU-Projekt »Music on Demand«

1995 beteiligten sich die Fraunhofer-Forscher an einem EU-Projekt »Music on Demand« MoD (Musik auf Abruf). Darin hatten sich viele kleine Plattenfirmen zusammengefunden, um Konzepte für den Online-Verkauf von Musik zu entwickeln. Projektleiter bei MoD und ein wichtiger Partner der Fraunhofer-Forscher war der Norweger Dagfinn Bach. Sie kannten ihn schon seit 1992 von früheren europäischen Forschungsprojekten zum Thema »Musikdatenbanken« mit dem Western Norway Research Centre. Gemeinsam mit Dagfinn Bach suchte Harald Popp die großen Musikfirmen auf, um ihr Interesse für das Thema zu wecken und sie letztlich zur Teilnahme an dem Projekt zu gewinnen. Wichtiges Ziel war es, zum Schutz von Urheberrechten einen Standard für ein Digital Rights Management DRM zu entwickeln und den legalen Online-Musikvertrieb zu fördern. Für das Projekt war als starker Partner ein einflussreiches Unternehmen nötig. Doch keine der großen Plattenfirmen ließ sich überzeugen. Sie waren der Meinung, dass nicht genügend Menschen einen Zugang zum Internet hätten und die Musikkäufer die etablierten Plattenläden weiter bevorzugen würden. Das Interesse an der digitalen Audiotechnik war gering, vor allem aber sahen sie überhaupt keinen Grund, ihr bisheriges Geschäftsmodell zu verändern. Sie sagten: »Das klingt alles sehr interessant, aber was hat das mit uns zu tun«, erinnert sich Harald Popp. Noch erkannten die Major-Labels nicht die Perspektiven des Online-Musikvertriebs.

Dafür hatte die Deutsche Telekom Interesse. Und die hatte einen triftigen Grund. Der Bonner Telekommunikationskonzern war 1985 gerade erst aus der privatisierten Deutschen Bundespost entstanden. Anfang 1998 sollte das Telefoniemonopol enden und Wettbewerb ins Telefongeschäft einziehen. Außerdem hatte die Telekom das Tochterunternehmen T-Online gegründet, das sich zu einem führenden Internet-Service-Provider entwickeln sollte. Daher überlegte die Telekom, wie man möglichst viele ISDN-Anschlüsse verkaufen und an den neuen Netzdiensten profitieren könnte. Da immer mehr Musikdateien durch die Netze geschickt wurden, lag der Bedarf für einen legalen Online-Musikvertrieb auf der Hand. MoD sollte den Zugriff auf ein ständig wachsendes Musikarchiv eröffnen. Online reinhören, die Musik auf den PC herunterladen und am Monatsende mit der Telefonrechnung bezahlen, so einfach hatte man sich das vorgestellt. Doch die Telekom brauchte auch ein interessantes Angebot von Musiktiteln. Die Rechteinhaber der meisten – und vor allem der gefragten – Musiktitel waren aber die großen Labels, und die zögerten. So konnte auch die Telekom zunächst nur etwa 60 kleine Independent-Labels gewinnen. Im Sommer 1998 sollte der Start des Online-Portals sein.

Die Nische wächst – und öffnet sich

1996 entdeckten Studenten an amerikanischen Universitäten mp3, wandelten ihre gesamten Musikbibliotheken in mp3-Files um und stellten sie zum kostenlosen Download auf den Universitäts-Servern zur Verfügung. Einer der Pioniere war David Weekly an der Stanford University in Kalifornien. Er bot zwar nur 120 Songs auf seiner Webseite an, stellte aber dazu alle verfügbaren Informationen über mp3 mit ein. Zeitweise beanspruchte seine Webseite mehr als 80 Prozent der ausgehenden Netzwerkleistung der Universität, und das bei einer der weltweit renommiertesten Universitäten. Das führte nicht nur an dieser Universität zu Diskussionen, das Treiben der Studenten einzuschränken.

Doch es war zu spät. Inzwischen hatte sich in der Netz-Community herumgesprochen, dass auf zahllosen Servern hunderttausende von Songs im mp3-Format lagerten und kostenlos kopiert werden konnten. In der Euphorie über die faszinierenden Möglichkeiten des Internet war vielen Studenten gar nicht bewusst, dass sie gegen Urheberrecht verstießen, anderen blieb zwar die Illegalität ihres Handelns nicht verborgen, aber sie hielten es allenfalls für ein Kavaliersdelikt. Schließlich bildete sich eine wachsende Gruppe von Unterstützern, die das Kopieren von Musik als Protest gegen die Musikindustrie propagierte.

Rasend schnell entstanden immer neue kommerzielle und nichtkommerzielle Ideen zum Online-Vertrieb von Musik. Neue Unternehmen wie RealNetworks und LiquidAudio traten mit ihren Streaming-Angeboten an die Öffentlichkeit. Die euphorische, aber chaotische Phase der Internet-Ökonomie hatte begonnen. Und Musik spielte darin eine Pionierrolle. »Musik gilt gemeinhin im Netz als ein Vorläufer, das heißt welche

Veränderungen mit dem Netz auf uns alle zukommen, das zeigt sich zuerst an dem Format Musik. Bevor der digitale Download andere Produkte wie Bücher, Filme oder Fernsehserien erreicht hat, setzt Ende der Neunziger der Tausch von Musik über das Internet ein, denn seitdem man Musik mit dem Komprimierungsverfahren mp3 klein genug speichern kann, um sie im Internet verschicken zu können, ist Musik verstärkt mit ihrer digitalen Kopierbarkeit konfrontiert«[77], schreibt Mercedes Bunz in ihrem Buch »Geschichte des Internets«. Die Studenten hatten mit ihren Musiktauschbörsen offengelegt, dass das Internet ein grandioser Verteiler ist, der alles Bisherige in den Schatten stellt. »Egal, ob es die Distribution von Schrift oder Musik gewesen ist, egal ob Zeitung, Radio, Bühne, Ausstellung, Kino oder Fernsehen – immer brauchte es einen ganzen Apparat, um Informationen zugänglich zu machen und unter die Leute zu bringen. Während das Speichern von Informationen im letzten Jahrhundert alltäglich geworden ist, blieb ihre Verteilung jedoch die Ausnahme. Bis jetzt. Denn mit dem Internet ereignet sich hier eine fundamentale Umstellung.«[78] Nun kann jeder – kostenlos und ohne größeren Aufwand – Musik kopieren und verteilen. Bernhard Grill glaubt sogar, dass der Internetboom sehr stark vom Musikvertrieb profitiert hat, denn schließlich war es die erste Anwendung, die große Massen ins Internet lockte.

Noch nie drohte den Major-Labels so konkret der Kontrollverlust wie in jener Zeit, als das Internet begann, den Musikvertrieb zu übernehmen. Unabhängige Künstler erkannten die Chance, ihre Musik – ohne die Plattenfirmen – selbst zu vermarkten und den größten Teil der Einnahmen selbst zu behalten. Das deckte eine schwer zu kaschierende Angriffsfläche der Musikindustrie auf: die schlechte Bezahlung der Musiker. In der ganzen Periode der Tonträgerkonzerne seit den 50er Jahren wurde immer wieder enthüllt, wie Musiker von Managern und Plattenfirmen über den Tisch gezogen wurden. An den CD-Aufnahmen verdienten die Künstler relativ wenig. Vom Ladenpreis einer CD sollten die Künstler etwa 14 Prozent bekommen. So stand es in den meisten Verträgen. In der Realität war es oft viel weniger: Für beschädigte Ware, für Verpackung, für Freiexemplare, und was den Plattenfirmen sonst noch einfiel, wurden immer weitere Prozente abgezogen, bis sich am Ende die Musiker wunderten, wie wenig übrigblieb. Selbst der Bundesverband der Musikindustrie gestand ein, dass die Künstler nur 10 Prozent vom Verkaufspreis einer CD bekommen. Die Praxis zeigte, dass viele Künstler nicht einmal das erreichten. Viele Bands wechselten die Plattenfirma, einige gründeten sogar eigene Labels, um den ungünstigen Verträgen zu entkommen. Das Image der großen Labels litt unter diesen ständigen Vorwürfen. So konnte sich der Eindruck in der Öffentlichkeit festsetzen, dass es den Plattenfirmen gar nicht um die Urheberrechte der Musiker, sondern nur um ihre eigenen Profite ginge, wenn sie das Kopieren verhindern und verbieten wollten. Unter den Internetaktivisten befanden sich auch manche Musiker, die in die lautstarke Kritik an der Musikindustrie einstimmten. »Die Sympathien der Öffentlichkeit waren auf der Seite der Musikkopierer-Lobby und nicht bei der Musikindustrie«[79], beklagte Jan Timmer, der damalige Philips-Präsident. Im Internet Geld zu verlangen für Angebote, die sich kopieren und kostenlos verbreiten ließen, schien jetzt nur noch schwer möglich. Die Software- und Computerindustrie hatte den Kampf gegen Raubkopien längst aufgegeben und andere Strategien eingeschlagen.

Durch das Fehlen eines Kopierschutzes bei den CDs war die illegale Verbreitung von Musikdateien nicht mehr kontrollierbar. Im Internet gibt es eine elegante Methode, um anderen

Dateien zur Verfügung zu stellen. Sie heißt Filesharing (Dateien teilen) und bedeutet, dass man Dateien auf einen Server einstellt und anderen erlaubt, sie kostenlos zu downloaden. Das Filesharing wird Tauschen genannt, weil der Nutzer ebenfalls Dateien zum Download zur Verfügung stellt. Es handelt sich aber nicht um einen klassischen Tausch, bei dem ein Gut den Besitzer wechselt, sondern um eine Art Kopiererlaubnis. Beim Download wird in einem Vorgang gleichzeitig kopiert und verteilt. Wenn das viele tun, gibt es in kürzester Zeit eine unüberschaubare Menge von Kopien, deren Ausbreitung nicht mehr verfolgbar ist. Illegal wird dieses Tun nur dann, wenn jemand Dateien verteilt, deren Urheberrechte er nicht besitzt.

Gegen diese neue Qualität der Vervielfältigung und Verteilung griffen die alten Methoden des Urheberschutzes nicht mehr. Wie bei der CD waren auch bei der Entwicklung von mp3 keine Schutzmechanismen gefordert und implementiert worden. Dies beschleunigte die Verbreitung von mp3 unter den Musiktauschbörsen. Die Fraunhofer-Forscher hatten das nicht beabsichtigt und boten den Plattenfirmen umgehend an, gemeinsam mit ihnen neue Schutzkonzepte zu entwickeln. Brandenburg war schon damals überzeugt, dass es darauf ankommen wird, »wie man die vielen Leute, die Musik kostenlos wollen, und Leute, die Geld verdienen wollen, gut zusammenbringt«. Aber die Musikindustrie glaubte, dass kaum jemand Musikdateien kaufen wollte und sich die wachsende Popularität des Internets nicht auf ihr Geschäftsmodell auswirken würde. Doch diesen Gefallen taten ihnen die Nutzer nicht.

Betrachtet man die Situation genau, erkennt man einen ausgeprägten Gegensatz der Akteure: So satt und ablehnend die Musikindustrie gegenüber allen Veränderungen war, so sensibel und aufnahmebereit für die neuen technologischen Möglichkeiten waren die Internetaktivisten. Studenten wurden »zu den treibenden Kräften des sektoralen Wandels«[80], betont Dolata: »Diese Entrepreneurs waren zunächst vor allem die Betreiber von Tauschbörsen sowie jugendliche Musikkonsumenten, die ohne dezidierte strategische Absichten mit den neuen Möglichkeiten außerhalb der bestehenden Strukturen und Institutionen zu spielen begannen.« Der Anstoß für den tiefgreifenden Wandel der Musikindustrie kam also von branchenfremden, nichtkommerziellen Akteuren. Sie zeigten durch die »unbekümmerte Abweichung« vom etablierten Entwicklungspfad der Musikindustrie, wohin die Reise gehen könnte.

Dramatisch wurde es, als das Internet in großen Schritten aus dem Schatten der Universitäten heraustrat: »Bis vor wenigen Jahren gehörte das Internet einer kleinen, eher beschaulichen Gemeinde, die sich für die Elite der Neuzeit hielt und auf den Rest des Planeten voller Verachtung schaute. Jetzt stöhnen die alten Netz-Freaks über den massenhaften Ansturm der Newbies, jener Neulinge, die sich schon durch die E-Mail-Adressen verraten: Ihre Anschriften enden mit compuserve.com oder aol.com – das sind die Kürzel jener Volks-Online-Dienste, die gegen Gebühr jedem dahergelaufenen PC-Besitzer den Zugang zum vormals heiligen Terrain der Tüftler und Spezialisten öffnen.«[81] So beschrieb der *Spiegel* in seiner vierteiligen Serie im Jahr 1996 die Öffnung des Internets für das Massenpublikum.

Doch auch der *Spiegel* konnte damals noch nicht absehen, wie fulminant sich das Internet verbreiten und mit welcher Dominanz und Schnelligkeit die Netzwerkeffekte aus der Fülle von konkurrierenden Anwendungen einige wenige aussortieren würden. Die *Spiegel*-Serie über das Internet endete in einem Wechselbad aus Euphorie und Enttäuschung. Noch schien alles unsicher und offen. Aufstieg, Fall und Neuanfang lagen dicht beieinander.

Die »dunklen Jahre« – und der Hoffnungsschimmer

Nach dem großen Erfolg bei der Standardisierung Ende des Jahres 1991 folgten für die mp3-Entwickler schwierige Jahre der Suche nach dem Markt, die bis 1996 reichten. Harald Popp spricht von den »dunklen Jahren«, wenn er an diese Zeit zurückdenkt. Die Förderung durch große öffentliche Projekte war ausgelaufen, und die Industrie konnte mit der neuen Technologie noch nichts anfangen. In den Schlüsselanwendungen Video Compact Disc, Satellitenfernsehen und digitaler Rundfunk hatte sich der Layer-2 durchgesetzt. Da blieb für Layer-3 im Konsumermarkt nichts mehr, was damals relevant erschien.

Eine harte Situation für das Audioteam am Erlanger Fraunhofer-Institut. »Da ging es ums Überleben«, sagt Brandenburg. Weil die Wirtschaft nicht auf ihre Angebote einstieg, hingen die mp3-Entwickler wie in einer Warteschleife fest und mussten gleichzeitig an vielen Projekten arbeiten. »Wir hatten in diesen Jahren enorm viel Druck«, erinnert sich Harald Popp. »Zum einen mussten wir mp3 auf allen Ebenen, Hardware wie Software vermarkten. Zum anderen arbeiteten wir außerdem an einer Multikanalerweiterung für mp3, brachten sie in den ISO-MPEG-Standard ein und bauten auch dafür Echtzeitgeräte. Ab 1994 mussten wir gleichzeitig AAC entwickeln und mit anderen Projekten genügend Geld für die Finanzierung unseres Audioteams einspielen. Drei Fulltime-Jobs auf einmal, für viele von uns.« Bernhard Grill nahm eine halbe Stelle an der Universität an, um zu promovieren. Jürgen Herre ging im Jahr 95/96 als Postdoc zu AT&T. Gleichzeitig arbeiteten sie an zahlreichen Projekten. So schwierig die »dunklen« Jahre für die meisten aus der Gruppe waren,

»Gerhäuser hat wahrscheinlich die größere Last getragen, weil er immer das Geld beschaffen musste; und es hat gereicht, das Team zusammenzuhalten«, merkt Grill zu den aufreibenden Jahren an. »Aber das waren auch sehr spannende Zeiten.«

Die mp3-Entwickler begannen neue Märkte zu erschließen, in denen sie den Vorteil der starken Kompression ausspielen konnten. So bedienten sie mit ihren Codecs den Profimarkt für Rundfunkstudios und starteten mit WorldSpace ein erstes Großprojekt für Satellitenrundfunk. Gleichzeitig schufen sie die Voraussetzungen für den Einsatz im Konsumermarkt: Sie machten aus Layer-3 die Marke mp3, entwickelten einen mp3-Chip und eine mp3-Software für PCs.

Mit dem Einsatz im Internet kristallisierte sich langsam heraus, welch revolutionäre Wirkung hinter mp3 steckt. Der Einsatz von Layer-2 bewegte sich auf dem Entwicklungspfad der Unterhaltungsgeräte-Industrie und blieb im Rahmen einer inkrementellen Innovation, der Verbesserung des Bisherigen: Die CD sollte mit einer VCD ergänzt werden, die analogen Radios sollten durch digitale Geräte ersetzt werden. Weil Layer-2 von Beginn an auf die Anforderungen des digitalen Rundfunks ausgerichtet war, beschränkte sich der Kompressionsfaktor auf die Datenrate, die dafür nötig war. mp3 hatte sich dagegen immer am Telefon – und am Speicherbedarf – orientiert und daher eine viel höhere Kompressionsrate angepeilt.

Mit dem Aufschwung des Internets rückte das Telefon in eine Schlüsselstellung. Und die Telefonleitung wurde zum Flaschenhals, den die Datenpakete durchqueren mussten. Jetzt erwies sich die starke Kompression von mp3 als unschlagbarer Vorteil. Lange waren die Erlanger Forscher belächelt und kritisiert worden, weil sie einen Schritt zu weit vorausgegangen waren, weil sie nicht wie ihre Konkurrenten nur so viel wie nötig getan hatten, sondern so viel wie möglich. Als der hohe Kompressionsfaktor vom mp3 dann doch plötzlich gefragt war, hatten sie einen Vorsprung, den niemand mehr einholen konnte. »mp3 war eine bahnbrechende Technologie genau zur richtigen Zeit«, beurteilt Gerhäuser im Rückblick: »Denn nicht lange nach der mp3-Entwicklung kamen auch leistungsfähige PCs auf den Markt, die Speicherpreise sanken, und das Internet breitete sich aus. Die technischen Voraussetzungen waren also vorhanden für den Markterfolg.«

Das Internet deckte das ganze Potential vom mp3 auf. »Erst mit dem Internet konnte etwas völlig Neues entstehen, das weit über die bisherigen Möglichkeiten des Radios hinausgeht«, erklärt Gerhäuser. »Rundfunk bedeutet, ein vorgefertigtes Programm zu konsumieren. mp3 bedeutet, sich nach dem eigenen Geschmack jederzeit selbst zu holen, was man gerade hören möchte. Niemand schreibt dem Nutzer mehr vor, wann er welche Musikstücke in welcher Reihenfolge anhören muss. Das ist der Paradigmenwechsel und die grenzenlose Freiheit für den Nutzer wie auch den Anbieter von Content.« Jetzt wurde klar, dass mp3 viel mehr war als nur ein neues Digitalradio oder ein neuer Tonträger wie VCD, DAT oder MiniDisc. mp3 löste sich mit dem Chip und der Software vom starren Hardware-Verbund und wurde zu einem wahrhaft universellen Format für Audio, das auf allen Geräten einsetzbar wurde.

Voraussetzung für diese neuen Anwendungen waren die raschen Fortschritte der Halbleitertechnik. Diese gab einen unerbittlich schnellen Takt vor, wie Gordon Moore dem *Spiegel* im Jahr 1996 darlegte: »Diese Technik folgt festgefügten Regeln. Die aktuelle Generation hat stets mehr Leistung, verbraucht weniger Strom und ist billiger als die vorherige.« Die Fraunhofer-Forscher orientierten sich daran wie kaum jemand, erzählt Harald Popp: »Seitzer hat uns das Moore'sche Gesetz immer vor Augen geführt. Es war immer klar und leicht vorhersehbar, dass die Technologiesprünge kommen, dass die Speicher immer billiger werden und die Rechenpower immer größer wird.«

Deshalb waren sich die Fraunhofer-Forscher so sicher, dass die Komplexität in wenigen Jahren kein Problem mehr darstellen würde. »Wenn man an solchen Technologien forscht, muss man vorausdenken, was in zehn und mehr Jahren benötigt wird. Die Bauteile sind zunächst groß, teuer, komplex und aufwendig herzustellen, werden aber immer kleiner und kostengünstiger. Die Gerätehersteller dachten immer nur in ihren Produktzyklen, das waren dann zwei, drei Jahre. Man muss aber weiter in die Zukunft schauen und das Moore'sche Gesetz auch selbst ernst nehmen«, kritisiert Gerhäuser das Kurzfristdenken.

Harald Popp erinnert sich an die Debatten in der Audiogruppe, als leistungsfähige Prozessoren und günstige Speicher auf den Markt kamen: »Damit war absehbar, dass auch die Tage von DAT, MiniDisc und CD gezählt sind.« Brandenburg ergänzt: »Um 1994 waren handelsübliche PCs schnell genug, um die mp3-Dateien direkt abspielen zu können«. Schon seit Jahren braucht man für Audiocodierung keinen eigenen Chip mehr. Die modernen Prozessoren sind so leistungsfähig, dass sie solche Anforderungen nebenbei erledigen. »Heute baut man sogar Videocodierung, die ein Vielfaches der Komplexität von Layer-3 hat, in Mobiltelefone ein«, hebt Gerhäuser hervor. »Das hätte damals erst recht niemand für möglich gehalten.«

Pentium-Prozessor, Soundkarten und CD-Laufwerke machten den PC Mitte der 1990er Jahre musikfähig. »Um diese Zeit sind viele Leute auch unabhängig von uns auf die Idee gekommen, dass man mit mp3 Musik auf Rechnern speichern kann. Zu unserem Leidwesen erst einmal illegal. Die legalen Dienste sind erst später wirklich aufgekommen«, beklagt Brandenburg. Der illegale Austausch von geschützter Musik entwickelte sich rasant – zur Freude der Musikpiraten und zum Ärger der Plattenfirmen.

Doch die Musikindustrie erkannte immer noch nicht die revolutionäre Dimension vom mp3 und Co. Wie auch: Bis Mitte der 90er Jahre wirkte die Digitalisierung des zentralen Produkts – des neuen Tonträgers CD – noch stabilisierend und bestärkte die Marktdominanz und Kontrollmacht der Majors. Die Entwicklung im Internet lag außerhalb des Gesichtsfelds der Musikindustrie. So entstand nicht nur die Idee vom Musikvertrieb im Internet ohne die großen Labels, sondern entwickelte sich auch das Konzept des Musiktausches – gegen die großen Labels. Die Erlanger Forscher kamen mit ihrem Audiocodierverfahren, das sich so hervorragend für den Online-Vertrieb von Musik eignete, unversehens in Gegensatz zur Musikindustrie. »Bereits 1995 haben wir versucht, Fragen nach legalen Vertriebswegen zu stellen und Konzepte für Digital Rights Management zu entwickeln – das Fehlen dieser Vertriebswege war schließlich eine lange Zeit das Hauptproblem«, sagt Brandenburg.

Mit dem Internet tat sich für die mp3-Entwickler erstmals ein Fenster zum Endkundenmarkt auf. Doch es war ein völlig neuer Markt – ohne feste Strukturen, Regeln und Perspektiven. Er war von großen Unsicherheiten geprägt, weil damals überhaupt nicht absehbar war, welche kommerziellen und nichtkommerziellen Konzepte sich als tragfähig erweisen würden. Das Internet befand sich in seiner pubertären Phase. Niemand wusste, wohin es ging. Wo größte Unsicherheit herrscht, sind Geschäfte höchst riskant. Das hält die etablierten Unternehmen von einem Einstieg ab und lädt Newcomer ein, die nichts zu verlieren haben. Die Fraunhofer-Forscher hatten wie viele Gründer von Internet-Unternehmen das David-gegen-Goliath-Gefühl. Statt neue Anwendungsmöglichkeiten hatten sie einen neuen, übermächtig erscheinenden Gegner bekommen: die Musikindustrie. Die Internet-Aktivisten zeigten, wie David Goliath besiegen kann: Sie lockten die Tonträgerunternehmen in das Neuland Internet. Dort kannten sie sich aus, nicht aber die Tonträgerunternehmen.

Die Unsicherheiten dieser Jahre mit ständig wechselnden Optionen waren aber auch für die Fraunhofer-Forscher anstrengender als der technologische Wettbewerb. »Wir hatten zwar das beste Verfahren, aber noch nicht den Durchbruch in den Massenmarkt geschafft«, erinnert sich Harald Popp an die unermüdlichen Versuche, mp3 zu vermarkten. Schließlich wurde sogar alles in Frage gestellt. Noch bevor mp3 den Durchbruch geschafft hatte, sollte ein Nachfolger entwickelt werden. 1994 begannen auf Druck der Industrie die Arbeiten an einem Nachfolgestandard, der zunächst NBC für »non backwards compatible« hieß. Dem Fraunhofer-Team blieb keine Wahl, als in führender Rolle mitzuarbeiten, wollte es nicht anderen das so mühsam bestellte Feld überlassen. Das brachte nicht nur zusätzlich Arbeit, sondern auch weitere Unsicherheiten in die »dunklen Jahre«.

Trotz unklarer Perspektiven blieb das Fraunhofer IIS konsequent am Thema der Musikkomprimierung, obwohl schon damals viele Leute Heinz Gerhäuser rieten, »nicht so viel mit Audio zu machen, das sei langsam ausgeschöpft«. Im Rückblick sieht es wie eine logische Entwicklung aus: »Wichtig war das Engagement des Teams, das nie den Glauben an seine Entwicklung verloren hat. Außerdem haben wir nach und nach die richtigen Schritte unternommen. Mit den Einnahmen aus dem Profibereich haben wir weitere Entwicklungen finanzieren können«, fasst Brandenburg zusammen. Gerhäuser weiß, wie schwierig es war, die Technologie über viele Jahre konsequent weiterzuentwickeln. »Das ist ein Problem in der Industrie, aber auch bei Fraunhofer«, gibt er zu bedenken. »Viele Innovationsprojekte werden nach kurzer Zeit aufgegeben, weil man nicht weiß, wie man sie weiterfinanzieren soll. Bei Fraunhofer ist es die Finanzierung, bei den Unternehmen sind es oft auch unternehmerische Entscheidungen, in etwas anderes einzusteigen. Da geht unheimlich viel verloren. Wenn die Leute auf andere Projekte gesetzt werden, kann man das nicht so einfach zurückdrehen. Wir bei Fraunhofer konnten das über zwanzig Jahre wirklich kontinuierlich weiterführen. Natürlich war es schwierig, die wachsende Mannschaft über eine so lange Zeit mit dem Thema Audiocodierung zu finanzieren. Aber es gab in jedem Jahr ein Finanzgespräch, und es ist uns immer wieder gelungen, genügend Projekte heranzuschaffen.« Das ging aber nur, weil sich jeder im Team außergewöhnlich engagierte. Mit den Herausforderungen wuchs das Team weiter zusammen. »So eine richtig demotivierende Situation, einen Punkt, an dem wir gesagt hätten, jetzt hat es keinen Sinn mehr weiterzumachen, hat es nie gegeben«, betont Gerhäuser. »Dieser bedingungslose Glaube an den Erfolg hing auch damit zusammen, dass uns diese Entwicklung wie auf einer Welle vorangetragen hat. Entscheidend war, dass wir niemals auf ein Ziel hinarbeiten mussten, das nicht erreichbar war. Der Weg war links und rechts mit so vielen kleinen Erfolgen und verwertbaren Ergebnissen gepflastert, dass uns das wie auf einer Woge von einem zum nächsten Projekt getragen hat«, beschreibt Gerhäuser die Dynamik. Aufatmend fügt er an: »Es war nicht leicht, auf dieser Welle zu surfen, es war schon extrem anstrengend.«

In den Jahren auf der Suche nach dem Markt war im Internet ein Markt entstanden, den es vorher nicht gegeben hatte, der aber ideal für mp3 erschien, wenn auch niemand wusste, welche Geschäftskonzepte sich dort durchsetzen würden. So endeten die »dunklen Jahre« mit neuen hoffnungsvollen Visionen vom Musikvertrieb im Internet und der Musikbox in der Hosentasche.

3 MP3 STARTET DURCH – AUFSTIEG IM INTERNET: 1997–2000

Gestohlen und kostenlos verteilt – die ungewollte Verbreitung

Im Jahr 1997 begann der Aufstieg von mp3 im Internet. Zwei Ereignisse beschleunigten die Verbreitung von mp3 in den USA in einem Maße, dass kein Konkurrenzformat mehr mithalten konnte: Das erste, die kostenlose Verbreitung von mp3, war gar nicht beabsichtigt, das zweite, die Integration von mp3 in Microsofts Windows Media Player, war die Eintrittskarte zum Computer-Markt.

Zunächst zu dem Unfall, der zum Glücksfall wurde: Im Sommer 1997 tauchte plötzlich ein mp3-Encoder auf einem Server für freie Software einer US-Universität auf und verbreitete sich rasend schnell. Was war geschehen? Einige Kunden, die für den Encoder Geld bezahlt hatten, fragten bei OPTICOM empört nach, warum das Programm jetzt in den USA kostenlos zu bekommen sei. OPTICOM-Chef Michael Keyhl begann nachzuforschen. Über schwedische und amerikanische Computer führte die Spur schließlich nach Australien. Der Übeltäter, ein Student, war völlig verblüfft, dass er aufgespürt wurde. Wie sich herausstellte, hatte er mit einer gestohlenen taiwanesischen Kreditkarte bei OPTICOM den Encoder gekauft. Dann hatte er das Programm leicht verändert und eine neue Oberfläche geschrieben. Über Schweden stellte er das Programm auf den Server einer amerikanischen Universität als Freeware ein. In die Read-me-Datei fügte er ein: »Das ist Freeware. Vielen Dank an das Fraunhofer-Institut.« Michael Keyhl und die Fraunhofer-Kollegen aktivierten die australische Staatsanwaltschaft und erreichten zumindest, dass der Student bestraft wurde. Sie stellten eine Hilfskraft ein, um all die Server abzumahnen, die das Programm kostenlos anboten, doch die Lawine war nicht mehr zu stoppen. Mit der Logik des Netzes war das Programm tausendfach weitergegeben worden und tauchte nach jeder Abmahnung vielfach woanders wieder auf.

Brandenburg erinnert sich an den Schock: »Microsoft hatte Anfang 1997 die mp3-Decoder in Windows eingebaut. Zu unserem Leidwesen hat sich nach dem Diebstahl auch der mp3-Encoder auf illegalem Weg sehr schnell verbreitet. Damit ist uns das Geschäftsmodell aus den Händen geschlagen worden. Die einzeln teuer verkaufte lizensierte Encoder-Version konnte sich nicht mehr durchsetzen.« Also mussten die Fraunhofer-Forscher ihre Marketingstrategie anpassen. Sie waren bisher sehr vorsichtig mit der Vergabe von Encoder-Lizenzen gewesen, weil der Encoder der Schlüssel war, um jeden zum Herstellen und Verteilen von mp3-Dateien zu befähigen. Die Web-Szene liebte mp3 von Anfang an, und jetzt, da es kostenlos verfügbar war, noch mehr. Der Geist war aus der Flasche und nicht mehr zurückzubringen.

Die mp3-Community entsteht

Das neue Musikformat, das sich sowohl zum Download als auch zum Streaming eignete, beflügelte die Fantasie vieler Erstnutzer zu allerlei Ideen, die sie umgehend ausprobierten.

»Bereits im Herbst 97 breitet sich mp3 im Internet aus wie ein Virus. Die Universitäten lieferten sich einen Wettstreit, wer neue Hits als Erster auf seinem Server hatte – schlimmer als die Radiostationen«[82] beschreibt der US-amerikanische Journalist Bruce Haring die aufgeheizte Situation im November 1997, als zum ersten Mal Auszüge des neuen Albums einer bekannten Popgruppe vor dem offiziellen Erscheinungstermin im Internet zirkulierten. Es handelte sich um die Songs »Discotheque« und »Wake up, Dead Man« der irischen Band U2 aus dem Album »Pop«. Nachdem zunächst Hacker verdächtigt wurden, stellte sich heraus, dass ein Fan aus Ungarn die Tonspur eines Werbevideos, das im fernen Osten als Werbung für die Welttournee verschickt worden war, herunterkopiert und ins Internet gestellt hatte.

Die großen Plattenfirmen wurden immer stärker in die Rolle des Buhmanns gedrängt. Da sie sich hartnäckig weigerten, ihr Musikrepertoire fürs Internet zu öffnen, forderten sie den Ehrgeiz der Studenten heraus, die längst zu Fans von Online-Musik geworden waren. Sie gingen nun als Piraten auf Kaperfahrt, kopierten die Songs von bekannten Künstlern, wandelten sie in mp3-Dateien um und stellten sie ins Internet – oft schon bevor die Platten offiziell erschienen waren. So war im Januar 1998 die Musik von Superstars wie Van Halen, Metallica, Eric Clapton und Madonna schon Wochen vor dem offiziellen Erscheinungstermin im Internet zu finden. Josh Wardell, Student an der Syracuse-Universität, war einer der Ersten, der durch seine Internet-Aktivitäten berühmt wurde. Er hatte aus dem lokalen Radiosender drei Songs des neuen Pearl-Jam-Album »Yield« aufgenommen und auf seiner Seite zum Download für die Pearl-Jam-Fans aus aller Welt angeboten.

Das steigende Interesse an mp3 bemerkte Michael Robertson, ein cleverer junger Unternehmensgründer in San Diego.

Er hatte die Firma Z Company gegründet und beobachtete die Entwicklung des Internets sehr genau, um den besten Trend zu nutzen. Er suchte nicht nach dem, was am gefragtesten war, sondern danach, wo die höchsten Zuwachsraten lagen. Dabei erkannte er, dass sich mp3 in einem rasanten Aufstieg befand. Also beschloss er, eine der 10 erfolgreichsten mp3-Webseiten zu kaufen. Gleichzeitig bemühte er sich, den Domainnamen MP3.com zu sichern. Er gehörte Martin Paul und war die Abkürzung seiner Initialen plus der Zahl 3, da sich schon andere mit dem gleichen Kürzel angemeldet hatten. Paul war bereit, den Domainnamen für tausend Dollar abzutreten. Zusätzlich kaufte Robertson die Webseite MP3-Shopping-Mall, die von einem Holländer betrieben wurde. Im Oktober 1997 eröffnet er dann die Webseite MP3.com. Schon am ersten Tag besuchten 10 000 Fans die neue Seite – ohne jede Werbung und einen Eintrag in die Suchmaschinen. Da wusste Michael Robertson: »Hier sind wir auf eine Goldader gestoßen.«[83] Eilig begann er die Webseite mit Inhalten zu füllen. Zunächst startete er ein Forum zu mp3 und schrieb selbst zahlreiche Artikel über alles, was mit mp3 zu tun hatte. Er suchte im Netz nach Bands, die Musik zum Download anboten, und verlinkte auf deren Seiten. Daraus entwickelte sich dann das Geschäftsmodell: Ein Portal, das Musikfans und Musiker zusammenbringt. Als Internet-Dienstleister für unabhängige Musiker produzierte MP3.com Webseiten für Bands und veröffentlichte deren Musik. Zusätzlich zu den Musikangeboten erhielten die Besucher eine Fülle von Informationen und hilfreichen Diensten zum Suchen und Archivieren von Musik. Geld verdienen wollte Robertson vor allem durch Bannerwerbung. Damit war das Ziel klar, möglichst viele Besucher auf die Seite zu locken. Voraussetzung dafür war ein möglichst großes Angebot an Musikstücken. Also tat Robertson alles, um Musiker für MP3.com zu gewinnen: Er bot ihnen sehr großzügige Verträge an und exponierte sich als flammender Fürsprecher der Künstler, die von den großen Plattenfirmen nur ausgenützt würden. Er gab den Künstlern 50 Prozent des Verkaufspreises der CDs, die MP3.com auf Bestellung der Nutzer herstellte und verschickte.

Ein geschickter Schachzug war eine Versammlung der mp3-Gemeinde im Sommer 1998 in San Diego, die Robertson initiiert hatte: der erste mp3-Konvent. Mit dabei waren viele Startups und kleine Technologieunternehmen wie die kalifornische Firma Xing Technologies, die einen eigenen Musikplayer mit dem Namen Xing MP3 Encoder entwickelt hatte, der über das Internet für 20 US-Dollar verkauft wurde. Was als kleine Ein-Tages-Veranstaltung geplant war, wuchs sich zu einem echten Gipfeltreffen aus, auch Karlheinz Brandenburg war angereist und hielt einen Vortrag. »Das war wirklich wie eine Revolution. Alle spürten, dass hier Geschichte gemacht wurde. Xing Technologies gab am Vorabend im Hyatt Hotel San Diego einen Empfang. Die Deutschen waren da und auch die Koreaner. Da merkte ich zum ersten Mal: Das war international«[84], erzählt John Parres, einer der Mitorganisatoren, nicht ohne darauf hinzuweisen, dass bereits dieses erste Treffen von einer aggressiven Stimmung gegen das Musik-Establishment geprägt war. »Das Wort von der mp3-Revolution machte die Runde, und Michael Robertson war so etwas wie ihr selbsternannter Anführer«[85], schrieb Heiko Röttgers in dem Fachmagazin *Telepolis*. Robertson pflegte sein Rebellenimage auch künftig durch gezielte Provokationen der großen Labels. Das trieb immer mehr Besucher zu MP3.com und beförderte ihn zum größten Feind der Musikindustrie.

Robertson gelang es mit cleveren Dienstangeboten, MP3.com zur gefragtesten Musikplattform zu pushen. Im September 1998 schätzte er die Zahl der Nutzer von MP3.com auf über 3 Millionen; und das Wachstum ging ungebremst weiter. Bald konnten die Nutzer aus einer Datenbank mit über 100 000 Titeln Musik aller Stilrichtungen auswählen, im Streaming anhören und als mp3-Dateien herunterladen. Der größte Teil stammte von Amateuren und Musikern ohne Plattenvertrag, einige wenige Titel von bekannten Bands und Musikern, die einzelne Songs zur Verfügung stellten.

Die Strategie, Musikstücke als Appetithäppchen zu verschenken, um Künstler bekanntzumachen, hatte bereits das Internet Underground Music Archiv IUMA im Jahr 1993 angewendet. »Aber erst MP3.com machte diesen Trend so richtig populär und schaffte es, auch Musiker großer Plattenfirmen als seine Unterstützer zu gewinnen. Tom Petty, Tori Amos und Alanis Morissette, Ice T, The Offspring und viele andere entdeckten den Wert des Marketings mittels verschenkter mp3-Downloads. In direkter Nachbarschaft zu den großen Stars siedelten sich Tausende weniger und völlig unbekannter Musiker an. Binnen kürzester Zeit machten sie die Site zum größten Internet-Musikangebot: Heute sind mehr als 1 Million Titel von mehr als 150 000 Musikern über MP3.com zugänglich«[86], konstatierte *Heise online* im Jahr 2001. MP3.com wurde durch sein riesiges Angebot und die hervorragenden Zusatzdienste zum Vorbild vieler späterer Musikplattformen.

Im turbulenten Jahr 1997 kam der Hype um Online-Musik auch bei den Mainstream-Medien in den USA an. Der *Rolling Stone*, MTV und Online-Musikmagazine wie *Addicted to Noise* und *Sonicnet* sorgten für die Popularisierung. Jeder Online-Service und jede Suchmaschine baute einen eigenen Musikbereich auf. Und mp3 stand im Mittelpunkt aller Aktivitäten.

Höchste Zeit, dass auch die beiden anderen Pioniere RealNetworks und Liquid Audio begannen, neben Streaming Downloads anzubieten. Der kostenlos verteilte Player RealAudio überschritt bereits Anfang des Jahres 1996 die Schwelle von 1 Million Nutzer. Zunächst verwendeten vor allem Rundfunksender die Technologie, um Sportveranstaltungen oder Nachrichten im Internet zu übertragen. Die äußerst geringe Qualität gab auch nicht viel mehr her. Doch schon die Version 2.0, die an UKW-Qualität heranreichte, lockte weitere Audioanbieter an. Der RealAudioplayer konnte mp3-Dateien abspielen, verwendete aber ein eigenes Datenformat, damit man die Dateien nicht speichern konnte.

Nun war es für Rob Glaser Zeit, in den Downloadmarkt einzusteigen. In einer Kooperation mit IBM entwickelte RealNetworks einen Sicherheitsschutz für den digitalen Vertrieb und brachte im Sommer 1997 die RealJukebox auf den Markt. Damit konnte der Nutzer nicht nur Musikdateien speichern und verwalten, sondern auch CDs in verschiedene Datenformate, vor allem auch in mp3-Dateien, umwandeln. Damit geriet auch RealNetworks in Konflikt mit der Plattenindustrie, die mit Streaming gut leben konnte, nicht aber mit der RealJukebox. Rob Glaser hielt entgegen, dass in zwei Tagen bereits 250 000 Nutzer die Jukebox heruntergeladen hätten. Schon da war klar: Nichts geht mehr ohne mp3. Im Jahr 1999 wurde die RealJukebox von 61 Millionen Kunden genutzt. 1999 übernahm RealNetworks für 75 Millionen Dollar schließlich den Konkurrenten Xing Technologies. »Wir wollen mit der Übernahme insbesondere den wachsenden Markt von Künstlern bedienen, die mp3 legal zur Verbreitung ihrer Werke benutzen«[87], begründete Rob Glaser den Kauf.

Liquid Audio nahm sich einen Partner, um in das Download-Geschäft einzusteigen, N2K aus New York. Die Firma N2K (Need to know) hatte 1996 Larry Rosen, Jazz-Musiker und Produzent, gemeinsam mit Partnern gegründet. N2K begann damit, Webseiten für bekannte Musiker wie Leonard Bernstein, Miles Davis, David Bowie oder die Rolling Stones zu betreiben, versuchte aber bald, als erstes Unternehmen legale Downloads von bekannten Künstlern anzubieten.

N2K hatte bereits 1996 mit dem David-Bowie-Song »Telling Lies« einen grandiosen Starterfolg hingelegt und in einer Woche 300 000 Downloads erreicht. »Diese schwindelerregende Zahl zeigte, wie sehr sich das Internet bereits durchgesetzt hatte und wie sehnsüchtig andererseits das Publikum auf Musik von populären Künstlern wartete«[88], schrieb Bruce Haring. Am 15. Juli 1997 startete N2K mit seinem Music Boulevard und bot 15 verschiedene Singles von bekannten Musikern wie Chick Corea, Jonathan Butler, Richard Barone, Steward Copeland und anderen für 99 Cent pro Musikstück zum Herunterladen an. Liquid Audio lieferte den kostenlosen Player und entwickelte das e_mod genannte System. Damit konnte man die Dateien auf dem Computer speichern und mit einem CD-Brenner auf eine CD kopieren, so dass sich die Musik auch auf einem normalen CD-Player abspielen ließ.

»Die N2K Webseite Music Boulevard bietet mehr als 300 000 Musiktitel an und erzeugt mehr als 80 Millionen Seitenaufrufe pro Quartal«[89], vermerkte das *Fast Company Magazin* im Dezember 1998. Mit solch positiven Zahlen ging N2K 1998 an die Börse und wurde 1999 von CDNow aufgekauft, einem Musik-Onlinehändler, der wiederum 2002 von Amazon geschluckt wurde.

Auch der Telekommunikationskonzern AT&T dachte nun daran, seine Audiotechnologien zu vermarkten. AT&T gründete dazu im Jahr 1998 die Tochter a2b Music, um ein durchgängiges Konzept für die sichere digitale Übertragung von Musik im Internet zu entwickeln.

Im Januar 1998 startete in New York Emusic. Der neue Online-Musikdienst arbeitete mit Abo-Modellen und verkaufte Musik ausschließlich in Form von mp3-Dateien, die nicht in ihrer Nutzbarkeit beschränkt waren. Deshalb weigerten sich die Major-Labels, Musiktitel aus ihren Repertoires zu lizensieren. Da aber viele Independent-Labels mitmachten, entwickelte sich Emusic rasch zum ersten echten Global Player im Online-Geschäft und übernahm später das IUMA Underground Archiv.

»Die entstehende Online-Musikindustrie folgt eigenen Regeln, die der an absolute Kontrolle und Oligopolpreise gewöhnten Plattenindustrie völlig fremd sind: In der neuen Welt, die täglich mehr Gestalt annimmt, muss der Verbraucher nicht mehr eine ganze CD für 16,99 Dollar kaufen, wenn er zwei Songs darauf gut findet. Stattdessen lädt er die zwei Songs von einer Website herunter, zum Preis von 99 Cent das Stück. Und von den 99 Cent erhält der Musiker nicht wie bei den Plattenlabels 15, sondern 50 Prozent. Das ist das Arrangement bei GoodNoise, einem führenden mp3-Musikanbieter – ein Arrangement, das zukunftsweisend ist«[90], beschrieb Carsten Volkery im *Spiegel* unter dem Titel »mp3: Alptraum des Musikmanagers« den Angriff der mp3-Anbieter auf das Geschäft mit den Tonträgern.

Doch all diese Neugründungen taten sich schwer, die Major-Labels ins Internet-Geschäft zu locken, zumal auch die Plattenhändler protestierten. Weil sie aber wussten, wie wichtig etablierte Stars für ihr Download-Angebot waren, ließen sie nichts unversucht, Major-Labels zu gewinnen. Nur einige Tochter-Labels scherten aus wie die berühmte US-amerikanische Plattenfirma Capitol Records, die zum Major-Label EMI Group gehörte. Auf der Webseite von Capitol Records erschien im September 1997 die Single »Electric Barbarella« von der Band Duran Duran einen Monat vor ihrem Album »Medazzaland« zum Download. 30 Sekunden konnte man kostenlos anhören, für 99 Cent die Standardversion und für 1,99 Dollar einen längeren Remix kaufen. Capitol Records feierte den Überraschungscoup als »Start in eine neue Ära der Musikvermarktung«, musste dann aber sehr schnell zurückrudern.

Die Begründung, dass mit dieser Aktion nur der Verkauf des neuen Albums angeheizt werden sollte, reichte den erbosten Händlern nicht aus. Capitol Records musste versprechen, künftig Downloads nicht mehr vor dem Verkaufsstart der CDs anzubieten. Ein anderes Beispiel war der Song »Your Imagination« des ehemaligen Beach-Boys-Musikers Brian Wilson, den Giant Records, das mit der Warner Music Group verbunden war, zum Download anbot, bevor die CDs in den Regalen der Händler standen. Im September 1998 plante die Plattenfirma Platinum Entertainment, damals das größte Independent-Label, Musik von Taylor Dayne, Dionne Warwick, The Band und Eric Clapton zum freien Download auf MP3.com anzubieten. Als sich dies in der Branche herumgesprochen hatte, erhielt Steve Devick, der Chef von Platinum, umgehend Anrufe der großen Plattenfirmen, er solle nicht mit dem größten Feind der Musikindustrie zusammenarbeiten. Doch er blieb bei seiner Absicht, MP3.com als Werbemedium zu nutzen. Ähnlichen Ärger mit dem mächtigen Verband der US-Plattenindustrie RIAA handelte sich das Label Hollywood Records ein. Vor dem offiziellen Erscheinungstermin der neuen CD der Neo-Swing-Band »Alien Fashion Show« stellten sie einen Song als mp3-Download auf die Webseiten von MP3.com und Dimension Music ein, um die Internet-Musikfans zu erreichen.

Inzwischen entdeckten auch immer mehr Musiker die Chancen des Internets. Für die Herstellung von physikalischen Tonträgern wie CDs benötigte man ein Jahr Zeit und viele Millionen Dollar und wusste nicht einmal, ob sich die Investition lohnen würde. Online konnte man jedes neue Musikstück zum Hören anbieten und sofort erfahren, wie gut es ankommt. So versuchten einige Musiker, Plattenfirmen, Radiostationen und Händler zu umgehen und ihre Musik nur noch über eigene Webseiten zu veröffentlichen. Anfangs beschritten nur wenig bekannte Künstler diesen Weg. Doch dann kündigte der vielfach ausgezeichnete amerikanische Songwriter Prince nach jahrelangen Differenzen mit seiner Plattenfirma Warner an, seine Alben künftig nur noch übers Internet zu vertreiben. Er legte seinen Künstlernamen ab und ersetzte ihn durch ein unaussprechliches Symbol. Erst nach Ende des Plattenvertrags mit Warner im Jahr 2000 nannte er sich wieder Prince.

Der Vertrieb seines nächsten Albums »Chrystal Ball« allein übers Internet verlief zwar ziemlich chaotisch, zeigte aber, dass es auch ohne die großen Plattenfirmen ging. Eine wachsende Zahl von Künstlern schloss sich dem Widerstand gegen die Vertragsgestaltung der Major-Labels an. Künstler wie der britische Popmusiker David Bowie begannen, das Internet für ihre Publicity zu nutzen: »Seit dem 1. September bietet der androgyne Sänger seinen Fans im BowieNet Live-Mitschnitte, unveröffentlichte Musiktracks und spezielle Web-Mixes. Mit seinem Vorstoß schreckt Trendsetter Bowie die Plattenindustrie auf«[91], meldete das Nachrichtenmagazin *Fokus* im September 1998.

Ende 1998 stellte die Band Beastie Boys, die schon länger Online sehr aktiv war, die Single »Intergalactic« und fünf Live-Versionen älterer Songs ins Internet. Das rief ihre Plattenfirma Grand Royal auf den Plan, die durch einen Vertriebsvertrag mit EMI verbunden war. Nach heftigen Auseinandersetzungen erlaubte Grand Royal schließlich, die Live-Versionen noch einige Zeit online zu belassen. Im Dezember 1998 geriet Billy Idol mit seiner Plattenfirma in Konflikt, als er zwei seiner Songs auf der Webseite des Feindes der Musikbranche MP3.com zum kostenlosen Download zur Verfügung stellte. Er musste die Musikdateien aus dem Internet nehmen. Dann trennten sich Musiker und Plattenfirma. Schon wenige Monate später stellte mit Tom Petty einer der gefragtesten Musiker einen Song auf MP3.com zum kostenlosen Download zur Verfügung. Das wollte Pettys Plattenfirma Warner nicht dulden und forderte MP3.com auf, den Song von der Webseite zu löschen. Doch in den drei Tagen war »Free Girl Now« bereits 156 992-mal heruntergeladen und unkontrollierbar weiterverbreitet worden. Schließlich wollte auch Alanis Morissette einen Song bei MP3.com online stellen, um ihre geplante Tournee beim jungen Publikum bekanntzumachen. Ihre Plattenfirma Maverick handelte mit MP3.com einen Vertrag aus, der für die ganze Branche Vorbildcharakter bekam. Statt Geld bot Robertson der Plattenfirma Aktienoptionen. MP3.com ging im Juli 1999 an die Börse. Als die Aktie am Ausgabetag von 20 Dollar auf über 63 Dollar in die Höhe schoss, wussten die Manager der Plattenfirma, dass sie ein lukratives Geschäft gemacht hatten, denn letztlich hatte MP3.com nur zwei Songs zum Streamen bekommen und nicht zum Download. Der Fall zeigt aber, dass mit dem wachsenden Interesse der Künstler am Online-Vertrieb auch die Front der Musikindustrie aufbrach, weil kleine Labels den Werbeeffekt des Internets nutzen wollten.

»Tatsächlich gleicht das lose Netzwerk an mp3-Sites einer Riesen-Jukebox – ohne Geldschlitz. Nur die Online-Kosten fallen an. Kommerzielle Konkurrenz-Datenformate wie Real Audio oder Liquid Audio unterliegen einem weitgehenden Regulativ. mp3 dagegen ist der Favorit der Freibeuter, die die Fangemeinde weltweit mit Nachschub versorgen«[92], schrieb Walter Gröbchen im Herbst 1998 in der *Zeit*.

In diesen Jahren schaffte mp3 den Durchbruch. Ende 1998 war es das populärste Audioformat im Internet. Innerhalb eines Jahres war mp3 aus einer Technologie für Spezialisten zu einem Massenphänomen geworden. Bernhard Grill erinnert sich noch genau, wie er eines Tages auf dem Flughafen von Los Angeles zwei Teenager, die vor ihm auf der Rolltreppe fuhren, über mp3 sprechen hörte. »Das war für mich das Schlüsselerlebnis«, erzählt er. »Wenn sich zwei wildfremde Menschen über das unterhalten, was du gemacht hast, dann weißt du: Wir haben es geschafft!« Die Zahl der mp3-Fans wuchs exponentiell. Dennis Mudd, der Präsident von MusicMatch, schätzte sie schon im Frühjahr 1999 auf weltweit etwa 20 Millionen.[93]

In weniger als zwei Jahren nach dem »Unfall« der kostenlosen Verteilung war mp3 zum Synonym für eine neue Generation von Software-Musikplayern geworden. Obwohl auch noch andere Formate weiter existierten, wurde mp3 zu einer Art Standard-Format, das jeder Musikplayer abspielen musste. Der ärgerliche Diebstahl des australischen Studenten hatte die Verbreitung entscheidend beschleunigt. Er zeigte, welcher Bedarf für die Kompressionstechnologie bereits bestand. Letztlich hatten die Verbraucher entschieden: Sie wollten Musik aus dem Internet mit all ihrer Macht. Und weil die Musikindustrie keine vernünftigen Angebote schuf, griffen sie zur Selbsthilfe. Für die studentischen Musikliebhaber war mp3 das ideale Format, weil es kostenlos zu haben war, überall lief, eine hohe Qualität bei starker Kompression bot und keinerlei Beschränkungen hatte. Und je mehr mp3-Dateien die Studenten ins Netz stellten, desto gefragter wurde das Format. So verbreitete sich mp3 in Windeseile und trat von den amerikanischen Universitäten aus seinen Siegeszug rund um den Globus an.

Microsoft und Apple lizensieren mp3 – Eintritt in den PC-Markt

Schon vor der kostenlosen Verbreitung des gestohlenen mp3-Encoders war den Fraunhofer-Forschern klar, dass sie ihre mp3-Software auf Dauer nicht einzeln über die kleine Partnerfirma OPTICOM verkaufen konnten. Deswegen nahmen sie Verhandlungen mit Softwarefirmen auf, die den Musikplayer in ihre Software integrieren und dafür Lizenzen bezahlen wollten. Die Firma Macromedia aus San Francisco war das erste Softwareunternehmen, das mp3 lizensierte und in seinen Shockwave Media Player integrierte. Übrigens gehört Macromedia heute zur Firma Adobe. Bald darauf folgte Microsoft. Im Dezember 1996 gab Microsoft bekannt, dass auf ihrem Internet Information Server die neue Multimediatechnologie NetShow angeboten wird. Mit der NetShow-Software können Audio- und Video-Inhalte effizient über das Internet übertragen werden. Viele Multimediaunternehmen wie Macromedia und Liquid Audio, aber auch Technikfirmen wie Telos erklärten sich bereit, NetShow zu unterstützen. Dabei arbeitete Microsoft mit einer Reihe von Codecanbietern zusammen. Für Audio wurde mit dem Fraunhofer IIS eine Nutzungsvereinbarung über mp3 geschlossen.

»Schon kurze Zeit später gab es Angebote, zum Beispiel die MusicMatch-Jukebox, die sehr günstige Encodierfähigkeiten zur Verfügung stellte«, sagt Brandenburg. Die Jukebox des US-amerikanischen Unternehmens MusicMatch war von 1997 an viele Jahre lang ein weitverbreiteter Musikplayer für das Windows-Betriebssystem.

Ebenfalls 1997 kam WinAmp auf den Markt, ein Musikplayer, der mp3 und andere Formate unter Windows verfügbar machte. Der amerikanische Student Justin Frankel hatte Win-

Amp programmiert und die Firma Nullsoft gegründet, um den Musikplayer als Shareware-Programm zu vermarkten. Win-Amp wurde schnell zum beliebtesten mp3-Player, weil er eine Vielzahl von praktischen Funktionen zur Verwaltung und Organisation der Musiktitel bot. Ebenso rasch verbreitete sich ein weiteres von ihm entwickeltes Programm namens Shoutcast, mit dem jeder Nutzer seinen PC zum virtuellen Radiosender machen konnte.

Im Jahr 1998 integrierte Microsoft mp3 in den Windows Media Player, den Nachfolger von NetShow. Da die meisten PCs Windows als Betriebssystem nutzten, war mp3 nun auch legal zu einem weitverbreiteten Standard-Musikformat avanciert. Auch Apple baute mp3 in seine Multimediaplattform QuickTime ein. Damit war mp3 ebenso in der Welt der Mac-Fans angekommen – eine besondere Freude für Heinz Gerhäuser, der von Beginn an begeisterter Mac-Nutzer war.

Die illegale Verbreitung von mp3 hatte einen Boom erzeugt, der zur Legalisierung drängte. »Was damals eine Katastrophe war, hat im Nachhinein die Verbreitung des Formats beschleunigt«, meint Brandenburg: »Wir haben daraufhin unsere Geschäftsmodelle angepasst, und Fraunhofer hat den Schaden in einen Nutzen umgewandelt.«

Mit dem Boom verbreitete sich im Internet aber auch eine Reihe von mp3-Varianten. Das hing damit zusammen, dass mp3 durch die Aufnahme in den MPEG-Standard ein offenes Format geworden war. »Im Prinzip war es für jeden möglich, nach den MPEG-Spezifikationen eine Encoder- oder Decoder-Software zu programmieren«, merkt Bernhard Grill an. Im MPEG-Standard ist nur der Decoder und das Format des Bitstroms spezifiziert; der Encoder kann frei gestaltet werden. Ein guter mp3-Encoder ist nur mit entsprechender Erfahrung und Hintergrundwissen zu verwirklichen. Damit war klar, dass der Fraunhofer-Encoder zwar einen Vorsprung hat, aber nicht ohne Konkurrenz bleiben würde. Ab 2000 gab es beispielsweise das freie Format LAME, das auf der MPEG-Software aufsetzte und von einer Entwicklergemeinde weiterentwickelt wurde.

Seit im Internet immer mehr Multimediaprodukte wie Videos, Animationen und Spiele angeboten wurden, gehörten Mediaplayer zur Grundausstattung von PCs. Sie waren zunächst von minderer Qualität. mp3 ermöglichte erstmals hohe Klangqualität. Damit rückte Musik in den Fokus der Computerszene. Und je mehr Musikdateien auf den Computern gespeichert wurden, desto mehr wuchs der Bedarf an hilfreichen Programmen, um die Musiktitel zu verwalten und mit Informationen und Bildern zu illustrieren. Der PC wurde zur Musikzentrale, die Musik nicht nur speichern, sondern auch erzeugen, kopieren, senden und verteilen konnte. Der Nutzer wurde zu Aktionen befähigt, zu denen früher nur Produzenten, Studios, Plattenfirmen, Presswerke, Radiostationen und Händler in der Lage waren. Musikliebhaber hatten endlich einen übersichtlichen und komfortablen Zugang zu ihrer Musiksammlung, konnten beliebig viele Listen mit ihren Favoriten, zu bestimmten Themen oder Genres zusammenstellen und ihre Freunde teilnehmen lassen. Der PC war zur unerschöpflichen Jukebox und zum virtuellen Radio geworden. Er konnte auf jede Art von Musik zugreifen, aber auch selbst anbieten. Zum grenzenlosen Genuss fehlte jetzt nur noch die direkte Verbindung vom PC zu den Musikanlagen – die vollständige Digitalisierung der Übertragungskette. Noch musste man den Umweg über physikalische Tonträger nehmen und CDs brennen, um die mp3-Dateien im Wohnzimmer oder im Auto anhören zu können. Dabei hatten sich die Musikfans seit Kassettenrekorder und Walkman an das mobile Hören gewöhnt. Da fehlte nur ein mobiler Player, wie ihn das Fraunhofer IIS mit dem Demonstrator schon 1994 aufgezeigt hatte.

Die Vorstellung, die Musikbox nicht nur auf dem PC zu haben, sondern in der Hosentasche herumtragen zu können, beflügelte die Musikfans und bewegte Hersteller zu neuen Produktideen. Doch auf dem Weg bis dahin waren noch einige Hürden zu überwinden - und die kleinsten waren technischer Natur.

Die Musikbox in der Hosentasche – die ersten Player

Bis Ende 1996 waren die Fraunhofer-Forscher mit ihrem Demonstrator eines tragbaren mp3-Players von Messe zu Messe und von Hersteller zu Hersteller gefahren und nur auf freundliches Desinteresse getroffen. Plötzlich ging alles rasend schnell.

Schon 1995 hatte das Fraunhofer IIS mit der kleinen Oberpfälzer Firma Pontis Electronics einen Prototyp fertiggestellt. Doch während in Deutschland noch am Aufbau einer Serienfertigung für den MPlayer3 gearbeitet wurde, stahl ihnen ein kalifornisches Unternehmen die Show. Im September 1996 kündigte die kleine US-amerikanische Technikfirma Audio Highway den ersten mp3-Player mit Namen Listen Up an und verteilte eine begrenzte Anzahl an 25 Kunden. Der Listen Up Player gewann gleich einen Innovationspreis auf der Consumer Electronics Show CES im Januar 1997. Er sollte rund 300 Dollar kosten und Speicherplatz für eine Stunde Musik bieten, wurde aber nie in größeren Stückzahlen produziert.

Die erste Serienproduktion von portablen Musikplayern gelang einem Hersteller aus Asien. Auf der CeBIT 1998 in Hannover tauchte die südkoreanische Firma Saehan Information Systems auf und präsentierte überraschend den mp3-Player MPMan F10. Der Player konnte mit seinen 16 Megabyte

16 Minuten mp3-Stereomusik in guter Qualität speichern. Bei der Einführung kostete der MPMan F10 immerhin 500 US-Dollar.

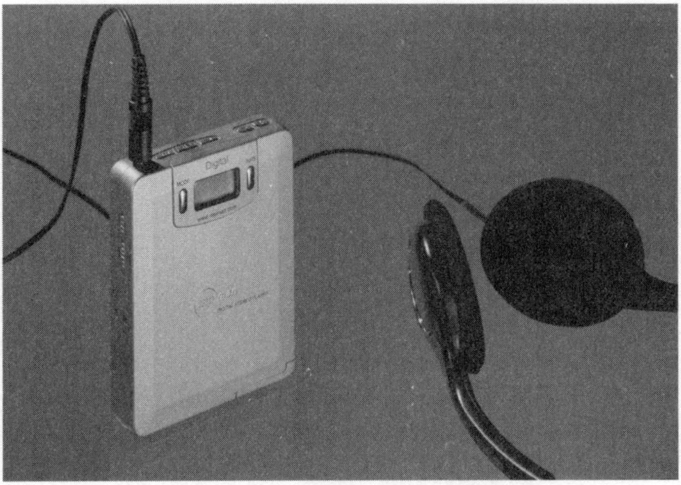

(22) der MPMan F10 (Fraunhofer IIS/Kurt Fuchs)

Dann folgte ein mp3-Player nach dem anderen, denn nun hatten die Geräte auch den notwendigen Inhalt: Die Tauschbörsen boten immer mehr Musikdateien zum Herunterladen an. Die neuen Mobilplayer waren zwar im Vergleich zum Walkman ziemlich teuer, bildeten aber die ideale Ergänzung zum PC – und sie galten als technische Wunderwerke, denn sie hatten keine mechanischen Teile. Kern aller damaligen mp3-Player war der Decoderchip, den Fraunhofer gemeinsam mit ITT Intermetall entwickelt hatte. So gab es auch hier steigende Lizenzeinnahmen. Im November 1998 präsentierte ITT Intermetall auf der Electronica in München ein mp3-Chipset, das aus dem Decoder-Prozessor MAS 3507D und dem Digital-Analog-Wandler DAC 3550A bestand. Dieses Chipset war von nun an in jedem Player zu finden, der neu auf den Markt kam.

»Für Überraschung sorgt in diesem Kontext die Herkunft des MPlayer3: It's not a Sony, und Philips steht auch nicht auf dem Herstelleretikett«, schrieb Walter Gröbchen in der *Zeit*. »Pontis, ein kleiner, in Schwarzenfeld bei Regensburg ansässiger Betrieb, hat sich bislang vornehmlich mit Lichtwellenleitern und Messtechnik befasst. Der Werbeauftritt im Internet ist selbstbewusst, camoufliert aber erste Schwierigkeiten: Die Premiere des MPlayer3 ist vorerst auf November verschoben.«[94] Der deutsche Hersteller Pontis, der mit dem Fraunhofer IIS zusammenarbeitete, konnte erst im Dezember 1998 Seriengeräte des MPlayer3 liefern. 430 Mark kostete das 170 Gramm leichte Gerät, das mit zwei acht Megabyte großen Multimedia Cards etwa eine halbe Stunde Musik abspielen konnte. Für das nächste Frühjahr hatte Siemens aber MMCs mit einem Volumen von 32 MB angekündigt. Damit sollte sich die Spieldauer vervierfachen. »Bis zu 10 Stunden läuft das Gerät mit zwei Mignon-Batterien. Ein Display am MPlayer3 zeigt Titel, Laufzeit und die Kompressionsrate der Lieder an. Mit der mitgelieferten, anwenderfreundlichen Software kann jeder Musikdaten von seiner CD auf die Festplatte seines PCs kopieren, dort verwalten, komprimieren und – über eine serielle Schnittstelle – auf die MMC seines Players laden«, stand in einer Pressemitteilung der Fraunhofer-Gesellschaft vom 4.9.1998.

Der von Samsung Electronics im Jahr 1988 angekündigte mp3-Player Yepp sollte zunächst nur in den USA und in Asien verfügbar sein und in der Grundversion mit 24 MByte fest installiertem Speicher nur 159 Dollar kosten.

Richtig bekannt wurden die mobilen mp3-Player aber erst durch das kalifornische Unternehmen Diamond Multimedia, das im September 1998 den Rio PMP300 vorstellte. Diamond Multimedia hatte die Produktionstechnologie und die Patente für 3 Millionen US-Dollar von der koreanischen Firma Digital-

Cast gekauft, die in Kooperation mit Saehan den MPMan entwickelt hatte. »Daher war der erste Rio fast identisch mit dem MPMan«, erinnert sich Brandenburg. Der Rio PMP300 wog nur 70 Gramm und war etwa so groß wie eine Audiokassette. Mit dem 32MB Flash Memory konnte bis zu einer Stunde Musik gespeichert werden. Der Rio PMP300 wurde mit der Jukebox-Software von MusicMatch geliefert und kostete 199 Dollar.

Einen Monat nach der wenig beachteten Ankündigung war der Rio in aller Munde. Was war geschehen? Der mächtige amerikanische Verband RIAA hatte den kleinen Playerhersteller verklagt. Die RIAA warf allen mp3-Hardware-Herstellern die Förderung illegaler Verbreitung urheberrechtlich geschützter Musik vor und erwirkte eine einstweilige Verfügung. Die Anwälte beriefen sich auf das Home Recording Act von 1992. Nach diesem Gesetz mussten die Hersteller und Verkäufer von digitalen Aufzeichnungsgeräten ihre Geräte mit einem Kopierschutz versehen und Gebühren entrichten. Die Playerhersteller entgegneten, es handle sich nicht um ein Aufzeichnungsgerät, sondern um ein reines Abspielgerät, das nur Musik wiedergebe, die zuvor auf einem PC gespeichert worden sei. Das kalifornische Gericht folgte dieser Argumentation und hob die einstweilige Anordnung auf.

Die Verbotsaktion der RIAA ging nach hinten los: »Alle großen Fernsehsender berichteten in den Abendnachrichten, alle großen Zeitungen schrieben mehrfach darüber. Um eine solche Werbeabdeckung zu erreichen, hätten wir 30 Millionen Dollar ausgeben müssen«[95], freute sich Diamonds Marketingdirektor Ken Wirt. Die Medien stellten sich ganz eindeutig auf die Seite des kleinen Herstellers, der der großen RIAA die Stirn geboten hatte. Der Rio PMP300 kam noch rechtzeitig zum Weihnachtsgeschäft in die Läden und verkaufte sich so prächtig, dass es zu Lieferengpässen kam. Der Rio wurde sehr populär und schnell zur Legende, so dass er bis heute häufig als erster mobiler mp3-Player bezeichnet wird, obwohl der MPMan schon vorher auf dem Markt und der Listen Up noch früher vorgestellt worden war.

Nach dem Erfolg des Rio versuchten viele Firmen auf den mp3-Zug aufzuspringen. So stellte die Firma Creative Labs den Player Nomad vor, der mit 32 MB-Speicher 169 US-Dollar und in der 64 MB-Version 249 US-Dollar kostete. Er konnte wie der Rio Sprachmemos aufzeichnen und hatte ein kleines Display, auf dem die Titel der Musikstücke angezeigt wurden. Im Juli 1999 kündigte Toshiba einen mobilen Player an, im August folgten Philips, Sony, Sharp und Sanyo. Schließlich stieg auch Thomson mit einem mp3-CD-Player ein. Grundig brachte den Player MPaxx MP 100 auf den Markt, der mit leicht verändertem Design auf dem MPlayer3 von Pontis basierte. Später setzte Grundig die MPaxx-Serie mit selbstentwickelten Modellen fort.

Im September 1999 brachte Diamonds Multimedia den Rio 500 heraus, der 64 MB Speicher hatte und über ein USB-Kabel sehr einfach mit dem PC verbunden werden konnte. Schon 2000 folgte der Rio 600, der neben anderen Formaten auch mp3 unterstützte. Auch Compaq stellte mit dem iPac Personal Audio Player ein Gerät vor, das mp3 abspielen konnte.

Die raschen Fortschritte bei den Flash-Speichercards führten dazu, dass immer mehr Unternehmen in das Geschäft mit mobilen Playern einstiegen. Viele Firmen wurden bald wieder von anderen verdrängt. Sogar die Pioniere Pontis, Saehan und Diamond zogen sich nach wenigen Jahren aus dem Geschäft zurück oder wurden übernommen. Der kleinen Oberpfälzer Firma Pontis war gleich nach dem Einstieg von Seahan und Samsung klar geworden, dass sie gegen die Billiganbieter aus Fernost keine Chance haben würden, erinnert sich Harald Popp an den vergeblichen Versuch, mit einer deutschen Firma den Player-Markt zu bestimmen.

Von den Decoderchips waren bis Ende 1999 insgesamt 2,5 Millionen lizensiert worden. 1999 wurden bereits über eine Million Abspielgeräte verkauft. Bis zum Ende des ersten Quartals 2000 hatte sich die Zahl der lizensierten Chips bereits mehr als verdoppelt. Für das komplette Jahr 2000 rechneten die Halbleiterhersteller mit weit über 12 Millionen Chips, die vor allem CD-Spieler mit mp3 ausstatten sollten.

Im Jahr 2000 gab es schon 60 verschiedene Player, obwohl die Flash-Memory-Cards noch recht teuer waren. Inzwischen kamen außerdem günstige kleine und robuste Festplatten auf den Markt, die erheblich mehr Speicherplatz boten. Das Konzept für den ersten Festplattenplayer entstand im Sommer 1998 bei Compaq. Doch der amerikanische Computerhersteller lizensierte das Gerät an den koreanischen Hersteller HanGo. Der brachte im November 1999 den ersten Festplattenplayer unter dem Namen »Personal Juke Box PJB-100« auf den Markt. Die Zahl 100 sollte anzeigen, dass man auf der 5-Gigabyte Festplatte die Musik von 100 CDs speichern konnte. »Unser Team hat sich damals auch einige Exemplare gekauft, obwohl die Geräte relativ teuer waren und rund 800 Mark kosteten«, erzählt Harald Popp. »Das war fantastisch, gerade beim Autofahren konnte ich nun auf meine ganze Musiksammlung zugreifen und per Kassettenadapter im Autoradio abspielen.«

Die portablen Player verschafften mp3 den endgültigen Durchbruch. Sie waren die ideale Ergänzung zur Musikzentrale PC, denn wer wollte schon Musik nur am Computer anhören. Für die jungen Musikliebhaber wurden die kleinen Player schnell zum gefragten Kultobjekt, das man gerne permanent mit sich herumtrug. Zusammen erwiesen sich mp3-Hardware- und mp3-Softwareplayer als unschlagbares Paar.

Im Mai 1999 kündeten Texas Instruments, das englische Softwareunternehmen, Symbian und Nokia einen neuen Standard für die nächste Handy-Generation an, der es ermöglichen sollte, mp3 auf die mobilen Telefone zu bringen. 2000 stellte Texas Instruments den neuen, besonders kleinen digitalen Signalprozessor TMS320DA250 vor, den der Halbleiterhersteller gemeinsam mit dem Fraunhofer IIS entwickelt hatte. Mit dem winzigen Chip ließen sich Player in der Größe einer Kreditkarte herstellen. Durch die effiziente Stromspartechnik waren jetzt bis zu 70 Stunden ununterbrochener Musikgenuss mit nur einem Paar Batterien möglich.

Der Markt wuchs nun immer schneller, weil die Chips nicht nur für mobile mp3-Player benötigt wurden, sondern auch für Handys, PDAs und Autoradios – im Prinzip für alle mobilen und stationären Musikanlagen. Am Anfang gab es nur die Chips von Micronas, dem früheren ITT Intermetall, doch bald stellte auch STMicroelectronics – der größte europäische Halbleiterhersteller, der 1998 aus SGS-Thomson hervorgegangen war – solche Chips her. Später stiegen Texas Instruments und andere Halbleiterhersteller in das Geschäft ein.

Mit den Chips zog mp3 in immer mehr Elektrogeräte ein und wurde so zum immer fester verankerten Standard. Den letzten Schub zum Massenmarkt gab dann der iPod im Jahr 2001. Doch diese Geschichte folgt erst im nächsten Kapitel.

AAC wird als Nachfolger präsentiert

Die Arbeiten an einem Nachfolger für mp3 hatten bereits im Jahr 1994 begonnen. Was war der Grund? Die Codierverfahren im MPEG-1 Standard des Jahres 1992 hatten zur Wiedergabe nur Stereo vorgesehen. Inzwischen wuchs aber der Bedarf an Mehrkanaltonverfahren. Die US-amerikanische Audiotechnikfirma Dolby hatte Mehrkanalton in die Kinos und in den Profibereich gebracht, um einen besseren Raumklang zu erzeugen. So entstand 5.1 Surround-Sound, ein Mehrkanaltonsystem mit fünf Hauptkanälen und einem separaten Tieftoneffektkanal. Dafür benötigt man sechs Lautsprecher in einer klaren Anordnung, vorne zwei Frontlautsprecher, den Centerlautsprecher sowie den Subwoofer und hinten zwei Seitenlautsprecher. Dolby hatte nicht am Standardisierungswettbewerb von MPEG-1 teilgenommen, sondern zeitgleich den eigenen digitalen Audiocodec AC-3 entwickelt, der fähig für Mehrkanalton war und deshalb als Ton für DVDs weltweit vorgeschrieben wurde. In Europa gab es zunächst die Option, für die DVDs Layer-2 zu verwenden.

Der wachsende Druck, auch die europäischen DVDs mehrkanalfähig zu machen, führte zu einem MPEG-2-Mehrkanalprojekt. Die Firma Philips bestand darauf, dass das neue Format auf MPEG-1 aufbaut. »Das ging aber technisch nicht«, sagt Bernhard Grill. »Ich habe sogar wissenschaftlich nachgewiesen, warum es nicht funktionieren konnte. Das erst brachte Dolby ins Spiel.« Denn nach dem Scheitern des rückwärtskompatiblen Projekts (Backward-Compatible) kamen andere Verfahren ins Gespräch. So wurde 1993 beim MPEG-Meeting an der Columbia University in New York beschlossen, in MPEG-2 einen Audio-Nachfolgestandard zu entwickeln, wenn es Verfahren gibt, die in Tests besser abschneiden. Vortests mit dem Audiocodec PAC von AT&T und AC-3 von Dolby zeigten, dass eine gute Chance dafür bestand. Mit diesem Nachweis der Evidenz war eine Neuentwicklung nicht mehr aufzuhalten. Sie wurde zunächst NBC (non backward compatible) genannt, erhielt aber bald den Namen Advanced Audio Codec AAC.

Eine schwierige Situation für das Fraunhofer-Institut: mp3 war noch gar nicht richtig im Markt und sollte schon abgelöst werden. Dennoch entschlossen sich die Forscher, mitzumachen bei der Entwicklung eines fortgeschrittenen Standards.

Sie sagten sich: »Wenn es schon eine bessere Technologie als mp3 geben soll, dann soll sie von uns selbst kommen.« Sie fürchteten, dass der neue Standard mp3 aus dem Markt drängen würde. Hinzu kam, dass mit AT&T, Dolby und Sony die wichtigsten Unternehmen aus den USA und Asien ihr Interesse bekundet hatten. Daher bestand die Chance auf ein Konsortium allererster Güte. Nur Philips und Thomson hatten den Anschluss verpasst. »Philips stellte sofort wieder hohe Anforderungen wie: Der neue Standard muss doppelt so gut wie Layer-2 sein, weil sie dachten, das schaffen die nie«, erinnert sich Bernhard Grill: »Wir haben es aber geschafft.«

Nikil Jayant von AT&T initiierte wieder eine Kooperation mit dem Fraunhofer IIS. AT&T hat seit Abschluss der Standardisierung 1992 versucht, das eigene Audioformat PAC zu positionieren. PAC basierte auf denselben Wurzeln wie mp3. »Wir haben es nie angegriffen, weil es auch keine große Verbreitung hatte«, erinnert sich Brandenburg. So blieb die Bereitschaft zu einer erneuten Zusammenarbeit erhalten. Und das bewährte Duo AT&T und Fraunhofer übernahm wieder die Koordination der Technologieentwicklung. Mit Dolby und Sony deckte das Konsortium die Kontinente und die wesentlichen Bereiche der Unterhaltungselektronik ab. »Die Amerikaner konnten das als amerikanisches, die Japaner als japanisches und wir als europäisches System verkaufen – und wir konnten unsere Technologien einbringen«, beschreibt Brandenburg die Vorteile des globalen Konsortiums. »Ich musste mir oft anhören, wenn wir nicht mit denen zusammenarbeiten müssten, ginge vieles schneller. Es war aber notwendig, die wichtigen Player einzubinden.« Rückblickend meint Brandenburg, war es wohl die richtige Entscheidung, mit Dolby und Sony zusammenzuarbeiten. So entstand die FADS-Gruppe für die vier Partner Fraunhofer-AT&T-Dolby-Sony. Dass Fraunhofer an erster Stelle stand, freut Brandenburg noch heute:

»Erst zehn Jahre später haben die anderen das bemerkt.« Insgeheim drückt es aus, wer das meiste Know-how zur Verfügung stellte.

Aus diesen Gründen hatten die Fraunhofer-Entwickler keine Wahl, aber ein Problem, denn sie wussten nicht, wie sie das Team der AAC-Entwickler finanzieren sollten. Anders als die beteiligten Unternehmen hatten sie kaum eigene Mittel, und eine öffentliche Förderung gab es nicht. Zudem kam die Entwicklung von AAC für das Fraunhofer-Institut zu einem ungünstigen Zeitpunkt. Im Jahr 1994 konnten sich die mp3-Entwickler mit ihren Projekten nicht ausreichend finanzieren. Und da zahlreiche befristete Stellen ausliefen, arbeiteten einige an ganz anderen Projekten oder sogar bei externen Unternehmen.

Als es nun darum ging, das Erlanger Audio-Know-how in die Entwicklung von AAC einzubringen, erinnerten sie sich an das bewährte Modell des personellen Austausches. Wie früher Brandenburg ging in den Jahren 1995/1996 nun Jürgen Herre nach seiner Promotion für einen Postdoc-Aufenthalt zu AT&T nach Murray Hill, um dort die Arbeiten zu koordinieren. »Es war eine harte Zeit für die Audiogruppe«, sagt Jürgen Herre. An der ersten Version arbeiteten Herre und Grill noch gemeinsam mit Brandenburg. Doch schon 1995 wurde das Team auseinandergerissen: Bernhard Grill wechselte an die Universität auf eine Doktorandenstelle und bearbeitete andere MPEG-Projekte, Herre ging zu AT&T in die USA. Aber das Audioteam löste auch diese einschneidenden Herausforderungen – mit noch mehr Überstunden und Zusammenhalt.

Da AAC als Neuentwicklung konzipiert war, mussten die Entwickler keine Kompromisse eingehen. »Erst mit AAC konnten wir den Ballast abwerfen, der mit der Kompatibilität zu Layer-2 zusammenhing«, sagt Gerhäuser. Die Forscher konnten jetzt auf die Hybridfilterbank verzichten, die beim

Einbau in Layer-3 so viele Probleme verursacht hatte. AAC benutzt allein die MDCT, um das Eingangssignal in den Frequenzbereich zu übertragen. Brandenburg hebt bei der Beurteilung von AAC vor allem die Effizienzsteigerung hervor. Da die Komplexität inzwischen kein Problem mehr war, konnte das Team alle Register ziehen und die besten Technologien zur Reduktion der Datenrate einsetzen. AAC beruht zwar auf den gleichen Funktionsprinzipien wie mp3, hat aber eine Reihe von Verbesserungen und zusätzlichen Verfahren bekommen. »Der eigentliche Fortschritt war, dass man mehr Ressourcen verwenden konnte, eine noch feinere Frequenzauflösung und so weiter«, sagt er. So wurde die Aufteilung der Frequenzbänder von früher 576 auf 1024 gesteigert. Thomas Sporer hat noch mehr fehlerrobuste Huffman-Codes entwickelt und so die Huffman-Codierung weiter flexibilisiert. Die Blockumschaltung wurde verbessert, um die Menge der Pre-Echos weiter zu reduzieren.[96] Störendes Rauschen, das insbesondere bei Sprachsignalen mit niedrigen Datenraten auftritt, wird durch eine zeitliche Rauschformung, das Temporal Noise Shaping TNS, vermieden.

Die höhere Effizienz von AAC ermöglicht noch niedrigere Bitraten als mp3: Während man bei mp3 eine Bitrate von mindestens 192 kbit/s für sehr hohe Qualität wählen sollte, erreicht man dies mit AAC schon ab 128 kbit/s. AAC erzeugt mit 96 kbit/s gute UKW-Qualität und bereits ab 64 kbit/s akzeptable, wenn auch eingeschränkte Stereo-Qualität. AAC verbessert also die Qualität, beschleunigt den Datenverkehr und spart Speicherplatz. Bei 96 kbit/s kommt AAC auf einen Kompressionsfaktor von 16 : 1. mp3 erreichte bei dieser niedrigen Bitrate nicht die hohe Klangqualität. »AAC verwendet bereits alle fortschrittlichen Methoden des Perceptual Coding«, urteilt Karlheinz Brandenburg: »Seit 1996 ist nichts Wesentliches mehr hinzugekommen.« Noch heute ist die Qualität von AAC unübertroffen. Nur bei sehr niedrigen Bitraten gab es einen Verbesserungsbedarf, der mit den später entwickelten HE-AAC-Varianten gelöst wurde.

AAC wurde im April 1997 als MPEG-2-Standard verabschiedet. »Später ist AAC auch in den MPEG-4-Standard integriert worden«, präzisiert Grill. So gelang es, die Multikanaltechnik, die bisher wegen der notwendigen, hohen Datenrate den professionellen Anwendern vorbehalten war, auch für die Endkunden verfügbar zu machen. Damit war bewiesen, dass die Datenkomprimierung selbst vor hochwertigem Surround-Sound nicht Halt machen muss. »Mit AAC wurde noch ein deutlicher Schritt nach vorne gemacht«, urteilt Heinz Gerhäuser: »Das Konsortium umfasste alle wichtigen Player, und wir konnten von Beginn an ein Patentportfolio zusammenstellen.«

Die Fraunhofer-Forscher waren überzeugt, dass sich AAC als der bessere Standard schnell durchsetzen würde. Und für das Marketing war es ein großer Vorteil, sich endlich vom Image des »Piratenformats« lösen zu können. »AAC war das technisch bessere Format, außerdem war es neu und noch nicht in den Händen der Raubkopierer«, erklärt Harald Popp die Vorteile. Er dachte, dass AAC sehr attraktiv für die Musikindustrie sein müsste, weil es alle Möglichkeiten für den legalen Gebrauch komprimierter Musik bot. AAC wäre ein ideales Tonformat für die im Dezember 1998 gegründete Initiative für sichere Digital-Musik SDMI (Secure Digital Music Initiative) gewesen. In dieser Allianz hatten sich Musikverlage, Unterhaltungselektronikgerätehersteller und Computerindustrie zusammengeschlossen, um die technischen Voraussetzungen für einen Kopierschutz zu schaffen. Doch SDMI konnte und wollte sich nicht auf einen gemeinsamen Standard einigen. Deshalb stiegen zunächst nur wenige Firmen auf das neue AAC-Format um und kombinierten es mit eigenen Sicherheitslösungen.

Telos war die erste Firma, die AAC lizensierte. »Wir waren schon immer ein Trendsetter«, sagte Telos-Präsident Steve Church. »MPEG-2 AAC ist sehr mächtig und wichtig für die Zukunft der Audiotechnik. Es wird sicherlich sehr bald in allen Arten von Anwendungen eingesetzt. Wir sind glücklich, auch dabei zu den ersten zu gehören.« Schon auf der Tonmeistertagung in Karlsruhe am 24. November 1998 konnte Telos einen Prototyp vorstellen.

Bei AAC wurde zunächst Dolby als Lizenzvermittler für die Partner der FADS-Gruppe tätig. Im Herbst 2002 wurde für diese Aufgabe die Dolby-Tochter Via Licensing gegründet. Sony unterstützte die Einführung von AAC, insbesondere auf dem asiatischen Markt. Dabei war die Zusammenarbeit mit dem japanischen Konzern nicht leicht. »Sony hatte damals eine ganz rigorose Firmenkultur des ›Not invented here‹. Sony hatte ja auch ein eigenes Verfahren und ist dennoch einer der größten AAC-Lizenznehmer geworden. Sie haben auch dafür gesorgt, dass sich das japanische Fernsehen für AAC entschied«, kommentiert Brandenburg die Zusammenarbeit mit Sony. Richtig bekannt wurde AAC aber erst durch Apple, das schon eine mp3-Lizenz für Computer hatte, mit dem iPod aber zusätzlich AAC einsetzte. »Das war der entscheidende Meilenstein für AAC«, sagt Harald Popp. In der Folge konnte sich AAC neben dem populären mp3 als das leistungsfähigere Format positionieren und weitere große Anwender gewinnen.

Letztlich dauerte aber der Markteintritt von AAC zu lange, um mp3 zu ersetzen. Erst im Jahr 1999 kamen die ersten Anwendungen. In der Zwischenzeit hatte sich mp3 so weit verbreitet, dass es sich nicht mehr verdrängen ließ.

Music on Demand scheitert – die Major-Labels mauern

Im Frühjahr 1998, als die Telekom mit Music on Demand MoD auf der CeBIT startete, war es schließlich doch gelungen, die großen Musiklabels zu gewinnen – aber mit großen Auflagen, zu großen, wenn man einen neuen Markt anstoßen möchte. Das Problem des Verteilens von Musik über das Internet bestand darin, dass es nicht an Ländergrenzen haltmacht. Die Labels hatten aber immer nur die Rechte für ein bestimmtes Land. Daher gab es Probleme, wenn CDs in ein anderes Land weiterverkauft oder reimportiert wurden. Deshalb waren die deutschen Töchter der großen Konzerne in einem Dilemma, als es um die Beteiligung an Music on Demand ging. Nur ihre Zentralen in London oder New York konnten die gefragten internationalen Hits freigeben, doch diese sperrten sich. Um den Konflikt zu umgehen, stellten die deutschen Töchter der großen Labels letztlich vor allem deutsche Musiktitel zur Verfügung. So konnte die Telekom mit 20 000 Songs starten.

Nutzen konnte Music on Demand nur, wer Kunde von T-Online war und einen ISDN-Anschluss besaß. Es gab damals nur etwa 1,5 Millionen Haushalte in Deutschland, die diese Voraussetzungen erfüllten. Über die ISDN-Leitung war es möglich, die leistungsstarke DSL-Internetverbindung für einen schnellen Download zu nutzen. Mit DSL benötigte man nur 10 Minuten für das Herunterladen einer kompletten CD. Zum Anhören der Titel brauchte man einen eigenen MoD-Player, der auf mp3 basierte, aber so personalisiert war, dass ihn nur der jeweilige Käufer nutzen konnte. Das sollte Raubkopieren verhindern.

Durch weitere Vertragsabschlüsse gelang es der Telekom im Jahr 1999, die Zahl der Plattenlabels auf insgesamt 134 und das Angebot auf mehr als 30 000 Titel zu erhöhen. Ab 2000 konnte man sogar über 70 000 Titel von 170 Anbietern bei Telekom herunterladen. Im Dezember 1999 erweiterte die Deutsche Telekom ihren digitalen Musikshop Music on Demand um eine Brennfunktion. Mit dem Dienst »audio on demand«, der mit dem Fraunhofer IIS entwickelt worden war, konnte der Nutzer die gekaufte Musik auf eine CD brennen und auf beliebigen CD-Playern abspielen. »Mit diesem Angebot bietet Music on Demand dem Kunden als weltweit einziger Internet-Musikshop die Möglichkeit, sich Musikinhalte legal auch von bekannten Künstlern aus dem Internet über eine schnelle ISDN-Übertragung in Echtzeit zu beschaffen«[97], so die Telekom in einer Pressemitteilung.

Aber die hohen Kosten, die Einschränkungen für die Nutzer und die komplizierten Zugangsbedingungen verhinderten den geschäftlichen Erfolg. Die Plattenlabels hatten die Telekom nicht nur zu rigorosen Schutzmaßnahmen, sondern auch zu exorbitanten Preisen gezwungen. So kostete ein Song zwischen 4,50 und 7,85 Mark, das komplette Album also rund 60 Mark. Hinzu kamen außerdem die Übertragungskosten von weiteren 13,80 Mark. Sogar für das Probehören musste man 5 Pfennig bezahlen. Mit einem solchen Angebot, das doppelt so teuer wie die CD im Plattenladen war, konnte man die Kunden nicht gewinnen, die längst überall kostenlos Musik herunterluden.

»Die haben dort nie richtig viel Musik verkauft, weil die Musiklabels die Preise für die Stücke festgesetzt haben. Und die Preise waren so gestaltet, dass keine Konkurrenz zu den Plattenläden entstehen konnte«, kommentiert Brandenburg.

Die Computerzeitschrift *c't* gab das vernichtende Urteil ab: »Der Musikkauf wird zwar deutlich teurer, aber dafür auch viel unbequemer als bisher.«[98] Das Scheitern des Telekomangebots war nicht aufzuhalten. Im Juni 2003 wurde das Abenteuer MoD beendet, die Telekom hatte 15 Millionen Mark verloren und die Musikwirtschaft eine gute Chance vertan. MoD ging auf in popfile.de, dem allerletzten Ausbruchsversuch der deutschen Plattenfirmen, der besser war, aber zu spät kam. Tim Renner glaubt, dass die Major-Labels ganz froh über das Scheitern der deutschen Töchter waren, denn in den Konzernzentralen schätzte man keine Alleingänge: »Wenn das deutsche Küken mit Music on Demand aus der Reihe tanzte und auf die Nase fiel, sollte das den anderen in der Reihe ein Lehre sein.« Sicher scheiterte das weltweit erste kommerzielle Download-Angebot mit Inhalten aller Major-Labels auch deswegen, weil diese erst die Erfolge ihrer eigenen Projekte MusicNet und Pressplay in den USA abwarten wollten. »Dennoch war Music on Demand das erste und am längsten am Markt aktive kommerzielle Modell«, sagt Brandenburg.

Die Tonträgerindustrie war noch nicht so weit, sich wirklich auf das Internet einzulassen, sondern verstärkte ihre Abwehrhaltung in dem Maße, wie die Musikpiraterie zunahm. Deshalb müssen wir den zweiten Teil der Doppelstrategie der Musikindustrie ebenso ausführlich betrachten: Während sie die Musikpiraten mit Diensten wie Music on Demand in legale Musikshops locken wollte, verschärfte sie gleichzeitig den juristischen Kampf gegen das illegale Treiben. Diese Geschichte beginnt im Jahr 1997.

Die Musikindustrie schlägt zurück

Die ersten Jahre hatte die Musikindustrie versucht, den Vertrieb von Musik im Internet zu ignorieren. Nachdem auch das »Herunterspielen der Relevanz des Neuen für die eigene Geschäftstätigkeit«[99] versagt hatte, begann die Musikindustrie nun mit Phase drei, dem »Kampf gegen das Neue und seine

Protagonisten«. Peter Tschmuck hat das Verhalten so präzisiert: »Der Mangel, mit den neuen Handlungsroutinen umgehen zu können, führt aber nicht zur selbstkritischen Einsicht, etwas falsch gemacht zu haben, sondern äußert sich in Aggressionen gegen das Neue und ihre Protagonisten.«[100]

Je härter die Auseinandersetzung wurde, desto mehr verschanzten sich die großen Labels vor der Belagerung durch die mp3-Gemeinde. Die RIAA, der mächtige Verband der US-Musikindustrie, sorgte dafür, dass innerhalb der Musikindustrie eine klare Frontlinie entstand zwischen denen, die den digitalen Musikvertrieb ausprobieren wollten, und denen, die den Status quo möglichst lange erhalten wollten. Die Major-Labels forderten ihre Stars auf, sich gegen mp3 auszusprechen, und drängten die Independent-Labels, nicht mit den Musik-Webseiten zusammenzuarbeiten. Nachdem die eigenen Reihen geschlossen waren, gingen sie zum Angriff über.

Im Mai 1997 begann die RIAA rechtlich gegen die Webseiten vorzugehen, die mp3-Dateien ins Netz stellten. Die meisten – auch jene des berühmt gewordenen Studenten David Weekly von der Stanford Universität – wurden geschlossen. Doch die mp3-Dateien hatten sich längst im grenzenlosen Cyberraum verteilt und tauchten auf zahllosen Webseiten wieder auf. Noch schlimmer: Ständig entstanden neue Musikarchive, so dass bald Zigtausende von mp3-Dateien zum Download bereitstanden – irgendwo auf der Welt. Die RIAA beklagte schon damals, dass sie 80 Webseiten gefunden hätte, auf denen 20 000 Songs angeboten würden, die zu 99 Prozent illegal seien.

Hinzu kam: Durch den öffentlichen Streit um die mp3-Webseiten wurden viele erst aufmerksam. Brandenburg erinnert sich: »Die Musikindustrie reagierte schnell, sorgte dafür, dass diese Seiten wieder geschlossen wurden. Allerdings gab dann ein Verantwortlicher der Industrie ein großes Interview in *USA Today*, wo er das alles einschließlich der fantastischen Tonqualität von mp3 beschrieb, und brachte damit wohl viele Leute erst auf Ideen.« So erzeugte der Kampf gegen die Studenten erst die richtigen Musikpiraten. Viele Ahnungslose beendeten zwar das unbekümmerte Spiel, als ihnen klar wurde, dass sie verklagt werden könnten. Für andere wurde das illegale Treiben jetzt erst richtig interessant, denn nun wollten sie dem mächtigen Gegner Musikindustrie beweisen, dass er sie nicht zu fassen kriegt.

Die RIAA erklärte mp3 zum Buhmann, weil das Format unter den Musikpiraten so beliebt war. Das Fraunhofer IIS wurde von manchen aus der Plattenbranche beschuldigt, den Musikpiraten den Enterhaken geliefert zu haben. Die RIAA unterschied zwar klar zwischen dem Fraunhofer-Institut und den Musikpiraten, war aber nicht mehr von ihrer Abwehrhaltung gegen mp3 abzubringen. »1997 hatten wir schon die ersten Kontakte zur Recording Industry Association of America«, sagt Brandenburg. »Wir wollten klarstellen, dass wir geistiges Eigentum wichtig und schützenswert finden. Und wir betonten, alles zu tun, damit die Nutzung legal geschieht und kein Geschäft für Piraten wird.« Im Dezember 1998 traf sich das Fraunhofer IIS mit dem Internationalen Verband der Plattenindustrie IFPI, um über die Möglichkeiten und die Gefahren im aufkommenden digitalen Zeitalter zu diskutieren. Schon damals hatten die Fraunhofer-Forscher Kopierschutzverfahren wie das MultiMedia Protection Protocol entwickelt.

Doch die RIAA hatte sich festgelegt, Schuld an allen Problemen der Musikindustrie war mp3. »mp3 hat dafür gesorgt, dass der Teufel der Musikindustrie jetzt einen Namen hat«[101], sagte der britische Musiker Thomas D. Robertson. Anfang 1998 begann die RIAA den juristischen Kampf gegen die Musikpiraten zu forcieren. Die Voraussetzung dafür lieferte ein Gesetz, das Digital Millennium Copyright Act DCMA, das am

28. Oktober 1998 den amerikanischen Kongress passierte. Mit dem Gesetz wurden zwei internationale Verträge in US-Recht übertragen. Das DCMA erweiterte die Rechte von Copyright-Inhabern wie etwa Verlagen, Plattenfirmen und Filmstudios und verschärfte die Strafen für Copyright-Verletzungen im Internet. Es verlangte beispielsweise, dass Internet-Provider »prompt« gegen unautorisiertes Einstellen von urheberrechtlich geschütztem Material vorgehen müssen. Den Hardware-Herstellern wurde verboten, mit ihren Geräten Kopierschutzmechanismen zu umgehen. Am stärksten waren die Betreiber von Webradios betroffen. Sie wurden nicht wie die herkömmlichen Radios von Lizenzzahlungen für das Abspielen von Musik ausgenommen, sondern zur Kasse gebeten und mit strengen Auflagen drangsaliert. Am 22. Mai 2001 verabschiedete die Europäische Union mit der Richtlinie 2001/29/EG ein ähnliches Gesetz.

Die RIAA ging nun noch härter gegen Urheberrechtsverletzer vor. Jetzt wurden nicht nur Webseiten-Betreiber, sondern auch Nutzer angeklagt und mit riesigen Schadenersatzforderungen konfrontiert. Ein besonders drastisches Exempel wurde 1999 an dem 22-jährigen Studenten Jeffrey Levy aus Oklahoma statuiert, der zu einer Haftstrafe von zwei Jahren und einer Geldstrafe von 25 000 Dollar verurteilt wurde, weil er unautorisiert Musik, Computerspiele und Software zum Tausch angeboten hatte.

Die RIAA nutzte das neue Gesetz außerdem sofort, um gegen die neuen portablen Player vorzugehen, die nun auch in den USA auf den Markt kommen sollten. Gegen die ersten Geräte, die in Europa und Asien vertrieben wurden, konnten sie nichts unternehmen. Jetzt aber hatte das kalifornische Unternehmen Diamond Multimedia einen Player angekündigt. Gegen die Auslieferung beantragte die RIAA eine vorläufige Verfügung. Damit eskalierte die Auseinandersetzung zwischen mp3-Gemeinde und Musikindustrie. Kurz zuvor hatten die kalifornischen Unternehmen Diamond Multimedia, GoodNoise, MP3.com, MusicMatch und Xing Technologies die MP3-Association gegründet, um für die Verbreitung von mp3 zu werben und die Technologie als Standard für Download-Musik durchzusetzen. Außerdem wollten sie die Plattform nutzen, um gemeinsam mit der Musikindustrie über den Internet-Vertrieb zu diskutieren. Während sie mp3 als ein legitimes Geschäftsmodell verstanden, das auch legale Möglichkeiten für die Plattenfirmen einbezog, hielt die Musikindustrie mp3 für ein »reines Piratenformat« und wollte alles verbieten, was damit zu tun hatte. Demonstrativ wurde nun ein Gerätehersteller verklagt, denn der war leicht zu fassen. Zum anderen erschienen der RIAA die mobilen Player besonders gefährlich. Ihre Argumentation war, dass niemand solche Geräte kaufen würde, wenn es nicht illegale Musikdateien gäbe. Die Auslieferung wurde gestoppt, und man sah sich vor Gericht. Die RIAA verlor, und der Rio wurde zum Verkaufsschlager des Weihnachtgeschäfts.

Die erste große Schlacht mit der Musikindustrie hatte der Gerätehersteller gewonnen. Prompt verklagte Diamond nun die RIAA auf Schadenersatz. Erst im August 1999 endeten die Streitigkeiten in einem Vergleich. Beide Seiten hatten durch die juristischen Auseinandersetzungen ein rudimentäres Verständnis für die Probleme des jeweils anderen entwickelt. Der Arroganz der Musikindustrie stand wieder einmal die Ignoranz der Gerätehersteller gegenüber. Der Konflikt zwischen Plattenfirma und Gerätehersteller ist besonders pikant, wenn er im selben Konzern stattfindet – so wie bei Sony oder Philips. Jedenfalls erkannte die Musikindustrie, dass dem Kopieren nicht durch Verbote beizukommen ist.

Die RIAA hatte mit ihrer US-zentrierten Weltsicht nicht verstanden, dass die Stärke des Internets gerade in seiner

Globalität besteht. Weil es im Internet nur geringe Einstiegshürden gibt, kann jeder an jedem beliebigen Ort der Welt eine globale Kommunikation aufbauen. Im weltweiten Hase-und-Igel-Spiel, das die Netzpiraten aufzogen, konnte die RIAA nicht hinterherkommen, sondern sich nur verausgaben. Schließlich erklärte sie sich bereit, an legalen Musik-Downloads mitzuwirken.

SDMI und die Kehrtwende – zu spät

Nach Ignoranz, Herunterspielen der Relevanz und Kampf gegen den Internet-Musikvertrieb und seine Protagonisten folgte nun als Phase 4 die »Akzeptanz des Neuen«. Voraussetzung dafür war aber ein wirksamer Kopierschutz. Er sollte in SDMI (Secure Digital Music Initiative) entwickelt werden, die im Dezember 1998 eilends gegründet wurde.

Die SDMI war die erste positive Reaktion der Musikindustrie auf die digitale Zukunft des Musikvertriebs. Die Allianz war durch den Zusammenschluss der Recording Industry Association of America RIAA mit ihrem japanischen Pendant Recording Industry Association of Japan RIAJ und der International Federation of the Phonographic Industry IFPI entstanden. Vertreten waren alle wichtigen Firmen der Musik-, HiFi-, Computer- und Software-Branche, Internetanbieter und Rechtevertreter. Schon beim Start waren über 150 Unternehmen Mitglied geworden – auch das Fraunhofer IIS war von Anfang an dabei, um seine Kompetenz in Codierverfahren und Digital Rights Management einzubringen. Ziel der Allianz war es, innerhalb eines Jahres die technischen Voraussetzungen zu schaffen, um digitale Musik gegen unrechtmäßiges Kopieren zu schützen.

»Die Leitung des Großprojekts hat ausgerechnet der ›Vater‹

der MPEG-Standards, Leonardo Chiariglione, der nun mit seinem ganzen Charisma die Großindustrie gegen sein pubertierendes Kind einen soll«[102], merkte der *Spiegel* süffisant im März 1999 an. Vom Fraunhofer IIS flogen Karlheinz Brandenburg und Niels Rump auf das erste Treffen in Los Angeles. Während sich Brandenburg auf die großen SDMI-Treffen konzentrierte, übernahm Nils Rump zusätzlich die Leitung einer Unterabteilung und musste alle zwei Wochen zu den Treffen der Arbeitsgruppe fliegen. Stefan Geyersberger wurde für die rechtlichen Fragen hinzugezogen.

Im Grunde hingen die Plattenfirmen bei SDMI der Illusion an, sie könnten ein für allemal das illegale Kopieren verhindern und den Fehler korrigieren, den sie vor vielen Jahren gemacht hatten, als sie die CD ohne Kopierschutz eingeführt hatten. Dazu mussten sie nicht nur die CDs mit Kopierschutz versehen, sondern auch CD-Brenner und Formate wie mp3 unter ihre Kontrolle bringen, wenn sie deren Verbreitung schon nicht verhindern konnten. Während die Zunahme der illegalen mp3-Dateien im Internet die öffentlichkeitswirksame Begründung lieferte, waren CD-Brenner das weitaus größere Problem. 1999 wurden allein in Deutschland über 100 Millionen Rohlinge verkauft, 58 Millionen sollten nach einer Studie der Gesellschaft für Konsumforschung GfK für das Kopieren von Musik genutzt worden sein. Und die Zahl stieg exponentiell an. Ruprecht Hammerschmidt schrieb im Dezember 1999 in der *Zeit*: »Vor allem Jugendliche kopieren CDs, um die Plagiate später auf dem Schulhof zu verkaufen. Der Branche droht in diesem Jahr ein Verlust von rund 240 Millionen Mark. Nach Ansicht der Experten könnte es in zwei Jahren bereits das Fünffache sein. Den Schaden durch illegale mp3-Kopien dagegen schätzt der Bundesverband der phonographischen Wirtschaft auf lediglich 40 Millionen Mark.«[103]

Ein Kopierschutz – so einfach das auf den ersten Blick aussieht – ist in der digitalen Welt gar nicht so leicht umzusetzen. Die Fraunhofer-Forscher wussten aus ihren Projekten zum legalen Musikvertrieb, wie schwierig es ist, die Anforderungen der Plattenfirmen mit den Wünschen der Verbraucher in Einklang zu bringen. Die einen wollen größtmögliche Kontrolle, die anderen größtmögliche Freiheit bei der Nutzung. Jeder Schutzmechanismus kollidiert mit der Nutzerfreundlichkeit. Aber was nützt der beste Kopierschutz, wenn niemand solche Produkte kaufen will? Wie kann man also ein System entwickeln, das Missbrauch verhindert, aber so attraktiv ist, dass es auch angenommen wird und die Musikfans nicht zu den illegalen Angeboten treibt? Welche technischen Verfahren können verhindern, dass Musik illegal und unentdeckt ins Internet gestellt wird? Und wie kann man gleichzeitig gewährleisten, dass Künstler weiterhin ihre Musikstücke ohne Einschränkungen im Netz anbieten können? Mit solchen Fragen beschäftigten sich die Experten in den SDMI-Arbeitsgruppen.

Einige betrachteten SDMI von Beginn an skeptisch. »Und selbst wenn sie es schaffen sollten, kommen sie zu spät«, sagte Steven Grady, Vizepräsident von GoodNoise schon im März 1999: »Ich will nicht negativ klingen, aber sie sind einfach zu spät. mp3 ist bereits der De-facto-Standard. Der Verbraucher hat entschieden, und 1999 werden wir einen Riesenboom erleben.«[104] Bald mussten auch die Fraunhofer-Vertreter Brandenburg, Rump und Geyersberger feststellen, dass bei den Treffen mehr Manager und Juristen als Techniker zusammenkamen, nicht um an gemeinsamen Lösungen zu arbeiten, sondern um sich gegenseitig zu belauern und hinter den Kulissen Geschäfte anzubahnen. Das Spektrum der bei SDMI vertretenen Firmen war so groß wie die Interessen unterschiedlich. Die Einsicht der einstigen Gegner Musikindustrie und Hersteller, dass es ohne einander nicht geht und dass beide von der digitalen Musik profitieren können, bedeutete noch lange nicht, dass die Gegensätze überwunden waren. Während sich Chiariglione für eine unbeschränkte Nutzung von legal erworbener Musik einsetzte, wollten die Plattenfirmen eine strenge Nutzungskontrolle durchsetzen. Der Streit über technische Lösungen verdeckte die Tatsache, dass es um funktionierende Geschäftsmodelle ging. Insgeheim hatten alle großen Musikkonzerne parallel zum Start von SDMI begonnen, die Arbeit an eigenen Lösungen zu forcieren. Damit schwand auch jede Hoffnung, dass sich AAC als Kern eines gemeinsamen sicheren Standard-Formats durchsetzen könnte.

Chiariglione war schnell klar, dass sich die in SDMI zusammengeschlossenen Firmen »definitiv nicht auf einen eigenen Standard einigen werden.«[105] Stattdessen sollte jetzt nur noch »ein freiwilliges, offenes Rahmenwerk für das Abspielen, Speichern und die Distribution digitaler Musik in geschützter Form« entwickelt werden. Die Mittel dazu sollten Wasserzeichen und Verschlüsselung sein.

Gerade noch rechtzeitig vor dem Weihnachtsgeschäft 1999 gab das Konsortium seine Spezifikationen bekannt. »Um der anrollenden Lawine von mp3-Abspielgeräten trotz aller internen Streitigkeiten möglichst schnell etwas entgegensetzen zu können, einigte man sich auf ein Zwei-Phasen-Konzept. Die erste Phase der Spezifikation vertagt im Wesentlichen alle komplexeren Probleme, wie den eigentlichen Kopierschutz, auf die frühestens nächstes Jahr anstehende Phase 2«[106], beurteilte die Computerzeitschrift *c't* die Stufenlösung. In der ersten Phase sollten die Player noch alle Dateien – auch mp3-Dateien – abspielen können, erst nach einem Update der SDMI-Software in der zweiten Phase sollte dann das Abspielen illegaler Musikdateien unmöglich werden. So sollte gesichert sein, dass die Nutzer weiterhin alte und neue CDs zum

Eigenbedarf auf den mp3-Player überspielen, aber keine illegalen Kopien mehr anhören können.

Plan war, die CDs mit Kopierschutz zu versehen und die Dateien mit unhörbaren digitalen Wasserzeichen zu markieren, damit die CDs auch weiterhin auf herkömmlichen CD-Playern abgespielt werden können. Durch die Markierung der Originaldateien mit Wasserzeichen sollte aber stets kontrollierbar sein, was der Besitzer mit den Dateien macht. Zum Beispiel sind nur vier Privatkopien erlaubt.

Die ersten CDs mit digitalem Wasserzeichen sowie die erste Generation SDMI-kompatibler Abspielgeräte sollten noch 1999 in den Handel kommen. Doch die so mutig begonnene Initiative war da bereits zum Scheitern verurteilt. Die Gründe dafür liegen nicht nur in den Interessensgegensätzen zwischen Musikindustrie, Herstellern und Technologiefirmen, sondern ebenso im Unwillen der großen Konzerne, sich einer gemeinsamen Lösung unterzuordnen, vor allem aber im Ignorieren der Verbraucher. Während SDMI an Techniken für die Kontrolle von digitaler Musik arbeitete, stimmten die Verbraucher täglich millionenfach per Mausklick ab, dass sie mp3 haben wollten – und zwar ohne jegliche Einschränkungen.

»Die Musik-Labels wollten ganz strengen Schutz, die Geräteehersteller klagten, dass ihnen solche Systeme niemand abkaufe. Fraunhofer stand dazwischen. Wir konnten beides«, beschreibt Bernhard Grill die verfahrene Situation. »Aber die technischen Lösungen, die bei SDMI vorgeschlagen wurden, sind nie gut geworden. Die Sicherheitsleute haben alles blockiert.« Durch die immer wieder erhöhten technischen Anforderungen brauchten die ersten SDMI-Geräte so viel Rechenleistung, dass sie fünfmal langsamer waren als die bisherigen Player. »Die Technologiefirmen sagten, Standards behindern den Fortschritt, um ihre eigenen proprietären Systeme, die viel zu kompliziert und unausgereift waren, durchzusetzen«, beklagt Brandenburg die Blockierung eines technischen Standards.

Schon nach Bekanntgabe der Spezifikationen traten die Juristen auf den Plan. Danach sei es rechtlich problematisch, mit einem Wasserzeichen dem Nutzer nach dem Kauf vorzuschreiben, was er mit der CD machen dürfe und was nicht. Natürlich entdeckten die Kritiker sofort Schlupflöcher, die Skeptiker bezweifelten, ob am Ende wirklich genügend Firmen mitmachen würden. Und in der Tat verkündeten bald einige Hersteller wie etwa Sony, dass sie es nicht rechtzeitig schaffen werden, ihre Geräte bis Weihnachten mit SDMI-Technik auszustatten. Sogar an Ostern waren noch immer kaum Geräte mit SDMI-Schutz in Sicht und die, die es gab, waren fast unbrauchbar. Wer wollte schon ein halbfertiges Schutzsystem in seine Geräte einbauen.

Viel langwieriger als geplant erwies sich die Entwicklung des digitalen Wasserzeichens. Als nach mehreren Anläufen endlich eine Lösung gefunden war, schrieb die SDMI im Jahr 2000 einen Wettbewerb aus, in dem Hacker versuchen sollten, die SDMI-Sicherheitstechniken zu knacken. Als der Computerwissenschaftler Prof. Edward Felten von der Universität in Princeton meldete, dass ihm dies gelungen sei, kam es zur juristischen Auseinandersetzung mit SDMI. Die unglückliche öffentliche Debatte über das harte Vorgehen gegen Felten führte dazu, dass 27 Firmen ihre Mitgliedschaft bei SDMI beendeten. Als dann auch noch Felten gegen die SDMI wegen Behinderung der Forschung Klage einreichte, flog die brüchige Allianz endgültig auseinander – und jeder konnte den eigenen Weg gehen, den er heimlich längst eingeschlagen hatte. Anfang 2001 gab SDMI-Leiter Chiariglione resigniert auf.

Ähnlich desaströs endete der Versuch, Kopierschutz auf den CDs zu etablieren. »Was die Plattenfirmen machten, war gar kein Kopierschutz, sondern eine Verstümmelung der Metadaten auf der CD – gegen die Vorschriften des CD-Standards«, sagt Brandenburg. »Der Fehler führt dazu, dass sich einige Geräte verschlucken, insbesondere CD-Player in Computern oder auch Autos.« In der Folge konnten CDs mit diesem »Kopierschutz« nicht mehr auf allen Geräten abgespielt werden. Dagegen protestierten die Verbraucher, hinzu kam die Verbreitung von Hacker-Programmen, die den Schutz umgingen. Philips verbot den Plattenfirmen, solche CDs mit dem Redbook-Zeichen zu versehen. Das bei der Einführung der CD definierte Redbook-Zeichen sollte nämlich gewährleisten, dass die CDs auf jedem Gerät abspielbar sind. Schließlich verzichteten immer mehr Plattenfirmen erst klammheimlich, dann ganz offen auf diesen misslungenen »Kopierschutz«.

Auch die Einführung von völlig neuen, geschützten Tonträgern als Nachfolger der CD scheiterte kläglich. Im Jahr 1999 brachten Sony und Philips die Super Audio Compact Disc SACD auf den Markt. Ein Jahr später wurde die DVD-Audio eingeführt. Beide Formate konnten auch Video abspielen, hatten die siebenfache Speicherkapazität einer normalen CD und einen Kopierschutz. Die Hersteller hatten große Erwartungen, damit neue Standards mit einer höheren Qualität zu schaffen und die CD mit ihrem fehlenden Kopierschutz ersetzen zu können. Das ging so schnell schief, dass sich heute kaum noch jemand daran erinnert. »Die Reaktion der etablierten Unternehmen der Musikindustrie ist typisch«, schreiben die Autoren des Buchs »Innovators Dilemma«: »Durch die Verbesserung der Produkte entlang des technologischen Entwicklungspfads der Branche erwarteten sie, ihr Geschäftsmodell verteidigen zu können: Sie hatten ein neues Produkt mit hoher Qualität und unüberwindbarem Kopierschutz geschaffen, das über die von ihnen kontrollierten Distributionskanäle vertrieben werden konnte.«[107] Die Musikindustrie hatte immer noch nicht realisiert, dass das verachtete »Piratenformat« mp3 gerade dabei war, nicht nur die CD, sondern auch alle anderen Tonträger abzulösen.

Die Fraunhofer-Forscher waren enttäuscht von SDMI, weil eine große Chance vertan worden war, einen verbraucherfreundlichen Sicherheitsstandard zu entwickeln. Sie bezweifelten auch, dass sich ein digitales Wasserzeichen als zentraler Schutzmechanismus eigne. Vor allem bestand die Gefahr, dass der Schutz geknackt werde. Und dann wäre das ganze komplizierte SDMI-System obsolet geworden. »Das Problem der analogen Kopie lässt sich nicht lösen – auch nicht durch Wasserzeichen«, sagt Brandenburg. Deshalb schlugen Brandenburg und Rump vor, die Wasserzeichen nicht als Zugangskontrolle, sondern als zusätzliches Schutzinstrument zu verwenden. Weil ein absoluter Kopierschutz eine Illusion und dem Verbraucher kaum zu vermitteln sei, plädierten sie für einfachere Lösungen mit weniger Einschränkungen für den Nutzer. Gegen die vereinte Kontrollwut der großen Plattenfirmen konnten sie sich aber nicht durchsetzen. Brandenburg erlebte bei einem SDMI-Treffen in Tokio, wie sich die Anwälte gegenseitig blockierten. Die SDMI musste mit dem komplizierten Schutzsystem scheitern. Die großen Konzerne wollten eigentlich gar keinen gemeinsamen technischen Standard, meint Brandenburg: »Im Gegenteil: Sie wollten verschiedene, nicht zueinander kompatible Systeme durchsetzen, zum Beispiel mit dem digitalen Rechte-Management ohne passenden technischen Standard«. Die Initiative sei zwar fruchtlos, aber nicht völlig sinnlos gewesen, meint er, schließlich mussten Plattenfirmen und Hersteller ja irgendwann einmal beginnen, Verständnis für die Belange des anderen zu entwickelten.

Schon längst hatten die Major-Labels das Interesse an SDMI verloren. Sie warteten die Ergebnisse auch gar nicht ab, sondern gingen sofort in die Offensive. Urplötzlich hatte sich im

Sommer 1999 ihre Meinung zum Internetvertrieb ins Gegenteil verkehrt, aus einer scharfen Ablehnung war euphorische Aufbruchsstimmung geworden. »Am Dienstag letzter Woche sicherten sich Sony und Time Warner mit dem Online-Musikhändler CDnow eine Internet-Plattform, mit der sie in Zukunft ihre Musik per Download aus dem Internet verkaufen wollen. Zwei Tage später startete Virgin in einem seiner Megastores einen Service, bei dem sich der Kunde für zehn Dollar zehn Tracks aus dem Internet auf einer CD zusammenstellen kann. Am Montag dieser Woche schließlich zog auch die größte Plattenfirma der Welt nach: Die Universal Music Group gab bekannt, ihre Aufnahmen so umwandeln zu wollen, dass sie übers Internet heruntergeladen und von mp3-Playern wie Diamonds Rio abgespielt werden können«[108], wunderte sich der *Spiegel* im Juli 1999. Noch vor kurzem war Diamond Multimedia von der Musikindustrie verklagt worden, jetzt ging sie Kooperationen mit dem Rio-Hersteller ein.

Gleich darauf gab auch der amerikanische Fernsehsender MTV bekannt, dass er in Zukunft im Internet kopiergeschützte Musik zum Herunterladen anbieten werde. Nur wenig später meldete *Heise online*: »Online-Riese AOL steigt mit dem Kauf der US-Firmen Spinner.com und Nullsoft in den Vertrieb von Musik über das Internet ein.«[109] Die Übernahme kostete 400 Millionen US-Dollar. Spinner.com war ein führender Anbieter von Internet-Radio, Nullsoft Hersteller des bekannten mp3-Players WinAmp und der mp3-Serverlösung Shoutcast.

Weiter ging es Schlag auf Schlag: Im Dezember 1999 verkündete EMI Recorded Music eine Kooperation mit Microsoft, um online seine Musikvideos zu vertreiben. Auch Sony Music Entertainment wollte zum Jahresende ein Internetangebot vorstellen. Kurz darauf gab auch Bertelsmanns Musiktochter BMG den Einstieg in den Internetmarkt bekannt. »Das Angebot mit dem Namen musicdownload24 will die BMG zusammen mit Digital World Services, einem Spezialisten für Digital Rights Management und Joint-Venture von drei Unternehmen der Bertelsmann-Gruppe, sowie dem Internet-Portal Lycos Europe aufbauen«[110]. Die Musiktitel sollen im AAC-Format angeboten werden.

Damit begann die Musikindustrie endlich das, was sie bisher anderen überlassen hatte. Nach wie vor hatte sie aber den Anspruch, die vollständige Kontrolle über den Musikvertrieb zurückzugewinnen. Deshalb wollten die Plattenfirmen auch die Regeln im Internet bestimmen und versuchten nun, ihre eigenen Angebote mit einem Digital Rights Management-System zu sichern. »Die Grundidee des Digital Rights Management DRM ist relativ einfach: Wie im Straßenverkehr hat man sich an Regeln zu halten, wenn nicht, wird man bestraft«, beschreibt Brandenburg die Methode, durch Nutzungsregeln den legalen Gebrauch zu sichern. Bei einem DRM-System muss sich der Nutzer zunächst anmelden, authentifizieren und den Nutzungsregeln zustimmen. Dann muss er eine spezielle Software herunterladen, um die geschützten Dateien anhören zu können. Schließlich erhält er Zugang zum Musikkatalog und kann nach dem Bezahlen die gewünschten Titel herunterladen. Um allen Angriffen der Phonoverbände zu entgehen, lizensierte das Fraunhofer IIS AAC im Onlinemarkt nur an Firmen, die es zusammen mit einem DRM-System einsetzten. »Mit DRM-Technik könnte man den Missbrauch eindämmen. Dies wäre sogar so durchführbar, dass der normale Nutzer nichts davon spüren würde«, erklärt Bernhard Grill, der an vielen DRM-Lösungen mitgearbeitet hat. »Auf keinen Fall darf man aber die Nutzer zu sehr einschränken, wenn sie das Angebot wahrnehmen sollen.«

Zusammenfassend lässt sich festhalten: Die Plattenfirmen forderten für ihre Webangebote DRM-Systeme mit einschneidenden Nutzungsregeln, die schwer zu bedienen waren und umständliche Prozeduren erforderten. »Das größte Problem war aber, dass es keinen einheitlichen Standard gab«, merkt Brandenburg an. Beispielsweise konnten die gekauften Titel gar nicht oder nur wenige Male auf CDs gebrannt werden. Manchmal war es nicht möglich, Musikstücke zu kopieren oder zu speichern. Häufig konnten die Dateien nicht auf allen Geräten abgespielt werden. Hinzu kam, dass die Plattenfirmen nicht ihren ganzen Musikkatalog, sondern nur eine eng begrenzte Auswahl ihrer gefragten Titel zur Verfügung stellten. Das hielt viele Nutzer ab, die legalen Angebote wahrzunehmen. So jedenfalls war die Mehrheit der Verbraucher nicht von ihrem Wunsch nach ungeschützten mp3-Dateien abzubringen.

Die hektischen Aktivitäten der Musikindustrie kamen zu spät, um die Musikpiraten aufhalten zu können. Sie hatten mit den Tauschbörsen eine neue Stufe der Eskalation gezündet, gegen die auch die stärksten juristischen Mittel hilflos waren. Die Nutzerzahlen explodierten, und der Musikvertrieb im Internet geriet völlig außer Kontrolle.

Die Musikpiraten – Tauschbörsen werden zum Turbolader

Im Jahr 1999 nahm der Konflikt zwischen der wachsenden mp3-Gemeinde und der Musikindustrie immer schärfere Formen an. Michael Robertson, der Betreiber des Musikportals MP3.com, war ständig in den Medien präsent und verbreitete die These, dass die Musikindustrie mit ihrem bisherigen Geschäftsmodell am Ende sei, dass sie den Trend verschlafen hätte und nun der Zug abgefahren sei – ohne die Plattenbosse. Kernvorwurf war, dass die RIAA nur die Interessen der größten Verbandsmitglieder vertrete, um deren Kontrolle über den Musikvertrieb zu sichern. Deshalb wolle sie den Musikern das Recht streitig machen, ihre Musik über Distributionskanäle zu verbreiten, die nicht von den großen Plattenfirmen beherrscht würden.

Was die Studenten an den amerikanischen Universitäten mit dem Tauschen ihrer mp3-Dateien begonnen hatten, war im Grunde nur eine moderne Fortsetzung der Musik-Jugendkultur der 70er Jahre. Die Musikfans hatten sich an das Kopieren und an eine mögliche Urheberrechtsverletzung gewöhnt.

Mit der digitalen Kopie wuchs dieses Verhalten allerdings in eine völlig neue Dimension, weil alle bisherigen Nachteile des Kopierens wegfielen. Die Kopie war so gut wie das Original, und der Aufwand für das Kopieren sank auf nahezu null. Für die Musikfans war das die völlige Freiheit. Das Tauschen musste sich nicht mehr auf den Freundeskreis oder den Schulhof beschränken, sondern konnte Gleichgesinnte auf der ganzen Welt ansprechen. So entstand aus der naiven Übertragung bisheriger Konsumgewohnheiten in das Internet eine Bewegung, die völlig aus dem Ruder lief.

Als die ersten drakonischen Strafen verhängt wurden, war der Aufschrei groß. In der Öffentlichkeit stand das kleine Unrecht der jungen Musikfans dem harten Vorgehen der Musikindustrie gegenüber. Die Überreaktion erzeugte bei vielen Menschen ein »Jetzt-erst-recht-Gefühl«.

Patrick Aichroth, heute am Fraunhofer IDMT in Ilmenau Gruppenleiter Media Distribution and Security, war im Jahre 1998 für ein Praktikum in den USA. Er wollte am Musikkonservatorium des Oberlin College in Ohio in den USA die dortigen Forschungen zu Computermusik und Klangsynthese kennenlernen und geriet dabei mitten in die Diskussionen um das harte Vorgehen der RIAA gegen die Studenten. Er erzählt: »Während anfangs noch ein grundsätzliches Verständnis für Entwicklung und Einsatz von Kopierschutzverfahren vorherrschte, schwand dieses Verständnis immer mehr. Das lag einerseits an der Strategie der Musikindustrie, die zunehmend als einseitig und innovationsfeindlich betrachtet wurde. Zweitens auch an den technischen Schwierigkeiten und Usability-Problemen, die Kopierschutzverfahren mit sich bringen können.« Im folgenden Jahr kam Aichroth für Arbeiten an seiner Diplomarbeit auch an die Universitäten von Stanford und Berkeley und musste feststellen, dass das Thema weiter »eskaliert« war und sich die Fronten verhärtet hatten.

Die illegalen Aktivitäten der Musikpiraten nahmen ständig zu, da die legalen Angebote von MP3.com, Music Boulevard oder GoodNoise nur Musik von relativ unbekannten Musikern anbieten konnten. Die ersten legalen Angebote, für die einige Plattenfirmen eine eng begrenzte Auswahl ihrer Titel zum Download bereitstellten, waren teurer als der CD-Kauf. Das konnte kein Käufer verstehen. Warum sollte ein digitales Produkt, das weder Herstellungs-, Lager- noch Versandkosten verursacht, teurer sein als ein physikalischer Tonträger? Die Meinung vieler Nutzer, die es inzwischen gewohnt waren, Musik im Internet kostenlos zu holen, war daher: Wenn die Musikindustrie so mit uns umspringt, dann werden wir damit nicht aufhören.

»Internet-Piraten pfeifen auf kostenpflichtige Angebote und Urheberrecht. In der *New York Times* prahlte kürzlich ein Raubkopierer, jeden gewünschten Song innerhalb eines Tages im Netz beschaffen zu können. Als Elton John vor einem Jahr ›Candle In The Wind‹ für Prinzessin Diana sang, kursierte die neue Liedversion wenig später im Internet«, schrieb das Nachrichtenmagazin *Fokus* im September 1998.

In dieser Zeit entstanden Ideen, wie man das Tauschen von Musikdateien perfektionieren könnte. Tauschbörsen sollten dem Nutzer zeigen, wo im Netz überall Musikdateien zu finden sind. Der Nutzer konnte dann auf die angegebene Webseite gehen und die gewünschte Musikdatei herunterladen. Mit den Tauschbörsen wurde das Filesharing zum Massenphänomen, denn nun konnte jeder jeden gewünschten Song irgendwo finden. Zur erfolgreichsten Tauschbörse entwickelte sich in wenigen Monaten Napster. Das vom 19-jährigen Shawn Fanning erfundene Programm überwand auf geniale Weise die Probleme, die den Austausch von mp3-Dateien erschwerten. Eigentlich wollte der junge Informatikstudent nur einen Mangel bei der Suche nach mp3-Dateien beheben. Es störte ihn, dass die normalen Suchmaschinen nie aktuell waren, sondern auf viele Seiten weiterleiteten, die inzwischen vom Netz genommen worden waren. Also wollte er ein Echtzeitsystem schaffen, das sich sofort updatet, wenn sich ein Nutzer einloggt. So entstand ein Programm, mit dem die Nutzer ihre Computer an einen zentralen Server anschließen konnten, um gegenseitig die Festplatten nach Musikdateien zu durchsuchen. Auf diese Weise fanden die Musikfans fast jeden Titel, weil er mit großer Wahrscheinlichkeit auf irgendeinem Computer gespeichert war. Fanning, der eine einfach zu bedienende Oberfläche gebaut und die Musiksuche mit einer Chatfunktion und einem Musikplayer kombiniert hatte, startete seinen kostenlosen Service Anfang des Jahres 1999. Im Herbst 1999 übernahm Fannings Onkel John die Leitung des Geschäfts, damit sich Shawn auf die Verbesserung der Software konzentrieren konnte. Investoren stiegen ein, und die Firma zog von Boston nach Nordkalifornien um. Die Versuche, durch Zusammenarbeit mit den Plattenfirmen ein tragfähiges Geschäftsmodell zu entwickeln, scheiterten an Urheberrechtsfragen. Da trat die RIAA auf den Plan und forderte Napster auf, Urheberrechtsverstöße zu unterbinden.

Natürlich wusste Napster, dass sie sich in einer juristischen Grauzone bewegten. Deshalb stellten sie ihren Service als

Dienst für Musiker und Musikfans dar. Vor allem aber betonten sie, dass Napster auf ihrem Server selbst keine mp3-Files speichere, sondern die Nutzer allein entschieden, welche Inhalte sie anderen zur Verfügung stellten. Daher seien auch diese allein für die Einhaltung der Gesetze verantwortlich.

Da hatte der Napster-Boom bereits eingesetzt. An den Colleges sprach sich der Dienst sehr schnell herum, und immer mehr Musikfans nutzten ihn, um sich eigene digitale Musiksammlungen anzulegen. Das nahm solche Ausmaße an, dass einige Universitäten die Nutzung des Dienstes verbieten mussten, weil die Hochschulrechner sonst für nichts anderes mehr hätten genutzt werden können.

»World War MP3« titelte Jeff Goodell im Musikmagazin *Rolling Stone* im Juli 1999.[111] Das rasante Wachstum von Napster zwang die RIAA zum Handeln. Statt in schwierige Verhandlungen einzusteigen, reichte die RIAA im Dezember 1999 Klage gegen Napster ein und forderte 100 000 Dollar Schadenersatz für jeden bei Napster illegal getauschten Song. Das hätte eine Schadenersatzsumme von mehreren Milliarden Dollar ergeben. Die RIAA begründete die Klage damit, dass Napster den Verstoß gegen Urheberrechte im großen Stil erlaube. Napster argumentierte, dass sie mit den Dingen, die zwischen den Tauschpartnern abliefen, nichts zu schaffen hätten. Im Übrigen seien sie gar nicht in der Lage, die Aktivitäten in den Foren zu überwachen. Die RIAA konterte mit scharfen Geschützen, Napster leiste Beihilfe zur Urheberrechtsverletzung. Der Service sei nur ein cleverer Trick, um »einen kommerziellen Nutzen aus der Musikpiraterie zu ziehen, ohne die Hehlerware selbst in die Hand nehmen zu müssen.«[112]

Weil die Hauptnutzer von Napster Studenten waren, die mit den schnellen Internetzugängen der Hochschulen weit mehr Daten als normale Verbraucher aus dem Internet herunterladen konnten, wandte sich die RIAA an die Universitäten, um den Service zu verbieten. Dem schlossen sich auch etwa 120 Universitäten an.

Doch zunächst schien Napster nicht gefährdet. Im Sommer 2000 wurde der Antrag der RIAA auf einstweilige Verfügung zur Schließung der Webseite abgewiesen. Napster war damals die am schnellsten wachsende Webseite. Im Februar 2001 umfasste die Napster-Community etwa 80 Millionen Nutzer weltweit, wovon 1,6 Millionen Nutzer ständig online waren. Allein im Januar 2001 wurden rund 2 Milliarden Dateien getauscht.

Während die RIAA nun alle juristischen Register zog, um Napster zu verbieten, tauchten viel gefährlichere Programme auf. Die kostenlos angebotenen Programme verteilten sich rasant. Gnutella und FreeNet umgingen die Fehler von Napster. Man brauchte keinen zentralen Server mehr, denn sie waren dezentral. Deshalb half es nichts, eine Webseite oder einen Server zu schließen, denn das Programm tauchte vielfach wieder woanders auf. Außerdem waren sie anonym. Selbst wenn man einen Computer konfiszierte, der Daten getauscht hatte, war es nicht möglich herauszufinden, wer die Urheberrechtsverletzer waren. Der schlimmste Albtraum aller Rechteinhaber war wahr geworden. Der Wissenschaftsjournalist Hilmar Schmundt schrieb unter dem Titel »Guerillakrieg im Netz« im *Spiegel*: »Gerade in den vergangenen Wochen wurde das Internet von einer wahren Flutwelle neuer Programme überschwemmt, die alberne Namen wie Napster, Gnapster, Knapster, Wrapster oder Gnutella tragen. Sie alle dienen vor allem einem Zweck: Kontrollen beim Musiktausch online zu umgehen.«[113] Gnutella, FreeNet, KaZaA, Morpheus und die anderen Tauschbörsen waren nicht zu fassen.

Umso mehr sah sich die Musikindustrie in ihrer Strategie bestätigt, beim Original mit dem Kopierschutz anzufangen, denn in der Tat stammten ja die meisten illegalen Angebote von CDs, die in mp3-Dateien umgewandelt worden waren.

Doch auch beim Kopierschutz für CDs saßen die Vertreter der Musikindustrie einer Illusion auf, denn in der digitalen Welt gelten andere Gesetze als in der physikalischen. Ein absolut sicherer Schutz ist überall nur mit sehr großem Aufwand herzustellen. In der realen Welt reicht es normalerweise aus, die Hürden für Einbrecher soweit anzuheben, dass ein erheblicher Aufwand nötig wird. Profieinbrecher können zwar nahezu alle Sicherungssysteme knacken, tun es aber nur dann, wenn es sich lohnt. Im Netz sinkt der Aufwand gegen null, weil die Hacker das mühevoll programmierte »Einbruchswerkzeug« allen kostenlos zur Verfügung stellen. So verbreiten sich in Windeseile zu allen geschützten Programmen auch deren Entschlüsselungsprogramme. Die Software-Industrie hatte die Lektion bereits gelernt und sehr schnell die Illusion vom perfekten Kopierschutz begraben. Ihre Schlussfolgerung: Im Internet kann man den massenhaften Diebstahl am besten durch gute Angebote eindämmen. Denn die Mehrheit der Nutzer will keine illegalen Kopien aus dubiosen Quellen beziehen, wenn es einfache Angebote zu einem vernünftigen Preis gibt.

Die Musikindustrie hatte das Internet noch nicht verstanden, weder die Schwierigkeit, digitale Inhalte zu schützen, noch die Kraft der globalen Netze. Die RIAA konnte allenfalls amerikanische Webseiten schließen lassen, war aber hilflos, wenn die Übeltäter verschwanden und aus exotischen Ländern wieder auftauchten.

Noch bevor das Gericht endgültig über Napster entschieden hatte, gewann die RIAA im April 2000 einen Prozess gegen ihren Erzfeind Michael Robertson. Der hatte den neuen Dienst MyMP3.com eingerichtet, in dem die Nutzer CDs kaufen und herunterladen konnten. Robertson hatte den Fehler gemacht, dafür 1000 CDs auf den Server zu kopieren. Das war auch nach Meinung der Richter nicht erlaubt. Die Plattenfirmen konfrontierten MP3.com mit Schadenersatzforderungen von mehreren Millionen Dollar. Robertson musste sich mit den Plattenfirmen arrangieren. Schließlich verkaufte er MP3.com für viel Geld an das größte Label Universal Music.

Drei Monate später kam auch das Aus für Napster. Am 26. Juli 2000 gab das Bezirksgericht von Nordkalifornien dem Antrag der RIAA statt, Napster bis zur eigentlichen Verhandlung zu schließen. Laut Richterin Marilyn Hall Patel zeige die Beweisaufnahme, dass die Mehrheit der Teilnehmer Napster nutze, um urheberrechtlich geschützte Musik einzustellen und herunterzuladen. Etwa 87 Prozent der in Napster verfügbaren Titel seien illegal.

Napster bekam immer mehr Probleme, und die Musikpiraten segelten weiter zu anderen Tauschbörsen. Einen Monat später gab das Management bekannt, dass Bertelsmann Napster mit 50 Millionen Dollar unterstütze, um die Plattform in ein legales Geschäftsmodell umzuwandeln.

Die RIAA hatte im Jahr 1999 für die Entscheidungsschlacht gegen die Musikpiraten vier Waffen geschmiedet. Die erste war der juristische Säbel, die zweite der Kopierschutz der CDs, die dritte der SDMI-Standard und die vierte ein neues Audioformat mit Kopierschutz.

In ihrer Abneigung gegen mp3 hatte die RIAA einen mächtigen Partner gefunden: Microsoft. Der ohnehin schon alles dominierende Softwarekonzern hatte mit Windows Media Audio WMA ein eigenes Audioformat entwickelt und mit einem Kopierschutz kombiniert. Dieses sollte nun mit Unterstützung der RIAA gegen ungeschützte Formate wie mp3, aber auch AAC, in Position gebracht werden.

Der *Spiegel* berichtete am 18. August 1999: »Am Dienstag präsentierte Microsoft das neue Windows Media Audio Format, mit dem der Konzern dem populären mp3-Format Konkurrenz machen will. Doch schon kurz darauf meldete die MP3-Site

Dimension Music, dass in Newsgroups und Chatkanälen eine Software kursiert, mit der sich die Sicherheitsmechanismen von WMA außer Kraft setzen lassen. Name: Unfuck.exe.«[114] Microsoft versuchte mit Unterstützung der RIAA das WMA-Format sehr aggressiv in den Markt zu drücken. Brandenburg erinnert sich noch an die provokative Vorgehensweise: »Auf der Consumer Electronics Show CES in Las Vegas hat Microsoft alle Lizenznehmer, die WMA verwendeten, gezwungen, ein Schild aufzustellen mit dem Werbetext: Gleiche Qualität bei halber Bitrate wie mp3.«

Im Jahr 2000 kauften die großen Plattenfirmen zunehmend existierende Musik-Webseiten, um dort Musik mit dem DRM-geschützten WMA-Format zu verkaufen. Sie glaubten, sie könnten auf diese Weise mp3 ins Abseits drängen. Doch das Angebot einzelner Labels konnte bei weitem nicht mit dem alles umfassenden Angebot der Tauschbörsen mithalten. Deshalb erfreuten sich die mp3-Dateien weiterhin großer Beliebtheit. Im Jahr 2000 gab es bereits 2,4, im folgenden Jahr fast 10 Millionen mp3-Hardwareplayer und schätzungsweise 150 Millionen Softwareplayer. Da WMA automatisch mit dem Betriebssystem Windows verteilt wurde, verbreitete es sich zwar schnell, konnte die anderen Player aber nicht verdrängen.

Letztlich kam die RIAA mit allen vier Instrumenten nicht zum Ziel: Die Rechtsstreitigkeiten brachten zwar Teilerfolge, erzeugten in der Öffentlichkeit durch ihr scharfes Vorgehen aber eher Mitleid mit den Musikpiraten, die ohnehin rechtlich schwer zu fassen waren. SDMI kam nicht voran, effektiver Kopierschutz erwies sich als kaum realisierbar. WMA konnte mp3 nicht mehr verdrängen, weil Napster mp3 mit einem solchen Vorsprung an die Spitze katapultiert hatte, dass kein anderes Format mehr mithalten konnte. Die kritische Masse war überschritten, mp3 als Standard durchgesetzt. David hatte Goliath besiegt.

Doch statt mit fliegenden Fahnen unterzugehen, taten die Plattenfirmen das, was Unternehmen häufig tun, wenn sie den Gegner nicht besiegen können, sie kaufen ihn. Und für einige ehemalige Gegner war der Preis nun auch hoch genug, um darauf einzugehen. Die Welle von Aufkäufen, Fusionen und Neugründungen, die nun folgten, wird im nächsten Kapitel ausführlich beschrieben. Denn es gab noch einen allerletzten Versuch, die großen Labels zu einem gemeinsamen Vorgehen zu gewinnen.

Bertelsmanns Einstieg – der letzte Versuch

Thomas Middelhoff, dem damals 47-jährigen Vorstandsvorsitzenden von Bertelsmann, war mit dem Einstieg bei Napster am 31. Oktober 2000 ein Coup gelungen, der nicht nur die gesamte Branche, sondern auch seine eigene Musiksparte BMG überraschte. Erst kurz zuvor hatte Middelhoff für Bertelsmann den höchsten Gewinn erzielt, der bis dahin in der Geschichte des Internets erreicht worden war. Für 7,5 Milliarden Euro hatte er den 50-Prozent-Anteil Bertelsmanns an AOL-Europa verkauft. AOL-Europa war im Jahr 1995 gemeinsam von dem amerikanischen Online-Dienst AOL (Amerika Online) und Bertelsmann gegründet worden. Nach der Fusion von AOL mit dem direkten Bertelsmann-Konkurrenten Time Warner verkaufte Middelhoff im Sommer 2000 den Bertelsmann-Anteil. Mit diesem sensationellen Geschäft startete Middelhoff seinen Plan, den drittgrößten Medienkonzern der Welt von Gütersloh ins Internetzeitalter zu stürzen.

Mit Napster sollte der nächste Streich folgen, denn er war überzeugt: Napster ist wie AOL – eine neue, globale Community. Wenn es gelinge, diese riesige Gemeinde der Musikfans für ein legales Angebot zu gewinnen, dachte er, sei die Wende zum sicheren und legalen Online-Vertrieb möglich. Mit Napster glaubte er den Schlüssel in der Hand zu haben, um alle Major-Labels zum gemeinsamen Handeln überreden zu können. Sein Ziel war, die Titel sämtlicher Plattenfirmen legal anzubieten, Napster auf solide geschäftliche Füße zu stellen und die Wünsche der Musikfans mit innovativen Diensten und Angeboten zu befriedigen.

Während sich Napster mit den 50 Millionen Dollar von Bertelsmann an dem Umbau zu einem legalen Abonnementdienst machte, versuchte Middelhoff die anderen Musikkonzerne zu gewinnen. Das war eine kuriose Situation, weil sie ja gleichzeitig gegen Napster klagten. Middelhoff gelang es dennoch, die Vorsitzenden der Konzerne – Jean-Marie Messier von Vivendi Universal, Nobuyuki Idei von Sony und Gerald Levin von Warner – für seinen Plan zu gewinnen. Doch die Präsidenten der Musiktöchter der Konzerne blockierten alle Versuche Middelhoffs, eine gemeinsame Basis zu finden. Sie fürchteten eine Vormachtstellung von Bertelsmann im Online-Markt. Als ihnen Middelhoff eine paritätische Beteiligung anbot, stritten sie über die Höhe der Anteile, weil der Größte auch hier den größten Anteil haben wollte. Sie konnten sich nicht über die Machtverteilung einigen, diskutierten über mögliche Sicherheitslücken und ungeklärte Rechtsfragen. Das Misstrauen gegeneinander war nicht zu überbrücken und der Widerwille gegen jede Form der Kooperation so groß, dass sich die Verhandlungen im Kreis drehten. Die Juristen brachten alle erdenklichen Probleme vor, die eintreten könnten, wenn der Plan umgesetzt würde. »Die Chefs der jeweiligen Konzernmütter schauten dem Treiben kopfschüttelnd zu«[115], kommentiert Tim Renner die Blockadehaltung der Major-Labels, die nur noch darauf fixiert waren, mit eigenen Angeboten die Konkurrenten auszubooten. Gleichzeitig dehnten sie ihre Klage gegen Napster nun auch auf Bertelsmann aus und forderten 17 Milliarden Dollar Schadenersatz. Middelhoff ging mit den Plattenbossen später hart ins Gericht: »Die Branche war stets beeinflusst durch das Statusdenken der Majors. Wer ist der Größte? Wer hat den größten Marktanteil? Und wer sollte also – auch auf Verbandsebene – die Entscheidungen treffen? Natürlich der mit dem größten Marktanteil, war die Argumentation. Und so war zum Beispiel keine Einigung beim Thema Napster möglich.«[116]

Währenddessen ging der juristische Kampf gegen Napster in die nächste Runde. Am 5. März 2001 verfügte das Gericht, dass Napster illegal angebotene Musikstücke herausfiltern müsse. Sofort ließ Napster 1,3 Millionen Dateien sperren. Die Zeit drängte, Bertelsmann musste noch einmal 30 Millionen Dollar in Napster pumpen, und noch immer gab es keine allgemein akzeptierte technische Lösung für ein legales Download-Angebot. Die Plattenfirmen stellten Sicherheitsanforderungen, die nicht einmal ihre eigenen Webseiten erfüllten. Schließlich gab Napster am 1. Juli 2001 auf, zahlte 26 Millionen Dollar Schadenersatz und schaltete den zentralen Suchindex ab, um einer gerichtlichen Schließung zuvorzukommen. Alle weiteren Versuche Middelhoffs, Napster wiederzubeleben, schlugen fehl. Im Mai 2002 musste Napster Konkurs anmelden. Die Klage der großen Label Universal, Warner, EMI gegen Bertelsmann wurde erst im Jahre 2007 außergerichtlich beigelegt, Bertelsmann zahlte 393 Millionen Dollar.

Die letzte Chance zu einem globalen Musikportal war vertan. »Napster wurde als Gefahr betrachtet, anstatt die Community von Musikliebhabern zu akzeptieren und zu bedienen«, sagte Middelhoff. »Denn die Akzeptanz einer solchen Community und ihrer Regeln, nämlich dem Prinzip einer offenen Plattform, ist gleichbedeutend mit einem Verlust an Einfluss, eigenem Gestaltungsspielraum und Verfügungsgewalt. Das war der entscheidende Grund, warum diese eigentlich junge und trendige Industrie den Anschluss ans Internet verpasst hat. Einige wenige Entscheidungsträger haben aufgrund ihrer Egozentrik dafür gesorgt, dass die Entwicklung verpasst wurde.«[117] Man muss hinzufügen, dass Middelhoff auch im eigenen Konzern seine Visionen von einem eigenen Unternehmensbereich E-Commerce nicht durchsetzen konnte. Die über viele Jahrzehnte gewachsene Kultur des ostwestfälischen Medienkonzerns war nicht in kurzer Zeit mit »Highspeed« und New-Economy-Schlagworten umzustürzen. »Doch spätestens, als im November 2001 der BeCG-Chef Andreas Schmidt seinen Job hinschmiss, schien auch Middelhoffs Traum endgültig gestorben zu sein. Schmidt galt als der Drahtzieher hinter dem Napster-Deal. Mit seinem Abgang endete auch das Internetzeitalter, aus dem im Netz expandierenden Weltkonzern wurde wieder das Familienunternehmen im globalen Dorf.«[118] Zwei Monate nach Napsters Ende trat Middelhoff von seinen Posten als Vorstandsvorsitzender von Bertelsmann zurück. Der Gütersloher Konzern beendete die hochfliegenden Träume und fokussierte sich wieder auf seine Kerngeschäfte. Zwei Jahre später fusionierte BMG mit Sony.

Den Sieg gegen Napster feierten Labels, Rechteinhaber und Verwerter als Durchbruch im Kampf gegen den illegalen Musikhandel. Doch es war ein Pyrrhussieg: Die Schließung von Napster nützte nichts. Im Gegenteil, das illegale Kopieren wurde nur raffinierter. Insgesamt hat die Verzettelung in Rechtstreitigkeiten die Entwicklungen der Musikbranche um Jahre zurückgeworfen. Das ist das Ergebnis einer Untersuchung des amerikanischen Rechtsprofessors Michael A. Carrier über die Folgen des Napster-Urteils. Für die Studie, die unter dem Titel »Copyright and Innovation: The Untold Story« erschien, sprach er mit 31 namhaften Vertretern der Musikindustrie. Carrier kommt zu der Schlussfolgerung, dass mit der Schließung Napsters der Musikbranche drei Dinge verlorengingen: Innovation, Risikokapital und die Erschließung neuer Märkte. Statt sie juristisch zu bekämpfen, hätte man die Filesharing-Plattformen als Herausforderung und Denkanstoß sehen müssen, um neue Vermarktungsideen auszuprobieren. Ohne Napster und Co hätte es nicht so schnell Abo-Systeme und erfolgreiche legale Downloadplattformen wie den iTunes Music Store gegeben, meint Carrier.

Zu einem ähnlich kritischen Urteil kommt Tim Renner, damals Chef von Universal Deutschland: »Napster bot die historische Chance, mit einer riesigen und funktionierenden Community aus Musikliebhabern in Verbindung zu treten und sie womöglich von den Vorteilen einer legalen Geschäftsbeziehung zu überzeugen. Stattdessen hat sich die Musikwirtschaft auf einen ermüdenden und langfristig aussichtslosen Kleinkrieg eingelassen, in dem sich Millionen von Internetnutzern wie Guerillakämpfer fühlen dürfen und die Branche sich mitunter wie ein zorniger Tyrann verhält.«[119] Die Tauschbörsen zeigten das riesige Potential des Internets für Musikfans. Doch ob es überhaupt möglich gewesen wäre, Napster in ein legales Musikangebot umzuwandeln, bleibt offen.

Die Krise gerät außer Kontrolle

Ende der 1990er Jahre wurde offensichtlich, dass die Musikindustrie in eine substantielle Krise hineinschliddert. Im »goldenen Jahrzehnt« von 1985 bis 1995 hatten sich die Umsätze am Tonträgermarkt noch verdreifacht. Ab 1996 war die Sättigung erreicht: Die Sonderkonjunktur der Vermarktung alter Musik in neuem CD-Format war an ihr Ende gekommen. Auch der Zirkel von Fernseh-Music-Shows, kurzlebigen Stars und Vielfachverwertung konnte den Rückgang nicht aufhalten. Außerdem hatte der Musikkonsum neue verlockende

Konkurrenz bekommen, die insbesondere die junge Generation magisch anzog: Filme auf DVD und Computerspiele. Da das Budget der Jugendlichen für Medienkonsum nicht so kräftig wuchs wie das Angebot, blieb weniger Geld übrig für den Kauf von Musik. 1996 war der Höhepunkt erreicht, nach 25 Jahren ständigen Wachstums sanken erstmals die Verkäufe, zunächst 1997 der weltweite und 1998 auch der deutsche Tonträgermarkt. 1998 wurden aus den »Großen Sechs« durch die Fusion von PolyGram mit Universal Music Group (einstmals MCA) die »Großen Fünf«: Universal, EMI, Sony, Warner und BMG.

Diese dominierenden Plattenfirmen hatten die technologischen Herausforderungen des digitalen Wandels ignoriert und deren Auswirkungen auf ihr Geschäft sträflich unterschätzt. »Die Allmächtigkeit der großen Music-Labels schien unantastbar. Sie hatten klare, erfolgreiche Prozesse und Strukturen, und sie hatten starke Kulturen entwickelt, die sie daran hinderten, auf das Download-Geschäft umzusteigen«[120], heißt es im Buch »Innovator's Dilemma«. Der Journalist Jan Fleischhauer hat in einer Reportage für den *Spiegel* das Beharrungsvermögen der Unternehmenskulturen am Beispiel Bertelsmann damals symptomatisch beschrieben: »Nun will die Firma das Internet erobern, doch die Gründermentalität des Web verträgt sich nur schlecht mit der Kaufmannsethik des Traditionshauses. Der neue Konzernchef verlangt eine Kulturrevolution, Mitarbeiter sprechen vom Kulturkampf.«[121] Die Revolution, die Middelhoff auslösen wollte, endete mit seinem Abgang.

Die Antizipations- und Adaptionsfähigkeit der Musikindustrie war gleich null. Nicht nur das Geschäft der Plattenfirmen, sondern auch die zugrundeliegenden Rechts- und Verwertungsbeziehungen waren ganz auf physische Tonträger zugeschnitten. Ohne deren Anpassung lässt sich kein tragfähiges

Online-Geschäft aufbauen und kommerziell nutzen.[122] Eine solche Neujustierung ist aber extrem schwierig und zeitaufwendig: Die neuen Vertriebs-, Geschäfts- und Erlösmodelle müssen erprobt und ausgetestet, die neuen Rechts- und Verwertungsbeziehungen entwickelt und ausgehandelt werden. Da unterschiedliche Akteure – Plattenfirmen, Künstler, Verwertungsgesellschaften und Internetanbieter – mit gegensätzlichen Interessen aufeinanderstoßen, sind viele langwierige Abstimmungsprozesse nötig, bis sich die neuen Rahmenbedingungen herausbilden. Im Gegensatz zu diesen zähen Prozessen entwickelte sich der alle Fesseln abwerfende Musiktausch rasend schnell.

»Momentan werden mit jedem Monat die jungen Leute daran gewöhnt, dass Musik etwas ist, was man kostenlos bekommen kann, das ist eine Katastrophe«, warnte Brandenburg damals. Am Ende versuchten es die Plattenfirmen doch noch, den Online-Vertrieb in die bestehenden Strukturen und Geschäftsabläufe zu integrieren – »und unterlagen dabei der Illusion, digitale Musik ähnlich schützen, vermarkten und vertreiben zu können wie CDs«[123], merkt Dolata an. Dabei hatte die Software-Industrie den Weg zu erfolgreichen Geschäftsmodellen vorgezeigt. Vor allem hatten sie die Preise auf ein Niveau gesenkt, das Raubkopien für viele Verbraucher unattraktiv machte.

Die Innovationsforschung hat gezeigt, dass immer dann, wenn Innovationen in einem Unternehmen oder einer Branche blockiert werden, diese von anderen Akteuren aufgenommen und vorangetrieben werden. Auch hier kamen die Anstöße zur Veränderung nicht aus dem Kern der Musikindustrie, sondern von den Rändern und von Branchenfremden. Auf den Veränderungsdruck reagierten die Plattenfirmen nicht mit Anpassung, sondern verstärkter Ablehnung. Die Musikindustrie gab den neuen Technologien die Schuld am Umsatzrückgang und schaltete von Abwehr auf Gegenangriff. Dabei war die Furcht vor mp3 und den Internet-Musikpiraten überzogen.

Als schließlich auch alle Versuche der Eindämmung und der juristischen Verfolgung der Tauschbörsen gescheitert waren, wurde der Anpassungsdruck so groß, dass die Plattenlabels einlenkten und ihre Musikkataloge für den Online-Verkauf öffneten. »Wenn die Plattenindustrie dieser Entwicklung jetzt nachläuft, dann trägt sie daran größtenteils selbst die Schuld. Seit Jahren war abzusehen, dass Musik einmal digital vertrieben wird. Doch die großen Labels machten keinerlei Anstalten, im Netz aktiv zu werden – vor allem, weil sie ihr angestammtes Geschäft nicht gefährden wollten. Doch mp3 wurde trotzdem zu einem Schlager«[124], stellte die *Zeit* schon im Sommer 1999 fest. Die verspätete Reaktion hatte die Krise verschärft und einen Druck aufgebaut, der sich in heftigen Ausbrüchen entlud. Es dauerte noch viele Jahre, bis auch die Musikindustrie einsah, dass eine vollständige Kontrolle über das, was im Netz angeboten wird, weder technisch noch juristisch möglich ist.

Dolata hat zwei grundlegende Faktoren gefunden, die den Ablauf solcher Veränderungen bestimmen.[125] Zum Ersten ist das die »sektorale Eingriffstiefe neuer Technologien«. Also die Frage, wie stark die neuen Technologien in die Produktions- und Vermarktungsbedingungen der Branche eingreifen. Der zweite Faktor ist die »Antizipations- und Adaptionsfähigkeit« der betroffenen Branche. Wie werden neue Technologien von den führenden Unternehmen der Branche wahrgenommen und aufgegriffen? In seiner Untersuchung des Strukturwandels in der Musikindustrie kommt er zu folgendem Ergebnis: »Eine große sektorale Eingriffstiefe neuer Technologien trifft in diesem Fall auf eine geringe Adaptionsfähigkeit des Sektors und der ihn lange Zeit dominierenden Akteure. Dementsprechend vollzieht sich die Transformation der Musikindustrie nicht in Form einer gezielten und geordneten, vom Kern des Sektors ausgehenden und von seinen etablierten Akteuren getragenen Restrukturierung, sondern als disruptiver außer Kontrolle geratener sektoraler Umbruch.«[126] Nachdem der letzte Versuch gescheitert war und die Musikpiraten hemmungslos Musikdateien tauschten, sah man, was das Chaos nach oben gespült hatte – und es war mp3.

Netzwerkeffekte – Plattformen erzeugen Standards

Den Netzwerkeffekt konnte man schon am Telefonnetz beobachten: Der Nutzen für den Einzelnen steigt mit der Anzahl der Teilnehmer. Haben nur wenige ein Telefon, ist der Nutzen gering. Je mehr Teilnehmer das Telefonnetz gewinnt, desto höher wird der Nutzen für alle. Am Ende entsteht ein wachsender Druck, sich ebenfalls ans Netz anzuschließen. Die Internet-Ökonomie funktioniert nach eigenen Gesetzen, bei denen direkte und indirekte Netzwerkeffekte eine entscheidende Rolle spielen. So ist das Internet erst richtig interessant, seit Millionen einen Zugang haben. Je mehr Menschen es nutzen, desto leichter erreicht man Freunde und Bekannte, desto schneller findet man eine Wohnung, ein seltenes Ersatzteil, einen neuen Job oder einen passenden Partner. Netzwerke werden mit der Zahl der Teilnehmer – der Knoten – besser und nützlicher.

Gerade bei Social Networks locken Massen weitere Massen an. Der Pinguin-Effekt verstärkt diese Tendenz. So wartet beispielsweise die Masse der Pinguine ab, was passiert, wenn eine kleine Schar ins Wasser springt. Erst wenn klar ist, dass keine Raubfische da sind, springt die große Masse blind hinterher.

Bei Musik gibt es spezielle Netzwerkeffekte. Musik wird gerne in Gemeinschaft genossen, nicht nur in Konzerten, sondern auch im privaten Kreis. Man hört gemeinsam Musik, redet darüber und tauscht Lieblingsmusik aus. Weil Musikempfindung sehr subjektiv und das Risiko groß ist, enttäuscht zu werden, verlässt man sich am liebsten auf die Empfehlung von Freunden oder Gruppen, die einen ähnlichen Geschmack teilen. Hinzu kommt: Die Wertschätzung bestimmter Musik wächst mit der konsumierten Menge. So entstehen lang anhaltende Vorlieben für bestimmte Stars oder Musikstile. Oft spielen Gruppenzugehörigkeit und Modeeffekte eine starke Rolle. Der Wunsch »dabei« oder »in« zu sein prägt den Musikgebrauch von vielen, denn gemeinsame Gesprächsthemen erleichtern die soziale Kommunikation.

Die Netzwerkeffekte erzeugen sich selbst verstärkende Rückkopplungsprozesse. Dabei werden oft kleine Ereignisse zum wirksamen Katalysator, der die Aufwärtsspirale in Gang setzt und ein neues Produkt oder einen neuen Service rasend schnell verbreitet. Weil vieles von Zufällen abhängt, ist der Verlauf nicht vorhersehbar. Der Wettbewerb zwischen konkurrierenden Produkten hält nur solange an, bis eines die kritische Masse erreicht, dann kippt die Waage plötzlich auf dessen Seite: Die Zahl der Nutzer steigt für den Sieger exponentiell an, und für die Verlierer beginnt ein schneller Absturz. So ist auch das explosionsartige Anwachsen von Napster zu erklären. Die kritische Masse war erreicht, als ein sehr breites Sortiment verfügbar und damit für jeden etwas dabei war. Innerhalb weniger Tage wurde dann aus einer kleinen Gruppe jugendlicher Musikfans eine weltweite Community von Millionen Nutzern.

Die Netzwerkeffekte machen den Größten noch größer und vernichten die Vielfalt. Netzwerke tendieren zur Monopolbildung. Das ist der gravierende Nachteil des Internets. So ist

Google derzeit die am weitesten verbreitete Suchmaschine, Facebook die gefragteste Community, Amazon das Kaufhaus der Welt und Apple der dominierende Musikanbieter. Gleichzeitig ermöglicht das Internet den einfachen und schnellen Aufstieg von Newcomern. So erzeugt das Internet auch immer wieder neue Vielfalt.

Die Netzwerkeffekte führen nicht nur zur Monopolbildung, sondern verstärken auch deren Haltbarkeit. Wenn sich ein bestimmtes Produkt als Standard etabliert hat, wollen die Nutzer, dass es bleibt, auch wenn ein besseres verfügbar ist. So werden die Nutzer zu Gefangenen des erfolgreichen Standards. Die Wirtschaftswissenschaftler beschreiben dieses Phänomen mit dem Begriff der Pfadabhängigkeit: Das kennzeichnet die stabile Phase, die folgt, nachdem sich der erfolgreiche Pfad herausgebildet hat. So offen und chaotisch die Suche nach dem richtigen Weg zuvor war, so rigoros wird nun an dem gewählten Pfad festgehalten. Jeder Rückweg bleibt verschlossen, jeder Alternativweg unbeachtet. Der Selbstverstärkungsmechanismus führt zu einer Lock-in-Situation: Der Standard und die Nutzergewohnheiten werden eingefroren. Jede Weiterentwicklung muss daran andocken. Pfadabhängige Prozesse neigen dazu, Fehler zu verfestigen. Störungen führen nicht mehr zu einer Richtungsänderung.

Die Netzwerkeffekte spielen vor allem bei Plattformwettbewerben eine große Rolle. Oft versuchen Unternehmen, die eigene Plattform zum Marktstandard zu machen. Beispiele sind die Kämpfe VHS gegen Betamax, Blue-ray gegen HD-DVD, oder der Kampf der Spielekonsolen. Unternehmen, die den technologischen Markt dominieren, können ein Fast-Monopol erreichen, während die Verlierer aufhören, weiter in ihre Technologie zu investieren.[127] So entwickeln sich besonders attraktive Märkte, bei denen das Prinzip »the winner takes it all« gilt. Solche Märkte haben eine ganz andere Wettbewerbsdynamik als Märkte, in denen die Wettbewerber relativ friedlich koexistieren.

Der Plattformwettbewerb erzeugt besonders starke Kreuznetzwerkeffekte, wenn zweiseitige Märkte entstehen. Zum Beispiel eine Gebrauchtwagen-Plattform: Hier trifft sich die Gruppe der Gebrauchtwagenanbieter mit der Gruppe der Käufer, die früher oder später auch Anbieter sind. Für jede Gruppe steigt der Nutzen mit der Größe der anderen Gruppe. Am Ende geht der Verkäufer mit seinem Angebot in die Plattform, die am meisten Käufer verspricht – und umgekehrt. Diese Kreuznetzwerkeffekte verstärken sich wechselseitig, so dass die führende Plattform immer mehr Nutzer auf sich zieht. Ein aktuelles Paradebeispiel für einen florierenden zweiseitigen Markt ist der AppStore der Firma Apple. Weil so viele Apps angeboten werden, entscheiden sich die Nutzer für den AppStore. Und weil so viele Nutzer registriert sind, entwickeln die Programmierer dafür immer mehr Apps.

Auch bei Online-Musikdiensten waren letztlich nur die erfolgreich, die auf Plattformen viele Musikangebote mit vielen Musikfans zusammenbrachten. Deshalb scheiterten die Online-Dienste der Musikkonzerne, die nur eigene Musiktitel anboten, ebenso wie die Dienste, die keine Titel der großen Musikfirmen führen durften. Erst Apple gelang es, auf der Plattform iTunes ein breites Angebot aller Labels zusammenzubringen.

Allerdings hat jeder, der einen zweiseitigen Markt mit Kreuznetzwerkeffekten aufbauen will, das Henne-Ei-Problem: Welche Seite bringt den zweiseitigen Markt in Gang und löst die Netzwerkeffekte aus? Keine Gruppe hat Interesse an der Plattform, wenn nicht die Teilnahme einer möglichst großen Zahl der Gegenseite gewährleistet ist. Also muss der Plattformbetreiber entscheiden, welche Gruppe leichter zu gewinnen ist oder die stärkeren Netzwerkeffekte bringt, und dafür eine Preisstrategie entwickeln. »Im Gegensatz zu traditionellen Branchen, in denen Pionierkäufer meist einen erheblichen Preisaufschlag zahlen müssen, gewähren viele Plattformbetreiber ihren Pioniernutzern deutliche Preisnachlässe«[128], schreibt der Wirtschaftswissenschaftler Helmut Dietl. Häufig werden die Erstnutzer sogar durch kostenlose Angebote angelockt, bis die kritische Masse erreicht ist.

Beim Online-Musikvertrieb durchbrachen den Zirkel die Tauschbörsen, die den Content erzeugten, den die Plattenfirmen verweigerten. Damit sprangen die Netzwerkeffekte an. mp3 durchlief dabei alle Phasen, die typisch für solche Entwicklungen sind. mp3 war als Pionier und technisch ausgereiftes Format schon präsent, als das Internet noch ein Nischenmarkt war, hatte also einen Vorsprung. Als der Wettbewerb mit Konkurrenten begann, beschleunigte ein Ereignis – die illegale, kostenlose Verbreitung von mp3 – den Netzwerkeffekt, der mp3 an die Spitze der im Internet verbreiteten Musikplayer brachte. Mit den neuen Hardwareplayern wurde gleichzeitig die Verbindung zum Gerätemarkt geschaffen. Die Kombination von Hardware und Software ist eine mächtige Allianz, die starke Netzwerkeffekte erlaubt. Ein Musikformat ist nur dann erfolgreich, wenn es auch überall abgespielt werden kann. Durch die neuen Chips wurden sogar Handys und PDAs zu Musikplayern, letztlich alle Musikgeräte mp3-fähig. Und wenn die Nutzer überall mp3-Player zur Verfügung haben, verlangen sie auch ein großes Musikangebot. Dieses Inhalte-Problem lösten die Tauschbörsen. So entstand eine gigantische Menge von mp3-Dateien, und gleichzeitig stieg die Zahl der Nutzer ins Unermessliche. Weil jeder seine Sammlung mit mp3-Dateien weiter anhören wollte, hatte mp3 im Entscheidungskampf zwischen den Formaten eine uneinholbare Position. Dann begann die stabile Phase, in der die Netzwerkeffekte den Status quo einfroren: mp3 ließ sich nicht mehr verdrängen, auch nicht durch neue, bessere Formate. Die

Mängel von mp3, zum Beispiel der fehlende Kopierschutz, ließen sich nicht mehr korrigieren. Millionen Nutzer wollten die einmal gewährte Freiheit nicht mehr aufgeben. Verbraucher bevorzugen simple, einfach zu bedienende Produkte – und sie lassen sich nur ungern vorschreiben, was sie damit machen dürfen.

Ab 1999 versuchten immer mehr Unternehmen, auf den digitalen Zug aufzuspringen und neue Formate ins Spiel zu bringen. Täglich wurde noch etwas Neueres, Besseres vorgestellt, da blieb die Masse doch lieber beim vertrauten und problemlosen mp3. Das hatte jeder, das lief überall – und die neuen, coolen Mobilplayer waren schnell zu modischen Kultartikeln geworden.

mp3 hat sich durchgesetzt – »the winner takes it all«

»Heute ist mp3 nach Sex der meistgesuchte Begriff in Suchmaschinen«[129], jubelte der *Spiegel* im März 1999. Schon im Juli konterte die *Zeit*: »Für die meisten Zeitgenossen war das Internet bisher anscheinend ein großer Pornoladen. Bei Suchmaschinen, also den elektronischen Adressbüchern des weltweiten Datennetzes, tippten sie nach Angaben des Web-Dienstes Searchterms vor allem ein Wort ein: Sex. Jetzt wandelt sich das Netz offenbar zu einer riesigen Jukebox. Seit ein paar Wochen ist ein anderer Suchbegriff Nummer eins: mp3.«[130] Der Hype um mp3 hatte 1999 mit dem Überraschungserfolg von Napster einen grandiosen Höhepunkt erreicht. Nicht ohne Grund bezeichneten sogar seriöse britische Wirtschaftszeitungen das in Erlangen entwickelte Audiocodierverfahren als »the hottest thing in cyberspace«.

In zwei Jahren – seit dem Diebstahl des australischen Studenten im Jahr 1997 – war mp3 vom Nischenprodukt für Computerfreaks zum Massenphänomen avanciert. Wie konnte das geschehen? Niemand hatte die turbulenten Ereignisse vorhergesehen, die eine nicht zu stoppende Lawine auslösten. »Es war anfangs nicht klar, dass es vom Piratenformat zum beliebtesten Nutzerformat wird«, erinnert sich Harald Popp an die Jahre, als sie beschuldigt wurden, sie würden mit ihrem Audioplayer das Werkzeug für massenhaften Diebstahl liefern und die Musikindustrie zerstören. Dabei waren sie ja selbst das Opfer von Dieben geworden und wollten alles andere als die Musikindustrie zerstören. Sie wollten von Anfang an mit den Plattenfirmen ins Geschäft kommen, um tragfähige Geschäftsmodelle für den legalen Vertrieb von digitaler Musik zu entwickeln. Fraunhofer bekannte sich immer zum Schutz des geistigen Eigentums. »Im Nachhinein war es goldrichtig, dass wir damals sehr vorsichtig mit dem Urheberrecht umgegangen sind«, erinnert sich Harald Popp: »So haben wir Beispielmusik angeboten, die GEMA-frei war, weil sie ein Kollege komponiert und gespielt hat.« Dass Musikpiraten mp3 zum illegalen Kopieren von Musik benutzten, war nicht die Schuld der mp3-Entwickler, auch wenn man ihnen das häufig vorhielt. Man hält ja der Industrie auch nicht vor, dass sie den Piraten das Handwerkszeug lieferte, das sie für ihr illegales Tun benötigten: Die Computer, die CD-Brenner, die Speicher, die Breitbandzugänge.

Das Fraunhofer IIS gehörte zu den Ersten, die technische Verfahren zum Schutz von digitaler Musik entwickelten. »Meiner Ansicht nach wäre eine Einigung der Industrie auf ein gemeinsames technisches Format für einen Kopierschutz sinnvoll gewesen«, sagt Brandenburg. »Es hätte so beschaffen sein müssen, dass die legalen Nutzer das Sicherheitssystem gar nicht bemerken. Das ist eine ganz wesentliche Anforderung. Alles, was die Nutzer im Umgang mit ihrer Musik behindert, ist nicht gut. Die Chance ist jedoch vertan worden.« Durch viele Pilotprojekte wussten die Forscher, dass der Erfolg eines legalen Musikvertriebs davon abhängt, wie attraktiv die Angebote und Dienste für die Verbraucher gestaltet werden. Rob Glaser, der RealNetworks-Chef, wies den richtigen Weg: »Unsere Services müssen einfach bequemer, verlässlicher und besser organisiert sein als die Piraten-Netzwerke.«[131] Der Erste, der dieses Konzept erfolgreich umsetzte, war aber niemand aus der Musikindustrie, sondern Steve Jobs vom Computerhersteller Apple. Die Musikindustrie war aufgrund ihrer festgefahrenen Strukturen und Handlungsweisen nicht in der Lage, die innovativen Impulse aufzunehmen. Daher ging die Musikindustrie weder auf die Avancen des Fraunhofer-Instituts noch der wachsenden Zahl von Musik-Online-Anbietern ein. Harald Popp hat im Rückblick »ein bisschen mehr Verständnis für die Musikindustrie, weil es schwierig war, das Tempo des Internets richtig einzuschätzen. Denn mp3 war nur das Werkzeug, aber die eigentliche Herausforderung für die Medienbranche war – und ist – das Internet, das Endverbrauchern den unmittelbaren Zugriff auf digitale Daten aller Art erlaubt. Traditionelle Geschäftsmodelle für den Verkauf von Daten beim Einzelhändler verlieren damit einfach rasant an Attraktivität.«

Obwohl das amerikanische Marktforschungsunternehmen International Data Corporation 1998 bekanntgab, dass das Internet bereits über 100 Millionen Nutzer hatte, hielten dies viele Unternehmen für eine vorübergehende Erscheinung. »Die Tauschbörsen haben sich über die Musikindustrie wie eine Tsunamiwelle hinwegbewegt. Das haben die nicht kommen sehen«, erinnert sich Gerhäuser an die dramatische Situation. mp3 wurde nur als zu bekämpfende Gefahr wahrgenommen, die Internetmusik-Fans wurden nicht als Kunden betrachtet, die es zu gewinnen galt, sondern pauschal als kriminell diskriminiert. »Dann kam die Reaktion, die bei mächtigen Organisationen üblich ist. Die haben erst einmal mit dem großen Hammer auf die Leute eingeschlagen«, kritisiert Heinz Gerhäuser das überharte Vorgehen. »Das hat aber genau die gegenteilige Wirkung gehabt. Es hat in der Community einen gewaltigen Aufschrei gegeben und mp3 erst richtig bekannt gemacht.« Die Musikindustrie hatte ihre besten Kunden, die Musikfans, zu erklärten Feinden gemacht.

Daher blieben diese auch dann beim »Piratenformat«, als die Musikindustrie gemeinsam mit der Geräte- und Computerindustrie versuchte, neue geschützte Tonträger und Audioformate durchzusetzen. Die Kombination von mp3 mit den neuen und sofort extrem beliebten Hardwareplayern schuf ein unschlagbares Paar. So trieb eine Reihe von unkalkulierbaren Netzwerkeffekten mp3 zum dominierenden Format voran. Die Entscheidungsschlacht war gewonnen, mp3 unverzichtbar geworden. Der Lock-in-Effekt setzte ein und verankerte mp3 fest in den Geräten und Konsumgewohnheiten. Damit wurde klar, dass dies kein vorübergehender Höhenflug war, sondern ein anhaltendes Kulturphänomen. Eric Scheirer, Audioexperte am MIT Media Laboratory, drückte das so aus: »Bei MP3 geht es nicht um die Qualität der Technologie, sondern um die soziale Kultur um die Technologie herum. Die Technologie muss nicht die beste sein, sondern nur gut genug, um einen Kulturwandel auszulösen.«[132]

Der Heise-Verlag beschrieb im Jahr 2000 den Erfolg von mp3 so: »Mittlerweile haben bereits mehr als 200 Millionen Internetnutzer einen Softwareplayer installiert. Täglich werden es mehr. MP3 löste ein wahres Gründungsfieber aus. Heute sind bereits mehr als 500 000 Musiktitel im Internet zu finden – Tendenz steigend. mp3 ist aber auch in zahlreichen Software-Anwendungen zu finden: So bieten Microsoft, Apple und MusicMatch Programme an, mit denen man Musik im mp3-Format aufnehmen und abspielen kann. mp3 hat auch im Hardware-Bereich einen neuen Markt geschaffen: Immer mehr Firmen entwickeln Abspielgeräte für die komprimierten Audiodaten.«[133] Jetzt wurden auch erste mp3-Player für Autos vorgestellt, die mehr als 500 Stunden Musik speichern konnten.

Stefan Wischner bezweifelte schon 1999 in seinem Buch »Alles über mp3«, dass irgendeines der anderen Formate mp3 noch verdrängen könne. »mp3 hatte einfach schon zu viel Zeit, sich im Internet zu etablieren. Es gibt zig Player und Encoder, Tausende von mp3-Seiten im Web und Hunderttausende von Songs im mp3-Format, legal oder nicht, von den PC-unabhängigen Geräten, die stark im Kommen sind, ganz zu schweigen.«[134]

Das Fraunhofer-Team wusste, dass der Durchbruch geschafft war. »Heute ist mp3 gleichbedeutend mit spielt-überall«, sagte Brandenburg in einem Interview im Jahr 2000. »Unsere Marketingstrategie ist voll aufgegangen, obwohl nur wenige daran geglaubt haben und obwohl große Konzerne und Rundfunkanstalten versuchten, mp3 aus dem Markt zu drängen. Schon bald wurde mp3 zum Weltstandard, und kein Hersteller konnte es sich mehr leisten, auf mp3 zu verzichten. Wir hatten es geschafft!«, beschreibt Harald Popp die Situation im Jahr 2000, als sich endlich der lange ersehnte Erfolg eingestellt hatte.

Umgehend folgte auch die höchste Ehre, die für die angewandte Forschung in Deutschland zu vergeben ist. Im Frühjahr 2000 zeichnete Bundespräsident Johannes Rau die drei Fraunhofer-Forscher Karlheinz Brandenburg, Bernhard Grill und Harald Popp mit dem Deutschen Zukunftspreis aus. Der Preis war mit 500 000 Mark dotiert. Bei der Preisvergabe auf der EXPO in Hannover würdigte Johannes Rau die Forscher als »Pioniere für neues Denken in Deutschland«.

(23) Harald Popp, Karlheinz Brandenburg, Bundespräsident Johannes Rau, Bernhard Grill (Henning Scheffen)

Mit der prominenten Auszeichnung wurden mp3 und das Erlanger Fraunhofer IIS auch in der deutschen Öffentlichkeit zu einem Begriff für moderne Audiotechnik »Made in Germany«.

Brandenburg, Grill und Popp richteten mit einem Teil des Preisgelds für das ganze Institut eine große Feier aus, weil sie zeigen wollten, dass sie stellvertretend für das ganze Team von rund 40 Leuten den Innovationspreis entgegengenommen hatten. Bernhard Grill sagte zur Preisverleihung: »Das Kernteam ist zusammengeblieben. Die dunklen Jahre sind vorbei. Jetzt kommen die Jahre der Ernte. Das macht Spaß.«

Das amerikanische Magazin für die Internetwirtschaft *The Industry Standard* wählte mp3 zur einflussreichsten Internet-Software des Jahres 2000 und nominierte Dieter Seitzer und Heinz Gerhäuser als Preisträger des NET21. Damit waren alle wichtigen Personen, die Wesentliches zum Erfolg von mp3 beigetragen hatten, geehrt; Eberlein, Grill und Herre waren ja schon 1992 mit dem Fraunhofer-Preis, Martin Dietz und Otto

Witte 1999 mit dem Georg-Waeber-Innovationspreis ausgezeichnet worden. Gerhäuser kommentierte die Preisverleihungen so: »Wir haben uns damals oft gefragt, ob wir den Wettbewerb gegen der Rest der Welt gewinnen können. Aber wir haben hart gearbeitet und waren immer ein bisschen besser als die Konkurrenz. Auf einem ISO-MPEG-Meeting hat mir ein amerikanischer Kollege vorgehalten, dass wir zu rücksichtsvoll und zu fair mit unseren Wettbewerbern umgehen würden. Er sagte: ›Good guys never win.‹ Ich weiß heute, dass er nicht Recht hatte.«[135] Mit dem Durchbruch am Markt begann für die »good guys« aus Erlangen eine Serie von Ehrungen und Auszeichnungen, die bis heute anhält. Über die bereits genannten Personen hinaus kamen dabei viele weitere Fraunhofer-Mitarbeiter zu Ehren, wenn auch immer wieder die größten Scheinwerfer auf einige wenige gerichtet werden. Der Wirtschafts- und Politikwissenschaftler Ayad Al-Ani hat in einem Essay in der *Zeit* wunderbar beschrieben, warum auch das seine Berechtigung hat: »Aber Innovation ist ja vor allem ein sozialer Prozess, an dem viele beteiligt sind, nicht nur ein einzelnes Genie. Ingenieure, Produktionsarbeiter, Marketing-Spezialisten und Anwender machen aus einer Idee erst einen ökonomischen Erfolg. Warum also schauen wir trotzdem vor allem auf die Entrepreneure und machen sie zu Ikonen des technologischen Zeitalters? Weil sie sich nicht den Regeln gebeugt haben, denen wir tagtäglich unterliegen. Den Regeln der Hierarchien, die nur allzu oft von irrationalen Machtspielen dominiert werden und unsere Talente und Motivationen, wenn überhaupt, nur in kleinen Teilen abrufen und verwenden.«[136]

4 SIEGER IM WETTBEWERB – ERFOLG IM MASSENMARKT: 2001–2009

mp3 ist Standard – die Musikwirtschaft rotiert

Ende 2000 war mp3 das populärste und am weitesten verbreitete Format. Das belegen die Absatzzahlen des Elektronikkonzerns Thomson, der im Jahr 2000 alle mp3-Lizenzaktivitäten übernommen hatte – zu den Patentlizenzen nun auch die Software-Lizenzen des Fraunhofer IIS. Danach gab es 2000 bereits 10 Millionen Geräte, die mp3 abspielen konnten, und etwa 150 Millionen mp3-Softwareplayer. Damit lag mp3 mit riesigem Abstand vor allen Konkurrenzformaten wie WMA.

Am 9. Januar 2001 stellte die kalifornische Computerfirma Apple die Jukebox-Software iTunes vor, die sehr einfach Musikdateien ins mp3-Format verwandelte. Damit war der finale Wettkampf der Audioplayer endgültig entschieden. Das wissen wir heute. Bis das die Musikwirtschaft erkennen konnte, vergingen noch mindestens zwei Jahre,

Die Tauschbörsen hatten in Kombination mit den neuen mobilen Musikplayern einen weltweiten mp3-Boom ausgelöst. Die Netzwerkeffekte hatten mp3 vom Nischenmarkt in den Massenmarkt katapultiert. Kaum ein Anbieter kam jetzt noch an mp3 vorbei, obwohl die RIAA weiterhin alles tat, um mp3 auszuschließen und Formate mit DRM-Schutz durchzusetzen.

Microsoft versuchte im Jahr 2000 sogar mit einem eigenen Win-Jam-Digital-Musikplayer in die Hardware-Vermarktung einzusteigen. Der Player, der nur WMA-Dateien abspielte, wurde ein Flopp. Gleichzeitig brachten Suchmaschinen wie Yahoo einen Media-Player auf den Markt, der mp3 und WMA unterstützte. Der neue Rio 600 von Diamond Multimedia konnte mp3, WMA und AAC abspielen. Auch der von Compaq im Jahr 2001 eingeführte iPac Personal Audio Player unterstützte mp3, WMA und AAC. Gleichzeitig entwickelten die Gerätehersteller erste Festplattenplayer und brachten neue Miniplayer auf USB-Sticks heraus. »Auch spezielle Handys, PDAs oder Armbanduhren können bereits mp3-Musik abspielen, und integrierte mp3-Player im Autoradio sind nur noch eine Frage der Zeit«[137], stand im März 2000 in der Computerzeitschrift *c't*. »Wer will denn noch klobige CD-Wechsler im Kofferraum einbauen, wenn auf die eingebaute Festplatte 400 Stunden Musik passen?« Und im Herbst meldete die *Zeit*: »Der Autobauer Mazda möchte der Erste sein, der serienmäßig Musik im mp3-Format unterstützt. Im US-Modell Protege baut er einen CD-Spieler von Kenwood ein, der sowohl herkömmliche Scheiben als auch mit mp3-Songs bespielte, selbstgebrannte CDs aus dem Computer abspielen kann.«[138]

Karlheinz Brandenburg erinnert sich an die plötzliche Flut von mp3-Playern: »Ich glaube, das war 2001, da habe ich in Hongkong in einem Schaufenster 30 verschiedene Typen an mp3-Playern gesehen. Das Gefühl, dass wir den Durchbruch geschafft haben und dass die Lawine rollt, hatten wir zwar schon 1997, aber da war das Gefühl wirklich bestätigt: Jetzt kann keiner mehr das Format aufhalten. Das war noch bevor Apple so richtig eingestiegen ist.« Denn mit jedem weiteren Abspielgerät festigte sich die Marktmacht von mp3, kein Hersteller wollte mehr auf das populärste Format verzichten.

(24) Schaufenster in Hongkong mit einer Vielfalt von mp3-Playern (Brandenburg)

»Das Marktforschungsunternehmen Jupiter Communications sagt voraus, dass bis 2003 rund 120 Millionen tragbare Abspielgeräte verkauft werden, auf die sich die Internet-Musik herunterladen lässt«[139], meldete das *Handelsblatt* im Mai 2000.

In der Praxis war die Entscheidung schon 2000 gefallen. Weder AAC noch WMA konnten mp3 verdrängen, mp3 blieb der ungekrönte König – bei den Nutzern und den Geräteherstellern. Doch die Musikindustrie hatte den Kampf gegen mp3 noch nicht aufgegeben. Sie forcierte ihre Doppelstrategie aus rigoroser Verfolgung der Musikpiraten und der Etablierung eigener Online-Angebote mit rigiden DRM-Systemen, anstatt auf die klaren Kundenwünsche einzugehen. In hektischen, sprunghaften und widersprüchlichen Aktionen mit schnell wechselnden Koalitionen verzettelten sich die Major-Labels immer mehr und verprellten mit der Einführung kopiergeschützter CDs auch die gutmütigsten Kunden. »Die Konzerne? Konzeptionslos. Mal ergehen sie sich in selbstgeißelndem Gejammer über die eigene Trägheit, Gefahren und Chancen des Internets zu spät erkannt zu haben. Dann wieder drohen sie, künftig jeden Schuljungen verfolgen zu lassen, der sich auch nur einmal einen Song auf den heimischen PC lädt. Selbst Giganten wie Sony sind drauf und dran, sich im ideologischen Grabenkrieg selbst zu zerreißen: Auf der einen Seite verdienen sie gut an den Brennern, auf der anderen Seite bricht das eigene Musikgeschäft ein«[140], war der Tenor der Medien.

Die Major-Labels hatten ihr Ziel nicht aufgegeben – und das hieß: Wenn schon Online-Musikvertrieb, dann unter ihrer Kontrolle. Nach dem missglückten Versuch, Napster auf legale Beine zu stellen, folgte nun die zweite Variante: Die großen Labels versuchten, eigene Plattformen mit DRM-Systemen zu etablieren. Nun waren sie allerdings zu strategischen Allianzen bereit. BMG, Warner und EMI gingen mit RealNetworks als Technologielieferant ein Joint Venture ein und gründeten MusicNet. Rob Glaser, der RealNetworks-Chef, wurde Aufsichtsratsvorsitzender. Parallel gründeten Universal und Sony die Plattform Pressplay.

Anfang Dezember 2000 startete MusicNet als erstes Online-Musik-Abo der großen Plattenfirmen. Die Nutzer waren enttäuscht: Für das Abo von 10 Dollar pro Monat erhielten sie gerade mal Zugang zu 100 Streams und 100 Downloads. Das Brennen von CDs war ebenso unmöglich wie das Überspielen auf mp3-Player. Wer in einem Monat bereits 100 Musikstücke heruntergeladen hatte, musste im nächsten Monat erst die alten Musikstücke löschen, bevor er neue herunterladen konnte, denn er durfte die Zahl von 100 nicht überschreiten. Und auch diese Downloads wurden gesperrt, wenn das Abo gekündigt wurde.

Das Konkurrenzprodukt Pressplay, das wenig später an den Start ging, erlaubte etwas mehr. Gegen einen Aufpreis konnte man eine eng begrenzte Auswahl an Titeln auf CDs brennen. Es war das erste Signal der Musikindustrie zu einem offeneren Umgang, denn diese Dateien ließen sich problemlos in mp3-Files umwandeln. Andererseits war das auch der Grund, warum die großen Labels ihre besten Titel nicht feilbieten wollten.

So blieb bei beiden Online-Diensten Auswahl und Nutzung eingeschränkt. Während die Musikfans bei den Tauschbörsen ein nahezu vollständiges Musikangebot nutzen konnten, wurden sie hier mit ausgewählten Titeln abgespeist, die sie nicht einmal auf ihre Player überspielen durften. »Beides Totgeburten, denn sie ignorierten die wichtigste Regel, wenn es darum geht, ein illegales Angebot zu bekämpfen: Du musst mindestens so gut sein wie der Pirat. Wer interessiert sich schon dafür, auf welchem Label Madonna, Depeche Mode oder die Beastie Boys erscheinen? Der Konsument verlangt im Netz, genauso wie im normalen Handel, die Vollständigkeit des Angebots«[141], kritisierte Tim Renner. Also verschmähten die Musikfans die dürftigen Angebote und deckten sich weiterhin mit Gratis-Songs bei Gnutella oder KaZaa ein.

So scheiterten die Major-Labels mit ihren eigenen Plattformen MusicNet und Pressplay. Da sich die Majors ihre Musikkataloge nicht gegenseitig lizensierten, hatten beide Angebote viel zu große Lücken. 2003 beendeten sie ihre Experimente, Pressplay wurde an Roxio verkauft, einen Entwickler von CD-Brenner-Software. Auch MusicNet verschwand, nachdem RealNetworks ausstieg, um mit der kleinen Musikseite listen.com zu kooperieren.

Einen allerletzten Versuch gab es in Deutschland: Die deutsche Plattenindustrie eröffnete Phonoline als Großhandelsplattform für Online-Vermarkter. »Die Musikunternehmen diktieren den deutschen Online-Musikshops aber härtere Konditionen als jenen in den USA, so dass die Shops am Ende höhere Preise verlangen, weniger Auswahl bieten und den Kunden mit weniger Nutzungsrechten gängeln«[142], hieß es 2004 in der *Zeit*. Deshalb zögerten die Online-Shops einzusteigen, nur Tim Renner, damals Chef von Universal Deutschland, startete die Webseite popfile.de als Musikshop für die Endanwender. Dort sollte das ganze Musikrepertoire von Universal zum Herunterladen und sogar zum Brennen angeboten werden. Phonoline und Popfile benutzten das DRM-System, das vom Fraunhofer IIS für das Telekomangebot Music on Demand entwickelt worden war. Doch der Start von www.popfile.de verzögerte sich wegen technischer Schwierigkeiten und Konflikten mit Verwertungsgesellschaften wie der GEMA über die Höhe der abzuführenden Vergütungen immer wieder. Außerdem konzentrierte die Telekom ihre Ressourcen auf das Projekt Musicload ihrer Konzerntochter T-Online. Weil bis Ende 2003 geplant und verhandelt wurde, schloss sich auch dieses letzte Fenster, denn inzwischen hatte das branchenfremde Unternehmen Apple die Lücke mit iTunes gefüllt und angekündigt, den iTunes Store nach Europa zu bringen. Es war zu spät: Im September 2004 wurde die Einstellung von Phonoline angekündigt, im Dezember 2004 von Popfile.

Der Musikindustrie war die Zeit davongelaufen. Von 1999 bis 2001 hatten sich die Ereignisse derart überschlagen, dass für Tests und langwierige Verhandlungen keine Zeit mehr blieb. Da die Musikindustrie die Konkurrenten nicht mit eigenen Angeboten besiegen konnte, kaufte sie diese. Ihren ärgsten Feind, Michael Robertson, hatte die RIAA so lange in Prozesse verwickelt, bis er schließlich einem unwiderstehlichen Angebot nachgab und MP3.com 2001 für 372 Millionen Dollar an Vivendi Universal verkaufte. Im Dezember 2003 wurde MP3.com an CNet weiterverkauft und endgültig geschlossen.

Liquid Audio, der größte Anbieter von geschützter Musik, hatte einen eigenen Player entwickelt, der sich anfangs auf Dolbys AC-3, später aber auf AAC stützte. Außerdem hatte sich Liquid Audio 1999 mit EMI zusammengetan, um den sicheren Transfer von Musik auf tragbare Player zu ermöglichen. Ab der Version 5.0 spielte der Liquid-Audioplayer auch direkt mp3-Dateien ab. 2002 kam der Liquid Player 6.1 Plus heraus, der zusätzlich WMA unterstützte. Im selben Jahr kaufte Microsoft die DRM-Patente von Liquid Audio. Im Januar 2003 verkaufte der angeschlagene Pionier des Online-Musikvertriebs seine gesamten Unternehmenswerte an Anderson Merchandisers. Dahinter stand der weltweit größte Handelskonzern Walmart, der einen Online-Shop eröffnen wollte.

An dieser Stelle muss man an die Dotcom-Blase erinnern, die im März 2000 platzte und die Wirtschaft in schwere Turbulenzen stürzte. Die neuen Internet-Firmen, die der Old Economy den Kampf angesagt hatten, wuchsen Ende der 1990er Jahre derart, dass sich schließlich auch die alten Unternehmen, bei denen der Schreck über die verlorene Zeit und die versäumten Möglichkeiten tief saß, auf den neuen Markt stürzten und einen Börsenhype auslösten. E-Commerce war das Zauberwort, das die IT-Spezialisten in Goldgräberstimmung versetzte. Selbst die kleinste Firma bekam Unsummen von Geld, wenn sie nur irgendein Internet-Geschäft versprach. Bald übernahmen wenige Jahre alte Startups Traditionskonzerne, wie etwa im Jahr 2000 der amerikanische Online-Dienst AOL den Medienkonzern Time Warner. Doch kaum waren die Firmengründer in den edlen Büros der alten Wirtschaft angekommen, krachte der neue Markt zusammen und riss viele neue und alte Firmen mit sich.

Gleichzeitig mit den zahlreichen Fusionen, Pleiten und Übernahmen ging die juristische Verfolgung der Musikpiraten weiter. Im April 2003 verklagte die RIAA vier US-Studenten wegen des Betreibens von Tauschnetzwerken und verlangte für jeden illegal getauschten Song 150 000 US-Dollar. Da kamen schnell Milliardenbeträge zusammen. »Der US-Branchenverband RIAA geht derweil massiv gegen die Nutzer von Tauschbörsen vor und hatte bis Mitte 2006 über 18 000 Personen wegen Copyright-Verstößen im Internet verklagt – unter ihnen Teenager, Greise und versehentlich sogar einen Toten. Bei etwa 4500 Nutzern kam es inzwischen zu außergerichtlichen Vergleichen, wobei die Beschuldigten durchschnittlich je 4000 US-Dollar für die Beilegung des Rechtsstreits zahlten«[143], berichtete der Journalist Stefan Krempl.

Auch in Deutschland häuften sich Hausdurchsuchungen und Abmahnungen von Tauschbörsennutzern. Immer wieder kam es zu Verurteilungen, die abschrecken sollten, aber die Aktionen der Musikpiraten nur raffinierter machten. Die Hacker lieferten sich einen Wettbewerb, die Schutzmechanismen zu knacken oder zu umgehen, und stellten die Programme allen zur Verfügung. Im Zweifelsfall überwanden die Musikpiraten die Schutzsysteme verschlüsselter Musikdateien auf analogem Weg. Sie nahmen die Musiktitel erst nach der Entschlüsselung – beispielsweise über den Audioausgang der Soundkarte – auf und wandelten das analoge Signal in neue ungeschützte Dateien um, die sie dann verbreiten konnten. Da immer wieder neue Raubkopien auftauchten, griff die Musikindustrie zu einem weiteren Mittel: Sie überschwemmte die Tauschbörsen mit manipulierten Musikdateien, die nicht funktionierten.

Grund für das gereizte Klima war ohne Frage der Rückgang der verkauften Tonträger. »Die Plattenfirmen müssen sich auch 2004 auf sinkende Umsätze einstellen … Es wäre das siebte Jahr in Folge.«[144] Die Plattenfirmen gaben vor allem den Raubkopierern Schuld an der Misere. Im Jahr 2001 seien 332 Millionen Leer-CDs verkauft worden, etwa 45 Prozent mehr als im Vorjahr, verkündete der Verband der deutschen phonographischen Industrie. Und da etwa 23 Prozent der Haushalte über einen CD-Brenner verfügen, sei doch klar, dass massenhaft CDs kopiert würden. »Zehn Jahre nach dem Start des World Wide Web steht die Unterhaltungsindustrie vor der größten Bedrohung ihrer Geschichte. Ob Musik oder Filme, Videospiele oder PC-Programme – Raubkopieren ist zum Volkssport geworden«[145], schrieb der *Spiegel* 2003.

Empfindlich traf es aber nur die Musikindustrie. Auch DVDs konnten leicht geknackt werden, verkauften sich aber dennoch gut, ebenso Software und Spiele. Die Plattenfirmen sahen nicht, dass diese Branchen längst andere Strategien eingeschlagen hatten, um das Kopierproblem zu reduzieren. Sie erkannten auch nicht, dass es die Spiele- und Videoindustrie war, die ihnen die Kunden weggenommen hatte, und nicht die Technologie. Die Kunden wollten einen einfachen Online-Zugang zum ganzen Musikangebot mit uneingeschränkter Nutzung. Aber die Vertriebsmodelle, die ihnen die Musikwirtschaft anbot, waren technisch unausgereift und unattraktiv. »Um im Netz funktionierende Strukturen anzubieten, muss sich die Musikwirtschaft ganz offensichtlich komplett neu erfinden und von alten Paradigmen und Eigentumsmodellen Abschied nehmen«[146], fasste Janko Röttgers die erfolglosen Versuche der Musikindustrie zusammen.

Doch die Musikkonzerne bekämpften sich weiter »in scharfen und schnell wechselnden Fronstellungen«[147] , statt für die neuen Kundenwünsche neue Geschäftsmodelle anzubieten. Das tat an ihrer Stelle der Computerhersteller Apple.

iTunes, iPod, Music-Store – das komplette Geschäftsmodell

Nur einer charismatischen Persönlichkeit wie Apple-Chef Steve Jobs konnte das gelingen, was die Musikindustrie nicht zustande gebracht hatte, alle großen Labels in einem Online-Angebot zu vereinen. Steve Jobs zog in einer aufwendigen, wochenlangen Werbetour von einem Plattenkonzern zum anderen und überzeugte jeden Manager persönlich sowie viele einflussreiche Musiker von seinem Konzept, so dass schließlich alle einwilligten, ihre Musik an Apple zu lizensieren. »Es brauchte einen Visionär wie Jobs, um die Musikbranche in den USA zu einigen. Einen Mann, angesichts dessen kompromissloser Historie sich auch erfolgreiche Popmanager ohne große Streitigkeiten unterordnen konnten«[148], erklärt Tim Renner den Durchbruch.

Die zwei Produkte, die Apple im Jahr 2001 einführte, iTunes im Januar und den iPod im Oktober, waren die Killerapplikation für den Online-Musikverkauf, denn damit gab es endlich ein funktionierendes Geschäftsmodell – und mp3 war das Etikett Piratenformat los. iTunes und iPod arbeiteten nur mit den Formaten AAC und mp3. Während die Jukebox iTunes zunächst nur für den hauseigenen Macintosh-Computer verfügbar war, löste der elegante und nutzerfreundliche iPod einen Kult aus, der in kürzester Zeit alle anderen Player alt aussehen ließ. Und das in jeder Hinsicht. Mit einem 5-Gigabyte-Speicher konnte der Player, der 399 Dollar kostete, 1000 Songs speichern. Schon nach wenigen Wochen wurde das teure, strahlend weiße Designwunder zur begehrten Hightech-Ikone und zum Inbegriff der mp3-Player. Steve Job pries den iPod als »Walkman des 21. Jahrhunderts« an.

Jobs hatte schon mit dem Macintosh einen zwar teuren,

aber ganz besonderen Heimcomputer auf den Markt gebracht, der als erster Computer mit einer Graphikoberfläche Geschichte schrieb. Bis dahin musste man Befehle mit der Tastatur in eine Kommandozeile eingeben, nun konnte man mit der Maus Icons auf dem Bildschirm anklicken. Jobs definierte »sich selbst – und im weiteren Sinne auch Apple – als Kind der Gegenkultur. In Werbespots wie ›Think Different‹ und ›1984‹ positionierte er die Marke Apple so, dass sie seine eigene rebellische Ader unterstrich, auch als er schon längst zum Milliardär geworden war ...«[149], schreibt sein Biograph Walter Isaacson. So gelang es Jobs, die Apple-Entwickler als kreative, innovative Rebellen und den iMac als Herzstück der digitalen Revolution zu stilisieren – und hatte damit Erfolg. Daher hatte er auch keine Skrupel, die Leiden der Musikindustrie zum Verkaufsslogan zu erheben: »Rip, Mix, Burn«, (Kopiere! Mische! Brenne!) bewarb Apple seine Computer und Musikplayer im Jahr 2001. »Ausgerechnet dieses Unternehmen tritt nun als Retter der Musikindustrie auf und will für einen Wendepunkt in der Geschichte der Musikindustrie sorgen, wie Vorstandschef Steve Jobs verkündete«, brachte der *Spiegel* die paradoxe Situation auf den Punkt. Doch von nun an dominierte Apple den Online-Musikvertrieb, die Major-Labels waren zu Lieferanten degradiert, jeglicher Widerstand gegen die mp3-Player erloschen.

Warum gelang Steve Jobs ein so fulminanter Einstieg in den bis dahin so unsicheren Markt? Die Produkte waren nicht neu. Es gab schon vor dem iPod zahlreiche mp3-Player, und iTunes war bei weitem nicht die erste Jukebox. Neu war, dass Jobs mit den beiden sich ergänzenden Produkten erstmals ein funktionierendes Geschäftsmodell eingeführt hatte, und neu war, dass er ein Lifestyle-Produkt mit genial einfacher Bedienung und coolem Design gestaltet hatte, das alsbald Kultstatus erlangte. Steve Jobs hat »die einzige Lifestyle-Marke in der Technologiebranche geschaffen«[150], bescheinigte Larry Ellison, Gründer der Softwarefirma Oracle, dem legendären Apple-Gründer.

Wie kam es dazu? Ausgangspunkt war eine Krise der Computerindustrie. Im Jahr 2000 schien mit dem Platzen der Dotcom-Blase auch die Ära des Personal Computers zu Ende zu gehen. PCs galten als langweilig und drohten vom Fernseher als neue Multimediazentrale an den Rand gedrängt zu werden. Da entwickelte Steve Jobs die Idee einer neuen, vernetzten digitalen Gerätefamilie, in dessen Mitte der Computer als digitaler Knotenpunkt stehen sollte. Wenn man die Geräte von der Stereoanlage bis zum Fotoapparat mit dem Computer verbindet, so Jobs Gedanke, könnte man auf diesem Knotenpunkt alle digitalen Produkte wie Musik, Fotos, Videos, Spiele, Nachrichten und vieles andere mehr verwalten und bearbeiten. Apple sollte nicht mehr nur eine Computerfirma sein, sondern als Kultmarke des »digitalen Lifestyles«[151], wiederauferstehen. Steve Jobs investierte in der Krise massiv – gegen den Trend der Branche – und trieb die Entwicklung innovativer Produkte voran. In den folgenden 10 Jahren erschuf er mit dieser Strategie eine ganze Serie erstaunlicher neuer Geräte wie iPod, iPhone und iPad. Eigentlich begründete Apple erst die neue Gattung der kleinen, mobilen technischen Geräte, die man im Englischen Gadgets nennt, weil sie Technik mit Spielerei verbinden. Heute prägen sie das Alltagsleben, weil sie insbesondere für junge Leute zum allgegenwärtigen Begleiter geworden sind.

Walter Isaacson nannte mehrere Gründe, warum Jobs besser als andere in der Lage war, die nächste Stufe der digitalen Revolution in Angriff zu nehmen. An erster Stelle steht dabei seine Liebe zu Musik, Bildern, Filmen und Computern. Er wollte immer Kunst und Technik vereinen. Dann folgt sein Perfektionismus, der Computer, Software und Peripheriegeräte immer als eine Einheit betrachtete, deren Teile perfekt aufeinander abgestimmt sein müssen. Dazu kam sein Gespür für Einfachheit und elegantes Design. Am Ende stand seine Bereitschaft, auf seine Vision »Haus und Hof zu setzen«.[152]

Steve Jobs hatte zuerst durch den Camcorder begriffen, was es bedeutet, wenn Menschen unzählige Stunden Filmmaterial am Computer zusammenschneiden, bearbeiten und mit Musik und Sprache unterlegen können. Sie werden kreativ und schaffen etwas emotional Berührendes. Das gilt auch für Fotos und Musik. Gibt man den Menschen diese Möglichkeiten, so dachte Steve Jobs, wird auch der Computer wieder interessant – und letztlich im Alltag unverzichtbar.

Und er zog einen weiteren Schluss aus dem Konzept: Wenn der Computer als zentraler Knotenpunkt die Bearbeitung übernimmt, dann lassen sich die tragbaren Geräte viel einfacher gestalten, weil sie ja auf viele Funktionen verzichten können. Die dritte Folgerung bedeutete, dass alle Komponenten, Geräte und Software, aus einer Hand kommen sollten, weil nur dann gewährleistet sei, dass sie optimal zusammenarbeiten.

Und das Beste an der Idee vom »digitalen Lifestyle« war, dass nur eine Firma für einen solchen integrierten Ansatz gerüstet war. »Wir sind das einzige Unternehmen, das alles hat – die Hardware, die Software und das Betriebssystem. Wir können das gesamte Nutzererlebnis gewährleisten. Wir können Dinge, die andere nicht können«[153], erklärte Steve Jobs dem amerikanischen Nachrichtenmagazin *Time*.

Jobs dachte zwar zunächst an Video- und Fotobearbeitungsprogramme, erkannte aber am sensationellen Aufstieg von mp3 und den mobilen Playern, dass zunächst die Musik auf der Agenda stand. Da er die üblichen Musikverwaltungsprogramme wie MusicMatch-Jukebox, RealJukebox oder Windows Media Player ebenso wie die mobilen Player für viel zu umständlich und kompliziert – in seinen Worten für »Schrott« – hielt, sah er eine große Chance für deutlich bessere Produkte. Im Januar 2001 stellte er auf der Messe Macworld in San Francisco iTunes als Teil des digitalen Knotenpunkts vor. Und in der Tat überzeugte iTunes durch seinen übersichtlichen Aufbau und seine einfache Bedienung. Nicht nur Computerspezialisten, sondern auch ungeübte Nutzer fanden sich damit zurecht. Seine überragende Wirkung erreichte iTunes aber erst mit dem iPod, der im Oktober rechtzeitig für das Weihnachtsgeschäft fertig werden sollte. Da die Zeit drängte, suchte Apple einen Hersteller, dessen mp3-Player sie als Grundlage für das eigene Konzept nehmen konnten. Sie fanden die kleine Firma PortalPlayer, schlossen mit ihr einen Exklusivvertrag und begannen mit der Entwicklung. PortalPlayer hatte die Signalprozessorsoftware des Fraunhofer IIS verwendet. Auf diesem Weg kam von Beginn an Fraunhofer-Know-how in den iPod.

Da iTunes als Knotenpunkt die meisten Funktionalitäten enthielt, konnte der iPod auf die für das Abspielen nötigen Funktionen begrenzt werden. Erst dadurch wurde die einfache, intuitive Bedienung möglich, die den iPod von allen anderen Playern abhob. Jobs ließ seine Entwickler bei allen Komponenten nach dem neuesten Stand der Technik suchen. So fanden sie auch die brandneue, winzige Festplatte von Toshiba mit einer Speicherkapazität von 5-Gigabyte. Sie löste auf einen Schlag das Speicherproblem, das bis dahin die meisten Player auf höchstens eine Stunde Musik begrenzt hatte. Jobs erreichte sein ambitioniertes Ziel, alle zu übertrumpfen, durch ein geschlossenes Gesamtkonzept von einfacher Bedienung mit LCD-Display und Click Wheel bis hin zum Lithium-Polymer-Akku und der Mini-Festplatte. Die Vorstellung, tausend Songs in der Tasche zu tragen, beflügelte die Apple-Entwickler-Crew, erinnerte sich Jobs: »Wir wussten, dass es cool war, weil wir alle so ein Ding haben wollten.«[154] Mit der rein-weißen Oberfläche und der glänzenden Edelstahl-Rückseite verlieh der Designer Jony Ive dem iPod etwas sehr Bedeutsames, Edles, das sich gleichzeitig angenehm anfühlte. Im Vergleich dazu sahen die anderen Player wie billige Wegwerfartikel aus. Mit den weißen Kopfhörerkabeln wurde der iPod zur Ikone, die jeden Besitzer abhob von der Masse der gewöhnlichen Musikhörer.

Die Produktvorstellung am 23. Oktober 2001 wurde zu der berühmtesten Einführungsshow von Steve Jobs. Am Ende seiner Präsentation in Jeans und schwarzem Rollkragenpullover zog er zur Überraschung aller Zuschauer ein schimmerndes weißes Ding aus seiner Jeanstasche und sagte: »Dieses erstaunliche kleine Ding enthält 1000 Songs und passt trotzdem in meine Hosentasche.«[155] Dann steckte er den iPod wieder ein und ging unter tosendem Beifall von der Bühne. Eine teure Werbekampagne mit einer extrem reduzierten Graphik, in der nur die Silhouette einer Person zu sehen war, die beim iPod-Hören tanzte, brachte das Gadget des neuen digitalen Lebensstils an das Massenpublikum.

Mit iTunes, iPod und iMac konnte man den eigenen Musikbestand leicht verwalten und anhören. Wenn man aber neue Musik wollte, musste man die aufgeräumte Apple-Welt verlassen und sich eine CD kaufen oder in dubiosen Tauschbörsen suchen. Also ging es darum, den iPod-Besitzern eine einfache, sichere und legale Möglichkeit zu geben, um Musik aus dem Internet herunterzuladen. Gespräche mit den Major-Labels wegen der nicht so recht funktionierenden Plattformen MusicNet und Pressplay brachten Steve Jobs auf die Idee, selbst eine bessere Lösung anzubieten. Sofort ließ er den iTunes Music Store entwickeln und führte persönlich jedem der Plattenbosse, die nichts von Technik verstanden, vor, wie einfach, sicher und elegant sich damit Musik verkaufen lässt. Erstmals bekamen diese ein Gefühl von einem Einkaufserlebnis im Internet. Als Audioformat setzte Apple AAC ein und kombinierte es mit dem eigenen DRM-System namens FairPlay. »Weise Leute bei Apple setzten auf offene Standards«, erklärt Grill die Entscheidung für AAC und nicht für Microsofts Konkurrenzprodukt WMA: »Außerdem wollte Apple natürlich etwas Besseres als die anderen bieten, so kamen sie letztlich zu AAC.« Jobs überzeugte die Konzernlenker von dem geschlossenen Gesamtkonzept mit dem Hinweis, dass es ja nur für die iMac-Besitzer zugänglich sei – also nur wenigen Prozent der Computernutzer. Die Plattenbosse waren begeistert von Steve Jobs Konzept und gleichzeitig wütend, dass ihre eigenen Konzerne nicht zu solchen komfortablen Lösungen in der Lage waren. Dennoch musste Jobs seinen ganzen Charme und alle Verhandlungstricks einsetzen, wie Isaacson beschreibt[156], um alle Majors für die Detailvereinbarungen zu gewinnen. Eigentlich waren die Plattenfirmen der Meinung, dass sie auch an jedem verkauften iPod beteiligt werden müssten. Doch das überging Jobs geflissentlich. Jobs hielt Abo-Systeme wie MusicNet und Pressplay für Unfug. Als großer Musikfan war er überzeugt, dass die Leute ihre Lieblingsmusik besitzen wollten. Aber er bestand auf einem günstigen Preis von 99 Cent pro Song und 9.99 Dollar fürs ganze Album. Jobs bestand ebenso auf dem Entbündeln der Alben und dem Verkauf von einzelnen Songs, was die Labels mit allen Mittel zu verhindern trachteten. Doch Jobs wollte nicht hinter dem zurückstehen, was alle Tauschbörsen boten. »Die Bereitschaft von Apple, das ganze Risiko zu übernehmen, erschien den Konzernchefs, die sich im Netz alle schon eine blutige Nase geholt hatten, natürlich reizvoll. Die Labels erhielten 68 US-Cent pro Download, die technischen Kosten und die Gebühren für die Autoren zahlte Apple.«[157] Am Ende gelang es Jobs, mit Sony auch noch die letzte große Plattenfirma ins Boot zu holen.

Er musste aber außerdem die Musiker gewinnen, denn diese hatten häufig den Plattenfirmen gar nicht die Rechte für den Online-Verkauf eingeräumt. Also suchte er mehr als 20 der bekanntesten Musiker auf und warb unermüdlich auch um deren Zustimmung. »Er verfügte über die notwendige Entschlossenheit und war tatsächlich der Einzige, der alle überzeugen konnte«[158], gestand Roger Ames, der CEO von Warner Bros., ein. Steve Jobs war ja selbst eine Art Popstar, und die Apple-Produkte galten schon lange als coole Accessoires des digitalen Lebensstils.

Am 28. April 2003 war es soweit. Steve Jobs stellte in San Francisco auf einer seiner legendären Einführungsshows den iTunes Music Store vor. Abo-Dienste wie MusicNet und Pressplay »behandeln die Leute wie Verbrecher«[159], sagte er und zeigte das Bild eines Häftlings. Dann erschien auf der großen Leinwand das Gesicht von Bob Dylan, den er seit Jugendzeiten verehrte, und Jobs verkündete: »Die Leute wollen ihre Lieblingsmusik besitzen.« Das habe er nun nach zähen Verhandlungen mit den Plattenfirmen erreicht, sie seien nun »bereit, mit uns gemeinsam die Welt zu verändern«[160], fügte er an, nie um einen Superlativ verlegen.

Für 99 Cent pro Song, sagte Steve Jobs, könne man nun aus 200 000 Musikstücken auswählen, um den »Soundtrack für das eigene Leben« zusammenzustellen und auf den iPod zu überspielen oder auch auf CD zu brennen. Apple verkaufte in nur sechs Tagen 1 Million Songs.

Von dem Erfolg beflügelt änderte Jobs kurzerhand die Vertragsbedingungen und zwang die Plattenfirmen, der Öffnung von iTunes für alle Computer zuzustimmen. Schon im Oktober gab er bekannt, dass iTunes nun auch auf Windows zur Verfügung steht. Damit konnten alle PC-Nutzer bei Apple Musik einkaufen und auf ihrem iPod anhören. Jobs wusste, dass dies den Verkauf der iPods kräftig ankurbeln würde. Natürlich nutzte er die Netzwerkeffekte der Kombination von iPod und iTunes Store sehr geschickt. Anfangs konnte er durch den Verkauf der teuren iPods, von denen bereits 3 Millionen über den Ladentisch gegangen waren, den Musikverkauf subventionieren. Diese Möglichkeit hatten andere Online-Angebote nicht. Denn die Marge war sehr gering, die Apple beim Musikverkauf erzielte. Letztlich musste die Masse das Geschäft profitabel machen. Jobs nannte seine neugeschaffene i-Welt »das erste wirklich vollständige Ökosystem für das digitale Musikzeitalter.«

Wieder einmal hatte Steve Jobs alle überrascht. Bill Gates war klar, dass Microsoft abgehängt war.[161] Es dauerte vier Jahre, bis Microsoft den Player Zune kombiniert mit dem eigenen Online-Musikportal MSN präsentieren konnte. Er wurde ein Flopp. Obwohl der Wettkampf der Player spätestens 2001 entschieden war, gab Microsoft die Versuche nicht auf, WMA gegen mp3 und AAC durchzusetzen. Weil der mächtige Softwarekonzern Microsoft dabei seine Marktmacht beim Betriebssystem nutzte, schritten die Wettbewerbshüter in den USA und Europa ein. Microsoft hatte schon im »Browserkrieg« in den USA ein Kartellrechtsverfahren ausgelöst, setzte aber die Strategie der Produktbündelung des Betriebssystems mit Anwendungssoftware fort und integrierte 2001 den Media-Player in sein Betriebssystem Windows XP. Die EU-Kommission verhängte nach fünfjährigen Ermittlungen 2004 wegen der Verletzung von Wettbewerbsgesetzen gegen Microsoft ein Bußgeld von 500 Millionen Euro und untersagte Microsoft, den Media Player mit dem Betriebssystem zu koppeln. »Hier hat uns die EU-Kommission sehr geholfen«, sagt Grill, der sich an einige Anhörungen in Brüssel erinnert. Denn Microsoft konnte WMA künftig nicht mehr allen Nutzern automatisch mitliefern, die das Betriebssystem von Microsoft kauften. Damit war der freie Wettbewerb der Player wieder hergestellt.

Der iTunes Music Store sorgte dafür, dass der Online-Musikvertrieb endlich in Schwung kam. »Bereits im Oktober 2003 verkauften sich in den USA fünfmal mehr Chart-Hits als Download denn als CD-Single. Apple selbst hält 70 Prozent des Online-Musikmarktes, und jeder zweite verkaufte mp3-Player ist eines ihrer luxuriösen, strahlend weißen iPod-Modelle«[162], notierte Tim Renner bewundernd. Im ersten Jahr verkaufte Apple insgesamt 70 Millionen Musikstücke. Im Februar 2006 war 1 Milliarde erreicht, im Februar 2010 wurde die 10-Milliarden-Grenze überschritten. Der iTunes Music Store fand schnell viele Nachfolger: Die Zahl der Online-Musikanbieter stieg von 2003 auf 2004 von bisher 50 auf 230. Sogar Napster, Urahn aller Musiktauschbörsen, ist im Oktober 2003 wiederauferstanden – doch der Shop lief ebenso schlecht wie die meisten anderen. Nur Apple hat in den Anfangsjahren mit Musik im Internet Geld verdient.

Zunächst eröffnete Apple den iTunes Music Store in den USA, ein Jahr später in Deutschland, Großbritannien und Frankreich. Er bot fast das gesamte Repertoire der fünf Major-Labels und von über 1000 Independent-Labels. Gemeinsam mit dem iPod schuf Apple erstmals ein kommerzielles Download-Angebot, das einfach zu bedienen, mit wenig DRM-Einschränkungen versehen war, von der Musikindustrie unterstützt und von den Verbrauchern angenommen wurde. Obwohl es 2007 weltweit etwa 500 Online-Musikanbieter gab, dominierte Apple das Geschäft mit Marktanteilen zwischen 70 und 90 Prozent.

Hohe Qualität bei niedrigen Bitraten

Während die Lizenzeinnahmen für mp3 zu sprudeln begannen und das Fraunhofer IIS weitere Einsatzmöglichkeiten für AAC erschloss, entstanden ständig neue Ideen zur Weiterentwicklung der Audiotechnologie. Ziel war natürlich an erster Stelle ein noch höherer Kompressionsfaktor bei gleichbleibend guter Hörqualität.

Zur Erinnerung: mp3 erreicht mit einer Bitrate von 192 kbit/s für ein Stereosignal sehr gute Qualität, bei 128 kbit/s noch gute UKW-Qualität. Bei 96 kbit/s kommt mp3 immer noch auf UKW-Qualität, darunter leidet die Qualität immer mehr. Das ist der Grund, warum fast alle Internetanbieter mp3 nicht unter 128 kbit/s codierten. Internet-Radios und Mobilfunkgeräte setzten aber meistens eine Übertragung mit 64 kbit/s ein. Bei dieser geringen Bitrate klingt mp3 sehr dumpf, weil die hochfrequenten Klanganteile fehlen. Herausforderung war daher, für diese schnell wachsenden Anwendungsgebiete Audioplayer zu entwickeln, die gerade bei niedrigen Bitraten gute Qualität liefern.

Da traf es sich gut, dass das schwedische Unternehmen Coding Technologies aus Stockholm ein Verfahren namens Spectral Band Replication SBR entwickelt hatte, mit dem man die hohen Frequenzen wieder rekonstruieren konnte, so dass auch bei 64 kbit/s und weniger eine gute Klangqualität erreicht wird.

Der schwedische Gründer von Coding Technologies, Lars Liljeryd, hatte das Verfahren ursprünglich entwickelt, um die Audioqualität von Hörgeräten zu verbessern. Denn die Verständlichkeit von Sprache hängt ganz wesentlich mit dem Vorhandensein hoher Frequenzen zusammen, die sich in den damaligen Hörgeräten nur schwer realisieren ließen. Will man mp3 bei niedrigen Bitraten benutzen, tritt ein vergleichbarer Effekt auf: Um deutlich hörbare Artefakte der Codierung zu vermeiden, muss die zu codierende Information reduziert werden. Das wird durch Herauslöschen der hohen Frequenzen und Benutzen einer niedrigeren Abtastrate erreicht. Dadurch klingt das Signal allerdings dumpfer, so erreicht man bei 64 kbit/s keine zwei Drittel der ursprünglichen Bandbreite. Weil die hohen Frequenzanteile fehlen, erreichen solche Dateien oder Streams keinen guten Klang. Genau hier setzt das SBR-Verfahren an: Es ergänzt die mp3-Dateien mit sehr knappen Informationen, aus denen der Decoder beim Abspielen die hohen Frequenzanteile aus den niedrigen Frequenzanteilen rekonstruiert. Sie sind zwar nicht mehr identisch mit dem Original, erzeugen aber eine ähnliche Klangqualität. Die Techniker sprechen hier von »Bandbreitenerweiterung«. Selbst bei einem hohen Kompressionsgrad kann damit der hörbare Frequenzbereich vollständig wiederhergestellt werden. Ergänzt man mp3 oder AAC mit SBR, ergibt sich schon bei 64 kbit/s eine gute Hörqualität. Das eröffnet neue Anwendungsmöglichkeiten im Internet, im digitalen Rundfunk und im Mobilbereich.

Da das Verfahren auf mp3 und AAC aufsetzte, bot sich eine Kooperation an. Um die Zusammenarbeit von Coding Technologies mit dem Fraunhofer IIS auf eine solide Basis zu stellen, gründete das Institut ein Unternehmen aus. Am 13. Februar 2001 war die offizielle Eröffnung der Coding Technologies GmbH mit Sitz in Nürnberg. Martin Dietz, seit 1998 Leiter der Abteilung Audio am Fraunhofer IIS, wurde Geschäftsführer und wechselte mit 12 weiteren Kollegen in die Neugründung. »Die am Fraunhofer IIS gesammelten Erfahrungen und die fortgesetzte Partnerschaft mit dem Institut sind eine essentielle Grundlage für den Erfolg unserer Firma«, sagte Martin Dietz beim Start: »Die Kombination unserer beiden Technologien ist derzeit weltweit konkurrenzlos und deshalb für viele Anwendungen wirtschaftlich hochinteressant.«

AAC war im Jahr 1999 auch in den neuen Standard MPEG-4 in Part 3 Subpart 4 aufgenommen worden. Dabei wurden unterschiedliche Varianten von AAC definiert. So konnte als Ergänzung das SBR-Verfahren von Coding Technologies integriert werden. Die wichtigsten neuen High-Efficency-Varianten nennen sich HE-AAC und HE-AAC v2: HE-AAC ist auch bekannt als AAC+ oder aacPlus und kombiniert AAC mit SBR, um bei niedrigen Bitraten von 30 bis 80 kbit/s gute Klangqualität zu erzeugen. HE-AAC v2 ergänzt diese Kombination mit einem weiteren Verfahren, das von Coding Technologies gemeinsam mit Philips entwickelt wurde, dem Parametric Stereo. Damit erreicht HE-AAC v2 auch bei sehr geringen Bitraten von 16 bis 40 kbit/s noch eine akzeptable Qualität.

Beide Formate werden vor allem beim Live-Streaming von digitalem Radio und Fernsehen sowie im Mobilfunk verwendet. Die Verfahren sind auf niedrige Bitraten unter 96 kbit/s optimiert. Bei höheren Bitraten empfiehlt sich, weiterhin AAC einzusetzen.

Die Bandbreitenerweiterung durch das SBR-Verfahren eignete sich auch zur Kombination mit mp3. Gemeinsam mit Thomson Multimedia stellte Coding Technologies mp3PRO vor, das mp3 mit SBR ergänzte. mp3PRO erreicht auch bei 64 kbit/s einen guten Klang mit rekonstruierten Höhen. Diese Dateien können auch mit normalen mp3-Decodern wiedergegeben werden – dann aber nur in einer mit dieser Datenrate realisierbaren Qualität, also ohne höhere Frequenzanteile. Für das volle Klangbild braucht man einen mp3PRO-Decoder.

Coding Technologies gelang es sehr schnell, die Technologie an Chiphersteller wie STMicroelectronics und Texas Instruments zu lizensieren. Mit der LYRA Personal Jukebox stellte Thomson einen mobilen Player vor, der mit 10 Gigabyte bis zu

5000 Musikstücke speichern konnte. Dennoch war es schwierig, in dem boomenden mp3-Playermarkt mit dem neuen mp3PRO-Format Fuß zu fassen.

Harald Popp, der den Wettbewerb der Player genau verfolgt hatte, glaubt, dass mp3PRO zu spät kam, um mp3 noch in den Hauptanwendungen ersetzen zu können. Für Martin Dietz lag das Problem – im Nachhinein betrachtet – vor allem in der Art und Weise, wie die Partner die Technologie auf den Markt bringen wollten: »Die Kompatibilität von mp3PRO-Dateien mit mp3-Decodern war in der Theorie eine schöne Sache, aber ein großer Nachteil in der Praxis, da die Dateien auf normalen mp3-Decodern schlecht klangen, wenn man den Kompressionsvorteil von mp3PRO nutzen wollte. Um mp3PRO zum Erfolg zu führen, hätte man die Technologie erst weltweit und möglichst unkompliziert in alle Decoder einbauen müssen, bevor man Inhalte im mp3PRO-Format generiert.« So ging die Vermarktung nur schleppend voran.

»Die Aussichten für mp3PRO sind düster: Das Format ist seit über zwei Jahre auf dem Markt, hat sich aber aufgrund der Lizenz-Kosten kaum durchsetzen können. Es gibt zwar einige Hardwareplayer, die das Format mp3PRO beherrschen, doch das sind lediglich Ausnahmen«[163], bewertete die Computerzeitschrift *Chip* Ende 2003 die Aussichten von mp3PRO.

Ab 2003 entwickelte Coding Technologies mp3PRO nicht mehr weiter. Sie hatten ja mit HE-AAC ein Verfahren, mit dem bei niedrigen Bitraten eine weit bessere Hörqualität als mit mp3PRO erzielt werden konnte und das überall dort gefragt war, wo es auf höchste Kompression bei guter Qualität ankam.

Auf HE-AAC basierende Verfahren wurden relativ schnell in verschiedene digitale Rundfunksysteme eingebaut wie zum Beispiel in Digital Radio Mondiale DRM. Bis heute konnten sich allerdings nur wenige dieser Rundfunksysteme am Markt durchsetzen. Wichtiger für den Erfolg von Coding Technologies wurde die Entscheidung der weltweiten Organisation für Mobilfunkstandards 3GPP (3rd Generation Partnership Project) im Jahr 2004, HE-AAC v2 als Audiocodec für Download und Streaming von Musik, Sprache und gemischten Inhalten zu empfehlen. Dies führte recht schnell zur Verbreitung dieser Technologie in Mobiltelefonen.

Coding Technologies expandierte und wuchs auf über 45 Mitarbeiter an. »Nach schwierigen Jahren war das Jahr 2004 dann der Scheidepunkt, an dem sich das Schicksal der Firma entschieden hat, indem uns der Durchbruch im Mobilfunkbereich gelang. Von diesem Zeitpunkt an hatten wir keine Geldsorgen mehr und konnten unser Geschäft ausbauen. Dies führte schließlich zu einem weiteren entscheidenden Erfolg: der Spezifikation von HE-AAC als Audiocodec für das digitale Fernsehen«, erzählt Martin Dietz. Zu den Kunden von Coding Technologies zählten America Online, iBiquity Digital, KDDI, mmO2, MusicMatch, Nokia, RealNetworks, SK Telecom, Thomson, Texas Instruments, Vodafone und XM Satellite Radio.

Im Jahr 2007 wurde Coding Technologies von den Dolby Laboratories für rund 250 Millionen Dollar übernommen. Dolby erweiterte so das eigene Technologieportfolio mit Codierverfahren für neue Medienanwendungen mit niedriger Bandbreite. »Dass die Firma einmal verkauft werden könnte, war natürlich klar, denn es war ja ein Venture-Unternehmen«, sagte Martin Dietz bei der Übernahme. »Aber dass es zu so einem Betrag kommen würde, das hätte ich mir nie träumen lassen.« Letztlich war auch die Fraunhofer-Gesellschaft stolz auf den Erfolg der Ausgründung – nicht nur wegen des kommerziellen Ertrags der Anteile, sondern vor allem, weil Coding Technologies den Beweis lieferte, dass auch in Deutschland erfolgreiche Technologieunternehmen gegründet werden können, wenn eine weltweit gefragte Schlüsseltechnologie vorhanden ist. Allerdings saß nun der härteste Konkurrent des Fraunhofer IIS, die Firma Dolby, mit einer Dependance in Nürnberg direkt nebenan. Dessen ungeachtet hat sich HE-AAC, das als Erweiterung von AAC von Beginn an Technologien des Fraunhofer-Instituts enthielt, auch nach 2007 zu einem weltweit erfolgreichen Codec weiterentwickelt.

Von Audiocodec zum Kommunikationscodec

Schon sehr früh hatten die Fraunhofer-Forscher darüber nachgedacht, den rasch wachsenden Mobilfunkmarkt für ihre Audiotechnologien zu gewinnen. Brandenburg erinnert sich, dass bereits 1994 in der MPEG-Audiogruppe erste Ideen dazu diskutiert wurden. Nachdem die Geräte handlicher, die Tarife günstiger und die Mobilfunknetze flächendeckend geworden waren, breitete sich das Mobiltelefon, das in Deutschland unter dem Kunstwort Handy populär wurde, rasend schnell aus. Die Audioforscher des Fraunhofer IIS erkannten sofort, dass hier Verbesserungsbedarf bestand. Dank moderner Sprachcodierverfahren war es zwar möglich, selbst in schmalbandigen Mobilfunkkanälen die vom Telefonkabel gewohnte Qualität beizubehalten, aber nicht mehr: Der Klang blieb dumpf wie eh und je, und die Geräusche im Hintergrund des Sprechers führten zu unangenehmen Störungen. Mit der Einführung des UMTS-Mobilfunknetzes im Jahr 2002 sahen die Fraunhofer-Forscher die Chance, das Telefonieren mit dem Handy auf das Qualitätsniveau anzuheben, das sie mit ihren Audioformaten mp3 und AAC erreicht hatten.

»In den vergangenen hundert Jahren ist die Sprachqualität beim Telefonieren fast gleich geblieben«, erklärt Bernhard Grill. Hintergrundgeräusche, Rauschen, Knacken, Verzerrungen und Verzögerungen machten das Telefonieren anstrengend.

Oft war es schwierig zu verstehen, was der andere Gesprächsteilnehmer mitteilen wollte. Der Grund: Um die Datenrate begrenzt zu halten, wurde beim Telefon sowohl im Festnetz als auch bei der Mobiltelefonie nur der Bereich bis etwa 3,5 Kilohertz genutzt, alle höheren Frequenzen gingen verloren. Der normale Hörbereich reicht aber fast bis 20 Kilohertz.

Man konnte aber nicht einfach die neuen Audiocodecs verwenden, die auf Musik optimiert waren. Hauptproblem waren die vergleichsweise langen Verzögerungszeiten dieser Codecs. Für die Übertragung oder Wiedergabe von Musik und Videos fällt diese kaum ins Gewicht. Sind jedoch bei Videokonferenzen und beim Telefonieren die Verzögerungszeiten zu lang, entstehen zu lange Pausen, und die Teilnehmer fallen sich gegenseitig ins Wort. Deshalb ist es in der Zwei-Wege-Kommunikation notwendig, nahezu verzögerungsfrei zu übertragen. Aufgabe der Forscher war es, die Verzögerungszeit auf etwa 20 Millisekunden zu drücken. Daher entwickelten Jürgen Herre und Thomas Sporer eine Variante von AAC, die sie AAC-LD (Low Delay) nannten. Low Delay deswegen, weil sie so kurze Verzögerungszeiten hatte, wie es für das Telefonieren erforderlich ist. Die Standardisierung des AAC-LD-Formats fand unter der Leitung von Jürgen Herre in den Jahren 1998 und 1999 statt. An der praktischen Umsetzung arbeiteten später unter anderem Markus Schnell, Marc Gayer und Manfred Lutzky. So gelang es, die Verzögerung um 80 Prozent auf 15 Millisekunden zu verkürzen.

Im Jahr 2011 wurden Marc Gayer, Manfred Lutzky und Markus Schnell stellvertretend für das gesamte Forschungsteam mit dem Fraunhofer-Preis ausgezeichnet.

(25) Marc Gayer, Manfred Lutzky, Markus Schnell (Fraunhofer/Dirk Mahler)

AAC-LD bietet bei einer Datenrate von 64 kbit/s pro Kanal eine herausragende Sprach- und Tonqualität. Der MPEG-4 Audio-Standard empfahl AAC-LD für Anwendungen im ISDN-Telefon, UMTS-Telefon, bei Konferenzanlagen und anderen schmalbandigen Kommunikationssystemen. Wegen der vergleichsweise hohen Datenrate hat sich AAC-LD aber vorwiegend im professionellen Bereich als Audiocodierung in Videokonferenzanlagen und für die Zuspielung von Inhalten zu und zwischen Rundfunk- und Fernsehanstalten durchgesetzt. Für die Nutzung als Kommunikationscodec im Konsumerbereich wurden am Fraunhofer IIS Codecs entwickelt, die im folgenden Kapitel näher beschrieben werden.

Zurück zur Geschichte des Mobiltelefons: 1996 stellte Nokia mit dem 9000 Communicator das erste Handy mit mobilem Internetzugang vor und begründete die Gattung der Smartphones. Schon 1998 kamen die ersten Mobiltelefone mit integriertem Radio und 2000 mit Musikplayer auf den Markt. Samsung hatte im Sommer 2000 mit dem SGH-M 100 das erste

Handy angekündigt, das Musikdateien speichern und abspielen konnte. Im September stellte Siemens in Venedig sein neues Oberklasse-Handy SL45 der Fachpresse vor. »Es ist das erste Smartphone mit integriertem mp3-Player und austauschbarem Speicher«, schrieb die Computerzeitschrift *Chip*. Schon im folgenden Jahr gab es auch Musikhandys von Nokia, Sony und Ericsson. Im Jahr 2002 wurde im Businessbereich das Smartphone RIM BlackBerry sehr beliebt, das einen PDA (Personal Digital Assistant) mit einem Handy kombinierte.

Da die Mobilfunkindustrie von Beginn an auf offene Standards setzte, wurde auch ein Standard für die Musik auf Mobiltelefonen ausgeschrieben. In einem langen, harten Kampf gegen Microsofts WMA hatte sich das Fraunhofer IIS mit AAC durchgesetzt. Im Frühjahr 2001 wurde AAC von der internationalen Organisation für Mobilfunkstandards 3GPP als weltweiter Standard für Musik auf Mobiltelefonen empfohlen. Dennoch blieb zusätzlich immer auch mp3 auf den Mobiltelefonen, denn auf das beliebteste Format wollte kaum ein Mobilfunkhersteller verzichten.

Mit Kamera, mp3-Player, PDA und Internetzugang begann das Mobiltelefon zum Smartphone zu werden. Der neue Mobilfunkstandard UMTS, der in Deutschland seit 2002 verfügbar war, eröffnete mit einem schnellen Internetzugang eine Fülle neuer mobiler Dienste. 2005 konnten schon sehr viele Mobiltelefone Musik abspielen. Das rief Apple, den größten Hersteller von mobilen Musikplayern, auf den Plan. Und auch hier war es nicht ein traditioneller Hersteller von Mobiltelefonen, sondern die branchenfremde Computerfirma Apple, die das Smartphone zum universellen Kommunikationsgerät machte.

Der Sprung aufs Mobiltelefon – mp3 immer dabei

Im Jahr 2005 stieg die Zahl der verkauften iPods auf sensationelle 20 Millionen, das Vierfache des Vorjahres. Der iPod spielte 45 Prozent des Gesamtumsatzes von Apple ein und wurde daher zum wichtigsten Umsatzträger. Wegen dieser Abhängigkeit dachte Steve Jobs ständig darüber nach, was den weiteren Erfolg gefährden könnte. Eines Tages erklärte er dem Vorstand: »Was uns die Butter vom Brot nehmen kann, ist das Mobiltelefon.«[164] Er hatte gesehen, wie die neuen Mobiltelefone, als sie mit Kameras ausgestattet wurden, den Markt der Digitalkameras angriffen. Jetzt erhielten fast alle Mobiltelefone integrierte Musikplayer. Wer bräuchte dann noch einen iPod? Da die Zeit drängte und Apple keine Ahnung von Mobiltelefonen hatte, versuchte Jobs eine Zusammenarbeit mit dem erfahrenen Mobiltelefonhersteller Motorola. So wurde das beliebte Motorola-Handy RAZR mit einem iPod ausgestattet. Doch das Ergebnis war so schlecht, dass Jobs beschloss, ein völlig neues Gerät zu entwickeln. Wie die alten mp3-Player hielten Jobs und sein Entwicklerteam die bisherigen Mobiltelefone für »Schrott«, zu kompliziert, zu schlecht konstruiert. In einem anstrengenden kreativen Prozess, den der Perfektionist Jobs immer wieder von neuem anstieß, entstanden dann die wichtigen Komponenten, die das iPhone von allen bisherigen Mobiltelefonen abhob: Es bestand aus einem einzigen Multitouch-Display mit graphischer Oberfläche. Die bisher Handys bestimmende und platzeinnehmende Tastatur war verschwunden. Mit dem neuartigen Bedienkonzept verblüffte Jobs die Branche. Er hatte ein genial einfach zu bedienendes, schlankes Gerät geschaffen, das gut in der Hand lag und Spaß machte.

Die Entscheidung von Steve Jobs, das iPhone einzuführen, war mutig. Nichts fürchteten andere Firmenchefs mehr als die Kannibalisierung ihres Hauptumsatzträgers durch ein neues Produkt. Jobs, der von Christensens Buch »Innovator's Dilemma« stark beeinflusst war, glaubte, dass man die Zerstörung seines Kerngeschäfts nicht anderen überlassen, sondern gleich selbst in die Hand nehmen sollte. Deshalb sah er keine andere Wahl, als ins Mobiltelefongeschäft einzusteigen. Und – wie von ihm erwartet – erfand er das Mobiltelefon neu, weil er nur faszinierende Geräte bauen wollte, die Technik mit Spaß und Eleganz verbinden.

Im Januar 2007 präsentierte er das iPhone. Jobs, der die Inszenierung liebte, stellte seine neue Entwicklung in die Reihe von Macintosh und iPod, nur dass es sich jetzt um drei revolutionäre Geräte handeln würde: ein Internet-Kommunikationsgerät, einen iPod und ein Mobiltelefon. Diese drei seien aber nicht separate Geräte, sondern in einem einzigen vereint, dem iPhone. Eigentlich ist es ein handflächengroßer Bildschirm, hinter dem sich ein Computer, ein Musikspieler und ein Mobiltelefon verbergen. Während sich die Konkurrenten über den hohen Preis von 500 Dollar mokierten, bejubelten die Medien »ein magisches Gerät«. Jobs hatte ein neues Kultobjekt geschaffen. Die Kunden übernachteten vor den Appleshops, um als erste das begehrte Produkt in den Händen halten zu können. Das Nachrichtenmagazin *Time* wählte das iPhone zur »Erfindung des Jahres 2007«. Der Erfolg gab Jobs Recht – nicht den mäkelnden Konkurrenten: Noch im ersten Jahr verkauft Apple 1,4 Millionen iPhones, im Jahr darauf bereits 11 Millionen und 2009 über 20 Millionen. Ende 2010 hatte Apple 90 Millionen Stück verkauft und sich über die Hälfte des Smartphone-Markts gesichert. Insgesamt wurden bis Juni 2014 mehr als 550 Millionen Geräte verkauft.

Die anderen Mobiltelefonhersteller nahmen sich das iPhone

zum Vorbild. Schon ein Jahr später kam das erste Smartphone mit Googles Betriebssystem Android auf den Markt. Android wurde schnell zum beliebtesten Betriebssystem für Mobilgeräte, weil es alle Hersteller von Smartphones kostenlos nutzen konnten und nicht eigene Betriebssysteme entwickeln mussten. Heute hat Android einen Marktanteil von fast 85 Prozent. Der integrierte Musikplayer wurde zum Standard – und so ist mp3 immer dabei.

Raumklang vom Kino bis zum Kopfhörer

Eine wichtige Rolle bei der Tonwiedergabe spielt die Anzahl der Kanäle. Mono mit einem Kanal reicht nicht aus, um ein räumliches Klangerlebnis zu erzeugen. Deshalb wurde zunächst Stereo mit zwei Kanälen und dann die Quadrophonie erfunden. Mit einem zusätzlichen Centerlautsprecher wurden es fünf Kanäle. Durch das Hinzufügen eines Tieftoneffektkanals entstand schließlich das 5.1-System. Solche Surround-Sound-Systeme, die natürlichen Raumklang erzeugen, verbreiteten sich in den 1990er Jahren sehr schnell auch in den Haushalten.

Um diese Mehrkanaltontechnik auch für komprimierte Musik verfügbar zu machen, war damals AAC entwickelt worden. Als sich mp3 aber nicht, wie ursprünglich gedacht, durch das modernere und leistungsfähigere AAC ersetzen ließ, wuchs der Bedarf, auch mp3 mit Raumklang auszustatten.

mp3 unterstützte nur zwei Kanäle und ermöglichte so Stereo-Empfang. 10 Jahre zuvor waren noch alle Versuche gescheitert, damit Surround-Sound zu erzeugen. »Doch Christof Faller, der an der École polytechnique fédérale de Lausanne EPFL promoviert hat, konnte mit wissenschaftlichen Arbeiten nachweisen, dass es doch geht«, erinnert sich Brandenburg an die Zusammenarbeit mit Faller, der später bei der amerikanischen Firma Agere Systems beschäftigt war. Gemeinsam erarbeiteten sie mp3surround, eine mp3-Variante, die Raumklang erzeugt. Jürgen Herre erläutert die Technik: »Wir fügen dem mp3-Stereo-Bitstrom eine geringe Menge von Surround-Daten bei, aus denen der Decoder Raumklang rekonstruieren kann.«

Die Technik der Surround-Verarbeitung begann auch die MPEG zu interessieren. So entwickelten Agere Systems, Coding Technologies, Fraunhofer IIS und Philips Applied Technologies MPEG Surround. Damit können beispielsweise alle im digitalen Rundfunk eingesetzten Audiocodecs von Stereo auf Surround erweitert werden. Das Verfahren gewährleistete die Kompatibilität mit allen am Markt üblichen Geräten. Auf dem Treffen in der marokkanischen Stadt Marrakesch verabschiedete die MPEG Anfang 2007 den neuen Standard MPEG Surround, der alle Audiocodecs mit Surround-Klang ergänzt.

Den nächsten Qualitätssprung des Raumklangs hatte sich inzwischen Karlheinz Brandenburg vorgenommen. Er war im Jahr 2000 von Erlangen nach Ilmenau gewechselt, um dort das Fraunhofer-Institut für Digitale Medientechnologie IDMT aufzubauen. Brandenburg wollte zunächst den professionellen Bereich, also Kinos, Konzertsäle oder Diskotheken, mit natürlichem Raumklang ausstatten, bis die Technik reif wäre für Heimanwendungen. In großen Räumen hat die 5.1-Technik nämlich ein Problem, erklärt er: »Sie ist auf einen Sweet Spot ausgerichtet. Nur wer im Kino in der Mitte sitzt, hört den vollen Raumklang.« Auf der wissenschaftlichen Grundlage der Wellenfeldsynthese, die in der niederländischen Universitätsstadt Delft erforscht worden war, initiierte Brandenburg die Entwicklung eines neuen Klangsystems, das allen, die sich in einem Saal befinden, ein einzigartiges Raumklang-Erlebnis bietet. Lautsprecherreihen, die rund um den Saal angeordnet sind, erzeugen ein Schallfeld, in dem die Schallquelle unvergleichlich viel besser zu orten ist als bei konventionellen Beschallungsanlagen. So hört man sehr präzise, aus welcher Richtung ein Ton kommt und wie er sich durch den Raum bewegt. Im Prinzip wird die Kanalzahl von sechs auf weit über 100 oder sogar 1000 vervielfacht. »Der Schritt von jetzigen Surround-Formaten zu Wellenfeldsynthesesystemen ist so groß wie seinerzeit von Mono zu Stereo«, sagt Brandenburg.

Das Fraunhofer IDMT gründete dazu die Firma IOSONO aus, die längere Zeit versuchte, das System zu vermarkten. Nach der Insolvenz ist IOSONO im September 2014 von der belgischen Firma Barco übernommen worden. »So bleibt die Technologie wenigstens in Europa erhalten«, sagt Brandenburg. Das Fraunhofer IDMT entwickelt heute die Wellenfeldsynthesesysteme und Komponenten wie Steuerungssoftware sowie Flachlautsprecher weiter, um die Technik reif für Heimanwendungen zu machen. Neuere Systeme kommen bereits mit sehr viel weniger Lautsprechern aus.

Weil die Wellenfeldsynthese-Systeme lange Zeit eine aufwendige Steuerungstechnik und extrem viele Lautsprecher benötigten, wurden die Anlagen vor allem im Profibereich und in öffentlichen Konzertveranstaltungen eingesetzt. So werden seit 10 Jahren die Bregenzer Festspiele mit der Technik aus Ilmenau beschallt. René Rodigast, Gruppenleiter am Fraunhofer IDMT, erinnert sich: »Die größte Herausforderung in Bregenz war es, jeden der 7000 Plätze auf der Tribüne bestmöglich mit Raumklang zu versorgen. Das gelang uns nur mit der Ansteuerung von mehr als 800 Lautsprechern. Eine Freiluftinstallation dieser Dimension ist weltweit bis heute einzigartig.« Andere Einsatzorte sind die Seefestspiele im österreichischen Mörbisch, das Konzerthaus in Detmold und mehrere Diskotheken und 3-D-Kinos, in denen die Systeme unvergleichlichen Raumklang erzeugen. In Ilmenau wurde das Kino Linden-Lichtspiele damit ausgestattet. Dort sorgen 192 computergesteuerte Lautsprecher für ein einzigartiges Hörvergnügen, bei dem sich die Zuschauer mitten in der Klangwelt des Films befinden. Man erschrickt, wenn der Löwe unmittelbar vor einem zu brüllen beginnt oder ein Geist von hinten ins Ohr flüstert.

Das Ende der DRM-Systeme – die Musikindustrie toleriert mp3

Die DRM-Systeme für Online-Shops und der Kopierschutz für CDs waren Versuche der Musikindustrie, das Urheberrecht auf digitale Güter zu übertragen. Nutzungsrechte sollten regeln, was der Käufer mit der Musikdatei machen kann, ob und wie oft er sie speichern und überspielen darf. Abo-Dienste sind ohne Nutzungsrechte nicht durchführbar. Schutzsysteme sollten sicherstellen, dass der Nutzer mit der Datei auch wirklich nichts anderes tut, als vereinbart wurde. In der Praxis ließ sich aber die Idee der DRM-Systeme schwer durchführen.

Das Problem, Tonträger vor dem Kopieren zu schützen, begann bereits mit dem Phonographen, denn bald stellten Unternehmen Geräte zum Kopieren der Musik her. Seither kam es immer dann zu Konflikten zwischen Plattenfirmen und Geräteherstellern, wenn neue Kopiergeräte auf den Markt kamen. »Wie unversöhnlich sich die Fronten gegenüberstehen, zeigt das Beispiel Sony: Der japanische Multi hat sowohl eine Unterhaltungs- als auch eine Elektroniksparte – beide pflegen eine innige Abneigung zueinander. So setzt Sony Music sich für Kopierschutz auf allen CDs ein. Die Elektroniksparte ist dagegen. Die Konzernführung zeigte schließlich, wo die Prioritäten liegen: Sie verbot Sony-Fabriken zwischenzeitlich, CDs mit Kopierschutz herzustellen«[165], beschrieb der *Spiegel* das Problem.

Mit der Digitalisierung schwanden Aufwand und Kosten für die Kopie auf nahezu null. Das Kopieren von Audio-CDs auf den Computer, gefolgt von einer Codierung der Audiodaten, erzeugte Musikdateien, die sich leicht im Internet verbreiten ließen. Dabei wurde in großem Maßstab urheberrechtlich geschützte Musik verteilt. Das war zwar illegal, breitete sich aber immer mehr aus, weil die Musikindustrie zu keinen legalen Angeboten bereit war. »Die Musikindustrie könnte noch lange dafür büßen müssen, dass sie den Vertrieb übers Netz behindert hat. Sie hat durch ihre Unfähigkeit und ihren Unwillen eine ganze Generation von Musikfreunden mit kostenlosen Downloads aufwachsen lassen. Und die ist womöglich auf Dauer fürs Bezahlen verloren«[166], prognostizierte Ulrich Stock in der *Zeit*.

Bis heute wird die Frage, wie sich das Urheberrecht im Internet schützen lässt, kontrovers diskutiert. Dabei geht es längst nicht nur um die Rechte der Autoren und die bedrohten Einnahmequellen der Verlage, sondern auch um den Zugang zu Wissen. Bisher stand in Bibliotheken jedem das komplette Wissen der Welt zur Verfügung. Wie ist das in der digitalen Welt zu organisieren, wenn überall Bezahlschranken eingezogen werden? Das ist nicht nur ein Problem der wissenschaftlichen Forschung, sondern vor allem der freiheitlich-demokratischen Gesellschaft.

Der *Spiegel* hat das schwierige Thema prägnant zusammengefasst. »Aus der Abwehrschlacht ist ein Überlebenskampf geworden. Es geht um den Wert geistigen Eigentums im digitalen Zeitalter. Es geht aber auch um Informationsfreiheit und Urheberrechte, um Milliardengeschäfte und Popkultur …«[167]

Das Urheberrecht wurde in seiner geschichtlichen Entwicklung ganz unterschiedlich umgesetzt, etwa durch Zwangslizenzen, das Prinzip des »Fair use«, die GEMA-Gebühren oder die Geräteabgabe.[168] Man sollte meinen, dass es daher auch Wege geben müsste, das Urheberrecht an die Bedingungen der digitalen Welt anzupassen.

Lange hatte Microsoft versucht, mit seinem WMA-Format und seinem DRM-System die Vormachtstellung von Apples iTunes Music Store anzugreifen. Bis 2007 mussten alle Online-Stores, die Musik der großen Plattenfirmen anboten, DRM-Systeme einsetzen; das hatten die Major-Labels zur Bedingung gemacht. Die DRM-Systeme legten fest, was der Käufer mit den Musikstücken machen durfte. Da jeder Anbieter ein eigenes DRM-System einsetzte, konnten die Nutzer die erworbenen Songs nur auf bestimmten Geräten und mit einer speziellen Software abspielen.

Wegen der fehlenden Kompatibilität konnte sich kein Download-Massenmarkt entwickeln. Die Netzwerkeffekte des Internets führten aber zu einem schnellen Ausscheidungskampf konkurrierender Formate. Apple konnte den frühen Markteintritt und die Kombination mit dem iPod nutzen, um den iTunes Music Store zum klaren Marktführer zu machen und alle anderen abzuhängen.

Obwohl Steve Jobs für den iTunes Music Store ein relativ großzügiges DRM-System durchgesetzt hatte, hielt sich unter den Nutzern die Meinung, dass die Musikfirmen ihre Kunden mit den strikten Kontrollsystemen gängeln. Die Kunden waren seit Jahrzehnten daran gewöhnt, Musik auf Tonband, Kassette und auch CD zu kopieren. Wie will man denen vermitteln, dass sie jetzt ihre gekaufte Musik nur noch streng begrenzt nutzen dürfen?

Eine derartige Beschränkung kannten die Nutzer von keinem anderen Produkt. Normalerweise gilt, dass die Verbraucher mit einem erworbenen Produkt machen können, was sie wollen. Die Käufer empfanden daher jede Einschränkung als

Qualitätsverlust. DRM-geschützte Musik galt als minderwertig. Das betraf auch kopiergeschützte CDs. Solche Produkte lehnten die Verbraucher rigoros ab. Ehrliche Konsumenten fanden es eine Zumutung, dass ihnen illegale Tätigkeiten unterstellt wurden. Warum sollten sie Nachteile haben, wenn sich andere nicht an Gesetze hielten?

»DRM behindert das Geschäft«, hatte Brandenburg in mehreren Projekten erfahren. Diese Erkenntnis versuchte er, der Musikindustrie nahezubringen. Doch die Majors lehnten bis zum Jahr 2007 jede Lockerung der DRM-Systeme ab. Wieder war es Steve Jobs, der die Richtung vorgab. Er schlug nicht nur vor, die DRM-Systeme abzuschaffen, sondern überzeugte mit EMI ein Major-Label, darauf zu verzichten. Bald folgten auch die anderen Major-Labels, so dass die Käufer von iTunes-Dateien diese nun auch auf anderen als Apple-Geräten abspielen konnten. Die anderen Online-Shops schlossen sich dem an und gaben ihre DRM-Systeme ebenfalls auf. Damit mündete der Online-Musikvertrieb nach vielen Jahren Streit und vergeblichen Kopierschutzversuchen wieder da, wo er seinen Anfang genommen hatte, beim Download ohne Kopierschutz und DRM-Systeme. Seither kann man in fast allen Online-Musikangeboten ganz legal jeden Musiktitel auch als mp3-Datei kaufen. Der völlige Verzicht auf DRM-Systeme erhöhte die Zahlungsbereitschaft der Verbraucher enorm.

Die Öffnung führte aber auch dazu, dass weitere Anbieter in das Geschäft einstiegen. »Der Musikriese Warner verkauft jetzt sein ganzes Repertoire über Amazon – und wird Teil einer neuen Allianz gegen Apples iTunes. Kunden bekommen Lieder zu viel besseren Konditionen, ohne Gängel-Software, in höherer Qualität, zum Teil sogar erheblich billiger«[169], meldete Der *Spiegel* Ende November 2007. »Der Online-Riese Amazon ist an Apple vorbeigezogen: 2,9 Millionen freie Lieder verkauft der als Buchversender gestartete Konzern jetzt in seinem US-Online-Musikshop. Frei – das heißt: ohne Gängel-Software. Die Songs können auf allen und auf beliebig vielen mp3-Geräten abgespielt werden. Apple hat nur 2 Millionen solcher Lieder ohne digitale Rechteverwaltung im Angebot.« Prompt senkte auch Apple seine Preise für DRM-freie Musik, die bisher 129 Cent kostete, auf ebenfalls 99 Cent. Doch Amazon bot etwa ein Drittel der Songs für 89 Cent, also 10 Cent billiger als Apple an. Damit kam Wettbewerb in den Online-Musikvertrieb.

Vor allem aber kam mp3 zu neuen Ehren, denn Amazon bot alle Musikstücke als mp3-Dateien an, die mit 256 kbit/s codiert waren. Amazon berichtete: »Wir haben Tausende Kunden-E-Mails erhalten. Sie danken uns dafür, dass wir das größte Angebot an mp3-Download-Musik bieten, das auf jedem Abspiel-Gerät läuft.«[170] Denn das war genau das, was die Kunden wollten: mp3 überall abspielen. Durch die Zusammenarbeit mit neuen, mächtigen Handelskonzernen wollte sich die Musikindustrie aus der übermächtigen Dominanz von iTunes befreien, das bisher die Preise diktierte. Im folgenden Jahr 2008 stieg auch Nokia in das kombinierte Geschäft aus Smartphone und Online-Musikshop ein. Wenn man eines der vier Xpressmusic-Handys von Nokia kaufte, konnte man kostenlos so viel Musik hören, wie man wollte. Zur Werbung für die neuen Handys hatte Nokia den Dienst »Comes with Music« auf den Handys vorinstalliert. Damit konnten die Käufer ein Jahr lang den Zugang zu einer riesigen Musikbibliothek von 5 Millionen Titeln nutzen und beliebig viele Stücke herunterladen. Mit solchen kostenlosen Musikangeboten für Werbezwecke begann eine Welle von Sonderaktionen, die Musik zur Massenware degradierte und wie Ramsch verschleuderte. Nokia wollte mit der Gratisaktion vor allem den Handyverkauf ankurbeln. Doch es war zu spät, Nokia hatte den Trend zu den Smartphones verpasst. Das ließ sich auch durch geschenkte Musik nicht mehr retten. Apple dominierte mit dem iPhone den Smartphone-Markt und hatte mit dem iTunes Music Store etwa 70 Prozent des Weltmarkts für kostenpflichtige Musik-Downloads erobert.

Die Krise – und das Märchen von den »bösen Musikpiraten«

Aus den sechs Major-Labels des Jahre 1989 waren 1998 fünf und 2004 schließlich vier geworden, als sich Sony Music Entertainment und BMG zusammenschlossen. Seit EMI im Jahr 2011 zwischen Sony und Universal aufgeteilt wurde, sind es nur noch drei: Universal Music Group, Sony Music Entertainment und Warner Music Group. Diese »Big Three« haben einen Weltmarktanteil von 71,7 Prozent im Tonträgergeschäft.

Dieser Konzentrationsprozess spiegelt die Umstrukturierung und Konsolidierung der Musikwirtschaft seit Ende der 90er Jahre wider. Die Plattenfirmen hatten gut 30 Jahre Höhenflug hinter sich mit jährlichen durchschnittlichen Wachstumsraten von über 10 Prozent. Als 1997 erstmals die Umsätze der Tonträgerindustrie einbrachen, war der Schock groß. Zwar begann der Rückgang des Tonträgerumsatzes in den verschiedenen Ländermärkten unterschiedlich schnell, zeigte aber weltweit dieselbe klare Tendenz nach unten, die bis heute anhält. In Deutschland sank der Tonträgerumsatz von 2,7 Milliarden Euro im Jahr 1998 auf 1,5 Milliarden im Jahr 2007 und ging bis 2012 weiter auf 1,1 Milliarden Euro zurück. Der Markt für physische Tonträger hat sich also »nach Jahren erdrutschartiger Einbrüche«[171] mehr als halbiert.

Als Auslöser des Rückgangs machte die Tonträgerindustrie die Raubkopierer im Internet aus, die gerade mit ihren Tauschbörsen Furore machten. Gegen die Musikpiraten konnten sie juristisch vorgehen, doch das viel schlimmere Übel drohte von den CD-Brennern, die sie nicht verbieten konnten. Die Zahl der verkauften CD-Rohlinge stieg in Deutschland von 58 Millionen im Jahr 1999 auf 464 Millionen im Jahr 2006. Im Jahr 2007 hatte jeder zweite deutsche Haushalt einen CD-Brenner. Im Vergleich dazu wurden die illegalen Downloads im Internet völlig überschätzt.

Tiefergehende Untersuchungen zeigten, dass es letztlich mehrere Faktoren waren, die zum Rückgang des Tonträgerumsatzes führten und die Krise der Musikindustrie auslösten. Der Schweizer Ökonom Felix Oberholzer-Gee veröffentlichte 2004 und 2007 gemeinsam mit seinem amerikanischen Kollegen Coleman Strumpf zwei Studien unter dem Titel »The Effects of File-Sharing on Record Sales«. Darin konnten sie statistisch nachweisen, dass nicht mehr als 6 Millionen Alben weltweit durch das Filesharing substituiert wurden, was einem Anteil von nur 0,7 Prozent des Gesamtumsatzes entsprach. Also habe das Filesharing kaum einen Einfluss auf das Kaufverhalten. Offensichtlich sind das Musikfans, die deshalb nicht weniger CDs kaufen, sondern jede Form von Musik exzessiv nutzen. Im Interview mit dem *Musiker Magazin* erzählte er von der für ihn überraschenden Erkenntnis: »Aus unseren Daten haben wir allerdings gelernt, dass in Tauschbörsen hauptsächlich jene Titel nachgefragt werden, die ganz an der Spitze der Hitparaden stehen, also auch kommerziell erfolgreich sind. Filesharing bezieht sich hauptsächlich auf ganz populäre Musik und richtet wirtschaftlich keinen Schaden an.«[172] Auch weitere Studien können nicht eindeutig nachweisen, ob durch Filesharing überhaupt ein Schaden im Sinn von Umsatz- und Gewinneinbußen entsteht. Der Musikmarktexperte Peter Tschmuck hat die verschiedenen Studien ausgewertet und seine Schlussfolgerung so zusammengefasst: »Denn die oft zitierte Krise der Musikindustrie, die eigentlich eine Krise der Musik-Majors und des Tonträger-Geschäftsmodells ist, kann nicht auf einen kausalen Zusammenhang zwischen Musiktauschbörsennutzung und Tonträgerverkäufen reduziert werden.«

Die Plattenfirmen hatten den Kontakt zur Jugendkultur verloren, die bis in die 80er Jahre stark von der Musik geprägt war. Sie hatten das Bedürfnis der Jugendlichen unterschätzt, im Internet Musik auszutauschen. Darüber hinaus übersahen sie, dass sich die jungen Leute zunehmend mit Spielen, Youtube-Videos und sonstigen Internetangeboten beschäftigten. Dieser Kulturwandel geht mit einer tiefgreifenden Verschiebung der Mediennutzung einher. Und da Zeit- und Finanzbudget nicht unbegrenzt wachsen, reduziert sich die Zeit für den Musikgenuss.

Ein wichtiger Trend, der durch den Online-Vertrieb angestoßen wurde, ist die Rückkehr der Single. »Die Zahlen der letzten Jahre zeigen, dass sich der Albenmarkt wieder in einen Singlemarkt verwandelt. Während der weltweite CD-Absatz 2008 bereits unter das Niveau von 1993 zurückgegangen ist, sind die Single-Verkäufe und dabei vor allem die digitalen Downloads mengenmäßig explodiert ... Stellt man nun alle Longplay-Formate (ohne Musikvideos) den Singleformaten gegenüber, so ergibt sich 2008 fast ein Gleichstand: Es wurden 1,51 Milliarden Stück Longplay-Produkte und 1,49 Milliarden Stück Single-Produkte verkauft«[173], hat Peter Tschmuck analysiert. Da man mit Singles natürlich nicht denselben Umsatz erzielen kann wie mit Alben, sinkt der Gesamtumsatz.

Die Treiber des Umsatzrückgangs sind im Wesentlichen: das Ende der Sonderkonjunktur, die alte LP-Sammlung ist endgültig durch CDs ersetzt; die verfehlte Produktpolitik mit der Fokussierung auf wenige Superstars und Kurzfristerfolge; »die zahlreichen immer kleiner werdenden und immer weniger Gewinnmarge abwerfenden Marktsegmente«[174]; die Ablehnung von digitalen Vertriebsformen; die Rückkehr zum Single-Modell und – nicht zu unterschätzen – das Aufkommen neuer Unterhaltungsangebote wie DVD, Computerspiele und Smartphone-Kommunikation.

Der Online-Musikverkauf begann sich erst mit iTunes zu entwickeln. Der weltweite Anteil am Gesamtumsatz stieg laut IFPI, dem internationalen Verband der Phonographieindustrie, von 2 Prozent im Jahr 2004 auf 39 Prozent im Jahr 2013. Dabei gibt es deutliche Unterschiede zwischen den wichtigen Märkten. Während die USA mit knapp 60 Prozent und Großbritannien mit 44 Prozent an der Spitze liegen, hinken Deutschland mit 21 und Japan mit 17 Prozent der Entwicklung hinterher. Allerdings sind es in den vergangenen Jahren vor allem die Streaming-Dienste, die zum Wachstum beigetragen haben.

Die Versuche der Musikindustrie, den Vertrieb selbst in die Hand zu nehmen und über eigene Musikportale zu vermarkten, waren im Jahr 2004 gescheitert. Bald verkauften Computerfirmen wie Apple und Onlinehändler wie Amazon die digitale Musik. Dass sich Apple als dominanter Marktführer mit 70 Prozent Weltmarktanteil etablieren konnte, hat mit den direkten und indirekten Netzwerkeffekten zu tun, die Apple nutzte, um die Musikfans in der Apple-Welt festzuhalten. Mit den legalen Angeboten reduzierte sich das Problem der illegalen Downloads – und mp3 verlor den Makel des Piratenformats.

Neueinsteiger bestimmten den Online-Musikmarkt

Zum Abschluss dieses Kapitels fassen wir die Ereignisse zusammen, die in dem Jahrzehnt von 2001 bis 2009 dazu führten, dass sich mp3 – mit dem Aufstieg des Internets von der

Nische zum Massenmarkt – als führendes Musikformat etablieren konnte.

Innovationen durchlaufen typische Zyklen. Auf den ersten Hype folgt ein tiefes Tal der Enttäuschungen, weil eine neue Technologie den überzogenen Erwartungen nicht sofort gerecht werden kann. Sie muss erst in einem Nischenmarkt heranreifen. Viele der Unternehmen, die in dieser frühen Phase eingestiegen sind, wenden sich enttäuscht ab. Für etablierte Unternehmen erscheint es nicht sinnvoll, in ein unsicheres kleines Marktsegment mit geringen Margen einzusteigen.

Die Netzgemeinde konnte sich jahrelang unbeeinflusst von Mainstream und wirtschaftlichen Interessen entwickeln und ihre eigenen Regeln, Sprachcodes und Verhaltensweisen ausbilden. Aus den Internet-Anfängen erhielten sich der Mythos von Freiheit und Unabhängigkeit und die Vorbehalte gegen die großen Konzerne. Auch junge Computer- und Softwarefirmen wie Apple bewahrten sich dieses Image. Weil mp3 das erste ausgereifte Programm mit einem hohen Kompressionsfaktor und einem sensationell guten Klang war, verbreitete es sich in der Netzgemeinde sehr schnell. Ausgangspunkt des Phänomens, das bald um die ganze Welt ging, war das kalifornische Silicon Valley, der Schmelztiegel der Hightech-, Computer- und IT-Firmen. Dort entwickelte sich die Idee einer New Economy, in der andere Regeln als in der etablierten Wirtschaft galten. Spielwiese der Startups war das Internet mit seinen grenzenlosen Möglichkeiten – und mp3 die gefragteste Technologie.

Ausgehend vom Silicon Valley wurde die USA zu dem Land, in dem die neuen Internet-Technologien zuerst aufgenommen und ausprobiert wurden – anders als in Europa und Japan, wo die Wirtschaft in den neuen Technologien eher eine Bedrohung als eine Chance sah. So wurde mp3 in den USA populär. Dort fanden sich die ersten Unternehmen, die die neue Kompressionstechnologie einsetzten. Beginnend mit den frühen Applikationen für den Rundfunk Ende der 1980er und Anfang der 1990er Jahre wurde mp3 in der Hightech-Branche der USA bekannt. Parallel entstanden die ersten Internet-Anwendungen. Schließlich fand mit Microsoft und Apple 1997 der Einstieg in den PC-Markt statt. Auch den ersten sehr populären mobilen mp3-Player brachte 1998 eine Firma aus Kalifornien heraus. Im Jahr darauf entstanden an US-Universitäten die Tauschbörsen, die mp3 millionenfach verbreiteten. Aus diesen Gründen wurden die USA zum führenden Markt für Online-Musikdienste, an dem logischerweise auch die nächsten Schritte folgen mussten.

Steve Jobs saß mit Apple mitten im Zentrum der turbulenten Firmenexpansionen und -zusammenbrüche. Nach dem Platzen der Dotcom-Blase mussten sich viele Unternehmen umorientieren. Jobs nutzte die Gelegenheit, um auch Apple völlig neu aufzustellen. Wichtigster Baustein sollte der Einstieg in das Geschäft mit digitaler Musik sein. Als branchenfremder Newcomer orientierte er sich nicht an den bisherigen Angeboten der Musik- oder Gerätehersteller, sondern an dem, was Millionen Verbraucher immer stärker wünschten – Musik im mp3-Format, um ihre Lieblingsmusik auf dem mp3-Player überall anhören zu können.

Die Fraunhofer-Forscher werden immer wieder mit der Frage konfrontiert, warum sie Apple das große Geschäft überlassen haben, als wäre das in ihrer Macht gelegen. In Deutschland gab es keine mit Apple vergleichbare Firma, die den Erfolg hätte vorwegnehmen können. Schließlich hat Apple allein 75 Millionen Dollar in Werbung investiert. Welche deutsche Firma wäre dazu überhaupt in der Lage gewesen oder hätte es gewagt?

Hinzu kommt der richtige Zeitpunkt: So wie das Fraunhofer IIS mit der mp3-Entwicklung immer zum richtigen Zeitpunkt präsent war, wenn nach dem nächsten Technologieschritt gefragt wurde, so trat Apple genau dann in den Markt ein, als der Sprung vom Nischen- in den Massenmarkt eingesetzt hatte.

Allerdings war Apple kein reiner Nachahmer, denn man darf nicht übersehen, dass Apple zwar vorhandene Komponenten benutzte, daraus aber etwas völlig Neues schuf, das wohl keine andere Firma zustande gebracht hätte. Mit iTunes, iPod-Player und iTunes Music Store schuf Apple eine komplette Wertschöpfungskette und das erste funktionierende Geschäftsmodell für den kommerziellen Vertrieb von Online-Musik. »Apple hat weder den mp3-Player erfunden noch das Smartphone und auch nicht den Tablet-Computer. Aber Steve Jobs hat diese Geräte zu Statussymbolen und Kultobjekten gemacht. Und er hat entscheidend dazu beigetragen, dass sich die Art, wie Menschen kommunizieren, veränderte. Darin liegt Apples Innovation«[175], rückte Sophie Crocoll in *Der Zeit* Steve Jobs schöpferische Leistung zurecht.

Der sensationelle Erfolg zeigte, wie positiv sich Apples Angebot von allen bisherigen Versuchen abhob, online Musik zu verkaufen. Apple hatte sich einen klaren Vorsprung verschafft. Ob er fünf Jahre betrug, wie Jobs verkündete, mag man bezweifeln, doch kein Unternehmen war in der Lage, kurzfristig darauf zu antworten. Das musste selbst Apples größter Rivale Microsoft eingestehen. Und die Major-Labels mussten sich viele Jahre von Apple die Bedingungen diktieren lassen, bis sie in der Lage waren, im Online-Geschäft selbst eine stärkere Rolle einzunehmen.

Die Major-Labels hatten sich nicht auf den digitalen Musikvertrieb eingelassen, weil das zunächst ein Nischenmarkt war und weit geringere Margen versprach, als sie im klassischen Tonträgermarkt erwirtschaften konnten. Daher hatten sie das Geschäft Außenseitern wie Apple überlassen. Als Steve Jobs aber daraus einen Massenmarkt machte, war es für die Musikindustrie zu spät. Der Versuch, mit eigenen Portalen und DRM-Systemen die Kontrolle zurückzubekommen, scheiterte.

Der Umbruch der Musikindustrie verlief nicht als abrupter Bruch, sondern als ein längerer krisenhafter Prozess, der bis heute nicht abgeschlossen ist. Er führte nicht zu einer radikalen Zerstörung der Musikindustrie, wie der MP3.com-Gründer Michael Robertson Ende der 90er Jahre prophezeite, sondern zu einer Restrukturierung. Dabei ist die Suche nach tragfähigen Geschäftsmodellen noch nicht abgeschlossen, ebenso wenig die Anpassung des Urheberrechts und der komplizierten Rechtsbeziehungen zwischen den zahlreichen Akteuren.

Mit der Entwicklung des Marktes für Online-Musik kamen neue Online-Dienste, vor allem Streaming-Angebote, und neue Akteure hinzu, insbesondere aus der Computer-, der Telekommunikations-, der Mobilfunkindustrie und dem Handel. »Mit allen großen Herstellern wie Apple, Samsung, LGE oder Sony haben in dieser Zeit unsere Partner bei Thomson – Henri Linde, Martin Sieler und Rocky Caldwell – extrem wichtige mp3-Verträge abgeschlossen«, hebt Harald Popp die breite Marktdurchdringung von mp3 hervor. Letztlich sind das auch die Firmen, die in der neustrukturierten Musikwirtschaft eine bestimmende Rolle einnehmen.

5 MP3 IST ÜBERALL – ERLANGEN AUDIOZENTRUM: AB 2010

mp3, AAC – und weitere Audiotechnik aus Erlangen

Nach dem Sieg im Wettkampf der Formate war die Dominanz von mp3 nicht mehr aufzuhalten. 2005 wurden in Deutschland 8,4 Millionen mobile mp3-Player für fast 700 Millionen Euro verkauft. Diese hohe Zahl ging zwar in den folgenden Jahren zurück, weil viele Kunden bereits einen mp3-Player besaßen und keinen eigenen mp3-Player mehr benötigten, da nun die Smartphones damit ausgestattet wurden. Dennoch verkauften sich auch 2009 noch 6,7 Millionen Stück. Im Jahr 2013 wurden weltweit erstmals mehr als 1 Milliarde Smartphones verkauft – und alle sind mit HE-AAC und mp3 ausgestattet.

Die Brennerstudie der Gesellschaft für Konsumforschung GFK 2006 belegt, dass im Jahr 2005 bereits 9 Prozent der deutschen Haushalte einen mp3-Player besaßen. 2009 waren es schon 40 Prozent. Heute dürfte es kaum noch einen Haushalt ohne irgendeinen mp3-Player geben. Weltweit wurden bis heute schätzungsweise 7 Milliarden Geräte mit mp3 oder AAC ausgestattet – demnach kommt auf fast jeden Erdenbürger ein mp3-Player. Und jährlich kommt über 1 Milliarde neuer Geräte hinzu. Das *Handelsblatt* meldete im September 2013:

»Weltweit dürften 2013 rund 1,8 Milliarden Handys verkauft werden – mehr als die Hälfte davon Smartphones. Bis 2017 könnte der jährliche Absatz auf 1,7 Milliarden Smartphones ansteigen.«[176]

In vielen Haushalten sind gleich mehrere mp3-Player im Einsatz. Heute kann fast jedes Smartphone, jeder CD- oder DVD-Spieler mp3 abspielen. Alle Portale und Dienste, die Musik im Internet anbieten, unterstützen mp3. Auf allen Computern, Notebooks und Tablets ist mp3 mindestens einmal installiert. Im vergangenen Jahrzehnt ist eine bunte mp3-Kaufhauswelt entstanden, die vom Disney-mp3-Stick fürs Kinderzimmer bis zum Hörbuch-Player fürs Seniorenheim reicht. So ist mp3 in Autoradios, Satellitenradios, Musikboxen, Spielekonsolen, Kameras, Armbanduhren, Legosteinen, Sonnenbrillen und sogar in einer Lederhose von Lodenfrey eingebaut worden. 2006 hat sich der südkoreanische Elektronikkonzern LG Electronics eine Waschmaschine mit mp3-Player-Anschluss patentieren lassen. »Durch mp3 gibt es Musik überall, an Orten und in Produkten, an die wir nie gedacht hatten«, wundert sich Harald Popp immer wieder über den Einfallsreichtum der Produktentwickler. Im Februar 2008 verschenkte Pepsi gemeinsam mit Amazon über 1 Milliarde mp3-Titel.

Seit mp3 überall verfügbar ist, ergeht es dem erfolgreichen Audioformat wie allen automatisch mitgelieferten Diensten: Man nutzt sie ständig, aber nimmt sie nicht mehr als eigenständige Produkte wahr. Die fortschreitende Leistungssteigerung elektronischer Bauteile bei gleichzeitiger Miniaturisierung ermöglicht es, die Systeme so zu schrumpfen, dass heute nicht nur ganze Computer in eine Armbanduhr passen, sondern auch noch Sensorik und Kommunikationselektronik. Die Elektronik verschwindet in den Gegenständen und verleiht ihnen eine rudimentäre Intelligenz. Der Mensch erschafft sich eine intelligente Umgebung, die ihn umgibt und in allen

Lebenslagen unterstützt. Alle Informationen, Unterhaltungsangebote und Dienste stehen überall und jederzeit zur Verfügung. Dazu gehört auch die permanente Zugriffsmöglichkeit auf die Lieblingsmusik. Die Chips sind so leistungsfähig geworden, dass sie Playersoftware, die einst viel zu komplex war, nebenbei bewältigen. Deshalb können alle stationären und mobilen Elektrogeräte problemlos mit Audioplayern ausgestattet werden.

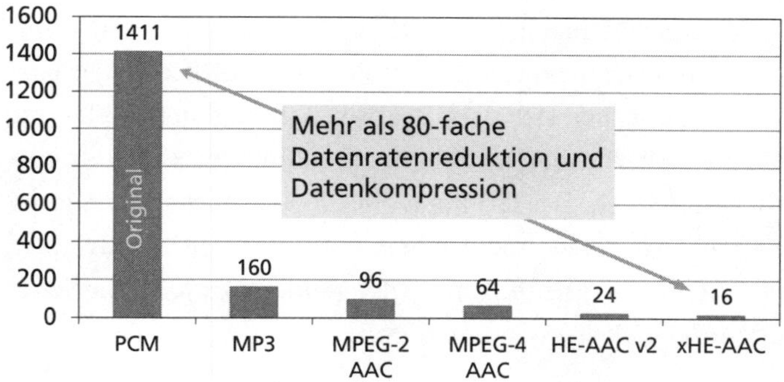

(26) die Entwicklung der Datenratenreduktion von 1411 kbit/s auf der CD bis auf 16 kbit/s

mp3 hat sich als Standard-Format durchgesetzt – gegen alle Versuche, es zu verdrängen. »Bisher hat es noch keiner geschafft. Die Tendenz geht immer wieder, nach vielen Fehlversuchen, in Richtung mp3. Die Qualität des Formats ist einfach zu gut und ein neues Format hat es daher sehr schwer. Der entscheidende Grund ist aber, dass es seit 1996 – mit der Entwicklung von AAC – einfach keinen klaren Fortschritt mehr gibt. Im Vergleich zum Original macht mp3 die Musikdateien schon um den Faktor zehn kleiner. Mit den besten heute verfügbaren Verfahren könnte man die Dateien bei vergleichbarer Audioqualität noch um ungefähr 20 bis 30 Prozent stärker komprimieren, was aber für mp3-typische Anwendungen keine wirklich entscheidende Rolle spielt«, erklärt Bernhard Grill. Das Fraunhofer IIS unterstützt auch heute noch den Einsatz von mp3 durch Entwicklungs- und Wartungsarbeiten. So musste beispielsweise mp3 von der Windows-32-Bit-Version auf die Windows-64-Bit-Version angepasst werden. Deshalb sind nach wie vor etliche Mitarbeiter mit Arbeiten für mp3 beschäftigt und klären in einer wöchentlichen Telefonkonferenz mit Thomson, welche Unterstützung das Fraunhofer IIS für Kunden leisten muss.

Für Anwendungen, die noch geringere Datenraten erfordern, wie beispielsweise Rundfunk, digitales Fernsehen oder Streaming, haben sich die HE-AAC-Varianten durchgesetzt, die maßgeblich von der Ausgründung Coding Technologies entwickelt wurden. Der ISO-Standard HE-AAC ist heute eines der weitverbreitetsten Audiocodierverfahren: Kein Handy, kein PC, kaum ein Fernsehgerät oder eine Set-Top-Box arbeitet ohne HE-AAC.

Voller Klang für Smartphones und Co

Die Zeit, als Mobiltelefone nur zum Telefonieren benutzt wurden und daher auf Sprachübertragung optimiert waren, ist längst vorbei. Das Smartphone und sein großer Bruder, das Tablet, sind zu mobilen Medienzentralen geworden: Musik, Filme und Spiele für die Unterhaltung unterwegs sind im Gerät gespeichert oder werden über das Internet in Echtzeit abgerufen. Alle diese neuen Dienste benötigen Ton. Für den guten Klang sorgen inzwischen in fast allen modernen Smartphones und Tablets Audiotechnologien des Fraunhofer IIS.

Für das Streaming von Multimediainhalten auf Smartphones werden sehr niedrige Bitraten verwendet. Hier konnten die verfügbaren Codecs keine gute Qualität mehr liefern. Deshalb wurde für diese niedrigen Bitraten HE-AAC entwickelt. 2004 wurde HE-AAC von der 3GPP, der internationalen Organisation für Mobilfunkstandards, als Standard spezifiziert. HE-AAC benötigt nur ein Drittel der Datenrate vergleichbarer Codierverfahren – bei gleicher oder sogar besserer Qualität. »HE-AAC spart wertvolle Bandbreite und verschafft den Streaming-Anbietern mehr Freiraum bei der Programmgestaltung«, erklärt Harald Popp. Beim Rundfunk und beim Streaming – insbesondere auf Mobilgeräten – stehen nur sehr begrenzte Übertragungsraten zur Verfügung. Damit die weltweiten Netze unter der Last der unendlich vielen Video- und Musikstreams nicht zusammenbrechen, ist höchste Effizienz von zentraler Bedeutung. Deshalb nutzen Webradio- und Streaming-Anbieter wie Amazon VoD, China Mobile, BBC iPlayer, Google Play oder Youtube HE-AAC. Die meisten Smartphones und Tablets haben HE-AAC inzwischen in ihre Betriebssysteme integriert, um Internet-Videos anschauen oder Webradio hören zu können.

Viele Streaming- und Radio-Dienste setzen aber im knapp bemessenen Mobilnetz oft sehr geringe Bitraten ein. Dann kommt auch HE-AAC an seine Grenzen. Vor allem bei Sprache und komplexen Stereosignalen knickt dann die Tonqualität ein. Doch auch für die sehr niedrigen Bitraten fanden die Fraunhofer-Forscher eine Lösung. Gemeinsam mit der kanadischen Firma VoiceAge entwickelten sie den neuen Standard Unified Speech and Audio Coding USAC, der für Musik und Sprache geeignet ist und bei Bitraten zwischen 12 und 64 kbit/s eingesetzt wird. Auf Basis von HE-AAC und USAC entstand dann Extended HE-AAC. Damit kann erstmals sowohl Sprache als auch Musik bei extrem niedrigen Datenraten von 8 kbit/s in guter Qualität übertragen werden.

Guter Klang hieß auch Surround-Sound, seit die 5.1-Mehrkanaltontechnik in die Heimkino- und HiFi-Anlagen eingezogen war. Diesen Raumklang wollten mp3-Fans auch unterwegs erleben – beim Joggen, in der U-Bahn, am Strand. Für diese Anwendungen entwickelten die Fraunhofer-Forscher die Software Cingo, die in die Kopfhörer und Lautsprecher von Tablets oder Laptops Surround- und 3D-Klang zaubert, wo bisher nur Stereo zu hören war. Für optimale Klangergebnisse in Tablets und Smartphones setzt Cingo weitere Technologien wie einen Lautstärke-Optimierer und eine Klangregelung ein. In diesen Geräten sind die Lautsprecher klein und bieten meist nur eine geringe Leistung. Daher ist der Ton oft viel zu leise, insbesondere wenn der Hintergrund laut ist. Filmton hat aber eine sehr große Dynamik mit sehr leisen und sehr lauten Stellen. So gut das im Kino ist, so schlecht ist das auf einem Tablet. Daher müssen die leisen Stellen verstärkt werden. Aber die kleinen Lautsprecher haben noch ein weiteres, ärgerliches Manko: Sie fangen bei bestimmten Frequenzen – insbesondere bei tiefen Tönen – zu scheppern und zu zwitschern an. Cingo gleicht das mit einer Klangregelung aus, die auf die jeweiligen Lautsprecher zugeschnitten ist. Google hat als erstes Unternehmen Cingo in seine Tablets eingebaut. Harald Popp sagte bei der Einführung im Jahr 2013: »Besitzer eines Nexus 7 oder Nexus 10 werden erstaunt sein, wie gut Musik oder ein Film mit 5.1 Sound klingt, wenn Cingo aktiviert ist. Zusammen mit hochauflösenden Videoformaten macht die Klangqualität von Cingo mobile Geräte jetzt endgültig zum Kino in der Hosentasche.«

Seit September 2013 setzt mit SK Broadband, einem Tochterunternehmen des größten koreanischen Telekommunikationsanbieters SK Telecom, nach Google bereits das zweite namhafte Unternehmen Cingo zur Klangverbesserung ein. Der führende koreanische Filme-Anbieter SK Broadband hat Cingo in die »Btv mobile« App integriert, die auf Mobiltelefonen wie Samsung Galaxy S4 oder LG G2 vorinstalliert ist. Seit November 2014 setzt Samsung Cingo in dem neuen Virtual-

Reality-Headset Gear VR ein, um durch 3D-Sound den Nutzern ein beeindruckendes virtuelles Erlebnis zu liefern.

Was Cingo in den Kopfhörer zaubert, erzeugt Symphoria im Auto: 3-D-Klang. Lautsprecher in Ohr- oder Dachhöhe erweitern den Raumklang im Auto. Symphoria optimiert die Wiedergabe von Audiosignalen im Fahrzeuginnenraum, so dass für jeden Sitz im Fahrzeug ein gut ausbalanciertes Raumklangfeld entsteht. Das im Jahr 2014 neu erschienene Audi TT Coupé war das erste Serienfahrzeug, das mit Symphoria vom Fraunhofer IIS ausgestattet wurde. Auch andere Hersteller haben Interesse an der neuen Soundtechnik angemeldet.

Endlich: Telefonieren in hoher Qualität

Das Mobiltelefon eignete sich inzwischen, um Musik anzuhören, Filme anzuschauen, Nachrichten zu verschicken, E-Mails zu kontrollieren und zum Spielen. Doch die Qualität des Telefonierens selbst war nicht wesentlich besser geworden. Für ein effizientes Mobilfunksystem sind hohe Kompressionsraten und niedrige Verzögerungszeiten erforderlich, weshalb dafür spezielle Sprachcodecs eingesetzt werden. Diese erfüllen zwar die Minimalanforderungen für eine verständliche Kommunikation, bieten aber nur geringe Audiobandbreite und -qualität.

Das Problem der Verzögerung hatten die Forscher, wie im letzten Kapitel beschrieben, bereits Ende der 90er Jahre mit AAC-LD gelöst. Inzwischen haben sie den AAC-LD-Codec zu einer Familie ausgebaut und mit AAC-ELD und AAC-ELD v2 ergänzt. Die AAC-ELD-Varianten erzielen, unter anderem durch Verwendung einer Variante der SBR-Technologie, hohe Sprach- und Audioqualität bei Datenraten von etwa 32 kbit/s pro Kanal und durch ein weiterentwickeltes MPEG Surround guten

Stereo- und Multikanalton bei Datenraten von Mono-Anwendungen. Dank dieser Eigenschaft hat AAC-ELD bereits im Konsumerbereich Anwendung gefunden, seit 2010 wird es als Audiocodec in Apples Videotelefonie-Software »FaceTime« eingesetzt, die seit der Einführung von iPhone 4 und iPad 2 nicht nur auf dem Desktop, sondern auch in Apples Smartphones und Tablets verfügbar ist. AAC-ELD wird auch von Geräten unterstützt, die Googles Android ab Version 4.1 (Jelly Bean) nutzen, und soll damit Smartphone-Apps für herstellerübergreifende Sprachkommunikation in FaceTime-Qualität ermöglichen.

Trotz aller Fortschritte ist aber auch die AAC-ELD-Familie letztlich doch nicht zur Verbesserung eines alltäglichen Mobilfunkgesprächs geeignet, denn bei der dort geforderten hohen Kompression bietet sie keine ausreichende Qualität. Mit USAC steht zwar ein Codec zur Verfügung, der auch bei hoher Kompression sehr gute Sprach- und Gesamtqualität bietet. Er erfüllt aber genauso wenig wie AAC und HE-AAC die Anforderung einer niedrigen Verzögerungszeit. Damit kristallisierte sich bei der Fertigstellung von USAC bereits heraus, in welchem Gebiet der nächste Innovationsschub liegen könnte: In der Entwicklung eines kombinierten Sprach-/Audiocodecs, der die Vorteile beider Systeme verbindet: hohe Qualität für Sprache wie Musik bei hoher Reduktion der Datenrate und niedrigen Verzögerungszeiten, zur Verwendung im Mobilfunk sowie in Kommunikationssystemen aller Art.

Diese Überlegungen brachte 2010 die internationale Organisation zur Spezifizierung mobiler Telekommunikationsstandards 3GPP dazu, die Entwicklung eines neuen Kommunikationscodecs für »Enhanced Voice Services« (EVS) zu initiieren. Das Fraunhofer IIS schlug für diese Standardisierung eine Weiterentwicklung von USAC vor, die mit niedrigen Verzögerungszeiten arbeitete. Im Jahr 2013 wurde das Institut Teil einer internationalen Kooperation von 12 Firmen zur Standardisierung des EVS Codecs, die im September 2014 erfolgreich abgeschlossen wurde. EVS bietet vor allem für die im Mobilfunk verwendeten sehr niedrigen Bitraten von 10 bis 24 kbit/s bei sehr geringer Verzögerung eine noch nie dagewesene Qualität für Sprach- wie Audiosignale.

EVS ermöglicht damit nicht nur eine natürlich klingende Sprachkommunikation für mobile Telefonate, sondern auch eine Steigerung der Netzwerkkapazität sowie neue Funktionalitäten für Sprach- und Ansagedienste. »Damit hat das Fraunhofer IIS erneut hervorragende Technologie zu einem wichtigen internationalen Standard beigetragen«, ist Bernhard Grill stolz. »EVS ist jetzt der neue Codec für Mobilkommunikation, dem wir aufgrund der großen Innovation gute Erfolgschancen einräumen.« Zurzeit erproben viele Firmen das neue Verfahren, das endlich HiFi-Qualität aufs Mobiltelefon bringen soll. Erste Produkte sind im Jahr 2016 zu erwarten.

Neuer Wettkampf um den Ton im Digitalfernsehen

Mit dem Ton für das digitale Fernsehen hatte die MPEG-Audio-Standardisierung Anfang der 1990er Jahre begonnen. Der Layer-2 hatte sich damals in Konkurrenz mit Layer-3 (mp3) zwar als Standard durchgesetzt, doch auf DVDs und im digitalen Fernsehen war Dolby Digital vorgeschrieben.

AAC, das ebenso mehrkanalfähig wie Dolby Digital war, hatte den Wettbewerb im Jahr 1997 von neuem eröffnet. Das japanische Fernsehen entschied sich dank der Unterstützung von Sony für AAC. Mit HE-AAC läuteten Coding Technologies und das Fraunhofer IIS eine neue Qualitätsstufe für digitalen Fernsehton ein. HE-AAC ist in Effizienz, Flexibilität und Qualität unübertroffen: Selbst bei niedrigsten Datenraten von 24 kbit/s liefert der Codec eine gute Audioqualität und benötigt für 5.1 Surround-Klang nur 160 kbit/s. Im Jahr 2003 begann ein harter Konkurrenzkampf mit Dolby Digital Plus, das speziell für das hochauflösende Fernsehen HDTV, die HD-DVD und Blue-Ray-Disc entwickelt worden war. Dabei wird um jedes einzelne Land heftig gekämpft. 2013 gelang es dem Fraunhofer IIS, die Länder Singapur, Indonesien und Malaysia für HE-AAC zu gewinnen. »Mit dem Erreichen eines Standards ist noch lange nicht gewährleistet, dass ein Format auch eingesetzt wird«, erklärt Grill. Denn es sind letztlich die Umsetzungsgremien wie jene für das digitale Fernsehen DVB oder für das digitale Radio DAB, die entscheiden, welche Formate bevorzugt werden. »Beispielsweise hat das europäische DVB-System eine Toolbox, in der drei Verfahren empfohlen werden, DTS, Dolby und AAC. Und jedes Land entscheidet dann selbst, welches Format es nimmt.« Deshalb ist es besonders ärgerlich, dass die deutschen Fernsehanstalten Dolby Digital verwenden und dafür auch noch Werbung machen, wo es doch bereits ein besseres Verfahren aus Deutschland gibt. Das ist zwar eine Entscheidung von 1995. Dennoch fragen sich die Erlanger Forscher, warum die deutschen Sender nicht wie die anderen Länder umsteigen: »Der härteste Widerstand gegen unsere modernen Codierverfahren kam aus Deutschland.«

HE-AAC ist der vorgeschriebene Audiocodec in den meisten Ländern, die kürzlich die zweite Generation des terrestrischen Fernsehens DVB-T2 eingeführt haben, so beispielsweise in Großbritannien und Schweden. Außerdem ist HE-AAC der Standardcodec beim Videotextnachfolger HbbTV, der den Fernseher mit dem Internet verbindet und auch als Smart-TV bezeichnet wird.

Eine Entwicklung des Fraunhofer IIS, die sich gut mit HE-AAC kombinieren lässt, ist Dialogue Enhancement. Diese

Technologie ermöglicht den Zuschauern, den Fernsehton individuell einzustellen. Menschen mit Hörschäden haben oft Probleme, den Gesprächen im Fernsehen zu folgen, weil sie durch Hintergrundgeräusche überlagert werden. Mit Dialogue Enhancement kann jeder Zuschauer nach seiner Hörgewohnheit die Lautstärke der Dialoge anheben und die Hintergrundgeräusche dämpfen und so den Ton optimal auf die individuellen Bedürfnisse einstellen.

Der Wettbewerb um den Ton im Digitalfernsehen geht weiter. Für die nächste Generation des hochauflösenden Fernsehens soll auch der Audio-Teil auf eine völlig neue Stufe gehoben werden, die Entwickler 3D-Audio nennen. Daher hat die MPEG im Jahr 2012 die Entwicklung des neuen Standards MPEG-H-3D-Audio beschlossen. Unternehmen und Einrichtungen aus aller Welt haben daraufhin Technologie-Vorschläge eingereicht. Das Verfahren der Fraunhofer-Forscher erzielte bei den Tests in 10 Akustiklaboren die beste Klangqualität. Damit konnten sie sich wieder gegen die weltweite Konkurrenz durchsetzen.

Der neue Standard soll jede Art von Fernsehton – von Stereo bis 3D – effizient und flexibel übertragen – und zwar auf allen möglichen Wiedergabesystemen: 3D-Heimkinosysteme mit Lautsprechern für 22.2-Kanal-Ton und sogar Tablet-Computer und Smartphones, um im Kopfhörer 3D-Sound zu erzeugen. »Der Begriff 3D klingt inzwischen schon etwa abgenutzt«, sagt Harald Popp, »Wir sprechen daher lieber von immersivem Hörerlebnis, weil das die Einbeziehung des Hörers besser beschreibt.« Zusätzlich zu 3D-Klang wird der Zuhörer außerdem viel mehr Möglichkeiten zur individuellen Einstellung des Fernsehtons bekommen, um beispielsweise zwischen unterschiedlichen Sprachen, Sprecherkommentaren oder Tonmischungen wählen zu können. »Damit man Raumklang nicht nur mit einer Vielzahl von Lautsprechern erreicht, die im Wohnzimmer verteilt aufgestellt werden müssen, arbeiten wir mit den Herstellern auch an Systemen, die in das Fernsehgerät integriert sind«, beschreibt Harald Popp die aktuellen Entwicklungen.

Der Standard wurde im Frühjahr 2015 fertiggestellt. Harald Popp hofft, dass die Erlanger Lösung auch von vielen eingesetzt wird: »Gerade bei Standards für Medien ist es wichtig, offene Standards zu haben, denn damit kann die Monopolbildung einer Firma verhindert werden.« Grill, Herre und Popp glauben daran, dass auch künftig in Fernsehern, Smartphones, Tablets, Notebooks und PCs Audiotechnologie »Made in Erlangen« stecken wird.

Neustart von DAB+ – mit Audiotechnik aus Erlangen

»Beim Fernsehen hat sich der digitale Standard DVB (Digital Video Broadcasting) schnell durchgesetzt. Die kleine Schwester fürs Radio namens DAB (Digital Audio Broadcasting) fristet aber bislang ein Nischendasein – obwohl der schon vor 15 Jahren entstandene digitale Hörfunkstandard nahezu flächendeckend in Deutschland verfügbar ist«[177], stellte der *Spiegel* Anfang 2011 kritisch fest.

Die Einführung von DAB erwies sich als schwierig. Sendeanstalten und Hersteller schoben sich gegenseitig die Schuld für das Zögern zu: »Wenn es digitale Programme gibt, bauen wir Geräte«, sagten die einen. »Wenn es Geräte gibt, machen wir ein Programm«, sagten die anderen. An die Hörer dachte kaum jemand, denn für sie waren die Vorteile des besseren Klangs marginal gegenüber den anfangs sehr hohen Kosten für neue Geräte. Die Vorteile kamen eher den Sendern zugute, die weniger Bandbreite und Leistung zur Übertragung ihrer

Programme benötigten. Ursprünglich sollten alle Radiosender bis 2010 ihren Betrieb von UKW auf DAB umgestellt haben. Doch sie sendeten weiterhin auf UKW, und die Frist wurde zunächst auf 2015 und dann sogar bis 2025 verlängert. Die Versorgung blieb in Deutschland dürftig. Während in Bayern sehr schnell ein breites Sendernetz entstand, stellte sich der NDR quer, und auch der WDR verlor bald das Interesse. So konnte man in manchen Gegenden im Norden nur zwei, drei digitale Sender empfangen. Wer kauft sich dafür ein teures neues Gerät? Nach Schätzungen der Landesmedienanstalten gab es 2011 in deutschen Haushalten nur rund 500 000 DAB-Hörfunkgeräte. Während sich in anderen europäischen Ländern DAB durchsetzte, wäre Deutschland weitgehend eine analoge Insel geblieben, wenn sich das Digitalradio nicht im Internet und in den fast schon vergessenen Frequenzen für Kurz-, Mittel- und Langwelle entwickelt hätte.

Schon 2001 hatte sich die Initiative »Digital Radio Mondiale« DRM gegründet, um für die Radiofrequenzen unter 30 Megahertz einen neuen digitalen Standard zu entwickeln. Für die wenig gehörten Kurz-, Mittel- und Langwellensender bringt die Digitalisierung tatsächlich einen großen Qualitätssprung, denn sie treibt den Empfängern das Rauschen, Knarzen und Pfeifen aus und bietet saubere UKW-Qualität. Die vernachlässigten Wellenbereiche haben den Vorteil, dass sie ohne großen Aufwand und teure Satellitentechnik auch im Ausland einwandfrei zu empfangen sind. Deshalb hatten vor allem Sender wie BBC, Deutschlandfunk und Deutsche Welle mit ihren fremdsprachigen Programmen daran großes Interesse, aber auch chinesische, indische, japanische, französische und kanadische Rundfunkanstalten. Die Technik für DRM basiert auf HE-AAC v2 und wurde maßgeblich vom Fraunhofer IIS und der Ausgründung Coding Technologies entwickelt.

HE-AAC v2 wurde – versehen mit einem zusätzlicher Fehlerschutz – für den ergänzenden Digitalradio-Standard DAB+ ausgewählt, den die World DMB (World Digital Media Broadcasting) im Jahr 2007 verabschiedete. DAB+ hat sich in ganz Europa und in weiten Teilen des asiatisch-pazifischen Raums durchgesetzt und wird in allen neuen Digitalradio-Geräten, auch in den meisten Autoradios eingesetzt.

Im August 2011 begann mit DAB+ auch der Neustart des digitalen Rundfunks in Deutschland. Weil inzwischen alle öffentlich-rechtlichen Rundfunksender die Einführung von DAB+ mit Werbemaßnahmen begleiten, besteht eine große Chance, nun auch in Deutschland Digitalradio durchzusetzen.

DAB+ bietet für die Hörer neben dem exzellenten Klang eine Reihe von weiteren Vorteilen. Durch die starke Komprimierung können erheblich mehr Programme angeboten werden. DAB+ wurde mit 80 kbit/s eingeführt und kann damit etwa doppelt so viele Audioprogramme übertragen wie das bisherige DAB. Daher gibt es neue Möglichkeiten für Spartenprogramme der öffentlich-rechtlichen Sender wie DRadio Wissen, aber auch für private Anbieter wie Fußballradio 90elf oder das christliche Radio Horeb, die im ausgereizten UKW-Spektrum in der Vergangenheit keine Frequenzen bekamen. Außerdem bietet DAB+ eine Fülle von Zusatzdiensten wie Verkehrsinformationen, die als Text auf dem Display eingeblendet oder auch angesagt werden können.

Ein Radio-Service, den das Fraunhofer IIS entwickelt hat, ist Journaline. Der Nachrichtenservice funktioniert ähnlich wie Videotext im Fernsehen. Der Service bietet ständig Zusatzinformationen zum laufenden Programm: Nachrichten, Sportergebnisse, Börsenkurse, Kulturveranstaltungen und Wettermeldungen. Der Nutzer kann sich den Dienst nach seinen Wünschen einstellen und Favoriten vormerken.

Das Fraunhofer IIS hat nicht nur den grundlegenden Digitalradio-Codec HE-AAC v2 entwickelt, sondern auch viele Komponenten und Produkte, die den erfolgreichen Einsatz von Digitalradio erst möglich gemacht haben. Viele Rundfunk-Encoder basieren auf der Technologie des Instituts. »Wir gehören zu den wenigen, die von Anfang an bei der Entwicklung des digitalen Radios dabei waren, und haben zwanzig Jahre kontinuierlich unsere Kompetenz und Kreativität eingebracht«, sagt Olaf Korte, Projektleiter für digitales Radio am Fraunhofer IIS. Die strategische Partnerschaft mit Bayern Digital Radio sorgt dafür, dass neue Entwicklungen schnell in die Anwendung umgesetzt werden.

So erscheint Digitalradio immer noch als Wundertüte, die für Überraschungen gut ist. Nach gut 20 Jahren Entwicklung ist nun auch in Deutschland die Zeit reif. Das Sendernetz deckt die Ballungsräume und die wichtigsten Verkehrsverbindungen ab und wird flächendeckend ausgebaut. In Städten wie München können bereits über 40 Programme empfangen werden.

»Inzwischen sind über 300 Geräte im Handel, mit denen digitales Radio empfangen werden kann«[178], meldete die *Süddeutsche Zeitung* im Sommer 2014. Das Angebot reicht vom Digitalradio-Stick für 20 Euro über kleine Taschenradios ab 40 Euro bis hin zu leistungsfähigen Soundanlagen. Mehrere Automobilhersteller bauen DAB+ bereits ab Werk in die Autoradios ein.

Die Anzahl der Digitalradio-Hörer hat sich von 3,4 Millionen im Jahr 2013 auf 5,4 Millionen im Jahr 2014 erhöht, der Anteil der DAB+-Radiogeräte stieg von 1,9 auf 3,3 Prozent. »Die Kuh beginnt zu fliegen«[179], freute sich Dr. Willi Steul, Intendant von Deutschlandradio, auf der Internationalen Funkausstellung IFA im August 2014 über die positive Entwicklung des Digitalradios in den vergangenen Monaten. Doch der Weg zur Marktdurchdringung ist weit, denn noch hören 93,6 Prozent der Radionutzer UKW.

»Erfolg fällt nicht vom Himmel«, sondern muss verdient werden

Nachdem mp3 Weltberühmtheit erlangt hatte, nutzte auch die deutsche Politik mp3, um Deutschland als »Land der Ideen« zu präsentieren. Als die Bundesregierung die EU-Ratspräsidentschaft im Jahr 2007 innehatte, warb sie mit einer eigenen Serie von mp3-Playern für den Innovationsstandort Deutschland. So wurde mp3 zum Musterbeispiel für erfolgreiche, deutsche Erfindungen, aber auch – zum Leidwesen des Fraunhofer IIS – zur unausrottbaren Formel verkürzt, dass Deutschland zwar gut im Erfinden, aber schlecht im Vermarkten seiner Ideen sei. So richtig es ist, dass Apple mit den Entwicklungen viel Geld verdient, so falsch ist die Unterstellung, dass Deutschland und das Fraunhofer IIS nicht davon profitieren. Das Fraunhofer IIS hat alles dafür getan, dass deutsche Unternehmen die Technologie aufgreifen. Es hat mit vielen kleinen Technologiefirmen zusammengearbeitet, sogar eigene Firmen ausgegründet und sowohl den ersten Chip als auch den ersten Player mit deutschen Unternehmen entwickelt. Dass nur eine Firma wie Apple aus dem kalifornischen Silicon Valley in der Lage war, damit ein überaus erfolgreiches Geschäftsmodell in den Markt einzuführen, kann man nicht dem Fraunhofer IIS anlasten. Im Gegenteil, man sollte hervorheben, dass das Fraunhofer IIS bis zur Vermarktung von mp3 im Konsumermarkt durchgehalten hat. Außerdem hat das Fraunhofer IIS selbst ein überaus erfolgreiches Geschäftsmodell entwickelt und die Lizenzerlöse in die Entwicklung neuer Technologien investiert, die wieder Lizenzerlöse generiert haben. So kann sich das große Audioentwicklerteam in Erlangen nachhaltig finanzieren.

Im Übrigen ist auch in Deutschland mit mp3 und AAC ein

riesiges Geschäftsfeld entstanden. Das Fraunhofer IIS untersuchte im Jahr 2008, wie sich mp3 auf die deutsche Wirtschaft auswirkte. Damals wurden in Deutschland 1,5 Milliarden Euro mit mp3-Geräten und weiteren mp3-Produkten umgesetzt – unter anderem mit mp3-Playern in unterschiedlichen Elektrogeräten, in Handys, Navigationsgeräten und Armbanduhren, mit Zubehör wie Dockingstations, Lautsprecher und Kopfhörer. Hinzu kamen Dienste zum Musik-Download und Streaming. Aber auch Klingeltöne und viele Spiele basierten auf mp3. In Spitzenjahren wurden allein in Deutschland Klingeltöne für mehrere 100 Millionen Euro verkauft. So generierte mp3 – das ergab damals die Untersuchung – in Deutschland mehr als 10 000 Arbeitsplätze. Die Steuereinnahmen für Bund und Länder, die durch mp3 induziert sind, wurden auf jährlich mindestens 300 Millionen Euro geschätzt.

Die jährlichen Lizenzeinnahmen von vielen Millionen haben Bewunderer und Neider auf den Plan gerufen. Dabei ist die naive Ansicht weit verbreitet, man müsse nur ein Patent anmelden und dann auf die Einnahmen warten. Zahlreiche freie Erfinder müssen täglich leidvoll erfahren, dass dem nicht so ist. Konzerne halten sich große Abteilungen von Patentanwälten und Lizenzmanagern, um das eigene Know-how abzusichern und zu vermarkten. Nur wer sich tiefer mit Fragen des Managements von geistigem Eigentum befasst, sieht, wie aufwendig, kompliziert und riskant das Geschäft mit Patenten und Urheberrechten ist. Patentverletzungsklagen sind zu einem wichtigen Mittel im globalen Wettbewerb geworden. So zeigen sich die großen Hersteller häufig gegenseitig an.

Dass es dem Fraunhofer IIS gelang, so hohe Verwertungserlöse zu erzielen, liegt an einer sehr nachhaltigen und langfristigen Patentstrategie. Sie fiel den Erlanger Wissenschaftlern aber nicht in den Schoß. Sie mussten diese selbst Schritt für Schritt entwickeln – mit Unterstützung der Patentabteilung der Fraunhofer-Gesellschaft und dem lizenzerfahrenen Thomson-Konzern – und immer wieder flexibel an veränderte Rahmenbedingungen anpassen

Dass sich eine Fraunhofer-Technologie in einem Endkundenmarkt mit so gigantischen Absatzzahlen verbreitete, ist außergewöhnlich und erforderte daher auch außergewöhnliche Anstrengungen. Zunächst haben sich die Führungskräfte des Fraunhofer IIS mit Unterstützung der zentralen Patentabteilung der Fraunhofer-Gesellschaft sehr intensiv in die Fragen der Patentierung, Lizensierung und Verwertung eingearbeitet. Als die Kommerzialisierung begann, konnten sie mit Thomson einen weltweit aktiven Industriekonzern als Partner gewinnen. Ab 2000 übernahm Thomson zusätzlich zu den Patentlizenzen auch die Lizensierung der Software des Fraunhofer IIS und die technische Kundenbetreuung. Denn die meisten Anwender brauchten beides: das Nutzungsrecht der Patente und die Software. Das Institut konnte Stefan Geyersberger, der bis dahin am Fraunhofer IIS in der Entwicklung tätig war, bewegen, sich ganz auf die Patentlizensierung zu konzentrieren, während sich Harald Popp um die Software-Lizenzen kümmerte. Mit der rasanten Entwicklung der Lizenzgeschäfte und der Anmeldung weiterer, ergänzender Patente musste Stefan Geyersberger eine ganze Abteilung aufbauen, um die Verwertung der Patente und Lizenzen professionell zu managen.

Insgesamt hält das Fraunhofer IIS fast 4000 Patente auf dem Gebiet der Audiokodierung. Das sind neben mp3 und den AAC-Familien viele ergänzende Patente, die für Spezialanwendungen benötigt werden. Wichtige Lizensierungspartner des Fraunhofer IIS sind für mp3 der französische Thomson-Konzern und als Patentpoolmanager für die AAC-Familien die Dolby-Tochter Via Licensing. Thomson firmiert seit 2010 unter dem Namen Technicolor und lizensiert insgesamt über mehrere Tausend Patente. Auf der Homepage von Technicolor kann sich jeder unter mp3licensing.com über das Lizensierungsprogramm für mp3 informieren. Dabei geht es um ein Patentportfolio von 20 Patentfamilien mit insgesamt 333 Patenten. Davon sind von Fraunhofer 11 Patentfamilien mit 190 Patenten, Thomson hält fünf Patentfamilien mit 70 Patenten und Telefunken vier Patentfamilien mit 73 Patenten. Da Thomson die Firma Telefunken schon 1983/1984 aufgekauft hatte, gehören auch diese Patente Thomson.

Wie die Unternehmen gibt auch das Fraunhofer IIS grundsätzlich keine Auskunft über Lizenzeinnahmen. Das liegt daran, dass die Verträge mit den Lizenznehmern vertraulich sind. So gibt es auch beim Layer-2 keinerlei Informationen über die Patenterlöse. Diese Lizensierung hatte Philips übernommen. Übrigens wollte der Philips-Konzern, der mp3 immer bekämpft hatte, später am Erfolg von mp3 profitieren und beauftragte das italienische Patentverwertungsunternehmen Sisvel, bei mp3-Anwendern Lizenzen für ihre Audio-Coding-Patente einzufordern.

Zurück zum Umgang mit Patenten: Es genügt nicht, Patente weltweit anzumelden, man muss sich auch intensiv darum kümmern, dass sie eingesetzt werden. »Lizenzerträge fallen nicht vom Himmel«, betont Heinz Gerhäuser deshalb mit Nachdruck. »Patente allein sind keine Lizenz zum Gelddrucken«, gibt auch der neue IIS-Institutsleiter Albert Heuberger zu bedenken. »Oft wird vergessen, wie viel Aufwand und Arbeit in die Umsetzung und Verwertung gesteckt werden müssen.« Auch heute leistet das Institut enorm viel, damit die Erlöse weiter sprudeln. So sind im Jahr 2014 von den mehr als 200 Mitarbeitern des Bereichs Audio und Multimedia mehr als die Hälfte mit der Entwicklung produktreifer Software-Lösungen sowie mit internationalen Verwertungstätigkeiten beschäftigt. Dazu gehört auch die Weiterentwicklung und Durchsetzung neuer Standards in Industriegremien.

Heinz Gerhäuser hat im Rückblick einmal zusammengefasst, was die wichtigen Voraussetzungen für den nachhaltigen Lizenzerfolg waren, und ist dabei auf fünf Faktoren gekommen:

Zunächst geht es darum, eine stabile und klare Marktposition herzustellen, damit der Kunde keine oder nur wenige Alternativen hat. Bei Massenprodukten wird das durch einen internationalen Standard erreicht. »Dabei wird aber häufig übersehen«, gibt Gerhäuser zu bedenken, »dass nicht nur Primärstandards, sondern Sekundärstandards eine wichtige Rolle spielen.« Diese müssen ebenso wie der Primärstandard in den Gremien »erkämpft« werden. So hat sich beispielsweise AAC im Jahr 2001 im 3rd Generation Partnership Project 3GPP gegen Microsofts WMA als weltweiter Standard für Musik auf Mobiltelefonen durchgesetzt. 2004 wurde HE-AAC gegen ein Konsortium aus Nokia und Ericsson zum Streaming-Format für Mobiltelefone. Auch bei TV-Standards konnte sich HE-AAC durchsetzen. Außerdem wurde der vom Fraunhofer IIS mitentwickelte xHE-AAC-Codec zum Standard für Digital Radio Mondiale.

Die zweite wichtige Voraussetzung liegt bei einer moderaten Lizenzgebühr. Das hält die Unternehmen ab, sich damit zu beschäftigen, wie man Patente umgehen kann. Außerdem lohnt es sich nicht, sich wegen geringen Kosten dem Risiko einer Schutzrechtsverletzungsklage auszusetzen.

Zum Dritten müssen die Nutzungsrechte für die Lizenznehmer schnell und einfach umsetzbar sein. »Zwischen dem Recht, eine Erfindung nutzen zu dürfen, und der Fähigkeit, dies auch zu können, liegen oft Welten«, weiß Gerhäuser aus zahlreichen Industrieprojekten. Deshalb spielte – auch nachdem Thomson alle Lizenzaktivitäten übernommen hatte – das Zusammenspiel mit dem Fraunhofer IIS so eine entscheidende Rolle. Das Fraunhofer IIS bot die Unterstützung bei der Implementierung der Software, die die Lizenznehmer brauchten. Vorausschauend entwickelte es Softwaremodule und Bibliotheken zum Design von Chips für eine große Zahl von Hardwareplattformen. Mit einer Evaluierungssoftware können Kunden, die eine Lizenz erwerben möchten, vorher prüfen, ob ihre Erwartungen erfüllt werden. Dieser Betreuungsservice muss über einen langen Zeitraum zur Verfügung gestellt werden. Unternehmen wollen ihre Produkte oft erst nach Jahren weiterentwickeln. Dann ist das Know-how von damals wieder gefragt. Deshalb muss das Wissen und Können der Erfahrungsträger erhalten und systematisch weitergegeben werden.

Viertens müssen die Patentfamilien international breit abgesichert und die Nutzungsrechte konsequent durchgesetzt werden. Die internationale Anmeldung und Aufrechterhaltung von Patenten ist sehr teuer. Deshalb muss man beim Aufbau eines internationalen Patentportfolios einkalkulieren, dass es mehr als 10 Jahre dauern könnte, bis sich die akkumulierten Kosten durch Lizenzeinnahmen ausgleichen. Das IIS konnte diese lange Durststrecke durch Projekterträge überbrücken, die mit der Technologieumsetzung verbunden waren. Zum anderen muss man in der Lage sein, Rechtsstreitigkeiten durchzustehen. Dabei geht es darum, eigene Rechte notfalls juristisch durchzusetzen und sich gegen Angreifer zu wehren. Notwendig sind dazu nicht nur kompetente und erfahrene Anwälte, sondern auch große finanzielle Rücklagen. »Die gerichtliche Durchsetzung von Rechten vor ausländischen Gerichten ist nicht nur eine sehr aufwendige, kostenträchtige und höchst schwierige Prozedur, sondern auch eine sehr riskante«, weiß Gerhäuser aus einer Patentklage von Lucent gegen Microsoft, bei der das Fraunhofer IIS indirekt betroffen war. Lucent – das inzwischen zu Alcatel gehört – hatte als Nachfolger der Bell Labs Microsoft wegen mehrerer Patentverletzungen verklagt. Im Jahr 2007 auch wegen der Verwendung von mp3-Software im Windows Media Player. Lucent forderte einen Schadensersatz von 1,52 Milliarden US-Dollar. Wie kam Lucent dazu? Das Fraunhofer-Institut hatte damals, als mp3 entwickelt wurde, die Zusammenarbeit mit den Bell Labs und die gemeinsame Nutzung der entstehenden Patente geregelt. Doch im Jahr 1996 spaltete AT&T seine Tochtergesellschaft Lucent und mit ihr auch die Bell Labs ab. Lucent stieg zum Börsenliebling auf, um gleich danach mit dem Abschwung der Technologiebranche ganz tief abzustürzen. Der Telekommunikationsausrüster musste sich von Zehntausenden von Mitarbeitern trennen und die Bell Labs immer weiter schrumpfen. Wo in Spitzenzeiten 3300 Forscher tätig waren, forschten am Ende nur noch 750. So verwundert es nicht, dass Lucent verzweifelt versuchte, aus dem Patentschatz der Bell Labs noch etwas herauszuholen. So kam es zu dem langwierigen Rechtsstreit, bei dem Microsoft zwar in erster Instanz verurteilt, aber in der Berufung freigesprochen wurde. Dass es in über 20 Jahren bei diesem einzigen Rechtsstreit blieb, der die Lizensierungsrechte von Fraunhofer bestätigte, zeigt die sichere Basis des mp3-Patentportfolios – ein wichtiges Argument für die Lizenznehmer.

Als fünften und letzten Punkt nennt Gerhäuser den »langen Atem«, den man für Innovationen benötigt. Der erfahrene Forschungsmanager ist immer wieder erstaunt, wie kurzfristig die Industrie mit ihren »Optimierungsstrategien« agiert und wie wenig sie ihre eigenen Technologie-Roadmaps ernst nimmt. »Das Moore'sche Gesetz war uns sehr präsent«, erinnert sich Gerhäuser. »Wir wussten auch, dass die Industrie mit ihren kurzen Zeitvorstellungen danebenlag, es ging nicht so schnell. Nehmen wir das Beispiel Digitaler Rundfunk. Da hat es fast bis heute gedauert, bis er richtig in Schwung kam. Das sind fast zwanzig Jahre – und in dieser Zeit ist durch die exponentielle Entwicklung der Mikroelektronik unglaublich viel geschehen.«

Aber auch in der angewandten Forschung bei Fraunhofer kann es vorkommen, dass Technologieentwicklungen aufgegeben werden, wenn kein Anschlussprojekt akquiriert werden kann. Solche Lücken könnten durch Lizenzeinnahmen überbrückt werden. »Wenn es der Fraunhofer-Gesellschaft gelingt, für erfolgversprechende Themen diesen langen Atem zu entwickeln, dann ergeben sich daraus interessante Alleinstellungsmerkmale«, weist Heinz Gerhäuser auf eine weit über das Institut hinausreichende Perspektive hin.

Gemeinsam mit dem Fraunhofer IIS hat die Fraunhofer-Gesellschaft eine Strategie entwickelt, um die hohen Lizenzerlöse nachhaltig einzusetzen. Die Mittel werden in zwei großen Forschungsprogrammen eingesetzt, um in erfolgversprechenden Zukunftsgebieten neue Kompetenz mit nachhaltiger Wirkung aufzubauen.

Im Jahr 2007 gründete die Fraunhofer-Gesellschaft die Fraunhofer-Zukunftsstiftung, um einen Teil der mp3-Lizenzerlöse nachhaltig für den Aufbau neuer Patentfamilien und Know-how einsetzen zu können. Eine Einlage von weit über 100 Millionen Euro ermöglicht der Stiftung, über einen längeren Zeitraum jährlich rund 10 Millionen für Forschungsprojekte bereitzustellen. Damit sollen langfristig neue Patent-Cluster in wichtigen Schlüsseltechnologiefeldern aufgebaut werden, um für mehr Wertschöpfung am Standort Deutschland zu sorgen.

Das zweite Forschungsprogramm wurde im Juli 2008 von der Fraunhofer-Gesellschaft und der Friedrich-Alexander-Universität Erlangen-Nürnberg gestartet. Gemeinsam richteten sie die »International Audio Laboratories Erlangen« ein. In diesem Forschungszentrum arbeitet seither ein Team von internationalen Wissenschaftlern auf dem Gebiet der Audio-

und Multimediatechnik. Dafür investiert das Fraunhofer IIS über einen Zeitraum von zehn Jahren bis zu 60 Millionen Euro Lizenzerlöse aus den Audiopatenten. Heinz Gerhäuser gründete die Initiative, um die Partnerschaft zwischen Universität und Fraunhofer IIS langfristig zu verstärken. Das Institut habe stark von der Universität profitiert, daher sei es nur gerecht, meint Gerhäuser, wenn die Universität jetzt auch etwas vom Erfolg abbekomme. Mit einer Forschungsallianz von FAU und Fraunhofer IIS hatte Mitte der 80er Jahre alles begonnen. Knapp 30 Jahre später können die Früchte der ersten Allianz genutzt werden, um in einer »zweiten« Allianz aus Fraunhofer IIS und FAU die Kompetenzen in der Audioforschung in Erlangen zu einem weltweit beachteten Schwerpunkt auszubauen. Erste Ergebnisse wie der neue Kommunikationscodec EVS zeigen, welche Perspektiven sich damit eröffnen.

Fraunhofer wird zum weltweiten Audiotechnologieführer

Vom 1. bis 5. September 2014 trafen sich die Audioexperten aus aller Welt in Erlangen bei der internationalen Fachkonferenz »Digital Audio Effects« (DAFx). Zu dem jährlichen Treffen, das bereits zum 17. Male stattfand, hatten in diesem Jahr die AudioLabs Erlangen, das Fraunhofer IIS sowie die FAU eingeladen. Fünf Tage lang stellte die internationale Audioszene ihre neuesten Entwicklungen vor und diskutierte darüber. Die Themen reichten in diesem Jahr von Musiksignal- und Sprachverarbeitung über Audioeffekt-Algorithmen und gehörangepasste Audiocodierung bis hin zu Raumklangverfahren und der physikalischen Modellierung von Klängen.

»Da der Standort Erlangen mit dem Fraunhofer IIS und den International Audio Laboratories Erlangen heute als eine der wichtigsten internationalen Adressen für Audiosignalverarbeitung und -codierung gilt, war es unser Anliegen, die Audiogemeinschaft nach Erlangen einzuladen und die etablierte Tagung hier auszurichten. Dies eröffnet uns die einmalige Möglichkeit, direkt vor Ort unser Know-how und unsere neuesten Erkenntnisse zu präsentieren und sich in fachlich inspirierender Atmosphäre mit anerkannten Toningenieuren und Akustikexperten aus aller Welt auszutauschen«, begründete Sascha Disch vom Fraunhofer IIS die Wahl des Konferenzorts Erlangen. Er leitete gemeinsam mit Jürgen Herre von den International Audio Laboratories Erlangen sowie Rudolf Rabenstein von der FAU das Konferenzkomitee.

Von den sechs Professuren, die an den AudioLabs eingerichtet werden, wurden inzwischen fünf durch international renommierte Experten besetzt: Tom Bäckström, Bernd Edler, Emanuel Habets, Jürgen Herre, Meinard Müller. Derzeit forschen etwa 50 internationale Experten, Postdocs und Studenten an der Zukunft von Audio und Multimedia. Ein Schwerpunkt ist die 3D-Audiotechnologie. Ziel ist dabei, über den Surround-Sound hinaus ein möglichst realistisches Hörerlebnis wie bei Live-Musik-Events zu erzeugen. Jürgen Herre und Bernhard Grill leiten den Forschungsbereich, der sich mit Beiträgen für die nächste Generation von Audiocodecs beschäftigt. Ein weiterer Schwerpunkt ist die Audiosignalanalyse. Sie wird von Bernd Edler vorangetrieben, um bessere psychoakustische Modelle für eine differenziertere Analyse des Signals zu entwickeln.

Ein anderes Team ist die Emerging-Audio-Research-Gruppe. Unter der Leitung von Frederik Nagel erforscht die Gruppe die Umwandlung von Daten in Ton, neue Verfahren der Bandbreitenerweiterung und neue Konzepte zur Verbesserung der subjektiven Hörtests. Im Schwerpunkt Semantische Audioverarbeitung entwickelt Meinard Müller neue Methoden, um die akustischen Signale in einer intuitiven Weise – wie das menschliche Gehör – zu analysieren. Dabei geht es darum, einzelne Noten, melodische Phrasen, rhythmische Muster oder den Klang bestimmter Instrumente zu erkennen. Die Spatial-Audio-Processing-Gruppe wird von Emanuel Habets geleitet. Hier geht es vor allem darum, die Audio-Aufnahme und Wiedergabe auf bestimmte Anforderungen hin wie etwa Sprachverständlichkeit zu optimieren und durch räumliche Audiocodierung immersive Raumerlebnisse zu ermöglichen. Im letzten Schwerpunkt der AudioLabs erforscht Tom Bäckström die Sprachcodierung, die mit den neuen Mobilgeräten einen so hohen Stellenwert für die globale Kommunikation erhalten hat.

»Die AudioLabs sind ein Element unserer systematischen Technologieentwicklung. Wir investieren einen Teil der Lizenzerlöse in eine Speerspitze der akademischen Forschung an der Universität, um neue Technologien zu erforschen«, erklärt Institutsleiter Albert Heuberger. Gemeinsam haben die FAU und das Fraunhofer IIS, das im Bereich Audio & Multimedia bereits über 200 Entwickler beschäftigt, so in Erlangen das weltweit größte und erfolgreichste Entwicklungszentrum für Audiocodierverfahren aufgebaut. Mit mp3 und der AAC-Familie legten die Forscher den Grundstein für diese Spitzenposition. »Wir haben an fünf erfolgreichen Generationen von MPEG-Audiocodierverfahren mitgearbeitet und so einen hervorragenden Ruf in Industrie und Wissenschaft erreicht. Dass wir weltweit eine Spitzenposition innehaben, konnten wir mit dem erneuten Gewinn der Ausschreibung für die nächste MPEG-Generation beweisen«, freut sich Bernhard Grill über die anhaltende Leistungsfähigkeit der Erlanger Audioforschung.

Und die Erlanger Forscher brüten ständig neue Ideen aus,

was mit fortgeschrittener Digitaltechnik möglich wird. Schon Ende der 1990er Jahre wurde der damalige Institutsleiter Heinz Gerhäuser gefragt, wie lange er sich denn noch mit Audiocodierung beschäftigen wolle, das Thema sei doch schon ziemlich ausgeforscht. Aber auch 15 Jahre später ist das Potential noch lange nicht ausgeschöpft, darin sind sich Bernhard Grill, Harald Popp und Jürgen Herre einig. Gemeinsam mit dem frischen Nachwuchs von der Universität treiben sie die Technologieentwicklung immer noch mit derselben Leidenschaft voran wie früher.

»Im Audiobereich besteht in einmaliger Weise die Möglichkeit, eigenständig vorzuentwickeln, zu patentieren und dann über Lizenzen zu vermarkten. Dabei entsteht eine Technologie mit so hohem Reifegrad, dass sie die Industrie ohne großen Aufwand umsetzen kann. Dazu braucht es aber einen Vorlauf von sieben bis acht Jahren. So viel Zeit haben wir bei normaler Auftragsforschung nicht«, erklärt Institutsleiter Heuberger das besondere Geschäftsmodell. »Dieses Modell funktioniert deswegen so gut, weil wir hier im Konsumerelektronikmarkt unterwegs sind, in dem sehr hohe Stückzahlen erreicht werden. Außerdem sind es Standards, die auf Interoperabilität beim Nutzer angewiesen sind. Das heißt, wenn ein bestimmter Standard in einem Endgerät eingesetzt wird, muss ein ganz bestimmtes, patentgeschütztes Verfahren benutzt werden.«

Um den langfristigen Erfolg der Audioforschung zu sichern, baut das Fraunhofer IIS die Kompetenzen und Kapazitäten in zwei Richtungen aus: Zum einen verstärkt es die Forschung mit den AudioLabs, zum anderen das Marketing, um in den wachsenden internationalen Märkten schlagkräftig auftreten zu können. »Mit mp3 hatten wir ein Monopol. Da kamen alle zu uns«, blickt Harald Popp zurück, »heute ist unser Geschäft viel breiter. Da müssen wir um jeden Einsatzbereich kämpfen.

Das heißt weltweite Präsenz.« Eine große Herausforderung auch für die Mitarbeiter, die ständig auf Messen, Konferenzen, Gremientreffen und bei Kunden unterwegs sind. »Die Konsumelektronikindustrie war erst in Europa, dann in den USA und in Japan. Heute ist sie in Korea und künftig zunehmend in China«, erinnert Albert Heuberger an den Strukturwandel der Wirtschaft. »mp3 war der Grundstein für eine technologische Revolution und zeigt, dass Technologieentwicklung in Deutschland möglich ist für eine Industrie, die hier überhaupt nicht mehr existiert. Trotzdem ist es gelungen, das weltweit führende Labor für Audiocodiertechnologie in Deutschland aufzubauen.«

Heute hat das Fraunhofer IIS Vertreter in Kalifornien, China, Japan, Korea, Malaysia und Spanien, da die wichtigsten Player der Mobilfunk- und Unterhaltungsgeräte-Industrie dort und nicht in Deutschland sitzen. Dennoch ist der Reiseaufwand für das Business-Team oft »der Wahnsinn«, kommentiert der Abteilungsleiter Popp. »Wenn man aber bedenkt, dass jedes Jahr 1 Milliarde neue Geräte auf den Markt kommen und in jedem ist unsere Technologie drin, dann weiß man, dass sich dieser Aufwand lohnt.«

Mit einigen wenigen Mitarbeitern, die Dieter Seitzer aus seinem Lehrstuhl an der FAU »ausgründete«, hat das Fraunhofer IIS Mitte der 1980er Jahre angefangen. Heute sind über 830 Mitarbeiter an Standorten in Erlangen, Nürnberg, Fürth, Dresden, Ilmenau, Würzburg, Bamberg, Coburg und Deggendorf beschäftigt. Mit mehr als 109 Millionen Euro Budget ist es das größte Institut der Fraunhofer-Gesellschaft. Und es wächst ungebremst weiter: Zusätzlich zu dem Geschäftsfeld Audio & Multimedia arbeiten die Forscher und Entwickler auf den Gebieten Digitaler Rundfunk, Digitale Kinotechnik, Entwurfsautomatisierung, integrierte Schaltungen und Sensorsysteme, drahtgebundene, drahtlose und optische Netzwerke,

Lokalisierung und Navigation, Hochgeschwindigkeitskameras, Ultrafeinfokus-Röntgentechnologie, Bildverarbeitung und Medizintechnik sowie an Technologien für die Logistik-Dienstleistungswirtschaft.

»Wir haben eine gesunde Diversität«, betont Albert Heuberger. »Wir haben das Fraunhofer IIS in sechs Bereichen organisiert und achten darauf, dass jeder Bereich im weltweiten Vergleich auf seinem Gebiet Exzellenz und ein klares Profil erreicht.« So hat das Institut zumindest für die nächsten Jahre eine gute Ausgangsposition. »Natürlich darf man nicht glauben, dass das immer so weitergeht«, blickt er in die Zukunft. »Wir müssen sehr wachsam sein, ständig Neues entwickeln und alles tun, um zukunftssicher zu bleiben.«

Technologien für Audio und Video – Fraunhofer IIS, IDMT, HHI

Das Fraunhofer IIS kooperiert eng mit dem Fraunhofer-Institut für Digitale Medientechnologie IDMT in Ilmenau, das von Karlheinz Brandenburg und Thomas Sporer geleitet wird. Gemeinsam bilden die beiden Institute die Audio & Multimedia-Gruppe. Das Fraunhofer IDMT mit Außenstellen in Erfurt und Oldenburg forscht und entwickelt auf den Gebieten der professionellen Audiotechnik und Unterhaltungselektronik.

Darüber hinaus beschäftigen sich die Forscher mit einem Thema von besonderer Bedeutung in einer alternden Gesellschaft: der Schwerhörigkeit und der Hörgeräte-Entwicklung. Die Projektgruppe für Hör-, Sprach- und Audiotechnologie des Fraunhofer IDMT in Oldenburg, die von Prof. Birger Kollmeier geleitet wird, entwickelt Technologien, die das Hören im Alltag verbessern.

Schwerhörigkeit ist weit verbreitet, in der Europäischen

Union haben rund 56 Millionen Erwachsene zwischen 18 und 80 Jahren eine behandlungsbedürftige Hörminderung. Damit ist jeder sechste Erwachsene betroffen, die Hälfte davon im berufstätigen Alter. Vor allem in Räumen, in denen viele Menschen durcheinanderreden, oder bei lauten Hintergrundgeräuschen fällt es hörgeschädigten Menschen schwer, einem Gespräch zu folgen.

Bis in die 90er Jahre waren Hörgeräte primär auf die Versorgung jedes einzelnen Ohrs ausgerichtet. Doch wie beim Sehen entsteht erst durch die Interaktion von linkem und rechtem Ohr ein räumlicher Eindruck. Dadurch wird es möglich, die Aufmerksamkeit gezielt auf einen Sprecher zu richten. Diese Erkenntnis hat Birger Kollmeier genutzt, um moderne Hightech-Hörsysteme zu entwickeln, die das Zusammenspiel beider Ohren ermöglichen. Durch eine Funkverbindung zwischen beiden Hörgeräten und eine ausgefeilte Datenverarbeitung wurde eine neue Generation von deutlich besseren Hörsystemen möglich. Siemens brachte bereits im Jahr 2004 erste binaurale Geräte auf den Markt. Heute basieren fast alle modernen Hörgeräte auf dieser Technik des beidohrigen Hörens.

Für die Entwicklung von »binauralen Hörgeräten« wurde Birger Kollmeier, der Leiter der Fraunhofer-Gruppe, im Jahr 2012 gemeinsam mit Volker Hohmann von der Universität Oldenburg und Torsten Niederdränk von der Siemens AG mit dem Deutschen Zukunftspreis ausgezeichnet.

Diese Beispiele zeigen, dass die Fraunhofer-Institute IIS und IDMT Technologieführer bei den digitalen Audiotechnologien sind. Was IIS und IDMT bei Audio sind, ist das Berliner Fraunhofer-Institut für Nachrichtentechnik, Heinrich-Hertz-Institut HHI, für Video.

Thomas Wiegand, der an der Universität Erlangen promoviert hat und heute Institutsleiter des Fraunhofer HHI ist, hat gemeinsam mit Detlev Marpe und Heiko Schwarz grundlegende Beiträge für den internationalen Videostandard H.264/AVC geliefert. Dieser wurde 2003 von den beiden internationalen Standardisierungsgremien ITU-T Video-Coding-Experts-Group und ISO/IEC MPEG Video verabschiedet und sorgt heute in weit mehr als 1 Milliarde Geräte für guten Videoempfang. H.264/AVC ermöglicht neben der Übertragung von Videos via Internet auch hochauflösendes Fernsehen, TV in 3D, Filme auf Abruf, Videos im Web, Blu-ray, Videokonferenzen oder videobasierte Sicherheits- und Medizintechnik. Die Technologie hat sich weltweit durchgesetzt.

Kaum ein Computer-, Tablet- oder Smartphonenutzer weiß, dass er die Filme, Animationen, Videoclips oder Fernsehnachrichten, die er sich via Internet auf seine Geräte holt, nur deshalb in guter Qualität genießen kann, weil sie mit H.264/AVC komprimiert werden. Das ist das Schicksal von Standards, die so in Produkte integriert sind, dass sie zwar jeder benutzt, aber niemand mehr wahrnimmt.

Heute machen Videosignale über 70 Prozent des Datenaufkommens im Internet aus. Diese Bilderflut erzeugt eine gigantische Datenmenge. Dass die Netze trotzdem nicht verstopfen, liegt an neuen, besonders leistungsfähigen Videokompressionsverfahren. Nicht nur das, sie sorgen dafür, dass überhaupt eine brauchbare Übertragung stattfinden kann. Die Rohdatenrate eines hochauflösenden Fernsehsignals HDTV beträgt etwa 600 Mbit/s. Für die Übertragung übers Internet stehen aber meistens nur Bitraten von 5 bis 10 Mbit/s zur Verfügung. Ohne Komprimierung geht es nicht. Aufgabe ist daher, für diese geringen Bitraten eine möglichst hohe Qualität zu erreichen.

Das effizienteste Verfahren war – bis 2013 – der Standard H.264/AVC. Er reduziert die Daten im Vergleich zu früheren Verfahren auf etwa die Hälfte – ohne sichtbaren Qualitätsverlust. Möglich wird das, weil immer nur der Teil eines Bildes übertragen wird, der sich von den vorhergehenden Bildern unterscheidet. Da alle gleichbleibenden Bereiche aus den vorhergehenden Sequenzen »vorhergesagt« werden, muss nur noch die Differenz zwischen der Vorhersage und dem aktuellen Bild übertragen werden. Wiegand und sein Team haben diese Vorhersage erweitert, im dem sie statistische Langzeitabhängigkeiten nutzen. Anders gesagt: Wenn ein Bildinhalt nicht aus dem vorherigen Bild vorhergesagt werden kann, dann vielleicht aus einem Bild, das weiter zurückliegt.

Dass wir einen Film ebenso auf einem Computer wie auf einem Tablet oder Smartphone ansehen können, liegt an der skalierbaren Videocodierung. Diese Technik, die vom Fraunhofer HHI mitentwickelt wurde, beschreibt die effiziente Übertragung von mehreren Auflösungen oder Qualitäten eines Signals in einem Bitstrom. Damit kann das Signal optimal auf unterschiedlichen Geräten dargestellt werden.

»Wir haben in allen vier Phasen der Standardisierung von H.264/AVC wesentliche Beiträge geleistet«, beschreibt Thomas Wiegand die langjährigen Forschungsarbeiten des Fraunhofer HHI. Auch an der Entwicklung der neuesten Fernsehtechnologie, dem 3D-TV, arbeitet das Institut in maßgeblicher Rolle mit. So hat es sich mit einem Konzept durchgesetzt, das es erlaubt, die Stereo-Videocodierung besonders einfach und schnell in schon vorhandenen Endgeräten zu realisieren. Stereoskopisches Video ermöglicht die Darstellung räumlicher Tiefeneindrücke auf Flachbildschirmen mit Hilfe von 3D-Brillen. Diese Technologie ist heute in allen 3D-fähigen Blu-ray-Playern implementiert. Übrigens wurden die grundlegenden Forschungsarbeiten für die Entwicklung diese Technologie von der Fraunhofer-Zukunftsstiftung gefördert.

Im Januar 2013 löste der neue Videokompressionsstandard H.265/MPEG-HEVC das alte H.264/AVC ab. Auch daran hat das Entwicklerteam aus dem Fraunhofer HHI einen wesentlichen Anteil. HEVC erhöht die Möglichkeiten der Videokompression nochmals deutlich. Der neue Standard erreicht im Vergleich zu H.264/AVC eine weitere Datenreduktion um etwa 50 Prozent bei gleichbleibender Qualität. Seitdem arbeiten die Berliner Forscher an Erweiterungen für diesen neuen Standard wie höhere Bit-Tiefe, Skalierbarkeit und 3D.

Thomas Wiegand hat mehr als 100 Standardisierungsvorschläge zum technischen Inhalt von H.264/AVC- und H.265/MPEG-HEVC-Videocodierstandards beigetragen und wurde gemeinsam mit Detlev Marpe und Heiko Schwarz mit zahlreichen Preisen ausgezeichnet.

Die Bedeutung ihrer Forschungsarbeiten ist mit der Entwicklung von mp3 und AAC vergleichbar. Beide Fraunhofer-Institute, IIS und HHI, stehen in ihrem Fachgebiet weltweit an der Spitze und prägen die internationalen Standards. Videocodierung ist eine Schlüsseltechnologie in unserem bildgeprägten Zeitalter. Und der gute Ton gehört immer dazu.

Die Musikindustrie ist zurück – Streaming im Trend

Seit Ende der 90er Jahre befand sich die Musikindustrie in der Krise. Branchenfremde Akteure erschufen ein neues Paradigma, das Stück für Stück das gesamte Produktions- und Vermarktungssystem der Musikindustrie samt seinen Werten und Handlungsweisen veränderte. Der Wechsel vom Tonträger zur Musikdatei führte nicht nur zu völlig neuen Geschäfts- und Vertriebsmodellen, sondern auch zu einem neuen, losgelösten Musikkonsum.

Peter Tschmuck fasst den Paradigmenwechsel so zusammen: »Das Geschäftsmodell rund um den Tonträger hat seine Wertschöpfungskraft verloren. Stattdessen bildet sich ein neues Geschäftsmodell, oder besser gesagt, es bilden sich gleich mehrere Geschäftsmodelle heraus, in denen der Zugang zur Musik als Dienstleistung vermarktet wird. Ob dabei Musik direkt verkauft wird (über Download-Shops, Abo-Dienste, Klingeltöne etc.) oder indirekt zur Quelle von neuen Erlösströmen wird (Musik als Werbeträger, Musik als Verkaufsargument für Abspielgeräte oder Content für andere Entertainment-Angebote wie in Videospielen etc.) ist nicht entscheidend. Entscheidend ist vielmehr, wie sich diese Angebote zum Nutzen aller Beteiligten entfalten können.«[180]

Von 1999 an fielen die weltweiten Umsätze des Tonträgergeschäfts von 26 Milliarden auf 15 Milliarden Dollar. Die Zahl der weltweit agierenden, alle Genres abdeckenden Major-Labels halbierte sich von sechs auf drei. Ins Zentrum des Musikgeschäfts drängen die Unternehmen, die den komfortabelsten Zugang zu den umfangreichsten Online-Musikkatalogen gewährleisten. Und das sind Seiteneinsteiger wie Apple oder der Streaming-Anbieter Spotify. Den großen Plattenfirmen ist es nicht mehr gelungen, die Kontrolle zurückzugewinnen. An ihrer Stelle versuchen nun Internet-Giganten wie Apple, Amazon und Google ihre Dominanz über den gesamten Wertschöpfungsprozess auszubauen. Sie locken die Verbraucher in ihre »Ökosysteme«, um sie darin festzuhalten und möglichst umfassend mit eigenen Angeboten zu versorgen.

»Die Musikindustrie ist tot«, diagnostizierten die Kritiker in den nuller Jahren. »Mag sein, doch dann ist 2012 das Jahr der Auferstehung. Denn erstmals seit mehr als einer Dekade hat es die Branche geschafft, ihre Umsätze wieder zu steigern, von 16,4 Milliarden auf 16,5 Milliarden Dollar«[181], konstatierte Alina Fichter in der *Zeit* im März 2013. »Das ist bloß ein winziges Wachstum, aber es geht auch nicht um die nackte Zahl. Das Ungeheure ist, dass die Einnahmen nicht trotz –

sondern dank des Internets gestiegen sind.« Dieter Gorny, Präsident des Bundesverbands Musikindustrie, sprach von einer »Zeitenwende« und jubelte: »Wohlgemerkt nach Jahren erdrutschartiger Einbrüche, die bekanntermaßen zu einer Halbierung des Umsatzniveaus geführt haben.«[182] Wichtig sei vor allem, dass der »Anteil am digitalen Wachstum explodiert.« Schon jetzt sorge er in sieben der 20 größten Musikmärkte für steigende Einnahmen: In Schweden, Norwegen, Indien, Brasilien, Kanada, Japan und Mexiko. Die Einnahmen aus klassischen CD-Verkäufen liegen zwar mit 9 Milliarden immer noch höher als der digitale Umsatz mit 5,6 Milliarden Dollar. Doch während die CD-Verkäufe weiter sinken, steigt der digitale Umsatz seit neun Jahren. Downloads haben um 12 Prozent zugelegt, Streaming-Abos um 44 Prozent. Erstmals erreichte der Umsatz online vertriebener Musikprodukte das Niveau des klassischen Handels.

Im Jahr 2013 setzte sich der Aufwärtstrend fort: Erstmals seit 15 Jahren wuchs auch der deutsche Musikmarkt um 1,2 Prozent auf 1,45 Milliarden Euro. Doch anders als in vielen anderen Ländern bevorzugen die deutschen Musikkäufer die CD, die trotz eines kleinen Rückgangs mit 77,4 Prozent zentrale Säule des Musikgeschäfts bleibt. Allerdings wuchs der Verkauf digitaler Musik um 11,7 Prozent und konnte so die Rückgänge in den anderen Bereichen mehr als ausgleichen. Auch hier sorgt das Streaming mit 91,2 Prozent plus für den Wachstumsschub. Deutschland hat den Streaming-Anteil in einem Jahr nahezu verdoppelt, liegt aber immer noch bei niedrigen 4,7 Prozent. In Schweden führt Streaming mit 66 Prozent die Musikumsätze an.

Betrachtet man den gesamten Internetumsatz durch Downloads und Streaming, dann liegt Deutschland mit nur 20 Prozent Internetumsatz deutlich hinter den führenden Märkten zurück. Die USA hat einen Internetanteil von 60 Prozent,

Schweden sogar 70 Prozent, Norwegen 67 und Dänemark 55 Prozent. Hier ist der physikalische Tonträger CD bereits von der digitalen Musikdatei überholt worden.

Neuerdings ruhen die Hoffnungen der Musikindustrie auf den Streaming-Abos. Im Jahr 2013 stieg der Streaming-Umsatz nach Angaben der International Federation of Phonographie IFPI weltweit um 51 Prozent auf 1,11 Milliarden Dollar, die Zahl der bezahlten Streaming-Abonnements wuchs um 40 Prozent auf 28 Millionen.

Streaming-Dienste wie Marktführer Spotify bieten Millionen von Musiktiteln per Abonnement. Für eine monatliche Gebühr kann der Musikfan aus riesigen Musikbibliotheken auswählen. Für die Musikindustrie ist das ein besonders lohnendes Geschäft, denn sie bekommen jedes Mal Geld, wenn der Kunde ein Musikstück anhört – und wie oft er es anhört, so oft rattert auch die Kasse der Musikindustrie. Das ist für die Labels sehr profitabel, denn die Streaming-Dienste geben 55 bis 70 Prozent ihres Umsatzes an die Labels weiter. Allein Marktführer Spotify hat seit 2008 mehr als eine Milliarde Dollar Lizenzgebühren ausgeschüttet.

Dieter Gorny rechnet vor, welche Möglichkeiten sich für die Musikindustrie ergeben: »Der durchschnittliche Musikkäufer gibt heute 56 Euro im Jahr aus, ein Streaming-Abonnement kostet mehr als das Doppelte – ein Vergleich, der zeigt, wie viel Potential diese Form des Musikkonsums mit sich bringen kann.«[183] Und 65 Prozent der Deutschen geben überhaupt kein Geld für Musik aus. Die Streaming-Dienste versprechen, auch an diese Gruppe heranzukommen. »Gerade darin, Nichtzahler, die sich bisher kaum vom digitalen Angebot angesprochen gefühlt haben oder sich illegal versorgt haben, wieder zu Zahlern zu machen, besteht eine der zentralen Herausforderungen der kommenden Jahre.«[184] Schon 2013 waren 20 Prozent der täglich gehörten Musik gestreamt. 6 Prozent gehen über Streaming-Abos. Drei Viertel nutzen Streaming-Dienste nur zum Vorhören. Jeder zweite Deutsche benutzt ein Smartphone zum Musikhören. In Deutschland betreibt die Simfy AG ein Musikstreamingportal, das mehr als 25 Millionen Musiktitel für seine Abonnenten anbietet.

In allen Ländern, in denen Smartphones weit verbreitet sind, bestehen große Chancen für Streaming-Dienste. Aus dieser Erkenntnis speist sich die Hoffnung der Musikindustrie, dass mit den komfortablen Angeboten der Streaming-Dienste viele junge Leute, die Gratisangebote gewohnt sind, und viele Musikfans in den Ländern, die sich bisher nicht um Urheberrechte kümmern, zu gewinnen sind.

Warum ist Streaming bei den Verbrauchern so beliebt? Weil es inzwischen mit den Abo-Modellen tatsächlich nutzerfreundlich geworden ist. Die Nutzer können jederzeit auf alle ihre Lieblingstitel und darüber hinaus auf Millionen von Musikstücken zugreifen, überall, jederzeit und mit allen Geräten, ob Smartphone, mp3-Player oder Stereoanlage. »Am Ende bleibt vom Gefühl der großen digitalen Freiheit im Unterhaltungsgeschäft vor allem eines: größtmögliche Bequemlichkeit. Die Bequemlichkeit, immer und überall Zugriff zu haben auf die Lieblingsmusik, die Lieblingsfilme«[185], schrieb Lutz Knappmann im Juni 2014 in der *Süddeutschen Zeitung*.

Apple hat die Nutzerfreundlichkeit zur Perfektion getrieben und den Menschen die Freude am Benutzen technischer Geräte zurückgegeben. Mit der Verbindung von einfacher, intuitiver Bedienung und schickem Design hat Steve Jobs Geräte mit Kultstatus geschaffen. So komfortabel war das Verwalten der Lieblingsmusik noch nie. Auch Googles Erfolg beruht zu einem guten Teil auf dem schlichten, aufgeräumten Design und den einfachen Suchfunktionen. Das zeigt ein wesentliches Merkmal der digitalen Revolution: Man sollte das Bedienen der digitalen Geräte, Dienste und Infrastrukturen tatsächlich so einfach wie möglich machen, wenn man die Konsumentenmassen erreichen will.

Streaming ist daher der nächste logische Schritt der Nutzerfreundlichkeit: Wozu Musik noch besitzen, wenn jederzeit der Zugriff möglich ist? Wozu die Musikfiles speichern, wenn man auch so alle Vorteile der digitalen Musikverwaltung und jederzeit Zugriff auf seine Lieblingstitel hat? Wie man sich in einer Bibliothek Bücher oder CDs ausleiht, kann man nun einfach online je nach Bedarf Musikstücke anhören und dabei auf ein viel größeres Angebot zurückgreifen, als man je zuhause ansammeln könnte. Außerdem kann man sofort auch die neuesten Titel anhören. Die ganze Welt der Unterhaltung auf Abruf – viel komfortabler und umfassender als in jeder noch so gut ausgestatteten Bibliothek. Schnelle Kabelanschlüsse und drahtlose Internetverbindungen ermöglichen überall den Zugang zu den Streaming-Portalen. Und auch hier wird sich wie bei Telefon und Internetzugang eine Flatrate durchsetzen. Man zahlt nicht mehr das einzelne Musikstück oder den Film, sondern erhält für ein Monats-Abo Zugang zum gesamten Unterhaltungsangebot.

Noch laufen in den USA etwa 80 Prozent der Download-Verkäufe über den iTunes Store. Doch die wachsende Beliebtheit der Streaming-Dienste hat dazu geführt, dass die Verkäufe von Musikdateien erstmals wieder gesunken sind. Während die Zahl der Downloads zurückging, stieg die Zahl der gestreamten Musik im Jahr 2013 um 51 Prozent.

Ob die alte Weisheit von Steve Jobs, dass Musikfans ihre Lieblingsmusik besitzen wollen, damit ganz außer Kraft gesetzt wird, darf man bezweifeln. Manchen wird es reichen, wenn sie jederzeit darauf zugreifen können, andere werden beides wollen, die Musik besitzen und sie überall nutzen. Denn die Musik-Abos haben ein Problem: Zahlt man nicht mehr, ist alles weg. Karlheinz Brandenburg hat in den vergangenen 20 Jahren so viele Geschäftsmodelle für Musikdienste entstehen, verschwinden und wiederauferstehen sehen, dass er skeptisch bleibt, ob das schon das Ende der Entwicklung ist. »Abo-Modelle gab es schon ganz am Anfang, weit vor iTunes«, erinnert er.

Da auch hier die große Auswahl und der geringe Suchaufwand entscheidend sind, werden sich im wachsenden Streaming-Markt nur wenige große Anbieter am Ende behaupten. Dass die vier großen Internetkonzerne Apple, Google, Amazon und Facebook das Geschäft an sich reißen wollen, ist zu vermuten. Ob sich alte Musikkonzerne wie Sony oder neue Unternehmen wie Spotify durchsetzen werden, ist noch nicht entschieden. Auf jeden Fall werden jetzt die Weichen gestellt. Deshalb häufen sich die Aufkäufe und Fusionen. »Auffällig drängen in den letzten Wochen die Web-Giganten Apple, Google und Amazon in das Streaming-Geschäft. Apple kaufte für drei Milliarden Dollar den kleinen Anbieter Beats. Google übernahm den Musik-Streamer Songza und hat mit Youtube 90 Prozent Marktanteil bei Internet-Videos, die auf dem PC, Tablet oder Handy geschaut werden. Amazon versucht seit kurzem Musik-Streaming für seine ›Prime‹-Kunden anzubieten; Yahoo macht sich einen Namen beim Streamen exklusiver Live-Konzerte«[186], meldete die *Wirtschaftswoche* im Sommer 2014.

Inzwischen drängen neben Spotify, Ampya und Simfy neue Streaming-Dienste wie Pandora und Deezer in das lukrative Geschäft. Das setzt Apple unter Zugzwang. Apple hat deshalb die Major-Labels aufgefordert, ihre Musik zunächst exklusiv bei iTunes zu veröffentlichen und erst später in Streaming-Diensten anzubieten. Damit will Apple das erfolgreiche Modell der Filmindustrie adaptieren. Hier gilt die Reihenfolge, zuerst im Kino, dann auf DVD und im Bezahlfernsehen und am Ende im frei empfangbaren Fernsehen. Vorbild ist die Veröffentlichung des Albums »Beyoncé« der Sängerin Beyoncé

Knowles im Dezember 2013. Die Produktion wurde geheim gehalten, keine Werbung geschaltet. Völlig überraschend erschien das Album exklusiv bei iTunes und verkaufte sich eine Woche lang hervorragend, bis es in die CD-Läden kam. Erst später stellte Knowles zwei der Lieder bei Spotify zur Verfügung. Auf ihrem Youtube-Kanal stellte sie zu jedem Song einen 30-Sekunden-Teaser ein.

Zur Einführung des neuen iPhones im September 2014 hat Apple einen noch größeren Marketing-Coup gelandet: Alle 500 Millionen Apple-Kunden bekamen die neue Platte von U2 kostenlos. »U2s Entscheidung, sein komplettes, nagelneues Studioalbum an 500 Millionen Apple-Kunden zu verschenken, lässt die Musikindustrie erbeben«, beurteilte *Deutschlandradio Kultur* die Werbeaktion. »Tonträger, seit Jahrzehnten Brot und Butter der Branche, wurden nun auch ganz offiziell von einer der erfolgreichsten Rockbands der Welt zum reinen Marketing-Tool degradiert ... Was kann sich eine Band Besseres wünschen, als sein Album vor einem globalen Publikum vorzustellen? ... U2 sonnen sich nun im neuen Glanz und kassieren dabei ordentlich: Apple zahlt der Band eine ungenannte Millionensumme für das Album und macht die Iren zum Teil seiner globalen 100-Millionen-Dollar-Werbekampagne. 500 Millionen iTunes-Kunden, die das Album nun auf ihrer Playlist vorfinden, werden den alternden Rockern den dringend benötigten Fan-Nachwuchs bescheren und ganz sicher für volle Stadien bei der nächsten Welttournee sorgen.«[187] Wenige Wochen später musste sich U2-Sänger Bono bei den Fans entschuldigen und Apple eine Anleitung zum Löschen des Albums anbieten. Die PR-Aktion war nach hinten losgegangen. Immer mehr iTunes-Kunden beschwerten sich, dass ihnen das Album unverlangt auf die Playlist gesetzt wurde. Das Beispiel zeigt, wie empfindlich die Verbraucher auf jede Art von Bevormundung reagieren.

Ebenso zielgerichtet wie Apple ergänzte der weltweit führende Onlinehändler Amazon sein Musikangebot durch einen Streaming-Dienst. Google bietet neben seinem Streaming-Dienst Google Music nun auch kostenpflichtige Musikvideos auf Youtube an. Das in den USA sehr erfolgreiche Videoportal Netflix ging Ende 2014 in Deutschland an den Start. Auch der japanische Elektronikkonzern Sony bringt Musik und Filme auf seine Playstation 4. Das deutsche Fernsehunternehmen ProSiebenSat1 hat sein Musikportal Ampya, das gerade ein Jahr alt wurde, mit dem französischen Musikanbieter Deezer verschmolzen, um dem erfolgreichsten Streaming-Anbieter Spotify Konkurrenz zu machen. Microsoft ist mit Xbox Music aktiv, Apple ist mit iTunes Radio eingestiegen. Im Übrigen ist auch Napster als Streaming-Dienst wiederauferstanden, hat allerdings nur noch den Namen und das Logo mit der früheren Tauschbörse gemein und gehört seit 2011 zum US-amerikanischen Unternehmen Rhapsody International.

Noch ist Spotify der weltweite Marktführer für Streaming-Dienste. Spotify wurde 2008 in Schweden gegründet und hat inzwischen 10 Millionen zahlende Abonnenten. In Skandinavien entfallen mehr als zwei Drittel des Musikgeschäfts bereits auf Abo-Modelle. Spotify hat über die Kunden der bezahlten Abonnements eine vielfach größere Anzahl kostenloser Nutzer, die mit einem Testabo einen Monat lang ausprobieren können, ob ihnen das Angebot gefällt. Da Spotify auch hier – mit Werbung – Geld verdient, scheint auch dieser Marketingteil des Geschäftsmodells aufzugehen. Wer 10 Euro Monatsgebühr bezahlt, kann die 20 Millionen Musikstücke auch auf dem Handy oder Tablet anhören.

Es gab noch nie so viele Wege, Musik im Internet zu nutzen. Dem Musikfan stehen Hunderte von Online-Diensten und Tausende Webradios zur Verfügung – und täglich wird das Angebot größer. Die Musiker sind immer noch zerrissen zwischen Musikfans, Plattenfirmen und eigenen Rechten. Während die einen den Verfall ihrer Existenzbasis beklagen, nutzen die anderen das Internet als Werbeplattform für eine Karriere ohne oder gegen die Labels: Die Hiphop-Musikerin Angel Haze hatte ihre Raps jahrelang als Gratis-Mixtapes ins Netz gestellt – und war auf diese Weise ganz ohne Plattenfirma bekanntgeworden. Auch andere Musiker inszenieren sich selbst in sozialen Netzwerken und Videoportalen – oft publikumswirksamer als die Plattenfirmen. Der Youtube-Clip von Azealia Banks wurde 63 Millionen Mal angeschaut. Das zeigt: Manche Musiker sind schon Netzberühmtheiten, bevor das erste Album erschienen ist.

Es hat 20 Jahre gedauert, bis die Musikindustrie den technischen Wandel der Digitalisierung annehmen und neue tragfähige Geschäftsmodelle entwickeln konnte. Ulrich Dolata fasst seine Analyse des Wandels der Musikindustrie so zusammen: »All dies weist den ohne Zweifel gravierenden Wandel der Musikindustrie als längeren Prozess einer schrittweisen Neujustierung und Reorganisation des Sektors aus, der geprägt wird von einer Diversifikation der Musikvermarktung, der Herausbildung neuer Vertriebsformen, der Redefinition seiner institutionellen Rahmenbedingungen, der Ausdifferenzierung des ihn tragenden Akteursspektrums und den damit einhergehenden Veränderungen in den sektoralen Macht- und Einflussstrukturen. Substantieller Wandel als Ergebnis einer längeren Periode gradueller und sukzessiver Transformationen – das ist die wesentliche Signatur des technikgetriebenen Wandels der Musikindustrie. Das ist weniger als ein radikaler Bruch und mehr als die inkrementelle Weiterentwicklung des Bestehenden.«[188] Der Transformationsprozess der Musikindustrie ist noch nicht an sein Ende gelangt und deshalb jederzeit für überraschende Wendungen gut. Auch eine gelegentliche Renaissance der klassischen, haptischen Medien CD und Schallplatte wird den Megatrend der Digitalisierung nicht aufhalten.

Die Musikindustrie war – mit der Fotoindustrie – die erste große Branche, deren Geschäftsmodell von der Digitalisierung in Frage gestellt wurde. Jetzt scheint sie die heftigsten Turbulenzen überstanden zu haben. »Es ist ein Wendepunkt in der Geschichte der Kulturindustrie. Die Tonträgerindustrie stürzte als Erste in eine existentielle Krise, als das Internet zum Musikmedium wurde – und sie ist jetzt die erste Kulturbranche, die eine Antwort auf die Schlüsselfrage dieser Zeit gefunden hat, die lautet: Wie verdient man Geld im Internet«[189], schrieb die *Zeit*.

Der Schlüssel zum Geldverdienen ist gefunden. Da müssten endlich auch die zwei wichtigen Anschlussfragen zu klären sein: Was ist ein angemessener Preis? Und: Wer bekommt davon wie viel? Wie bei jedem neuen Markt muss sich ein Verkaufspreis herausbilden, den viele Verbraucher zu zahlen bereit sind. Durch die einfache Möglichkeit zur Kopie steigt die Macht der Verbraucher, die sich, wenn ihnen der Preis zu hoch erscheint, das digitale Produkt illegal besorgen. Und natürlich erwartet der Verbraucher, dass eine digitale Datei, die weder Produktions-, noch Versandkosten verursacht, deutlich billiger ist als das klassische physikalische Produkt, Musikdateien also deutlich günstiger als CDs und E-Books preiswerter als Hardcover-Bücher zu kaufen sind. Das erzwingt niedrige Preise.

Das andere ungelöste Problem hängt eng mit dem Urheberrecht zusammen. Was bekommen die Künstler? Sind die Konsumenten Schuld, weil sie nicht mehr so viel bezahlen wie für die CDs? Sind es die Musikkonzerne, die zu wenig an die Künstler abgeben, oder sind es die Online-Musik-Anbieter, die höhere Preise verlangen sollten? Die Rechtsbeziehungen in der Musikbranche sind sehr komplex: Die Verträge mit den

Künstlern bezogen sich früher allein auf den Verkauf von Tonträgern, öffentliche Aufführungen in Radio und TV und die Verwendung in Film und Werbung; der Verkauf von Musikdateien war nicht vorgesehen und daher auch nicht geregelt. Daher taten sich die Rechtsabteilungen der Labels wie auch die Anwälte der Künstler sehr schwer, Maßstäbe für die neuen digitalen Vertriebswege zu entwickeln. Und natürlich wollte sich jeder selbst das größte Stück vom neuen Kuchen sichern. Jeder Akteur sah in dieser Zeit des Umbruchs die Chance, die Zukunft des digitalen Musikgeschäfts zu seinen Gunsten vorzuprägen. »Im Nachhinein erscheinen die Jahre des Zögerns als durchaus angemessene Zeit, um die Möglichkeiten eines komplett neuen Geschäfts auszuloten, das die nächsten Jahrzehnte dieser Industrie bestimmen wird«[190], erinnert Stefan Weickert an den schwierigen Prozess der Vertragsentwicklung. Nach wie vor besteht ein großer Bedarf an abgestimmten Vereinbarungen, die von allen Betroffenen akzeptiert werden. »Für die Zukunft ist es dringend erforderlich, die grundsätzlichen Spielregeln und Wertschöpfungsketten in einer neuen digitalen Ökonomie zu definieren«[191], bekennt auch der Bundesverband Musikwirtschaft.

Wie bei anderen Diensten scheint sich auch bei Musikangeboten die Flatrate durchzusetzen, wenig Geld für viel Musik. Doch der Billigtrend mit dem Verschleudern von Massenware auf der einen Seite löst auf der anderen Seite den Drang zum exklusiven Erlebnis aus, das dann auch teuer sein darf. Musik begann als Live-Aufführung – lange bevor sie auf Tonträger aufgezeichnet werden konnte. Wenn nun die Kosten für das Produzieren und Verteilen von Musik gegen null gehen, wird sich das Geschäft mit physischen Kopien auf ein Minimum reduzieren. Verdient wird dann wieder vor allem mit Konzerten statt Konserven. Das echte Musikerlebnis wird wieder wertvoll und zur wichtigsten Einnahmequelle der Musiker.

Die Musikindustrie hat sich an die Umwälzung der Märkte angepasst und ist nun dabei, neue Märkte zu erschließen, denn die Musikliebhaber sind nicht verschwunden, sie nutzen nur Musik anders und vielseitiger. Musik hat sich im Zuge der Popkultur für viele Menschen von einem Kulturgut in ein Gebrauchsgut verwandelt, das man nicht nur konsumiert, sondern kreativ benutzt, verändert, einsetzt. Die Ehrfurcht ist verschwunden, die Begeisterung bleibt. »Musik ist das Medium, das im Internet den höchsten Stellenwert besitzt. Neun der zehn populärsten Videos auf Youtube sind Musikvideos, neun der zehn populärsten Menschen mit Facebook-Profil sind Musiker«[192], schwärmt Sony-Musik-Manager Edgar Berger von der anhaltenden Faszination von Musik. Felix Oberholzer-Gee, der die Studien über die Musikpiraterie verfasst hat, glaubt an die Chance zur Neuausrichtung: »Wenn ich mit meinen Studenten über die Zukunft der Musikindustrie diskutiere, höre ich oft den Satz: Die Musikindustrie wird total verschwinden. Das glaube ich überhaupt nicht. Wenn sich die Musikindustrie als Aufmerksamkeitsmaschinerie begreift, steht ihr eine tolle Zukunft bevor.«[193] Philip Ginthör, Österreich-Chef von Sony Music, sieht Sony bereits auf dem Weg dahin: »Wir leben schon lange nicht mehr von Musik allein. Das Modell, womit man Geld verdient, ist bunter und vielseitiger geworden. Sony hat sich zu einer Entertainmentfirma entwickelt, wir produzieren Hörspiele und Fernsehshows.«[194] Die Universal Music Group, das größte der drei Major-Labels, hat ihren Sitz von New York ins kalifornische Santa Monica verlegt. Lucian Grainge, der aktuelle Universal-Chef, hat dies durchgesetzt, um näher an den Technikfirmen zu sein. Nun ist die Musikindustrie endgültig dort angekommen, wo in Zukunft die Musik spielt.

Die Erfolgsfaktoren für mp3: Fraunhofer und das Team

Der Erfolg von mp3 und die Revolution der Musikindustrie sind zwei gegenläufige, aber eng miteinander verflochtene Geschichten. Während die mp3-Story als typische David-gegen-Goliath-Geschichte erscheint, bei der sich der kleine Außenseiter gegen mächtige Konzerne durchsetzt, gestaltet sich der Umbruch der Musikindustrie wie das Modell eines erfolgsverwöhnten, zu groß gewordenen Industriegiganten, der die Zeichen der Zeit nicht erkennt und erst nach Stufen der Ignoranz, Ablehnung und Bekämpfung zur Akzeptanz der neuen Technik gezwungen werden muss. Dabei ist mp3 nur der Auslöser, nicht der Verursacher der turbulenten Prozesse. Das ist letztlich das Internet mit seiner – bis dahin unvorstellbar – schnellen und massiven Mobilisierung der Verbraucher. Die Kunden nahmen sich einfach das, was ihren brennenden Wunsch nach Online-Musik am besten befriedigte – und das war mp3. Weil die Musikindustrie keine akzeptablen, legalen Angebote zuließ, schufen sich die Kunden ihr Angebot selbst. Das war zwar häufig illegal, aber einfach nutzbar und zudem kostenlos.

Der Paradigmenwechsel vom Tonträger zur Musikdatei ist ein Musterbeispiel für disruptive Innovation, die nicht mit den herkömmlichen Managementmethoden bewältigt werden kann, sondern ganze Branchen in Umbrüche stürzt. Disruptive Innovationen greifen die etablierte Technologie gar nicht direkt an, sondern kommen aus einer unbeachteten Nische. So ist zu erklären, warum die Unterhaltungsgeräte-Industrie ebenso wenig wie die Musikindustrie das revolutionäre Potential der Digitaltechnik erkannte. Dann konnte die branchenfremde Firma Apple den Vorsprung nutzen, um eine marktbeherrschende Stellung zu erringen.

Im Nachhinein erscheint es völlig klar, dass für einen Erfolg im digitalen Musikgeschäft zwei Grundbedingungen erfüllt sein müssen:

1. Es muss ein einheitliches, technisches Format geben, das auf allen Geräten läuft. Die CD hätte sich nicht durchgesetzt, wenn sie nur auf den Geräten von Philips und Sony funktioniert hätte oder wenn jede Plattenfirma ein anderes CD-Format propagiert hätte. Hersteller und Labels hatten sich damals auf einen Standard geeinigt, den alle verwendeten. Das gelang beim Audiocodierformat nicht. mp3 lehnten die Major-Labels ab, und in der internationalen Initiative für sichere Digital-Musik SDMI konnten sich die unterschiedlichen Interessengruppen nicht auf ein gemeinsames Format mit DRM-Schutz einigen. Damit entschieden die Verbraucher, welches der konkurrierenden Formate gewinnt.

2. Verbraucher wollen das ganze Sortiment zur Auswahl haben und nicht nur das von bestimmten Plattenfirmen. Deshalb mussten die Versuche der Major-Labels scheitern, selbst den Vertrieb in die Hand zu nehmen und das digitale Musikgeschäft zu kontrollieren. Letztlich konnten nur unabhängige Händler und Online-Portale das Vollsortiment bieten. Damit besteht – wie vorher – wieder die klassische Trennung zwischen Produzenten und Händlern. Die Major-Labels konnten beide Anforderungen nicht selbst erfüllen, also mussten Dritte den Durchbruch erzwingen.

Lange Zeit blieb beim Wettkampf der Formate unsicher, wer am Ende als Sieger hervorgeht. Die Netzwerkeffekte brachten mp3 schließlich in die führende Position bei Online-Musikdiensten. In dieser stabilen, eingefrorenen Phase befindet sich mp3 seither. Jetzt ist mp3 dabei, auch die Dominanz über den Tonträger CD zu gewinnen.

Der Erfolg von mp3 war weder plan-, noch vorhersehbar. Das enttäuscht alle, die den Erfolg gerne kopieren wollen.

»Die Innovation selbst bleibt einmalig und nicht reproduzierbar«[195], stellte die Innovationsforscherin Helga Nowotny grundsätzlich fest: »Die Innovationsforschung hat zahlreiche empirische Fallstudien hervorgebracht, doch kein Wissen, das sich für Vorhersagen eignet.«[196] So kann auch die Analyse des mp3-Erfolgs kein Patentrezept für künftigen Innovationserfolg liefern, sondern nur Hinweise, wie eine Chance beim Schopf gepackt und nicht mehr ausgelassen werden kann. »mp3 war sicher etwas, das man einen Golden Nugget nennt. Man hat ihn auf Grundlage einer Vision und mit viel Glück gefunden und dann alles richtig gemacht in der Verwertung«, erklärt der heutige Institutsleiter Albert Heuberger den Erfolg. »Die Einnahmen wurden und werden gezielt investiert, um weitere Claims abzustecken und an den richtigen Stellen zu graben, anders ausgedrückt, um auf diesem Gebiet systematisch neue Technologien aufzubauen und in die Anwendung zu bringen.«

Die Wege einer neuen Technologie zum Massenmarkt sind oft langwierig und verschlungen. Vieles hätte für die Erlanger Forscher auch anders laufen können: Sie hätten eine Firma gründen und später teuer verkaufen können, wie es die amerikanischen Startups häufig vormachen. Sie hätten viel früher die Marke mp3 und dann weitere Generationen von mp3 statt AAC entwickeln können. Sie hätten aber auch verlieren können. Es gab genügend kritische Punkte, an denen alles auf dem Spiel stand, und zahlreiche Wegscheiden, an denen der richtige Weg nicht zu erkennen war. Die Innovation »eröffnet Chancen, doch ob sie verwirklicht werden, hängt von vielen weiteren Einschränkungen ab«[197], gibt Helga Nowotny zu bedenken. Intuitiv haben die Erlanger Audioforscher immer das Richtige getan, in schwierigen Phasen durchgehalten und nie den Willen zum Erfolg verloren.

Die niederländischen Innovationsforscher Uijl, de Vries und

Bayramoglu fassen ihre Analyse »The Rise of MP3 as the Market Standard« so zusammen: »Der Fall des mp3 Audiokompressionsformats zeigt, dass der Weg zum Marktstandard komplex ist, viele andere Faktoren einschließt, die Einfluss auf den Prozess nehmen, und viele Jahre dauert.«[198] Die wesentliche Erkenntnis dieser Untersuchung ist, dass die Entscheidungsschlacht mit der Dominanz als Musikformat im Internet stattfand und erst in der Postdominanzphase der Wettbewerb mit der CD begann. Das bestätigte die Vermutung, dass sich eine Plattformtechnologie erst in einem Nischenmarkt durchsetzt, bevor sie im Massenmarkt um die Dominanz konkurriert.[199]

Folgende Faktoren haben den Aufstieg von mp3 im Wesentlichen beeinflusst, wenn auch nicht jeder davon in allen Stadien gleich stark wirkte:

1. Zur richtigen Zeit am richtigen Markt:

Als die Erlanger Forscher 1982 mit den Forschungen begannen, gehörten sie zu den ganz wenigen Pionieren, die sich mit digitalen Kompressionsverfahren beschäftigten. Diesen Vorsprung der Grundlagenforschung konnten sie nutzen, um 1987 einen ersten guten Audiocodec und eine Echtzeitimplementierung vorzustellen. Damit kamen sie gerade rechtzeitig in das große EUREKA-Projekt zur Entwicklung des digitalen Radios DAB, das ihnen den Ausbau von der Grundlagenforschung zur Technologieentwicklung ermöglichte. Durch das DAB-Projekt hatten sie ebenso wie die MUSICAM-Gruppe im weltweiten MPEG-Standardisierungswettbewerb einen Vorsprung, den die Konkurrenten aus den anderen Erdteilen nicht mehr aufholen konnten. So wurde ASPEC gemeinsam mit MUSICAM Sieger im MPEG-1 Standard.

Verschiedene Studien haben gezeigt, dass der Erste, der einen Markt betritt, einen Vorsprung hat durch den Aufbau eines Funktionsnachweises. Das war ein Vorteil der Erlanger Forschungsallianz mit dem Aufbau des Fraunhofer-Instituts. So konnten sie zu jeder Stufe der Technologieentwicklung auch die Echtzeit-Umsetzung bieten. Sie gaben sich auch nicht zufrieden mit einem Anwendungsbereich, sondern versuchten mit dem Fortschritt der Hardware auch ständig neue Anwendungsmöglichkeiten zu erschließen. Dadurch waren sie auf vielen sich entwickelnden Märkten als erste präsent. Das Fraunhofer IIS konnte erste Geräte für den professionellen Markt liefern und dadurch den Nachweis der Industrietauglichkeit der Technologie liefern. Durch die Firma Telos wurde die Technologie schnell auf dem amerikanischen Markt und in der Technologiebranche bekannt.

Entscheidend für den Durchbruch von mp3 war, dass es auf dem richtigen Markt das technologisch überlegene Format war. So war es letztlich gar nicht so dramatisch, dass sich das DAB-Konsortium nicht für mp3, sondern Layer-2 entschied. Bei neuen Technologien kommt es nicht darauf an, sich in jedem Markt, sondern im richtigen durchzusetzen. Wo die vielbeschworene Killerapplikation lauert, weiß man oft erst hinterher. Durch die enge Verbindung mit den kleinen Hightech-Firmen kannten die Fraunhofer-Forscher die Kundenanforderungen und hatten immer die Hand am Puls der neu entstehenden Märkte.

Die wesentliche Leistung eines Innovators besteht darin, die Innovation an den Markt heranzuführen. Der Schlüsselmarkt war das Internet, der Leitmarkt die USA. Nur dort konnte der Durchbruch gelingen. Darum war es so wichtig, dass die Technologie von Beginn an im US-Markt präsent war und die Fraunhofer-Forscher eng mit den dortigen Technologiefirmen kooperierten.

Als der Musikvertrieb im Internet begann, war mp3 das erste Audioformat, das bei starker Kompression gute Klangqualität bot. Zu diesem Zeitpunkt wurden auch die PCs so leistungsfähig, dass mp3 überall abgespielt werden konnte. Gleichzeitig hatte das Fraunhofer IIS die Entwicklung eines Chips unterstützt, so dass auch mobile Hardwareplayer möglich wurden. Als endlich Ende der 1990er Jahre die Speicher günstig wurden, war der Weg für den Mobilplayer-Markt eröffnet.

Zum richtigen Zeitpunkt hatte Fraunhofer mit Thomson den richtigen Partner für die weltweiten Lizenzaktivitäten ins Boot geholt. So gab es, als der Konsumermarkt ansprang, ein gut funktionierendes Patentmanagement, das die Lizenznehmer professionell betreuen konnte.

Mit den Tauschbörsen explodierten die Nutzerzahlen und mp3 war der einzige Audiocodec, der sowohl als Softwareplayer als auch als Hardwareplayer weit verbreitet war und das riesige Potential von kostenlosen Musikdateien abspielen konnte. Die Musikfans wollten ihre zahlreichen mp3-Dateien, die sie auf ihre Computer geladen hatten, auch weiterhin anhören. Das schloss einen Wechsel auf andere Formate aus. Im Wettbewerb mit Microsofts Player WMA kamen mp3 die Vorteile des frühen Markteintritts zugute. mp3 hatte sich – in Verbindung mit den mobilen Playern und vielen weiteren Komplementärprodukten – bei den Verbrauchern bereits so weit verankert, dass konkurrierende Formate die dominierende Rolle von mp3 nicht mehr angreifen konnten. Der unaufhaltsame Siegeszug rund um die Welt hatte begonnen.

2. Technologische Überlegenheit:

Die Erlanger Forscher hatten von Beginn ihrer grundlegenden Forschungsarbeiten an den Fokus immer auf technologische Überlegenheit gelegt. Sie wollten den weltweit besten Audiocodec bauen und wussten, dass sich der Nachteil der höheren Komplexität bald erledigt haben würde. Deshalb waren sie auch so stolz, dass mp3 in der Hörqualität beim MPEG-Standard am besten abgeschnitten hatte. Die Enttäuschung, dennoch nicht bei DAB zum Zuge zu kommen, spornte sie an, die technische Überlegenheit dort zu beweisen, wo es auf den hohen Kompressionsfaktor ankommt. Das war zunächst der professionelle Studiobereich mit der Tonübertragung über ISDN-Leitungen und bald darauf das Internet. Für die Übertragung von Musik via Internet und die Speicherung auf dem Computer ist eine erhebliche Reduktion der Datenrate erforderlich. mp3 konnte trotz starker Komprimierung eine bis dahin nicht gekannte Klangqualität bieten. Daher bevorzugten sowohl die Pilotanwender als auch die ersten Verbraucher das beste Format.

Auch im späteren Wettkampf mit WMA bewies mp3, dass es trotz seines Alters eine nicht leicht zu übertreffende Qualität bietet. Warum sollten die Verbraucher auf ein Format umsteigen, das für sie keine klaren Vorteile bot, dafür aber die Nutzung einschränkte. Selbst AAC, das eine deutliche Qualitätssteigerung brachte und sich im hochwertigen Markt etablieren konnte, war nicht mehr in der Lage, mp3 im Massenmarkt abzulösen, weil sich die Nutzer mit mp3 ausreichend bedient fühlten und keine höheren Anforderungen stellten. Der Vorteil müsste schon sehr groß sein, denn die Verbraucher würden mit dem Umstieg auf ein anderes Format die vielen mp3-Dateien verlieren, die sie bereits gekauft haben. Anders ist das beim Digitalradio und beim Streaming für Mobilfunkgeräte. Hier sind sehr niedrige Datenraten gefragt, für die mp3 nicht ausgelegt ist. Deshalb konnte sich in diesen Anwendungsbereichen HE-AAC durchsetzen.

Wenn der Technikwechsel stattgefunden und sich ein neuer Qualitätsstandard herausgebildet hat, spielt weniger die weitere Verbesserung der Technik eine Rolle als die große Verbreitung und die einfache Bedienung. Design und Nutzerfreundlichkeit sind dann die Qualitätskriterien, die für die Kunden entscheidend sind.

3. Standardisierung:

Die Standardisierung der Audiocodiertechnologie als MPEG Layer-3 war die Voraussetzung dafür, dass sich das Fraunhofer IIS in der internationalen Audioforschung als anerkannter Forschungspartner etablieren konnte.

Wichtig bei Standardisierungen ist, dass in der Entwicklungsphase die finanziellen Interessen einzelner Firmen keine vorbestimmende Rolle spielen. So scheiterte beispielsweise die Entwicklung eines kopiergeschützten Standards in SDMI an den Eigeninteressen der Technologiefirmen. Bei MPEG-1 hat der Koordinator Hans-Georg Musmann darauf geachtet, dass entsprechend den Regeln die wissenschaftlich beste Lösung gefunden und durch Kooperation eine gemeinsame Lösung entwickelt wurde, die alle Beteiligten akzeptierten.

Die Standardisierung bot den Firmen alle Vorteile eines offenen Standards. Das gab den Herstellern große Freiheiten, angepasste Lösungen für bestimmte Anwendungen zu entwickeln. Mit der Standardisierung war auch die Patentierung abgeschlossen. Der Patentschutz erschwerte es Konkurrenten, Methoden von mp3 zu verwenden. Durch den MPEG-Standard war vorgeschrieben, dass die Lizenzen nicht exklusiv, sondern an alle Nutzer zu fairen Bedingungen vergeben werden müssen. Das machte es für die Unternehmen nicht nur attraktiver, einfacher und schneller, mp3 in ihre Produkte einzubauen, sondern auch kalkulierbarer und sicherer.

Der offene Standard spielte auch eine große Rolle, als Microsoft WMA gegen mp3 in Stellung brachte. Die Hersteller wollten sich nicht dem WMA-Format und damit einer Abhängigkeit von Microsoft ausliefern. Daher war für die Hersteller das standardisierte mp3-Format die eindeutig bessere Lösung.

So war Microsoft auf sich allein gestellt und konnte trotz großer Marketingbudgets WMA nicht gegen mp3 durchsetzen.

Außerdem ermöglichte der offene Standard die Entwicklung der zahlreichen Komplementärprodukte rund um mp3. Denn gerade solche Produkte finden nur Verbreitung, wenn die Kompatibilität gesichert ist. Die Standardisierung zahlte sich insbesondere bei der Kommerzialisierung aus. mp3 war durch die Lizensierung von Thomson sehr gut auf dem Markt eingeführt. Damit konnten all die komplementären Produkte entstehen, die mp3 so unverzichtbar machten. Thomson führte in Zusammenarbeit mit dem Fraunhofer-IIS alle Lizenzaktivitäten für den Konsumermarkt und pflegte enge Beziehungen zu den Lizenznehmern. Das professionelle Vorgehen von Thomson und die enge, vertrauensvolle Zusammenarbeit mit dem Fraunhofer IIS sicherten hohe Patenteinnahmen.

4. Die Anwendungsnähe: Hard- und Software

Die Erlanger Forschungsallianz zeichnete von Beginn an das aus, was Steve Jobs als wettbewerbsentscheidendes Alleinstellungsmerkmal für Apple identifiziert hatte, die enge Verbindung von Hard- und Software-Entwicklung. Anders ausgedrückt, die komplette Entwicklung eines Systems aus einer Hand.

Schon am Lehrstuhl von Dieter Seitzer wurde gleichzeitig an beiden neuen Technologiegebieten geforscht, an der Computersimulation und an der Mikroelektronik. Das Fraunhofer IIS begann mit der Realisierung von funktionsfähigen Prototypen, um die Firmen von der Einsatzreife der Technologie zu überzeugen. Durch die Kenntnis des Moore'schen Gesetzes und die Erfahrungen mit den eigenen Hardwareimplementierungen konnten die Fraunhofer-Entwickler besser als andere abschätzen, wann welche Fortschritte der Leistungssteigerung, Miniaturisierung und Kostendegression erreicht sind, um neue Produkte in den Markt zu bringen. Dadurch war es ihnen möglich, den Hightech-Firmen wichtige Impulse zu geben. Gleichzeitig unterstützten sie die Unternehmen bei der Integration der Codierverfahren in ihre Produkte. Das war ein wesentlicher Faktor für die Verbreitung der Technologie, denn die Unternehmen benötigten mehr als nur die Spezifikationen der Standardisierung, um höchste Qualität zu erreichen. Umgekehrt bekamen die Fraunhofer-Entwickler durch die Kundenanforderungen viele Hinweise zur Optimierung ihrer Technologie. Nur in diesem Wechselspiel konnte die Gesamtqualität entstehen, die technologische Überlegenheit mit Kundenfreundlichkeit und technischer Machbarkeit verband.

Die Hardware schrumpfte mit jeder Generation, bis schließlich alles auf einen einzigen Chip passte. So erschloss das Fraunhofer IIS mit jedem Schritt neue Anwendungsbereiche, bis die Technologie schließlich reif für den Massenmarkt war. Mit dieser Herangehensweise konnte jede Gelegenheit genutzt und der Stand der Technologie nahtlos in die Wirtschaft überführt werden.

Außerdem umgingen sie damit das Henne-Ei-Problem. Fast gleichzeitig wurden im Jahr 1994 die Computersoftware und der erste Player-Demonstrator entwickelt. Die Computer waren nun leistungsfähig genug für die komplexe Technologie; und die Speicher erreichten Ende der 90er Jahre endlich so günstige Kosten, dass mobile Hardwareplayer bezahlbar wurden.

Da den Fraunhofer-Forschern schon 1989 erste Anwendungen gelangen, hatten sie einen Vorsprung von 10 Jahren gegenüber WMA, das 1999 eingeführt wurde. Die enge Bindung der Verbraucher an mp3 hatte schon 1994 begonnen und sich mit den ersten Hardwareplayern 1998 verstärkt. Immer mehr Gerätehersteller festigten mit neuen Mobilplayern die Stellung von mp3 als Standard. Parallel dazu entstanden zahlreiche Komplementärprodukte.

Microsoft hingegen hatte kaum Unterstützung durch die Gerätehersteller und versuchte sich deswegen 2000 selbst mit dem eigenen Win-Jam produziert und von Microsoft vermarktet wurde. Das Gerät war ein Flopp, schon allein weil es nur WMA-Dateien abspielen konnte, aber auch weil Microsoft im Gegensatz zu Apple nichts von Hardware verstand. Die Verbraucher wollten keinen Player, der ihre mp3-Dateien nicht abspielen konnte, und sie wollten nicht die kopiergeschützte Musik, die ihnen die Plattenfirmen anboten. Ebenso wenig kam der Musikplayer Zune an, den Toshiba sechs Jahre später für Microsoft baute, obwohl dieser neben WMA auch AAC- und mp3-Dateien abspielen konnte.

Alle Versuche der Plattenfirmen, DRM-geschützte Formate durchzusetzen, scheiterten letztlich an den klaren Verbraucherwünschen, die das DRM-freie mp3 bevorzugten. Weil mp3 ein offener Standard und nicht wie WMA ein proprietäres Format war, gelang es dem Fraunhofer IIS, systematisch alle Anwendungsbereiche zu erschließen und die unterschiedlichsten Hersteller zu innovativen Produkten rund um mp3 anzuregen. Die Präsenz auf allen Marktnischen vergrößerte die Chance auf den Durchbruch. Die Killeranwendung lösten die Verbraucher selbst aus – mit den Musiktauschbörsen.

5. Die Allianzen:

Die erste Allianz – die Forschungskooperation zwischen der Friedrich-Alexander-Universität Erlangen-Nürnberg und dem Fraunhofer IIS – bildete den Kern einer Technologieentwicklungskompetenz, die konsequent erweitert und schließlich mit den AudioLabs zur Forschungshochburg ausgebaut wurde. Der Aufbau des Fraunhofer-Instituts ermöglichte nicht nur die Erweiterung vom Forschungs- zum Entwicklungsprojekt, sondern bot die Basis für eine nachhaltige und langfristige Weiterentwicklung der neuen Technologie. Mit Umsetzungsprojekten überbrückte das Institut auch schwierige Zeiten und erhielt die Technologiekompetenz.

Die zweite wichtige Allianz begann mit dem DAB-Projekt und führte schließlich die Erlanger Forscher mit Thomson, AT&T und der Universität Hannover in der ASPEC-Gruppe zusammen. Während sich mit AT&T eine intensive Forschungszusammenarbeit entwickelte, wurde Thomson zum wichtigen Partner in der Kommerzialisierungsphase. Gemeinsam mit Thomson entwickelte das Fraunhofer IIS das weltweite Lizensierungsgeschäft, so dass erhebliche Patenteinnahmen erzielt werden konnten.

Die dritte wichtige Kooperation fand im FADS-Konsortium statt, in dem Fraunhofer mit allen wichtigen Playern der Audioindustrie – AT&T, Dolby und Sony – den neuen Standard AAC entwickelte. Damit etablierte sich das Fraunhofer IIS endgültig an der Spitze der weltweiten Audioforschung.

Hinzu kommen eine Vielzahl von Kooperationen mit einzelnen Unternehmen – bis hin zu strategischen Partnerschaften. Am Beginn waren das neben Grundig vor allem die kleinen Technologiefirmen, die den Studiomarkt belieferten, aber auch der Halbleiterhersteller ITT Intermetall oder neue Rundfunkanbieter wie WorldSpace, außerdem Computerunternehmen wie Apple und Softwarekonzerne wie Microsoft. In der professionellen Betreuung durch Thomson und Fraunhofer konnten die Industriekunden nicht nur mit Lizenzen ausgestattet, sondern auch beim Technologietransfer intensiv unterstützt werden. So entwickelte sich zwischen dem Fraunhofer IIS und vielen Unternehmen eine enge und langfristige Form der Zusammenarbeit. Die Offenheit, Allianzen einzugehen, reicht bis in die Gegenwart. Auch bei den neuen Standards EVS oder MPEG-H-3D-Audio kooperiert das IIS mit Partnern.

Die Bereitschaft und die Fähigkeit, Allianzen zu schließen, spielt eine wichtige Rolle für den Erfolg von mp3. Dazu gehört die seriöse, offene und faire Art, die die Fraunhofer-Forscher auszeichnete. Langfristig hat sich die Ehrlichkeit, nicht mehr zu versprechen, als man kann, bewährt und die Pflege von Partnerschaften ein Vertrauen aufgebaut, auf das die Forscher lange zählen können.

6. Die Netzwerkeffekte – und die Killerapplikationen: Vorherzusagen, welche Anwendung einer neuen Technologie zum Durchbruch am Massenmarkt verhilft, ist schwierig. Marktstudien scheitern bei Märkten und bei Kundenwünschen, die es noch gar nicht gibt. Zunächst gilt es daher, sich in Nischenmärkten durchzusetzen. Die beste Strategie liegt darin, die Technologie in möglichst viele unterschiedliche Produkte aus diversen Anwendungsbereichen einzubauen. Je breiter die Anwendung, desto höher ist die Chance, die Killerapplikation zu finden. Man kann den Durchbruch aber nicht erzwingen, denn es kommt auf den richtigen Zeitpunkt und das Zusammentreffen wichtiger Begleitumstände an. Letztlich ist es die Kunst eines Innovators, die gerade entstehenden Elemente mit einer Geschäftsidee zu einem neuartigen Produkt zusammenzufügen, das die Wünsche der Verbraucher vorwegnimmt.

mp3 hatte sich im Internet durch seine technische Überlegenheit etabliert, als dieses noch eine Nische der Internetfreaks war. Die Pionieranwender erkannten, dass für ihre Zwecke des Online-Musikvertriebs mp3 die beste Lösung bot. Als sich das Internet zum Massenphänomen ausbreitete, galt mp3 bereits als bewährtes Format.

Dann setzten die direkten und indirekten Netzwerkeffekte ein. Ausgangspunkt war die massenhafte Verbreitung von mp3 im Internet, die durch den Diebstahl des australischen Studenten beschleunigt wurde. Das löste zunächst den Boom an amerikanischen Universitäten aus, der schließlich in Tauschbörsen wie Napster explodierte. Innerhalb weniger Wochen sprangen weltweit viele Millionen Musikfans auf die neuen Angebote an. Solche Netzwerkeffekte verstärken sich vor allem in jenen Märkten, in denen eine Gruppe zugleich Anbieter und Nachfrager ist. Letztlich waren es bei den Tauschbörsen die Verbraucher selbst, die sich des mp3-Formats bemächtigten, um ihre neuen Wünsche nach Online-Musik zu erfüllen. Da ihnen die Musikindustrie kein akzeptables Angebot machte, bauten sie sich eben einen eigenen Marktplatz für den Austausch ihrer Musikdateien. In kürzester Zeit hatten viele Musikfans so viele mp3-Files gespeichert, dass es für konkurrierende Formate extrem schwer wurde.

Auf den Wettkampf der Formate konnten die Fraunhofer-Forscher wenig Einfluss nehmen. Sie hatten aber in der vorhergehenden Markteinführungsphase Voraussetzungen geschaffen, die mp3 einen Vorsprung verschafften, der auch mit großen Marketingbudgets nicht mehr aufzuholen war. Mit den Tauschbörsen und der Verbreitung von CD-Brennern hatten die Nutzer plötzlich Zugang zu riesigen Mengen von mp3-Musik. Das löste einen Boom bei den Herstellern von mobilen mp3-Playern aus, denn nun gab es den nötigen Inhalt.

Apple gelang es mit seiner Musikplattform iTunes und dem neuen Mobilplayer iPod, den Online-Musikvertrieb zu kommerzialisieren und aus der illegalen Sphäre der Piraten herauszuführen. Apple bot den Nutzern erstmals ein faszinierendes Einkaufserlebnis und eine nutzerfreundliche Live-Style-Welt, in der Hardware und Software perfekt ineinandergriffen.

Mit dem Doppelschlag von Tauschbörsen und Apple war der Wettbewerb der Formate entschieden: mp3 hatte sich auch in dem kommerziellen Markt als Standard etabliert, wenn es auch noch einige Jahre dauerte, bis die Musikindustrie endgültig den Widerstand gegen das DRM-freie mp3 aufgab. Apple war zum dominanten Musikanbieter avanciert, und mp3 begann nach dem Internet nun auch die CD als führendes Musikformat anzugreifen.

7. Der Treiber – das Team:

Der letzte Faktor erscheint mir als der wichtigste: das Team, das in den vergangenen 30 Jahren eine Kompetenz in der Audioforschung aufgebaut hat, die weltweit einzigartig ist. In diesem Punkt waren sich alle Beteiligten einig, die sich für die Interviews zur Verfügung stellten. Alle betonen die Bedeutung des Teams und schließen dabei immer auch den erweiterten Kreis der Kollegen mit ein. Die Institutsleiter Dieter Seitzer und Heinz Gerhäuser setzten von Beginn an auf eine interdisziplinäre Gruppe, in dem große Entfaltungs- und Gestaltungfreiheiten mit großem Engagement gekoppelt waren. Zusammengeschweißt wurden sie durch den Pioniergeist der Gründerzeit, in der sich das kleine, unbekannte Team aufmachte, »gegen den Rest der Welt« anzutreten. Gemeinsam konnte die klug zusammengestellte Mannschaft aus erfahrenen Forschungsmanagern, genialen Forschern und begnadeten Elektroingenieuren nicht nur den Wettbewerb um den besten Audiocodec gewinnen, sondern auch ein neues Fraunhofer-Institut gründen und erfolgreich ausbauen. Der Teamgeist ließ auch »dunkle Jahre« durch doppelten Einsatz überstehen und hielt die Gruppe weiter zusammen, als sich der Erfolg im Übermaß einstellte.

Wichtige Basis für diese erfolgreiche Entwicklung lieferte das Grundkonzept der Fraunhofer-Gesellschaft. Denn hier endet die Aufgabe nicht mit dem Forschungsergebnis, sondern erst mit der Überführung der Technologie in die Wirtschaft. Das Finanzierungsmodell zwingt die Fraunhofer-Institute zur Marktnähe, denn nur dann ist das Interesse der Industrie zu

thek, bietet sie aber kostenlos an, wenn man dafür Werbung in Kauf nimmt.

Alles steht zur Debatte in der traditionsbewussten Verlagswelt. Das Internet ermöglicht eine fragmentierte Gesellschaft, die in immer kleinere Gruppen zerfällt. Jeder kann seinen Hobbys und Interessen so intensiv wie nie zuvor nachgehen, in Spartenprogrammen, Spezialmagazinen und Internet-Foren. Wenn es die undefinierbare »breite Masse« nicht mehr gibt, braucht es auch keine Massenmedien mehr. Und wozu brauchen wir noch Verlage, wenn jeder selbst im Internet Bücher publizieren kann, wozu einen Buchladen, wenn die Bücher via Internet ins Haus kommen? Verändert die Digitaltechnik letztlich die Literatur? Sind die künftigen elektronischen Lese-Produkte überhaupt noch Bücher und Zeitschriften? »Über Jahrhunderte bestimmte eine Literaturelite, wer Bücher schrieb, wie sie aussahen und was sie kosteten. Diese Selbstgewissheit der Verleger ist dahin. Um in der Ära der Infoflut Geld zu verdienen und zu überleben, muss die in Deutschland 9,5 Milliarden Euro schwere Branche ihr Geschäftsmodell radikal umbauen. So verwandeln sich die ersten Verlage, die alten Papierbetriebe, in Medienhäuser«[203], hieß es im Oktober 2014 in der *Wirtschaftswoche*.

Ähnlich wie in den 1990er Jahren die Plattenfirmen haben die traditionellen Medienunternehmen nicht in dem Tempo funktionierende Geschäftsmodelle aufbauen können, wie der technikgetriebene Wandel voranschritt. Inzwischen drängen sich immer mehr neue Wettbewerber aus der Informations- und Kommunikationstechnikbranche in das Stammgeschäft der etablierten Medienunternehmen. Gleichzeitig macht das Internet aus dem lokalen und nationalen Medienmarkt zunehmend einen globalen Informationsmarkt, in dem jeder mit jedem konkurriert. Jede lokale Nachricht, ja jeder Blog eines einzelnen Menschen kann unmittelbar globale Dimension erreichen.

Das Geschäftsgeheimnis der klassischen Medienunternehmen, Zeitungs- und Zeitschriftenverlage und TV-Sender, bestand immer darin, die Bedürfnisse von Leser/Zuschauer und Werbekunden unter einen Hut zu bringen. Das heißt die Inhalte so mit der Werbung zu verbinden, dass der Leser/Zuschauer nicht so einfach daran vorbeikommt. Wie viele Leser und Zuschauer wirklich die Werbung anschauen, ist nicht festzustellen. Daher muss sich der Werbekunde auf die Zahlen verlassen, die Mediaplaner angeben. Der Werbekunde trägt das Risiko ganz allein, ob die Werbebotschaft die richtige Zielgruppe tatsächlich erreicht oder auch nicht. Ganz anders ist das im Internet. Hier erfährt der Werbekunde unmittelbar, wie viele Nutzer die Werbung angeklickt haben. Außerdem kann er die Werbung sehr viel präziser auf die Zielgruppe zuschneiden und damit erhebliche Kosten sparen. Das führte sehr schnell zu einer Abwanderung großer Anteile des Werbebudgets ins Internet. Also zogen die Printmedien und die Fernsehsender hinterher und eröffneten eigene Onlineangebote. Doch dort hatten bereits neue Wettbewerber wie Google, Facebook und Spezialanbieter für Jobbörsen, Wohnungs- und Gebrauchtmärkte große Teile des alten Medien-Anzeigenmarktes besetzt. Außerdem machten die Verlage den Fehler, ihre Inhalte kostenlos anzubieten. So blieben sie nicht nur auf den hohen Erstellungskosten für die redaktionellen Inhalte sitzen, sondern machten auch noch den eigenen Printprodukten Konkurrenz. Weil selbst die reichweitenstärksten Online-Titel ihre Kosten nicht einspielen konnten, reduzierten viele Verlage ihr Online-Angebot und begannen gleichzeitig in Beteiligungen – meist in E-Commerce und Marktplätze – zu investieren, die weitab von ihrem Kerngeschäft lagen. Eine gefährliche Strategie, weil die Verlage in diesen Märkten auf

Wettbewerber trafen, die gelernt hatten, die Gesetze der Netzökonomie auszunutzen. »Die Folgen sind monopolistische Machtstrukturen, immense technologische Investitionskosten und Skaleneffekte, die sich nur noch von global agierenden Unternehmen hebeln lassen und jede halbwegs profitable regionale Nische sofort in den internationalen Wettbewerb stellen«[204], schreibt der Unternehmensberater Nicolas Clasen in seinem Buch »Der digitale Tsunami«.

Die Sieger des ersten Digitalbooms Google, Facebook, Amazon, Apple und Ebay haben die einst hoffnungsvollen Zweiten und Dritten gnadenlos abgehängt. Statt als Nachfolger in fremde, unsichere Märkte zu investieren, sollten sich die Verlage lieber auf die Weiterentwicklung ihres Kerngeschäfts auf digitale Kanäle konzentrieren und »die neuen Vermarktungstechnologien adaptieren.«[205] Den Medienunternehmen ist es nicht gelungen, konkurrenzfähige Gegenangebote aufzubauen. Welcher Werber will noch ins Blinde investieren, wenn ihm Google oder Apple detailliert nachweisen, wer mit der Werbung erreicht wird. »Schon in zehn Jahren wird der Großteil der Werbebudgets an Internet-Plattformen wie Youtube, Google oder Facebook gehen«, meint Franz Blach, Direktor des Trendforschungsunternehmens Ideo. »Der Vorteil aus Sicht der Werbetreibenden ist, dass Apple, Google, Amazon und Spotify, weil sie Kunden aktiv in den Auswahlprozess der Inhalte einbinden, viel mehr werberelevante Daten sammeln können als TV-Sender oder Printverlage.«[206]

Die Zeit scheint den klassischen Medien davonzulaufen. Denn das Internet ist jetzt schon dabei, Zeitung und Fernsehen als Informationsmedium zu überholen. Insbesondere junge Menschen holen sich die Nachrichten über das Tagesgeschehen immer weniger aus dem Fernsehen, sondern mit ihren Mobilgeräten aus dem stets aktuellen Internet.

In nur acht Jahren hat die *Huffington Post* den amerikanischen Medienmarkt erobert und ist – nach dem Fernsehsender CNN – die Nummer zwei unter den Nachrichtenangeboten im Internet. Seit Oktober 2013 gibt es auch einen deutschen Ableger gemeinsam mit *Tomorrow Focus* vom Burda-Verlag. Der Aufstieg ist ebenso bemerkenswert wie das Modell umstritten. Die *Huffington Post* ist kostenlos und bezahlt nichts an die Journalisten und Blogger, die jeden Tag 1600 Nachrichten, Reportagen, Kommentare und Kolumnen veröffentlichen, nur wenige Redakteure sind fest angestellt. Die Beiträge basieren zum überwiegenden Teil auf Berichten anderer Medien, sie werden aber für eine Leserschaft aufbereitet, die weniger an Hintergründen als an kurzen Zusammenfassungen mit meinungsstarker Bewertung interessiert ist. Hinzu kommen Kolumnen und Beiträge von Prominenten. Ob das Geschäftsmodell auch langfristig funktioniert, muss die Zukunft zeigen. Dass es auch Qualität nicht ausschließt, zeigt die Verleihung des Pulitzerpreises 2012 an eine Artikelserie über das Schicksal von Kriegsheimkehrern, die in der *Huffington Post* erschienen ist.

Den Schritt zu kostenpflichtigen Angeboten traute sich lange Zeit kaum ein Verleger, bis schließlich die renommierte *New York Times* im Jahr 2011 einen Anfang machte. Doch der Hoffnungsträger ist schnell auf dem Boden der Internet-Realität gelandet. Trotz der hohen Zahl von digitalen Abos konnte der Onlineverkauf im Jahr 2012 nur 12 Prozent der Gesamt-Aboeinnahmen generieren. Der Grund ist ganz einfach: Print-Abos kosten 730 US-Dollar, Digital-Abos nur 220 Dollar. So hängen die Verlage immer noch in der Gratisfalle fest. Bieten die Online-Angebote die gleichen Inhalte wie die gedruckten Ausgaben, sind die Nutzer schwer zu bewegen, dafür zu bezahlen. Nur mit besserer Qualität und zusätzlichen multimedialen Inhalten können Online-Nutzer animiert werden, auf Bezahlangebote einzugehen. Aber welcher Verlag hat schon den Mut, seine bisherigen Zugpferde zu kannibalisieren. Hinzu kommt: Der Wettkampf zwischen Online- und Printredaktion droht manchen Verlag lahmzulegen. Dabei könnten sich beide gegenseitig unterstützen. Beide werden sich verändern müssen und neue Abo-Modelle entwickeln. Qualität kann nur gewährleistet werden, wenn sich die Kosten auch einspielen lassen. So führt kein Weg an Bezahlmodellen vorbei. »Es war richtig, dass wir, anders als Zeitungs- und Magazinverlage, unser Produkt nicht kostenfrei ins Internet gestellt haben. Die Verlage versuchen nun, ihren Fehler zu korrigieren«[207], sagte der Sony-Manager Edgar Berger im *Manager Magazin*. »Und wie machen die das mit dem Geldverdienen im Netz? Die Antwort, die die Musikwelt gefunden hat, lautet: Man muss aufhören, das Internet zu bekämpfen, und beginnen, sich auf die Ideen aus dem Netz einzulassen«[208], mahnte Alina Fichter in der *Zeit*. Die meisten großen Verlage in Deutschland sind inzwischen dabei, ihre Online-Strategie anzupassen und mit Bezahlmodellen zu ergänzen.

Wenn das Experiment der Musikindustrie mit Flatrate-Abos erfolgreich ist, werden andere Branchen folgen. Bis zu 32 Millionen Musiktitel aus allen Genres stehen den Abonnenten für wenig Geld zur Verfügung – wann sie wollen, wo sie wollen, so oft sie wollen, vom Handy aus, vom PC aus, über die Stereoanlage. Diese radikal kundenfreundliche Lösung war in der Branche umstritten, scheint sich aber durchzusetzen. Wahrscheinlich ist das der richtige Weg, die Gratiskultur im Netz zu besiegen – und ein Wegweiser für andere Medienbranchen.

Die Internet-Revolution betrifft alle Branchen, die mit geistigem Eigentum handeln. Dieter Gorny, Chef des Bundesverbands Musikindustrie, sagt: »Auch TV-Sender und Verlage werden in 15 Jahren nicht wiederzuerkennen sein.«[209]

Film und Spiel verschmelzen – die neue Unterhaltungsindustrie

Inzwischen haben sich international agierende Großunternehmen herausgebildet, die Kinofilme, Fernsehserien und Musikkataloge über das Internet vertreiben. Amazon ist längst über die Rolle des größten Händlers hinausgewachsen. Das Unternehmen produziert in einem eigenen Studio Filmserien, eine Literaturzeitschrift, bietet Web-Dienstleistungen an, den Streaming-Dienst Prime-Musik, verkauft Kindle, das Lesegerät für E-Books, und ein eigenes Handy, mit dem man einen einfachen Zugang zum großen Amazon-Warenkatalog hat. Ähnlich haben auch Apple, Google und Microsoft ihre Geschäfte ausgeweitet. Der Trend geht zum Streaming von Musik, Filmen und Fernsehserien. Neue Unternehmen wie Spotify oder Netflix haben das Streaming populär gemacht. Je mehr Menschen die Unterhaltungsangebote aus dem Netz ziehen, desto schneller verschwinden CD-Läden und Videotheken. Inzwischen hat die Streaming-Industrie ihre Angebote verfeinert: Die Nutzer können die Filme entweder nur einmal anschauen oder leihen, so dass sie erst nach 30 Tagen gelöscht werden, oder auch dauerhaft speichern – alles zu seinem Preis.

Google hat bisher mit Youtube einen Marktanteil von 90 Prozent beim Video-Streaming, de facto ein Monopol. Meist handelt es sich um kurze Videoclips, die gratis angesehen werden können. Google ist dabei, diesen populären Streaming-Kanal zum Musik- und TV-Sender auszubauen. Mit den drei großen Musiklabels hat Google bereits Vereinbarungen abgeschlossen und setzt nun alle anderen unter Druck. Entscheidend ist, wie Apple und Amazon gezeigt haben, vor allem eins: Wer die Schnittstelle zum Kunden in der Hand hat, kann den Inhalteanbietern die Bedingungen diktieren. Hinzu kommt, dass nur derjenige, der den Zugang zum Kunden hat, alle Daten über Kundenwünsche und -verhalten abgreifen kann und damit für die Werbeindustrie wichtig wird. Die Werbung folgt den Nutzern, und die sind bei Google, Facebook, Amazon, Ebay und Apple.

Was mit Musikshops und Internet-Radios begann, ist nun bei Film und Fernsehen angekommen. Die Menschen wollen ihr Programm selbst bestimmen und Filme nicht zu bestimmten Sendezeiten konsumieren, sondern wenn sie Lust dazu haben. Für diese veränderten Sehgewohnheiten entstehen immer mehr Angebote. Auch die Fernsehsender – von ARD bis RTL – streamen einen Teil ihres TV-Programms im Netz. Der zeitversetzte Konsum des normalen TV-Programms ist aber erst der Anfang, die Zukunft gehört dem interaktiven Film-Abo, das Serien und Filme in unbegrenzter Vielfalt anbietet. Der Streaming-Anbieter Netflix hat bereits im Jahr 2011 mit der Eigenproduktion von Fernsehserien begonnen. Mit 48 Millionen Abonnenten ist Netflix der größte Video-Anbieter in den USA und hat mehr Zuschauer als der größte Fernsehsender. Kaum hatte Netflix angekündigt, nach Deutschland zu expandieren, drängten auch die Web-Konzerne Apple, Google, Yahoo und Amazon in den deutschen Streaming-Markt.

Mit der digitalen Distribution wird die Entwertung von Musik und Film zur Massenware noch ein Stück weitergedreht. Die besten Karten haben die Großen, die alles aus einer Hand anbieten: Filme, TV-Serien, Musik, Bücher und Spiele. Man darf gespannt sein, wer als Erster eine All-inclusive-Unterhaltungsflatrate offeriert.

Währenddessen jagt die Computerspielbranche von Rekord zu Rekord. Die Spieleindustrie wird – nach einer Studie des Marktforschungsinstituts DFC Intelligence – im Jahr 2014 rund 66 Milliarden Dollar umsetzen. Bis 2017 soll der Umsatz auf 78 Milliarden Dollar anwachsen.[210] Das liegt zum einen an der wachsenden Zahl von Spielen auf Tablets und Smartphones, zum andern an den neuen Konsolengenerationen, die Sony mit Playstation 4 und Microsoft mit Xbox One auf den Markt bringen.

»Supermario« ist mit 295 Millionen verkauften Exemplaren das bisher erfolgreichste Computerspiel. Die »Sims« wurden 175 millionenmal verkauft. Das neue Videospiel »Grand Theft Auto V« setzte innerhalb von drei Tagen über 1 Milliarde US-Dollar um. Nur wenige Wochen später verkündete der Spieleproduzent Activision, dass sie von dem Spiel »Call of Duty: Ghosts« Kopien im Wert von mehr als 1 Milliarde US-Dollar ausgeliefert haben.[211] Diese wirtschaftlichen Erfolge führen dazu, dass selbst etablierte Hollywood-Autoren in die Spieleindustrie wechseln. Das Schreiben von Drehbüchern für Videospiele hat sich nicht nur zu einem lukrativen Geschäft entwickelt, es ist auch anspruchsvoll geworden. Lange Zeit hatten die Storys in Computerspielen keine große Rolle gespielt, inzwischen sind die Geschichten äußerst komplex und in bester Erzähltradition aufgebaut. Es geht wie beim Film darum, Protagonisten zu entwickeln, mit denen sich die Spieler identifizieren. Das erste Videospiel, das als interaktiver Kinofilm bezeichnet werden konnte, war vor drei Jahren »Heavy Rain«. Das Spiel hatte 38 Millionen US-Dollar gekostet und spielte mehr als 100 Millionen ein. Wenn Videospiele mehr einbringen als Filmproduktionen, dann wird Hollywood sehr schnell auf diesen Zukunftsmarkt setzen. Das Verschmelzen der Medien bringt neue Formate hervor, die die interaktiven Möglichkeiten des Internets mit der Dramaturgie von Filmen verbindet. So wird beispielsweise die Fantasy-Serie »Game of Thrones« nicht mit einem neuen Film, sondern einem Computerspiel fortgesetzt.

Das Silicon Valley erweist sich wieder einmal als der große Brutkasten des E-Commerce. In Hollywood verschmelzen Film und Spiel, verbinden sich Film-, Spiele-, Computer- und Internetindustrie zu einer neuen globalen Unterhaltungsindustrie. Der Internetboom hat dort genügend Risikokapital angehäuft, um jedes erfolgsversprechende Geschäft finanzieren zu können. Die Entwicklung des neuesten Computerspiels »Destiny« kostet mit 500 Millionen Dollar mehr als ein Kino-Blockbuster.

Das Computerspiel hat sich mit dem Boom der Smartphones und Tablets vom PC und der Spielekonsole gelöst und wird überall zum Zeitvertreib genutzt. Spiele wie »Angry Birds« oder »Candy Crush« mit einfachen Regeln und kurzer Dauer kann man zwischendurch in der U-Bahn spielen oder um Wartezeiten zu überbrücken. Spiele wie Quizduell, in denen man mit oder gegen die Freunde spielt, erhöhen den Reiz. In Deutschland spielt etwa ein Drittel der Bevölkerung, in den USA bereits die Hälfte.

Immer online – immer verfügbar

Erst mit dem Smartphone beginnt die eigentliche digitale Revolution. Das meint Sebastian Matthes, Chefredakteur der *Huffington Post* Deutschland. »Das Jahr 2014 wird als der Zeitpunkt in die Geschichte eingehen, an dem das mobile Internet die Macht übernommen hat.«[212] Das Smartphone als Internetzugang führe zu einer völlig anderen Medienrezeption: Die jungen Nutzer gehen gar nicht direkt auf die Nachrichtenseiten, sondern über Social Media und empfehlen sich gegenseitig über Facebook, welche Informationen interessant sind. Sie lesen, was ihre Freunde lesen. Dieser neue Zugang verlange, sagt Matthes, aber von den Medien eine völlig neue

Aufbereitung der Themen. Deshalb sollten die Verlage, die sich gerade auf das stationäre Internet stürzen, aufpassen, ob nicht bereits der nächste Schritt ins mobile Internet auf der Agenda stehe.

Die Mobilgeräte zwingen noch mehr als PCs zum Aufgliedern der Medieninhalte in kleine, schnell aufnehmbare Häppchen. »Wer in der digitalen Welt mit Inhalten Geld verdienen will, muss seinen Kunden möglichst kleine Einheiten bieten«[213], weiß Tim Renner aus dem Online-Verkauf von Musik. Hier hat sich die von den Plattenfirmen lange verweigerte Entbündelung der Alben durchgesetzt, so dass heute auch einzelne Titel gekauft werden können. Wie die Musikalben waren auch Zeitungen und Zeitschriften ein gutes Modell, dem Kunden mehr zu verkaufen, als er will. Die Auflösung des klassischen Zeitungsmodells führt zu tiefgreifenden Veränderungen bei der Gestaltung von Medien. Sie werden wie das Netz selbst zu einem vielseitig verbundenen Geflecht kleiner, eigenständiger Einheiten. Nicht ohne Grund sehen wir derzeit eine Renaissance der Serien.

Das mobile Internet zwingt nicht nur die Medien, die Inhalte an die neue Form der Rezeption anzupassen, sondern auch die Nutzer zu einer nachhaltigen Veränderung des täglichen Lebens. Man will und muss immer online sein, damit man alles erreichen kann – und selbst erreichbar ist. Man bleibt in ständiger Verbindung mit Freunden und Bekannten, telefoniert, skypt, mailt, chattet, simst und postet Bilder und Nachrichten.

»Wenn es überhaupt ein überragendes Thema in diesen 2010er-Jahren gibt, ist es die Digitalisierung … Das mobile Netz in Form von Smartphones durchdringt heute jeden Lebensbereich«[214], schrieb Frank Schmiechen in der *Welt*. »Die mobilen Geräte lösen nicht nur die Grenzen von Arbeit und Freizeit auf, sondern sie durchlöchern auch immer stärker den Urlaub, zumindest das herkömmliche Verständnis von Urlaub, bei dem man sich möglichst vollständig von der Arbeitswelt abkoppelt und untertaucht. Aber selbst wenn dies noch möglich ist, so scheinen die Menschen, ausgestattet mit den technischen Möglichkeiten permanenter Verbindung, nicht mehr loslassen zu können und an der Leine zu hängen«[215], konstatierte der Journalist Florian Rötzer in *Telepolis*. »Die Welt ist so in einem anderen Sinn, als dies McLuhan meinte, zum Dorf geworden, bzw. das Dorf, aus deren Überwachungs- und Kontrollgemeinschaft die Menschen früher in die Anonymität der Städte geflohen sind, verfolgt die Menschen weltweit und lässt sie aus der ›Heimat‹ nicht mehr entkommen …«

Das allgegenwärtige Internet entfaltet seine durchgreifende Wirkung auf persönlicher wie auf gesellschaftlicher Ebene. Allein die Tatsache, dass es da ist, dass es grundsätzlich genutzt werden kann, erzeugt den Zwang zur doppelten Verfügbarkeit: Zum einen werden wir als Personen verfügbar, zum anderen alles für uns. »Der Konsument im digitalen Zeitalter will alles, und zwar sofort. Darauf muss die Industrie sich einstellen«[216], hat Tim Renner erkannt. Wer für Filme, Bücher oder Musik wirbt, muss sie auch sofort zum Kauf anbieten. Geschäftsmodelle wie zuerst im Kino, dann als DVD, dann im Fernsehen sind überholt, denn der Verbraucher holt sich alles gleich – notfalls illegal.

Die Verfügbarkeit der Dinge ist von gesellschaftlicher Tragweite, denn sie verändert auch unser Verhältnis zum Besitz. Wenn alles verfügbar ist, muss man es nicht besitzen. Das ist die Basis einer Share-Economy, in der teure Güter nicht gekauft, sondern gemeinsam genutzt, »geteilt« werden. Für digitale Inhalte genügt der Stream, der Zugriff auf Musik oder Filme jeder Art, wann und wo es beliebt. Das »Teilen« funktioniert auch mit realen Produkten wie Wohnungen oder Autos, die via Internet gemietet werden. Der US-Ökonom Jeremy Rifkin beschrieb empathisch die neue Kultur des Teilens im Netz, die tradierte Geschäftsmodelle der Musik-, Film-, Buch- und Zeitungsindustrie »ausradieren« werde. Doch Vorsicht. Auch bei Share-Economy-Projekten geht es weniger um Idealismus als um Geschäfte.

Ein Trend ist aber zu erkennen: Stadtbewohner sparen sich zunehmend den kostspieligen Besitz eigener Autos und nutzen die neuen Angebote zum Carsharing. Die Rolle des Autos als Statussymbol hat das Smartphone übernommen. Das Auto bietet nur die Freiheit einer Fahrt ins Grüne – im Stau. Das Smartphone öffnet aber das Tor zum globalen Dorf und dem grenzenlosen Raum des Cyberspace. Deshalb wollen junge Menschen auf allerlei, nicht aber auf den Besitz eines Smartphones verzichten.

Das Janusgesicht des Fortschritts

In einer globalisierten Welt kann sich niemand mehr abschotten vom »ewigen Sturm der schöpferischen Zerstörung«, wie Joseph Schumpeter die Kraft der Innovationen beschrieb: Der digitale Wandel stürzt eine Branche nach der anderen in Turbulenzen. Während sich die Foto- und Musikindustrie bereits wieder restrukturiert haben, steckt die Medienindustrie mitten im Umbruch. Die digitale Revolution macht nicht Halt beim geistigen Eigentum, sondern verwandelt auch die reale Welt in ein »Internet der Dinge«. So hat sie auch in der industriellen Produktion ein neues Paradigma ausgelöst, das mit »Industrie 4.0« umschrieben wird und eine neue Art der Automatisierung und Flexibilisierung der Produktionstechnik meint, die auf der Vernetzung aller Objekte in der Fabrik beruht. Von der Informatisierung der Produktionstechnik versprechen sich die Industrieunternehmen neue Zukunftsperspektiven.

Das Internet ist auch nach seinen abenteuerlichen Kinder- und Lehrjahren immer noch ein Labor für radikal neue Geschäftsideen und eine Startrampe für den Aufbruch ins Neuland. »Die technischen Möglichkeiten von heute machen es jungen Studenten möglich, quasi nebenbei ihre Firmen zu gründen, noch bevor sie überhaupt den Abschluss der Universität in der Tasche haben. Niemand braucht mehr lange, komplizierte Lehrjahre in Betrieben oder Kanzleien. Es kann sofort losgehen«[217], beschrieb Frank Schmiechen in der *Welt* das kreative Potential. »Das Internet ist Betriebssystem, Vertriebs- und Marketingkanal zugleich. Gute digitale Produkte sind kaum aufzuhalten. Sie können durch Netzwerkeffekte quasi über Nacht zum unternehmerischen Hit werden.«

Nicht nur Musiker können – dank Digitaltechnik – ohne Plattenfirmen ihre Musikstücke produzieren und vermarkten, das Internet senkt auch die Hürden, Bücher zu schreiben und zu verlegen. Jeder Mensch kann zum eigenen Verleger werden und sich mit einem Blog an die globale Netzgemeinde wenden.

»Das Internet ist ein Experimentierfeld für Kreative, es ist eine Tummelplatz für engagierte Unternehmen, aber auch ein Nährboden für gewissenslose Geschäftemacher«[218], verweist der Wirtschaftsjournalist Karl-Heinz Büschemann in der *Süddeutschen Zeitung* auf die Kehrseite der Medaille. Der Pioniergeist habe etwas Gutes, weil er Grenzen überwinde, Chancen erkenne und neue Märkte eröffne, aber auch eine Neigung zum Gesetzlosen, weil er beispielsweise wenig Rücksicht auf Urheberrechte oder Persönlichkeitsschutz nehme.

Das sorglose Nutzen des Internets ist längst vorbei. Seit dem NSA-Skandal ist allen klar, dass das Netz zwei Seiten hat, eine faszinierende und eine abschreckende: Es öffnet uns die

Welt und ist umgekehrt Einfallstor für Schnüffler, Spione, Datendiebe und Kriminelle. Es erschließt neue Informationsquellen und erzeugt Müllberge der Desorientierung. Das Internet kann ebenso Freiheitshelden unterstützen wie zur grenzenlosen Überwachung genutzt werden. Die Auswertung der riesigen Datenbestände unter dem Stichwort »Big Data« kann wichtige Erkenntnisse für Werbekunden, aber auch erschreckende Einblicke in private Vorlieben liefern. Das Internet kann uns vom passiven Medienkonsumenten zum aktiven Medienproduzenten machen, aber auch zum sinnlosen Zeitvertreib verführen. Wer kennt schon die Folgen einer Kultur universaler Mediatisierung? Daher muss man die, denen es nicht schnell genug gehen kann, auch um Geduld bitten, bis die rechtlichen Regelungen der technischen Entwicklung hinterhergekommen sind. Auch der grenzenlos erscheinende Cyberspace braucht Grenzen, Regeln und gesicherte Wege, damit wir uns darin vertrauensvoll bewegen können.

Innovation ist nicht nur ein technischer Vorgang, sondern ein sozialer Prozess. Der Markt für Innovationen wird von den Wünschen und Werten der Gesellschaft bestimmt. Und in der digitalen Gesellschaft haben die Konsumenten eine Macht wie nie zuvor. Sie tauschen sich mit anderen über die Vor- und Nachteile von Produkten aus und finden den günstigsten Preis. Ein Shitstorm hat schon manche Unternehmen zum Einlenken bewegt. Doch die vereinte Verbrauchermacht hat auch problematische Tendenzen: Das Internet neigt mit seinen sich selbst verstärkenden Netzwerkeffekten zur Monopolbildung und zerstört mit Dumpingpreisen den Einzelhandel. Ein gefährlicher Preisdruck fegt alle vom Markt, die nicht so billig einkaufen können wie die Handelsgiganten. Besondere Wirkung hat die Macht der Verbraucher auf die Preise digitalisierter Produkte wie Musik, Film, Buch, Zeitschrift und Zeitungen. Diese tendieren nämlich gegen null. Das hat zwei Gründe: Wenn Musik nicht mehr auf CD gepresst, eine Zeitung nicht mehr gedruckt und beide weder gelagert noch verteilt werden müssen, wollen die Kunden dafür auch deutlich weniger bezahlen. Der zweite Grund ist die einfache Kopierbarkeit. Daher müssen die Produkte so günstig sein, dass der Kunde die käufliche Variante der illegalen vorzieht. Der schwindende Preis hat gravierende Folgen für die Künstler, die immer weniger für ihre kreative Leistung erzielen können.

Der Umbruch von der analogen in die digitale Welt ist radikal: »In der digitalen Welt werden die Karten neu gemischt. Wer in der guten alten Welt die Deutungshoheit hatte, wird im digitalen Zeitalter womöglich nichts mehr zu melden haben. Es geht – wie bei jeder technischen Revolution … – selbstredend auch um die Sicherung, den Verlust und die Neuverteilung von Pfründen«[219], schreibt Tim Renner.

Das löst Ängste aus bei denen, die nicht mitkommen mit dem technischen Wandel, noch mehr aber bei denen, die an der analogen Kultur hängen. Mit den Bücherwänden und Plattensammlungen verschwinden die Artefakte des bürgerlichen Medienkonsums in die digitalen Speicher und sind doch jederzeit virtuell präsent. Ausgelagert in das Netz reisen Wohnzimmer und Arbeitsbüro immer mit. Natürlich geht mit der Digitalisierung von Büchern und Zeitungen etwas verloren. Nicht nur die Haptik, auch die Zurschaustellung unserer kulturellen Vorlieben. Hinter dem Display ist nicht erkennbar, was jemand liest, die *Süddeutsche Zeitung* oder die *Bild*, Thomas Mann oder Nele Neuhaus. Die alte Welt verschwindet hinter dem Display, die Persönlichkeit verlagert sich in den digitalen Raum. Dort legen viele mehr offen als je im privatesten Kreis. Vorlieben bis ins entlarvende Detail werden erkennbar – ein unerschöpfliches Potential für die Werbeindustrie. Der digitale Raum wird zum zentralen Ort der gesellschaftlichen Kommunikation. Sich darin einzurichten und auf gemeinsame Regeln zu verständigen, ist die große Herausforderung unserer Zeit.

»Die abgeschlossene Form des Musikalbums, die zeitlichen Beschränkungen der TV-Sendung, die örtliche Eingrenzung des Kinoabends und Konzerts – es scheint auf den ersten Blick, als würden alle diese kulturellen Formate derzeit unwiderruflich entgrenzt, als sei das Zeitalter der unendlichen Kombination und ungehemmten Verfügung über alle Kulturprodukte angebrochen«[220], heißt es in der *Süddeutschen Zeitung*. Die Geschichte der Medien sollte man nicht nur als eine Folge von Verdrängungen betrachten, sondern auch als eine Erweiterung des kulturellen Gebrauchs von Medien. Das Kino ist nicht verschwunden, als das Fernsehen eingeführt wurde, die Schallplatte nicht durch das Radio ersetzt worden. Das Hardcover-Buch wird auch in der Ära des Internets nicht sterben, weil es »der letzte große Fetisch des Bildungsbürgertums«[221] ist, wie Tim Renner meint. Weder das Hörbuch noch das E-Book werden es ganz verdrängen. So wird es auch künftig prächtig ausgestattete Bildbände oder liebevoll gestaltete Gedichteditionen geben. Gleichzeitig wird das Buch im Internet wiedergeboren und eine neue Generation von E-Literatur begründen. E-Books werden Teil einer großen Entertainment-Welt mit Merchandising, T-Shirt, Tassen und Plüschfiguren. Wenn jedes Buch nur einen Mausklick entfernt ist, steigert das sogar die Leselust, zeigen erste Erfahrungen. Die Digitalisierung macht uns nicht zu Analphabeten, eher zu Mediensüchtigen. Die Menschen nutzen die alten und neuen Medien, wie es ihnen gerade passt – oft sogar gleichzeitig.

Natürlich lösen neue Medien eine Faszination aus, die in Sucht ausarten kann. So warnten die Bürger im 18. Jahrhundert ihre Kinder vor der Lesesucht. Heute heißt es, die jungen

Leute sollen Romane lesen und nicht nur am Computer spielen. Keine Frage: Medienkompetenz ist ein wichtiges Bildungsziel, denn all die neuen Medien drängen sich in das kaum noch erweiterbare Zeitbudget.

Um die begrenzte Freizeit konkurrieren im Digitalzeitalter nicht mehr nur Bücher, Zeitungen, Radio, Fernsehen, Kino und Konzert. Auf Smartphones und Tablets ist dies alles präsent – losgelöst von Ort und Zeit – und darüber hinaus eine unübersehbare Zahl neuer Informations- und Unterhaltungsangebote. Viele Menschen sind heute den ganzen Tag online, nutzen WhatsApp zur Kommunikation, twittern, wenn sie etwas mitzuteilen haben, googlen, wenn sie etwas wissen wollen, schauen in Facebook nach ihren Freunden, spielen die neuesten Onlinespiele und sehen in Youtube witzige Videos. »Die menschliche Aufmerksamkeit wird zum wichtigsten Rohstoff und zur meistgehandelten Ware des 21. Jahrhunderts. Der Aufstieg der ›Aufmerksamkeitsökonomie‹ zum weltweit am schnellsten wachsenden Wirtschaftszweig zeigt dies.«[222] Die Frage ist: Wie können wir dem Wettkampf um unsere Aufmerksamkeit standhalten, ohne uns völlig im Unterhaltungsuniversum zu verlieren?

Den Menschen gefällt es offensichtlich, permanent auf eine unendliche Fülle von Unterhaltungsangeboten zugreifen zu können. »Und bereitwillig erkaufen sie sich die ersehnte Freiheit von festen Sendezeiten, starren Empfangsgeräten und physischen Tonträgern mit der Bereitschaft, sich langfristig für einen großen, gar dominierenden Anbieter zu entscheiden. Es muss eben bequem sein«[223], sprach Lutz Knappmann in der *Süddeutschen Zeitung* die Kehrseite des Streamings an. Wir werden abhängig von denen, die uns den Zugang eröffnen. Wenn Apple, Google oder Amazon ihre Ökosysteme geschlossen halten, tauschen wir für den Komfort neue Beschränkungen ein.

Doch mit dem Vormarsch der Virtualität wächst gleichzeitig das Bedürfnis nach den komplementären Gütern der Realität: Ein echtes Konzerterlebnis ist durch nichts zu ersetzen. Die beste Live-Übertragung kann für den Musikliebhaber nur ein schwacher Trost sein, wenn er die Originalaufführung nicht erleben konnte. Auch bei Ausstellungen stehen Menschen Schlange, obwohl sie alles im Internet betrachten könnten. Angesichts der grenzenlosen Möglichkeiten des Cyberspace wird der begrenzte irdische Raum für echte Erlebnisse kostbar.

Das Digitalzeitalter verändert unsere Kommunikations- und Konsumgewohnheiten radikal. Noch stecken wir mitten im Kulturwandel und sehen nur schemenhaft in die unsichere Zukunft, die uns mit dem Unvorhergesehenen überrascht. Der Ökonom Joseph Schumpeter hat im Begriff der »schöpferischen Zerstörung« die Ambivalenz der wirtschaftlichen Erneuerung zusammengefasst, Christensen in »Innovator's Dilemma« gezeigt, wie disruptive Innovationen ganze Branchen ins Chaos stürzen und wie sich Außenseiter aus den Nischen zu neuen Marktführern emporschwingen. »Der Gedanke der Disruption ist die Zuspitzung der ewigen Unberechenbarkeit wirtschaftlicher Prozesse, will sagen: Es gibt gar nichts außer Unberechenbarkeit. Die Angst vor und der Wille zur Disruption beherrscht die Gehirne in den Konzernen. Disrupt oder ›be disrupted‹ ist die Losung in einer Zeit sich beschleunigender Produktzyklen und politischer Unsicherheit«[224], hat der Journalist Thomas E. Schmidt in der *Zeit* die aktuelle Stimmungslage der Wirtschaft beschrieben.

Der Erfolg von mp3 war nicht vorhersehbar, aber er zeigt, dass es möglich ist, als Erlanger Forschungsinstitut mit einer Technologie »Invented in Germany« in einer Welt globaler Standards und multinationaler Konzerne mitzuspielen. »Weil Innovation für menschliches Handeln offen ist, kann sie Fehlschläge verkraften«[225], schreibt Helga Nowotny, als hätte sie die mp3-Geschichte im Blick. »Denn sie kennt nur einen Beweis, den Erfolg. Der Weg dorthin ist mühsam, mit Rückschlägen und Ungewissheiten übersäht, die nicht verschwiegen werden sollen, denn Innovation will Mut machen, den Wagemut zu erzeugen, den es braucht, um mit der unvorhersehbaren und fragilen Zukunft in ein geschicktes Verhandeln zu treten.« Und weil die mp3-Erfinder Mut, Geschick und die Leidenschaft für Spitzenforschung weitergeben an die nächste Forschergeneration, ist die Geschichte von mp3 und Co noch lange nicht zu Ende.

ANMERKUNGEN

1 *Capital* vom 18.6.14
2 Bundesverband Musikindustrie vom 6.12.2013
3 *Cicero* vom 30.6.2014
4 Thomas Wendel in *Capital* vom 16.6.2014
5 *Süddeutsche Zeitung* vom 23./24.8.2014
6 *Süddeutsche Zeitung* vom 28./29.12.2013
7 König, 2008, S. 276
8 *Süddeutsche Zeitung* vom 28./29.12.2013
9 Renner: Digital, S. 233
10 Sterne, S. 92
11 *Die Zeit* 14/2004 vom 25.3.2004
12 Uijl, S. 4, S. 20
13 Radkau: Technik in Deutschland, S. 406
14 *Handelsblatt* vom 2.12.2013
15 ebd.
16 *Süddeutsche Zeitung* vom 12.2.2014
17 Seitz, S. 371
18 Seitz, S. 81
19 Seitz, S. 84
20 Seitz, S. 85
21 Trischler, S. 296 ff und S. 335 ff
22 Trischler, S. 353
23 ausführlich bei Tschmuck 2003, S. 271 ff beschrieben
24 Tschmuck, 2003
25 Renner: Tod, S. 97
26 Thomas Sporer: Sinkende Datenraten und freie Welt des Klangs. *Musikforum* 2/2011, S. 29
27 Brandenburg: MP3 and AAC explained, S. 10
28 *Die Zeit* vom 17.5.1991
29 ebd.
30 Musmann, 2006
31 Sterne, S. 93
32 Musmann, 2006, S. 1044
33 Gerhäuser, Seitzer: Musikcodierung 1989, S. 53
34 siehe Brandenburg, Popp in *EBU Technical Review*, June 2000
35 *FAZ* vom 8.3.2010
36 Suzanne Vega: Tom's Essay. Measure for Measure blog in *New York Times* vom 23.9.2008
37 Thomas Range: Wie nützt das Neue?, *Brand Eins* 7/2013, S. 34
38 *Spiegel* 48/1989

39 *Spiegel* 19/1987
40 *Spiegel* 17/1987
41 *Spiegel* 36/1992
42 ebd.
43 *Spiegel* 36/92
44 *Spiegel* 29/92
45 *Spiegel* 26/92
46 ebd.
47 *Spiegel* 11/92
48 ebd.
49 ebd.
50 Seitz, S. 361
51 Seitz, S. 373
52 Seitz, S. 93
53 Christensen, S. 13 ff
54 *Süddeutsche Zeitung* vom 20.1.2012
55 siehe Bayramoglu, S. 93 ff
56 Schmundt e. a. (Hg.): Mekkas der Moderne, S. 160
57 Schmundt e. a. (Hg.): Mekkas der Moderne, S. 159
58 Gerhäuser, Seitzer: Musikcodierung 1989, S. 55
59 *Spiegel* 34/1995
60 *Die Zeit* vom 4.6.1993
61 *Spiegel*, Folge 4 über das Internet in 14/1996
62 *Spiegel* 11/1996
63 *Spiegel* 1/1997
64 *Die Zeit* vom 2.1.2014
65 Bunz, S. 19
66 Seitz, S. 100
67 Sterne, S. 137
68 Sterne, S. 138
69 Renner: Tod, S. 167
70 Dolata, S. 362
71 Renner: Tod, S. 10
72 Renner: Tod, S. 179
73 Harris, S. 45
74 Tschmuck, S. 278
75 ebd.
76 Tschmuck, S. 287
77 Bunz, S. 19
78 Bunz, S. 11
79 Renner, Tod, S. 106
80 Dolata, S. 364
81 *Spiegel* 14/1996
82 Haring, S. 81
83 Haring, S. 88
84 Haring, S. 95
85 *Heise online* vom 21.5.2001
86 *Heise online* vom 21.5.2001
87 *Computerwoche* vom 14.4.1999
88 Haring, S. 66
89 *Fast Company*, Dezember 1998
90 *Spiegel* vom 3.3.1999
91 *Fokus* vom 7.9.1998
92 *Die Zeit* 44/1998
93 *Spiegel* vom 3.3.1999
94 *Die Zeit* 44/1998
95 Haring, S. 111
96 Brandenburg: MP3 and AAC explained, S. 6
97 Telekom vom 30.11.1999
98 Renner: Tod, S. 195
99 Tschmuck, S. 278
100 Tschmuck, S. 277
101 Haring, S. 12
102 *Spiegel* vom 3.3.1999
103 *Die Zeit* 51/1999
104 *Spiegel* vom 3.3.1999
105 *Spiegel* vom 21.4.2000
106 *C't* 3/2000
107 Christensen, S. 207
108 *Spiegel* vom 20.7.1999
109 *Heise online* am 1.6.1999
110 *Heise online* am 2.8.2000
111 *Rolling Stone* vom 8.7.1999
112 Harris, S. 167

113 *Spiegel* 15/2000
114 *Spiegel* vom 18.8.1999
115 Renner: Tod, S. 212
116 Renner: Tod, S. 269
117 ebd.
118 Röttgers: Mix, S. 45
119 Renner: Tod, S. 214
120 Christensen, S. 208
121 *Spiegel* 30/1999
122 siehe Dolata, S. 360
123 Dolata, S. 361
124 *Die Zeit* 28/1999
125 Dolata, S. 346
126 Dolata, S. 347
127 Uijl, S. 2 f
128 Dietl, S. 9
129 *Spiegel* vom 3.3.1999
130 *Die Zeit* 28/1999
131 *ZEIT ONLINE* vom 24.2.2002
132 *Spiegel* vom 3.3.1999
133 *Heise online* 2000
134 Wischner: Alles über mp3, S. 181
135 *Heise online* am 20.10.2000
136 *ZEIT ONLINE* vom 19.11.2013
137 *C't* 3/2000
138 *Die Zeit* vom 16.11.2000
139 *Handelsblatt* vom 30.5.2000
140 *Spiegel* 36/2003
141 Renner: Tod, S. 207
142 *Die Zeit* vom 29.4.2004
143 *Die Zeit* vom 13.6.2006
144 *Manager Magazin* vom 18.12.2003
145 *Spiegel* 36/2003
146 Röttgers, S. 60
147 Dolata, S. 354
148 Renner: Tod, S. 227
149 Isaacson, S. 390
150 ebd.
151 Isaacson, S. 448
152 Isaacson, S. 449
153 Isaacson, S. 451
154 Isaacson, S. 461
155 Isaacson, S. 464
156 Isaacson, S. 471 ff
157 Renner: Tod, S. 228
158 Isaacson, S. 475
159 ebd.
160 Isaacson, S. 476
161 Isaacson, S. 477 ff
162 Renner: Tod, S. 227
163 *Chip* vom 12.11.2003
164 Isaacson, S. 547
165 *Spiegel* 36/2003
166 *Die Zeit* vom 15.5.2008
167 *Spiegel Spezial* 3/2007
168 siehe Dammann, 2014
169 *Spiegel* vom 28.11.2007
170 *Spiegel* vom 28.11.2007
171 Bundesverband der Musikindustrie, Musikindustrie in Zahlen 2012, S. 2
172 *Musiker Magazin* 1/2011, S. 28
173 Tschmuck: Rezession, 25.7.2009
174 ebd.
175 *Die Zeit* vom 5.8.2012
176 *Handelsblatt* vom 4.9.2013
177 *Spiegel* vom 29.1.2011
178 *Süddeutsche Zeitung* vom 23.7.2014
179 *PC-Welt* vom 8.9.2014
180 Tschmuck: Wie Böse ist das Filesharing? Teil 18, vom 25.5.2009
181 *Die Zeit* vom 27.3.2013
182 Dieter Gorny: Musikindustrie 2012, S. 2

183 Musikindustrie in Zahlen 2013, S. 2
184 ebd.
185 *Süddeutsche Zeitung* vom 14./15.6.2014
186 *Wirtschaftswoche* vom 20.8.2014
187 *Deutschlandradio Kultur*, 10.9.2014
188 Dolata, S. 399
189 *Die Zeit* vom 27.3.2013
190 Stefan Weikert: Alte Plattenfirmen – neue Formate, S. 19, in www.musikverkaufen.de 2007
191 Musikwirtschaft in Zahlen 2012, S. 3
192 *Manager Magazin* 5/2013
193 *Musiker Magazin* 1/2011, S. 29
194 *Musiker Magazin* 1/2011, S. 33
195 Nowotny: Innovationskultur, S. 11
196 Nowotny: Innovationskultur, S. 7
197 Nowotny: Innovationskultur, S. 8
198 Uijl, de Vries, Bayramoglu, S. 23
199 ebd.
200 *Süddeutsche Zeitung* vom 11.2.2011
201 *Die Zeit* vom 27.3.2013
202 Isaacson, S. 589
203 *Wirtschaftswoche* vom 8.10.2014
204 Clasen: Tsumami, S. 40
205 Clasen: Tsunami, S. 137
206 *Wirtschaftswoche* vom 20.8.2014
207 *Manager Magazin* 5/13
208 *Die Zeit* vom 27.3.2013
209 *Wirtschaftswoche* vom 2.8.2014
210 *Süddeutsche Zeitung* vom 10.1.2014
211 ebd.
212 *Huffington Post* vom 5.10.2014
213 Renner: Digital, S. 112
214 *Die Welt* vom 15.1.2014
215 *Telepolis* vom 11.6.2012
216 Renner: Digital, S. 133
217 *Die Welt* vom 15.1.2014
218 *Süddeutsche Zeitung* vom 9.9.2014
219 Renner: Digital, S. 235
220 *Süddeutsche Zeitung* vom 23./24.8.2014
221 Renner: Digital, S. 105
222 Roland Benedikter in *Telepolis* vom 27.11.2011
223 *Süddeutsche Zeitung* vom 14./15.7.2014
224 *Die Zeit* 49/2014
225 Nowotny: Unersättliche Neugier, S. 160

GLOSSAR

AAC Advanced Audio Coding, Audiocodec, maßgeblich von Fraunhofer/AT&T/Dolby/Sony erarbeitet und 1997 in MPEG-2 standardisiert, bietet hohe Klangqualität bei niedrigen Bitraten von 96 kbit/s, das ist eine Kompressionsrate von 16 : 1.

AAC-LD, AAC-ELD Die Low Delay-Codecs der AAC-Familie wurden für modernste Telekommunikationssysteme entwickelt und bieten beste Sprach- und Klangqualität für anspruchsvolle Telefon- und Videokonferenzanlagen. Die weiterentwickelten Varianten AAC-ELD und AAC-ELDv2 bieten eine hohe Sprach- und Audioqualität bei 32 kbit/s.

ATC Adaptive transform coding of speech signals, das Verfahren zur Reduktion von Sprachsignalen wurde von Rainer Zelinski und Peter Noll vom Heinrich-Hertz-Institut HHI im Jahr 1977 vorgestellt.

Abtastrate englisch Sampling-Rate genannt, Audiosignale müssen für die Digitalisierung zeitlich abgetastet werden, bei der CD erfolgt das 44 100 Mal in der Sekunde, also mit 44,1 kHz (Kilohertz).

AC-3 Codierverfahren der Firma Dolby für Mehrkanalton, wird seit 1991 auch als Dolby Digital bezeichnet.

ASPEC Adaptive Spectral Perceptual Entropy Coding ist ein Verfahren zur Datenkompression von Audiosignalen, das gemeinsam vom Fraunhofer IIS, AT&T, der France Telecom, der Universität Hannover und der Deutschen Thomson-Brandt entwickelt wurde und die Basis für mp3 bildet.

ATRAC Adaptive Transform Acoustic Coding, das Codierverfahren wurde 1992 von Sony für die MiniDisc vorgestellt.

AT&T nordamerikanischer Telekommunikationskonzern, hatte lange Zeit eine Monopolstellung in den USA und Kanada, war lange die größte Telefongesellschaft der Welt und der weltgrößte Kabelfernsehbetreiber.

Die Bell Laboratories in Murray Hill wurden zum Forschungszentrum von AT&T, 1996 gliederte AT&T die Bell Labs, zusammen mit dem größten Teil der Geräteherstellung, in das neue Unternehmen Lucent Technologies aus. AT&T behielt eine kleinere Anzahl Forscher, aus denen die AT&T Laboratories gebildet wurden. AT&T war ein wichtiger Forschungspartner bei der Entwicklung von mp3 und AAC.

Cingo Die Technologie des Fraunhofer IIS für mobile Geräte verbessert den Stereoklang und bringt Surround- und 3D-Ton auf Smartphones, Tablets & Co.

Codec Abkürzung für Encoder/Decoder.

DAB Digital Audio Broadcasting, digitaler Übertragungsstandard für terrestrischen Empfang von Digitalradio, im EUREKA-Projekt von 1987 bis 1991 entwickelt, basiert auf MPEG-1 Layer-2.

DAB+ Weiterentwicklung von DAB, neuester Standard für Digitalradio, nutzt HE-AAC v2.

DAT Digital Audio Tape, digitales Magnetaufzeichnungskassettenformat, 1987 eingeführt, konnte sich nicht durchsetzen.

Datenrate bestimmt, wie viele Daten pro Sekunde maximal übertragen werden können, die Datenrate wird in 1000 Bits pro Sekunde (kbit/s) angegeben, die CD hat 1411 kbit/s, mp3 je nach Wunsch 96, 128 oder 192 kbit/S, ISDN- Leitungen übertragen maximal 2 × 64 kbit/s.

DCC Die Digitale Compact Cassette ist eine von Philips und Matsushita 1992 vorgestellte Alternative zur analogen Kompaktkassette.

DCT Die Discrete Cosinus Transformation wird bei der verlustbehafteten Kompression von Video- und Audiodaten zur Transformation des Signals in den Frequenzbereich eingesetzt.

Decoder Programm zum Wiederherstellen von Audiosignalen, wandelt das komprimierte Format wieder in ein komplettes Signal um.

Download überträgt Musikdateien aus dem Internet zum Speichern auf dem PC oder dem Mobilgerät.

DRM Digital Rights Management, digitale Urheberrechtsverwaltung, mit der die Nutzung von digitalen Medien kontrolliert wird.

DSL Digital Subscriber Line ist ein digitaler Teilnehmeranschluss, der über einfache Kupferleitungen hohe Datenraten bis zu 1000 Mbit/s überträgt.

DVB Digital Video Broadcasting bezeichnet standardisierte Verfahren zur Übertragung von digitalen Inhalten (Fernsehen, Radio, Mehrkanalton, Raumklang, interaktive Dienste wie MHP, EPG und Teletext und weitere Zusatzdienste).

DVD Die Digital Versatile Disc ist ein digitales Speichermedium, das eine deutlich höhere Speicherkapazität als eine CD hat und hauptsächlich für Video eingesetzt wird.

Encoder Programm zum Codieren von Audiosignalen, wandelt die Daten in ein bestimmtes Format um.

Entropiecodierung Die Entropiecodierung ist eine Methode zur verlustfreien Datenkompression, die jedem einzelnen Zeichen eines Textes eine unterschiedlich lange Folge von Bits zuordnet. Typische Vertreter sind die Huffman-Codierung und die arithmetische Kodierung.

FTP Das File Transfer Protocol ist ein Netzwerkprotokoll zur Übertragung von Daten übers Internet.

GSM Das Global System for Mobile Communications ist die zweite Generation des Mobilfunk-Standards, der Datenübertragungen mit einer Datenrate von maximal 14,4 kbit/s ermöglicht. Das reicht höchstens, um E-Mails zu übertragen und sehr einfache Webseiten anzusehen.

HbbTV Hybrid Broadcasting Broadband TV, der Videotextnachfolger, verbindet Fernsehen mit dem Internet, Anfang 2014 nutzten bereits über 9,5 Millionen Haushalte in Deutschland ein HbbTV-fähiges Empfangsgerät.

HE-AAC v2 High Efficiency AAC, weltweit verwendeter Standardaudiocodec für die Übertragung von Stereo- oder Surround-Klang in Radio, TV und Streaming, bietet höchste Tonqualität bei niedrigen Bitraten ab 32 kbit/s.

Huffmann-Codierung Diese Codierung zählt zu den verlustfreien Kompressionsverfahren. Sie ordnet dem Zeichen, das in einem Text am häufigsten vorkommt, die kleinstmögliche Zahl von Bits zu, und so weiter. Damit wird die Gesamtzahl der benötigten Bits reduziert.

IRT Das Institut für Rundfunktechnik ist das Forschungsinstitut aller öffentlich-rechtlichen Rundfunkanstalten Deutschlands (ARD/ZDF/DRadio), Österreichs (ORF) und der Schweiz (SRG SSR) mit Sitz in München-Freimann.

ISDN Integrated Services Digital Network ist ein internationaler Standard für ein digitales Telekommunikationsnetz, das verschiedene Dienste anbietet. Der Basisanschluss hat zwei Kanäle mit je 64 kbit/s. 1989 begann in Deutschland der offizielle Betrieb. Seit Anfang der 2000er Jahre besitzt jedes Mitglied der Europäischen Union ISDN-Telekommunikationsstrukturen.

ITT Intermetall Das Freiburger Halbleiterwerk von ITT stellte die ersten mp3-Chips her, heute gehört das Werk zum Schweizer Unternehmen Micronas.

IUMA Internet Underground Music Archive, begann im Jahr 1993 Musik über das Internet anzubieten.

Layer-1 MPEG-1 Layer-1 wurde von Philips als Low-Complexity-Variante des Audio Layer-2 in den Standard eingebracht. Die von Philips eingeführte DCC nutzte dieses Verfahren mit einer Datenrate von 384 kbit/s.

Layer-2 MPEG-1 Layer-2, auch als MUSICAM bekannt, wurde im digitalen Rundfunk DAB, bei Video-CDs, auf DVDs und beim digitalen Fernsehen eingesetzt.

Layer-3 MPEG-1 Layer-3, bekannt als mp3, das am meisten verbreitete Kompressionsformat für Musik.

Liquid Audio Das 1996 gegründete kalifornische Unternehmen bot als eines der ersten Unternehmen Software wie den Liquid-Audioplayer für das Musikstreaming im Internet an.

LTE Long Term Evolution ist ein Mobilfunkstandard der vierten Generation, der Downloadraten mit bis zu 300 Megabit pro Sekunde erreichen kann. Das Grundschema von UMTS wird bei LTE beibehalten.

MDCT Modifizierte DCT, wird bei allen modernen verlustbehafteten Codierverfahren eingesetzt.

MiniDisc 1991 von Sony eingeführt.

MoD Music on Demand, das EU-Projekt zum legalen Download von Musik. Ab Herbst 1998 bot die Telekom in diesem Pilotprojekt den Online-Vertrieb von Musik an.

MPEG Moving Picture Experts Group, Arbeitsgruppe des technischen Komitees der ISO/IEC, die Standards für die Codierung audiovisueller Daten erarbeitet.

MPEG-1 MPEG-1 (ISO/IEC 11172) ist ein Standard zur verlustbehafteten Video- und Audiodatenkompression, der von 1987 bis 1991 erarbeitet wurde.

MPEG Surround Der offene Standard MPEG Surround ermöglicht Surround-Klang zu Stereobitraten.

mp3 Dateikürzel für MPEG-1 Layer-3, bietet hohe Klangqualität bei niedrigen Bitraten von 128 kbit/s, das ist eine Kompressionsrate von 12 : 1.

MP3.com Die 1997 von Michael Robertson gegründete Plattform war zunächst Tauschbörse, um unabhängigen Musikern zu ermöglichen, ihre Musikstücke zu vermarkten, wurde schnell bekannt, weil das Musikportal viele Informationen zu mp3 und zur Musik bot, ging 1999 an die Börse, 2001 verkauft an das Major-Label Universal Music.

MPMan F10 Der erste mp3-Player wurde 1998 von der koreanischen Firma Saehan produziert.

MPlayer3 Der mp3-Player der deutschen Firma Pontis kam Ende 1998 auf den Markt.

MUSICAM Masking-pattern adapted Universal Subband Integrated Coding and Mulitplexing, das vom IRT, CCETT, Matsushita und Philips gemeinsam entwickelte Verfahren wurde zu MPEG-1 Layer-2.

MusicMatch Das amerikanische Unternehmen MusicMatch bot mit der MusicMatch-Jukebox ab 1997 eine Software zum Synchronisieren der iPod-Player mit dem Windows-Betriebssystem.

Napster Musiktauschbörse, die 1999 online ging und in kürzester Zeit einen Boom auslöste, sie hatte vor ihrer Schließung im Februar 2001 über 80 Millionen Nutzer.

NMR Noise-to-Mask Ratio, das Verfahren bewertet den Abstand zwischen dem Störsignal und der errechneten Mithörschwelle.

OCF Optimum Coding in the Frequency Domain, der Audiocodec wurde 1986 von Karlheinz Brandenburg vorgestellt, Vorläufer von ASPEC und mp3.

OPTICOM eine Ausgründung des Fraunhofer IIS, die der ehemalige Mitarbeiter Michael Keyhl leitet. Das kleine Erlanger Unternehmen stellt Messgeräte her und unterstützte das Fraunhofer IIS am Beginn der Vermarktung der mp3-Software.

PAC Audiocodec von AT&T, seit 91 von AT&T vermarktet, aber nie weit verbreitet.

PCM Puls Code Modulation, Grundlage jeder Digitalisierung, besteht aus Abtastung (Sampling), Wertezuweisung (Quantisierung) und Codierung, wandelt das analoge in ein digitales Signal um.

Perceptual Coding wahrnehmungsangepasstes Codieren, das durch psychoakustische Coding-Methoden eine starke Kompression der Daten bei hoher Qualität ermöglicht.

PS Parametric Stereo ist ein Zusatzverfahren, das einem Monosignal Stereoparameter mitgibt, aus denen beim Zuhörer ein realitätsnahes Stereosignal erzeugt werden kann, es wird in HE-AAC eingesetzt und ermöglich so bei sehr niedrigen Bitraten von 16 bis 40 kbit/s eine akzeptable Stereo-Qualität.

Quicktime Formatfamilie für Multimedia-Inhalte von Apple, die sehr früh mp3 integrierte.

RealNetworks Das US-amerikanische Pionier-Unternehmen für das Internet-Streaming hieß zunächst Progressive Networks und wurde mit dem weit verbreiteten RealPlayer einer der führenden Anbieter für Streaming-Dienste.

RIAA Recording Industry Association of America, Dachverband der amerikanischen Plattenfirmen.

Rio PMP300 Der mp3-Player der kalifornischen Firma Diamond Multimedia, der Ende 1998 auf den Markt kam, wurde sehr schnell zum populärsten Player.

SBR Spectral Band Replication, das Verfahren rekonstruiert aus niedrigen Frequenzanteilen die hohen Frequenzen und wird bei HE-AAC eingesetzt.

SDMI Secure Digital Music Initiative, wurde 1998 gegründet, um die technischen Voraussetzungen für einen Kopierschutz von digitaler Musik zu schaffen.

Streaming überträgt Musikdateien aus dem Internet, so dass man sie anhören, aber nicht speichern kann, benötigt eine Internetverbindung mit entsprechend hoher Bandbreite.

TASI Time-Assignment Speech Interpolation, zeitzugeordnete Sprachinterpolation, ein von Bell Labs entwickeltes dynamisches Frequenzmultiplexverfahren, bei dem einem Teilnehmer nur dann ein Kanal zugeordnet wird, wenn er auch tatsächlich spricht. Dadurch können Sprachkanäle effektiver eingesetzt werden.

Telos Das Unternehmen aus Cleveland, Ohio, wurde von Steve Church gegründet und ist ein weltweit tätiges Unternehmen für Audiocodecs, Telefonhybride und Studio-Telefoniesysteme, lizensierte als erste Firma mp3 für den Audiocodec Zephyr, der für Rundfunkübertragungen eingesetzt wurde.

Thomson französischer Elektrokonzern, hieß bis in die 1980er Jahre Thomson-Brandt, vergrößerte sich in den 1980er und 1990er Jahren ständig durch Aufkäufe teils sehr bekannter Unternehmen wie Telefunken, Nordmende, SABA und RCA. Thomson war Partner bei der Entwicklung von mp3 und ist seit 1965 Lizenzmanager der mp3-Patente. Im Jahr 2001 übernahm Thomson das US-amerikanische Unternehmen Technicolor. Im Jahr 2010 nannte sich der Konzern in Technicolor um.

UMTS Das Universal Mobile Telecommunications System ist ein Mobilfunkstandard der dritten Generation (3G), mit dem deutlich höhere Datenübertragungsraten (bis zu 42 Mbit/s) als mit dem Mobilfunkstandard der zweiten Generation (2G), dem GSM-Standard, möglich sind.

USAC Unified Speech and Audio Coding ist ein Audiocodec für Musik und Sprache bei sehr niedrigen Bitraten zwischen 12 und 64 kbit/s, vom Fraunhofer IIS maßgeblich mitentwickelt.

WinAmp Das von der Firma Nullsoft ab 1997 vertriebene Programm bot für das Betriebssystem Windows einen Musikplayer, der mp3 verfügbar machte. 1999 wurde Nullsoft von AOL aufgekauft.

WMA Windows Media Audio ist ein eigener Audiocodec von Microsoft und Teil des Windows Media Player.

LITERATURVERZEICHNIS

Bayramoglu, Deniz Kaan: MP3 – from innovative idea to market succes. How David conquered a Goliath market. Master Thesis, Rotterdam School of Management, Erasmus University 2011

Brandenburg, K.; Langenbucher, G. G.; Schramm, H.; Seitzer, D.: A digital signal prozessor for real time adaptive transform coding of audio signals up to 20 kHz bandwith, IEEE Int. Conf. on Circuits and Computers. 1982, S. 474–477

Brandenburg, Karlheinz: OCF – A new coding algorithm for high quality sound signals. In: Intern. Conf. on Acoustics, Speech and Signal Processing, Dallas, 1987, S. 141–144

Brandenburg, K.; Grill, B.; Jonuscheit, H.; Kapust, R.; Seitzer, D.; Sporer, T.: Übertragung von hochwertigen Tonsignalen mit Datenraten im Bereich 64–144 kbit/s. In: ITG-Fachtagung Hörrundfunk, VDE-ITG Fachbericht Nr. 106, VDE-Verlag, 1988, S. 217–222

Brandenburg, K.; Kapust, R.; Seitzer, D.; Eberlein, E.; Grill, B.; Krägeloh, S.; Popp, H.; Schott, H.: Low bit rate codecs for audio signals – implementation in real time. In: 85th Convention of the Audio Engineering Society, Los Angeles, 1988

Brandenburg, Karlheinz; Seitzer, Dieter: OCF: Coding High Quality Audio with Data Rates of 64 kbit/s. Convention of the Audio Engineering Society, Los Angeles, 3.–6. November 1988

Brandenburg, K.; Grill, B.; Jonuscheit, H.; Kapust, R.; Seitzer, D.; Sporer, T.: Übertragung von hochwertigen Tonsignalen mit Datenraten im Bereich 64 bis 144 kbit/s. Rundfunktechnische Mitteilungen, 33(5), 1989, S. 209–213

Brandenburg, Karlheiz: Ein Beitrag zu den Verfahren und der Qualitätsbeurteilung für hochwertige Musikcodierung. Dissertation, Technische Universität Erlangen, 1989

Brandenburg, Karlheinz: MP3 and AAC explained, AES 17th International Conference of High Quality Audio Coding, 1999

Brandenburg, Karlheinz; Popp, Harald: An Introduction to MPEG Layer 3, *EBU Technical Review*, June 2000

Bunz, Mercedes: Vom Speicher zum Verteiler. Die Geschichte des Internets, Berlin 2009

Clasen, Nicolas: Der digitale Tsunami, CreateSpace Independent Publishing Platform; 1 edition, 15. September 2013

Christensen, Clayton M.; Matzler, Kurt; von den Eichen, Stefan Friedrich: The Innovators's Dilemma. Korrigierter Nachdruck, München 2013

Clement, Michael; Schusser, Oliver; Papies, Dominik: Ökonomie der Musikindustrie. 2. Auflage, Wiesbaden 2008

Dammann, Monika: Autoren und Apparate. Die Geschichte des Copyrights im Medienwandel, Frankfurt/Main 2014

Dietl, Helmut: Erfolgsstrategien im Plattformwettbewerb. Working Paper No. 123, Institute for Strategy and Business Economics University of Zurich, 2010

Dolata, Ulrich: Das Internet und die Transformation der Musikindustrie. Rekonstruktion und Erklärung eines unkontrollierten sektoralen Wandels. *Berliner Journal für Soziologie* 18/2008

Gerhäuser, Heinz; Seitzer, Dieter: Musikcodierung – Signalverarbeitung in Echtzeit auf psychoakustischer Grundlage. FhG-Berichte 1/1989

Haring, Bruce: MP3. Die digitale Revolution in der Musikindustrie, Freiburg 2002

Heyna, Arne; Briede, Marc; Schmidt, Ulrich: Datenformate im Medienbereich, München/Wien 2003

Isaacson, Walter: Steve Jobs. 3. Auflage, München 2012

König, Wolfgang: Geschichte der Konsumgesellschaft, Stuttgart 2000

König, Wolfgang: Kleine Geschichte der Konsumgesellschaft, Stuttgart 2008

Kratzberg, Fabian: Die Musikindustrie im digitalen Zeitalter, Saarbrücken 2012

Musmann, Hans Georg: Genesis of the MP3 Audio Coding Standard. In: IEEE Transactions on Consumer Electronics, IEEE, Vol. 52, Nr. 3, S. 1043–1049, August 2006

Musmann, Hans Georg: The ISO Audio Coding Standard. Paper presented at the IEEE Global Telecommunication (Globecom '90): »Communications: Connecting the Future,« San Diego, 2–5 December 1990

Nowotny, Helga: Unersättliche Neugier. Innovation in einer fragilen Zukunft, Berlin 2005

Radkau, Joachim: Technik in Deutschland. Vom 18. Jahrhundert bis heute, Frankfurt/Main 2008

Renner, Tim: Kinder, der Tod ist gar nicht so schlimm. Über die Zukunft der Musik- und Medienindustrie. Überarbeitete Ausgabe, Berlin 2008

Renner, Kai-Hinrich; Renner, Tim: Digital ist besser. Warum das Abendland auch durch das Internet nicht untergehen wird, Frankfurt 2011

Röttgers, Janko: Mix, Burn & R.I.P. Das Ende der Musikindustrie, Hannover 2003

Rodriguez, Tina; von Rothkirch, Michael; Heinz, Oliver: Die digitale Musikwirtschaft, München 2007

Schmidt, Eric; Cohen, Jared: Die Vernetzung der Welt. Ein Blick in unsere Zukunft, Reinbek bei Hamburg 2013

Schmundt, Hilmar; M. Vec, Milos; H. Westphal (Hrsg.): Mekkas der Moderne. Pilgerstätten der Wissenschaft, Köln/Weimar/Wien 2010

Sänger, Julia: Die Rennaissance der Musikindustrie. Das Geschäft mit digitalen Werten, Hamburg 2013

Seitz, Konrad: Die amerikanisch-japanische Herausforderung. Deutschlands Hochtechnologieunternehmen kämpfen ums Überleben. 2. Auflage, Bonn/München 1991

Sterne, Jonathan: MP3 – The Meaning of a Format, Durham 2012

Tschmuck, Peter: Die Rezession in der Musikindustrie – eine Ursachenanalyse, 25. Juni 2009, https://musikwirtschaftsforschung.wordpress.com

Tschmuck, Peter: Wie böse ist das File-Sharing, 25. Mai 2009, https://musikwirtschaftsforschung.wordpress.com

Tschmuck, Peter: Kreativität und Innovation in der Musikindustrie, Innsbruck 2003

Trischler, Helmuth: Forschung für den Markt. Geschichte der Fraunhofer-Gesellschaft, München 1999

Uijl, Simon den; Vries, Henk Jan de; Bayramoglu, Deniz Kaan: The Rise of MP3 as the Market Standard: How Compressed Audio Files Became the Dominant Music Format. *International Journal of IT Standards and Standardization Research*, Vol. 11, 2013, S. 1–26

Weinzierl, Stefan (Hrsg.): Handbuch der Audiotechnik, Berlin/Heidelberg 2008

Wischner, Stefan: Alles über mp3. So holen Sie sich coole Musik aus dem Internet!, München 1999

Zelinski, R./Noll, P.: Adaptive Transform Coding of speech signals. IEEE Trans. Acous., Speech and Signals Prozessing, ASSP-25, Okt. 1977, S. 299–309

Mehr Informationen auf den WEB-Seiten der Fraunhofer-Institute:
www.iis.fraunhofer.de
www.idmt.fraunhofer.de

REGISTER

A

D

E

F

G

J

K

N

O

P

T

U

V